데미안

·

수레바퀴 아래서

데미안 / 수레바퀴 아래서

초판 1쇄 인쇄일 | 2021년 12월 10일   초판 1쇄 발행일 | 2021년 12월 15일

지은이 | 헤르만 헤세
옮긴이 | 강미경
펴낸이 | 강창용
디자인 | 가혜순
책임영업 | 최대현

펴낸곳 | 느낌이 있는 책
출판등록 | 1998년 5월 16일 제 10-1588
주소 | 경기도 고양시 일산동구 중앙로 1233(현대타운빌) 302호
전화 | (代)031-932-7474
팩스 | 031-932-5962
이메일 | feelbooks@naver.com

ISBN 978-11-6195-164-5   03850

데미안
수레바퀴 아래서

헤르만 헤세 지음 ― 강미경 옮김

느낌있는책

차례

데미안

Demian

서문

난 진정, 내 속에서 솟아 나오려는 것.
바로 그것을 살아보려고 했다.
그런데 왜 그것이 그토록 어려웠을까.

내 이야기를 하려면 아주 오래전으로 돌아가야 한다. 될
수 있으면 아주 오래전 내가 태어난 첫해로, 아니 더 아득한
내 근원까지 거슬러 올라가야 한다.

작가들은 소설을 쓸 때 자신이 마치 하느님이라도 된 것
마냥 누군가의 인생을 훤히 꿰뚫어 보는 것처럼 군다. 그러
고는 하느님이 말씀하는 것처럼 어느 대목이든 감춰진 것 없
이 모두 사실만을 보여주고 있다는 양 굴곤 한다. 나는 그럴
수 없다. 작가들도 그래서는 안 된다. 어떤 작가든 자신의
이야기가 중요하겠지만 그 이상으로 나도 내 이야기가 나에
게 중요하다. 그것은 나 자신의 이야기이자 한 인간에 대한

이야기이기 때문이다.

또 작가가 만들어내는 그 어떤 가공의 인물, 있을 수 있는 인물, 이상적인 인물, 어떻든지 간에 존재하지 않는 인물이 아니라 현실적이고 단 한 번의 삶을 살아 내는 살아 있는 인간의 이야기이기 때문이다.

현실적으로 살아 있는 인간이란 과연 무엇인가. 아무튼 요즘은 그 어느 때보다도 더 혼란스러워져 버렸다. 그 하나하나가 자연의 일부인, 단 한 번의 삶을 사는 소중한 사람을 너무나 쉽게 무더기로 쏘아 죽이기도 한다. 만약 우리가 이제 더 이상 단 한 번뿐인 소중한 목숨이 아니라면, 우리 하나하나를 총알 하나만으로 정말로 완전히 세상에서 없애버릴 수도 있다면, 이런 이야기를 쓴다는 것도 아무런 의미가 없으리라.

그러나 저마다 사람은 그저 그 자신일 뿐만 아니라, 단 한 번뿐이며 아주 특별하고 어떤 경우에도 중요하며 주목할 만한 존재이다. 세계의 여러 현상이 그곳에서 오직 한 번 서로 교차되며, 다시 반복되는 일이 없는 하나의 점인 것이다. 한 사람 한 사람의 이야기가 중요하고 영원하고 신성한 것이다. 그래서 저마다 사람은, 어쨌든 살아가면서 자연의 뜻을 실현하고 있다는 점에서 경이로우며 충분히 주목할 만한 존재이다. 누구 속에서든 정신은 형체가 되고, 누구 속에서든 신의 피조물이 괴로워하고 있으며, 누구 속에서든 하나의 구세주가 십자가에 매달려 있다.

오늘날 인간이란 존재가 무엇인지 아는 사람은 이제 별로 없다. 많은 사람이 그것을 느끼기는 한다. 그리고 느끼는 만큼 쉽게 죽어간다. 나도 이 이야기를 다 쓰고 나면 좀 더 쉽게 죽게 될 것이다.

나 자신을 학식이 풍부한 지식인이라고는 감히 말할 수 없다. 나는 끊임없이 무언가를 찾는 구도자였으며, 아직도 그렇다. 하지만 이제는 별을 바라보거나 책을 들여다보며 찾지는 않는다. 나는 내 몸 안의 피가 몸속에서 소리치고 있는 그 가르침을 듣기 시작했다. 내 이야기는 즐겁지 않다. 꾸며낸 이야기들처럼 달콤하거나 조화롭지도 않다. 이제 더는 자신을 속이며 살지 않겠다는 모든 사람의 삶처럼 무의미와 혼란, 그리고 광기와 꿈의 맛이 난다.

저마다 사람의 삶은 자아를 향해 가는 것이며 자기 자신에게로 이르는 길이다. 자기 자신에게 도달하고자 끊임없이 추구하는 좁은 길을 암시한다. 지금껏 그 어떤 사람도 완전히 자기 자신이 되어본 적은 없었다. 그럼에도 불구하고 누구나 자기 자신이 되려고 노력한다. 어떤 사람은 모호하게 어떤 사람은 보다 투명하게, 누구나 그 나름대로 힘껏 노력한다. 누구나 출생의 찌꺼기와 태고의 점액과 알껍데기를 임종까지 지니고 간다. 더러는 결국 사람이 되지 못한 채 개구리에 그치고 말며 도마뱀, 개미에 그치기도 한다. 그리고 더러는 위는 사람이고 아래는 물고기인 채로 남은 경우도 있다. 그러나 모두가 인간이 되라고 기원하며 세계가 던진 돌이다. 그리고 사람은 어머니가 같고 같은 협곡에서 나왔으며 근원도 같다.

우리는 모두 같은 심연으로부터 비롯된 시도이며 투척이다. 하지만 각자가 자기 나름의 목표를 향하여 노력한다. 우리가 서로를 이해할 수는 있다. 그러나 삶의 의미를 해석할 수 있는 건 자기 자신뿐이다.

두 세계

고향에서 라틴어 학교에 다니던 열 살 때의 경험으로 내 이야기를 시작하려 한다.

그때의 추억에서 진한 향기가 밀려와 속에서부터 아픔과 기분 좋은 전율로 마음이 흔들린다. 어두컴컴한 골목들과 환한 집들, 탑들, 시계 종 치는 소리와 사람들 얼굴, 편안함과 따뜻한 쾌적함으로 가득 찬 방들, 비밀과 무시무시한 유령의 공포로 가득 찬 방들, 따뜻하고 비좁은 방의 냄새, 토끼와 하녀들의 냄새, 집에서 약 달이는 냄새와 마른 과일 향기가 난다. 그곳에서는 두 세계가 뒤섞였다. 밤과 낮이 두 극으로부터 나왔다.

한 세계는 아버지의 집이었다. 그런데 그 세계는 비좁아서 그 안에는 내 부모님밖에 없었다. 그리고 그 세계의 대부분은 나도 잘 알고 있었다. 그 세계의 이름은 어머니와 아버지였다. 그 세계의 이름은 사랑과 엄격함, 모범과 학교였다. 그 세계에 속하는 것은 부드러운 광채, 맑음과 깨끗함이었다. 그곳에는 부드럽고 친절한 이야기들, 깨끗이 닦은 손, 청결한 옷, 좋은 예의범절이 깃들어 있었다. 그곳에서는 아침에 찬송가가 불렸고 크리스마스 파티가 열렸다. 곧바로 밝은 미래로 이어지는 곧은 선과 길이 그 세계 속에 있었다. 의무와 책임, 양심의 가책과 고해, 용서와 좋은 목적들, 사랑과 존경, 성경 말씀과 지혜가 있었다. 인생이 맑고 깨끗하고 아름답고 정돈되어 있으려면 그 세계로 향해야만 했다.

한편 또 다른 세계가 이미 우리 집 한복판에서 시작되고 있었는데 그것은 완전히 다른 세상이었다. 냄새도 달랐고 말도 달랐고 약속하고 요구하는 것도 달랐다. 그 두 번째 세계 속에는 하녀들과 직공들이 있었고 유령 이야기들과 추한 소문들이 있었다. 그곳에는 섬뜩하고 요상하며 무섭고 수수께끼 같은 물건들, 도살장과 감옥, 술 취한 사람들과 악쓰는 여자들, 새끼 낳은 암소와 쓰러진 말들, 강도, 살인, 자살 같은 일들이 있었다. 아름답고도 무시무시하며 거칠고도 잔인한 이 모든 일이 바로 내 주변 옆 골목, 바로 옆집에서 있었고 경찰과 불량배들이 돌아다니고 있었다. 주정뱅이들은 아내를 때리고, 저녁때면 젊은 여자들의 무리가 뒤엉켜 공장에서 꾸역꾸역 쏟아져 나왔다. 늙은 여자들은 누군가에게 주술을 걸거나 병에 걸리도록 할 수 있었다. 숲에는 도둑들이 살고 있었고 방화범들은 뒤쫓는 경찰에게 잡히기도 했다. 어디서나 이 격렬한 두 번째 세계가 솟아 나오고 악취를 뿜어냈다. 단, 어머니 아버지가 계시던 우리 집 안만 빼고 말이다. 그리고 그것은 참으로 좋았다. 여기 우리 집에 평화와 질서, 안식, 그리고 양심과 용서와 사랑이 존재한다는 것은 놀라웠다. 그리고 그 모든 다른 것들, 소란스럽고 요란한 것, 어둡고 폭력적인 것이 존재하지만 그래도 그런 것들로부터 한 걸음이면 어머니 품으로 도망칠 수 있다는 것도 놀라웠다.

그리고 무엇보다 놀라운 것은 그 경계가 서로 맞닿아 있다는 사실이었다. 두 세계가 얼마나 가깝게 있었는지! 예를 들어 우리 집 가정부 리나는, 저녁 기도 때 거실 출입문 옆에 앉아 깨끗하게 씻은 두 손을 매끈하게 다림질된 앞치마 위에 올려놓고 밝은 목소리로 함께 노래를 부르는데, 그럴 때 그녀는 아버지와 어머니와 우리의 밝고 올바른 세계에 속했다. 그리고 나서 곧바로 부엌에서 혹은 장작을 쌓아둔 광에서 내게 머리 없는 난쟁이들 이야기를 들려주거나, 작은 푸줏간에서 이웃 여인들과 싸움을 벌일 때 그녀는 딴사람이었다. 다른 세계에 속했다. 비밀에 둘러싸여 있었다. 그런데 모든 것이 그랬다. 나 자신이 가장 그러했다. 물론 나는 밝고 올바른 세계에 속했고 나는 내 부모님의 자식이었다. 그러나 내 눈과 귀를 향하는 곳 어디에나 다른 것이 있었다. 나는 다른 것들 속에서도 살고 있었다. 비록 그것이 내게는 자주 낯설고 무섭게 느껴졌고 그곳에서는 규칙적으로 양심의 가책과 불안함이 있었다 하더라도 말이다. 심지어 한동안 내가 가장 살고 싶어 한 곳은 금지된 세계 안이었다. 그리고 밝음 속으로의 귀환은 —그것이 제아무리 필연적이고 제아무리 선하더라도— 덜 아름답고 지루하며 보다 황량한 곳으로 돌아가는 것 같았다. 물론 내 인생에서의 목표가, 우리 아버지 어머니처럼 그렇게 밝고 맑게, 그렇게 뛰어나고 단정하게 되는 것임을 나도 잘 알고 있었다. 그러나 거기까지 이르는 길은 멀었다. 그렇게 되려면 학교를 견뎌야 하고 대학 공부를 하고 온갖 시험들을 치러야 했다. 그리고 그 길은 또 다른 어두운 세계 옆을 지나가거나 어쩌면 그 안에 빠져들 수도 있는 일이었다. 전혀 불가능한 일이 아니었고 또한 그렇게 된 방탕아들의 이야기가 있었다. 그런 이야기들을 나는 열심히 읽었다. 그런 이야기들에서는 방탕아가 아버지에게로 그리고 선한 것으로의 귀환은 언제나 구원받을 수 있는 위대한 것으로 되어 있었다. 어디까지나 그것만이 올바른 것, 선하고 소망할 만한 것이라고 나는 느꼈다. 그렇지만 한편으로 악당들과 방탕아들이 나오는 대목이 훨씬 더 마음을 사로잡았다. 이런 고백을 해도 된다면 방탕아가 참회하고 다시 받아들여지는 것이 어떤 때는 그야말로 불만스럽게 느껴졌다. 악마를 상상하면 저 아래 길거리에 있는 모습으로 생생하게 떠올릴 수 있었다. 변장을 하거나 공공연하게 본래의 모습을 드러내거나 시장 혹은 술집에 있는 모습으로 말이다. 그러나 결코 우리 집에 있는 모습으로 떠올릴 수는 없었다. 그러나 그것은 한 가닥 예감이자 가능성으로, 감정이 밑바닥에 막연히 자리 잡고 있을 뿐이었다.

내 누나들도 역시 밝은 세계에 속했다. 내 눈에 누나들은 나보다 더 본질적으로 아버지 어머니와 더 가까운 듯 보였다. 그들은 나보다 착했고 도덕적이었고 결함이 없었다. 그들에게도 부족한 점과 나쁜 습관이 있었지만 그런 점들은 내가 느끼기에는 그리 심각하지 않았다. 누나들은 나와는 달랐다. 어두운 세계에 훨씬 더 가까이 있어서 악과의 접촉이 힘들고 고통스럽던, 나와 같지 않았다. 누나들은 부모님처럼 아낌 받고 존중받아야 마땅했다. 누나들과 다투었어도 시간이 흐른 후에 양심적으로 되돌아보면 나 자신이 나쁜 사람, 용서를 빌어야 할 사람이었다. 누나들을 모욕하는 것은 부모님을, 선함과 도덕을 모욕하는 일이었다. 누나들보다는 오히려 타락한 부랑아 쪽—같이 지내는 시간은 없었지만—과 나눌 수 있는 비밀들이 있었다. 세상이 밝고 양심에 거리낌 없이 기분 좋은 날이면 그때는 누나들과 노는 것이, 선하고 얌전하게 그들과 함께하며 착하고 고귀한 겉모습의 나를 보는 일이 유쾌했다. 천사라면 분명 그랬을 것이다! 천사가 된다는 것은 우리가 알던 것 중에 최고의 것이었다. 천사라는 것을 우리는 달콤하고 경이롭게 생각했다. 크리스마스나 행복처럼 밝은 음악과 향기에 에워싸인 것으로 생각했다. 사실 그런 시간과 나날은 얼마나 드문가? 나는 우리에게 허용된 악의 없는 좋은 놀이를 하며 자주 열정과 격렬함에 사로잡혔고 그것이 누나들에게는 너무 심하게 느껴져, 다툼으로 이어졌다. 그다음에 화가 치밀면 나는 그만 닥치는 대로 이런저런 폭언과 행동을 했는데 그것이 잘못된 것임을 그런 일들을 행하고 말하는 동안에도 이미 스스로 뜨겁게 느꼈다.

14

그다음에는 어둡고 초라한 후회와 회한의 시간이 왔다. 그
다음에는 용서를 비는 고통스러운 순간이 오고, 그다음에야
다시 한 줄기 광명의 빛줄기, 분열 없는 한 가닥의 고요하고
고마운 행복이 몇 시간 혹은 몇 순간 동안 되돌아오는 것이
었다.

나는 라틴어 학교에 다녔다. 우리 반에는 시장의 아들과
수석 산림관의 아들이 있어 이따금 우리 집에 놀러 왔다. 둘
다 난폭한 사내아이들이긴 했지만 선하고 안정된 세계에 속
한 아이들이었다. 그럼에도 불구하고 나는 우리가 늘 경멸
하던 이웃 아이들, 공립학교 학생들과 가까운 관계를 맺고
있었다. 그들 중 하나로 나는 내 이야기를 시작해야겠다.

어느 날 수업이 없는 오후 —열 번째 생일이 갓 지났을 때
였다— 나는 집 근처를 두 친구와 함께 이리저리 돌아다니고
있었다. 그때 덩치가 커다란 아이가 왔다. 열세 살쯤 된 억
센 사내아이인데 공립학교 학생으로 재단사의 아들이었다.
그 애 아버지는 술주정뱅이였으며 가족 모두가 평판이 안 좋
았다. 나는 그 애, 프란츠 크로머를 잘 알고 있었고 그 애가
무서웠다. 그 애가 우리 사이에 불쑥 끼어들자 어쩐지 꺼림
칙한 기분이 들었다. 그 애는 벌써 어른스러운 티가 났고 젊
은 직공들의 말투와 걸음을 흉내 내고 있었다. 우리는 그가
시키는 대로 다리 옆에서 강가로 내려갔고, 첫 다리의 기둥
밑에서 사람들의 눈에 띄지 않게 몸을 숨겼다. 아치형의 다
리 기둥과 천천히 흐르는 강물 사이의 좁은 강변은 온통 사
금파리, 잡동사니 천지로 녹슨 철삿줄이며 다른 쓰레기 뭉

치들이 어지럽게 널려 있었다. 그중에서는 이따금 쓸 만한 것들이 발견되기도 했다. 우리는 프란츠 크로머의 지휘에 따라 그 구간을 샅샅이 뒤져 찾아낸 것을 그 애에게 보여야 했다. 그러면 그 애는 그것을 자기 호주머니에 집어넣든지, 물에 던져버렸다. 그 애는 우리에게 그 가운데 혹시 납, 구리 혹은 주석으로 된 것이 있는지 잘 살피게 시키고는 그런 건 모두 자기 호주머니에 넣었다. 뿔로 된 낡은 빗도 호주머니에 넣었다. 그 애와 함께 있는 동안에 마음이 몹시도 조마조마했다. 아버지께서 아시기라도 하면 분명 이런 만남을 금할 것을 알기도 했고 크로머가 무섭기도 했기 때문이다. 한편 그 애가 나를 한패거리로 생각해 다른 애들과 똑같이 대해주는 것은 기뻤다. 그 애는 명령했고 우리는 복종했다. 그것은 마치 오래전부터 해오던 일처럼 여겨졌다. 내가 그 애와 어울리는 것이 처음인데도 말이다.

마침내 우리는 땅바닥에 앉아 쉬었고 크로머는 강물에다 침을 뱉었다. 이 사이로 침을 탁 뱉는데 어디든 원하는 곳을 맞췄다. 그걸 보니 그 애가 어른처럼 느껴졌다. 그가 얘기를 시작했다. 그러자 소년들은 학생이 저지를 수 있는 온갖 종류의 영웅적 행동과 나쁜 짓거리들을 자랑삼아 떠벌렸다. 나는 아무 말도 하지 않았다. 그렇지만 바로 그 나의 침묵이 시선을 끌어 크로머의 신경을 거슬리게 하지 않을까 두려웠다. 함께 있던 두 친구는 처음부터 나와 거리를 두었고 크로머 편이라고 공언한 터라 나는 그들 속의 이방인이었다. 그리고 내 옷차림이며 태도가 그 애들에게 거슬리는 것임을 알고 있었다. 라틴어 학교 학생이고 좋은 집안의 자식인 나를 크로머가 좋아할 리 없었다. 그리고 다른 두 아이는 여차하면 내가 골탕을 먹어도 모르는 척 내버려 둘 것을 나는 잘 알고 있었다. 그것이 두려운 나머지 나도 마침내 이야기를 늘어놓기 시작했다. 황당무계한 도둑 이야기를 꾸며냈는데, 그 영웅적인 도둑이 바로 나였다. 모퉁이 물방앗간 옆 과수원에서, 하고 나는 이야기를 시작했다. 어느 날 밤에 친구 하나와 커다란 자루 하나 가득 사과를 훔쳤는데, 그냥 보통 사과가 아니라 전부 라이네테와 골트파르메네 같은 최고급 품종이었다고 했다. 나는 순간의 어색함을 피하기 위해 거짓 이야기 속으로 들어간 것이었다. 이야기를 그럴듯하게 꾸며내 들려주는 것은 나에게는 흔히 있는 일이었다. 금방 말이 막혀 더 고약한 일에 말려드는 사태만은 벌어지지 않도록, 나는 온갖 기교를 동원하여 이야기를 불려 나갔다. 둘 중 하나가 나무에 올라가서 사과를 밑으로 던지는 동안 다른 하나는 계속 망을 보아야 했다고 나는 이야기했다. 그런데 자루가 어찌나 무거웠는지 반만 가져와야 했고 반 시간 뒤에 다시 가서 그것도 마저 가져왔다고 이야기했다.

이야기를 다 했을 때 나는 조금 박수를 기대했다. 이야기를 꾸며내는 데 스스로 도취되었던 것이다. 두 아이는 상관없다는 듯 심드렁하니 말이 없었다. 그런데 크로머는 반쯤 뜬 실눈으로 나를 쏘아보며 위협하는 목소리로 물었다.

"그 얘기 진짜야?"

"정말이야."

내가 말했다.

"그러니까 진짜로 그런 짓을 했단 말이지?"

"그렇다니까, 진짜로 있었던 일이야."

속으로는 불안해서 숨이 막히는 것 같은데도 나는 고집스럽게 대답했다.

"맹세할 수 있어?"

나는 깜짝 놀랐지만 그렇다고 말할 수밖에 없었다.

"그럼 말해, 하느님을 걸고 목숨을 걸고 맹세한다고!"

결국 나는 외쳤다.

"하느님을 걸고 목숨을 걸고 맹세해."

"그렇단 말이지."

그러더니 그 애는 몸을 돌려버렸다.

나는 그걸로 잘 끝났다고 생각했고 그 애가 조금 뒤 일어나 집으로 돌아가자고 말하자 마음이 놓이며 기뻤다. 우리가 다리 위에 왔을 때 나는 수줍게 이제 집으로 가야 한다고 말했다.

"집에 가는 게 뭐 그리 급하냐."

크로머가 웃으며 말했다.

"우린 가는 길이 같잖아."

그 애는 어슬렁어슬렁 계속 걸어갔고 나는 감히 딴 데로 갈 수가 없었다. 그런데 그 애는 정말로 우리 집 쪽으로 향하고 있었다. 우리가 다 왔을 때, 우리 집 현관문과 묵직한 구리문 손잡이, 어머니 방의 커튼이 보였을 때 나는 깊이 숨을 내쉬었다. 오, 집으로 돌아왔구나! 밝고 평화로우며 선한 세계로 돌아올 수 있다는 것은 얼마나 큰 축복인가!

내가 얼른 문을 열고 재빨리 들어가 문을 닫으려는 찰나 프란츠 크로머가 뒤따라 밀고 들어왔다. 마당 쪽으로만 햇빛이 들어오는 서늘하고 침침한 타일 깔린 복도에서 그 애가 내 팔을 붙들고 낮은 목소리로 말했다.

"너, 그렇게 서두르지 마!"

나는 깜짝 놀라서 그 애를 바라보았다. 내 팔을 움켜쥔 그 애의 손은 무쇠처럼 단단했다. 나는 생각해 보았다. 그 애가 대체 무슨 생각을 하는 건지, 혹시 나를 괴롭히겠다는 것인지. 지금 내가 소리를 지른다면 어떨까도 생각해 보았다. 요란하게 소리를 지른다면 누군가가 위에서 제때 달려 나와 나를 구해줄 수 있을까? 그러나 나는 포기했다. 내가 물었다.

"뭐야? 뭘 어쩌겠다는 거야?"

"별거 아니야. 너한테 그냥 뭘 좀 물어봐야겠어. 다른 사람들은 들을 필요가 없는 이야기야."

"그래? 좋아. 도대체 나더러 무얼 더 이야기하라는 거야? 나는 올라가야 해, 알잖아."

"너도 알고 있겠지. 모퉁이 물방앗간 옆 과수원이 누구네 것이지?"

크로머가 나지막하게 말했다.

"아니, 난 몰라. 물방앗간 주인 거겠지 뭐."

크로머는 내 어깨에 한쪽 팔을 두르더니 나를 자기한테로 바짝 끌어당겼다. 이제 나는 바로 코앞에서 그 애의 얼굴을 보아야만 했다. 그 애의 두 눈은 심술궂었고 그 얼굴에는 잔인함과 기운이 넘쳤으며 음흉한 미소를 띠고 있었다.

"그래? 그렇다면 그 과수원이 누구네 것인지는 내가 말해주지. 난 그 집이 사과를 도둑맞고 있다는 걸 벌써 오래전부터 알고 있었어. 주인이 누가 과일을 훔쳐 갔는지 말해주는 사람한테는 2마르크를 주겠다고 말한 사실도 알고 있지."

"맙소사!"

나는 소리를 질렀다.

"그렇지만…… 설마 네가 그 사람한테 무슨 말을 하진 않겠지?"

나는 그 애의 양심에 호소한다는 건 아무 소용없는 일임을 확실히 느꼈다. 그 애는 다른 세계에서 왔다. 배신 따위는 그 애에게 범죄가 아니었다. 이런 일에 있어서 '다른' 세계에서 온 사람들은 우리와 다르다는 것을 나는 뼈저리게 느꼈다.

"무슨 말을 하진 않겠지?"

크로머가 웃었다.

"이봐, 너는 내가 직접 2마르크 동전을 만들어 낼 수 있는 화폐 위조범이라도 된다고 생각하는 거야? 난 가난한 놈이야. 너처럼 부자 아버지가 없단 말이야. 그러니 2마르크를 벌 수 있다면 벌어야지. 어쩌면 주인이 더 줄지도 모르는데 말이야."

그러더니 갑자기 나를 놓아주었다. 우리 집 현관에서는 이제 더 이상 평화와 안전의 냄새가 나지 않았다. 세계가 내 주위에서 무너졌다. 그 애가 떠들고 다니겠지, 내가 죄를 지었다고. 그 말을 아버지한테도 하겠지, 어쩌면 경찰까지 오겠지. 모든 혼돈의 공포가 나를 위협하고 있었다. 모든 흉측하고 위험한 것이 일제히 나에게 다가오고 있었다. 내가 훔치지 않았다는 것은 이제 문제가 되지 않았다. 나는 맹세까지 하지 않았던가. 아, 이럴 수가, 하느님 맙소사!

눈물이 핑 돌았다. 그 애에게 돈을 주고 이 상황에서 벗어나야겠다는 생각이 들었다. 절망감이 들어 모든 호주머니를 뒤졌다. 사과도 주머니칼도 없었다. 아무것도 없었다. 그때 내 시계 생각이 났다. 그것은 낡은 은시계였는데 고장이 나서 그냥 차고만 다니는 것이었다. 할머니가 물려주신 시계였다. 나는 그걸 얼른 꺼냈다.

"크로머, 들어 봐. 내 이름을 말해서는 안 돼. 그건 너한테도 안 좋을 거야. 내 시계를 줄게, 자, 이거 좀 봐. 미안하지만 다른 건 아무것도 가진 게 없어. 너 가져도 돼. 이거 은이고 내부장치도 좋아. 조금 고장 나기는 했지만 고치면 돼."

그 애는 미소를 띠고 그 시계를 자기의 커다란 손 안에 넣었다. 그 손을 보며 나는 그 애의 손이 얼마나 우악스러우며 나에 대한 깊은 적개심으로 차 있는지를 느꼈다. 그것이 내 삶과 평화를 파괴하려 뻗쳐오고 있음을 느꼈다.

"그거 은이야."

나는 떨면서 말했다.

"네 낡아 빠진 은시계 따위는 관심 없어! 너나 고쳐서 써."

그는 경멸로 가득 찬 말투로 말했다.

"하지만 크로머."

나는 그 애가 바로 휙 가버리지 않을까 하는 두려움에 떨면서 소리쳤다.

"잠깐만 기다려봐! 이 시계 받아! 정말 은이야, 진짜란 말이야. 그리고 난 다른 건 아무것도 없어."

그 애는 싸늘한 시선으로 나를 바라보았다.

"그러니까 내가 누구한테 갈 건지 알긴 아는구나. 그 말을 경찰한테 할 수도 있어. 난 순경 아저씰 잘 아니까 말이야."

그 애는 몸을 돌려서 가려고 했다. 나는 그 애 옷소매를 붙잡았다. 그렇게 되어서는 안 되었다. 그 애가 이대로 떠나면 일어나게 될 그 모든 것을 겪느니 차라리 죽는 편이 훨씬 나을 것 같았다. 나는 초조한 나머지 쉰 목소리로 애걸했다.

"크로머, 멍청한 짓 하지 마! 분명 그냥 재미로 그래 보는 거지?"

"물론 농담이야. 재미로 그래 보는 거지. 하지만 네가 치를 대가는 비쌀 수도 있지."

"말 좀 해줘, 크로머. 내가 어떻게 하면 되겠니? 뭐든지 하겠어."

그 애는 반쯤 내리깐 눈으로 나를 아래위로 훑어보더니 다시 웃었다.

"그렇게 멍청하게 굴지 좀 마!"

그는 선심이라도 쓰듯 말했다.

"너도 나처럼 훤히 잘 알고 있잖아. 난 2마르크를 벌 수 있어. 그리고 난 그런 돈을 쉽게 포기할 만큼 부자도 아니고 말이야. 그건 너도 알겠지. 그런데 넌 부자야. 시계도 있잖아.

넌 나한테 2마르크를 주기만 하면 돼. 그럼 끝이야."

나는 그 말을 잘 이해했다. 그런데 2마르크라니! 2마르크
란 나한테는 10마르크, 100마르크, 1,000마르크나 마찬가
지로 손에 넣을 수 없는 큰돈이었다. 나는 돈이 없었다. 어
머니께 맡겨둔 저금통이 있긴 했다. 거기에는 아저씨가 오
신다든지 그럴 때 받은 몇 개의 10페니히 혹은 5페니히짜리
동전이 들어 있었다. 그 밖에는 아무것도 없었다. 그 나이에
는 아직 용돈을 받지 않던 것이다.

"난 아무것도 없어. 난 정말 한 푼도 없어. 하지만 다른
물건이라면 네게 뭐든지 다 주겠어. 내게는 인디언 책이 있
고 병정들이 있고 나침반도 하나 있어. 그걸 가져다줄게."

내가 슬픈 목소리로 말했다.

크로머는 다만 뻔뻔하고 심술궂게 입을 움찔거리다 바닥
에 침을 탁 뱉었을 뿐이었다.

"헛소리 집어치워! 네 고물 잡동사니들은 너나 가지고 있
어. 나침반이라고? 잘 들어. 날 더 이상 화나게 하지 말고
돈을 가져와!"

그 애는 명령하듯 말했다.

"하지만 난 돈이 없는걸, 나는 용돈을 받아본 적이 없어.
어떻게 할 방법이 없어!"

"내일 나한테 2마르크를 가져오는 거야. 학교가 끝난 다
음에 저 아래 시장에서 기다릴게. 그럼 되는 거야. 만약 네
가 돈을 안 가져오면, 그땐 알지?"

"알겠어, 하지만 어디서 그런 돈을 가져오란 말이야? 하

느님 맙소사, 난 돈이 없는데."

"너희 집에는 돈이 충분하잖아. 가져오고 안 가져오고는 네 사정이지. 그럼 내일 학교 끝나고 보자. 말해 두지만, 만약 안 가져오면⋯⋯."

그 애는 무서운 눈길로 내 눈을 쏘아보고 또다시 침을 뱉고는 그림자처럼 사라졌다.

나는 계단을 올라갈 수가 없었다. 나의 삶은 부수어져 산산조각이 났다. 달아나 다시는 돌아오지 않거나 물에 빠져 죽을 생각을 했다. 그렇지만 그러면 어떨지는 똑똑하게 떠오르지 않았다. 어둠 속 계단 맨 아래 칸에 앉았다. 한껏 웅크리고 앉아 불행에 몸을 내맡겼다. 장작을 가지러 광주리를 들고 내려오던 리나가 내가 울고 있는 모습을 보았다.

나는 리나에게 가족들에게는 아무 말도 하지 말라고 부탁하고 올라갔다. 유리문 곁의 옷걸이에는 아버지의 모자가 걸려 있었다. 어머니의 양산도 걸려 있었다. 이 모든 물건으로부터 왈칵 우리 집 분위기와 애정이 밀려들어 왔다. 나의 마음은 방탕아가 옛 고향의 방을 보고 그 냄새 맡았을 때 그러하듯이, 감사하고 뭉클하게 그것들을 반겼다. 그러나 그 모든 것은 이제 내 것이 아니었다. 그 모든 것은 아버지와 어머니의 밝은 세계였으며 나는 한껏 죄를 지은 채 낯선 홍수에 깊숙이 잠겨 있었다. 모험과 죄악에 얽혀서 적의 위협을 받고 있었으며 위험과 불안과 치욕이 기다리고 있었다. 모자와 양산, 오래된 사암이 깔린 질 좋은 바닥, 마루 장식장 위에 걸린 커다란 그림, 그리고 그 안쪽 거실에서부터 들려

24

오는 누나의 목소리, 그 모든 것이 그 어느 때보다도 더 사랑스럽고 다정하고 소중한 것이었다. 하지만 이제 더 이상 그런 것들은 내게 위로가 아니었으며 확실한 내 것도 아니었다. 오로지 질책뿐이었다. 나는 그러한 명랑함과 고요함에 끼어들 수가 없었다. 나는 내 구두에다 더러움을 묻혀왔다. 발 깔개에 문질러도 닦아낼 수 없는 더러움이었다. 나는 우리 집의 세계에 전혀 알지 못하는 그림자를 끌고 온 것이다. 이제까지 얼마나 많은 비밀과 두려움을 가졌던가. 그러나 그 모든 것은 내가 오늘 이 공간으로 끌고 온 것에 비하면 놀이고 장난이었다. 운명이 뒤쫓아 오고 있었다. 어머니가 알아서는 안 되는 손들이, 그 앞에서는 어머니도 나를 보호할 수 없는 손들이 나에게로 뻗쳐오고 있었다. 이제 내 죄가 절도였든 거짓말이었든 −나는 하느님과 목숨을 걸고 거짓 맹세를 하지 않았던가?− 그것은 마찬가지였다. 나의 죄악은 이것이냐 저것이냐가 아니었다. 나의 죄악은 내가 악마에게 손을 내밀었다는 사실 자체였다. 왜 나는 그 애를 따라갔을까? 왜 나는 일찍이 아버지 말을 순종하는 것보다 더 크로머의 말에 귀를 기울였던가? 왜 나는 그따위 도둑질 이야기를 지어내고 영웅이라도 된 것처럼 으스댔을까? 이제 악마가 내 손을 잡았다. 이제 적이 나를 뒤쫓고 있었다.

한순간 나는 앞으로 닥칠 공포를 느낀 것이 아니라 나의 길이 이제 점점 더 비탈로, 암흑 속으로 빠져들어 가고 있다는 무서운 확신을 느꼈다. 나의 잘못 때문에 이제 새로운 잘못들이 뒤따를 게 틀림없다는 것, 누나들 곁에 내가 나타나고, 부모님께 인사하고 키스하는 것이 거짓이라는 것, 나만이 아는 운명과 비밀 하나를 지니게 되리라는 것을 나는 분명히 느꼈다.

아버지의 모자를 보는 순간 잠깐 어떤 믿음과 희망이 내 마음속에서 번쩍 떠올랐다. 아버지께 모든 이야기를 하고 아버지의 판결과 처분을 받아들이면 아버지를 내 비밀의 공유자이자 구원자로 만들 수 있지 않을까. 그것은 그동안 내가 자주 해왔던 것처럼 잘못을 비는 시간, 힘들고 가혹하며 후회에 찬 용서를 구하는 시간에 불과하리라.

이런 생각은 얼마나 달콤하게 느껴졌던가? 얼마나 아름답게 유혹했던가! 그러나 아무 소용없었다. 내가 그러지 못하리라는 것을 나는 알고 있었다. 나는 지금 하나의 비밀을, 하나의 죄를 지니고 있으며, 그것은 나 혼자 스스로 감당해야 한다는 것을 알고 있었다. 어쩌면 나는 바로 지금 갈림길에 서 있는지도 몰랐다. 어쩌면 나는 이 시각부터는 영원히 나쁜 것에 소속되고 나쁜 사람들과 비밀을 공유하고 그들에게 종속되고 복종하며 분명 그들 같은 사람이 되겠지. 나는 어리석게도 잠시 어른인 척, 영웅인 척 연기를 했다. 이제 내가 그 결과를 받아들여야만 했다.

내가 방으로 들어섰을 때 아버지께서 내 젖은 신발만 보신 것은 차라리 다행이었다. 아버지는 그것만 꾸중하시느라 더 나쁜 상황을 알아차리지 못하셨다. 그 정도 비난은 견딜 만했다. 나는 그 비난을 남몰래 다른 것과 연관시켰다. 그러다 보니 마음속에서 이상하게도 새로운 느낌 하나가 불꽃처

26

럼 튀었다. 뽑히지 않는 바늘들이 가득 박힌 듯한 날카롭고 불길한 느낌이었다. 나는 내가 아버지보다 우월하다고 느꼈던 것이다. 한순간 아버지의 무지에 대해 약간의 경멸을 느끼자 젖은 장화에 대한 비난은 내게 소소하게 여겨졌다. '아버지가 아신다면!' 하고 생각하자 살인죄를 고백해야 할 판에, 조그만 빵 하나를 훔친 죄로 심문을 받는 사람이 된 기분이었다. 그것은 추악하고도 적대적인 느낌이었다. 하지만 강렬했으며 깊은 매력을 지니고 있었다. 그 느낌은 그 어떤 다른 생각보다도 더 단단하게 내 비밀과 죄에 나를 결박했다. 어쩌면 지금쯤 그 크로머 녀석은 벌써 경찰에게로 가서 나를 신고했을지도 모르고 −비록 우리 집 사람들은 나를 어린아이로 다루고 있지만− 내 머리 위로 천둥 번개가 휘몰아올지도 모를 일이었다.

지금까지의 모든 체험에서 이 순간이 가장 중요한 순간이었다. 그것은 아버지의 신성함에 그어진 첫 칼자국이었다. 내 유년 생활을 떠받치고 있는, 그리고 누구든 자신이 되기 전에 깨뜨려야 하는 큰 기둥에 가한 첫 칼질이었다. 우리 운명의 내면적이고 본질적인 선은 아무도 보지 못한 이런 체험들로 이루어진다. 그런 칼자국과 균열은 다시 늘어난다. 그것들은 치료되고 잊히지만 가장 비밀스러운 방 안에서 살아 있으며 계속 피를 흘린다.

그 새로운 느낌 때문에 곧 나 자신이 무서워졌다. 나는 곧바로 엎드려 아버지의 발에 키스라도 하여 용서를 빌고 싶었다. 그러나 본질적인 것은 아무것도 사죄할 수 없는 법. 어린아이도 그쯤은 어떤 지식인 못지않게 느끼고 있었다.

나는 내 문제에 대해 곰곰이 생각해 보고 내일 일을 이리저리 궁리해 볼 필요성을 느꼈지만 여의치 않았다. 저녁 내내 나는 오로지 우리 집 거실의 달라진 공기에 익숙해지느라 애를 써야만 했다. 벽시계와 테이블, 성경과 거울, 벽에 붙은 책 선반과 그림들이 나에게 작별을 고하고 있었다. 나의 세계가, 행복하고 아름다운 나의 삶이 과거가 되어 나에게서 떨어져 나가는 것을 두려운 마음으로 바라보고 있어야 했다. 그리고 나 자신이 스스로 어둡고 낯선 세계에 닻을 내리고 겪어 보지 못한 미지의 세계 한가운데에 새로운 뿌리를 내리고 있는 것을 감지했다. 나는 처음으로 죽음을 맛보았다. 죽음은 쓴맛이었다. 왜냐하면 그것은 탄생이자 두려운 새 삶에 대한 불안과 걱정이었기 때문이다.

나는 마침내 침대에 눕게 되었을 때야 기뻤다! 조금 전에 저녁 기도는 최후의 죄를 사하는 지옥 불처럼 내 몸을 휘감고 지나갔고 거기다 찬송가까지 하나 불렀는데, 내가 제일 좋아하는 노래 중 하나였다. 그런데 나는 차마 함께 노래하지 못했다. 음 하나하나가 나에게는 쓸개즙이자 독약이었던 것이다. 나는 함께 기도하지 않았다. 아버지가 축복을 내리며 '저희 모두와 함께하소서!' 하고 끝내실 때, 그때 내 몸을 스쳐 간 경련이 나를 단번에 이 가족의 테두리에서 몰아냈다. 하느님의 은총이 식구들 모두와 함께 있었다. 그러나 이제 나와 함께 있지는 않았다. 몹시 지쳐 떨며 나는 내 방으로 들어왔다.

침대에 누워 있는 동안 따뜻함과 안정감이 다정하게 나를 감쌌을 때, 나의 마음은 다시 불안 속을 헤매었고 지나간 일 주위를 불안하게 퍼덕였다. 어머니는 내게 늘 그러듯이 잘 자라는 인사를 해주셨다. 어머니 발소리의 여운이 아직 방 안에 남아있었다. 어머니가 들고 계신 촛불 빛이 아직 문틈에서 빛나고 있었다. 지금 어머니가 다시 한번 되돌아오시면 어머니는 느끼실 것이다. 나에게 입맞춤을 하시며 물으시겠지. 너그럽게 희망을 주시며 물으시겠지. 그러면 나는 울겠지. 그러면 내 목에 걸린 돌덩이가 녹겠지. 그러면 나는 어머니를 껴안고 어머니께 말하겠다. 그러면 모든 것은 해결되고 나는 구원을 받을 수 있을 것이다! 문 틈새로 비치던 촛불의 빛이 다 사라지고 나서도 나는 한동안 귀 기울이며 그렇게 되기를, 그래야만 한다고 간절히 바라고 있었다.

그다음 나는 다시 낮의 문제로 돌아와 적의 눈을 응시했다. 그의 모습이 또렷하게 보였다. 그는 실눈을 하고 있었고 입가에는 야비한 웃음이 감돌았다. 그리고 내가 그를 바라보면 바라볼수록 이젠 도무지 피할 수 없다는 절망감이 커졌으며 그의 얼굴도 더 커지고 더 추해졌다. 그의 사악한 눈은 악마처럼 번득였다. 그는 내가 잠들 때까지 바짝 내 곁에 있었다. 그러나 그의 꿈을 꾸지는 않았다. 오늘 일에 대해서도 꿈꾸지 않았다. 꿈에 보인 것은 부모님과 누나들과 내가 한 배를 타고 가는데 온통 휴일의 평화와 광채가 우리를 에워싸는 것이었다. 한밤중에 깨었는데 그때까지도 그 행복의 뒷맛이 느껴졌고 누나들의 하얀 여름옷이 햇빛 속에서 빛나는

29

모습이 보이는 것이었다. 그러고는 모든 낙원으로부터 다시 현실 속으로 떨어져 들어갔고, 다시 나는 사악한 눈을 가진 적과 마주 서 있었다.

다음 날 아침에 어머니가 급히 오셔서 왜 아직도 잠자리에 누워 있느냐고 소리치셨을 때, 나는 안색이 좋지 않았다. 어머니가 어디 아프냐고 묻자마자 토하고 말았다.

덕분에 나는 얼마간 괜찮았다. 나는 몸이 약간 아플 때 아침 내내 카밀러 찻잔을 곁에 놓고 누워 옆방에서 어머니가 방을 치우는 소리, 리나가 바깥 복도에서 고기 팔러 온 사람과 흥정하는 소리를 듣는 것을 몹시 좋아했다. 학교에 가지 않는 오전은 무언가 환상적이고 동화적인 것이었다. 그럴 때 햇살은 방 안으로 어른어른 장난치듯 비쳐들었는데 학교에서 초록 커튼을 따라 떨어지던 그 햇살이 아니었다. 그런데 그것까지도 오늘은 흥미롭지 않았으며 박자가 어긋난 멜로디 같았다.

그래, 차라리 내가 죽어 버렸으면! 그러나 나는 이미 자주 그랬던 것처럼 단지 조금 몸이 아플 뿐이었고 이 정도로는 아무것도 해결할 수 없었다. 이 정도는 학교 가는 일로부터 나를 보호해주기는 했지만, 결코 11시에 시장에서 나를 기다릴 크로머로부터 나를 보호해주지는 못했다. 어머니의 다정함도 이번에는 위로가 되지 못했다. 귀찮고 미안한 마음만 들었다. 나는 곧 다시 잠든 척하며 곰곰이 생각했다. 아무것도 소용이 없었다. 11시에는 시장에 가 있어야만 했다. 그래서 나는 10시에 자리에서 일어나 나아졌다고 말했다.

그런 경우에는 대개, 다시 잠자리로 가거나 아니면 학교에 가야 했다. 나는 학교에 가고 싶다고 했다. 계획을 하나 세워 두었던 것이다.

돈을 안 가지고 크로머에게 갈 수는 없었다. 내 작은 저금통을 가져와야 했다. 충분한 돈이 들어 있지 않다는 건 알고 있었다. 어림도 없는 적은 돈이지만 그래도 얼마간은 되니 빈손보다는 조금이라도 들고 가는 것이 나으며, 적어도 크로머를 달래기는 할 거라고 본능적으로 느꼈다.

양말 바람으로 살그머니 어머니의 방에 들어가 책상에서 내 저금통을 집어 들었을 때는 기분이 아주 나빴다. 그러나 어제만큼 나쁘지는 않았다. 가슴이 뛰어 숨이 막혔다. 계단 아래에 와서야 비로소 저금통이 잠겨 있는 것을 발견했을 때도 여전히 가슴은 뛰고 있었다. 저금통을 깨뜨려 여는 것은 아주 쉬웠다. 얇은 양철 막대기 하나를 두 동강으로 부수기만 하면 되었다. 그러나 부서진 자리를 보니 마음이 아팠다. 그것으로 나는 도둑질을 한 것이었다. 그때까지 나는 도둑질이라곤 그저 사탕이나 과일 같은 걸 몰래 훔쳐 먹는 정도였다. 그런데 이것은 비록 내가 모은 돈이긴 하지만 엄연히 훔친 것이었다. 나는 크로머와 그의 세계에 한 발 더 다가갔으며 거기에 저항했지만 계속해서 타락의 길로 빠져들고 있다는 것을 느꼈다. 그러나 악마가 데려간다 하더라도 이제 되돌아갈 길은 없었다. 나는 불안함에 돈을 세보았다. 저금통 안에서는 그렇게 가득한 소리를 냈는데 손 안에 쥐고 보니 비참하게도 얼마 안 되는 액수였다. 65페니히였다. 나는

31

저금통을 아래층 마루 밑에 감추고 돈은 손에 꼭 쥐고 집을 나섰다. 내가 이 문을 지났던 그 어느 때와도 다른 기분이 들었다. 누군가가 위에서 나를 부르는 것만 같아서 얼른 그 자리를 도망쳐 나왔다.

아직 십 분 정도의 시간이 있었다. 나는 일부러 지름길을 피해 처음 보는 광경의 구름 아래로 나를 유심히 보는 집들을 지나 나를 의심스럽게 바라보는 것 같은 사람들의 시선을 피해 걸어갔다. 언제인가 학교 친구 하나가 가축 시장에서 1탈러(독일의 옛 화폐 단위)를 주웠던 생각이 떠올랐다. 하느님이 기적을 행하셔서 나에게도 그런 일이 이루어지게 해달라고 기도하고 싶었다. 그러나 나는 이제 기도할 권리가 없었다. 설령 그럴 권리가 있었다 하더라도 저금통이 다시 예전 상태로 돌아오지는 않을 것이다.

멀리서 프란츠 크로머가 나를 알아보았다. 그렇지만 나를 신경도 쓰지 않는다는 듯 아주 천천히 나에게 다가왔다. 가까이 왔을 때 그 애는 자기를 따라오라고 명령하는 눈짓을 하고는 단 한 번도 돌아보지 않고 유유히 걸어갔다. 슈트로 거리를 따라 내려가 좁은 판자 다리를 지나, 마침내 집들이 끝나는 곳에서 공사 중인 어느 건물 앞에 멈추었다. 그곳에서는 작업하는 사람이 하나도 없었고 벽들이 문도 창문도 없이 앙상하게 서 있었다. 크로머는 나를 돌아다보더니 안으로 들어갔고 나도 뒤따라 들어갔다. 그 애는 벽 뒤로 가더니 자기한테로 오라는 눈짓을 하고는 손을 내밀었다.

"갖고 왔어?"

그 애가 싸늘한 말투로 물었다.

나는 주먹을 꼭 쥔 손을 주머니에서 빼서 그 애의 펼친 손바닥에 돈을 쏟아 놓았다. 그 애가 헤아렸다. 마지막 5페니히짜리의 쨍그랑 소리가 잦아들기도 전에 그 애는 그 돈이 얼마인지 알았다.

"65페니히네."

그 애가 나를 바라보았다.

"그래."

나는 겁에 질려 대답했다.

"이게 내가 가진 전부야, 너무 적다는 건 잘 알고 있어. 하지만 이게 전부야. 더는 없어."

"네가 좀 더 똑똑한 녀석이라고 생각했는데."

그 애는 비교적 따뜻한 말투로 비난했다.

"명예를 중요시하는 남자들 사이에는 질서가 있어야지. 난 정당하지 않은 건 아무것도 가지지 않겠어. 이 쇠붙이들은 도로 가져가. 너도 알 거야, 내가 곧장 일러바치러 가면 그 과수원 주인은 값을 깎지 않을 거고 전부 정확하게 받을 수 있어."

"하지만 나한테는 이것밖에 없어. 더는 없다고! 이건 내 저금통을 통째로 가지고 온 거야."

"그거야 네 사정이지. 널 괴롭히려는 건 아니야. 넌 나한테 아직 1마르크 35페니히 빚이 있어. 그럼 내가 언제 그걸 받지?"

"오, 반드시 줄게, 크로머! 지금은 모르지만 어쩌면 곧 더

33

생길 거야, 내일 아니면 모레. 내가 이 일을 우리 아버지한테 말할 수 없다는 건 이해하겠지?"

"그건 나하고는 아무 상관없는 일이야. 널 괴롭힐 생각은 없다고 했잖아. 난 내 몫의 돈을 오늘 오전 중에 가질 수도 있어. 너도 알겠지만 난 가난하거든. 넌 멋진 옷을 입고 있고 나보다는 점심으로 뭔가 더 좋은 걸 먹겠지. 하지만 난 아무 말도 않겠어. 조금 기다려주겠다는 거야. 모레 오후에 휘파람을 불겠어. 그땐 제대로 가져와야 해. 내 휘파람 소리 알지?"

그는 내 앞에서 휘파람을 불어 보였다. 여러 번 들었던 소리였다. 나는 대답했다.

"응, 알고 있어."

그 애는 내가 자기와는 상관없는 사람이라는 듯이 나를 남겨 두고 돌아갔다. 그것은 단지 우리 사이의 거래가 있었을 뿐, 더는 아무것도 아니었다.

갑자기 크로머의 휘파람 소리가 다시 들린다면, 오늘이라도 나는 놀랄 것이라 생각한다. 그때부터 나는 자주 그 소리를 들었으며 지금도 그 소리가 자꾸 들리는 것 같다. 어디에 있든 무슨 일이나 놀이를 하든 그 휘파람 소리가 뚫고 들어왔으며 운명처럼 나를 구속했다. 단풍이 곱던 어느 온화한 가을날 나는 내가 아주 아끼던 우리 집 작은 화단에 있곤 했다. 그때 나는 어린 시절 했던 소년들의 놀이를 다시 해보고 싶은 충동이 일었다. 나는 얼마만큼은 나보다 어리고 선하고 자유롭고 죄 없고 안정감 있는 소년의 역할을 했다. 그러나 그 한가운데로 늘 예상하고 있음에도 늘 놀라게 하는 크로머의 휘파람 소리가 어딘가에서 울려와 줄을 탁 끊었고, 상상들을 짓부수었다. 그러면 나는 가야 했다. 나쁘고 추한 곳들로 나를 협박하는 그 애를 따라가야 했다. 그에게 자초지종을 털어놓아야 했고, 돈 때문에 경고를 받아야 했다. 그 모든 것은 불과 몇 주일 지속되었을 것이다. 그러나 나에게는 그것이 여러 해처럼, 하나의 영원처럼 느껴졌다. 내게 돈이 있는 경우는 드물었다. 기껏해야 5페니히짜리 하나 혹은 10페니히짜리 하나 정도였고 그것도 리나가 장바구니를 놔두면 부엌 식탁에서 훔친 것이었다. 번번이 나는 크로머로부터 욕을 먹었다. 내가 자신을 속이고 자신이 당연히 받아야 할 돈을 주지 않았으니 내가 크로머의 돈을 가로챈 것이나 마찬가지라서 내가 크로머를 불행하게 만들었다는 것이었다. 살면서 이때처럼 고통스러운 적도, 더 큰 절망과 더 큰 굴욕을 느껴본 적도 없었다.

저금통은 장난감 돈으로 채워서 다시 제자리에 놓아두었는데 아무도 그것에 대해 묻지 않았다. 그러나 어느 날이든 발각될 수 있는 일이었다. 나는 자주 크로머의 거친 휘파람 소리 이상으로 어머니를 무서워했다. 어머니께서 조용히 내게로 다가설 때면, 저금통에 대해 묻기 위하여 오신 게 아니었을까? 하는 생각이 드는 것이었다.

대부분 내가 돈을 못 구한 채 내 악마에게 갔기 때문에, 그는 나를 다른 식으로 괴롭히고 이용하기 시작했다. 나는 그를 위해 일해야만 했다. 그 애는 자기 아버지의 심부름을 해야 했는데 그 심부름을 내가 대신해야 했다. 혹은 그 애는 나에게 무언가 힘든 것을 하도록 시켰다. 십 분 동안 외발로 뛰기를 하게 한다든지 지나가는 사람 웃옷에 종이쪽지를 붙이게 한다든지 등이었다. 여러 날 밤 꿈속에서도 이 괴로움은 계속되어 나는 악몽을 꾸었고 땀에 흠뻑 젖어 누워 있곤 했다.

결국 나는 몸져누웠다. 자주 토했고 쉽게 오한이 났으며 밤에는 식은땀이 흐르고 열이 올랐다. 어머니는 무언가 잘못되었다는 것을 느끼셨는지 내게 더 많은 관심을 보이셨지만 그것이 나를 더 괴롭게 했다. 어머니의 관심에 믿을만한 행동으로 보답할 수 없었기 때문이었다.

어느 날 저녁에 내가 이미 잠자리에 들었을 때, 어머니가 초콜릿 하나를 가져오셨다. 그날 하루를 착하게 보내면 잘 자라고 상으로 그런 위로의 간식을 주시던 어린 시절이 떠올랐다. 어머니가 거기 서서 나에게 초콜릿 조각을 내밀고 계셨다. 나는 어찌나 가슴이 아프던지 다만 고개를 가로저었을 뿐이었다. 어머니는 뭐가 잘못되었느냐고 물으시며 내 머리를 쓰다듬으셨다. 나는 간신히 소리쳤다.

"아니, 아니에요! 아무것도 먹고 싶지 않아요!"

어머니는 초콜릿을 침대 머리 탁자에 놓고 가셨다. 다음 날 어머니께서 그 일을 두고 캐물으려 하셨을 때 나는 거기에 대해 아무것도 모르는 척했다. 한번은 의사를 데려오셨다. 의사는 나를 진찰하고 아침에 차가운 물로 몸을 씻도록 처방을 내렸다.

　그 시절 내 상태는 일종의 정신 착란이었다. 우리 집안의 정돈된 평화의 한가운데서 나는 소심하게, 그리고 고통받으며 유령처럼 살고 있었다. 다른 사람과 함께 생활할 수 없었으며 잠깐이라도 나 자신을 잊어버릴 수 없었다. 아버지는 자주 화를 내며 이유를 물어오셨지만 나는 차갑게 마음을 닫고 냉정하게 대답하지 않았다.

카인

구원은 전혀 상상하지 못했던 방향에서 왔다. 동시에 무언가 새로운 것이 나의 삶 안으로 들어왔고, 그것은 오늘날까지 계속 영향을 미치고 있다.

얼마 전 우리 라틴어 학교에 새로 학생이 한 명 전학을 왔다. 우리 도시로 이사 온 어느 유복한 미망인의 아들로, 옷소매에 검은 띠를 두르고 있었다. 그는 나보다 한 학년 높았으며 나이도 몇 살 더 들었지만, 곧 모든 학생이 그랬던 것처럼 나도 그를 주목했다. 이 이상한 학생은 보기보다 훨씬 더 나이가 든 것 같았고 그 누구에게도 소년이라는 인상을 주지 않았다. 어른처럼, 아니 그냥 어른이라기보다 신사처럼 낯설고도 성숙하게 우리 유치한 소년들 사이를 오갔기 때문에 인기가 있지는 않았다. 그는 우리의 놀이에 끼지 않았고 싸움에는 더더욱 끼지 않았다. 단지 아이들은 선생님들에게 맞서는 그의 자신감 있고 단호한 어조를 마음에 들어 했다.

그의 이름은 막스 데미안이었다.

우리 학교는 가끔 합반을 하곤 했는데, 어느 날 무슨 이유에선가 매우 넓은 우리 교실에 또 한 반이 들어와 함께 수업하게 되었다. 그게 데미안네 반이었다. 우리 어린 학생들은 성경 이야기 시간이었고, 큰 학생들은 작문을 해야 했다. 우리가 카인과 아벨의 역사를 배우는 동안, 나는 자주 독특하게 나를 매료시키는 데미안의 얼굴을 건너다보았다. 그 총명하고 환하고 엄청나게 단호한 얼굴이 작문 과제 위로 주의 깊고도 지혜롭게 숙여져 있는 모습이 보였다. 그는 전혀 숙제하는 학생처럼 보이지 않고, 자기 자신의 문제에 전념하고 있는 연구자 같았다. 사실 호감이 가지는 않았다. 반대로 어쩐지 모를 거부감을 주었다. 그는 나보다 우월해 보였고 침착했다. 그의 성격은 도전적으로 느껴질 만큼 자신만만했다. 그리고 그의 눈은 아이들이 결코 좋아하지 않는 어른의 표정을 띠고 있었는데 약간 슬픈 냉소를 담고 있었다. 그렇지만 그를 줄곧 바라보지 않을 수 없었다. 그가 호감을 주었던 것 같기도 하고 반감을 주었던 것 같기도 하다. 한 번은 그가 내 쪽으로 시선을 주었는데 나는 놀라서 얼른 눈길을 돌렸다. 지금 와서 그가 학생으로서 어떤 모습이었는지를 생각해 보면 나는 말할 수 있다. 그는 어느 점에서 다른 학생들과 달랐으며 전적으로 특별하고 개인적 특징이 뚜렷하게 나타나 있어 그 때문에 눈에 띄었다. 동시에 그는 눈에 띄지 않으려고 굉장히 노력했다. 마치 농부들 가운데 있으면서 그들과 같아 보이려고 갖은 애를 다 쓰는 변장한 왕자님 같았다.

학교가 끝나고 집으로 가는 길에 그가 내 뒤쪽에서 걸어
오고 있었다. 다른 아이들이 뿔뿔이 흩어지고 나자 나를 따
라잡더니 인사를 해왔다. 이 인사 역시 그가 학생다운 말투
를 썼지만 무척 어른스럽고 공손하게 들렸다.

"우리 잠깐 같이 갈까?"

그가 친절하게 물었다. 나는 기분 좋게 고개를 끄덕였다.
그러고는 내가 어디 사는지 자세히 말해주었다.

"아, 거기구나?"

그가 미소를 띠며 말했다.

"그 집이라면 내가 벌써 알고 있어. 현관문 위에 붙여놓은
독특한 장식물이 흥미롭더라고."

나는 무엇을 두고 하는 말인지 금방 알아차리지 못했다.
다만 그가 우리 집을 나보다 더 잘 아는 것 같아 놀라울 뿐이
었다. 아마도 대문 위 아치형의 쐐기돌을 마무리하는, 맨 꼭
대기에 박힌 돌로 된 일종의 문장紋章을 말한 것 같았는데,
그것은 세월이 흐르면서 편편해지고 페인트가 자주 덧칠된
것으로 내가 아는 한에서는 우리 가문과 아무 상관없는 것이
었다.

"난 그것에 대해서는 아는 게 없어."

내가 수줍게 말했다.

"그건 아마 새이거나 뭐 그 비슷한 걸 거야. 아주 오래되
어서 알아보기 힘들어. 우리 집 건물이 예전에는 수도원 일
부였대."

"그럴 수도 있겠군."

그가 고개를 끄덕였다.

"한번 잘 살펴봐! 그런 것들은 대부분 아주 흥미롭거든. 내가 보기엔 그건 매 암놈 같았어."

우리는 계속 걸었다. 나는 몹시 당황해하고 있었다. 그러다 데미안은 마치 뭔가 재미나는 것이 떠오르기라도 한 듯 웃었다.

"그래, 그때 내가 너희 반에 있었지."

그가 활기찬 목소리로 이야기했다.

"이마에 표적을 단 카인의 이야기였지, 그렇지? 그 이야기가 마음에 들었니?"

물론 아니었다. 우리가 배워야 했던 것 중 그 무엇도 내마음에 드는 일은 드물었다. 그러나 나는 감히 그렇다고 말을 하지 못했다. 마치 어른과 이야기하고 있는 것 같았기 때문이다. 나는 그 이야기가 썩 마음에 든다고 말했다. 데미안이 내 어깨를 툭툭 두드렸다.

"나한테는 그럴듯하게 꾸며댈 필요가 없단다, 얘야. 하지만 그 이야기는 정말로 특이해. 그 이야기는 수업 시간에 나오는 대부분의 다른 이야기보다 훨씬 특이해. 선생님은 거기에 대해 이야기를 많이 하지 않고, 그냥 신과 죄악에 대한, 상식적인 이야기 따위만 하셨어. 그렇지만 내 생각에는 말이야."

그가 말을 끊고 미소 띤 얼굴로 물었다.

"그런데 너 이런 거에 관심이 있니?"

"그래, 그러니까 내 생각에는 말이야."

그가 계속 말을 이었다.

"카인에 관한 이야기는 완전히 다르게 이해할 수도 있어. 우리가 배우는 대부분은 분명 완벽한 진실이고 올바른 것이지만, 그것들 모두를 선생님들이 보는 것과는 다르게 볼 수도 있다는 거지. 그러면 대체로 훨씬 나은 뜻을 갖게 돼. 예를 들면 카인이나 그의 이마에 찍힌 표적의 경우 우리가 들은 설명만으로 만족할 수는 없잖니. 너도 그런 것 같지 않아? 어떤 사람이 싸우다가 자기 형제를 때려죽이는 일은 분명 일어날 수 있는 일이야. 그리고 그 사람이 나중에 더럭 겁이 나서 굴복하게 된다는 것도 있을 수 있는 일이야. 그런데 그의 비겁함에 대해 일부러 특별한 표적을 달아 주었는데 그 표적이 그를 보호하고 다른 모든 사람에게 겁을 준다면 그건 정말 이상하지 않아?"

"물론이야."

내가 흥미를 느끼며 대답했다. 그 문제가 내 마음을 사로잡기 시작했던 것이다.

"하지만 그 이야기를 어떻게 다르게 생각한다는 거지?"

그는 내 어깨를 쳤다.

"아주 간단해. 맨 처음에 존재하며 이야기를 이끌어낸 건 표적이야. 어떤 사람이 있었는데 그는 얼굴에 다른 사람들을 겁나게 하는 무엇인가가 있었어. 사람들은 감히 그를 건드리지 못했어. 그와 그의 자손들이 그들을 압도했던 거지. 어쩌면 분명히 그 표적은 편지에 찍히는 소인처럼 정말로 이마에 찍힌 것은 아니었을 거야. 세상 사는 데 그렇게 단순한 일은 드무니까. 오히려 그건 뭔가 거의 알아볼 수 없는 무시무시한 그 무엇이었을 거야. 그것은 오히려 시선에 담긴 비범한 정신과 담력이었을 거야. 그 남자에게는 힘이 있었고 사람들은 그를 겁냈어. 그는 '표적' 하나를 가지고 있었어. 그리고 '사람들'은 언제나 자기들한테 편하고 자기들이 옳다고 하는 것을 원하지. 사람들은 카인의 자손들이 무서웠어. 그들은 '표적' 하나를 가지고 있었거든. 그러니까 사람들은 그 표적을, 그것의 원래 모습인 우월함에 대한 표징으로 설명하지 않고, 반대로 설명한 거야. 사람들은 말했지, 이 표적을 가진 녀석들은 무시무시하다고. 또 그들이 실제로 그렇기도 했어. 용기와 나름의 개성이 있는 사람들은 다른 사람들한테 공포스러운 존재거든. 겁 없고 강한 족속 하나가 자신들과 함께 있다는 것은 몹시 불편한 일이었지. 그래서 이제 이 족속에게 별명 하나와 우화 하나를 덧붙여놓은 거야. 복수하려고 말이야. 견뎌낸 무서움을 모든 사람을 위해서 약간 해롭지 않게 억제해 두기 위해서. 이해되니?"

"응, 그러니까 카인은 전혀 나쁜 사람이 아니었단 말인 거야? 성경에 있는 모든 이야기가 실제로는 전혀 사실이 아니라는 말이네?"

"그럴 수도 있고 그렇지 않을 수도 있어. 그렇게 오래된 이야기들은 대부분 진실일 수 있지만 언제나 사실대로 기록되어 있지도 않고, 언제나 사실대로 설명되지도 않지. 간단히 말해서 내 생각엔 카인은 엄청난 젊은이였어. 그런데 사람들이 그를 두려워했기 때문에 그에게 이 이야기를 지어냈을지도 모른다는 거지. 카인의 이야기는 사람들이 그냥 가볍게 떠드는 소문에 불과한 거지. 그러나 카인과 그 자손들은 정말로 일종의 '표적'을 지녔고 대부분의 사람과는 달랐다는 것은 완전히 사실이야."

나는 몹시 놀랐다.

"그렇다면 동생을 죽인 일도 전혀 사실이 아니라고 생각하는 거야?"

충격을 받은 나는 이렇게 물었다.

"아니지! 죽인 건 분명 사실이야. 강한 사람이 약한 사람 하나를 죽였어. 그런데 그것이 정말 자기 형제였는지는 생각해 봐야 해. 사실 정말 형제였는지 아니었는지는 중요하지 않아. 결국 모든 인간이 형제잖니. 그러니까 어떤 강한 사람이 어떤 약한 사람 하나를 때려죽인 거야. 어쩌면 그건 영웅적 행위였을지도 모르고 어쩌면 아닐 수도 있지. 어쨌든 다른 약한 사람들이 이제 잔뜩 겁이 난 거야. 그들은 몹시 탄식했지. 그런데 '왜 너희들도 그 사람을 그냥 쳐 죽이지 않는 거지'라고 누가 물으면 그들은 '우리가 겁쟁이이기 때문이죠'라고 말하지 않고 '그럴 수 없습니다. 그는 표적을 가지고 있거든요. 하느님이 그에게 그려주신 겁니다!'라고 말했지. 대략 그런 식으로 이 터무니없는 이야기가 이루어졌을 게 틀림없어. 아, 내가 널 오래 붙들고 있구나. 그럼 안녕!"

그는 나를 내버려 두고 알트 거리로 접어들었고, 혼자 남은 나는 그 어느 때보다 혼란스러웠다. 그가 떠나자 지금까지 데미안이 했던 모든 말이 터무니없어 보였다! 카인이 강자고, 아벨이 겁쟁이라니! 카인의 표적이 훌륭한 것이라니! 그것은 어처구니없는 얘기였다. 비이성적이고 신성모독이며 극악무도였다. 그렇다면 하느님은 어디 가버리신 거야? 하느님은 아벨의 제물을 받지 않으셨던가, 아벨을 사랑하시지 않았던가? 아니다. 말도 안 되는 소리다! 그래서 나는 데미안이 나를 놀려서 당황스럽게 만들기 위해 꾸며낸 이야기라고 추측했다. 실로 영리한 녀석이긴 하다. 말도 논리적으로 잘한다. 하지만 그럴 수는 없다. 사실이 아닐 것이다.

어쨌든 나는 아직 한 번도 그 어떤 성경 이야기나 다른 이야기에 대해 그런 식으로 생각해 본 적이 없었다. 또 오래전부터 한 번도 저녁 내내 여러 시간을 프란츠 크로머를 그렇게 완전히 잊어버린 적도 없었다. 집에 오자마자 나는 성경에 쓰인 그 이야기를 다시 한번 통독했다. 그 이야기는 짧고 분명했다. 그리고 거기서 어떤 남모르는 특별한 의미를 찾아본다는 건 완전히 미친 짓이었다. 데미안의 말대로라면 사람을 쳐 죽인 자도 하느님이 사랑하시는 사람이라고 선언할 수도 있다! 아니다. 그건 말도 안 되는 이야기였다. 단지 마음 깊이 끌렸던 건 데미안이 그 이야기를 하는 태도가 세련되었기 때문이었다. 마치 모든 것이 자명한 일이나 되듯 그렇게 쉽고 멋지게, 그리고 거기다 그렇게 진심 어린 눈빛으로 이야기했다는 것이다.

나 자신도 아주 정상적인 상태는 아니었고 심지어 몹시 혼란스러움에 빠져 있었다. 나는 얼마 전까지 밝고 깨끗한 세계에서 살아왔다. 나 자신이 일종의 아벨이었다. 그런데 이제 나는 이토록 깊이 '다른' 것에 박혀 있었다. 그 속에 깊이 떨어져 헤어나올 수 없을 만큼 가라앉아 있었다. 나만의 잘못이 아니라고 해도 어떻게 일이 이 지경까지 와 버렸을까? 어떻게 그럴 수 있었단 말인가? 그렇다. 그때 마음속에서 기억 하나가 번쩍 떠올라, 한순간 거의 숨을 쉴 수 없었다. 비참한 이 상황이 시작되었던 그 고약한 저녁, 그때 나는 한순간 아버지와 아버지의 밝은 세계, 그리고 지혜를 단번에 꿰뚫어 본 듯 경멸했다! 그렇다. 그때 나는 카인이었고 이마에 표적까지 달고 있었지만 수치심을 느끼기보다는 이것은 훈장이라고 우쭐댔다. 나는 죄악과 고통을 겪었기 때문에 내가 우리 아버지보다 더 높은 곳에, 선하고 경건한 사람들보다 더 우월한 존재라고 생각하고 있었다.

그 당시에 내가 이렇게 명확한 사고 체계를 갖추었던 것은 아니다. 하지만 이 모든 것이 그 안에 포함되어 있었다. 그것은 다만 느낌들이 한 번 타오른 것일 뿐이었다. 아픔을 주지만 그래도 나를 자랑으로 채웠던 기이한 움직임들에 의하여 온갖 느낌들이 한꺼번에 타오른 것일 뿐이었다.

생각해 보면 데미안은 정말 이상하게도 강자와 약자에 초점을 맞추어 이야기를 해주었다. 얼마나 이상하게 그는 카인의 이마에 찍힌 표적을 풀이했던가! 그때 그의 눈, 그 독특한 어른의 눈은 얼마나 놀라운 빛을 뿜었던지! 그리고 어렴풋하게 이런 생각이 나의 뇌리를 꿰뚫고 갔다. 그 자신이, 데미안이 카인 같은 존재가 아닐까? 그 자신이 그와 비슷하

46

다고 느끼지 않는다면 그는 왜 카인을 옹호했을까? 왜 그의 눈에는 그런 힘이 있는 걸까? 왜 그는 그렇게 '다른 사람들', 겁 많은 사람, 사실은 하느님 마음에 드는 경건한 사람들을 빈정댔을까?

나는 이런 생각을 끝없이 했다. 돌 하나가 우물 안에 던져졌고 그 우물은 나의 젊은 영혼이었다. 그리고 매우 긴 시간 동안 카인의 살인과 표적에 관한 문제가 나의 인식과 의구심을 키웠고, 비판적 사고를 하려는 시도의 출발점이 되었다.

나는 금방 다른 학생들도 데미안에게 관심이 많다는 것을 알아차렸다. 카인에 관한 이야기는 아무에게도 말하지 않았다. 그러나 그는 다른 학생들에게도 흥미를 끌고 있는 듯했다. 적어도 이 새로운 전학생에 대한 소문들이 돌았다. 내가 그 소문을 미리 알기만 했더라면 데미안에 대해서 파악하는 데 도움이 되었으리라. 그러나 내가 알았던 것은 데미안의 어머니가 매우 부자라는 것뿐이었다. 그녀는 교회에 가지 않고 아들도 그렇다는 말도 했다. 어떤 사람은 데미안 모자가 유대인인 걸 안다고 주장했지만, 어쩌면 그들은 은밀한 회교도일 수도 있었다. 막스 데미안의 신체적 힘에 대해서도 동화 같은 이야기들이 떠돌았다. 데미안의 반에서 가장 힘센 학생이 그에게 싸움을 걸었는데 그가 거절하자 비겁자라고 욕을 했고 데미안이 거뜬하게 해치워 버렸다는 것이다. 그곳에 있었던 아이들 말에 의하면 데미안이 그냥 한 손으로 목덜미를 잡아 꽉 눌렀을 뿐인데 그 애가 하얗게 질려

서 항복하고 도망쳤고 며칠 동안 팔을 쓰지 못했다는 것이었다. 어느 저녁에는 심지어 그가 죽었다는 말까지 돌았다. 온갖 소문들이 무성하게 퍼져 나갔고 사실처럼 믿어졌다. 모두가 자극적이고 놀라운 소문들이었다. 그다음 한동안은 잠잠했다. 그러더니 얼마 지나지 않아 새로운 소문들이 우리 학생들 사이에서 떠돌았다. 데미안이 여자를 사귀고 있으며 이미 '알건 다 안다'는 소문이었다.

그 사이에도 여전히 프란츠 크로머와의 일은 불가피한 길을 계속 가고 있었다. 나는 그로부터 헤어나오지 못했다. 그 애가 드물게 며칠간 나를 가만히 내버려 둔다 해도 나는 그에게 얽매여 있었기 때문이다. 꿈속에서 그 애는 내 그림자처럼 함께 살았다. 나의 환상은 그가 현실에서 나에게 저지르지 않은 것조차 꿈속에서 자행하게 했다. 꿈속에서 나는 전적으로 그의 노예였다. 나는 현실에서보다 더 많이 꿈속에서 살았다. —나는 원래 꿈을 많이 꾸는 편이었다.— 그래서 이 그림자 때문에 나는 힘과 활기를 잃었다. 다른 꿈도 꾸었지만 크로머가 나를 학대하는 꿈, 나에게 침을 뱉고 나에게 올라타 무릎으로 짓누르는 꿈을 자주 꾸었다. 그리고 더 고약한 것은, 심한 범죄를 저지르도록 나를 유혹하는 꿈이었다. 유혹했다기보다는 그의 막강한 영향력을 그냥 마구잡이로 행사하는 것이었다. 이 꿈 중 가장 무서운 꿈은 내가 아버지를 습격하여 살해하는 꿈이었다. 나는 이 꿈을 꾸면 반은 미쳐서 깨어나야 했다. 크로머가 칼을 갈아 내 손에 쥐여 주고 우리는 어느 가로수길의 나무 뒤에 서서 누군가를 노리

48

고 있었다. 나는 누구를 노리고 있는지 몰랐다. 그러나 누군 가가 오고 크로머가 내 팔을 누르면서 내가 찔러 죽여야 하는 것이 저자라고 말했는데 그 사람이 바로 우리 아버지였다. 그러다 잠에서 깨었다.

이 꿈 때문에 나는 카인과 아벨 이야기를 그때까지도 계속 생각하고 있었다. 그러나 데미안 생각은 별로 하지 않았다. 그가 나에게 다시 가까이 온 것은 이상하게도 또 어느 꿈속에서였다. 학대와 폭력에 시달리는 꿈이었는데 참는 것 말고는 방법이 없었다. 그런데 내 몸을 타고 앉은 것이 이번에는 크로머가 아니라 데미안이었다. 그리고 그것은 아주 새로웠고 나에게 깊은 인상을 주었다. 크로머에게 당할 때는 고통과 혐오감만 느껴졌는데 데미안에게 당하니 신기하게도 기쁨과 불안함이 뒤섞여 느껴졌다. 이 꿈을 나는 두 차례 꾸었다. 그리고 그다음에는 다시 데미안의 자리에 크로머가 들어섰다.

꿈에서 겪은 일과 실제로 겪은 일이 확실히 분간되지 않았다. 어쨌든 크로머와 나의 나쁜 관계는 나름대로 진행되었고, 내가 작은 도둑질을 해서 그 애에게 빚진 돈을 마침내 다 갚고 났을 때도 끝나지 않았다. 끝날 리가 없었다. 그 애는 내가 저지른 도둑질들에 대해서도 알고 있었던 것이다. 늘 어디서 돈이 나오느냐고 물었기 때문이다. 그래서 나는 그 어느 때보다 더 단단히 그 애 손아귀에 잡혀 들어갔다. 그 애는 번번이 아버지에게 다 말하겠다고 위협했다. 아버지에게 일러바치겠다는 협박이 두려웠다. 처음부터 그런 거짓말을 하지 않았더라면 하는 후회가 크게 밀려왔다. 하지만 참을 수 없이 괴로운 와중에도 지금까지의 모든 일이 다 후회스럽기만 한 것은 아니었다. 적어도 다 후회스럽지는 않았다. 이따금 모든 것이 이럴 수도 있다는, 필연이라는 느낌도 들었다. 내 위에 어떤 숙명이 드리워져 있고 그것을 깨뜨리려는 시도는 소용없는 일 같았다.

부모님도 이런 내 상태를 보시며 적지 않게 괴로우셨을 것이다. 낯선 귀신이 덮쳐 왔고 나는 더 이상 그토록 친밀했던 우리의 공동체와 어울리지 않았던 것이다. 그 공동체를 향하여 마치 잃어버린 낙원을 향한 것 같은 격렬한 향수를 느꼈다. 특히 어머니는 나를 문제아라기보다는 환자 취급을 하셨다. 그러나 상황이 진짜 어땠는지는 두 누나의 태도에서 가장 잘 알 수 있었다. 나를 매우 아끼면서도 끊임없이 비참하게 만들었던 그들의 태도 속에서 내가 일종의 신들린 사람이라는 것을 느끼게 했다. 누나들에게는 내가 한숨이 절로 나오는 동정을 일으키는 사람이었지만 한편으로는 언제 악마처럼 발작을 일으킬지 모르는 경계 대상이었다. 이제 가족들은 나를 위해 평소와는 다르게 기도했고 그 기도 내용을 나도 알고 있었다. 하지만 그 기도가 부질없다는 것도 잘 알고 있었다. 모든 괴로움을 내던지고 싶다는 간절한 소망이 생길 때면, 잘못을 뉘우치고 고백할까 하는 생각도 했지만 아버지와 어머니께 모두 사실대로 이야기할 수 없었고 도저히 설명할 수 없겠다는 생각이 들었다. 나는 알고 있었다. 사람들이 이 일을 다정하게 받아들이고 나를 몹시 아껴주며

실로 유감스러워하리라는 것을 말이다. 그러나 완전히 이해하지는 못하리라는 것도 알고 있었다. 그 모든 것이 운명이었는데, 사람들은 일종의 탈선으로 치부해 버릴 것이다.

아직 열한 살도 안 된 아이가 이런 생각을 한다는 것을 믿지 못할 사람도 더러 있을 것이다. 그런 사람들에게는 내 이야기를 이해시키려고 하지 않겠다. 그저 인간을 보다 잘 아는 사람들에게 이야기하겠다. 자신의 감정을 이성으로 변화시키는 걸 익힌 어른들은 어린아이에게도 이런 이성이 존재할 거라 생각하지 못할 뿐 아니라 아이의 경험도 무시한다. 그러나 내 인생에서 그 당시처럼 깊게 경험하고 고민했던 때도 드물다.

비가 내리던 어느 날, 크로머로부터 성문 앞 광장으로 나오라는 연락을 받았다. 나는 광장에 서서 기다리며 흠뻑 젖은 검은 나무들에서 떨어지는 축축한 마로니에 이파리를 두 발로 헤집고 있었다. 돈은 못 가지고 왔고 크로머에게 뭐라도 줘야겠기에 케이크 두 조각을 가져와 옆구리에 들고 있던 참이었다. 나는 벌써 오래전부터, 그렇게 어딘가 한구석에 서서 오래도록 그 애를 기다리는 데 익숙해져 있었다. 그리고 사람이 어떻게 바꿀 도리가 없는 것은 하는 수 없이 받아들이게 마련이듯 그 사실을 체념하며 받아들이고 있었다.

마침내 크로머가 왔다. 오늘은 오래 기다리지 않았다. 그 애는 내 가슴팍을 주먹으로 가볍게 몇 대 치고는 웃었고 케이크를 받아 들고 축축한 담배를 권했다. 물론 나는 받지 않

51

았다. 아무튼 평소와는 달리 유별나게 친절했다.

"그래."

그가 떠나면서 말했다.

"내가 잊어버리기 전에 해두는 말인데 말이야, 다음번에는 누나를 데려와라. 큰누나 말이야. 이름이 뭐였더라?"

나는 크로머의 말을 전혀 이해하지 못했고 대답도 못 했다. 그냥 어리둥절해 하며 물끄러미 바라볼 뿐이었다.

"못 알아듣겠어? 네 누나를 데리고 오란 말이야."

"알아들었어, 크로머. 하지만 그건 안 돼. 못해. 누나도 절대 따라오지 않을 거고."

나는 그가 늘 그랬던 것처럼 꼬투리를 잡을 구실로 한 말이라 생각했다. 그는 자주 무언가 불가능한 것을 요구하여 나를 놀라게 하고 굴욕을 주고 그다음에는 서서히 자기와 협상하게 했다. 그러면 나는 약간의 돈이나 다른 선물로 몸값을 주고 빠져나와야 했다.

그런데 이번에는 전혀 달랐다. 내가 거절했는데도 그 애는 화를 내지 않았다.

"글쎄."

그 애는 얼버무렸다.

"네가 잘 생각해 봐. 너희 누나와 사귀어 보고 싶단 말이야. 언제 한번 기회를 만드는 거야. 그냥 누나와 같이 산책하러 나와. 그럼 내가 낄 테니까. 내일 휘파람으로 부를게. 그때 다시 그 문제에 대해 의논해보자."

크로머가 떠나고 나서 나는 그 애가 원하는 것의 의미를 어렴풋하게나마 깨달았다. 나는 아직 완전히 어린아이였다. 그러나 소년들과 소녀들이, 조금 나이가 들면 그 어떤 비밀스럽고 조금은 야릇한 상스러운 일들을 함께 벌일 수 있다는 것은 소문으로 알고 있었다. 이제 그러니까 이 일이 얼마나 갑작스럽고 엄청난지가 분명해졌다! 결코 그렇게 하지 않겠다는 나의 결심이 확고해졌다. 그러나 그다음에 무슨 일이 일어날지, 또 크로머가 어떻게 내게 복수할지, 거기에 대해서는 거의 생각할 엄두조차 안 났다. 나에게는 새로운 고문이 시작되었다. 아직도 내가 겪은 고통이 충분하지 않았던 것이다.

절망적으로 두 손을 호주머니에 넣은 채 나는 텅 빈 광장을 건너갔다. 새로운 고통이 시작되었고 새로운 압박감이 나를 짓눌렀다.

그때 누군가 상쾌하고 낮은 목소리로 나를 불렀다. 나는 놀라 빨리 걷기 시작했다. 누군가가 내 뒤를 따라오더니 한 손이 뒤에서 부드럽게 나를 잡았다. 막스 데미안이었다.

나는 잡힌 척했다.

"데미안이었구나?"

나는 불안하게 말했다.

"깜짝 놀랐어."

그가 나를 바라보았다. 이때처럼 그의 시선이 어른스럽고 압도적이며 꿰뚫어 보는 힘이 있다고 느낀 적은 없었다. 오랫동안 우리는 함께 이야기하지 않았는데도 말이다.

"미안해."

그가 특유의 공손하면서도 분명한 어조로 말했다.

"그런데 이렇게 놀랄 필요는 없잖아."

"그렇긴 하지, 하지만 놀랄 수도 있지 뭐."

"그럴 수도 있겠지. 하지만 알아둬. 너한테 아무 짓도 하지 않은 어떤 사람 앞에서 그렇게 깜짝 놀랐다면 그 사람은 생각을 해보기 시작할 거야. 이상하게 생각이 되면서 궁금해지지. 넌 뭔가 수상할 정도로 깜짝 놀랐어. 사람이 저러는 건 바로 불안함에 사로잡혔을 때지. 겁쟁이들은 언제나 불안하고 말이야. 하지만 내 생각에 너는 원래 겁쟁이는 아니야. 아, 물론 영웅도 아니지. 지금 넌 뭔가 겁나는 일이 있어. 네가 겁을 내는 사람이 있다는 이야기지. 그런데 그건 결코 있어서는 안 될 일이야. 그래, 사람을 무서워해서는 결코 안 돼. 물론 내가 무서운 건 아니겠지? 아니면 무섭니?"

"아니야, 전혀 안 무서워."

"그럴 테지. 그런데 네가 무서워하는 사람이 있는 거지?"

"모르겠어⋯⋯. 날 내버려 둬, 나한테서 도대체 뭘 바라는 거야?"

데미안은 나와 보조를 맞추며 나란히 걸었고 나는 도망칠 생각을 하며 더 빨리 걸었다. 곁에서 그의 시선이 느껴졌다.

"만약에 말이야."

그가 다시 말을 시작했다.

"난 너에게 호의로 이야기하는 거야. 아무튼 나한테는 겁을 낼 필요가 없어. 너하고 실험을 한번 해보고 싶어. 재미있기도 하고 네가 거기서 꽤 배울 것도 있는 실험이지. 한번

잘 들어봐! 나는 이따금 독심술이라고 부르는 기술을 써보곤
해. 무슨 나쁜 마법이 거기 있는 건 아니야. 어떻게 하는 건
지 모르면 아주 이상해 보이지만 말이야. 그걸로 사람들을
아주 놀라게 할 수 있어. 자아, 우리 한번 실험해 보자. 그러
니까 내가 너를 좋아한다 치자. 혹은 내가 너에게 관심이 있
는데 이제 네 마음속 모습이 어떤지를 밝혀내 보고 싶은 거
야. 그러기 위해 나는 이미 탐색을 시작했어. 내가 널 놀라
게 했는데 넌 그러니까 잘 놀라는 거야. 즉 넌 두려운 일이나
사람이 있는 거야. 그게 어디서 비롯되었을까? 그 누구도 두
려워할 필요는 없어. 누군가를 두려워한다면, 그건 그 누군
가에게 자기 자신을 지배할 힘을 내주었다는 것에서 비롯하
는 거야. 예를 들면 뭔가 나쁜 일을 했어. 그리고 상대방이
그걸 알고. 그럴 때 그가 너를 지배하는 힘을 가지는 거야.
알아들었니? 이제 분명하지, 안 그래?"

나는 어찌할 바를 모르고 데미안의 얼굴을 들여다보았다.
그의 얼굴은 언제나처럼 진지하고 영리했으며 또 너그러웠
지만, 온갖 정다움이 깃들어 있다기보다는 오히려 엄격했
다. 정의나 혹은 뭔가 그 비슷한 것이 얼굴에 담겨 있었다.
나는 무슨 영문인지 알 수 없었다. 데미안은 마치 마술사처
럼 내 앞에 서 있었다.

"이해했니?"

그가 다시 한번 물었다.

나는 고개만 끄덕일 뿐 아무 말도 할 수 없었다.

"너한테 말하는데 사실 독심술은 우스꽝스러워 보여. 하

지만 이건 아주 자연스럽게 되는 거야. 예를 들면 언젠가 카인과 아벨 이야기를 들려주었을 때 네가 나에 대해서 어떻게 생각했는지 네게 꽤 정확하게 말해 줄 수도 있어. 딴 이야기지만 말이야. 네가 한 번쯤 내 꿈을 꾸었으리라고 생각해. 하지만 그런 건 관두자! 넌 영리한 소년이야. 대부분 아이는 참 멍청한데 말이야. 나는 때때로 내가 신뢰하는 영리한 소년과는 어디서든 이야기를 나누는 걸 좋아해. 괜찮겠지?"

"그래, 괜찮고말고. 그런데 난 전혀 이해를 못 하겠어."

"그럼 우리 한번 즐거운 실험을 계속해보자! 그러니까 우리는 찾아낸 거야. S라는 소년은 잘 놀란다. 그 애는 누군가를 무서워한다. 분명 그 애와 이 상대방 사이에는 몹시 불편한 비밀이 하나 있다. 대강 맞지?"

꿈속에서처럼 나는 그의 목소리와 영향력에 굴복하고 있었다. 그 목소리는 나 자신에게서만 나올 수 있는 목소리가 아니었을까? 모든 것을 아는 목소리는 아니었을까? 나 자신보다 모든 것을 더 잘, 더 명확하게 아는 목소리가 아니었을까? 데미안이 내 어깨를 힘차게 두드렸다.

"그럼 내 말이 맞는 거네. 그럴 줄 알았어. 이제 딱 한 가지 질문만 더 할게. 방금 저기서 너랑 헤어지고 가버린 애 이름이 뭐지?"

나는 흠칫 놀랐다. 건드려진 나의 비밀이 고통스럽게 내 속에서 다시 움츠러들었다. 밖으로 나오려 하지 않았다.

"누구? 다른 애는 없었어, 나뿐이었지."

그가 웃었다.

"그냥 말해. 그 애 이름이 뭐지?"

나는 조그맣게 말했다.

"저 프란츠 크로머 말이야?"

그가 흡족해하며 내게 고개를 끄덕여 주었다.

"잘했어! 넌 정말 똑똑한 아이로구나. 우린 친구가 될 수 있겠어. 그런데 네게 해줄 말이 있어. 그 크로머는 말이야, 아니면 이름이 뭐든 간에, 나쁜 녀석이야. 그 애 얼굴에 악당이라고 쓰여 있어. 넌 어떻게 생각하니?"

"응, 맞아."

내가 한숨을 푹 내쉬었다.

"그 애는 나빠. 악마 같은 녀석이라고! 하지만 그 애가 아무것도 알아서는 안 돼! 맙소사, 제발 아무 말도 하지 말아 줘. 데미안은 그 애를 알아? 그 애가 데미안을 알아?"

"조용히 좀 해! 그 애는 갔어. 그리고 날 몰라. 아직은 몰라. 하지만 그 애에 대해 알고 싶은걸. 그 애는 공립학교에 다니니?"

"응."

"몇 학년이야?"

"오 학년. 하지만 그 애한테 아무 말 하지 마! 제발, 제발 그 애한테 아무 말 하지 말아줘!"

"걱정하지 마, 너에겐 아무 일도 안 일어날 거야. 그런데 크로머에 대해 조금 더 이야기를 들려줄 수 없겠니?"

"그럴 수 없어! 안 돼. 나를 좀 내버려 둬!"

데미안은 한동안 말이 없었다.

그러다가 그가 말했다.

"유감이다. 우린 이 실험을 좀 더 해볼 수도 있었을 텐데. 하지만 널 괴롭히지는 않을게. 그 애를 두려워하는 것이 올바르지 않다는 것은 너도 알지, 안 그래? 그렇게 해서 두려움이 우리를 완전히 망가뜨리는 거야. 그런 건 떨쳐버려야만 해. 넌 그 두려움에서 하루빨리 벗어나야 해. 네가 진짜 남자가 되려면 말이야. 이해하겠니?"

"알아, 데미안이 전적으로 옳아…… 하지만 그렇게 안 되는걸. 데미안은 몰라……."

"어떤 면에서는 내가 네가 생각했던 것보다 더 많이 안다는 걸 보았겠지. 너 혹시 그 애에게 빚진 거라도 있니?"

"그래, 그렇기도 해. 그렇지만 그게 중요한 문제는 아니야. 난 말할 수 없어. 절대로 말할 할 수 없어!"

"네가 빚진 돈을 내가 갚아주어도 아무 소용이 없다는 거니? 내가 너한테 줄 수도 있는데."

"아니야, 아니야, 그게 아니야. 부탁이야, 아무에게도 그 이야길 하지 말아줘! 한마디도! 데미안은 날 불행하게 해!"

"날 믿어, 싱클레어. 넌 언젠가 너희들 사이의 비밀을 나에게 알려주게 될 거야."

"절대 그러지 않을 거야, 절대!"

나는 격렬하게 소리쳤다.

"너 좋을 대로 해. 난 단지 어쩌면 네가 시간이 좀 지나고 나면 내게 말할 거라고 생각해. 너 스스로 말이야. 설마 내가 그 크로머처럼 굴 거라고 생각하는 건 아니겠지?"

"오, 아니야. 하지만 데미안은 거기에 대해서 전혀 아는 게 없잖아."

"그래, 아무것도 몰라. 거기에 대해 곰곰이 생각할 뿐이지. 그리고 나는 절대 크로머처럼 굴지는 않을 거야. 그건 믿어줘. 또 넌 나한테는 아무것도 빚진 게 없잖아."

우리는 오랫동안 말이 없었다. 그리고 나는 점차 진정되었다. 하지만 데미안이 어떻게 그런 사실을 알았는지 점점 더 궁금해졌다.

"이제 집에 가봐야겠다."

그가 빗속에서 외투를 단단히 여몄다.

"우린 벌써 많은 이야기를 나눴으니까 한 가지만 더 말해주고 싶어. 넌 그 녀석을 떨쳐야 할 것 같다! 달리 방법이 없다면 그 애를 때려죽여! 만약 네가 그럴 수 있다면 나도 좋겠어. 내가 널 도와줄게."

나는 새로운 불안감에 사로잡혔다. 카인의 이야기가 갑자기 다시 떠올랐다. 나는 무시무시해져 훌쩍훌쩍 울기 시작했다. 내 주위에 무시무시한 일들이 너무 많았던 것이다.

"그럼 좋아."

막스 데미안이 미소를 지었다.

"집으로 가! 우린 분명히 그 녀석을 해치울 수 있을 거야. 때려죽이는 것이 가장 간단한 일이겠지만 말이야. 그런 일에서는 가장 단순한 것이 늘 최선의 것이지. 크로머 손에 놀아나는 건 좋지 않아."

나는 집으로 왔다. 마치 일 년쯤 떠나 있었던 것 같았다.

모든 것이 달라 보였다. 나와 크로머의 관계에도 미래 같은 무엇, 희망 같은 무엇이 있었다. 나는 더 이상 혼자가 아니었다! 그리고 얼마나 무섭도록 혼자 여러 주일 동안 내 비밀과 더불어 있었던가를 이제야 비로소 알았다. 부모님 앞에서 고해하는 것이 후련은 하겠지만 완전히 나를 구원할 수는 없다. 그러나 이제 나는 고해한 것이나 마찬가지였다. 다른 사람, 그것도 낯선 사람한테 말이다. 그리고 구원의 예감이 짙은 향기처럼 내게로 풍겨왔다.

그 후로도 오랫동안 내 두려움은 극복되지 않았다. 나의 적과 길고도 무서운 대결을 벌일 각오를 하고 있었던 것이다. 그랬던 만큼 모든 것이 그렇게 고요하고 그렇게 완전히 비밀스럽고 조용히 흘러가는 것이 신기할 따름이었다.

우리 집 앞에서 들려오던 크로머의 날카로운 휘파람 소리가 들리지 않았다. 하루, 이틀, 사흘, 일주일이 지나도 들리지 않았다. 나는 도저히 그걸 믿을 수 없었다. 속으로 망을 보고 있었다. 그 애가 갑자기 전혀 예기치 않은 바로 그때 거기 서 있지 않을까 하고 말이다. 그러나 그 애는 나타나지 않았다. 계속 나타나지 않았다! 새로운 자유가 믿어지지 않았다. 마침내 내가 프란츠 크로머와 마주치게 되었을 때까지도 나는 믿지 못하고 있었다. 그 애는 바로 내 맞은편에서 자일러 거리를 내려오고 있었는데 움찔하였다. 그리고 얼굴을 험하게 찌푸리더니 나를 피해 곧바로 돌아서서 가 버렸다.

지금까지 이런 순간은 없었다. 내 적이 나를 피해 달아난 것이었다! 악마가 나를 두려워하는 것이었다! 기쁨과 놀람이

나의 온몸을 관통해 갔다.

그 무렵 데미안이 다시 한번 나타났다. 학교 앞에서 나를 기다리고 있었다.

"안녕."

내가 말했다.

"안녕, 싱클레어. 네가 어떻게 지내는지 좀 들어보고 싶었어. 크로머가 이제 널 괴롭히지 않지, 안 그래?"

"데미안이 그렇게 한 거야? 하지만 대체 어떻게? 난 도무지 영문을 모르겠어. 그 녀석은 아예 나타나지도 않아."

"그거 잘됐구나. 안 그러겠지만 언젠가 다시 나타나기라도 하면, 그 애는 뻔뻔한 녀석이니까 말이야. 그냥 그 애한테 데미안을 떠올려보라는 말만 해."

"그게 무슨 말이야? 그 애랑 싸운 거야, 때린 거야?"

"아니, 난 그런 짓은 별로 좋아하지 않아. 그 애하고도 그냥 이야기했어. 너하고 이야기하듯 말이야. 그러면서 너를 가만히 내버려 두는 것이 그 애 자신한테도 이로울 거라는 사실을 똑똑히 알게 해주었지."

"오, 그 애한테 돈을 준 건 아니겠지?"

"아니야. 그런 방법이라면 네가 벌써 시험해 봤잖아."

나는 자꾸 캐물으려 했지만 그는 떠났다. 그리고 나는 그에 대해서 전에 느꼈던 감사와 수줍음, 놀라움과 두려움, 헌신과 거부가 기이하게 뒤섞인 답답한 느낌으로 그 자리에 남아있었다.

나는 곧 그를 다시 만나 크로머와 있었던 모든 일에 대해,

그리고 카인의 일에 대해 더 이야기를 나누었으면 했다.

하지만 그렇게 되지 않았다.

나는 감사라는 감정을 믿지 않았다. 그리고 어린아이에게 감사를 요구하는 것은 잘못된 일로 여겼다. 그래서 내가 막스 데미안에게 전혀 감사해하지 않았다는 것은 지금도 별로 놀라운 일이 아니다. 물론 데미안이 나를 크로머의 손아귀에서 구해주지 않았더라면 나는 평생 병들고 쇠약했을지도 모른다고 지금도 확신한다. 당시에도 이 구원을 나는 내 짧은 인생의 가장 큰 경험이라 생각했다. 그러나 구원해준 사람이 기적을 완수하자 나는 금방 잊어버렸다.

이미 말했듯이 감사해하지 않았다는 것은 내게 이상한 일이 아니었다. 특이한 것은 내가 호기심을 느끼지 않았다는 것이다. 나를 데미안과 만나게 했던 비밀들에 좀 더 가까이 가지 않은 채 어떻게 단 하루라도 평온하게 살아갈 수 있었을까? 카인에 대하여, 크로머에 대하여, 독심술에 대하여 좀 더 들으려는 욕망을 나는 어떻게 억제할 수 있었을까?

이런 일을 전혀 이해할 수 없겠지만 실제로 그랬다. 내가 갑자기 악령이 씌운 그물로부터 풀려났음을 나는 보았다. 다시 세계가 밝고 기쁘게 내 앞에 놓여 있는 것을 보았다. 더 이상 두려움의 발작과 목을 죄는 심장의 격한 고동에 시달리지 않았다. 저주의 주문은 풀렸다. 나는 더 이상 괴롭힘당하는 저주받은 자가 아니었다. 나는 다시 평소와 다름없는 학생이었다. 내 본성은 될 수 있는 대로 빨리 예전처럼 안정에 이르려 했다. 그렇게 본성은 무엇보다 추하고 위협적인 것을 떨쳐 버리려고, 잊어버리려고 노력했다. 나의 고통의 긴 역사는 어떤 외상도 남기지 않은 채 너무도 빨리 내 기억에서 잊혀져갔다.

나를 도와주고 구원해준 사람에 대해서도 똑같이 빨리 잊어버리려 했다는 것도 이제는 이해하겠다. 내 상처받은 영혼의 모든 충동과 힘을 쏟아 나는 내게 내렸던 저주의 고해로부터, 크로머에의 무서운 속박에서부터 도망쳐 돌아왔던 것이다. 내가 일찍이 행복했고 만족했던 곳으로, 다시 열리는 잃어버렸던 낙원으로, 아버지 어머니의 밝은 세계로, 누나들에게로, 정결함의 향기로, 아벨이 누렸던 신의 호의로 나는 돌아왔다.

데미안과의 짧은 대화를 나누었던 그다음 날, 나는 다시 얻은 자유를 완전히 확신하고 이제는 두려워하지 않게 되었을 때, 그날로 나는 그토록 자주 그리워하며 소망했던 것을 실행했다. 고해를 한 것이다. 어머니에게로 가서 자물쇠가 망가지고 돈 대신 장난감 돈으로 채워진 저금통을 보여 드렸다. 그리고 얼마나 오랫동안 내 죄로 인하여 사악한 녀석에게 시달렸는지를 이야기해 드렸다. 어머니는 다 이해하시지는 못했지만 저금통과 변한 나의 시선을 보고, 그리고 변한 나의 목소리를 듣고, 내가 회복되었으며 내가 어머니에게 되돌아왔다는 것을 느끼셨다.

나는 벅찬 마음으로 귀환의 축제를 벌이고 방탕아의 귀향 의식을 벌였다. 어머니는 나를 아버지께로 데려가셨고 이야기는 되풀이되었으며 질문과 놀람의 탄성의 터져 나왔다.

부모님 두 분은 내 머리를 쓰다듬으시며 긴 마음의 짓눌림을 떨치고 안도의 숨을 내쉬었다. 모든 것이 근사했다. 모든 것이 동화 속 이야기 같았다. 모든 것이 놀랍도록 순조롭게 풀려나갔다.

나는 정말 최선을 다해 열정적으로 이 안정 속으로 도피해 들어갔다. 다시 평화를 되찾고 부모님의 신뢰를 되찾았다는 것은 아무리 해도 싫증 나지 않았다. 나는 집안의 모범 소년이 되었다. 그 어느 때보다 더 많이 누나들과 놀았고, 기도 시간에는 구원받은 회개한 사람으로서 감사하는 마음을 담아 찬송가를 불렀다. 그런 일은 진심에서 우러났으며 어떤 거짓도 섞이지 않았다.

그런데 그럼에도 그걸로 모든 일이 해결된 것은 전혀 아니었다! 그리고 거기서부터 내가 데미안을 잊은 이유가 진정으로 해명될 수 있다. 나는 데미안에게 고해를 했어야 했다! 그렇게 했더라면 그 고해가 집에서처럼 화려하고 감동적이진 않았을 테지만 나에게 보다 큰 해방감을 느끼는 결과를 주었을 것이다. 그때의 나는 모든 뿌리를 뻗어 예전의 낙원 같은 세계에 매달렸다. 집으로 돌아와 관대하게 받아들여졌던 것이다. 그러나 데미안은 결코 이 세계에 속하지 않았으며 이 세계와 맞지 않았다. 그도 크로머와는 다르지만 어떤 의미에서는 또 하나의 유혹자였다. 다시는 알고 싶지 않은 또 다른 나쁜 세계와 나를 엮으려는 유혹자였던 것이다. 나 자신이 다시 하나의 아벨이 되고 난 지금, 아벨을 포기하고 카인을 찬양하는 일을 도울 수도 없었고 또 그러고 싶지도 않았다.

이것은 표면적인 상황이었고 내면적인 상황은 달랐다. 나는 크로머라는 악마의 손아귀에서 풀려났다. 그러나 그것은 나 자신의 힘과 노력으로 풀려난 것이 아니었다. 나는 세상의 오솔길을 똑바로 걸으려고 했는데 그 길들이 내게 너무 미끄러웠던 것이다. 친절한 손 하나가 나를 잡아 구해낸 지금, 나는 눈길 한 번 팔지 않고 곧장 어머니의 품속으로, 포근히 에워싸인 경건한 유년의 아늑함 속으로 달려왔다. 나는 자신을 더 어리고 의존적이며 어린애처럼 만들었다. 나는 크로머에 대한 예속을 새로운 의존으로 대치했는데 혼자는 갈 수 없었기 때문이다. 그렇게 나는 눈먼 마음으로 아버지 어머니에게 의존했고 그것이 유일한 것이 아님을 알아버린 '밝은 세계'에의 의존을 택했던 것이다. 그렇게 하지 않았더라면, 분명 나는 데미안 편이 되어 그에게 모든 것을 털어놓았을 것이다. 내가 그렇게 하지 않은 것은 그것이 당시에는 그의 수상쩍은 생각에 대한 불신으로 보였기 때문이다. 사실 그것은 두려움 외에는 아무것도 아니었다. 데미안이 부모님보다 더 훨씬 더 많은 것을 나로부터 요구했을 테니까. 그는 충동과 경고로, 조롱과 풍자로 나를 보다 자립적으로 만들려고 했을 테니까. 아, 지금은 알고 있다. 인간에게 자아를 향해 나아가는 일보다 더 어려운 일은 없다는 것을!

그럼에도 나는 그 유혹에 저항할 수 없어 반년쯤 뒤에 산책길에서 아버지께 여쭈어보았다. 어떤 사람들은 카인이 아벨보다 더 훌륭하다고 설명하는데 그 사실을 어떻게 생각하

65

시느냐고 말이다. 아버지는 몹시 놀라며 그것은 새로울 게 없는 견해라고 나에게 설명하셨다. 심지어 기독교 이전 시대에도 등장하였으며 사이비 종파들에서 전수되었는데 그 하나는 스스로를 '카인교도'라고 불렀다고 했다. 그러나 이 미친 학설은 우리의 신앙을 깨뜨리려는 악마의 시험에 불과하다고 했다. 왜냐하면 카인이 옳고 아벨이 옳지 않다고 믿는다면 그 결과는 신이 오류를 범했다는 것이다. 그러니까 성경의 신이 올바른 신, 유일신이 아니라 틀린 신이라는 것이다. 정말로 카인교도들은 비슷한 것을 가르치고 설교하기도 했다. 그렇지만 이 이교도들은 오래전에 인류에서 사라졌다. 그래서 나의 학교 친구가 그것에 대해 무언가를 들을 수 있었다는 사실이 놀라울 뿐이라는 것이다. 아무튼 그런 생각은 버려야 한다고 아버지께서는 진지하게 경고하셨다.

예수 옆에 매달린 도둑

내 유년 시절은 아버지와 어머니의 안정감 있는 보호 아래서 부드럽고 사랑스럽고 환한 환경에서 넉넉하게 즐기며 성장한, 온갖 아름답고 정답고 사랑스러운 이야기로 표현할 수 있을 것이다. 그러나 내 인생에서 나에게 관심이 있는 것은 오로지 나 자신에 이르기 위해서 내가 내디뎠던 걸음들뿐이었다. 그 모든 아름다운 휴식처, 행복의 섬들과 낙원들의 마력을 나도 모르지 않지만 그 모든 것들을 나는 먼 곳의 광채 속에 남겨 두고자 한다. 나는 그 시절로 다시 돌아가고 싶지는 않다.

그래서 유년 시절에 관해서는 어떤 새로운 것이 나에게로 닥쳤는지 무엇이 나를 앞으로 몰아갔고 찢어내었는지에 대해서만 더 이야기하려고 한다.

이런 충격은 늘 '다른 세계'로부터 왔고 늘 두려움과 강압과 양심의 가책을 함께 가지고 왔다. 그것들은 놀랄 만큼 혁신적이어서 내가 그 안에 그대로 머물고 싶었던 평화를 흔들어 놓았다.

내 안에 꿈틀대는 원시적인 충동이 밝은 세계에서는 드러나지 않도록 숨길만 한 곳이 필요하다는 것을 알만한 나이가 되었다. 누구나 그렇듯이 천천히 눈뜨는 성性에 대한 감정이 나에게도 하나의 적이자 파괴자로, 금기로, 유혹과 죄악으로 들이닥쳤다. 성에 대한 호기심은 내게 꿈과 기쁨과 두려움, 그리고 사춘기의 큰 비밀은 내 유년의 평화와 맞지 않는다는 것을 가르쳐 주었다. 나는 다른 사람처럼 행동했다. 이제 더는 어린아이가 아닌 소년의 이중생활을 영위했다. 내 의식은 집안의 허용된 세계 속에 살았으며 어렴풋이 솟아오르는 새로운 세계는 부정했다. 그러나 동시에 나는 꿈, 충동, 은밀한 갈망들 속에서 살았다. 그 위에서 저 의식적 삶이 만드는 다리는 점점 더 불안해졌다. 내 속에서 유년의 세계가 붕괴되고 있었기 때문이다.

거의 모든 부모처럼 우리 부모님도 눈뜨는 사춘기의 충동을 말없이 덮어두며 모른 척하였다. 부모님은 다만 세심한 배려로써 현실을 부인하며 점점 더 비현실적이고 위선적으로 되어가는 어린이의 세계 속에 좀 더 머무르려는 나의 절망적인 시도들을 도와주었을 뿐이다.

부모라는 존재가 이 점에서 얼마나 도움이 될 수 있는지는 모르겠으나 내 부모님을 비난하지는 않겠다. 자신을 다스리고 나의 길을 찾아내는 것은 나 자신의 일이었던 것이다. 그런데 나는 유복하게 키워진 사람 대부분이 그렇듯이 자신의 일을 잘 해내지 못했다.

누구나 이런 어려움은 겪는다. 평범한 사람들에게 있어서 이것은 인생의 분기점이다. 자기 삶의 욕구가 주변과 갈등에 빠지고 혼신의 힘을 다해 투쟁으로 쟁취되어야 앞을 향하여 나아갈 수 있다. 많은 사람이 우리의 운명인 이 죽음과 새로운 탄생을 경험한다. 삶에서 오로지 한 번, 유년이 무너져 내릴 때 우리는 사랑을 얻었던 모든 것이 떠나가려고 하고 갑자기 고독과 우주의 치명적인 추위에 에워싸여 있음을 느끼는 것이다. 그리고 아주 많은 사람이 돌이킬 수 없는 지나간 것에 집착하고 잃어버린 낙원의 꿈 중에서 가장 나쁘고 가장 살인적인 그 꿈에 한평생 고통스럽게 들러붙어 영원히 이 절벽에 매달려 있다.

다시 내 이야기로 되돌아가 보자. 내 유년의 끝이 왔음을 알리던 느낌들과 꿈의 영상들은 그리 중요하지 않아서 이야깃거리가 될 수 없다. 중요한 것은 '어두운 세계'와 '다른 세계'가 다시 등장했다는 것이다. 한때 프란츠 크로머였던 것이 이제는 나 자신 속에 박혀 있었다. 그리고 그럼으로써 '다른 세계'가 바깥에서부터 나를 지배하는 힘을 다시 얻었다.

크로머와의 일이 있은 지 몇 년이 지나고였다. 내 삶의 적극적이고 죄에 찬 시절은 기억에서 멀리 물러나 짧은 악몽처럼 흔적도 없이 사라졌던 때였다. 프란츠 크로머는 오래전부터 내 삶에서 사라져버려 어쩌다 마주치는 일이 있어도 내 쪽에서 거의 의식하지 않을 정도였다. 그러나 내 비극의 다른 중요한 등장인물, 막스 데미안은 그때까지도 아직 나로부터 완전히 사라지지 않았다. 오랫동안 그는 멀리 떨어진 곳에서 가끔 보이긴 했지만 어떤 영향을 주진 않았다. 그러던 그가 비로소 다시 서서히 다가왔고 다시 힘과 영향력을 발휘하기 시작했다.

그 시절의 데미안에 대하여 내가 무엇을 알고 있는지를 전부 떠올려본다. 일 년 남짓 그와 단 한 번도 이야기하지 않았던 것 같다. 내 쪽에서 그를 피했고 그는 결코 재촉하지 않았다. 언젠가 우연히 마주쳤을 때 그는 고개를 끄덕여 주었다. 그다음에는 이따금 그의 다정함 속에 냉소와 묘한 비난의 섬세한 울림이 섞여 있는 것 같이 보였다. 그렇지만 그것은 내 상상이었을 수도 있다. 내가 그와 함께 겪은 사건이며 그가 그 당시 나에게 행사했던 기이한 영향력은 그나 나나 모두 잊은 듯했다.

데미안의 모습을 생각해 내려 한다. 그러니까 이제 그를 떠올려보니 내가 그를 잊은 듯했지만 그럼에도 그는 언제나 그곳에 있었고 내가 그의 존재를 주목했었음을 알겠다. 그가 학교에 가는 모습이 보인다. 혼자 아니면 키 큰 학생들 사이에 끼어 있는 모습이, 자신의 공기에 에워싸여 자신의 법칙들 아래에 살면서 낯설게 외롭고 고요하게 그들 사이에서 별처럼 거닐고 있는 모습이 보인다. 그 누구도 그를 사랑하지 않았으며 그 누구도 그와 친하지 않았다. 오직 그의 어머니만 예외였다. 그런데 데미안의 어머니는 그를 어린아이처럼이 아니라 성인으로 대하는 듯 보였다. 선생님들은 그를 될 수 있는 대로 가만히 내버려 두었다. 그는 좋은 학생이었지만 그 누구의 마음에 들려고도 애쓰지 않았다. 이따금 우리는 데미안이 어떤 말이나 주석 하나를 가지고 어느 선생님에게 날카로운 도전이나 비아냥거림을 던졌다는 소문을 들었다.

두 눈을 감고 떠올려보면 그의 모습이 보인다. 그게 어디였던가? 그렇다, 이제 다시 거기다. 우리 집 앞 골목이었다. 거기서 하루는 그가 손에 수첩을 들고 서서 그림을 그리는 것을 보았다. 그는 우리 집 현관문 위, 새가 있는 오래된 문장을 그리고 있었다. 그리고 나는 어느 창가에 서서 커튼 뒤에 몸을 숨기고 그를 바라보았다. 문장을 꿰뚫어 보듯이 응시하는 예리하고도 서늘하고 환한 얼굴을 몹시 놀라워하며 바라보았다. 그것은 어른의 얼굴 같았고 연구가 혹은 예술가의 얼굴로 느껴졌으며 탁월하고 의지로 가득 찼다. 그리고 이상하리만큼 환하고 총명하며 서늘한 두 눈을 지닌 얼굴이었다.

또다시 데미안의 모습이 보인다. 며칠 후 거리에서였다. 학교에서 돌아오는 길에 우리 모두는 쓰러진 말 한 마리를 에워싸고 서 있었다. 말은 농가에서 쓰는 수레 앞에서 그 끌채에 아직도 매인 채, 무언가를 찾는 듯 간신히 열린 콧구멍으로 숨을 헐떡거리고 있었고 보이지는 않았지만 어딘가의 상처에서 피가 흐르고 있었는데 말의 옆구리께에서는 거리의 하얀 먼지가 천천히 검붉게 피를 빨아들이고 있었다. 그 광경이 메스꺼워서 몸을 돌렸을 때 데미안의 얼굴이 보였다. 그는 앞으로 비집고 나와 있지 않고 편안하고 상당히 멋지게 그에게 어울리듯이 멀찍이 뒤쪽에 서 있었다. 그는 여전히 깊고 고요하고 거의 열정적이지만 한편으론 냉정한 주의력으로 말의 머리를 보고 있었다. 나는 오랫동안 그를 바라보지 않을 수 없었으며 비록 분명하지는 않았지만 무언가 매우 독특한 것을 그때 느꼈다. 나는 데미안의 얼굴을 보았다. 그가 소년의 얼굴이 아닌 어른의 얼굴을 가졌다는 것뿐만 아니라 더 많은 것을 보았다. 보았다고 혹은 감지했다고 믿었다. 그것은 남자의 얼굴만이 아니며 또 다른 무엇이었는데 여자의 얼굴도 그 안에 조금 들어 있는 듯했다. 데미안의 얼굴은 어른이나 아이, 나이 들었거나 어리거나를 넘어서서 왠지 수천 살쯤 되거나 시간을 초월한 모습처럼 보이기도 했고, 우리가 사는 곳과는 다른 시간대의 세계에서 온 것처럼 보이기도 했다. 짐승이나 나무나 별이 그렇게 보일 수 있을지도 모른다. 지금 내가 어른이 되어 거기에 대해 말하는 것들을 그때는 알 수 없었고 정확하게 느끼지도 못했다. 다만 뭔가 비슷한 것을 느꼈을 뿐이다. 어쩌면 그는 미남이었을 것이고 어쩌면 내 마음에 들었을 것이고 어쩌면 내게 거슬리기도 했을 것이다. 그것 또한 구분되지 않았다. 내가 보았던 것은 오직 그가 우리와는 달랐다는 사실이다. 그는 한 마리 짐승 같았고 아니면 영혼이나 환상 같은 존재로 느껴졌다. 그때 데미안의 모습이 정확히 어땠었는지 모르겠지만 확실히 그는 달랐다. 우리의 생각으로는 닿지 않을 만큼 다른 사람이었다.

더는 기억이 나지 않는다. 어쩌면 이것마저도 일부분은

나중의 인상들에서 재구성해 낸 것인지도 모르겠다.

몇 년 더 시간이 흘렀을 때야 비로소 나는 데미안과 다시 가까워졌다. 데미안은 그 또래들이 관습대로 교회에서 받는 견진성사를 함께 받지 않았으며, 그 때문에 소문이 돌아 사람들 입에 오르내렸다. 학교에서는 그가 사실은 유대인이다 아니면 이교도다, 라는 말이 돌았다. 그리고 어떤 사람들은 데미안과 그의 어머니가 무신론자이거나 아니면 어떤 나쁜 사이비 종파 소속이라고 생각했다. 소문은 과장되어 그가 어머니와 애인처럼 살고 있다는 말도 나돌았다. 그는 아마도 지금껏 아무런 신앙 없이 자란 것 같았다. 그런데 그 점이 그의 장래에 어떤 불이익을 초래할지도 모른다는 우려를 낳았던 것 같다. 어쨌든 그의 어머니는 또래보다 2년이나 지나서야 그를 견진성사에 참여시킬 결심을 했다. 그렇게 해서 데미안은 몇 달간 견진성사 수업을 우리와 함께 받게 되었다.

나는 얼마간 그와 멀리 떨어져 있었다. 나는 되도록 그와 어울리고 싶지 않았다. 그는 너무나도 많은 소문과 비밀에 둘러싸여 있었던 것이다. 그러나 무엇보다 나에게 거슬렸던 것은 크로머 사건 이후로 내 마음속에 남아있던 의무감이었다. 그리고 바로 그 당시 나는 나 자신의 비밀들에 열중하고 있었다. 나에게는 견진성사 수업과 성 문제에 결정적으로 눈을 뜬 시기가 일치했던 것이다. 그래서 집중하려 노력했지만 경건한 가르침에 관해서도 관심 갖기가 힘든 상태였다. 신부님의 말씀은 너무나 나에게서 멀리 떨어져 고요하고 성스러운 비현실 속에 놓여 있었다. 그것들은 대단히 아름답고 가치가 있을지는 몰라도 결코 현실성이 있거나 자극적이지 않았다. 그에 비해 성에 눈을 떠가는 일은 바로 눈앞에 닥친 현실이었고 지극히 자극적이었다.

이런 상태 때문에 나는 갈수록 수업에 무관심해졌고 그만큼 더 관심이 막스 데미안에게 쏠렸다. 그 무엇인가가 우리를 연결해주는 것 같았다. 나는 내가 생각해 낼 수 있는 한에서 이 기억의 끈을 되도록 정확하게 따라가야 했다. 그것은 어느 이른 아침에 수업이 시작되고 아직 교실에 등불이 켜져 있을 때였다. 우리 종교 담당 신부님의 이야기가 카인과 아벨의 이야기에 이르게 되었다. 신부님 이야기에 나는 거의 귀 기울이지 않고 있었다. 그때 신부님이 목소리를 높여 강도 높게 카인의 표적에 관하여 이야기하기 시작했다. 바로 그 순간 나는 뭔가 와 닿은 듯한, 혹은 경고를 받은 듯한 느낌이 들었다. 눈을 들었는데 줄지어 놓인 앞쪽 책상으로부터 데미안의 얼굴이 나를 향하여 돌려져 있는 것이 보였다. 데미안의 눈빛은 초롱초롱 빛났고 무언가를 말하는 듯했으며 조롱일 수도 진지함일 수도 있는 눈빛이었다. 다만 한순간 나를 바라보았을 뿐이었는데 갑자기 나는 한껏 긴장하여 신부님의 말씀에 귀를 기울였다. 카인과 그 표적에 대하여 이야기하는 것을 들으며 내 마음속 깊은 곳에서 한 가지 깨달음이 감지되었다. 그것은 신부님이 가르치는 것을 달리 볼 수도 있고 그 점에 비판을 가할 수 있다는 깨달음이었다.

그 순간 데미안과 나는 새로운 관계를 맺었다. 그리고 특이하게도 영혼이 서로 소속되어 있다고 느끼자마자 그 느낌이 마술처럼 공간 속에 전파되어 갔다. 그것이 그의 힘이었는지 아니면 순수한 우연이었는지는 모르지만 당시만 해도 나는 우연이라고 생각했다. 며칠 지나지 않아 데미안이 갑자기 종교 시간에 자기 자리를 바꾸어 바로 내 앞에 앉았다 —사람이 넘치게 가득 찬 교실의 비참한 빈민들 냄새 한가운데서 그의 목덜미로부터 풍겨오는 감미롭고 신선한 비누 냄새를 내가 얼마나 좋아했던가를 아직도 기억하고 있다. — 그러고는 다시 며칠 뒤 그가 다시 자리를 바꾸어 이제는 내 곁에 앉았는데 겨울 내내 그리고 온 봄이 다 가도록 그 자리에 그대로 앉아 있었다.

지루한 아침 수업 시간이 완전히 변했다. 이제는 졸리거나 지루하지 않았다. 그 시간을 생각하면 미리부터 즐거웠다. 이따금 우리 둘은 극도로 집중하여 신부님 말씀을 들었다. 곁에 앉은 데미안은 눈짓 한 번으로 들은 이야기나 말을 나에게 일러 주었고 나는 그 신호를 알아들었다. 다른 아이들과는 판이한 데미안의 눈빛은 나에게 일종의 경고 같은 것을 느끼게 했고, 내 마음 안에서 의심과 비판적인 생각이 생겨나게 했다.

우리는 가끔 수업을 전혀 듣지 않는 불량 학생이었다. 데미안은 선생님들과 동급생에게 늘 공손했으며 한 번도 남자아이들 특유의 어리석은 짓들을 저지르지 않았다. 커다랗게 웃거나 떠들지 않았으며 선생님에게 꾸중을 듣는 일도 없었다. 그러나 아주 나직하게, 그리고 소리 낮춘 귓속말보다는 오히려 신호와 시선으로 그는 내게 그가 열중하는 일들에 관심을 갖게 할 줄 알았다. 그 일들은 부분적으로는 묘한 성격의 것들이었다.

예를 들면 데미안이 어떤 아이에게 흥미가 생기면 그 아이를 어떻게 관찰하는지 말해준 적이 있었다. 어떤 애들은 그가 아주 정확하게 알고 있었다. 성경 구절 독송이 시작되기 전에 그가 말했다.

"내가 너에게 엄지손가락으로 신호를 하면 저 애가 우리 쪽을 돌아보거나 목덜미를 긁을 거야."

수업이 시작되고 좀 전에 들은 그의 말은 생각하지도 않고 있을 때 데미안이 갑자기 내게 자기 엄지손가락을 들어 보였다. 나는 얼른 그가 가리킨 학생을 보았다. 그가 가리킨 아이는 철삿줄에 매여 당겨지기라도 한 듯 우리를 돌아보거나 목덜미를 긁었다. 선생님한테도 한번 시험해보자고 데미안에게 졸랐지만 그는 그건 하려 하지 않았다. 그러나 한번, 내가 수업에 들어가며 그에게 오늘은 예습을 해오지 않아 신부님이 나에게 아무것도 안 물으셨으면 정말 좋겠다고 말했을 때 그가 나를 도와주었다. 신부님은 교리문답의 한 단락을 대답할 학생을 찾고 있었는데 신부님의 떠돌던 시선이 죄의식에 찬 내 얼굴에 멈추었다. 신부님이 천천히 다가와 나를 향해 손가락을 뻗으셨고 내 이름이 벌써 그 입술에 올려졌나 싶었을 때, 그때 갑자기 신부님의 얼굴이 산만해지더니 옷깃을 당기며 자신을 똑바로 응시하고 있는 데미안에게 가서 뭔가를 물으려는 듯했다. 그러나 놀라 다시 그 자리를 떠나며 한동안 기침을 했고 그다음에는 다른 학생에게 질문하셨다.

이 장난은 무척 재미있었는데 데미안이 나에게도 여러 번 똑같은 장난을 했다는 것을 서서히 알아차리게 되었다. 내가 등굣길에서 갑자기 데미안이 내 뒤를 따라오고 있다는 느낌을 받은 일이 있었다. 그래서 몸을 돌리면 바로 그가 거기 있곤 했다.

"넌 정말로 원하는 대로 다른 사람의 생각을 조종할 수 있는 거야?"

그에게 물었다.

그는 흔쾌히 침착하고 논리적이며 특유의 어른다운 태도로 알려주었다.

"아니야."

그가 말했다.

"그건 불가능해. 신부님도 말씀하셨지만 사람한테 자유의지란 없어. 다른 사람에게 내가 원하는 것들을 생각하게 할 수도 없거니와 나도 내가 원하는 걸 남한테 생각하게 만들 수도 없어. 하지만 누군가를 잘 관찰할 수는 있어. 그러면 그가 다음 순간에 무얼 하게 될지 알아차릴 수 있지. 그건 아주 간단해. 사람들이 그걸 모를 뿐이야. 물론 연습이 필요하지. 예를 들면 나비 종류 중에 어떤 나방들이 있는데 암놈이 수놈보다 훨씬 수가 적어. 나비란 다른 모든 곤충과 똑같이 번식해, 수컷이 암컷을 수태시키고 그러면 암컷이 알을 낳지. 그런데 연구자들이 시험해 본 바로는 이 나방 중에 암컷이 하나 있으면 밤에 이 암컷에게로 수나방들이 날아오는데 그것도 몇 시간씩이나 걸려서 오는 거야. 생각해 봐! 몇 킬로미터 밖에서 이 수컷들은 그 지역에 있는 단 하나의 암컷을 감지하고 추적해 오는 거야! 그것을 설명하려고들 하지만 그건 너무 어려워. 그건 일종의 후각이거나 아니면 어떤 무엇일 거야. 이를테면 좋은 사냥개가 눈에 뜨이지 않는 짐승의 흔적을 찾아내어 따라갈 수 있는 것처럼 말이야. 이해하겠지? 그건 그런 일들이야. 자연은 그런 일로 가득 찼고 아무도 그걸 밝힐 수는 없어. 이런 말은 할 수 있겠지. 이 나방들에게서 암컷이 수컷처럼 흔했더라면 수컷의 코가 그렇게 예민해지지 못했을 거라고 말이야. 수컷들에게 그런 예민한 코가 있는 것은 스스로를 그렇게 조련시켰기 때문인 거야. 어떤 짐승이나 사람이 자신의 모든 주의력과 모든 의지를 어떤 특정한 일로 향하게 하면 그것에 도달하기도 하지. 그게 전부야. 네가 알고 싶은 일도 정확하게 그래. 어떤 사람을 충분히 자세히 바라보다 보면 그에 대해서 그 자신보다 네가 더 잘 알게 돼."

'독심술'이란 단어를 상기시켜 오래전 묻어 두었던 크로머와의 일을 그에게 떠올리게 할 뻔했다. 그러나 그것은 이제 우리 둘 사이에 있었던 이상한 일 가운데 하나일 뿐이었다. 데미안이나 나나 수년 전에 데미안이 심각하게 내 인생에 개입했던 그 일을 아주 조금이라도 암시하는 일 없이 지내왔다. 마치 없었던 일처럼 여기거나 아니면 어느 쪽이나 상대방은 그것을 잊었다고 굳게 믿고 있는 듯했다. 한 번 혹은 두 번, 심지어 우리가 함께 길을 가다가 그 프란츠 크로머를 마주친 일도 있었다. 그러나 우리는 눈길 한번 주고받지 않았다. 그에 관해서는 한마디도 나누지 않았다.

내가 물었다.

"하지만 의지는 어떻게 되는 거지? 자유 의지란 없다고 말했잖아. 그런데 다시 오직 자기 의지만 확고하게 그 무엇에 쏟으면 된다고 말했지, 그러면 자기 목표에 도달할 수 있다고. 그건 말이 모순되잖아. 내가 내 의지의 주인이 아니라면 내 의지를 마음대로 향하게 할 수도 없는 것 아니야."

그가 내 어깨를 툭툭 쳤다. 그건 내가 그를 즐겁게 했을 때 하는 행동이었다.

"좋은 질문이야."

데미안이 웃으며 말했다.

"사람은 항상 되묻고 의심해야 해. 그런데 그 일은 아주 간단해. 예를 들면 나방이 자기 뜻을 별이나 뭐 비슷한 곳까지 향하게 하려 한다면 그건 이룰 수 없는 일이겠지. 또 나방은 그런 시도 따위는 안 해. 나방은 자기에게 뜻과 가치가 있는 것, 자기가 필요로 하는 것, 자기가 꼭 가져야만 하는 것, 그것만 찾는 거야. 그리고 바로 그렇기 때문에 믿을 수 없는 일도 이루어지는 거지. 그는 자기 외에는 다른 동물은 갖지 못한 마법의 제6감을 개발하는 거야! 우리 같은 사람은 동물보다는 활동의 여지가 더 많을 것이고 관심도 더 크겠지. 하지만 우리도 꽤 좁은 테두리에 매여 있어서 그 이상을 성취하긴 힘들어. 상상 같은 건 해볼 수 있지, 이런저런 상상의 날개를 펼 수는 있다는 거야. 꼭 북극에 가고 싶다 같은 상상 말이야. 하지만 그걸 실행하거나 충분히 강하게 원할 수 있는 것은 오로지 소망이 나 자신의 마음속에 들어 있을 때, 정말로 내 본질이 완전히 그것으로 채워져 있을 때뿐이야. 내면이 너에게 명령하는 무언가를 네가 해보기만 하면, 그럴 때는 훈련이 잘된 망아지처럼 네 온 의지를 다룰 수 있는 거지. 예를 들면 내가 지금 우리 신부님이 앞으로 안경을 안 쓰도록 해봐야겠다고 한다면, 그건 안 될 일이야. 그건 그냥 장난이야. 그런데 지난가을에 나는 앞쪽에 있는 내 자리를 조금 뒤로 옮겼으면 하는 강한 의지를 갖게 됐는데 그건 아주 잘 실행됐어. 그때 마침 이름 순서로 봤을 때 내 앞에 앉아야 하는 아이가 나타났거든. 그 아이는 지금껏 아파서 등교하지 못하다가 갑자기 나타났어. 그리고 누군가가 그에게 자리를 만들어줘야 했고 물론 내가 그렇게 했지. 그건 내 의지가 기회를 잡을 준비를 하고 있었기 때문이야."

"그래."

내가 말했다.

"나는 그 당시 일이 굉장히 특이하다고 생각했어. 우리가 서로 관심을 가졌던 순간부터 데미안은 내 자리에 점점 더 가깝게 다가왔어. 그런데 그건 어떻게 된 거지? 처음에 바로 내 옆에 앉지는 않았어. 몇 번 거기 내 앞쪽에 앉았었잖아, 안 그래? 그건 왜 그랬어?"

"처음 자리를 옮겼으면 했을 때는 나 자신이 어디에 앉고 싶은지 확실히 몰랐어. 내가 의식한 것은 멀리 뒤쪽에 앉고 싶다는 것뿐이었어. 너에게로 가는 것이 내 뜻이었는데 그게 그때만 해도 나 자신에게는 의식되지 않은 거야. 동시에 너의 의지가 나를 도와 함께 끌어준 거야. 그러다 내가 거기 네 앞자리에 앉았을 때야 비로소 나는 내 소망의 절반이 이루어졌다는 생각에 이르게 되었지. 나는 알아차렸어. 내가 원래 원했던 것은 다름 아니라 네 옆에 앉는 것이었음을 말이야."

"하지만 그때는 새로 들어온 학생이 없었는걸."

"안 들어왔지. 하지만 그때는 그냥 내가 원하는 것을 해버렸어. 재빨리 네 옆에 앉아버린 거지. 나하고 자리를 바꾼 아이는 조금 이상해하며 그러라고 그랬어. 그리고 변화가 일어났다는 것을 신부님이 한 번 알아차리기는 하셨어. 신부님은 분명 나하고 관련된 일을 맞닥뜨릴 때면 알게 모르게 마음에 걸리는 게 있으실 거야. 내 이름이 데미안이고 이름이 D자로 시작하는 내가 아주 뒤 S자로 이름이 시작하는 아이들 가운데 앉아 있다는 것이 맞지 않는다는 걸 아시거든! 그러나 그 사실이 의식 속으로까지 뚫고 들어가진 않은 거야. 내 의지가 거기에 맞서기 때문이고 내가 거듭거듭 그 점에서 그분께 장애가 되거든. 거기 뭔가가 맞지 않는다는 것을 신부님이 거듭 알아차리시기는 하지. 그래서 그 선하신 분이 나를 보고 연구하기 시작하시는 거야. 그러나 그때 내게는 단순한 방법이 있지. 매번 아주 아주 똑바로 그분 눈을 들여다보는 거야. 그러면 거의 모든 사람이 못 견디지. 다들 불안해져. 만약 네가 누군가로부터 무엇인가를 얻으려 해서

81

아주 힘을 주고 똑바로 그의 눈을 쏘아 보는데도 그가 전혀 불안해하지 않거든 포기해! 그런 사람에게서는 아무것도 얻어낼 수 없어, 결코! 하지만 그런 일은 아주 드물어. 내가 아는 사람 중에 그 방법이 통하지 않는 사람은 사실 단 한 명뿐이었어.”

“그게 누군데?”

나는 재빨리 물어보았다.

그는 약간 가느스름하게 뜬 눈으로 나를 바라보았다. 그는 생각에 잠기면 그런 눈이 되었다. 그러더니 그는 눈길을 딴 데로 돌리고 대답을 하지 않았다. 몹시 궁금했지만 다시 되풀이해서 물어볼 수는 없었다.

그러나 나는 그때 데미안이 자기 어머니 이야기를 하고 있었다고 생각한다. 어머니와 몹시 친하게 지내는 것 같았지만 나에게는 한 번도 어머니 이야기를 하지 않았고 나를 집으로 데리고 간 적도 없었던 것이다. 그의 어머니가 어떻게 생겼는지조차 나는 몰랐다.

그 당시 나도 어떤 일을 성취하기 위해 이따금 실험을 해 보았다. 그와 똑같이 내 의지를 무엇인가에, 내가 그것에 틀림없이 도달하도록 한데 모아보았다. 나에게는 충분히 절실해 보이는 소망이 있었던 것이다. 그러나 내 의지는 모아지질 않았다. 데미안과 그 이야기를 해볼 용기는 못 내었다. 내가 소망하는 것을 그에게 고백할 수 없었던 것 같다. 그리고 그도 묻지 않았다.

그러는 동안 나의 신앙에 많은 빈틈을 갖게 되었다. 나의 생각은 데미안의 영향을 크게 받긴 했지만 신의 존재를 전혀 믿지 않는 다른 동급생들과는 뚜렷하게 구분되는 것이었다. 불신을 내보이는 학생들이 몇 명 있었는데 그들은 이따금 이런 말을 내뱉었다. 어떤 유일신을 믿는다는 건 우스꽝스럽고 인간으로서 품위가 없는 일이라느니, 삼위일체에 관한 이야기나 동정녀에게서 예수가 탄생한 것 같은 이야기들은 그저 웃기는 일이라느니, 오늘날까지 이런 촌스러운 생각을 한다는 것은 수치라느니 하는 것이었다.

나는 결코 그렇게는 생각하지 않았다. 때로 의심하기는 했지만, 내 유년의 모든 체험에서 우리 부모님이 사시는 것 같은 경건한 삶에 대해 충분히 알고 있었다. 경건한 삶이란 품위 없는 것도 허위도 아니라는 것을 알고 있었다. 오히려 종교적인 것에 대하여 나는 예나 지금이나 지극히 깊은 경외심을 가지고 있었다. 다만 데미안은 나로 하여금 성서 설화들과 교리들을 보다 자유롭고 개인적으로, 보다 유희적으로, 보다 환상에 차서 바라보고 풀이해내는 데 익숙하게 해주었다. 적어도 나는 그가 나에게 친근하게 해준 풀이들을 늘 기꺼이 즐기며 따랐다. 물론 많은 것이 나에게는 너무 갑작스러웠다.

카인에 대한 일도 그랬다. 그리고 한 번은 견진성사 수업 중에 그가 훨씬 더 대담한 풀이를 해주어 나를 놀라게 했다. 선생님께서 골고다 언덕에 관한 이야기를 막 끝낸 참이었다. 구세주의 고난과 죽음에 대한 성서의 보고가 나에게는 아주 어린 시절부터 깊은 인상을 남겼었다. 어린 소년이었을 적 이따금 예수의 수난 금요일 같은 때, 우리 아버지가 예수 수난사를 낭독하시고 나면 나는 열성적으로 감화되어 이 비통하게 아름답고, 창백하고, 섬뜩하지만 무시무시하게 생명력 있는 세계 속에서 살았다. 겟세마네 동산에서, 그리고 골고다 언덕에서 살았었다. 또한 바흐의 마태수난곡을 들을 때면 비밀에 가득 찬 이 세계가 지닌 우울하면서도 힘 있는 열정의 광채가 온갖 신비로운 전율로 나를 뒤덮었다. 지금도 나는 이런 음악에서, 그리고 비극적 행위에서 모든 시와 모든 예술적 표현의 총괄 개념을 발견한다.

그런데 그 수업 시간 끝에 데미안이 생각에 잠긴 얼굴로 나에게 이런 말을 했다.

"싱클레어, 뭔가 이상한 점이 있어. 내 마음에 안 드는 무언가가. 이 이야기를 한번 따라 읽어봐. 그리고 한마디 한마디 음미해봐. 맥 빠진 맛이 나는 무언가가 있어. 예수와 함께 십자가에 매달린 두 도둑에 대한 이야기 말이야. 거기 언덕 위에 세 개의 십자가가 나란히 웅장하게 서 있어. 그런데 이 간사한 도둑들에 대한 이야기는 너무 감성적이고 종교적이지 않아? 도둑은 처음엔 수치스러운 행위를 저지른 범죄자였어. 신은 그 모든 것을 알고 있어. 그런데 이제 막판에 와서 마음이 누그러져 회개하며 후회의 눈물을 흘리는 거짓을 보이고 있어. 너에게 묻겠는데 무덤에서 두 발자국 떨어진 곳에서 하는 그런 회개가 무슨 소용이 있다고 생각해? 그런 일이 가능해? 그건 선교를 하려고 감상적으로 떠들어대는 달콤한 거짓말에 불과해. 만약 나한테 두 도둑 가운데 한

84

명을 친구로 택하라고 한다면 적어도 난 신뢰가 있는 상대를 선택할 거야. 분명히 이 징징거리는 개종자 쪽은 아닐 거야. 다른 쪽이지. 회개하지 않은 그 도둑이야말로 사나이잖아, 개성도 있고 말이야. 그는 개종 따위를 우습게 알았어. 그런 건 그의 처지에서는 그저 듣기 좋은 말이었겠지. 그는 자신의 길을 끝까지 갔어. 그리고 자신이 거기까지 가도록 도와준 악마에게서 마지막 순간에 비겁하게 도망가지는 않았어. 그는 당당한 개성을 가졌어. 성서 속에서는 개성 있는 사람들이 자주 손해를 보지. 어쩌면 그도 카인의 후예일 거야. 그렇게 생각하지 않니?"

나는 몹시 당황했다. 십자가에 못 박히는 이야기는 잘 알고 있다고 생각했는데 지금 비로소 얼마나 개성 없이, 얼마나 상상력과 환상 없이 내가 그것들을 듣고 읽었는지 알게 됐기 때문이다. 그럼에도 데미안의 새로운 생각은 내게 숙명적으로 들렸고 그 존속을 내가 고수해야 한다고 믿었던 개념들을 전복시키려 위협했다. 아니다. 그렇게 신성한 성인聖人까지 마구 함부로 다룰 수는 없었다.

언제나 그렇듯이 내가 그 무언가를 말하기도 전에 그는 나의 저항을 즉시 알아차렸다.

"나도 이미 알고 있어."

그가 체념한 듯 말했다.

"그건 한낱 오래된 이야기에 불과해. 너무 심각할 거 없어! 하지만 네게 뭔가를 말하고 싶었어. 여기서 이 종교의 흠을 아주 똑똑하게 볼 수 있는 점 하나가 있는 거야. 중요한 건 구약이나 신약에서 유일신의 모습이 아주 완벽하고 훌륭하게 묘사되어 있어. 하지만 그것이 신을 나타내는 본래의 모습은 아니라고 생각해. 그는 선, 고귀함, 아버지다움, 아름답고도 드높은 것, 감상적인 것이지. 옳아! 그러나 세계는 다른 것으로도 이루어져 있어. 그런데 다른 건 죄다 그냥 악마한테로 미루어지는 거야. 세계의 이 다른 부분이 통째로, 절반이 통째로 숨겨지고 묵살되는 거야. 사람들이 신을 모든 생명의 아버지라고 찬양하면서 생명을 가능케 하는 성생활은 간단히 묵살하거나 아니면 악마의 일이며 죄악이라고 단죄하는 거야! 나는 이런 신을 숭배하는 것에 대해서는 전혀 반대하지 않아. 하지만 우리는 모든 것을 존경하고 성스럽게 간직해야 한다고 생각해. 인위적으로 분리시킨 이 공식적인 절반뿐만이 아니라 세계 전체를 말이야! 그러니까 우리는 신께 예배하는 동시에 악마에게도 예배를 해야 해. 그게 올바른 일인 것 같아. 혹은 예배를 하나 더 만들어내야 할 것 같아. 세상에서 일어나는 일들을 자연스럽게 사람들이 묵살하지 않도록 악마까지도 품어내는 그런 신을 만들어내지 않으면 안 된다는 거야."

데미안은 평소답지 않게 굉장히 흥분하고 있었다. 그렇지만 그는 곧 다시 미소를 띠었고 더 이상은 강요하는 말투로 말하지 않았다.

하지만 나는 이 말들을 마음속에 매 순간 지니고 다녔고 그 말들은 혼자서만 간직하고 있었던 내 소년 시절 전체의 수수께끼에 적중하고 있었다. 데미안이 말한 신과 악마에 대한 신적이고 공식적인 것과 묵살된 악마적 세계는 바로 나 자신의 생각과 일치했다. 두 세계 또는 세계의 두 절반, 밝은 세계와 어두운 세계에 관한 생각이었던 것이다. 나의 문제가 모든 인간의 문제, 모든 삶과 생각의 문제라는 통찰이 갑자기 신성한 그림자처럼 나를 뒤덮었다. 그리고 가장 나다운 개인적인 삶과 생각이 얼마나 깊이 거대한 사유의 영원한 흐름에 관여되어 있는가를 보고 갑자기 느끼게 되자 두려움과 경외심이 나를 압도했지만, 그 통찰이 즐겁기만 한 것은 아니었다. 그 깨달음은 나의 존재를 확인해주고 행복하게 해주는 것이었는데도 가혹하고도 떫은맛이 있었다. 그 안에는 인생에 대한 책임의식이 있었고 이제는 어린아이일 수 없다는, 스스로의 힘으로 인생을 헤쳐나가야 한다는 울림이 들어 있었기 때문이다.

나는 처음으로 이런 생각을 드러내면서 데미안에게 내가 아주 어린 시절부터 갖고 있던 '두 세계'에 대한 견해를 들려주었다. 그리고 그가 내 이야기를 들으면서 나의 가장 내면적인 심정이 그의 견해와 같으며 또 정당하다고 생각하고 있음을 알았다. 그렇지만 데미안은 나의 견해를 이용하지는 않았다. 그것은 그의 방식이 아니었다. 그는 그 어느 때 내게 보였던 것보다도 더욱 주의 깊게 귀를 기울이며 내 눈을 들여다보았다. 끝내 내가 시선을 피해야만 했다. 왜냐하면 그의 시선 속에서 다시 그 이상하고 동물적인, 시간을 초월해 나이를 가늠하기 어려운 존재에서 뿜어져 나오는 무언가를 느꼈기 때문이다.

"우리 이 문제는 다음에 다시 이야기해 보자."

그가 배려해주듯 말했다.

"난 네가 사람들한테 말할 수 있는 것보다 더 많이 생각한다는 걸 알았어. 하지만 그렇다면 넌 네가 생각했던 것을 결코 그대로 완전히 체험하지 못했다는 것도 알고 있는 거야. 그런데 그건 좋은 일이 아니야. 우리를 살아가게 하는 생각이 가치가 있는 거야. 이미 너한테 '허용된 세계'는 세계의 절반에 불과하다는 것을 넌 알았어. 그리고 신부님들과 선생님들이 그렇듯이 두 번째 절반을 감추려고 했어. 그런데 그걸 숨길 수는 없어. 한 번 생각을 시작해 버리면 그 누구라도 마찬가지야."

데미안의 이야기는 나에게 깊이 와 닿았다.

"하지만!"

나는 소리치다시피 말했다.

"하지만 실제로 금지된 악한 것들도 이 세상에 존재하고 있어. 그건 너도 부인하지 못할 거야! 그런 일들이 금지되어 있으면 우리는 그것을 포기해야만 해. 살인이나 다른 온갖 죄악들이 존재한다는 건 나도 알고 있어. 하지만 그것이 존재한다는 이유만으로 내가 범죄자가 되어야 한다는 건 아니잖아?"

"우리가 오늘 이 이야기를 다 끝낼 수는 없겠다."

데미안이 나를 진정시켰다.

"너더러 누굴 죽이라든지 소녀를 강간하라는 건 분명히 아니야. 그건 분명히 해서는 안 될 일이야. 너는 아직 '허용된 것'과 '금지된 것'이라고 불리는 것이 무엇인지 통찰할 수 있는 곳에 가보지 못했어. 그저 작은 진실 하나를 느낀 것뿐이야. 다른 부분들을 더 많이 찾을 수 있게 될 거야. 그것에 자신을 믿고 내맡겨봐! 예를 들면 넌 1년 전쯤부터 네 속에서 다른 모든 충동보다 강한 충동 하나를 느끼고 있었을 거야. 그런데 그건 '금지된 것'으로 간주되지. 우리와 다르게 그리스인들이나 다른 많은 민족은 반대로 이 충동을 신성한 것으로 여기고 큰 축제를 벌이며 그것을 기렸어. '금지되었다'는 것은 그러니까 영원한 것이 아니야. 바뀔 수 있는 거야. 오늘이라도 누구든 어떤 여인과 함께 신부님 앞에서 결혼하고 나면 동침을 해도 돼. 다른 민족은 우리와 또 달라. 옛날이 아닌 오늘날도 말이야. 그러니까 우리 누구나 자기 스스로 찾아내야 해. 무엇이 허용되고 무엇이 금지되고 있는지 말이야. 금지된 일을 한 번도 안 해도 실제로는 악당이 될 수 있고 그 반대가 될 수도 있어. 사실 그것은 그냥 편의상의 문제거든! 안일하게 생각해 스스로 판단이 어려운 사람은 금지된 것 속으로 그냥 순응해 들어가지. 늘 그렇듯이 그런 사람은 살기가 쉬워. 다른 사람들은 운명을 자기 속에서 스스로 느끼지. 다른 모든 사람이 매일 하는 일이라도 그들한테는 금지되어 있을 수 있고, 다른 사람들한테 금지되어 있는 일이 자신에게는 허용될 수도 있는 거야. 그러니 누구나 독자적으로 판단해야 해."

그는 갑자기 자기가 그렇게 말을 많이 한 것을 후회하는 듯 말을 뚝 끊었다. 그가 어떤 심정이었는지는 그때 나는 느

낌으로 어느 정도 이해할 수 있었다. 어떻게 보면 데미안은
꽤 즐거워 보였고 자신의 의견을 거리낌 없이 말하는 것 같
았지만 언젠가 그가 말했듯 '오로지 말을 늘어놓기 위한' 대
화를 그는 결코 견디지 못했다. 데미안은 이 이야기에 내가
진심으로 관심을 갖기는 했지만 더불어 약간의 재미와 재치
있는 수다에 대한 기쁨을 즐기고 있음을 느낀 것이다. 간단
히 말해서 완벽한 진지함의 부족을 감지했던 것이다.

　방금 내가 써놓은 마지막 구절 '완벽한 진지함'을 다시 읽
어보니 갑자기 다른 장면 하나가 떠오른다. 내가 아직 사춘
기였을 그 시절에 막스 데미안과 겪은 가장 인상 깊은 장면
이다.

　마침내 우리의 견진성사가 다가오고 있었다. 종교 수업
의 마지막 시간에 최후의 만찬에 관하여 배우게 되었다. 신
부님 입장에서는 그것이 중요했고 그래서 더 신경을 쓰셨으
며 이 시간에는 어느 정도 신성한 분위기가 느껴졌다. 그러
나 바로 마지막 교리 수업 몇 시간 동안에 나의 생각은 다른
곳을 헤매고 있었다. 내 친구라는 인물 안에서 말이다. 교회
공동체 안으로 장엄하게 입문하는 견진성사를 준비하는 반
년 동안 신부님의 수업보다는 데미안에게서 받은 영향이 더
가치 있게 느껴졌다. 이제 나는 교회가 아닌 아주 다른 사상
과 개성의 교단에 들어설 준비가 되었고 그것은 어떤 모습으
로든 이 세상에 분명히 존재할 것이며 데미안은 그 대표자이
며 사신과도 같았다.

나는 이런 생각을 억눌러보려고 애썼다. 어떻게든 나도 견진성사 잔치를 어느 정도 품위 있게 경험하리라고 엄숙하게 생각했던 것이다. 그런데 그 품위는 나의 새로운 생각들과는 별로 조화되지 않는 것 같았다. 그럼에도 나는 견진성사 의식을 진심을 다해 치르고 싶은 생각이 간절했다. 이 생각은 교회 의식 시간이 다가오고 있다는 판단과 합쳐져서 나를 결국 다른 사람과는 다르게 의식을 치러야겠다고 마음먹는 것으로 생각이 펼쳐졌다. 나에게는 그 잔치가 데미안에게서 알게 된 사고의 세계로 받아들여짐을 뜻할 것이었다. 나에게는 그 의식이 데미안에 의해서 열린 사고의 세계로의 입문을 의미해야 했다.

또다시 데미안과 뜨거운 토론을 벌인 것도 이때쯤이었다. 문답 수업 시간이 시작하기 바로 직전이었다. 데미안은 아무 말이 없었다. 그는 조숙한 척하며 잘란 듯 떠들어 대는 내 이야기를 별로 달갑게 생각하지 않는 듯했다.

"우리 이야기를 너무 많이 한 것 같다."

데미안이 서먹할 만큼 진지하게 말했다.

"말뿐인 이야기를 늘어놓는 건 전혀 가치가 없어, 아무런 가치도 없다고 말이야. 자기 자신으로부터 떠나는 건 죄악과 같아. 사람은 거북이처럼 자기 안으로 완전히 들어갈 수 있어야 해."

그 후 우리는 바로 넓은 교실로 들어갔다. 수업이 시작되었다. 나는 수업에 집중하려고 애썼고 데미안은 그러는 나를 방해하지 않았다. 한참 뒤에 그가 앉아 있는 내 옆쪽에서부터 뭔가 이상한 느낌이 왔다. 마치 자리가 보이지 않게 비어 버린 듯 일종의 공허 혹은 서늘함 또는 그 비슷한 무엇이 느껴졌다. 그 느낌에 압박감이 들기 시작했을 때 나는 옆쪽을 보았다.

거기서 데미안이 여느 때처럼 꼿꼿하게 바른 자세로 앉아 있는 것을 보았다. 그러나 그럼에도 그는 여느 때와는 아주 달랐다. 내가 알지 못하는 무엇인가가 그에게서 뿜어져 나왔고 무언가가 그를 에워싸고 있었다. 나는 그가 눈을 감았다고 생각했지만 그는 눈을 뜨고 있었고 아무것도 바라보지 않았다. 보고 있는 것이 아니라 굳어져 있었고 내면을 향한 것 같기도 했으며 아니면 아주 먼 곳을 향해 있었다. 전혀 꼼짝도 하지 않고 그는 거기 앉아 있었다. 숨도 쉬지 않는 것처럼 보였으며 그의 입은 나무나 돌로 깎아놓은 것 같았다. 그의 얼굴은 핏기가 없었고 돌처럼 고르게 창백했으며 갈색 머리카락만 살아 있는 것 같았다. 그의 두 손은 물건처럼, 돌이나 열매들처럼 생명 없이 고요해 보였고 창백했으며 까닭도 없이 그의 앞에 놓인 긴 의자 위에 얹어져 있었다. 그렇지만 맥없이 늘어진 것은 아니고 숨겨진 강한 삶을 에워싸고 있는 단단하고 훌륭한 껍질 같았다.

그 광경에 나는 전율했다. 나는 데미안이 죽었다고 생각해 하마터면 크게 소리를 칠 뻔했다. 그러나 그가 죽지 않았다는 것을 나는 알고 있었다. 나는 매혹된 시선으로 그의 핏기 없고 돌 같은 가면을 바라보았다. 그리고 나는 느꼈다. 저게 진짜 데미안이다! 나와 함께 걷고 이야기했던 지금까지의 그는 반쪽짜리 데미안이었다. 가끔 역할을 연기하고 나와 호흡을 맞춰서 호응해주는 데미안은 절반에 불과했던 것이다. 진짜 데미안은 저런 모습이었다. 저렇게 돌 같이 굳어 있고 창백하고 동물 같은, 아름답고 차갑게 죽어 있지만 그 안에 비교할 수 없는 생명력이 넘치는 사람이었다. 그리고 그의 주위를 둘러싼 이 고요한 공허, 이 정기와 별들의 공간, 이 고독한 죽음!

지금 데미안이 완전히 자신 속으로 들어가 버렸음을 알고 나는 전율했다. 나는 한 번도 저렇게 고독해진 적이 없었다. 나는 그와 아무런 관계도 없었다. 나에게 그는 도달할 수 없는 사람이었다. 나에게는 그가 세상의 가장 먼 섬보다 더 멀리 떨어져 있었다.

나 말고는 아무도 이 광경을 보지 못한 것이 믿어지지 않았다. 모두가 보아야만 했다. 모두가 전율을 느껴야만 했다. 그러나 아무도 그를 주의 깊게 보지 않았다. 그가 그저 그림이나 석상처럼 빳빳하게 앉아 있다고 생각할 것이다. 파리 한 마리가 그의 이마에 내려앉아 천천히 코와 입술 위를 기어갔다. 그는 주름살 하나 움직이지 않았다.

그는 지금 도대체 어디에 있는 것일까? 무엇을 생각하고 무엇을 느끼고 있는 것일까? 그는 천국에 있는 걸까, 지옥에 있는 걸까. 그에게 그걸 물어볼 수는 없었다. 수업 시간이 끝나갈 무렵 그가 다시 살아나 숨 쉬는 것을 보았다. 데미안의 시선이 다시 나와 맞닥뜨렸을 때 그는 전과 다름없었다. 그는 어디에서 왔을까? 어디를 다녀왔을까? 데미안은 혈색을 되찾았고 두 손을 다시 움직였다. 그러나 갈색 머리카락만은 광채가 없었고 여전히 피곤해 보였다.

그 후 며칠 동안 나는 침실에서 몇 가지 새로운 연습에 몸을 내맡겼다. 몸을 곧추세우고 의자에 앉아 시선을 한곳에 고정한 다음 꼼짝도 하지 않았다. 얼마나 오래 그것을 버틸 수 있고 그러면서 무엇을 느끼는지 알아보려 했다. 그렇지만 나는 그저 피곤해지고 눈꺼풀에 심한 경련이 일었을 뿐이었다.

얼마 후 견진성사가 있었지만 중요한 기억은 하나도 남아 있지 않다.

이제 모든 것이 달라졌다. 유년 시절은 나의 주변에서 산산이 부서져서 떨어져 나갔다. 부모님은 당황스러운 눈길로 바라보셨고 누나들은 아주 낯설어했다. 냉담함이 이전의 감정과 기쁨 사이로 비집고 들어와서 기존의 것들을 왜곡시키고 퇴색시켰다. 정원은 향기가 없었고 숲은 마음을 끌지 못했다. 내 주위 세계는 맥없고 매력 없이 낡은 물건들의 재고 정리장처럼 서 있었다. 책들은 단지 종잇조각에 불과했고 음악은 소음처럼 느껴졌다. 가을이 되면 나무 주위로 잎이 떨어지지만 나무는 그것을 느끼지 못한다. 비와 햇빛과 혹은 서리가 나무를 적신다. 그리고 나무속에서는 생명이 천천히 가장 좁은 곳, 가장 내면으로 되돌아간다. 나무는 죽는 것이 아니라 기다리는 것이다.

방학이 끝나면 다른 학교로 가기로, 처음으로 집을 떠나기로 결정되었다. 어머니는 이따금 내게 특별히 다정하게 대하시면서 미리 작별을 고하며 내 마음속에 사랑과 향수처럼 잊지 못할 것들을 추억으로 심어주려 애쓰셨다. 데미안은 여행을 떠났다. 나는 혼자였다.

베아트리체

방학이 끝난 후 나는 내 친구를 다시 만나지 못한 채 성ㅇㅇ시로 갔다. 부모님 두 분이 모두 오셔서 온갖 일들을 세심하게 배려해 나를 어느 고등학교 선생님이 운영하는 소년 기숙사에 맡기셨다. 하지만 그때 내가 어떤 일들 속으로 들어가게 해놓았는지를 아셨더라면 아마 부모님은 기절할 만큼 놀라셨을 것이다.

시간이 가면서 내가 착한 아들과 선량한 시민이 될 수 있을지, 아니면 나의 본성대로 다른 길로 뻗어 나갈 것인지는 여전히 의문이었다. 나는 아버지의 세계와 부모님의 정신의 그늘 속에서 행복하려는 시도를 오랫동안 했고 가끔 성공하는 듯도 했지만 결국은 완전히 실패로 끝났다.

견진성사를 받은 후 방학 동안에 내가 처음으로 느낀 묘한 공허와 고독함은 —후에 이런 감정을 얼마나 진하게 맛보았던가, 이 공허, 이 엷은 공기를!— 좀처럼 빨리 지나가지 않았다. 고향과의 이별은 이상하리만치 쉽게 이루어졌다. 전혀 슬프지 않아 사실은 부끄러웠다. 누나들은 이유 없이 울었지만 나는 울 수 없었다. 나 자신이 무척 놀라웠다. 나는 그래도 감정이 꽤 풍부한 편이었고 근본이 선량한 아이였는데 지금은 완전히 변해 버렸다. 바깥 세계에 대해서는 아무런 관심 없이 행동했으며 온종일 내 내면에 귀를 기울였다. 결국에는 가장 내면적인 곳에서 흐르는 금기 같은 어두운 냇물 소리를 듣는 데 온 마음을 빼앗겼다. 지난 반년 동안에 나는 급격히 빨리 자랐다. 그래서 키가 훌쩍 크고 마르고 불완전한 모습으로 세계를 들여다보고 있었다. 소년의 사랑스러움은 내게서 완전히 사라졌다. 사람들이 나를 별로 사랑할 수 없다는 것을 나 스스로도 느꼈으며 나도 나를 결코 사랑하지 않았다. 나는 막스 데미안에 대한 커다란 그리움을 자주 느꼈다. 그러나 어떤 때는 그를 미워하기도 했으며 내가 짊어지게 된 죄악 같은 병과 생활 중 공허함의 책임을 은연중에 데미안에게 떠넘겼다.

나는 학생 기숙사에서 처음에는 사랑받지도 주목받지도 못했다. 사람들은 처음에는 나를 놀리다가 그다음에는 나로부터 물러났으며 나를 음침하고 패기 없는 사람, 불쾌한 별종으로 취급했다. 그런 역할을 하는 내가 마음에 들어 나는 그 역할을 더 과장했으며 고독 속으로 파고 들어갔다. 하지만 남몰래 자주 비애와 절망의 숨 막히는 발작에 짓눌렸는데 그 고독은 바깥에서 보면 지극히 남자답게 세상을 경멸하는 것처럼 견고해 보였다. 학교에서는 새롭게 배우는 것 없이 집에서 쌓았던 지식을 조금씩 써먹었다. 지금 다니는 학급은 전에 다니던 학교에 비해 약간 진도가 뒤처져 있었고, 나는 내 또래들을 다소 깔보며 어린아이라고 얕보는 습관까지 생겼다.

한 해가 그렇게 지나갔다. 방학이 되어 처음 집으로 다니러 왔을 때도 새로울 게 없었다. 기꺼이 다시 떠났다.

11월 초였다. 나는 날씨가 어떻든 사색하며 짧은 산책을 하는 습관이 생겼다. 그렇게 걸으면서 자주 희열 같은 것을 맛보았는데 우울과 세상에 대한 경멸과 자신에 대한 염세로 가득 찬 기쁨이었다. 어느 날 저녁, 축축하고 안개 낀 어스름에 도시 주변을 어슬렁어슬렁 거닐었다. 시립 공원의 넓은 가로수 길이 완전히 버려진 채 나를 부르는 듯했다. 길에는 낙엽이 두껍게 쌓여 있었고 나는 어두운 쾌락을 느끼며 낙엽들을 발로 헤집었다. 축축하고 쌉쌀한 냄새가 났고 멀리 있는 나무들이 안개를 뚫고 유령처럼 커다랗고 희미하게 불쑥불쑥 나타나는 듯했다.

긴 가로수 길 끝에서 나는 망설이듯 멈추어 서서 검은 이파리 속을 응시하며 그 축축한 부패와 사멸의 향기를 탐닉하듯 들이마셨다. 나의 내면에서 무언가가 그 냄새에 응답하며 환영의 뜻을 나타내며 반겼던 것이다. 오, 삶의 맛이란 얼마나 김빠졌던지!

누군가 옆길에서 바람에 나부끼는 깃 달린 외투를 입고 다가왔다. 나는 가던 길을 그대로 가려고 했다. 그런데 그때 그가 나를 불렀다.

"이봐, 싱클레어!"

다가온 사람은 우리 기숙사에서 제일 나이가 많은 학생, 알폰스 베크였다. 나는 그를 보는 것이 좋았고 그에게 아무런 반감도 없었다. 그가 다른 후배들에게나 나에게나 늘 비꼬는 듯한 말투에 아저씨처럼 군다는 것 외에는 말이다. 그는 곰처럼 힘이 세다고 알려져 있었다. 우리 기숙사 사감도 꼼짝 못 하게 휘어잡았다는 것이었다. 고등학교 학생들 사이에 떠도는 많은 소문의 주인공이었다.

"너 여기서 도대체 뭘 하고 있는 거야?"

그는 가끔 어른들이 우리 또래 학생들에게 어른 대우를 해줄 때처럼 붙임성 있는 말투로 물었다.

"자아, 어디 내기해 볼까. 너 시를 지었지?"

"전혀 그렇지 않아."

나는 무뚝뚝하게 잘라 말했다.

그는 웃음을 터뜨리더니 내 곁에서 걸으며 내게 전혀 익숙지 않은 방식으로 이야기를 늘어놓았다.

"두려워할 필요 없어, 싱클레어. 내가 이해를 못 할까 봐? 사람이 이렇게 안개 자욱한 가을밤에 사색에 잠겨서 걷고 있다는 건 분명 사연이 있다는 거거든. 그럴 때는 사람들은 주로 시를 짓지. 그런 것쯤은 나도 알고 있어. 물론 죽어가는 자연이나 자연과 닮은 잃어버린 청춘에 대하여 시를 짓겠지. 하인리히 하이네처럼 말이야."

"난 그렇게 감상적인 사람이 아니야."

나는 그의 말을 막았다.

"그럼 좋을 대로 해. 그렇지만 이런 날씨에는 내 생각에는 말이야, 술 한잔 아니면 그 비슷한 것이 있는 조용한 장소를 찾는 게 낫겠어. 같이 가지 않을래? 나는 지금 아주 아주 외롭거든. 생각 없니? 네가 굳이 모범생으로 남겠다면 너를 유혹할 마음은 없어."

우리는 곧 어느 교외의 조그만 술집에 앉아 품질이 수상한 포도주를 마시며 두꺼운 유리잔을 부딪쳤다. 처음에는 별로 마음에 들지 않았지만 어쨌든 그건 뭔가 새로운 일이기는 했다. 나는 술에 익숙지 않은 터라 곧 말이 굉장히 많아졌다. 내 속에서 창문 하나가 활짝 열린 듯했고 세계가 들어오는 것 같았다. 얼마나 오랫동안 얼마나 끔찍하게 나는 영혼에 관하여 아무 말도 하지 못했던가! 나는 상상의 날개를 펴서 정신없이 떠들어대기 시작했고, 그 한가운데에 카인과 아벨의 이야기를 화젯거리로 내놓았다.

베크는 즐겁게 내 말에 귀 기울여주었다. 마침내 누군가가 내 말에 귀 기울이고, 그에게 내가 무언가를 주는 것이었다! 그는 내 어깨를 두드리며 나를 굉장한 녀석이라고 불렀다. 그리고 나는 이야기하고 싶고 뭔가를 전하고 싶은 욕구를 실컷 쏟아내는 기쁨에, 선배에게 다소 인정받는다는 기쁨에 가슴이 부풀어 올랐다. 그가 나를 독창적이고 멋들어진 녀석이라고 불렀을 때는 그 말이 감미로운 독주처럼 영혼 속으로 번졌다. 세계는 새로운 빛으로 불타고 있었다. 생각들이 수백 개의 철철 솟는 샘에서 나와 흘러나왔다. 속에서 정기와 주정의 뜨거움이 활활 타올랐다. 우리는 선생님과 친구들에 대해서도 이야기했는데 서로 근사하게 통하는 것 같았다. 우리는 그리스에 대해서 그리고 이교도에 대하여 이야기했고, 베크는 나의 성적인 경험에 대한 고백을 들으려 애썼다. 그런데 그 점에서는 내가 이야기해줄 게 없었다. 이야기를 들려줄 아무 경험이 없었던 것이다. 내가 마음속에서만 느끼고 만들고 상상했던 것들이 내 안에서 불타고 있었지만 그걸 말로 풀어내는 것은 술의 힘을 빌려도 불가능했다. 여자에 대해서는 베크가 훨씬 많이 알고 있었다. 나는 술기운이 올라 그런 동화 같은 이야기들을 열심히 들었다. 도저히 믿을 수 없는 이야기들이었지만 듣다 보니 불가능하다고 생각했던 것들이 현실에서는 아주 평범하고 명확한 것이었다. 알폰스 베크는 아마 열여덟 살일 텐데 벌써 경험이 많았다. 베크는 자신의 경험한 바에 의하면 소녀들은 자기에게 아첨하고 예절 바르게 구는 것만 바라는 듯 보이지만 또 그것은 실로 근사하지만, 진짜는 아니라는 것이었다. 그래서 더 큰 성과는 나이 든 부인들에게서 기대할 수 있다는 것이었다. 예를 들면 문구점을 하는 야겔트 부인, 그 부인하고는 이야기가 통하는 것 같으며 그 가게 계산대 뒤에서 책에서는 볼 수 없는 그렇고 그런 일들이 벌써 있었다고 보면 된다고 했다.

나는 이야기에 완전히 빠져들어 멍하니 앉아 있었다. 물론 나라면 야겔트 부인을 사랑할 수는 없었으리라. 하지만 어쨌든 그것은 들어본 적 없는 이야기였다. 거기에는 내가 한 번도 꿈꾸어 본 적도 없는 어떤 샘이, 적어도 좀 더 나이든 사람들에게서 솟고 있는 것 같았다. 어딘가 틀린 대목이 있기는 했다. 그리고 그 모든 것의 맛은 내가 생각했던 사랑의 맛보다는 보잘것없고 일상적이었다. 그러나 어쨌든 그것은 현실이었고 삶이었으며 모험이었다. 또 그것을 이미 경험했고 당연한 일로 보는 사람이 내 곁에 앉아 있었다.

우리의 대화는 차츰 뜸해지고 활기를 잃었다. 나는 이제 더 이상 천재성 있는 작은 사나이가 아니었다. 어른의 말에 귀 기울이고 있는 소년일 뿐이었다. 그러나 그것은 몇 달 동안의 나의 삶보다는 근사했고 낙원 같았다. 그 밖에도 술집에 앉아 있는 것부터 우리가 이야기하고 있는 것까지 그 모든 것이 내가 비로소 서서히 느끼기 시작한 대로 금지된 것이었다. 엄격하게 금지된 것이었다. 아무튼 나는 그 가운데서 뜨거운 감정을 맛보고 혁명적 파격을 맛보았다.

나는 그날 밤의 일을 지금도 똑똑하게 기억하고 있다. 우리 둘이 느지막이 흐릿하게 타고 있는 가스등을 지나 서늘하고 축축한 어둠 속에서 집으로 가는 길에 접어들었을 때 나는 처음으로 취해 있었다. 근사하지는 않았다. 극도로 고통스러웠다. 그렇지만 거기에는 또한 무엇인가가 있었다. 하나의 매력과 감미로움이 있었다. 그것은 혁명과 방종이었고 생명력과 감미로움이 있었다. 베크는 나를 보고 머리 꼭대기에 피도 안 마른 풋내기라고 투덜거리면서도 나를 끝까지 책임졌다. 나를 절반은 떠메고 집으로 데리고 갔다. 집에 와서는 열린 복도 창문으로 나를 살짝 집어넣고 자기도 그렇게 숨어들어왔다.

잠깐 죽은 듯 잠을 잔 후 나는 고통스럽게 깨어났다. 술이 깨고 보니 미칠 듯한 고통이 나를 엄습했다. 나는 침대에 앉아 있었다. 낮에 입었던 셔츠를 아직도 입고 있고 내 옷가지며 신발은 바닥에 널려 있었으며 담배 냄새와 토사물 냄새가 났다. 두통과 메스꺼움과 심한 갈증 사이에서 내가 오랫동안 직시하지 않았던 영상 하나가 떠올랐다. 고향과 부모님 집, 아버지, 어머니, 누나들과 정원이 보였다. 조용하고 아늑한 내 침실도 보였다. 학교와 시장 광장이 보였다. 데미안과 견진성사 수업 시간이 보였다. 그리고 그 모든 것은 환했다. 모든 것이 흐르는 광채로 에워싸여 있었다. 모든 것이 놀라웠고 신성했으며 깨끗했다. 그리고 그 모든 것이 어제만 해도, 몇 시간 전만 해도 나의 것이었고 나를 기다렸는데 지금은 이 시각에는 타락하고 저주받았다는 것을 알게 되었다. 더 이상 내 것이 아니었다. 나를 밀쳐내고 있었다. 구역질을 내며 나를 주시하고 있었다! 가장 오래전으로 되돌아가 아름다웠던 유년 시절의 황금빛 정원에서 부모님으로부터 받았던 모든 사랑스럽고 친근한 것, 어머니의 입맞춤 하나하나, 성탄절 하나하나, 집에서의 경건하고 환한 일요일 아침 하나하나, 정원의 꽃 하나하나, 이 모든 것이 황폐화되었다. 이 모든 아름다운 것을 내 두 발로 짓밟아 버렸던 것이다! 만약 지금이라도 심판의 사자가 와서 나를 묶은 후 인간 쓰레기이며 신성 모독자라고 교수대로 데리고 간다면, 나는 당연하다 여기며 기꺼이 따라갔으리라. 그렇게 하는 것이 바르고 합당한 처사라고 느꼈을 것이다.

그러니까 나의 내면의 모습이 그랬다. 사방을 헤매고 다니며 세상을 얕잡아 본 자! 왜곡된 정신으로 데미안의 사상에 기대고 있던 자! 쓸모없고 취하고 더럽혀지고 구역질 나고 비열한 인간 쓰레기이자 잡놈, 야비한 충동의 기습을 받은 살벌한 짐승이었다! 온갖 청순함과 광채와 우아한 사랑스러움인 저 정원에서 온 내가, 바흐의 음악과 아름다운 시를 사랑했던 내가 이런 모습이 될 수 있다니! 술에 잔뜩 취해 자제력을 상실한 채 충동적이고도 바보 같이 낄낄거리던 웃음소리가 아직도 들려오는 듯해 나는 심한 구역질과 메스꺼움을 느꼈다. 그게 나였다!

그러나 이 모든 고통에도 불구하고 양심의 가책을 견디는 일에는 상당한 쾌감이 있었다. 그토록 오랫동안 내가 맹목적이고 둔감하게 웅크리고 있었기에, 그토록 오래 내 마음은 침묵하고 가난해져 구석에 앉아 있었기에 이런 자기 고발과 전율과 불쾌한 감정도 환영받았던 것이다. 그 속에는 감정이 있었고 불꽃이 타올랐으며 심장이 벌떡였다. 나는 비참함의 한가운데서 해방이자 봄 같은 그 무엇을 혼란스럽게 느꼈던 것이다.

남들이 보기에 나는 그동안 착실히 내리막길을 걷고 있었다. 최초의 주정은 얼마 되지 않아 다른 것에 최초의 자리를 넘겨주었다. 우리 학교 학생들은 술집 출입이 잦았고 행패를 부리기도 했다. 그런데 가담하는 학생들 가운데 나는 제일 어린 축에 들었다. 그러나 나는 더 이상 '끼워주는' 어린애가 아니라 주동자였고 스타였다. 나는 다시 어두운 세계로 악마 소속으로 돌아갔고 대담무쌍한 술집 출입객이었으며 그 세계에서 유명인이었다.

그러면서도 기분은 참담했다. 나는 자신을 파괴해 가는 방탕 속에서 살아갔다. 학교에서는 지도자이니 근사한 녀석이니 위트 있는 녀석이니 하며 인정받았던 반면 내 마음속 깊은 곳에서는 두려움에 가득 찬 영혼이 불안으로 허덕이고 있었기 때문이다. 어느 일요일 오전에 술집에서 나오다 길거리에서 아이들이 놀고 있는 모습을 보고서 눈물 흘렸던 일을 지금도 기억한다. 아이들은 환하고 즐겁게 웃고 있었고 갓 빗질한 머리에 일요일 정장을 차려입었다. 보잘것없는 술집의 더러운 테이블, 맥주가 쏟아져 고인 곳에서 내가 전대미문의 냉소주의로 친구들을 놀리고 놀라게 하는 동안에도, 나는 내가 냉소를 보내는 모든 것에 존경심을 가지고 있었으며 내 영혼과 내 과거와 우리 어머니와 신 앞에서 무릎을 꿇은 채 눈물 흘리며 엎드려 있었던 것이다.

내가 한 번도 패거리와 하나가 되지 않았다는 것, 그들 가운데서 늘 외로웠고 그래서 그렇게까지 괴로웠다는 것, 거기에는 그럴 만한 이유가 있었다. 나는 술집의 영웅이었지만 아주 거친 것은 심정적으로 경멸하는 사람이었다. 나는 총명했고 선생님들, 학교, 부모, 교회에 대해 나의 생각을 이야기할 때는 패기를 과시했다. 직접 하지는 못했지만 음담패설도 태연히 들었다. 그러나 내 패거리들이 여자들에게로 갈 때 함께 간 적은 없었다. 나는 혼자였고 사랑에 대한 타는 그리움으로, 절망적 그리움으로 가득 차 있었다. 내가 하는 말을 누가 들으면 나는 분명 철면피 향락자였겠지만 그 누구도 나만큼 쉽게 상처받지 않았고 그 누구도 나만큼 부끄러워하지 않았다. 이런저런 때 양가 소녀들이 귀엽고 깨끗하게, 환하고 우아하게 내 앞에서 걸어가는 것을 보아도 그들은 나에게 놀랍고도 깨끗한 꿈이었다. 나보다 천 배는 더 선하고 너무 깨끗했다. 한동안 나는 야겔트 부인의 문구점에도 갈 수 없었다. 그 여자를 보면 알폰스 베크가 들려준 이야기가 생각날 것이고 그럼 얼굴이 처참하리만큼 빨개질 것이기 때문이다.

하지만 내가 새로운 친구들 가운데서도 끊임없이 외롭고 남과 다르다는 것을 알면 알수록, 더 나는 그들에게서 떨어져 나오지 못했다. 그때 술을 마시고 허풍을 떠는 것이 나에게 즐거운 일이기나 했는지 그것도 이제는 정말 모르겠다. 나는 술에 익숙해지지 않아서 번번이 고통스러운 결과를 맛보아야 했다. 모든 것이 일종의 강압 같았다. 나는 내가 해야만 하는 것을 했다. 달리 나 자신을 어떻게 해야 할지 전혀 몰랐기 때문이다. 오래 혼자 있는 것이 두려웠다. 언제나 마음이 향했던 온화하고 수줍고 따뜻한 사랑에 대한 갈망이 엄습해오는 것이 두려워서 견딜 수가 없었다.

내게 가장 결핍된 한 가지는 진실한 친구였다. 내가 아주 좋아하는 동갑내기 친구가 두서넛 있기는 했다. 그러나 그들은 착한 사람들에 속했고 나의 악덕은 오래전부터 그 누구에게도 비밀이 아니었다. 그들은 나를 피했다. 모든 친구에게서 나는 두 발밑의 땅이 흔들거리는, 희망 없이 노는 학생으로 간주되고 있었다. 선생님들은 나에 대해 많이 알고 있었다. 나는 몇 차례 엄한 벌을 받았고 최종적으로 학교에서 쫓겨나는 일만 남았는데 그건 내 쪽에서도 기다리는 것이었다. 나 자신도 알고 있었다. 나는 오래전부터 더 이상 좋은 학생이 아니었다. 퇴학을 당하기까지 그리 오래 걸리지 않으리라는 느낌으로 근근이 건들거리며 버텨가고 있었다.

신이 우리를 고독하게 만들어 자신에게로 인도할 수 있는 길은 많이 있다. 신은 그때 그런 길을 나와 함께 갔던 것이다. 그 길은 마치 악몽과도 같았다. 더러움과 끈적거림 너머로 깨진 맥주잔과 독설로 밤을 지새운 내 모습이 보였다. 나는 몽유병자처럼 쉴 새 없이 괴로워하면서도 구역질 나고 더러운 길을 기어 다니던 내 모습을 발견했다. 공주에게 가는 도중에 악취와 쓰레기로 가득 찬 뒷골목의 진흙탕에 빠져 버리는 꿈 이야기가 있는데 나도 그런 지경이었다. 나와 나의 유년 시절 사이엔 냉정하게 망을 보는 문지기가 버티고 서 있어서 굳게 닫힌 낙원의 문이 생겨났다. 이것이야말로 나 자신을 향한 그리움의 시작이었고 내가 처한 현실의 깨달음이었다.

우리 아버지가 사감 선생님의 경고 편지를 받고 성ㅇㅇ시에 처음 나타나 느닷없이 나를 마주했을 때만 해도, 나는 너무 놀란 나머지 경련까지 일으켰다. 저 겨울 끝 무렵 아버지가 두 번째로 오셨을 때 나는 이미 냉담하고 무관심해져 있었다. 아버지께서 욕을 하고 애원을 하고 끝내 어머니 이야기까지 꺼내셨지만 나는 모른 척했다. 아버지는 마지막에는 몹시 격분하여 다른 방법이 없다면 수모와 창피를 무릅쓰고 학교에서 나를 끌고 나와 감화원에 처넣겠다고 하셨다. 그렇게 할 테면 하라지! 그래도 아버지가 떠나시자 미안한 마음이 들었다. 아버지는 아무것도 이루지 못하셨다. 나에게로 오는 어떤 길도 찾아내지 못하셨다. 그리고 어떤 때는 일이 그렇게 된 것이 당연하다고 느끼기도 했다.

나는 장차 무엇이 되건 아무래도 상관없었다. 나는 술집에 앉아 의기양양하게 구는 특별하고 별로 곱지 못한 방식으로 세상과 싸움을 벌이고 있었던 것이다. 그것은 내 나름의 저항의 형식이었다. 그러면서 나 자신을 망가뜨렸고 이따금 상황을 이렇게 파악해 보곤 했다. 세상이 나 같은 사람을 필요로 하지 않는다면 나 같은 사람들에게 줄 좀 더 나은 자리, 좀 더 높은 과제를 갖고 있지 못하다면, 이제 나 같은 사람들은 이렇게 망가지는 것이다. 그리고 그 책임은 마땅히 세상이 져야 한다.

그해의 성탄절 방학은 정말 불쾌했다. 나를 다시 보았을 때 어머니는 놀라셨다. 더 키가 컸고 살은 늘어지고 눈 가장자리에 염증이 난 내 마른 얼굴은 잿빛이었고 처량했다. 콧수염이 돋기 시작한데다 얼마 전부터 쓴 안경이 나를 그들에게 더욱 낯설어 보이게 만들었다. 누나들은 뒤로 물러나 킬킬거렸다. 모든 게 유쾌하지 않았다. 서재에서 나눈 아버지와의 대화는 씁쓸했고 전혀 유쾌하지 않았다. 몇몇 친척들의 반가워하며 건네는 인사도 유쾌하지 않았다. 무엇보다 성탄절 저녁이 유쾌하지 않았다. 성탄절이란 내가 태어난 후로 우리 집에서 가장 성대한 날이었다. 잔치 분위기가 돌았고 사랑과 감사를 나누었으며 부모님과 나 사이의 유대를 새롭게 하는 저녁이었다. 하지만 이번에는 모든 것이 다만 마음을 짓누르고 당황하게 만들 뿐이었다. 여느 때처럼 우리 아버지는 들판의 목동에 관한 복음서를 읽으셨다. '그들은 바로 그곳에서 양 떼를 지켰다.' 여느 때처럼 누나들은 환히 웃으면서 그들의 선물을 늘어놓은 탁자 앞에 서 있었다. 그러나 아버지의 음성은 즐겁지 않았고 얼굴은 늙고 짓눌려 보였으며 어머니는 슬퍼하셨다. 그리고 나에게는 선물과 덕담, 복음서와 크리스마스트리 그 모든 것이 거북하고 또 원하지 않는 것이었다. 후추와 꿀이 들어 있는 랩 케이크에서는 달콤한 냄새가 났고 그보다 더 감미로운 추억의 뭉게구름이 콸콸 흘러나왔다. 전나무에서는 향기가 뿜어져 나왔고 이제는 존재하지 않는 것들에 대하여 이야기하고 있었다. 나는 그 저녁과 휴일의 나날이 어서 끝나기만 바랐다.

겨울이 온통 그렇게 지나갔다. 바로 얼마 전에 나는 선생님회로부터 심각한 경고를 받았다. 퇴학의 위험이 임박해 있었다. 오래 걸리지 않을 것이었다. 더는 이렇게 생활할 수 없었다. 될 대로 되라는 심정이었다.

나는 막스 데미안에게 특별한 유감이 있었다. 그를 그동안 한 번도 보지 못했다. 나는 성ㅇㅇ시로 온 초반에 데미안에게 두 번 편지를 썼지만 답장을 받지 못했다. 그래서 방학 때도 찾아가지 않았다.

가을에 알폰스 베크와 만났던 그 공원에서 봄이 시작될 무렵에 있었던 일이다. 어떤 소녀가 내 눈에 뜨인 것은 가시나무 울타리가 막 초록이 되기 시작했을 때였다. 꺼림칙한 생각과 근심으로 가득 찬 채 나는 혼자 산책을 하고 있었다. 건강이 나빠진 데다 그 밖에도 지속적으로 돈에 쪼들렸기 때문이다. 친구에게 빚을 지고 있었는데 집에서 또 얻어내자면 거짓말을 해서 지출 명분을 꾸며내야만 했고 몇몇 가게에 담뱃값이나 다른 물건들의 외상도 불어가고 있었다. 하지만 이런 걱정거리는 그다지 심각한 게 아니었다. 머지않아 여기 있는 것도 끝이 나고 내가 물속으로 들어가든지 감화원으로 보내지면, 이 몇 가지 소소한 일들도 결코 문제가 되지 않을 테니 말이다. 하지만 현실에서의 나는 내내 그런 아름답지 못한 일들과 똑바로 대면하며 살았고 그것은 나를 몹시 얽어맸다.

이런 생활 가운데 그 봄날 공원에서 나의 시선을 몹시 끈 소녀를 만나게 되었다. 그녀는 키가 크고 날씬했으며 멋진 옷차림이었고 얼굴은 영리한 소년 같았다. 그녀는 첫눈에 곧바로 내 마음에 들었다. 내가 좋아하는 유형이라서 나의 상상력을 바쁘게 했다. 그녀는 나보다 나이가 더 들어 보이지 않았지만 훨씬 성숙하고 고상했으며 윤곽이 뚜렷하고 완전히 숙녀다운 향기를 뿜었다. 그러면서도 내가 지독하게 좋아하던 교만함과 소년다움이 내재되어 있었다.

나는 지금까지 한 번도 마음을 빼앗긴 여성에게 접근하는 것에 성공한 적이 없었는데 이 소녀도 마찬가지였다. 그러나 그녀의 인상은 과거의 어떤 여성들보다 강렬했다. 이번에 빠진 짝사랑은 내 생활에 깊은 영향을 미쳤다.

갑자기 내 앞에 고귀하고 존경심을 일으키는 영상이 다시 나타났다. 나의 내면에서는 그 어떤 욕구도 그 어떤 충동도 이처럼 경건하고 숭배하고 싶을 만큼 간절하지는 않았다! 나는 그녀에게 베아트리체라는 이름을 주었다. 단테는 읽지 않았지만 베아트리체에 대해서는 알고 있었다. 어느 영국 그림에서 봤는데 그 복제품을 내가 간직하고 있었다. 그 그림은 영국 라파엘 전파의 소녀상으로 팔다리가 몹시 길고 날씬하며 얼굴도 작고 길었으며 두 손과 표정은 영혼이 깃들어 있는 분위기로 표현되어 있었다. 하지만 내가 사랑했던 소녀는 날씬한 자태와 소년다움을 보여주고 있고 다소 영혼이 깃든 분위기를 얼굴에 띠고 있었지만 그 소녀상과 아주 똑같지는 않았다.

나는 베아트리체와 단 한마디도 말을 나눈 적은 없다. 그럼에도 그녀는 당시 나에게 지극히 깊은 영향을 주었다. 자신의 영상을 내 앞에 내세워 보여준 것이다. 그녀는 나에게 성스러운 전당을 열어주었고 나를 사원 안의 기도자로 만들었다. 그날로 나는 술집 출입과 밤에 나돌아다니는 일로부터 멀어졌다. 나는 다시 혼자 있을 수 있었다. 다시 책을 즐겨 읽었고 산책을 나갔다.

이런 갑작스러운 변화 때문에 나는 숱한 조롱을 감수해야 했다. 하지만 이제는 나도 사랑하고 숭배할 대상을 가졌다. 다시 하나의 이상을 가진 것이었다. 삶은 다시 예감과 비밀에 찬 영롱한 여명이었다. 그 점이 나를 온갖 비아냥거림에서도 무관심하게 만들었다. 나는 다시 나 자신에게로 편안히 안착했다. 비록 숭배하는 영상의 하인이나 노예일망정 나는 나 자신 속으로 스며들어 갈 수 있게 되었다.

그 시절을 돌이켜 보면 벅찬 감동이 밀려온다. 나는 더없이 열렬한 노력으로 부서진 삶의 폐허에서 나를 위한 '환한 세계' 하나를 다시 지으려 진지하게 노력했다. 다시 나는 내 속의 어둠과 악을 떨치고 완전히 빛 속에, 신들 앞에 무릎 꿇고 그대로 머물려는 단 하나의 욕구 속에서 살았다. 하여튼 지금의 이 '환한 세계'는 어느 정도는 나 자신의 창조였다. 그것은 어머니나 책임감 없는 안전함 속으로 다시 도망쳐 들어가는 것과는 달랐다. 나 자신에 의하여 창안되고 요구된 새로운 예배라서 책임감이 요구되었고 스스로 새롭게 발견되는 일종의 자기 억제력이 필요했다. 나를 끊임없이 괴롭혀와서 나 스스로 자꾸만 도피했던 성 문제는 이제 이 성스러운 불 속에서 정신과 기도로 승화되었다. 캄캄한 것은 아무것도 있어서는 안 되었다. 어떤 추한 것도 있어서는 안 되었다. 신음하며 지샌 밤들도, 방종한 영상들 앞에서 뛰던 심장의 고동도, 금지된 문 앞에서의 도취도, 육욕도 모두 존재해서는 안 되었다. 그 모든 것 대신 베아트리체의 영상으로 나는 나의 제단을 세웠다. 그리고 나 자신을 모두 그녀에게 바침으로써 나를 정신에 그리고 신들에게 봉헌했다. 어두운 힘들에게서 내가 뺏어낸 삶의 몫을 나는 환한 힘들에게 제물로 바쳤다. 나의 목표는 향락이 아니라 정결함이었고 행복이 아니라 아름다움과 정신성이었다.

이 베아트리체에 대한 숭배는 나의 삶을 송두리째 바꾸어 놓았다. 어제만 해도 조숙한 냉소주의자였는데 나는 지금 성인이 되겠다는 목표를 지닌 사원의 하인이었다. 나는 내가 익숙했던 평범한 삶을 떨쳤을 뿐만 아니라, 모든 것을 바꾸려고 했다. 모든 것에 정결함과 고귀함과 품위를 부여하려 했다. 먹고 마시면서도 말을 하고 옷을 차려입으면서도 나는 그 생각을 했다. 나는 아침마다 냉수마찰을 시작했는데 처음에는 굉장한 노력이 필요했다. 나는 진지하고 품위 있게 처신했으며 몸을 꼿꼿이 했고 천천히 위엄 있게 걸으려고 애썼다. 이런 내 모습이 구경꾼에게는 우스꽝스럽게 보였을지도 모르지만 내 마음은 그만큼 신에게 헌신하는 마음으로 가득 차 있었다.

이러한 신념을 표현하는 방법을 찾는 여러 시도 가운데서 나는 한 가지를 더 중요하게 여기게 되었다. 나는 그림을 그리기 시작했다. 내가 가지고 있던 그 영국 베아트리체 상이 저 소녀와 충분히 닮지 않았다는 데서 시작된 일이었다. 나는 나 자신을 위하여 그녀를 그리고 싶었다. 아주 새로운 기쁨과 희망을 가지고 나는 얼마 전부터 갖게 된 내 방에 아름다운 종이와 물감과 붓을 모았고 팔레트, 유리잔, 도자기 접시, 연필을 가지런히 해놓았다. 새로 산 조그만 튜브 속에 든 색이 고운 템페라 물감이 나를 매혹했다. 처음으로 물감을 뽀얀 접시 위에 짜 놓았을 때의 그 빛깔은 지금까지 눈에 선하다. 그것은 불타는 듯한 크롬 옥시드 그린이었다.

나는 조심스럽게 그림을 그리기 시작했다. 얼굴을 그리는 것은 어려워 우선 다른 거로 연습을 해보았다. 장식품, 꽃 그리고 작은 풍경화, 예배당 곁에 선 나무 한 그루, 사이프러스 나무들이 있는 로마의 다리를 그렸다. 때로는 이 장난 짓에 완전히 정신없이 빠져들어 크레파스를 선물 받은 어린아이처럼 행복해했다. 마침내 나는 베아트리체를 그리기 시작했다.

처음 몇 장은 완전히 실패해서 나는 그것을 내던져버렸다. 때때로 거리에서 마주쳤던 그 소녀의 얼굴을 떠올려보려 하면 할수록 그만큼 더 잘되질 않았다. 마침내 나는 소녀를 그리는 것을 포기하고 그냥 얼굴 하나를 그리기 시작했다. 환상에 따라 시작만 해놓고는 붓 가는 대로 물감과 붓에서 저절로 나오는 선에 의지해 그렸다. 거기서 나온 것은 꿈꾸었던 얼굴이었다. 별로 불만족스럽지는 않았다. 그렇지만 나는 시도를 계속했다. 새로운 종이 한 장 한 장이 그 무엇인가를 더 분명하게 말했다. 비록 결코 실물에 가깝지는 않아도 그 유형에는 가까워져 갔다.

시간이 갈수록 나는 점점 더 몽환적인 붓놀림으로 대상이 없는 장난 같은 더듬음에서 무의식에서 나오는 선을 긋고 면을 채우는 데 익숙해져 갔다. 마침내 어느 날 거의 의식 없이 얼굴 하나를 완성했는데 전에 그린 것들보다 더 강하게 나에게 말을 던져 오는 것이었다. 그것은 그 소녀의 얼굴이 아니었고 결코 그럴 수도 없었다. 무엇인가 다른 것이었고 무엇인가 비현실적인 모습이었다. 그렇지만 그렇다고 가치가 덜한 것이 아니었다. 그것은 소녀라기보다는 오히려 청년처럼 보였다. 머리카락은 나의 예쁜 소녀처럼 환한 금색이 아니고 불그스름한 기운이 도는 갈색이었고 턱은 강하고 윤곽이 뚜렷했으며 입은 붉게 꽃피고 있었다. 그 모든 것이 다소 뻣뻣하고 가면 같았지만 인상적이고 신비스러운 생명력으로 넘쳐 흘렀다.

내가 완성시킨 그림 앞에 앉아 있자니 어떤 야릇한 감동이 전해져왔다. 그것은 내게 일종의 신의 초상이나 혹은 성인의 가면처럼 보였다. 절반은 남자고 절반은 여자처럼 느껴졌고 나이를 가늠할 수 없었으며 의지가 굳세면서도 몽상적이며 굳어 있으면서도 남모르게 생명력이 있어 보였다. 이 얼굴은 나에게 무언가 할 말이 있는 듯했다. 그것은 나의 일부였고 나에게 요구하는 것이 있는 것 같았다. 그리고 누군지는 모르겠지만 그 누군가와 비슷했다.

그때부터 이 얼굴은 한동안 나의 모든 생각을 따라다녔고 나의 삶을 함께했다. 나는 그것을 서랍에 감추어 두었다. 아무도 그것을 훔쳐보고 그걸로 나를 비웃게 해서는 안 된다는 생각이 들었던 것이다. 그러나 혼자 내 작은 방 안에 있을 때면 곧바로 나는 그 그림을 꺼내어 들여다보곤 했다. 저녁에는 마주 보이는 침대 위쪽 벽지에 핀으로 붙여놓고, 잠들 때까지 바라보았으며 아침이면 눈을 뜨자마자 쳐다보았다.

바로 그 시절에 나는 어린아이였을 때 늘 그랬듯이 다시 꿈을 많이 꾸기 시작했다. 여러 해 동안 꿈을 꾸지 않았던 것 같았는데 이제 꿈이 다시 나타난 것이다. 꿈속에서는 내가 그린 그림 속의 얼굴이 생기를 띠고 나에게 자주 말을 걸어 왔으며 아주 친한 듯이, 혹은 적대적인 태도로 때론 인상을 찌푸리기도 하고 때로는 지극히 아름다우며 고귀한 모습으로 나타나곤 했다.

그리고 어느 아침 그러한 꿈을 꾸다 깨어났을 때 나는 갑자기 하나의 실체를 알아보았다. 그 그림은 참으로 기막히도록 친숙하게 나를 바라보고 있는 것이었다. 내 이름을 부르는 것 같았고 나를 잘 아는 것 같았다. 어머니처럼 아득한 시절부터 내내 나를 향하고 있었던 것 같았다. 가슴이 뛰었고 나는 그림을 응시하였다. 숱 많은 갈색 머리카락과 절반쯤 여성성을 보이는 입술과 믿기지 않을 만큼 밝음을 지닌 억센 이마를 바라보았다. —그 그림은 저절로 그렇게 말라 있었다.— 나는 차츰 누군가의 얼굴이 떠올랐고 그 사람을 잘 알고 있다는 것을 깨달았다.

나는 자리에서 벌떡 일어났다. 그 얼굴 앞에 서서 아주 가까이에서 그것을 바라보았다. 초록빛이 도는 크게 뜬 굳은 두 눈을 들여다보았다. 오른쪽 눈이 다른 쪽보다 약간 더 높이 있었는데 문득 그 오른쪽 눈이 미세하게 움직였다. 가볍고 섬세하지만 분명하게 움직였다. 그리고 이 움직임으로써 나는 그림을 알아보았다.

내가 어떻게 그걸 이렇게 늦게야 찾아낼 수 있었단 말인가! 그것은 데미안의 얼굴이었다.

그 후에 나는 이 그림을 내 기억 속에서 찾아낸 데미안의 진짜 표정과 자주 비교했다. 비슷하기는 해도 똑같은 건 결코 아니었다. 하지만 그래도 데미안임은 틀림없었다.

언젠가 어느 초여름 저녁에 태양이 비스듬히 붉게 비쳐 서향인 내 창으로 스며들고 있었다. 방 안은 어두워져 갔다. 그때 베아트리체 혹은 데미안의 초상을 창살이 교차하는 창문 가운데에 핀으로 꽂아놓고 석양이 거기로 비쳐들면 어떤지 봐야겠다는 생각이 들었다. 얼굴은 윤곽이 흐릿해졌지만 붉게 그늘진 눈과 환한 이마와 진홍색 입술은 더욱 생생하다 싶게 타올랐다. 빛이 사라지고 나서도 오랫동안 나는 그것을 마주 보고 앉아 있었다. 그런데 차츰차츰 이것은 베아트리체도 데미안도 아니며 나라는 느낌이 왔다. 그 그림은 나를 닮지 않았으며 그럴 리도 없다고 느꼈다. 그러나 그것은 나의 삶을 결정한 것이었다. 그것은 나의 내면, 나의 운명 혹은 내 속에 내재하는 수호신이었다. 만약 내가 언젠가 다시 한 친구를 찾아낸다면 내 친구의 모습이 저러리라. 언제 애인을 얻게 된다면 내 애인의 모습이 저러리라. 나의 삶이 저럴 것이며 나의 죽음이 저럴 것이다. 이것은 내 운명의 울림이자 리듬이었다.

그 무렵 책을 한 권 읽기 시작했는데 예전에 읽은 그 어떤 것보다 더 깊은 인상을 받았다. 훗날 니체를 제외한다면 나중에도 책을 그렇게 경험한 일은 없었다. 그것은 노발리스의 책으로 편지와 잠언들이 들어 있었는데, 그중 많은 부분을 이해하지 못했지만 많은 구절이 말할 수 없이 나를 매혹시켰고 긴장시켰다. 잠언 하나가 아직도 생각난다. 그 잠언을 펜으로 초상화 밑에 적어놓았다. '운명과 심성은 하나의 개념에 붙여진 두 개의 이름이다.' 그 말을 내가 그때 이해했던 것이다. 내가 베아트리체라고 이름 지은 소녀와는 여전히 자주 마주쳤다. 이제는 아무런 동요를 느끼지 않았다. 그러나 늘 한 가닥 부드러운 화합과 감정의 어떤 예감을 느꼈다. 당신은 나와 연결되어 있어. 그러나 당신의 실체가 아니라 영상만 그럴 뿐이다. 당신은 내 운명의 일부이다.

막스 데미안에 대한 나의 그리움이 다시 거세어졌다. 나는 그에 대해서 수년째 아무것도 모르고 있었다. 딱 한 번 방학 때 그를 마주친 적이 있다. 이 짧은 만남을 내 기록에서 일부러 빠뜨렸다는 것을 지금 알겠다. 그것이 부끄러움과 허영심에서 일어난 일이었다는 것도 알겠다. 이것을 만회해야겠다.

내가 술집에 드나들던 시절 중 방학 때의 어느 날, 늘 그랬듯이 피곤에 찌든 얼굴로 산책용 지팡이를 빙빙 돌리며 고향 도시를 어슬렁거렸다. 속물들의 변함없이 똑같은 경멸스러운 늙은 얼굴들을 들여다보고 있는데 그때 내 옛 친구가 마주 오는 것이었다. 그를 보자마자 나는 움찔했다. 그리고 번개처럼 재빨리 프란츠 크로머를 생각했다. 데미안이 그 이야기를 정말로 잊어버렸다면 좋겠는데! 그에게 신세를 지고 있다는 생각에 무척이나 불쾌했다. 정말이지 어리석은 아이 때의 일이기는 하지만 신세는 신세였던 것이다.

데미안은 내가 자기에게 인사하려는 것인지 아닌지 알아보려는 것 같았다. 내가 될 수 있는 대로 태연하게 인사를 하자 그가 손을 내밀었다. 그것은 다시금 그다운 악수였다! 군고 따뜻하고 그러면서도 서늘하고 남자다웠다! 그는 주의 깊게 내 얼굴을 들여다보며 말했다.

"너 많이 컸구나, 싱클레어."

그는 전혀 달라 보이지 않았다. 언제나 그렇듯이 똑같이 나이가 들어 보였고 똑같이 어려 보였다.

우리는 함께 산책하며 온통 소소한 일들만 이야기했고 그 당시 상황에 대해서는 아무 말도 하지 않았다. 내가 그에게 언젠가 몇 번 편지를 썼는데 답장은 못 받았던 생각이 났다. 아, 제발 그가 그것도 잊어버렸으면 좋겠는데. 그 바보 같은, 바보 같은 편지들을! 그는 거기에 대해서도 아무 말이 없었다. 당시에는 베아트리체도 초상도 존재하지 않았다. 나는 아직 내 황량한 시절 한가운데 있었다. 교외에서 나는 그에게 함께 술집에 가자고 했다. 그가 따라왔다. 나는 떠벌리면서 술을 한 병 시킨 다음 따르고 나서 잔을 부딪치며 대학생들이 흔히 그러는 것처럼 첫 잔을 단숨에 비워냈다.

"술집에 많이 가는구나?"

그가 나에게 물었다.

"응, 자주 가."

나는 나른한 말투로 대답했다.

"그것 말고 달리 무얼 하겠어? 그게 결국은 가장 신나는 일이잖아."

"넌 그렇게 생각해? 그래, 그럴 수도 있겠지. 그것에도 아주 멋진 면이 있긴 해. 도취의 황홀함과 바커스적인 면이 있으니까. 하지만 내가 보기에 그런 멋진 요소는 술집에 앉아 있는 대부분의 사람에게서 완전히 사라진 것 같아. 술집 출입이야말로 뭔가 정말 속물적인 것 같은 느낌이 들어. 그래, 하룻밤 불타는 횃불을 들고 제대로 된 멋진 도취와 비틀거림을 즐기는 거, 그거야 좋지. 하지만 그렇게 홀짝홀짝 마셔대는 게 잘하는 짓일까? 이를테면 매일 저녁 단골 술집 식탁에 앉아 있는 파우스트를 상상할 수 있겠어?"

나는 술을 마시며 적의에 찬 눈빛으로 그를 바라보았다.

"그래, 그렇지만 누구나 파우스트 같은 사람은 아니지."

나는 짤막하게 대꾸했다.

그는 다소 놀랍다는 듯 나를 바라보았다. 그러더니 예전의 신선함과 우월함을 보이며 웃었다.

"무엇 때문에 이런 걸 가지고 너와 다투겠니? 아무튼 술꾼이나 방탕아의 삶이 아마도 나무랄 데 없는 시민의 삶보다 생기 있을 수 있겠지. 그런데 언젠가 한번 읽었는데 말이야. 방탕아의 삶은 신비주의자를 위한 최고의 준비 중 하나라는군. 예언자가 된 성 아우구스티누스 같은 사람들이 있기도 하고 말이야. 성 아우구스티누스도 한때 향락주의자이자 방탕아였지."

나는 데미안의 이야기가 미심쩍었으며 결코 그로부터 훈계를 듣고 싶지 않았다. 그래서 냉담하게 말했다.

"그래, 누구든 자기 방식대로 살아가는 거니까. 솔직히 말해서 나는 예언자 같은 건 될 마음이 전혀 없어."

데미안이 가느스름하게 뜬 눈으로 알겠다는 듯 나를 쏘아보았다.

"이봐, 싱클레어."

그가 천천히 말했다.

"너한테 잔소리를 하려는 건 아니었어. 그렇지만 말이야. 어떤 목적으로 네가 지금 술을 마시고 있는지 그것은 우리 둘 다 알 수 없어. 하지만 너의 인생을 결정하는, 네 안에 있는 것은 그걸 벌써 알고 있어. 이걸 알아야 할 것 같아. 우리 속에는 모든 것을 알고, 모든 것을 하고자 하고, 모든 것을 우리 자신보다 더 잘 해내는 어떤 사람이 있다는 것 말이야. 미안하지만 난 집에 가봐야겠다."

우리는 짧게 작별 인사를 했다. 나는 몹시 기분이 언짢아진 채 술잔을 다 비웠다. 술집을 나설 때 데미안이 벌써 계산을 했다는 걸 알았다. 그것이 나를 더욱 화나게 했다.

나는 이 사소한 사건을 곰곰이 생각해 보았다. 내 생각은 데미안으로 가득 찼다. 그가 저 교외 술집에서 한 말들이 이상하게도 신선하게 고스란히 다시 내 기억 속에 떠올랐다.

'이걸 알아야 할 것 같아. 우리 속에는 모든 것을 아는 한 사람이 있다는 것 말이야!'

창문에 걸려 있는, 이제는 완전히 빛이 사라진 그림을 쳐다보았다. 빛이 사라졌는데도 나는 보았다. 두 눈은 아직도 활활 타고 있었다. 그것은 데미안의 시선이었다. 혹은 내 속에 있는 사람, 모든 것을 아는 그 사람이었다.

나는 얼마나 데미안을 그리워했던가? 그에 대해서는 아무것도 몰랐다. 그는 연락이 되지 않는 사람이었다. 내가 아는 건 아마도 지금은 어딘가에서 대학에 다니고 있다는 것뿐이었다. 그리고 그가 고등학교를 마치고 나서 그의 어머니와 함께 우리 도시를 떠났다는 것뿐이었다.

크로머와의 일을 포함해서 나는 막스 데미안과 관련된 모든 기억을 다시 생각해 냈다. 그가 언젠가 나에게 해준 말이나 그 밖의 모든 것이 오늘까지도 의미가 있었고, 당면 문제였으며 나와 관련이 있었다! 그다지 즐겁지 않았던 우리의 마지막 만남에서 그가 방탕자와 성인에 대하여 말한 것도 갑자기 내 영혼 앞에 환하게 떠올랐다. 나에게도 데미안이 이야기한 일들이 일어나지 않았던가? 나 역시 취기와 더러움 속에서, 마비와 상실 속에서 살지 않았던가? 청순함에 대한 소망과 성스러운 것들에 대한 동경처럼 새로운 삶에 대한 반대되는 충동이 내 마음속에서 되살아나지 않았던가?

그렇게 계속 기억을 따라갔다. 벌써 오래전에 밤이 되었고 바깥에서는 비가 내리고 있었다. 내 기억 속에서도 빗소리가 들렸다. 그것은 마로니에 나무들 밑, 그가 언젠가 프란츠 크로머 때문에 나한테 캐어묻고 나의 첫 비밀들을 알아맞혔던 때였다. 하나하나가 나타났다. 하굣길에서의 대화들, 견진성사 수업 시간, 그리고 마지막으로 막스 데미안과의 마지막 만남이 떠올랐다. 거기서는 무엇이 문제가 되었던 것인가? 나는 얼른 대답이 떠오르지 않았다. 천천히 생각했다. 그 생각에 완전히 빠져들었다. 이제 다시 떠오른다. 그것도 우리 집 앞에서였다. 그가 나에게 카인에 대한 자신의 의견을 알려준 뒤였다. 거기서 그는 우리 집 현관문 위에 붙어 있는 밑에서부터 위쪽으로 넓어지는 마감석이 속에 새겨진, 오래되어 마모된 문장에 대해서 말했다. 그는 말했었다. 그 문장이 흥미롭다고, 그런 것들에 유의해야 한다고.

그날 밤 나는 데미안과 문장 꿈을 꾸었다. 문장은 끊임없이 모습을 바꾸었다. 데미안이 그것을 두 손에 들고 있었다. 작고 회색인가 하면 거대하고 여러 색깔이었다. 그런데 데미안은 이것이 언제나 똑같은 것이라고 설명해주었다. 그러다 마침내 그는 나에게 억지로 문장을 먹였다. 그것을 삼키자 삼킨 문장이 내 속에 살아 있어 나를 다 채우고 안에서부터 나를 파먹어 들어오기 시작하는 것이 느껴져 나는 엄청나게 놀랐다. 죽음의 두려움에 가득 차 나는 펄쩍 뛰어 일어났고 잠에서 깨었다.

잠이 완전히 달아났다. 한밤중이었는데 방 안으로 비가 들이치는 소리가 들렸다. 나는 창문을 닫으려고 일어났다. 그러다 방바닥에 떨어져 있는 무언가 환한 것을 밟았다. 아침에 보니 그것은 내가 그린 그림이었다. 그림은 종이가 축축해져서 방바닥에 놓여 있었고 불룩하게 뒤틀려 있었다. 그림을 말리기 위해 압지 사이에 끼워 무거운 책 속에 펴 넣었다. 다음 날 다시 펼쳐 보니 말라 있었지만 그림이 달라져 있었다. 붉은 입이 바랬고 약간 좁아져 있었다. 이제 완전히 데미안의 입이었다.

나는 문장의 새를 그리기 시작했다. 새가 원래 어떤 모습이었는지 나는 분명히 기억하지 못한다. 하지만 어렴풋이 기억을 더듬어 보면 거기서 몇 가지는, 내가 아는 바로는 가까이에서도 잘 알아볼 수 없었다. 문장이 낡은 데다가 자주 페인트를 덧칠했기 때문이었다. 그 새는 무엇인가의 위에 있거나 아니면 앉아 있었는데, 어쩌면 한 송이 꽃 아니면 광주리나 둥우리, 혹은 화관 위였는지도 모른다. 그걸 더 신경 쓰지 않고, 뚜렷한 표상을 가진 것에서부터 시작했다. 명확하지 않은 욕구에 따라 나는 즉시 강한 색채로 시작했다. 새의 머리는 내 도화지 위에서 황금빛이었다. 기분 내키는 대로 그려나갔고 며칠 내로 완성시켰다.

그려진 것은 날카롭고 대담한 매의 머리를 가진 한 마리 맹금이었다. 그의 몸 절반은 어두운 지구 땅덩이 속에 박혀 있는데 커다란 알에서부터인 듯 땅덩이에서 나오려고 푸른 하늘 바탕 위에서 몸부림치고 있었다. 그림을 꽤 오랫동안 물끄러미 바라보고 있자니 점점 더 마치 내 꿈속에서 나타났던 빛깔의 문장인 것 같았다.

데미안에게 편지를 쓴다는 것은 나로서는 불가능한 일인 것 같았다. 설령 어디로 보내야 하는지 알았더라도 말이다. 그러나 당시에 내가 매사를 그렇게 처리했던 것과 똑같이 꿈 같은 예감에 사로잡혀, 그림이 그에게 닿든 안 닿든 간에 그에게 매를 그린 그림을 일단 보내기로 결정했다. 겉봉에는 아무것도 쓰지 않았다. 내 이름도 쓰지 않았다. 가장자리들을 조심스럽게 잘랐고, 커다란 종이봉투를 사서 그 위에 내 친구의 예전 주소를 적었다. 그러고는 보냈다.

시험이 다가오고 있었고 나는 여느 때보다 더 열심히 공부해야만 했다. 내가 형편없는 방황을 갑자기 청산하고부터 선생님들은 너그럽게도 나를 다시 받아들여 주셨다. 하지만 지금도 역시 내가 모범생이라고는 할 수 없었다. 그렇다고 어느 누구도 인제 와서 반년 전의 퇴학 처분 경고를 들추는 사람은 없었다.

아버지도 이제는 비난도 위협도 없이 다시 예전 같은 편지를 보내주셨다. 그렇지만 나는 아버지에게나 그 누구에게나 나에게 어떤 변화가 일어났는지 설명하고 싶지 않았다. 이 변화가 우리 부모님과 선생님들의 소망과 일치한 것은 우연이었다. 이 변화는 나를 다른 사람들에게로 데려간 것이 아니었다. 나를 그 누구에게도 접근시키지 않았다. 나를 오히려 더 고독하게 만들었다. 나는 그 어느 곳인가를, 데미안을, 멀고 먼 운명을 목표로 삼고 있었다. 사실상 그것을 확실하게 알고 있지도 못했으면서 그 한가운데 있었던 것이다. 베아트리체로 일은 시작되었으나 얼마 전부터 나는 그림 속의 초상이나 데미안에 대한 나의 생각들과 더불어 살고 있었다. 얼마나 완벽하게 비현실적인 세계 속에서 살고 있었는지 베아트리체마저 생각에서 까마득히 사라졌다. 내 꿈들, 내 기대들, 내 내면의 극심한 변화에 대해 나는 아무에게도 한마디도 말할 수 없었던 것 같다. 설령 그렇게 하고자 했더라도 못했을 것이다.

그런데 내가 이렇게 원했던 것들이 어떻게 가능했을까?

새는 알에서 나오려고 투쟁한다

내가 그린 꿈속의 새는 여행을 떠나 내 친구를 향해 날아가고 있었다. 그리고 너무 놀랍게도 나에게로 답장이 왔다.

어느 날 수업이 끝날 무렵 쪽지 하나가 내 책에 꽂혀 있는 걸 발견했다. 그것은 우리 반 학생들이 수업 시간 중에 몰래 쪽지 편지를 보낼 때 흔히 접는 것과 똑같이 접혀 있었다. 내가 놀랐던 건 다만 누가 나한테 그런 쪽지를 보냈을까 하는 생각에서였다. 나는 어떤 친구와도 그런 식으로 사귀는 사이가 아니었기 때문이다. 이것이 학교에서 유행했던 장난을 권하려는 정도로 생각했다. 같이 하고 싶은 마음은 전혀 없어서 쪽지를 읽지도 않은 채 앞쪽 책 속에 끼워 넣었다. 그러다 수업 도중에 우연히 그 쪽지를 다시 손에 잡았다.

종이를 만지작거리다 아무 생각 없이 퍼게 되었는데 그 안에 몇 줄의 문구가 적혀 있는 것을 보았다. 그 위로 한 번 시선을 던지고는 문구 하나에 사로잡혀 버렸다. 놀란 마음

126

으로 다시 읽었다. 그사이 내 마음은 전율하며 운명 앞에 큰 추위가 닥친 때처럼 움츠러들었다.

새는 알에서 나오려고 투쟁한다. 알은 세계이다. 태어나려고 하는 자는 하나의 세계를 깨뜨려야 한다. 새는 신에게로 날아간다. 신의 이름은 아브락사스다.

나는 이 글을 몇 차례 읽은 뒤 깊은 생각에 빠졌다. 의심할 여지도 없었다. 이건 데미안이 보낸 답장이었다. 나와 그 말고 그 새에 대해 아는 사람은 있을 수 없었다. 내 그림을 그가 받은 것이다. 그는 그 그림을 이해했고 내가 풀이하는 것을 도운 것이다. 하지만 이 모든 일이 서로 어떻게 연관이 되어 있단 말인가? 그리고 무엇보다 나를 괴롭힌 것은 아브락사스란 이름의 정체였다. 그것은 무엇일까? 나는 한 번도 그런 이름을 들어본 적도 읽어본 적도 없었다.

'신의 이름은 아브락사스다.'

전혀 집중하지 못한 채 수업이 끝났다. 다음 시간이 시작되었다. 오전의 마지막 수업이었다. 그 시간은 젊은 보조 선생님 담당이었는데 대학을 갓 졸업한 사람으로 젊은 분이라 우리에게 괜한 잘란 척을 보이려 들지 않았다. 그래서 그런 이유만으로 우리의 호감을 산 분이었다.

우리는 그 폴렌스 선생님의 지도로 헤로도토스를 읽었다. 이 강독 수업은 내가 흥미를 느낀 몇 안 되는 과목 중 하나였다. 그런데 이번에 나는 정신이 딴 곳으로 가 있었다. 기계적으로 책을 폈으나 진도를 따라가지 않고 내 생각에 빠져 있었다. 나는 데미안이 그때 견진성사 수업 시간에 말했던 것이 얼마나 옳은 말인지 이미 몇 차례 경험을 통해 알고 있었다. 사람이 무언가 강렬하게 소망하는 것이 있다면 그것은 정말 이루어진다. 수업 중에 나는 아주 강렬하게 나 자신의 생각에 열중하고 있었으며 그러면 선생님도 나를 그대로 내버려 둘 것이다. 하지만 정신이 산만하거나 졸고 있을 때는 선생님이 갑자기 옆에 와 계신다. 그런 경험이 여러 번 있었다. 그러나 정말 생각에 침잠해 있을 때는 안전하다. 강한 시선으로 상대를 바라보는 일은 나도 벌써 시험해보았고 믿을 만한 것임을 알았다. 그때 데미안과 만나던 시절에는 되지 않았었는데 이제는 자주 시선과 생각으로 아주 많은 것을 달성할 수 있다는 것을 안다.

지금 이 수업 시간에도 나는 그 방법을 사용하고 있기 때문에 헤로도토스로부터 그리고 학교로부터 멀리 떨어져 있었다. 그러나 나도 모르는 사이에 선생님의 목소리가 번개처럼 내 의식을 치고 들어왔다. 화들짝 깨어났다. 선생님의 목소리가 들렸고 바로 내 곁에 바싹 다가와 계시는 것이었다. 내 이름을 부르신 줄 알았는데 선생님은 나를 보시지 않았다. 나는 안도의 숨을 내쉬었다.

그때 다시 선생님의 목소리가 들렸다. 그 목소리는 커다랗게 '아브락사스'라는 말을 하고 있었다.

처음 부분은 내가 듣지 못했는데 폴렌스 선생님은 계속 설명하고 있었다.

"우리는 저 교파의 세계관과 고대의 신비주의적인 합일을 합리주의적인 관찰의 입장에서 보듯이 그렇게 단순하게 상상해서는 안 됩니다. 오늘날 우리가 말하는 의미의 학문이란 고대에는 존재하지도 않았습니다. 그 대신 아주 고도로 발달되었던 철학적 신비주의적 진실들을 다루는 연구가 있었습니다. 그중 일부는 가끔 사기와 범죄로도 이어지는 주술과 유희로 진행되었습니다. 하지만 주술에도 본래 고귀한 유래와 깊은 사상이 있는 것입니다. 내가 앞서 예로 들었던 아브락사스 학설도 그렇습니다. 오늘날도 사람들은 이 이름을 그리스의 주문과 연관 지어 일컫습니다. 오늘날도 미개 민족들이 믿고 있는 마술 부리는 악마의 이름쯤으로 생각하는 것입니다. 그러나 아브락사스는 훨씬 더 많은 의미를 가지고 있는 것 같습니다. 우리는 그 이름을 신적인 것과 악마적인 것을 결합시키는 상징적 과제를 지닌, 어떤 신성의 이름쯤으로 파악할 수 있습니다."

몸집이 조그마한 이 젊은 학자는 섬세하고도 열정적으로 계속 이야기를 해나갔다. 제대로 듣고 있는 사람은 아무도 없었다. 그리고 아브락사스라는 이름이 더 이상 나오지 않자 나의 주의력도 나 자신 안으로 가라앉았다.

'신적인 것과 악마적인 것이 결합한다.'

그 말의 여운이 귀에 남아있었다. 여기서 나는 연결시킬 수 있었다. 그 말은 우리 우정의 맨 끝자락에 데미안과 나누었던 대화들에서 친숙한 것이었다. 데미안은 당시에 말했었다. 그때 우리에겐 분명히 존경하는 신 하나가 있었지만 그 신은 단지 인공적으로 갈라놓은 세계의 절반만 포용하고 있을 뿐이었다. ─그것은 공식적이고 허용된 '환한' 세계였다.─ 하지만 사람은 세계 전체를 존중할 수 있어야 했다. 그러니까 악마이기도 한 신 하나를 더 갖든지 아니면 신에 대한 예배와 더불어 악마에 대한 예배도 만들어야 한다는 것이었다. 그러니까 아브락사스는 신이기도 하고 악마이기도 한, 바로 우리가 찾던 그 신이었다.

한동안 나는 매우 열성적으로 그 신의 자취를 찾았다. 아브락사스를 찾아 온 도서관을 뒤지기도 했지만 진전은 없었다. 그리고 손에 쥐고 보면 작은 돌멩이에 불과한 진실을 찾아내는 식의 직접적이고 의식적인 탐구에 나의 본성이 훈련되어 있지도 않았다.

한때 그토록 열심히 열망했던 베아트리체의 영상도 이제 서서히 가라앉았다. 아니면 오히려 천천히 나로부터 떠나갔다. 점점 더 지평선에 접근해 가서 더 그림자 같고 더 멀어지고 더 빛바래 갔다. 이제는 그것은 내 영혼을 충족시키지 못했다.

내가 몽유병자처럼 나 자신 속에서 틀어박혀 지내면서 신기하게도 새로움이 형성되기 시작했다. 일상에의 동경, 아니 그보다는 사랑에의 동경이 내 안에서 꽃 피었다. 그리고 한동안 베아트리체를 숭배하는 것으로 해소될 수 있었던 성욕이 새로운 영상과 목표를 요구하고 있었다. 나는 아직도 그 어떤 성취도 이루지 못했다. 동경을 기만하고 내 친구들이 그들의 행복을 찾는 그런 소녀들로부터 무엇인가를 기대하는 것은 나로서는 그 어느 때보다 더 불가능했다. 나는 다시 심하게 꿈을 꾸기 시작했다. 그것도 밤보다 낮에 더 많이 꿈을 꾸었다. 상상, 영상, 혹은 소망들이 나의 내부를 가득 채우고 있었다. 나는 내 마음속의 영상들, 꿈, 꿈의 그림자와 현실의 삶에 있는 것들보다 더 현실적이고 생명력 넘치게 관계를 맺고 교류하며 살았다.

어떤 특정한 꿈, 혹은 거듭 나타나는 환상이 나에게는 중요한 의미가 있었다. 그때 내 인생의 가장 중요하고 또 가장 불길한 꿈은 대략 이런 것이었다. 내가 부모님 댁으로 간다. 현관문 위에는 문장의 새가 푸른 바탕 위에서 노란색으로 빛을 내고 있다. 집 안에서는 어머니가 나를 향해 오신다. 그러나 내가 들어서며 어머니를 포옹하려 했을 때 그것은 어머니가 아니라 한 번도 본 적 없는 인물이었다. 키가 크고 힘 있는 인물이며 막스 데미안이나 내가 그린 그림과 비슷하면서도 또 달랐다. 그리고 힘이 있었지만 완전히 여성이었다. 이 인물이 나를 자기에게로 끌어당겨 전율을 일으키는 깊은 사랑의 포옹을 했다. 희열과 오싹함이 뒤섞였다. 나를 포옹한 인물 속에는 어머니에 대한 너무 많은 추억, 내 친구 데미안에 대한 너무 많은 추억이 유령처럼 서려 있었다. 그 인물의 포옹은 모든 존경심이 제외되어 있었지만 그럼에도 축복의 희열이 들어 있었다. 자주 나는 깊은 행복감을 느끼며 죽음의 두려움과 격렬한 양심의 가책을 느끼며, 무서운 죄악에서 벗어나듯 이 꿈에서 깨어났다.

이 완전히 내면적인 영상과 외부에서 찾아온 탐구 대상인

신에 대한 암시 사이에는 어떤 무의식적인 결합이 있었다. 그리고 이 결합은 그 후 더 긴밀해지고 더 내밀해졌으며 나는 내가 바로 이 예감의 꿈속에서 아브락사스를 불렀음을 느끼기 시작했다. 희열과 오싹함이 섞이고 남자와 여자가 섞이고 지고와 추억이 뒤얽히고 깊은 죄에는 지극한 청순함을 통해 충격을 주었다. 나의 사랑의 꿈의 영상이 그랬고 아브락사스도 그러했다. 사랑은 이제 더 이상 처음에 겁을 먹고 느꼈던 것처럼 어둡고 동물적인 충동이 아니었다. 그리고 그것은 이제 더 이상 내가 베아트리체의 영상에다 바친 것 같은 경건하고 정신적인 숭배도 아니었다. 사랑은 그 두 가지 다였다. 둘 다이며 또 훨씬 그 이상이었다. 사랑은 천사상이며 사탄이고 남자와 여자가 하나였고 인간과 동물, 지고의 선이자 극단적 악이었다. 이 양극단을 살아가는 것이 나에게는 운명으로 정해져 있는 것처럼 보였다. 이것을 맛보는 것이 나의 운명으로 보였다. 나는 운명을 동경했고 운명을 두려워했지만 운명은 늘 거기에 있었다. 늘 내 머리 꼭대기에 있으며 나를 수시로 덮쳐 왔다.

이듬해 봄에 나는 고등학교를 졸업하고 대학으로 진학해야 했다. 아직 어디서 무얼 공부해야 할지는 정하지 못했다. 코 밑에는 수염이 자라기 시작했고 나는 성인이었다. 그렇지만 아직 무엇을 해야 할지 모르고 있었고 목표가 없었다. 단 한 가지, 내 속의 목소리와 그 꿈의 영상만 확실했다. 나는 이 영상의 인도에 맹목적으로 따라가야 한다는 임무를 느꼈다. 그리고 날마다 반항했다. 내가 미친 건 아닐까 때때로

132

생각했다. 어쩌면 내가 다른 사람들과 다른 건 아닐까? 그러나 다른 사람들이 해내는 것은 나도 전부 할 수 있었다. 약간 애쓰면 플라톤을 읽을 수 있었고 삼각법 과제를 풀거나 화학 분석을 할 수도 있었다. 단 한 가지만 나는 할 수 없었다. 그것은 다른 사람들처럼 나의 내면에 숨겨진 목표를 끌어내어 내 앞에 확실히 내놓는 일이었다. 교수나 판사, 의사나 예술가가 될 것이며, 그러자면 얼마나 걸리고 그것이 어떤 장점들을 가질 것인지 정확하게 아는 다른 사람들처럼 그려내는 일은 할 수 없었다. 어쩌면 나도 언젠가 그런 무엇이 될지도 모르지만 어떻게 내가 그걸 안단 말인가. 어쩌면 나도 여러 해 동안 찾고 또 계속 찾아야겠지. 하지만 아무것도 되지 않고 어떤 목표에도 이르지 못하겠지. 어쩌면 나도 하나의 목표에 이르겠지만 그것은 악하고 위험하며 무서운 목표일지도 모른다.

나는 내 속에서 솟아 나오려는 것, 바로 그것을 살아보려고 했다. 그런데 왜 그것이 그토록 어려웠을까?

가끔 나는 내 꿈속의 강렬한 사랑의 형상을 그려보려 했다. 그러나 한 번도 성공하지 못했다. 성공했더라면 나는 그 그림을 데미안에게 보냈을 것이다. 그는 어디에 있는 것일까? 나는 알지 못한다. 내가 아는 건 오직 그가 나와 결합되어 있다는 것뿐이었다. 언제쯤 그를 다시 만날 수 있을까?

베아트리체와의 몇 주, 아니 몇 달의 고요한 안정감은 이미 오래전에 사라졌다. 그때 나는 하나의 섬에 도달했고 평화를 찾아냈다고 생각했다. 하지만 언제나 똑같았다. 하나

의 상태가 좋아지자마자 하나의 꿈이 찾아왔고 내가 편안해
지자마자 그것은 어느새 시들고 흐려졌다. 이런 상태를 탄
식하는 게 무슨 소용이 있을까! 나는 이제 가라앉지 않은 욕
망, 팽팽한 기대의 불 속에 살고 있었다. 그것은 자주 나를
완전히 난폭하게 하고 미치게 만들었다. 꿈의 여인의 영상
은 자주 살아 있는 연인의 모습보다 더 똑똑하게 눈앞에 보
였다. 나 자신의 손보다 훨씬 더 분명하게 보였고 그 영상과
더불어 나는 이야기했고 그 앞에서 울었고 거기서부터 도망
쳤다. 나는 그것을 어머니라고 부르고 그 앞에서 눈물을 흘
리며 무릎 꿇었다. 그 여인을 연인이라고 부르면서 모든 욕
망을 충족시켜주는 깊은 입맞춤을 아련하게 느끼기도 했다.
그리고 또한 악마, 매춘부, 흡혈귀, 살인마라고 부르기도
했다. 그녀는 나를 다정하기 그지없는 사랑의 꿈으로 유인
하기도 했고 말할 수 없이 뻔뻔한 행위로 끌고 가기도 했다.
그녀에게는 지나치게 선한 것도 존귀한 것도 없었고 동시에
지나치게 악한 것도 비루한 것도 없었다.

그해 겨울 내내 나는 표현하기 어려운 내면의 폭풍 속에
서 보냈다. 외로움에는 오래전부터 익숙해 있었기 때문에
새삼스럽게 외로움이 나를 짓누르지는 않았다. 나는 데미안
과 새와 내 운명이자 연인이었던 위대한 꿈속의 영상과 함께
살았다. 이들 속에서는 살아가기에 충분한 공간이 있었다.
모든 것이 위대함과 광대함을 지향하고 있었고 모든 것이 아
브락사스의 암시였다. 그러나 이 꿈 중 어느 것도 나에게 복
종하지는 않았다. 어느 것도 내가 부를 수는 없었으며 내 마

음대로 색칠할 수 없었다. 하지만 나를 찾아와서 나를 사로잡고 나를 지배하고 나를 살아가게 했다.

나는 아마 외부에서는 안전했을 것이다. 나는 전혀 사람을 무서워하지 않았다. 그것을 내 친구들도 알아서 내게 남모르는 존경을 보냈고 자주 나의 비웃음을 사곤 했다. 나는 원한다면 그들 대부분을 아주 잘 꿰뚫어 볼 수 있었고 이따금 그렇게 해서 그들을 깜짝 놀라게 할 수도 있었다. 다만 내게 그러고 싶은 마음이 드물게 생겼고 전혀 생기지 않을 때가 많았을 뿐이다. 나는 언제나 나 자신에게 몰두하고 있었다. 그리고 이제 마침내 인생의 한 토막을 살아보기를, 나에게서 나온 무엇인가를 세계 안에다 주기를, 세계와 관계를 가지고 싸움을 벌이게 되기를 간절히 갈망했다. 이따금 저녁에 산책하다가 그리고 마음을 진정시키지 못해 자정까지도 집으로 돌아올 수 없을 때, 나는 이따금 생각했다. 지금, 바로 지금 틀림없이 나의 연인이 내게로 오고 있을 거라고, 다음 모퉁이를 지나고 있을 거라고, 다음 창문에서 그녀가 나를 부르겠지 하고 말이다. 이 모든 것이 때로는 참을 수 없는 고통으로 얽어매 와서 언젠가는 죽어버릴 작정도 했다.

나는 당시에 흔히들 말하는 대로 우연한 기회로 특이한 도피처를 찾아냈다. 그러나 그런 우연이란 존재하지 않는다. 무엇인가를 절실하게 필요로 하는 사람이 자신에게 정말로 필요한 것을 찾아내면, 그것은 그에게 주어진 우연이 아니라 그 자신이, 그 자신의 욕구와 필요가 그를 거기로 인도한 것이다.

나는 시내를 걷다가 두세 번 어느 교외의 자그마한 교회에서 오르간 연주 소리를 들었다. 하지만 그땐 거기 머물지는 않았었다. 다음번에 지나갈 때 그 소리를 또 들었다. 그리고 바흐가 연주되고 있다는 것을 알았다. 나는 문으로 다가갔는데 문은 잠겨 있었다. 그리고 골목에는 거의 사람이 없어 교회 옆 길가의 돌에 앉아 외투 깃을 세우고는 귀를 기울였다. 그렇게 소리가 크지는 않지만 그래도 좋은 오르간이라는 걸 알 수 있었다. 그런데 연주가 놀라웠다. 연주는 신비로웠고 독특하게 높은 수준의 개성적인 의지와 인내를 표현하고 있어 훌륭한 기도처럼 울려 퍼지는 대가의 솜씨였다. 오르간을 연주하는 사람은 이 음악 안에 보물 하나가 숨겨져 있다는 것을 아는 사람이라 자신의 생명을 얻듯 이 보물을 얻어내려고 구하고, 가슴 뛰고, 애쓰고 있었다. 나는 테크닉 면에서는 음악을 그리 많이 이해하지 못하지만 바로 이런 영혼의 표현은 어린 시절부터 본능적으로 이해했으며 내 마음속에서 음악적인 것을 분명히 느끼고 있었다.

그 음악가는 바흐의 곡에 이어서 현대음악도 연주했다. 레거의 곡인 것 같았다. 교회 주위는 완전히 어두웠고 다만 아주 엷은 빛줄기 하나가 바로 옆 창문으로 흘러들고 있을 뿐이었다. 음악이 끝날 때까지 기다렸다. 그다음에 이리저리 거닐고 있자니 마침내 오르간 연주자가 나오는 것이 보였다. 나보다 나이가 들었지만 아직 젊은 사람이었다. 체격이 다부지고 땅딸막했는데, 힘차면서도 마치 기분이 나쁜 사람처럼 성급한 걸음으로 급히 그곳을 떠났다.

그때부터 나는 가끔 저녁 시간에 그 교회 앞에 앉아 있거나 왔다 갔다 하곤 했다. 한번은 문이 열려 있는 것이 보였다. 그 오르간 연주자가 높은 곳에 매달린 빈약한 가스등 불빛 속에서 연주하는 동안, 나는 떨면서도 행복하게 반 시간을 교회에 앉아 있었다. 그가 연주하는 음악에서 내가 들은 것은 그 사람 이야기만은 아니었다. 그가 연주하는 모든 것이 자기들끼리 밀접한 관계를 맺고 남모르는 연관을 갖고 있는 것 같았다. 또한 그가 연주하는 모든 것에 신앙심이 담겨 있었으며 헌신적이고 경건했지만 교회의 신자나 목사님처럼 경건한 것이 아니라 중세의 순례자처럼 경건했다. 모든 종파를 초월해 세계 감정을 향한 남김 없는 헌신으로 경건했다. 바흐 이전의 대가들, 그리고 옛 이탈리아인들의 음악이 노련하게 연주되었다. 그리고 모든 연주곡이 한결같이 같은 것들을 말하고 있었다. 모두가 그 음악가의 영혼 속에 담긴 것을 나타내고 있었다. 그리움, 더없이 열렬한 세계의 포착, 세계와의 가장 난폭한 재결별, 자신의 어두운 영혼에 대한 절실한 귀 기울임, 헌신에의 도취와 경이로움에 대한 깊은 호기심 같은 것들이었다.

언젠가 나는 교회에서 나오는 오르간 연주자를 몰래 따라갔는데 그가 멀리 도시 외곽의 작은 선술집으로 들어가는 것을 보았다. 나는 나 자신을 억제하지 못하고 이끌린 듯 그를 따라 들어갔다. 거기서 처음으로 그 사람의 모습을 똑똑히 볼 수 있었다. 작은 술집 한 모퉁이에 있는 주인 맞은편 테이블에 앉아 있는 그는 머리에는 까만 펠트직 모자를 쓰고 포도주를 한 잔 앞에 놓은 채 앉아 있었다. 그의 얼굴은 내가 기대했던 것과 같았다. 못생겼고 약간 거칠었으며 탐색적이고 완고하고 고집스럽고 의지에 차 있었다. 그러면서도 입 주위는 부드럽고 어린아이 같았다. 남성다운 강함은 모두 눈과 이마에 모여 있었다. 얼굴의 아랫부분은 여리고 미완성이었다. 자제되지 않고 부분적으로는 약간 약했다. 우유부단함이 여실히 보이는 턱은 이마나 시선과는 대조적으로 소년다웠으며 자부심과 적의에 찬 짙은 갈색 눈이 호감을 주었다.

나는 말 없이 그 맞은편에 앉았다. 술집에는 다른 사람은 아무도 없었다. 그는 나를 마치 쫓아 버리려는 듯이 쏘아 보았다. 그렇지만 나는 버텨냈으며 마침내 그가 성이 나서 툴툴거릴 때까지 눈을 떼지 않고 그를 바라보았다.

"도대체 당신은 무엇 때문에 그렇게 기분 나쁘게 쏘아본단 말이오, 나한테 원하는 거라도 있소?"

"선생님께 원하는 건 없습니다."

내가 말했다.

"그렇지만 이미 선생님에 대해 많은 것을 알고 있습니다."

그가 이마를 찌푸렸다.

"그래, 당신도 음악광이오? 음악에 미친다는 것은 내가 보기엔 구역질 나는 일이오."

나는 꿈쩍도 하지 않았다.

"벌써 교회에서 여러 번 선생님 연주를 들었습니다."

내가 말했다.

"저는 선생님을 귀찮게 해드릴 생각은 없습니다. 선생님 곁에서 어쩌면 무얼 찾아낼지도 모른다고 생각했지요. 뭔가 특별한 것인데 뭔지는 잘 모르겠습니다. 제 이야기를 귀담 아듣지 마세요. 저는 교회에서 당신의 연주를 듣는 것만으 로도 충분하니까요."

"하지만 난 언제나 문을 잠가 두는데."

"최근에 그걸 잊어버리신 적이 있습니다. 저는 안에 앉았 고요. 보통 때는 바깥에 서 있거나 길가의 돌 위에 앉아서 들 었습니다."

"그래요? 다음번에는 들어오셔도 좋소. 안은 훨씬 따뜻하 니까. 그냥 문을 노크하시오. 노크는 힘차게 해야 해요. 내 가 연주하는 동안은 하지 말고. 자, 그럼 무슨 말을 하려고 했소? 아주 젊은 사람이로군. 아마 학생이거나 대학생이겠 지. 음악을 하시오?"

"아닙니다. 그냥 음악을 즐겨 들을 뿐이지요. 선생님이 연주하시는 것 같은 아주 절대적인 음악을요. 절대적인 음 악에서는 한 인간이 천국과 지옥을 흔들고 있다고 느껴지 는데 그런 음악이 아주 좋아요. 음악은 별로 도덕적이 아니 겠지만 다른 모든 것은 도덕적이지요. 저는 도덕적이지 않 은 무엇인가를 찾고 있습니다. 저는 도덕적인 것에 늘 억눌 려 괴로움을 받아 왔어요. 잘 표현할 순 없지만 선생님도 신 이면서 동시에 악마인 신이 존재하고 있다고 생각하지 않나 요? 전 그런 신이 있다는 이야길 들었습니다."

그는 넓은 모자를 약간 뒤로 젖히고 이마로 흘러내린 검은 머리카락을 넓은 이마로부터 흔들어 쓸어냈다. 그러면서 나를 꿰뚫듯 바라보며 테이블 넘어 나에게로 얼굴을 숙이고는 나직하면서도 호기심에 찬 목소리로 물었다.

"조금 전에 말한 그 신의 이름이 뭐요?"

"유감스럽게도 그 신에 대해서는 거의 아는 게 없습니다. 사실 이름밖에 몰라요. 그 이름은 아브락사스입니다."

음악가는 마치 누군가가 우리의 대화를 엿듣기라도 한다는 듯이 미덥지 않다는 듯 주위를 둘러보았다. 그러더니 나에게로 바짝 다가와 속삭이듯 말했다.

"그럴 줄 알았소. 당신은 누구요?"

"저는 고등학교에 다니는 학생입니다."

"아브락사스는 어떻게 알았소?"

"우연히 알았습니다."

그는 테이블을 쳤다. 그의 술이 잔에서 넘쳤다.

"우연이라고? 쓸데없는 소리 작작해요. 이 사람아! 아브락사스는 우연히 알게 되는 게 아니야. 명심하시오. 아브락사스에 대해 더 이야기해줄 테니까. 난 아브락사스에 대해 좀 알거든."

그가 입을 다물고 자기가 앉은 의자를 뒤로 밀었다. 잔뜩 기대에 차서 그를 바라보고 있자니 그가 얼굴을 찌푸렸다.

"여기서는 아니고 다음번에 말해줄 테니 그때 들으시오."

그러면서 그는 벗어 놓은 자기 외투 호주머니를 뒤져 군밤 몇 개를 내게로 던져주었다. 나는 아무 말도 하지 않고 그것을 받아서 먹었고 매우 만족했다.

"그러니까!"

그가 한참 뒤에 소곤거리며 말했다.

"당신은 어떻게 그에 대해서 알게 되었소?"

나는 망설이지 않고 대답했다.

"저는 혼자였고 방황하고 있었습니다."

나는 이야기를 시작했다.

"그때 옛 친구 하나가 떠올랐습니다. 그 친구는 아는 게
많다고 생각했던 사람이지요. 저는 지구를 뚫고 나오려는
새 한 마리를 그려 놓았었고 그 그림을 그에게 보냈습니다.
얼마 뒤, 이제 답장을 받으리라고 기대도 안 하게 되었을 때
쯤, 쪽지 하나를 받았는데 거기에 이렇게 적혀 있었습니다.
'새는 알에서 나오려고 투쟁한다. 알은 세계이다. 태어나려
는 자는 한 세계를 깨뜨려야 한다. 새는 신에게로 날아간다.
그 신의 이름은 아브락사스'라고요."

그는 아무 대꾸가 없었다. 우리는 밤껍질을 벗겨 포도주
에 곁들여 먹었다.

"한 잔 더 할까?"

그가 물었다.

"괜찮습니다. 술을 좋아하지 않아요."

그는 다소 실망하여 웃었다.

"좋으실 대로 하시오. 난 술을 좋아하지. 난 여기 좀 더
있을 테니 인제 그만 가보시오!"

다음번에 오르간 연주를 들은 후 그와 함께 걸었을 때 그
는 별로 이야기하려고 하지 않았다. 그는 나를 어느 오래된

골목 안의 낡았지만 고풍스러운 집 위층으로 안내해 올라갔다. 방은 컸고 다소 황량해서 보잘것없게 느껴졌다. 그리고 거기에는 피아노 한 대 외에는 음악과 상관있어 보이는 것은 아무것도 없었다. 또 커다란 책장과 책상이 있어 무언가 학자의 방 같은 분위기를 풍겼다.

"책이 참 많으시군요!"

나는 감탄하며 말했다.

"일부는 우리 아버지 서재에서 가지고 온 거요. 난 아버지 댁에 살고 있거든. 그래요, 난 아버지 어머니 집에 살고 있지만 자네를 부모님께 소개할 수는 없어, 나의 친구 관계가 우리 집안에서는 큰 인정을 못 받거든. 나는 버려진 자식이나 다름없어. 이해하겠나? 우리 아버지는 믿을 수 없을 만큼 존경할 만한 분이시지, 이 도시에서 유명한 목사님이고 설교자시지. 그런데 나는, 똑똑히 알아두도록 말하자면 그분의 재능 있고 장래가 촉망되는 아드님이자 궤도를 벗어나 어느 정도 돌아버린 아들이지. 나는 신학도였는데 국가고시 직전에 그놈의 답답한 대학을 그만두어 버렸소. 사실 개인적인 공부로 이야기하자면 나는 아직 신학도이지. 사람들이 어떤 신들을 그때그때 생각해 냈는지 알아내는 것이 나에게는 늘 가장 중요한 관심사였소. 그 외에 나는 지금 음악가이며, 곧 자그마한 오르간 연주자 자리를 얻게 될 것 같소. 그러면 나도 다시 교회에서 일하게 되는 거지."

나는 서가에 꽂힌 책들을 작은 스탠드의 약한 불빛이 비춰주는 데까지 살펴보았다. 그리스어, 라틴어, 히브리어책

142

제목들이 보였다. 그러는 동안 그는 어둠 속에서 벽 쪽의 방바닥에 엎드려 무언가를 하고 있었다.

"이리 와보시오."

그가 한참 뒤에 말했다.

"우리 이제 철학의 시간을 좀 가져봅시다. 다시 말해 입 다물고 엎드려 생각을 좀 해보잔 말이오."

그는 성냥을 켜서 앞에 있던 벽난로 속의 종이와 장작에 불을 지폈다. 불꽃이 높이 솟았고 그는 아주 조심스럽게 불을 쑤석였다. 나는 그 곁에 놓인 낡아서 올이 풀린 양탄자 위에 드러누웠다. 그는 불길을 바라보았고 불길은 내 마음도 끌어당겼다. 우리는 말 없이 한 시간 정도를 배를 깔고 타닥거리는 장작불 앞에 엎드려, 불길이 활활 타오르고 지싯거리고 가라앉아 휘어지고 움칫거리다 마침내 사그라지는, 조용한 화염 속에서 잦아드는 모습을 바라보았다.

"인간이 만들어 낸 수많은 발명은 멍청하기 짝이 없지만 불을 피우는 건 예외 같군."

그는 혼자서 중얼거렸다. 그 말 외에 우리 두 사람은 한마디도 하지 않았다. 불을 응시하며 꿈과 정적 속으로 잠겨 들어갔으며 연기 속에서 어떤 영상들을 보았고 재 속에서도 영상들을 보았다. 한번은 내가 화들짝 놀랐다. 함께 불을 보고 있던 그 사람이 이글거리는 불 속에 송진을 조금 던졌던 것이다. 조그맣고 날렵한 불꽃이 솟았다. 그 속에서 나는 노란색 매 머리를 가진 그 새를 보았다. 꺼져 가는 난롯불이 황금빛으로 작열하는 실 가닥을 한데 모아 그물로 만들었다. 문자와 영상들이 나타났다. 문득 정신이 들어 상대방 쪽을 바라보자 그는 턱을 두 주먹 위에 놓은 채 꿈꾸는 것처럼 재 속을 뚫어지게 바라보고 있었다.

"전 이제 가야겠는데요."

내가 나지막하게 말했다.

"그럼, 가시오. 또 봅시다."

그는 일어나지 않았다. 등불이 꺼졌기 때문에 어두운 방과 어두운 복도와 계단을 간신히 지나 그 을씨년스러운 낡은 집을 더듬어 나왔다. 거리에서 멈추어 그 낡은 집을 올려다보았다. 어느 창에도 불빛이 없었고 주석으로 만든 작은 문패가 문 앞의 가스등 불빛 속에서 반짝였다.

'주임 목사 피스토리우스.'

문패에는 이렇게 적혀 있었다.

집에 와서 저녁을 먹고 혼자 내 작은 방에 앉아 있을 때 비로소 내가 아브락사스에 대해서도 피스토리우스에 대해서도 아무것도 듣지 못했으며 우리가 주고받은 말이 열 마디도 안 된다는 것을 깨달았다. 그러나 나는 그 집을 방문한 것에 무척 만족했다. 게다가 그는 다음에 만날 때엔 아주 뛰어난 오래된 오르간 음악인 북스테후데의 파사칼리아를 들려주겠다고 약속했던 것이다.

나는 알아차리지 못했지만 내가 그와 함께 그 음산하고 넓은 방 벽난로 앞에 누워 있던 그때 오르간 연주자 피스토리우스는 나에게 첫 수업을 해준 것이었다. 나는 불을 들여

144

다보고 있는 것이 기분 좋았다. 불을 들여다보고 있는 것은 내 안에 잠재되어 있었지만 사실 한 번도 보살핀 적이 없었던 내면의 성향들을 강화하고 확인하게 해주었다. 점차 나의 성향들이 부분적으로 명확해졌다.

나는 어린아이였을 때부터 때때로 기괴한 형태를 가진 자연물을 바라보는 버릇이 있었다. 그냥 관찰하는 것이 아니라 그 고유한 마력, 그 얽히고설킨 언어에 깊이 몰두하여 관찰했다. 고목처럼 드러난 기다란 나무뿌리, 암흑 속의 층이 진 암맥, 물 위에 뜬 기름 얼룩, 유리에 난 금. 그런 것들이 종종 나에게 커다란 마력을 발휘하였다. 특히 물과 불, 연기, 구름, 먼지, 그리고 눈을 감으면 보이는 아주 특별하게 선회하는 색 얼룩이 그랬다. 피스토리우스를 처음 찾아간 뒤 며칠 동안 그런 것들에 대한 생각이 다시 떠올랐다. 왜냐하면 그 이후 내가 느낀 활기와 기쁨, 내 감정의 고조는 불을 오래 응시한 덕분이라는 것을 알아차렸기 때문이다. 불을 응시하는 것은 이상하게도 기분 좋고 풍요로워지는 느낌을 주었다.

이 새로운 경험은 내가 그때까지 인생 본래의 목표로 가는 길에서 찾아낸 얼마 안 되는 경험들에 보태어졌다. 그런 모습을 가만히 바라보는 것과 비이성적이고 얽히고설킨 기이한 자연의 형태들에 몰두하는 것은 우리 내면에서, 이 영상을 이루어지게 한 우리 내면의 의지와의 일치감을 낳는다. ─우리는 곧 그 일치감을 우리 자신의 기분으로, 우리 자신의 창조로 여기려는 유혹을 느낀다. ─ 우리는 우리와 자연

사이의 경계가 흔들리고 흐려지는 것을 보고, 분위기를 알게 된다. 그 분위기 속에서 우리 망막 위의 이 영상들이 바깥의 인상들로부터 비롯된 것인지 내면의 인상에서 비롯된 것인지 구분할 수 없게 된다. 그 어디에서도 이런 연습에서처럼 간단하고 쉽게 발견해낼 수 없다. 우리가 얼마나 창조자인지, 우리 영혼이 얼마나 지속적으로 세계의 끊임없는 창조에 관여하는지를. 우리 안에서 그리고 자연 안에서 활동하는 것은 오히려 똑같은 불가분의 신성이다. 바깥 세계가 몰락한다 하여도 우리 중 하나는 그 세계를 다시 세울 능력이 있다. 산과 강, 나무와 잎, 뿌리와 꽃, 자연의 모든 영상이 우리 마음속에 미리 만들어져 있어서 영혼에서 나오기 때문이다. 영혼의 본질은 영원이며 그 본질을 우리는 알 수 없다. 그러나 그 본질은 대개 사랑하는 힘과 창조의 힘으로 느껴진다.

몇 년이 지나서야 나는 어느 책에서 이 관찰을 뒷받침할 여러 근거를 발견할 수 있었다. 즉 많은 사람이 침을 뱉어 놓은 담벼락을 바라보는 것이 얼마나 훌륭하고 깊이 자극을 주는지에 대해서 레오나르도 다빈치가 언젠가 이야기한 것이다. 축축한 담벼락에 있는 그 얼룩들 앞에서 그는 피스토리우스와 내가 불 앞에서 느낀 것과 똑같은 것을 느꼈다. 우리가 다음번에 만났을 때 그 오르간 연주자는 설명해주었다.

"우리는 흔히 개성의 경계를 너무나도 좁게 긋고 있어! 우리는 늘 우리가 개인적인 것이라고 구분해 놓은 것, 다르다고 인식하는 것만 개성이라고 생각해. 그러나 우리 하나하

146

나는 이 세계의 온갖 축적물로 이루어져 있어. 그리고 물고 기나 더 이전의 생물체에까지 적용될 수 있는 진화 계보를 지닌 것처럼 우리 영혼 속에도 이제까지 인간의 영혼 속에 살아왔던 온갖 것들을 지니고 있지. 그리스인들이든 중국인 들에게서든 아프리카 토인들에게서든 일찍이 존재했던 모든 신과 악마, 모두가 우리 속에 있어. 거기 있는 거야. 가능성 으로 소망으로 탈출구로 인류가 멸종하고 아무런 교육도 받 지 않았지만 상당한 재능을 지닌 어린아이 하나만 남는다면 그 아이는 사물들의 전체 과정을 다시 찾아낼 거야. 그 애가 신이 되어 수호신, 낙원, 계율과 금기, 신약과 구약, 모든 것을 다시 만들 수 있을 거야."

"좋습니다, 하지만."

내가 이의를 제기했다.

"그런데 어디에 개인의 가치가 있습니까? 우리가 모든 것 을 우리 속에서 이미 완성된 상태로 가지고 있다면 왜 우리 는 아직도 죽는 거지요?"

"잠깐!"

피스토리우스가 다급하게 소리쳤다.

"세계를 그냥 자기 속에 지니고 있느냐 아니면 그것을 아 느냐는 큰 차이지. 미친 사람이 플라톤을 연상시키는 생각 을 내놓을 수 있고, 헤른후트파 학교의 신앙심 깊은 조그만 학생이 영지파나 조로아스터에서 나타나는 심오한 신화적 연관을 창조적으로 숙고할 수도 있어. 그러나 그들은 세계 가 자기 안에 있다는 사실은 몰라. 그 사실을 모르는 한에서는 한 그루 나무거나 돌이거나 기껏해야 동물이지. 그런데 이런 인식의 첫 불꽃이 희미하게 밝혀질 때, 그때 그는 인간이 되지. 자네는 그렇다면 저기 거리를 걸어 다니는 두 발 달린 것 모두를, 그들이 똑바로 걷고 새끼를 아홉 달 뱃속에 품고 있다고 해서 인간이라고 여기지는 않겠지? 그들 중 얼마나 많은 사람이 물고기나 양, 벌레나 거머리에 불과한지. 얼마나 많은 사람이 개미나 벌과 같은 존재인지! 물론 그들 하나하나 속에 인간이 될 가능성이 있지. 그러나 각자가 그 가능성을 예감함으로써, 부분적으로는 심지어 그것들을 의식하는 것을 배움으로써 비로소 그 가능성은 자기 것이 되는 거라 할 수 있소."

우리가 나눈 대화는 대략 이런 식이었다. 대화에서 완전히 새로운 것이나 전적으로 놀라운 것이 나오는 일은 드물었다. 그러나 가장 진부한 대화도 나직하고 꾸준한 망치질로써 내 마음속의 한 점을 계속 두드렸다. 모든 대화가 나의 형성에 도움이 되었다. 모든 대화가 내 허물을 벗는 일에, 알 껍데기를 부수는 일에 도움이 되었던 것이다. 그리고 대화 하나하나에서 짓부수어진 세계의 껍데기를 뚫고 마침내 나의 노란색 새가 머리를 조금 더 높이, 조금 더 자유롭게 쳐들어 그 아름다운 맹금의 머리를 불쑥 내미는 것이었다.

우리는 자주 서로의 꿈을 이야기했다. 피스토리우스는 꿈풀이를 할 줄 알았다. 놀라운 이야기 하나가 아직도 기억에 남아있다. 내가 하늘을 나는 꿈을 꾸었다. 나는 알 수 없는 힘에 의해서 큰 도약으로 대기를 가르고 내던져졌다. 이 비상의 느낌은 기운을 북돋우는 것이었으나, 내가 의지도 없이 위태로운 고공을 휙휙 날게 되자 그것은 곧 두려움으로 변했다. 그러나 호흡을 멈추었다가 한꺼번에 힘껏 토하는 식으로 나는 상승과 하강을 조절할 수 있다는 구원 같은 발견을 했다.

그 꿈에 대해 피스토리우스는 말했다.

"당신을 날게 만든 도약, 그것은 누구나 가지고 있는 우리 위대한 인류의 특전이지. 그것은 모든 힘의 뿌리와 연결되어 있다는 느낌이지. 그러나 그러면서도 곧 두려워져! 그것은 대단히 위험하! 그래서 대부분의 사람이 차라리 날기를 포기하고 법 규정에 따라 인도 위를 걷는 쪽을 택하지. 그런데 자네는 아니야. 자네는 계속 날고 있어. 유능한 젊은이에게는 마땅한 일이지. 그리고 자네는 놀라운 것을 발견했네. 자네가 점차 그 주인이 된다는 것을 말이야. 자네를 계속 낚아채 가는 커다랗고 알 수 없는 보편적인 힘에다가 하나의 섬세하고 작은 자신의 힘이 더해지는 것을 발견했네. 하나의 기관, 하나의 방향키 말일세! 이건 대단한 거야. 그것이 없다면 그냥 공중에 떠 있을 테지. 미친 사람들이 그렇듯 말이야. 자네에게는 인도를 걸어 다니고 있는 사람보다 더 깊은 예감이 주어졌어. 그러나 거기에 맞는 열쇠와 방향키가 없어. 바닥없는 곳으로 쏴악 빨려들고 있지. 그러나 싱클레어, 자네는 그 일을 하고 있어! 그런데 어떻게? 그건 자네가 아직 전혀 모르겠지. 자네는 그것을 새로운 기관, 즉 하나의 호흡 조절기를 가지고 하고 있어. 이제 자네의 영혼이 근본에 있어서 얼마나 '개인적'이지 못한가를 알 수 있을 거야. 이런 조절기를 고안해낸 게 자네의 영혼은 아니니까 말이야. 조절기란 새로운 게 아니야! 그것은 일종의 차용이지. 수천 년 전부터 존재하는 거야. 그것은 물고기의 평형기관인 부레지. 실제로 부레가 동시에 허파여서 상황에 따라서는 정말로 숨 쉬는 데 부레를 이용하는, 진화가 덜 된 희귀한 물고기 몇몇 종류가 오늘날에도 있지. 그러니까 자네가 꿈에서 날 때 비행용 기포로 사용한 허파와 하나도 다르지 않고 똑같이 말이야!"

그는 나에게 동물학 책을 한 권 가져와 그 진화가 덜 된 물고기들의 이름과 그림도 보여주었다. 나는 마음속에서 한 가닥 특이한 전율을 느끼며 진화의 초기 단계에서 나온 기능을 생생하게 느꼈다.

야곱의 싸움

내가 특이한 음악가 피스토리우스에게서 들은 아브락사스에 대한 이야기를 짧게 다시 들려주기는 어렵다. 그에게서 배운 가장 중요한 것은 나 자신에게로 가는 길 위의 또한 걸음을 내디딜 힘을 배웠다는 것이다. 나는 당시에 열여덟 살의 괴짜 젊은이였다. 수백 가지 일에 조숙하고 다른 수백 가지 일에서 몹시 뒤처지고 무력했다. 때때로 다른 사람들과 자신을 비교하면서 자주 우쭐대고 교만에 빠졌지만, 또 꼭 그만큼 자주 의기소침하고 굴욕스러워했다. 어떤 때는 나를 천재로 생각하는가 하면 어떤 때는 절반쯤 돌았다고 생각했다. 또래들과 기쁨을 나누거나 생활을 같이하는 것이 잘 되질 않았고 자주 비난과 근심으로 싸여 내 생활이 폐쇄적인 것에 깊은 자책과 걱정이 들기도 했다.

스스로 힘으로 성장한 괴짜 피스토리우스는 내게 용기와 스스로에 대한 존경을 간직하는 법을 가르쳤다. 내가 한 말들, 내가 꾼 꿈들, 나의 환상과 생각에서 늘 가치 있는 것을 찾아내고 그것들을 언제나 중요하게 받아들이고 진지하게 논평하면서 나에게 모범을 보여주었다.

그가 말했다.

"자네가 언젠가 나에게 이야기했었지. 음악을 사랑하는 건, 음악이 도덕적이지 않기 때문이라고. 나야 아무래도 괜찮아. 하지만 자네 자신이 도덕주의자가 아니기도 해야 해. 자신을 남들과 비교해서는 안 돼. 자연이 자네를 박쥐로 만들어 놓았다면 자신을 타조로 만들고 해서도 안 돼. 더러 자신을 특별하다고 생각하고 다른 사람들과는 다른 길을 가고 있다고 자신을 나무라지. 그런 나무람을 그만두어야 하네. 불을 들여다보게. 예감들이 떠오르고 자네 영혼 속에서 목소리들이 말하기 시작하거든 곧바로 자신을 그 목소리에 맡기고 묻지는 말도록. 그것이 선생님이나 아버님 혹은 그 어떤 하느님의 마음에 들까 하고 말이야. 그런 물음이 자신을 망치는 거야. 그런 물음들 때문에 인도로 올라서는 것이며 화석이 되어가는 거지. 이봐, 싱클레어, 우리의 신은 아브락사스야. 그런데 그는 신이면서도 사탄이지. 그 안에 환한 세계와 어두운 세계를 가지고 있어. 아브락사스는 자네 생각 그 어느 것에도, 자네 꿈 그 어느 것에도 이의를 제기하지 않아. 결코 잊지 말게. 하지만 자네가 언젠가 나무랄 데 없이 정상적인 인간이 되어버렸을 때, 그때는 아브락사스가 자네를 떠나. 그때는 자신의 사상을 담아 요리할 새로운 그릇을 찾아 그가 자네를 떠나는 거라네."

나의 모든 꿈 중에서 저 어두운 사랑의 꿈이 가장 끈질기게 이어졌다. 나는 자주 그 꿈을 꾸었다. 문장의 새 밑으로 해서 오래된 우리 집 안으로 들어서 어머니를 포옹하려 했는데 어머니 대신 키가 크고 절반은 남자이고 절반은 어머니인 여자를 안는 것이었다. 그녀가 무서웠는데도 불타는 욕망이 나를 그녀에게로 이끌었다. 그런데 이 꿈은 내 친구에게 결코 이야기해 줄 수 없었다. 다른 모든 것을 그에게 열어 보였지만 이 꿈만은 간직해 두었다. 그것은 나만의 은신처이며 비밀이었고 피난처였다.

심정이 착잡할 때면 피스토리우스에게 전에 들었던 북스테후데의 파사칼리아를 연주해 달라고 청했다. 그리고 그 어두운 저녁 교회 안에서 나는 이 기이하고 내밀한 음악 자체에 몰두하고 귀 기울였다. 그 음악은 나를 매번 좋은 기분으로 이끌었고 나로 하여금 더욱더 영혼의 목소리들을 인정할 준비가 되도록 도와주었다. 때로 우리는 오르간 소리가 잦아들고 나서도 한동안 그대로 교회에 앉아 있었다. 그리고 희미한 빛이 뾰족한 아치형의 높은 창문을 통하여 비쳐들다가 가물가물 사라지는 모습을 바라보곤 했다.

"우습게 들릴 수도 있겠지."

피스토리우스가 말했다.

"내가 한때 신학도였고 목사까지 될 뻔했다는 게 말이야. 그러나 내가 당시에 저지른 것은 형식상의 오류였을 뿐이야. 목사는 아직도 내 직업이자 목표지. 하지만 난 너무 일찍 만족했고 나를 마음대로 쓰시도록 신께 맡겼지. 아브락사스를 알기 전이었어. 아, 어느 종교든 아름답소. 종교는 영혼이지. 그리스도교의 만찬을 들든지 메카로 순례를 가든지 마찬가지야."

"그렇다면 당신은 어쩌면 진정한 목사가 되실 수도 있었겠는데요."

내가 말했다.

"아니, 싱클레어, 아니야. 난 거짓말을 해야만 했어. 우리의 종교는 마치 그것이 종교가 아닌 것처럼 훈련을 받아. 종교가 인간 오성의 산물인 듯 취급되지. 꼭 해야 한다면 가톨릭은 아쉬운 대로 괜찮을지도 몰라. 하지만 신교 목사는 될 수 없지. 얼마 안 되는 진짜 신자들 몇을 내가 알고 있는데 그들은 성경을 구절 하나하나에 매달리지. 그 사람들한테 그리스도는 나에게 그냥 신인 동시에 인간이며 신화이며 인류가 자기 자신을 영원의 벽에다 그려 놓은 한 장의 거대한 영상이라고 어떻게 말할 수 있겠소. 게다가 현명한 설교 한마디를 들으려 하는 사람들, 의무를 이행하려는 사람들, 무슨 일에서든지 열심히 하려고 교회에 오는 사람들에게 내가 무얼 말할 수 있을까? 그들을 개종시켜야 하나? 그건 전혀 내 뜻이 아니야. 목사란 개종시키는 사람이 아니야. 다만 신자들 가운데서, 비슷한 사람들 안에서 살아나가는 사람이지. 그리고 그것에서 우리가 우리의 신을 만들어내는 그 감정의 보유자이자 표현이고자 하는 거야."

그는 거기서 말을 뚝 끊었다가 다시 말을 이었다.

"우리가 지금 아브락사스라는 이름으로 부르는 새로운 신앙은 좋은 거야, 우리가 가지고 있는 최상의 것이라네. 그러나 그는 아직 젖먹이지! 아직 날개가 돋아나지 않았어. 아, 고독한 종교, 그건 아직 진정한 종교가 아니야. 종교는 공동적이지 않으면 안 되고 예배와 도취, 축제와 비밀 의식을 가지지 않으면 안 되는 거야."

그는 생각에 잠기며 자신에게로 빠져들었다.

"비밀 의식이라면 혼자서도 혹은 아주 조그맣게라도 할 수 있는 것 아닌가요?"

내가 망설이며 물었다.

"할 수야 있지."

그가 고개를 끄덕였다.

"나는 벌써 오래전부터 그렇게 해오고 있어. 예배를 드렸지. 만약 사람들이 알게 된다면 그것 때문에 여러 해를 교도소에 갇혀 있어야 할지도 모를 예배지. 알고 있어, 이 예배는 아직은 옳은 것이 아니야."

갑자기 그가 내 어깨를 쳤다. 나는 놀라 몸을 움츠렸다.

"이봐."

그가 집요하게 말했다.

"자네도 역시 비밀 의식을 가지고 있군. 자네는 틀림없이 나한테 이야기하지 않은 꿈이 있을 거야. 그걸 알 생각은 없네. 그런데 이건 말해 두겠는데 그 꿈을 갖고 살게. 그것을 갖고 놀고 그것에 제단을 세워주게! 그것은 아직 완전하진 않지만 그러는 것도 하나의 길일 수 있지. 우리가, 자네와 나, 그리고 몇몇 다른 사람이 이 세계를 개선할 수 있을지는 앞으로 차차 알게 되겠지. 그러나 저 안쪽 우리 마음속에서 우리는 그것을 날마다 새롭게 해야 하네. 그렇지 않으면 우리는 아무것도 아니야. 그걸 생각해 보게! 자넨 열여덟 살이네, 싱클레어. 길거리 창녀한테로 달려가는 게 아니라 사랑의 꿈과 사랑의 소망을 가져야 하네. 어쩌면 그 꿈들은 자네가 무서워하는 그런 것이겠지. 하지만 무서워하지 말게! 그것들은 자네가 지닌 최상의 것이니까 말이야. 나를 믿어도 되네. 나는 꿈을 많이 잃어버렸어. 그래서는 안 되는데 자네 나이에 사랑의 꿈들을 무시했지. 아브락사스를 알면 더 이상 그래서는 안 돼. 아무것도 무서워해선 안 되고 영혼이 우리 마음속에서 소망하는 그 무엇도 금지되었다고 해서는 안 되지."

나는 깜짝 놀라서 그의 말에 반박했다.

"그렇지만 생각나는 모든 것을 행동으로 옮길 수는 없잖아요! 어떤 사람이 마음에 안 든다고 해서 죽여서는 안 되잖아요."

그가 나에게로 다가왔다.

"상황에 따라서는 죽여도 돼. 다만 죽이는 건 대체로 오류지. 생각을 스쳐 간 모든 것을 무조건 행동으로 옮기라는 게 아닐세. 다만 좋은 뜻을 가진 착상들을 몰아내고 그걸 이리저리 도덕화해서 해롭게 만들진 말라는 걸세. 자신이나 다른 사람을 십자가에 못 박는 대신 장엄한 사상의 잔으로 술을 마시면서 치르는 희생의 비밀 의식을 생각할 수 있지. 그런 것도 모두 나름의 의미가 있거든. 다시 한번 무엇인가 정말 근사한 생각 혹은 죄 많은 생각이 떠오르거든, 싱클레어. 누군가를 죽이거나 그 어떤 어마어마한 불결한 짓을 저지르고 싶거든, 한순간 생각하게. 그렇게 자네 속에서 상상의 날개를 펴는 것은 아브락사스라는 것을! 자네가 죽이고 싶어 하는 인간은 결코 아무개 씨가 아닐세. 그 사람은 분명 하나의 위장에 불과할 뿐이지. 우리가 어떤 사람을 미워한다면 우리는 그의 모습 속에 있는, 바로 우리 자신 속에 들어앉아 있는 그 무엇인가를 보고 미워하는 것이지. 우리 자신 속에 있지 않은 것은 진정으로 우리를 자극하지 않는 법이니까."

피스토리우스가 가장 은밀한 부분에서 내 마음을 정확하게 지적하는 말은 나한테 한 번도 한 적이 없었다. 나는 대답을 할 수 없었다. 그러나 가장 강하게 그리고 가장 특별하게 내 마음에 와닿았던 것은 이 위로가, 내가 여러 해 전부터 마음속에 지니고 있던 데미안의 말과 울림이 같다는 사실이었다. 피스토리우스와 데미안은 서로에 대해서 아무것도 몰랐지만 둘은 나에게 똑같은 말을 한 것이다.

피스토리우스가 나직한 목소리로 말했다.

"우리가 보는 사물들은 우리 마음속에 있는 것과 똑같은 것들이지. 우리가 마음속에 가지고 있지 않은 현실이란 없어. 그렇기 때문에 대부분의 사람이 그토록 비현실적으로 사는 거지. 그들은 바깥에 있는 물상들만 현실로 생각해서 마음속에 있는 자신의 세계가 전혀 발현되지 못하지. 그러면서 행복할 수는 있겠지. 그러나 한 번 다른 것을 알면 그때부터는 대부분의 사람이 가는 길을 가겠다는 선택이란 없어져 버리지. 싱클레어, 대다수가 가는 길은 쉬워. 우리의 길은 어려운 거고. 하지만 우리는 함께 가보세.”

며칠 뒤 두 차례 그를 기다렸으나 허탕을 친 다음, 저녁 늦게 길거리에서 그와 마주치게 되었다. 그가 혼자서 술에 만취된 채 차가운 저녁 바람을 맞으며 거리 모퉁이를 비틀거리며 돌아오는 것을 보았다. 나는 그를 부르고 싶지 않았다. 그는 나를 보지 못한 채 내 곁을 스쳐 지나갔다. 마치 알 수 없는 것으로부터 오는 어두운 외침을 따르고 있기라도 한 듯 이글이글 타는 외로워진 눈으로 앞을 응시하고 있었다. 나는 얼마쯤 뒤처져 그를 따라갔다. 그는 열광적이지만 흐트러진 걸음걸이로 마치 유령처럼 보이지 않는 철삿줄에 매여 당겨지는 듯 끌려갔다. 그 모습을 보고 나는 슬퍼져서 집으로, 구제받지 못한 나의 꿈에게로 돌아왔다.

‘그는 저렇게 자기 속의 세계를 새롭게 하고 있구나!’

나는 이렇게 생각했다. 또한 같은 순간에 그것은 저속하고도 도덕적인 발상이라고 느꼈다. 그의 꿈에 대해 내가 무얼 안단 말인가? 그는 어쩌면 그렇게 술에 취해서 불안에 휩싸인 나보다 오히려 더 안전한 길을 갔을 것이다.

수업 사이 쉬는 시간에 이따금, 내가 한 번도 눈여겨본 적 없었던 친구 하나가 내게 가까이 오려고 애쓰고 있는 것이 눈에 뜨였다. 그는 작고 허약해 보이는 가냘픈 체격을 가졌고 붉은빛 도는 숱 적은 머리카락을 지녔으며 행동에는 무언가 나름의 특이한 면이 있는 친구였다. 어느 날 저녁, 내가 집으로 갈 때 그가 골목길에서 지켜보고 있다가 내가 자기를 지나칠 때를 기다린 다음 뒤쫓아 와서 우리 집 현관문 앞에 서서 머물러 있었다.

"너 나한테 무슨 할 말이 있니?"

내가 물었더니 그가 수줍게 대답했다.

"난 그냥 너하고 한번 이야기를 하고 싶었어. 조금만 함께 걷자."

나는 그와 함께 걸었는데 그가 몹시 상기되고 기대감으로 가득 차 있는 것이 느껴졌다. 그의 두 손이 떨리고 있었다.

"넌 심령술 하니?"

그가 난데없이 불쑥 물었다.

"아니야, 크나우어."

내가 웃으며 대답했다.

"전혀 아니야. 그런데 어쩌다 그런 생각을 하게 되었지?"

"그럼 접신론 하니?"

"그것도 아니야."

"제발 그렇게 숨기지 마! 난 너한테 뭔가 특별한 것이 있다는 걸 아주 잘 느끼고 있으니까. 넌 그것을 눈에 담고 있어. 난 네가 영들과 교류한다는 걸 확실하게 믿어. 호기심에서 묻는 게 아니야, 싱클레어. 나도 일종의 탐구자거든. 그래서 이렇게 외로운 거야."

"자세히 말해 봐."

내가 그를 격려해주었다.

"난 정말 영혼들에 대해서는 전혀 모르지만 내 꿈속에서 살고 있어. 그걸 네가 감지했구나. 다른 사람들도 꿈속에서 살아. 그러나 자기 자신의 꿈속이 아니야. 그게 나와의 차이점이지."

"그래, 어쩌면 그럴지도 모르겠다."

그 애가 조용히 말했다.

"어떤 종류의 꿈속에서 살고 있느냐 그것만 문제라는 거지. 너는 선한 악마를 사용하는 백주술이라는 말 들어본 적 있니?"

나는 모른다고 대답했다.

"그건 자기 자신을 지배하는 법을 배우는 것이라고 하더라. 죽지 않을 수 있고 요술도 할 수 있다는데 너 한 번이라도 그런 연습 안 해봤어?"

그 연습에 대하여 나의 호기심 어린 질문을 받자 그는 처음에는 뭔지 숨기는 듯 알 수 없이 굴었다. 그러다 내가 돌아가려고 몸을 돌리자 그가 주섬주섬 털어놓기 시작했다.

"나는 잠들고자 하거나 또는 집중하고자 할 때 그런 연습을 해. 예를 들면 단어 하나 혹은 이름 하나 혹은 기하학 도형 하나를 생각하는 거지. 그다음에는 할 수 있는 한 한껏 집중해서 그것들을 생각하면서 몸속으로 집어넣어. 그것들이 내 몸 안에 있다는 느낌이 올 때까지 내 안에, 내 머릿속에 있다고 상상해 보려 해. 그런 다음 그것이 목에 걸렸다고 생각하지. 그런 식으로 마침내 내 몸이 완전히 그것으로 가득 찰 때까지 생각해. 그러면 나는 완전히 확고해지고 그때부터는 그 무엇도 나를 안정에서 벗어나게 하지 못해."

나는 그의 말이 무엇을 의미하는지 어느 정도는 이해가 되었다. 그렇지만 그가 정작 하고 싶은 말이 남아있다는 게 잘 느껴졌다. 그는 이상스러우리만치 흥분해 있었고 조급했던 것이다. 나는 그의 질문을 보다 명확하게 해주려고 했다. 그러자 곧 그가 자기 자신의 고유한 관심사를 들고 왔다.

　　"너도 금욕하지?"

　　그가 나에게 불안한 말투로 물어왔다.

　　"무슨 뜻이지? 성적인 문제를 말하는 거야?"

　　"그래, 맞아. 나는 지금 2년째 금욕을 하고 있어, 그 학설에 대해 알고 난 다음부터야. 너도 벌써 알겠지만 그전에는 죄를 지었더랬어. 너는 그러니까 여자하고 잔 적이 없지?"

　　"없는데."

　　내가 말했다.

　　"그럴 상대를 못 찾았어."

　　"그런데 만약 마음에 드는 여자를 찾아냈다면 그렇다면 그 여자하고 잤겠지?"

　　"그래, 물론이야. 그 여자가 반대하지 않는다면 말이야."

　　내가 약간 비꼬듯 말했다.

　　"아, 그렇다면 너는 잘못된 길로 가는 거야! 내면의 힘은 완전히 금욕할 때만 키울 수 있어. 나는 2년 동안 그렇게 했어. 2년하고도 일 개월 조금 더 됐지. 그건 참 힘들어! 어떤 때는 정말 견딜 수 없을 정도야."

　　"이봐, 크나우어. 난 금욕이 그렇게 대단히 중요하다고 생각하지는 않아."

"나도 알아."

그가 내 말을 가로막았다.

"모두 그렇게 말하지. 그래도 너한테까지는 그런 말을 안 들을 줄 알았어. 좀 더 높은 정신적인 길을 가는 사람은 늘 몸이 정결해야 해, 반드시!"

"그래, 그래, 그렇다면 그렇게 해! 하지만 난 이해하지 못하겠어. 자신의 성을 억누르는 사람이 왜 다른 사람보다 '더 정결하다'는 건지. 너는 성을 모든 생각과 꿈에서도 배제해 버릴 수 있다는 거니?"

그는 절망적으로 나를 바라보았다.

"아니야, 그런 게 아니야! 하느님 맙소사, 하지만 그래야만 해. 나는 밤에 꿈을 꿔, 나 자신한테조차도 이야기할 수 없는 꿈을 꾸는걸!"

나는 피스토리우스가 나한테 했던 말을 기억했다. 그의 말이 참으로 옳다고 느꼈지만 그 말을 그대로 전할 수는 없었다. 그것은 나 자신의 체험에서 나온 것이 아니었으며 또 그것을 따르기에도 내가 아직 성숙하지 못하다고 느끼고 있는 터라 그 충고를 남에게 해줄 수는 없었던 것이다. 나는 입을 다물었다. 누군가가 나에게 조언을 구하는데, 아무런 해줄 말이 없다는 사실에 깊은 굴욕감을 느꼈다.

"나는 별별 시도를 다 해봤어!"

크나우어가 내 곁에서 탄식하며 말했다.

"할 수 있는 건 다 해봤어. 냉수욕, 눈에다 몸 비비기, 체조, 달리기. 그러나 다 아무 소용없었어. 밤마다 생각도 해

162

서는 안 되는 꿈을 꾸다가 화들짝 깨어나곤 해. 끔찍한 것은 그러다 보니까 내가 정신적으로 배워놓은 모든 것이 차츰차츰 다시 잃어가는 거야. 그리고 나면 그때부터는 아무리 해도 집중하거나 잠들 수 없어. 그래서 누워서 밤을 꼬박 새워. 만약 이 싸움을 해낼 수 없으면, 내가 항복해서 다시 나를 더럽히게 된다면 나는 한 번도 싸워본 적 없는 사람들보다 더 나빠지는 결과가 되고 말 거야. 이해하겠니?"

나는 고개를 끄덕였지만 거기에 대해서 해줄 말이 없었다. 그가 지루해지기 시작했고 그가 거리낌 없이 드러낸 괴로움과 절망이 나에게 그다지 깊은 인상을 남기지 못하는 것에 내심 놀랐다. 나의 느낌은 난 너를 도울 수 없어, 라는 것이었다. 그가 마침내 지쳐서 슬프게 말했다.

"그러니까 넌 전혀 모르는 거지? 전혀 모르겠다고? 그래도 뭔가 한두 가지쯤은 분명 있을 거야! 넌 도대체 어떻게 하고 있니?"

"난 너에게 아무것도 말해 줄 수 없어, 크나우어. 사람들은 그런 일에서는 서로 도울 수가 없단다. 나를 도와준 사람도 아무도 없었어. 너 스스로 생각해 내려고 애써야 해. 그러고는 정말로 네 본질로부터 나오는 것, 그걸 하면 돼. 다른 길은 존재하지 않는단다. 네가 너 자신을 찾아낼 수 없으면 다른 영혼들도 찾아낼 수 없다고 생각해."

그는 깊은 실망의 빛을 감추지 못하면서 말을 뚝 끊더니 나를 물끄러미 바라보았다. 그러더니 그의 시선이 갑작스러운 증오의 빛을 띠며 이글이글 타올랐다. 나에게 얼굴을 찡

그리더니 난폭하게 소리쳤다.

"쳇, 너는 멋진 성인군자시지! 너도 죄를 짓겠지, 알아! 너는 마치 현인처럼 굴면서 남몰래 나나 다른 사람들과 똑같이 더러운 것에 매달리고 있겠지! 넌 나와 마찬가지로 돼지야, 돼지. 우리는 모두 다 돼지인 거야!"

나는 그를 세워둔 채 자리를 떠났다. 그는 두세 걸음 나를 따라오더니 그다음에는 그대로 멈추었다가 몸을 돌려 달아났다. 연민과 혐오의 느낌이 몰려와 속이 메슥거렸다. 마침내 집에 와서 내 작은 방에서 내 그림들 몇 개를 주위에 둘러 세우고 더없이 간절한 마음으로 나 자신의 꿈들에 열중했을 때, 비로소 그 느낌에서 벗어날 수 있었다. 그러자 곧 나의 꿈이 다시 떠올랐다. 현관문과 문장에 대한 꿈이었고 어머니와 낯선 여성에 대한 것이었다. 그 여성의 표정이 어찌나 또렷하게 보이는지 그날 저녁에 그녀의 모습을 그리기 시작하였다.

며칠 뒤 이 스케치가 완성되자 의식을 잃은 듯 몽환적인 상태에서 칠까지 해서 벽에 걸고 독서등을 그 앞으로 밀어놓고는 생사가 결판이 나도록 싸워야 하는 유령과 대적하는 심정으로 그림 앞에 섰다. 그것은 초상화였다. 전의 것과 비슷했고 내 친구 데미안과 비슷했으며 몇몇 표정에서는 나 자신과도 비슷했다. 한 눈이 다른 눈보다 도드라지게 위쪽에 붙어 있었고, 눈빛은 운명에 충만한 채 내 머리 너머를 골똘히 응시하고 있었다.

그 그림 앞에 서자 나는 내적인 긴장으로 가슴속까지 서

늘해졌다. 나는 그 그림에게 말을 걸었고 그림을 비난했고
애무했으며 기도했다. 나는 그 그림을 어머니라고 불렀고
연인이라고 불렀으며 창녀고 매춘부라고 불렀다. 또 아브락
사스라고 불렀다. 그 사이로 피스토리우스의 말이 −아니면
데미안의 말이었을까?− 떠올랐다. 언제 그 말을 들었는지
는 기억할 수 없었다. 그러나 다시 들리는 것 같았다. 그것
은 야곱과 천사의 싸움에 대한 말이었다. '나에게 축복을 내
리지 않으면 놓아드리지 않겠다'는 그 말.

　그림 속의 얼굴은 램프 불빛을 따라 그때그때 변했다. 환
하게 밝아지다가 까맣게 어두워지고, 생기 없는 눈 위로 파
리한 눈꺼풀을 감다가는 다시 떠 이글거리는 시선으로 쏘아
보았다. 그것은 여자였고 남자였으며 소녀였고 어린아이였
다가 동물이었다. 그리고 얼룩으로 흐렸다가 다시 크고 뚜
렷해졌다. 끝에 가서 나는 마음속에서 들리는 뚜렷한 부름
을 따르며 눈을 감았고, 이제 그 그림을 내 마음 안에서 더욱
강하게 더욱 힘있게 보았다. 나는 그림 앞에 무릎을 꿇으려
했다. 그러나 그림이 어찌나 나의 안으로 들어가 버렸는지
그것을 나 자신과 갈라놓을 수 없었다. 마치 그림이 온통 나
자신이 되어버린 듯했다.

　그러자 그때 마치 봄의 폭풍인 듯 어둡고 무거운 포효 소
리가 들렸다. 나는 형언할 수 없이 불안과 체험의 새로운 느
낌에 휩싸여 몸을 떨었다. 별들이 내 앞에서 번쩍거리다가
꺼졌다. 최초의 아주 어린 유년으로까지 전생과 생성의 초
기 단계까지 이르는 기억들이, 콸콸 나를 스쳐 흘러갔다. 나

의 온 생애를 가장 비밀스러운 것까지 되풀이하는 듯한 기억들은 어제오늘로 그치는 것이 아니었다. 계속 나아갔고 미래를 비추었고 나를 오늘로부터 낚아채어 새로운 삶의 형식들 속으로 넣었다. 그 새로운 삶의 영상들은 엄청나게 환하고 눈부셨으나 나중에는 그중 어느 것도 제대로 기억할 수 없었다.

깊은 잠에서 깨어나 보니 옷을 입은 채로 침대에 비스듬히 몸을 걸친 채 누워 있었다. 불을 켰다. 무언가 중요한 것을 생각해 내어야만 할 것 같은 느낌이었다. 몇 시간 전에 있었던 일을 아무것도 기억해 낼 수 없었다. 또다른 불을 켰다. 차츰 기억이 돌아왔다. 나는 그림을 찾았다. 그림이 이제는 벽에 걸려 있지 않았고 책상 위에 놓여 있지도 않았다. 확실치 않았지만 내가 그것을 불태워 버린 것 같기도 했다. 아니면 내가 그것을 내 속으로 불태우고 재를 먹어버린 것이 꿈이었을까?

몸이 부들부들 떨리는 커다란 불안이 몰아쳐 왔다. 어떤 강압을 받는 듯이 모자를 쓰고 집과 골목을 지나쳤다. 폭풍에 휘몰려가듯 거리와 광장들을 빠른 걸음으로 걸었다. 내 친구의 어두운 교회 앞에서 귀를 기울였고, 어두운 충동에 휩싸여 무엇을 찾는지도 모르는 채 찾고 또 찾았다. 사창가들이 있는 교외를 지나갔다. 그곳은 아직 여기저기 불이 켜져 있었다. 더 멀리 바깥에는 공사 중인 건물들과 기왓장 더미가 놓여 있었고 일부는 층층이 눈으로 덮여 있었다. 몽유병자처럼 알 수 없는 힘에 눌려 이 황량한 곳을 헤매다 보니, 언젠가 나의 착취자 크로머가 처음으로 계산을 하자고 나를 끌고 갔던 고향 도시의 공사장 생각이 났다. 비슷한 공사장이 잿빛 어둠 속에서 내 앞에 모습을 드러냈고 검은 문구멍들이 내 앞에서 입을 벌리며 나를 안으로 끌어들였다. 물러서려다가 모래와 쓰레기에 걸려 비틀거렸다. 그러나 들어가고 싶은 충동 쪽이 더 강했으므로 나는 들어가지 않을 수 없었다.

나는 널빤지와 바스러진 벽돌들 너머로 그 황량한 공간 속을 비틀비틀 걸어 들어갔다. 축축한 냉기와 돌 냄새가 음산하게 코를 찔렀다. 모래 더미가 좀 밝은 잿빛인 지점이 한 군데 있었다. 그 밖에는 온통 캄캄했다. 거기서 놀란 목소리 하나가 나를 불렀다.

"맙소사, 싱클레어, 어떻게 여기까지 온 거야?"

그러면서 내 곁 어둠 속에서 작고 마른 사내가 유령처럼 몸을 일으키는 것이었다. 나는 머리카락이 곤두설 정도로 놀랐지만 그것이 내 학교 친구인 크나우어라는 것을 알아보았다.

"어떻게 네가 여기로 온 거야?"

흥분한 나머지 제정신이 아닌 듯 그가 물었다.

"어떻게 네가 나를 찾아낼 수 있었지?"

나는 무슨 소린지 알 수 없었다.

"난 너를 찾지 않았어."

내가 당황하여 말했다. 말을 입 밖에 꺼내기가 힘들어, 그 말이 얼어붙은 듯 무겁고 죽은 입술 사이로 겨우 나왔다.

그가 나를 물끄러미 쳐다보았다.

"찾지 않았다고?"

"찾지 않았어. 이끌려 온 거야. 네가 나를 불렀니? 네가 나를 부른 게 틀림없어. 넌 여기서 대체 뭘 했어? 지금은 한밤중인데."

그가 가느다란 두 팔로 나를 으스러지라 껴안았다.

"그래, 밤이야. 머지않아 틀림없이 아침이 될 거고. 오, 싱클레어, 네가 나를 잊지 않았다니! 날 용서할 수 있겠니?"

"도대체 뭘 용서하지?"

"아, 내가 그때 추악하게 굴었잖아."

이제야 겨우 우리가 나누었던 대화가 기억났다. 삼사일 전이었던가? 나에게는 그때 이후 한평생이 지나간 것만 같았다. 그러나 그 순간 나는 갑자기 모든 것을 알게 됐다. 우리 사이에 무슨 일이 있었는지 뿐만 아니라, 왜 내가 이리로 오게 되었으며 크나우어가 여기서 무엇을 하려 했던 가도 말이다.

"너 그러니까 자살하려고 했구나, 크나우어?"

그가 추위와 두려움으로 몸을 덜덜 떨었다.

"그래, 그러려고 했어. 그럴 수 있을지 없을지는 모르겠지만 아침이 될 때까지 여기에 있을 생각이었어."

나는 그를 바깥으로 끌고 나왔다. 하루를 시작하려는 새벽빛이 잿빛 공중에서 말할 수 없이 차갑고 냉담하게 그리고 어렴풋이 빛나고 있었다.

나는 그의 팔을 잡고 멀리까지 데리고 갔다. 나는 그에게 이렇게 말했다.

"이제 집으로 돌아가. 그리고 아무한테도 무슨 말도 하지 말아! 넌 길을 잘못 들어 헤맸던 거야. 그냥 길을 잘못 들었던 거라고! 그리고 우린 네 생각처럼 돼지가 아니야. 우린 인간이야. 우린 신을 만들고 신들과 싸우지. 그러면 신들이 우리를 축복해주는 거야."

말없이 더 걷다가 우리는 갈라져 갔다. 집으로 돌아오자 날이 완전히 새어 있었다.

그 시절 성ㅇㅇ시에서 내게 주어진 최고의 것은 피스토리우스와 오르간 곁에서 혹은 벽난로 앞에 서 있는 시간이었다. 우리는 아브락사스에 대한 그리스어 텍스트를 함께 읽었다. 그는 나에게 베다경들에서 해석한 부분부분들을 읽어주었고 나에게 신성한 〈옴Om〉을 부르는 법도 가르쳐주었다. 그사이 나를 내면적으로 키워준 것은 학식이 아니라 오히려 그 반대였다. 기분 좋았던 것은 나 자신 속에서 앞으로 나아감이었다. 나 자신의 꿈, 생각, 예감에 대한 커가는 신뢰였다. 그리고 나는 나 자신 안에 지니고 있는 힘에 대해 깨달아나갔고 그것은 나에게 유익한 일이었다.

나와 피스토리우스는 어떤 식으로든지 호흡이 잘 맞았다. 나는 다만 그의 생각을 강하게 하기만 하면 되었다. 그러면 나는 그나 혹은 그가 보내는 인사가 나에게로 온다는 것을 확신했다. 나는 그에게 -데미안에게 그랬듯이- 그가 거기 없어도 무얼 물어볼 수 있었다. 그의 모습을 집중해서 그려보기만 하면 되었고 나의 물음들을 집중해서 그에게로 향하기만 하면 되었다. 그러면 물음 안에 담은 모든 영혼의 힘이 대답이 되어 내 마음속으로 되돌아왔다. 다만 내가 상상한 것은 피스토리우스라는 인물이 아니었다. 데미안이라는 인물도 아니었다. 내가 불러야 했던 것은 내가 꿈꾸고 그린 그림, 남자면서 여자인 영상, 내 수호신의 영상이었다. 그것은 이제 더 이상 내 꿈속에서만 살지 않았으며 종이 위에 그려지는 것에 그치지 않고 내 마음속에서 내가 바라는 모습으로, 나 자신이 더 상승된 모습으로 살고 있었다.

자살 미수자 크나우어는 나와 특별하고도 우스운 관계를 맺게 되었다. 내가 그에게로 가지 않을 수 없었던 밤부터 마치 그는 충직한 하인이나 개처럼 나에게 매달려 있었다. 그는 자신의 삶을 나의 삶에 연결시키려 하면서 맹목적으로 나를 따랐다. 더할 나위 없이 놀라운 물음과 소망들을 가지고 그는 나에게로 왔다. 영혼들을 보려고 했으며 카발라를 배웠고 내가 그런 모든 일을 전혀 이해하지 못한다고 단언해도 나를 믿지 않았다. 나에게는 무슨 힘이든 다 있다고 그는 믿었다. 그런데 한 가지 이상했던 일은 그가 놀랍고도 멍청한 질문들을 들고 나를 찾아오는 바로 그때가 내 마음속에서 그 어떤 매듭 하나가 풀려야 할 시점이었다는 점과, 그의 변덕스러운 착상들과 관심사들이 나에게는 자주 화두이자 해결의 실마리가 되었다는 점이다. 나는 충직한 그가 종종 귀찮게 느껴져 보내곤 했지만, 그 또한 나에게 보내진 사람임을 느끼고 있었다. 내가 그에게 준 것이 갑절이 되어 나와 내 마음속으로 되돌아옴을, 그 또한 나에게는 하나의 인도자이고 하나의 길이라는 것을 느낄 수 있었다. 그는 그 속에서 자신의 구원을 찾았고 또 나한테로 들고 오는 놀라운 책들과 글들은 나에게 내가 순간에 통찰할 수 있었던 이상의 가르침을 주었다.

그런데 크나우어는 나중에 나도 모르는 사이에 사라져 버렸다. 사실 그와는 대결은 필요하지 않았다. 그러나 피스토리우스와는 필요했다. 이 친구와 나는 성○○시에서의 내 학생 시절이 끝나갈 무렵에 또 한 번의 특이한 체험을 했다.

아주 평범한, 악의 없는 인간이라도 살면서 한 번쯤 혹은 몇 번은 경건과 감사라는 아름다운 도덕과 함께 갈등에 빠지는 일을 겪게 마련이다. 누구든 한 번은 자신을 아버지로부터, 스승들로부터 떨어져 나가는 걸음을 떼야 한다. 누구든 고독의 혹독함을 조금은 느껴야 한다. 대부분의 사람이 그걸 잘 견딜 수 없어 다시 제자리로 돌아간다 하더라도 그 순간의 고독의 쓰라림을 조금쯤은 느끼지 않을 수 없다. 나의 경우 아버지와 그들의 세계, 내 유년의 '환한' 세계로부터 맹렬한 싸움을 하며 헤어져 나온 것이 아니라 천천히 거의 눈에 뜨이지 않게 그들로부터 멀어지고 낯설어졌다. 나는 그것이 몹시 유감스러웠고 그래서 고향을 찾아갈 때면 씁쓸한 시간이 있었다. 하지만 그 마음이 아주 마음 깊숙이는 남지 않았다. 견딜 만했다.

그러나 우리가 습관에서가 아니라 독자적인 충동에서 사랑과 경의를 표했던 곳, 우리가 더없이 진정으로 귀의자나 친구가 되었을 때, 그 순간에 우리 마음의 큰 부분이 사랑하

는 사람에게서 떠나려 한다는 것을 깨닫는 일은 쓰라리고 무
서운 일이다. 그런 때는 친구와 스승에게 반발하는 모든 사
랑이 독이 묻은 가시를 드러내며 우리 자신의 마음을 향해서
돌아오는 법이고 그것을 막으려는 노력에서 오는 온갖 타격
은 자기의 얼굴에 정통으로 명중하는 법이다. 그때 적절한
도덕 하나를 마음속에 지니고 있다고 생각해 온 사람은 '배
신'이나 '배은망덕'이라는 단어가 치욕적인 기억과 낙인처럼
떠오른다. 그러면 놀란 가슴이 두려움에 차 유년의 미덕들
이 있는 아늑한 골짜기로 도망쳐 돌아가며 곧 이것과도 단절
되어 버리며 이 끈도 끊어져 버려야 한다는 것을 애써 믿으
려 하지 않는다.

시간이 가면서 서서히 내 마음속에서는 어떤 감정이, 내
친구 피스토리우스를 그렇게 절대적으로 지도자로 인정하
는 것에 저항했다. 내 청년 시절의 아주 중요한 몇 달 동안
에 내가 체험했던 것은 그와의 우정이었고 그의 충고와 위로
와 친근함이었다. 그를 통해 신이 나에게 말했고 그의 입으
로부터 내 꿈들이 밝혀지고 해석되어서 나에게로 되돌아왔
다. 그는 나에게 나 자신에게로 가는 용기를 선사했다. 아,
그런데 이제 서서히 자라가면서 나는 그에 대한 저항을 감지
한 것이다. 이제 와 생각해 보니 그의 말에는 지나치게 많은
가르침이 담겼고 그가 완전히 이해하는 건 나의 한 부분뿐이
라고 느껴진다.

우리 사이는 다툼은 없었으며 요란한 장면도 없었다. 결
론도 어떤 절교의 형태도 없었다. 나는 다만 그에게 단 한마

디의 사실은 무해한 말을 했다. 그러나 그 해롭지 않은 한마디가 던져진 바로 그 순간 우리 사이에 있었던 환상이 색색깔 조각처럼 깨어져 흩어졌다.

어떤 예감이 이미 한동안 나를 짓누르고 있었다. 그것이 분명한 느낌으로 구체화된 것은 어느 일요일 그의 낡은 서재에서였다. 우리는 방바닥에 엎드려 난로 앞에 있었고 그는 비밀 의식과 종교 형태들을 이야기했다. 그는 의식이나 형태들을 연구하고 명상하며 그 가능한 미래에 열중하고 있었다. 그러나 나에게는 그 모든 것이 인생을 결정할 만큼 중요하다기보다는, 오히려 기묘하고 재미있는 것으로 보였다. 그리고 그저 현학적인 과시로 느껴졌다. 내 귀에는 이전 세계들의 폐허를 뒤지는 고달픈 탐색의 소리가 거기서 들려왔다. 그리하여 문득 나는 이 모든 방식과 이 비법의 예배와 전승된 신앙 형식을 모자이크처럼 짜 맞추는 유희에 대한 커다란 거부감이 느껴졌다.

"피스토리우스."

내가 갑자기 그의 이름을 불렀는데 내가 놀랄 만큼 악의가 담겨 있었다.

"제게 다시 한번 꿈 이야기를 들려주셔야겠어요. 밤에 꾸신 진짜 꿈 이야기를요. 지금 말씀하시는 것들은 너무나 곰팡이 냄새가 나네요!"

내가 그런 식으로 말하는 것을 그는 들어본 적이 없었다. 나 자신도 말하는 바로 그 순간에 번개같이, 그에게로 말을 쏘아버렸고 그의 심장을 맞춘 화살이 자신의 무기고에서 꺼낸 것이었음을 그는 수치와 충격으로 느꼈다. 그가 냉소적 음색으로 이따금 내뱉던 자기 비난의 어휘들을 이제 내가 더욱 날카롭게 갈아서 그에게 한껏 극단화된 형태로 되던진 것이다.

그도 그것을 순간적으로 느끼고 조용해졌다. 나는 마음속으로 두려움을 느끼며 그를 보고 있었는데 그는 무섭게 창백해지는 것이었다. 길고 무거운 침묵 후에 그가 새 장작을 불 위에 얹었고 가라앉은 음성으로 말을 시작했다.

"자네가 전적으로 옳아, 싱클레어. 자네는 영리한 친구야. 그놈의 곰팡내 나는 일로 자네를 괴롭히지 않겠소."

그는 매우 침착하게 말했지만 나는 그가 입은 상처의 고통을 잘 느낄 수 있었다. 내가 무슨 짓을 했는가! 눈물이 나올 것 같았다. 진심으로 그에게로 다가가 용서를 빌고 싶었다. 그에게 나의 사랑과 애정 어린 감사를 확인해주고 싶었다. 감동적인 말들이 떠올랐지만 아무런 말도 할 수가 없었다. 나는 그냥 엎드려 불을 들여다보며 침묵했고 그도 마찬가지였다. 그렇게 우리는 누워 있었고 불은 타다가 꺼졌다. 탁탁 튀기며 꺼지는 불꽃 하나와 함께 다시는 돌아올 수 없는 아름다움과 친밀함도 타서 날아가 버리는 느낌이었다.

"제 말을 잘못 이해하셨을까 걱정이 됩니다."

마침내 내가 몹시 풀이 죽어 건조하고 쉰 목소리로 말했다. 마치 신문 연재소설을 낭독하듯 멍청하고 무의미한 말들이 내 입술에서 기계적으로 새어 나왔다.

"난 자네 말을 아주 정확히 이해했네."

피스토리우스가 나직하게 말했다.

"자네가 옳아."

조금 뜸을 들인 다음 그는 천천히 말을 계속했다.

"한 인간이 다른 인간에게 맞설 때 정당한 만큼 말이야."

아니, 아니, 나는 마음으로 외쳤다. '제가 틀렸어요!'라고. 그러나 아무 말도 할 수 없었다. 내가 단 한마디 보잘것없는 말로써 그의 본질적인 약점, 그의 괴로움과 상처를 가리켜 보였다는 것을 알았던 것이다. 그가 자신을 불신하지 않을 수 없는 바로 그 점을 내가 건드렸던 것이다. 그의 이상에서는 '곰팡이 냄새가 났다'. 그는 과거를 향한 구도자였고 낭만주의자였다. 그리고 갑자기 나는 느끼게 되었다. 피스토리우스는, 그가 나에게 준 것을 그 자신에게는 줄 수 없었으며 내 눈에 비쳤던 그의 모습도 그의 실체는 아니었다는 사실을 말이다. 그는 길잡이인 자신도 넘어서지 못하고 떠나야 했던 길로 나를 인도했던 것이다.

어떻게 내가 그런 말을 하게 되었는지는 신이나 아실 일이다. 나는 전혀 나쁜 뜻이 아니었고 파국의 예감 같은 것도 없었다. 말을 입 밖에 내는 순간에도 무엇을 말하고 있는 것인지 전혀 의식하지 못했던 그 무엇인가를 입 밖에 내어버린 것이었다. 약간 위트 있고 약간 악의 있는 소소한 착상 하나에 굴복해 버렸는데 그것이 운명이 되어버렸다. 나는 부주의한 작은 횡포를 저질렀는데 그에게는 그것이 심판이 되어버렸던 것이다.

당시에 나는 그가 화를 냈으면 그가 자신을 방어하고 나

175

한테 소리쳐주었으면 하고 얼마나 간절히 소망했는지 모른다. 하지만 그는 아무것도 하지 않았다. 그 모든 것을 나는 내 마음속에서 스스로 하지 않으면 안 되었다. 만약 할 수만 있었더라면 그는 미소라도 지었으리라. 그가 그럴 수 없었다는 것, 거기에서 나는 내가 얼마나 심한 타격을 그에게 주었는지 알 수 있었다.

피스토리우스는 주제넘고 배은망덕한 제자의 공격을 그렇게 소리 없이 받아들임으로써, 침묵하고 내가 옳다고 인정함으로써, 그가 나의 말을 운명으로 인정함으로써 내가 나 스스로를 미워하도록 만들었다. 그는 나의 경솔함을 천 배 더 크게 만들었다. 나는 때리려 달려들었을 때 방어력이 있는 강한 사람을 쳤다고 생각했었다. 그런데 맞은 사람은 말없이 참아 내는 고요한 인간, 묵묵하게 항복하는 무방비한 사람이었다.

오랫동안 우리는 다 타버린 불 앞에 그대로 엎드려 있었다. 불 속에서는 타오르는 모습 하나하나, 구부러져 들어가는 막대 모양의 재 하나하나가 나에게 행복하고 아름답고 풍요로웠던 시간을 기억 속에 불러왔고 피스토리우스에게 내가 진 빚더미를 점점 더 크게 쌓아 올렸다. 마침내 나는 더 견디지 못하고 일어서서 나왔다. 그리고 그 집 문 앞에, 어두운 계단 위에, 집 바깥에서 그가 혹시 나를 따라오지나 않을까 기다리며 한참 동안 서 있었다. 그다음에는 계속 걸었다. 몇 시간이고 저녁까지 시내와 교외, 공원과 숲을 돌아다녔다. 그리고 그때 나는 처음으로 내 이마에 찍힌 카인의 표적을 느꼈다.

점차 나는 그때의 일을 되새겨 볼 수 있었다. 나의 생각은 모두가 나 자신을 비난하고 피스토리우스를 옹호하려는 뜻뿐이었다. 하지만 모든 것이 그 반대로 끝나버렸다. 수천 번이나 나는 경솔했던 말을 후회했고 다시 거두어 담을 생각이 있었다. 그러나 그래도 그것은 사실이었다. 이제 비로소 피스토리우스가 이해되었다. 그의 모든 꿈을 떠올려볼 수 있었다. 이런 꿈이었다. 사제가 되어 새로운 종교를 알리는 꿈, 찬양, 사랑과 예배의 새로운 형식을 주고 새로운 상징들을 세우려는 꿈이었다. 그러나 그건 그의 힘으로 될 일이 아니었고 그의 직분도 아니었다. 그는 너무도 편안하게 이미 존재하는 것 속에 머물렀다. 그는 너무도 정확하게 예전의 것을 알고 있었다. 그는 이집트와 인도와 미트라스와 아브락사스에 대해 너무도 많이 알고 있었다. 그의 사랑은 이미 지구가 보았던 형상들에 매여 있었다. 그러면서 그 스스로가 잘 알고 있었다. 마음속 가장 깊은 곳에서 새로운 것은 새롭고도 달라야 하고 새 땅에서 솟아야 하며 수집되거나 도서관에서 길어내어서는 안 된다는 것을 말이다. 그의 직분은 어쩌면 나에게 해주었듯이 인간이 그 자신에게로 이르도록 돕는 일일 것이다. 그들에게 들어보지 못한 전대미문의 것, 새로운 신들을 제시하는 것, 하지만 그것은 그의 사명이 아니었다.

그리고 여기서 갑자기 예리한 불꽃 같은 인식이 나를 불태웠다. 누구에게나 하나의 '사명'이 있지만, 그것은 그 누

177

구도 자의로 택하고 고쳐 쓰고 그리고 마음대로 주재해도 되는 것은 아니라는 것. 새로운 신들을 원한다는 것은 틀렸다. 세계에다 그 무엇인가를 주겠다는 것은 완전히 틀린 생각이었다! 각성된 인간에게는 한 가지 의무 이외에는 아무런, 아무런, 아무런 의무도 없었다. 자기 자신을 찾고 자신 속에서 확고해지는 것, 자신의 길을 앞으로 더듬어 나가는 것, 어디로 가든 마찬가지였다. 그 생각이 내 마음을 깊이 뒤흔들었다. 그리고 그것이 내게는 이 체험에서 얻은 열매였다. 나는 자주 미래의 영상들을 가지고 유희했었다. 어쩌면 시인으로 혹은 예언자로, 혹은 화가로 혹은 어떻게든 나를 위하여 예비되었을 역할들을 꿈꾸곤 했었다. 그 모든 것이 아무것도 아니었다. 나는 시를 짓기 위하여, 설교하기 위하여, 그림을 그리기 위하여 존재하는 것이 아니었다. 나도 또 다른 그어떤 인간이 되라고 존재하는 것이 아니었다. 그 모든 건 다만 부수적으로 생성된 것이었다. 모든 사람에게 있어서 진실한 사명이란 다만 한 가지였다. 그것은 자기 자신에게로 가는 것이다. 시인으로 혹은 광인으로, 예언가로 혹은 범죄자로 끝장날 수도 있다. 그것은 관심 가질 일이 아니었다. 그런 건 궁극적으로 중요한 게 아니었다. 누구나 관심 가질 일은 아무래도 좋은 운명의 하나가 아니라, 자신의 운명을 찾아내는 것이며, 운명을 자신 속에서 완전히 그리고 왜곡 없이 다 살아 내는 일이었다. 다른 모든 것은 반쪽짜리였다. 시도를 벗어남이고, 패거리의 이상으로의 재도피이고, 무비판적 적응이자 자기 자신에 대한 두려움이었다. 새로운 영상이 무섭고도 성스럽게 눈앞에서 솟았다. 수백 번 예감했고 어쩌면 자주 입 밖에 내었지만 이제 비로소 체험한 것이었다. 나는 자연이 던진 돌이었다. 불확실함 속으로, 어쩌면 새로운 것에로, 어쩌면 아무것도 없는 곳으로 던져졌다. 그리고 측량할 길 없는 깊은 곳으로부터의 이 던져짐이 남김 없이 이루어지게 하고, 그 뜻을 마음속에서 느끼고 그것을 완전히 내 것으로 만드는 것, 그것만이 나의 사명이었다. 오직 그것만이!

나는 이미 많은 고독을 맛보았다. 이제 예감했다. 더 깊은 고독이 있으며 그 고독은 벗어날 수 없는 것임을 말이다.

나는 피스토리우스와 화해하려 하지 않았다. 우리는 변함없이 친구였지만 관계가 달라졌다. 다만 단 한 번 우리는 그것에 대해 이야기했다. 아니 사실은 그렇게 한 것은 그였다. 그가 말했다.

"나는 목사가 되려는 소망이 있어. 그걸 자네도 알지. 우리가 그토록 생각하는 새로운 종교의 사제가 가장 되고 싶었지만 난 결코 사제가 될 수 없을 것이고 그걸 알고 있어. 전에도 알았지. 자신에게 그걸 완전히 고백은 안 했어도 벌써 오래전부터 말이야. 나는 바로 다른 사제 봉사를 하려 하네. 어쩌면 오르간 건반 위에서 할 수도 있고 어쩌면 다른 곳에서 할 수도 있어. 그러나 나는 늘 무엇인가 내가 아름답고 성스럽게 느끼는 것에 둘러싸여 있어야 해. 오르간 음악이든 비밀 의식이든, 상징과 신화든 어쨌든 나는 그런 것이 필요해. 그리고 그런 것에서 떠나지 않겠네. 그게 나의 약점이지. 왜냐하면 나도 때때로 싱클레어, 내가 그런 소망을 가져서는 안 된다는 걸 알아. 그것이 사치이며 약점이라는 것을 알거든. 만약 내가 아주 단순하게 아무런 요구 없이 운명에 자신을 내맡긴다면, 그편이 더 위대하고 더 올바른 일일 거야. 그러나 나는 그럴 수가 없어. 그건 내가 할 수 없는 유일한 일이지. 어쩌면 자네는 언젠가 할 수 있을 거야. 그렇게 운명에 자신을 내맡기는 건 어려워. 그건 세상에서 유일한 진짜 어려움이라네. 이보게, 나는 자주 그 꿈을 꾸었지. 그러나 그럴 수 없어. 그 앞에서 몸서리쳐. 나는 그렇게 완전히 벌거벗은 채 외롭게 서 있을 수가 없어. 나 또한 약간의 온기와 음식을 필요로 하고 이따금 나와 비슷한 것들을 곁에서 느끼고 싶어 하는 한 마리 가엾은 약한 개에 불과하네. 정말로 자신의 운명 말고는 아무것도 원하지 않는 자, 그에게는 그때부터 자기 비슷한 사람이 없어. 완전히 홀로 서 있지. 주위에는 오직 차가운 우주뿐이지. 자네 알지, 그건 겟세마네 동산의 예수야. 기꺼이 십자가에 못 박히려는 순교자들이 있었어. 그러나 그들도 영웅은 아니었고 해방되지 않았어. 그들 또한 무엇인가를 원했지, 그들에게 익숙하며 고향 같은 것을 말이야. 그들은 모범이 있었고 이상이 있었지. 아직도 오로지 운명만을 원하는 자, 그에게는 이제 모범도 이상도 없어. 사랑스러운 것이 아무것도 없어. 위로가 되는 것이 아무것도 없어, 그리고 사실은 이 길을 가야 되는 것 같아. 나나 자네 같은 사람들은 정말로 고독해. 그러나 우리는 아직도 서로 가진 것이 있지. 우리는 남들과 다르고 거역

하며 비범한 것을 원한다는 남모르는 만족을 가지고 있지. 그런데 이 만족 또한 버려야 해. 그 길을 완전히 가고자 한다면 말이야. 혁명가가 되려 해서도 안 돼, 모범이 되려 해서도 안 되고 순교자가 되려 해서도 안 돼. 상상할 수도 없지만 말이야."

그렇다. 상상할 수도 없었다. 그러나 꿈꿀 수는 있고 미리 느낄 수는 있으며 예감할 수 있었다. 아주 고요한 시각을 찾아낼 때면 그것을 몇 번 조금 느꼈다. 그럴 때면 나는 내 마음속으로 눈길을 보내며 똑똑하게 떠여 있는, 내 운명의 영상의 두 눈을 들여다본다. 그 두 눈은 지혜로 가득 차 있는 것 같았다. 광기로 가득 차 있는 것 같았다. 사랑이 환히 빛나는 것 같기도 하고 깊은 악의가 빛나는 것 같기도 했다. 아무래도 좋았다. 그중 그 무엇도 택할 권리가 없었던 것이다. 그 무엇도 원할 권리가 없었던 것이다. 스스로 갖겠다고 원할 수 있는 건 오직 자신의 운명뿐이었다. 거기로 가는 한 구간을 피스토리우스는 길잡이로서 나에게 봉사했다.

그 시절 나는 천지를 모르는 것처럼 이리저리 헤매었다. 내 마음속에서는 폭풍이 포효하고 있었다. 한 걸음 한 걸음이 위험이었다. 앞에는 지금까지의 모든 길이 그리로 들어가 가라앉아 버리고 마는 수렁의 어둠밖에 아무것도 안 보였다. 그리고 나의 내면에서는 인도자의 모습을 보았다. 데미안을 닮았으며 그 눈에 내 운명이 적혀 있었다.

나는 종이에 적었다.

'한 인도자가 나를 떠났습니다. 나는 완전히 어둠 속에 서

있습니다. 한 발자국도 혼자 내디딜 수 없습니다. 도와주십
시오!'

데미안에게 그 종이를 보내려 했다. 그렇지만 그만두었
다. 내가 그러려고 하면 매번 그것이 멍청하고 무의미해 보
였던 것이다. 그러나 나는 그 작은 기도를 외웠고 그것을 자
주 내 마음속에서 되뇌었다. 그 말은 매시간 나와 함께 있었
다. 기도가 무엇인지 나는 예감하기 시작했다.

내 학창 시절은 끝났다. 나는 아버지의 제안으로 방학 동
안 여행을 했다. 그리고 여행이 끝나면 대학에 가기로 되어
있었는데 어떤 대학에 갈지는 몰랐다. 철학을 한 학기 듣기
로 했다. 다른 과목을 들었더라도 마찬가지로 만족했을 것
같다.

에바 부인

나는 방학 중에 몇 해 전 막스 데미안이 어머니와 함께 살았던 집으로 가보았다. 어떤 늙은 부인이 뜰에서 산책하고 있어 말을 걸었더니 그 집 주인이었다. 부인에게 데미안 가족에 대해 물었다. 부인은 잘 기억하고 있었지만 그들이 지금 어디 사는지는 몰랐다. 내가 관심을 갖고 있는 것을 알고는 나를 집 안으로 데리고 가서 가족 앨범을 찾아내어 데미안 어머니의 사진을 보여주었다. 나는 그녀에 대한 기억은 거의 없었다. 그러나 작은 사진을 보았을 때 심장의 고동이 멈추었다. 그것은 내 꿈의 영상이었던 것이다! 그녀였다. 키가 크고 거의 남자 같은 여성의 모습, 아들과 비슷한데 어머니다운 표정, 엄격함과 깊은 열정의 표정을 지니고 있었으며 아름다우면서 유혹적이고 그러면서도 접근할 수 없었다. 수호자이자 어머니, 운명이자 연인이었다. 바로 그녀였다!

내 꿈의 영상이 지상에 살아 있음을 그렇게 알게 되었을 때, 그것은 엄청난 기적처럼 내 온몸을 꿰뚫었다! 그런 모습의 여성, 내 운명의 표징을 지닌 여성이 존재했던 것이다! 그녀는 어디에 있을까? 어디에! 그런데 그녀가 데미안의 어머니였다.

그 후 나는 곧 여행을 떠났다. 이상야릇한 여행이었다! 나는 그때그때 떠오르는 생각을 따라 이곳저곳으로 쉬지 않고 돌아다녔다. 줄곧 그녀를 찾으면서 그녀를 연상시키는 모습, 그녀를 닮은 모습, 뒤엉킨 꿈속에서처럼 낯선 도시들의 골목길들을 지나 역들을 지나 기차로, 나를 끌어들이는 모습들만 만난 날들이 있었다. 내가 그렇게 찾아다니고 있는 것이 얼마나 부질없는 일인가를 통찰하는 다른 날들도 있었다. 그런 날에는 아무것도 하지 않고 그 어딘가에, 공원이나 호텔 정원이나 대합실에 앉아 내 마음을 들여다보았고 내 마음속의 그 영상을 살아 있게 만들려 했다. 그러나 그것은 이제 부끄러운 듯 도망치며 사라지곤 했다. 한 번도 잠을 제대로 잘 수 없었다. 기차를 타고 알 수 없는 풍경들을 지나며 나는 십오 분 정도씩 꾸벅꾸벅 졸았다. 한번은 취리히에서 어떤 여자가 나를 뒤쫓아 왔다. 예쁘지만 다소 뻔뻔스러운 여자였다. 나는 마치 그녀가 공기이기라도 하듯이 그녀를 거의 쳐다보지도 않고 계속 갔다. 다른 여성에게 한시라고 관심을 보내느니 차라리 그냥 죽는 게 나을 것 같은 심정이었다.

나의 운명이 나를 끌어당기고 있으며 그것이 실현될 날이 가까워졌음을 감지했다. 성취를 위해서 내가 아무것도 할 수 없다는 사실이 초조해 미칠 것 같았다. 한 번은 어느 역에서 -인스브루크에서였던 것 같은데- 방금 출발한 기차의 창가에서 그녀를 상기시키는 모습 하나를 발견하고 여러 날을 비참한 심정으로 보냈다. 그런데 갑자기 그 모습이 밤에 꿈속에서 나타났다. 나는 추적의 무의미함에 대한 부끄럽고 또 황량한 느낌으로 깨달고 곧바로 집으로 돌아와 버렸다.

몇 주 뒤 나는 H대학에 등록했다. 모든 것이 실망스러웠다. 내가 들은 철학사 강의는 대학에서 공부하는 젊은이들의 방랑과 똑같이 실체 없고 기계적이었다. 모든 것이 찍어낸 것 같았고 이 사람이나 저 사람이나 똑같아 보였다. 그리고 소년티 나는 얼굴들에 어린 달아오른 즐거움은 보는 사람이 우울할 정도로 텅 비고 돈을 주고 산 완제품처럼 보였다. 그러나 나는 자유로웠다. 나 자신을 위해 온종일을 쓸 수 있었다. 교외의 오래된 낡은 집에서 조용하고 아름답게 지냈고 내 책상 위에는 니체가 몇 권 놓여 있었다. 나는 니체와 함께 살며 그의 영혼의 고독을 느꼈다. 그를 거침없이 몰아간 운명의 냄새를 맡았고 그와 함께 괴로워했다. 그토록 거침없이 자신의 길을 갔던 사람이 존재했다는 게 행복했다.

어느 날 저녁 늦게 한가롭게 시내를 걷고 있었다. 불어오는 가을바람 속에서 술집에서 대학생 무리가 노래를 부르는 소리가 들렸다. 열린 창문에서 담배 연기가 자욱하게 솟아나왔다. 큰 홍수처럼 쏟아져 나오는 노랫소리는 크고 요란했지만 활기가 없고 생명력 없이 단조로웠다.

나는 어느 길모퉁이에 서서 귀를 기울였다. 정확하게 연습된 젊음의 쾌활함이 두 술집에서부터 몰려나와 어둠 속으로 치솟고 있었다. 어디를 가도 함께 쭈그리고 앉는 모임이 있었다. 어디서나 운명의 발산과 군중 속으로의 도피가 있었다!

내 뒤에서 남자 둘이 천천히 지나갔다. 나는 그들의 대화 한 토막을 들었다.

"어느 흑인 마을에 있는 청년 집회소나 여기나 똑같지 않아요?"

한 사람이 말했다.

"다 똑같지요. 심지어 문신이 아직도 유행이고요. 알아두시오. 이게 신 유럽이오."

그 목소리는 놀랍게도 경고하는 것처럼 귀에 익은 것이었다. 나는 어두운 골목에서 그 두 사람을 따라갔다. 한 사람은 키가 자그마한 멋쟁이 일본인이었다. 어느 가로등 밑에서 그의 미소 띤 노란 얼굴이 문득 환히 빛나는 것이 보였다. 그러자 다른 사람이 다시 말했다.

"그런데 당신네 일본에도 더 나을 게 없겠지요. 패거리를 추종하지 않는 사람들은 어디서나 드물어요. 여기에도 조금 있을 뿐입니다."

그 말 한마디 한마디가 기쁜 놀라움으로 나의 뇌리를 꿰뚫었다. 말하는 사람이 아는 이였다. 그는 데미안이었다.

바람 부는 어둠 속에서 나는 그와 그 일본 사람을 따라 어두운 골목들을 지났고 그들의 대화에 귀 기울였으며 데미안의 목소리의 울림을 즐겼다. 그 목소리는 옛날의 음색을 지니고 있었다. 오래되고 아름다운 안정감과 평안을 지니고 있었고 나를 지배하는 힘을 지니고 있었다. 이제 모든 게 다 잘될 것이다. 나는 그를 찾아낸 것이다.

어느 교외 모퉁이에서 일본 사람이 작별 인사를 하고 현관문을 열었다. 데미안은 그 길을 되돌아왔다. 나는 그대로 멈추어 선 채로 길 한가운데에 서서 그를 기다렸다. 뛰는 가슴으로 나는 그가 나를 향하여 마주 오는 모습을 보고 있었다. 갈색 레인코트를 입고 꼿꼿하고 탄력 있게 걸으며 팔에는 가느다란 지팡이를 걸치고 있었다. 그는 특유의 고른 발걸음을 유지한 채로 내 바로 앞까지 와서 모자를 벗고 환한 얼굴을 내게 보였다. 결단력 있게 다문 입과 넓은 이마가 특이하게 환한 얼굴을 말이다.

"데미안!"

내가 외쳤다. 그는 내게로 손을 뻗었다.

"너로구나, 싱클레어! 널 기다렸어."

"내가 여기 있는 걸 알았단 말이야?"

"정확하게는 몰랐지만 그렇게 되기를 줄곧 바라고 있었어. 보는 건 오늘 저녁이 처음이고. 너 저녁 내내 우리를 뒤따라왔지?"

"그럼 난 줄 금방 알았단 말이야?"

"물론이지. 네가 변하기는 했지만 그래도 여전히 그 표적을 가지고 있으니까."

"그 표적? 무슨 표적 말이야?"

"우리가 전에 카인의 표적이라고 그랬지. 아직 기억할 수 있다면 말이야. 그건 우리의 표적이지. 넌 그걸 언제나 가지고 있어. 그래서 내가 네 친구가 되었단 말이야. 그런데 지금은 그 표적이 더 분명해졌구나."

"난 몰랐어. 아니 사실 어쩌면 알고 있었는지도 모르겠어. 한번은 데미안 모습을 그렸어. 그런데 놀랍지? 그게 나하고도 비슷했어. 그것이 표적이었을까?"

"그것이 표적이지. 네가 여기에 와서 기쁘다! 어머니도 기뻐하실 거야."

나는 놀랐다.

"데미안의 어머니? 여기 계셔? 날 전혀 모르시잖아."

"아니, 너에 대해서 알고 계셔. 네가 누구인지 내가 말씀은 안 드렸지만 널 잘 아실 거야, 넌 오랫동안 아무 소식이 없었지."

"오, 가끔 편지를 쓰려고 했지만 잘 안 되었어. 얼마 전부터는 데미안을 곧 찾아낼 수 있을 거라는 느낌이었어. 날마다 기다렸어."

그는 내 팔짱을 끼고 나와 함께 계속 걸었다. 그에게서 안정감이 나와 내 마음속으로 흘러들었다. 우리는 곧 예전처럼 이런저런 이야기를 나눴다. 학생 시절을, 견진성사 수업을, 또 그 당시 방학 때의 불행한 만남도 기억했다. 다만 두 사람 사이의 가장 긴밀한 최초의 끈인 프란츠 크로머에 대해서는 그때도 이야기가 없었다.

어느덧 우리는 기묘하고도 예감에 찬 대화 한가운데로 빠져들어 있었다. 데미안이 그 일본인과 나누었던 대화를 상기하며 대학 생활에 대하여 이야기했고 거기서부터 다른 이야기로 옮아갔다. 멀리 있는 것처럼 보이던 다른 문제도 데미안의 말 가운데서 긴밀하게 연관되었다.

그는 유럽의 정신과 이 시대의 특징에 대해 이야기했다. 그는 어디를 가든 연합과 집단행동이 기세를 떨치고 있지만 그 어디에도 자유와 사랑은 없다고 말했다. 대학생 서클과 노래 동호인 모임에서 국가에 이르기까지 이 모든 공동체는 두려움과 무서움과 당황에서 비롯된 것인데 그런 공동체는 내부가 상해 있고 낡아서 곧 붕괴될 거라고 했다.

데미안이 말했다.

"연대란 아름다운 일이지. 그러나 지금 도처에 만발해 있는 것은 전혀 연대가 아니야. 진정한 연대는 개인들이 서로를 앎으로써 새롭게 생성될 것이고 세계의 모습을 바꾸어 놓을 거야. 지금 연대라면서 저기 저러고 있는 것은 그냥 오합지졸의 모임일 뿐이야. 사람들이 서로에게로 도피하고 있는데 그건 서로가 두렵기 때문이야. 신사들은 신사들끼리, 노동자는 노동자들끼리, 학자는 학자들끼리 말이야! 그런데 그들은 왜 불안한 걸까? 자기 자신과 하나가 되지 못하기 때문에 불안한 거야. 그들은 한 번도 자신을 안 적이 없기 때문에 불안한 거야. 그들은 모두가 그들의 삶의 법칙들이 이제는 맞지 않음을, 자기들은 낡은 방식에 따라 살고 있음을 느끼는 거야. 종교도 도덕도 그 모두가 이제는 우리가 필요로 하는 것에 맞지 않아. 백 년 그리고 그 이상을 유럽은 그저 연구만 하고 공장이나 지었지. 사람들은 정확히 알아. 사람

하나 죽이는 데 화약이 얼마나 필요한지 말이야. 그러나 어떻게 신에게 기도해야 하는지는 모르지. 어떻게 한 시간을 유쾌하게 보낼 수 있는지조차 모르는걸. 저렇게 대학생들이 모인 술집을 한번 봐! 아니면 부자들이 가는 유흥장들을 봐! 절망적이지? 이봐 싱클레어, 그 모든 것에서 진정한 명랑함이란 없어. 저렇게 겁을 먹고 뭉친 사람들은 두려움과 악의로 가득 찼어. 아무도 남들을 신뢰하지 않아. 그들은 이제는 더 이상 이상이 못 되는 이상들에 매달려서 새로운 이상을 내세우는 사람에게 돌을 던지지. 싸움이 있으리라는 것을 나는 알아. 싸움들이 다시 벌어질 거야. 날 믿어. 곧 벌어진다고! 물론 그것들이 세계를 개선하지는 못하지. 노동자들이 그들의 공장주를 쳐 죽이든지, 혹은 러시아와 독일이 서로 총질을 하든지, 주인만 바뀌겠지. 그러나 헛된 일은 아닐 거야. 오늘날의 이상이 얼마나 가치 없는지 밝혀지고 석기 시대의 신들을 제거하게 되겠지. 지금 있는 대로의 이 세계는 죽으려고 하고 있어. 멸망하려 하고 있다고. 그리고 결국엔 멸망하고 말 거야."

"그럼 그때 우리는 어떻게 될까?"

내가 물었다.

"우리? 오, 어쩌면 우리도 함께 멸망하겠지. 우리가 우리 같은 사람을 쳐 죽일 수도 있지. 제발 그럼으로써 우리가 다 없어져 버리는 일만은 없기를 바라. 우리에게서 남는 것, 혹은 우리 중에서 그 후에도 살아남는 자들 주위에 미래의 의지가 집결되겠지. 유럽이 한동안 자신의 기술 및 과학이라는 시장으로 떠들썩하게 소리를 질러대는 통에 들리지 않았던 인류의 의지가 드러날 거야. 그리고 그다음에는 인류의 의지가 결코 그 어디서도 오늘날의 공동체들, 국가들과 민족들, 협회들과 교회들의 의지와 같지 않다는 것이 드러나겠지. 오히려 자연의 의지는 개인들 속에 담겨 있어. 네 마음속에 그리고 내 마음속에 말이야. 그리스도 속에 적혀 있고 니체 속에도 적혀 있지. 이 유일하게 중요한 흐름은 물론 날마다 모습이 다를 수 있어. 하지만 공간이 생기게 될 거야. 오늘날의 공동체들이 붕괴되고 나면 말이야."

우리는 꽤 늦게야 강가의 어느 정원 앞에서 멈추었다.

"여기가 우리 집이야. 한번 방문해줘. 우리는 널 몹시 기다리고 있어."

데미안이 말했다.

나는 기쁜 마음으로 서늘해진 어둠을 뚫고 먼 거리를 걸어서 돌아왔다. 이곳저곳에서 집으로 돌아가는 대학생들이 시끌벅적 휘청거리며 시내를 지나가고 있었다. 자주 나는 결핍감을 느끼며, 때로는 비웃으며 그들의 코믹한 즐거움과 나의 외로운 삶이 대립되어 있음을 느꼈다. 그러나 그런 것이 나하고 얼마나 무관한지, 이런 세계가 나한테는 얼마나 멀리 사라진 것인지를 오늘처럼 안정감과 남모르는 힘으로 느껴본 적은 아직 한 번도 없었다. 내 고향 도시의 관리들, 그 늙고 위엄 있는 신사들이 기억났다. 그들은 행복한 천국의 기념품처럼 술집에서 허비한 대학 시절의 추억에 매달렸으며 학창 시절의 사라져버린 자유를 예찬했다. 여느 시인이나 낭만주의자들이 유년에 바치는 숭배처럼 말이다. 어디서나 똑같았다! 어디서나 그들은 이미 지나가 버린 시간 속 그 어딘가에서 자유와 행복을 찾았다. 어디서나 그들은 자신의 책임을 상기시키고 그들 자신의 길을 가라는 경고를 받을지도 모른다는 불안에 사로잡혀 있었다. 몇 년 술을 퍼마시고 방종한 생활을 하다가 그다음에는 밑으로 기어들어 국가에 봉사하는 근엄한 신사가 된 것이다. 그렇다. 썩어 있었다. 우리가 사는 세상은 썩어 있었다. 그리고 세상에는 이 대학생들의 멍청함보다 더 멍청하고 더 나쁜 수백 가지 다른 멍청함이 있었다.

그렇지만 내가 멀리 떨어진 숙소에 도착하여 잠자리에 들었을 때, 이 모든 생각은 깡그리 날아가 버리고 없었다. 나의 생각은 온통 이 하루가 준 큰 약속에 쏠려 있었다. 내가 원하기만 하면 내일이라도 데미안의 어머니를 만날 수도 있을 것이다. 대학생들이 술집을 멀리하고 얼굴에 문신을 새기든, 세계가 썩어 그 몰락을 기다리고 있든 나와 무슨 상관이란 말인가! 나는 오로지 나의 운명이 새로운 모습으로 나를 향해 오는 것을 기다릴 뿐이다.

아침 늦게까지 깊이 잠을 잤다. 새로운 날은 소년 시절의 성탄절 잔치 이후 더는 겪어 보지 못한 장엄한 축제일처럼 밝아왔다. 나는 굉장히 동요하고 있었지만 불안은 전혀 없었다. 나에게 중요한 하루가 밝았다고 느꼈고 나를 에워싼 세계가 변화했음을, 나와 깊은 관련을 갖고서 장엄하게 기다리고 있음을 보았고 느꼈다. 나직하게 내리는 가을비조차도 아름답고 고요하게 또 축제일답게 엄숙하고도 즐거운 음악으로 가득 차 있었다. 처음으로 바깥 세계가 나의 내면세계와 어울려 순수한 화음을 냈다. 그다음은 영혼의 축제일이었다. 그다음은 살아볼 만했다. 어떤 집도 어떤 쇼윈도도 골목의 어떤 얼굴도 거슬리지 않았다. 모든 것이 당연히 있어야 할 그대로 있었지만 일상적이고 익숙한 것의 공허한 얼굴을 지니고 있는 것이 아니라, 기다리고 있는 자연이었으며 경건하게 운명을 맞을 채비가 되어 있었다. 어린 소년이었을 적 큰 축제일 아침, 성탄절이나 부활절 아침에 세계를 그렇게 바라보았다. 세상이 아직도 이토록 아름다울 수 있다는 것을 나는 알지 못했었다. 나는 내면을 향해 가는 삶을 살아가는 데 익숙했다. 또한 바깥에 있는 것에 대한 감각은 내게서 상실되었다는 사실, 눈 부신 빛의 상실은 유년 시절의 상실과 불가피한 관계를 맺고 있는 것이어서, 사람은 어느 정도의 영혼의 자유와 성인이 되는 대가로 이 사랑스러운 빛을 포기하지 않으면 안 된다고 체념하는 데 익숙해져 있었다. 하지만 이제 나는 이 모든 것은 단지 파묻히고 어둠에 싸인 것처럼 보일 뿐이라는 것과 자유롭게 된 사람이나 유년 시절의 행복을 포기한 사람도 이 세계가 빛나는 것을 볼 수 있으며 어린아이의 관찰과 같은 내적인 전율을 맛볼 수 있다는 것을 황홀하게 느꼈다.

막스 데미안과 지난밤 작별을 고했던 교외의 그 정원에 다시 찾아가 보았다. 비에 젖어 잿빛이 도는 키 큰 나무들 뒤로 작은 집이 환한 빛을 발하며 아늑하게 숨겨져 있었다. 커다란 유리 벽 뒤에는 키 큰 다년생 화초목들이, 말갛게 닦인 창문 뒤에는 그림들과 서가가 달린 어두운 벽들이 있었다. 현관문은 따뜻하게 해놓은 작은 거실로 곧바로 이어졌다. 검은 옷에 흰 앞치마를 입은 말 없는 늙은 하녀가 나를 맞아들여 외투를 벗겨주었다.

그녀는 나를 거실에 혼자 남겨두었다. 주위를 둘러보며 나는 내가 꿈 한가운데 있음을 알았다. 문 뒤, 위쪽 짙은 색 목재 벽에 걸린 검정 유리 액자 속에 잘 아는 그림이 있었다. 지난가을 뚫고 나오려고 몸을 솟구치고 있는 황금빛 매의 머리를 가진 나의 새가 들어 있었다. 사로잡힌 듯 나는 멈추어 섰다. 마음이 무척 기쁘기도 하고 슬프기도 했다. 마치 이 순간에 내가 행하고 경험한 모든 것이 대답과 성취가 되어 돌아오는 것만 같았다. 번개같이 빠르게 한 무리의 영상들이 나의 뇌리를 스쳐 갔다. 대문 아치 위에 오래된 돌 문장이 있는 고향 부모님 댁, 그 문장을 그리던 소년 데미안, 나의 적 크로머의 나쁜 마술에 얽혀들어 꼼짝 못 하며 두려움에 차 있는 소년인 나, 조용한 교실 책상에서 내 그리움을 그림으로 그리는 청년인 나, 마음의 실가닥들이 얽힌 그물 속에 스스로 얽혀들 영혼, 그리고 이 순간까지의 모든 것, 또 모든 것이 나의 마음속에서 메아리쳤다. 나의 마음속에서 긍정되고 대답되고 승인되었다.

촉촉해진 눈으로 나의 그림을 응시하며 내 마음을 읽었다. 그때 시선이 아래로 향했다. 새 그림 아래 열린 문에 짙은 색 옷을 입은 키 큰 여성이 서 있었다. 바로 그녀였다.

나는 아무 말도 할 수 없었다. 아들의 얼굴과 똑같이 시간과 나이가 없이 혼이 깃든 의지로 충만한 얼굴로, 아름답고 기품 있는 여성이 나를 향해 다정하게 미소 짓고 있었다. 그녀의 시선은 일종의 성취였고 인사가 뜻하는 것은 귀향이었다. 나는 말 없이 그녀에게 두 손을 내밀었다. 그 손을 그녀가 힘 있고 따뜻하게 마주 잡아 주었다.

"당신이 싱클레어죠? 금방 알아봤어요. 어서 오세요!"

그녀의 목소리는 깊고 따뜻했다. 나는 감미로운 포도주처럼 그 목소리에 젖어 들었다. 그리고 이제 눈을 들어 그녀의 고요한 얼굴을, 깊이를 헤아리기 어려운 검은 눈을 들여다보았다. 그리고 신선하고 성숙한 입과 자유롭고 당당한 그 표적을 지닌 이마를 쳐다보았다.

"얼마나 기쁜지 모르겠습니다!"

나는 그녀에게 말하며 두 손에 키스했다.

"저는 한평생 길에서 헤맸던 것 같습니다. 그런데 이제야 집으로 돌아온 것 같군요."

그녀가 어머니처럼 미소 지었다.

"아무도 집으로 아주 돌아오지는 못해요."

그녀가 다정하게 말했다.

"그런데 친한 길들이 서로 만나는 곳, 거기서는 온 세계가 잠깐 고향처럼 느껴지지요."

그녀가 말하는 것은 그녀에게로 오는 길에 느낀 것이었다. 그녀의 목소리, 또 그녀의 말은 아들과 매우 닮았으면서도 전혀 달랐다. 모든 것이 더 성숙하고 더 따뜻하고 더 분명했다. 그러나 막스가 예전에 그 누구에게도 소년의 인상을 주지 않았던 것과 같이 그의 어머니도 전혀 장성한 아들을 둔 어머니처럼 보이지 않았다. 그녀의 얼굴과 머리카락 주위로 감도는 숨결은 그토록 젊고 감미로웠다. 그녀의 금빛 도는 피부는 그렇게 팽팽하고 주름이 없었다. 입은 마치 꽃처럼 피어 있었다. 내 꿈속에서보다도 더 당당하게 그녀는 내 앞에 서 있었다. 그녀 가까이에 있는 것만으로도 사랑의 행복을 느꼈고 그녀에게 따뜻한 시선을 받는 것만으로도 벅찬 충족감이 밀려왔다.

이것은 내 운명이 나에게 보여준 새로운 영상이었다. 더 이상 엄격하지 않고 더 이상 고립시키지 않으며 너무나 성숙하고 흔쾌하게 흥겹게 보여주었다! 나는 새삼스레 결단을 내릴 필요도 없었고 맹세도 하지 않았다. 나는 높은 길이 난 목적에 도달해 있었던 것이다. 거기서부터 보면 앞으로 갈 길이 멀리 찬란하게 언약의 땅을 마주 향하여 나 있었다. 가까운 행복의 나무 그늘이 드리워지고 갖가지 즐거움의 정원들에서 식혀진 길이었다. 어떻게 되어가든 나는 행복했다. 세상에서 이 여성을 안다는 것이, 그 목소리에 젖어 든다는 것이 그녀 곁에서 숨 쉰다는 것이 말이다. 그녀가 내게 어머니가 되든지 연인이 되든지 여신이 되든지 그녀가 거기 있는 것만으로도 충분했다. 나의 길이 그녀의 길에 가까이에 있는 것만으로도 좋았다.

그녀는 나의 매 그림을 가리켰다.

"당신이 이 그림을 보냈을 때만큼 데미안이 기뻐한 적은

196

없었어요."

그녀가 생각에 잠긴 어조로 말했다.

"나도 그렇고요. 우리는 당신을 기다렸답니다. 그리고 이 그림이 왔을 때, 당신이 우리에게로 오는 길에 있다는 것을 알았지요. 당신이 어린 소년이었을 때, 싱클레어, 그때 어느 날 내 아들이 학교에서 오더니 말했지요. 이마에 표적을 지닌 소년이 하나 있는데 그 애는 분명 내 친구가 될 거야, 라고요. 그 사람이 당신이었어요. 사는 게 쉽지 않았겠지요. 그러나 우린 당신을 믿었답니다. 한번은 방학에 집에 왔을 때 다시 데미안과 만났지요. 열여섯 살 때쯤이었을 겁니다. 데미안이 나한테 그 이야길 해주었어요."

내가 말을 가로막았다.

"오, 데미안이 그때 이야기를 해주었다고요? 그때는 제가 가장 비참했던 시절이었어요!"

"그래요, 데미안이 나한테 이러더군요. 지금 싱클레어에게 가장 큰 어려움이 닥쳐 있다고요. 그 애는 다시 한번 공동체 속으로 도피하려는 시도를 하고 있는데 심지어 술집 단골이 되었어요. 그러나 그렇게는 안 될 겁니다. 그의 표적이 가려져 있지만 그 표적이 아무도 모르게 그를 불태우고 있습니다, 라고요. 그렇지 않았나요?"

"맞습니다, 그랬어요, 꼭 그랬어요. 그다음에 저는 베아트리체를 발견했고 그다음에 마침내 다시 저를 저 자신에게로 이끄는 인도자가 왔지요. 그 이름은 피스토리우스예요. 그때야 저는 왜 저의 소년 시절이 그토록 막스 데미안과 결합되었는지, 왜 제가 그에게서 벗어날 수 없었는지 분명히 알게 되었습니다. 부인, 아니 어머니, 전 당시에 자주 생각했어요, 죽어야겠다고요. 그 길은 누구에게나 그렇게 어렵습니까?"

그녀가 바람처럼 가볍게 내 머리를 손으로 쓸어서 넘겨주었다.

"그건 누구에게나 어려워요, 태어나는 것은요. 아시죠? 새는 알에서 나오려고 애를 쓰지요. 돌이켜 생각해 보세요, 그 길이 그렇게 어렵기만 했나요? 아름답지는 않았나요? 혹시 더 아름답고 더 쉬운 길을 알고 있나요?"

나는 고개를 가로저었다.

"그건 힘들었어요. 꿈이 내게로 오기까지는요."

내가 잠꼬대를 하듯 말했다.

그녀가 고개를 끄덕이며 나를 꿰뚫어 보듯 바라보았다.

"그래요. 자신의 꿈을 찾아내야 해요. 그러면 길을 쉬어지지요. 그러나 영원히 지속되는 꿈은 없어요. 어느 꿈이든 새 꿈으로 교체되지요. 그러니 어느 꿈에도 집착해서는 안 됩니다."

나는 몹시 놀랐다. 그것은 일종의 경고였을까? 방어였을까? 경고든 방어든 아무래도 상관없었다. 나는 그녀의 인도를 받으며 목적지에 대해서는 묻지 않을 용의가 있었다.

"모르겠습니다."

내가 말했다.

"얼마나 오래 제 꿈이 지속될는지. 이것이 영원했으면 하고 바랍니다. 새 그림 아래서 제 운명이 저를 맞아주었습니다. 어머니처럼 그리고 연인처럼요. 저는 그 운명에 속해 있고 그 밖에는 아무것에도 속해 있지 않습니다."

"그 꿈이 당신의 운명인 한, 당신은 그 꿈에 변함없이 충실해야겠지요."

그녀가 진지하게 확인시켜 주었다. 한 가닥 슬픔이 나를 사로잡았다. 이 마력으로 불러온 듯한 시간에 죽었으면 하는 간절한 소망이 일었다. 나는 얼마나 오랫동안 울지 않았던가! 걷잡을 수 없이 안에서 눈물이 솟구쳐 나를 압도할 것 같은 느낌이 들었다. 나는 격하게 그녀로부터 몸을 돌려 창가로 가서 흐려진 눈으로 화분의 꽃들 너머를 바라보았다. 등 뒤에서 그녀의 목소리가 들렸다. 목소리는 침착하면서도 술이 넘치도록 채워진 잔처럼 애정으로 가득 차 있었다.

"싱클레어, 어린아이로군요! 당신의 운명은 당신을 사랑하고 있어요. 언젠가 그것은 완전히 당신 것이 될 겁니다. 당신이 꿈꾼 대로요. 단, 당신이 변함없이 충실하면요."

나는 간신히 마음을 억제하고 얼굴을 다시 그녀에게로 향했다. 그녀가 손을 내밀었다.

"난 친구가 몇 명 있어요."

그녀가 미소를 띠고 말했다.

"몇 안 되는 아주 가까운 친구들이죠. 그들은 나를 에바 부인이라고 불러요. 당신도 그렇게 불러요, 원한다면요."

그녀가 나를 문까지 데려가 문을 열며 정원을 가리켰다.

"저기 바깥에서 데미안을 만날 수 있을 겁니다."

높다란 나무들 아래에서 나는 마비되고 온통 뒤흔들린 채서 있었다. 내가 눈을 뜨고 있었는지 아니면 꿈꾸고 있었는지는 알 수 없었다. 나뭇가지들에서 빗방울이 가볍게 떨어지고 있었다. 나는 천천히 정원 안으로 들어섰다. 정원은 강기슭을 따라 멀리 이어지고 있었다. 마침내 데미안을 찾아냈다. 그는 문이 열린 작은 정자에 웃통을 벗은 채로 서서, 걸려 있는 샌드백을 상대로 권투 연습을 하고 있었다.

나는 깜짝 놀라서 멈추었다. 데미안은 화사해 보였다. 넓은 가슴, 단단하고 남자다운 머리, 근육이 팽팽한 쳐든 두 팔은 탄탄하고 실팍했다. 허리, 어깨, 팔 관절이 마치 파문이 이는 샘처럼 움직이고 있었다.

"데미안!"

내가 불렀다.

"거기서 뭐 하고 있어?"

그가 유쾌하게 웃었다.

"연습하는 거야. 그 작은 일본 사람하고 격투를 한판 벌이기로 했거든. 그자는 고양이처럼 날쌔고 꼭 그만큼 꾀도 있지. 하지만 나를 해치우지는 못할걸. 나는 그에게 갚아야 할 아주 작은 굴욕적인 일이 있어."

그는 셔츠와 웃옷을 걸쳤다.

"벌써 우리 어머닐 만나고 왔니?"

그가 물었다.

"그래. 데미안, 정말 근사한 어머니시더군! 에바 부인이시라지! 이름이 완벽하게 어울리시더라. 모든 존재의 어머니 같으셔."

그가 한순간 생각에 잠겨 내 얼굴을 들여다보았다.

"그 이름을 벌써 아는구나? 넌 자랑스러워해도 되겠다. 어머니가 초면에 그 이름을 말해준 건 네가 처음이야."

그날부터 나는 아들이자 형제처럼, 또 연인처럼 그 집을 드나들었다. 등 뒤로 그 집 문을 닫고 들어서서 멀리서 정원의 큰 나무들이 나타나는 것이 보이기만 해도 나는 벌써 풍요롭고 행복했다. 바깥에는 현실이 있었다. 바깥에는 거리와 집들, 사람과 시설들, 도서관과 강의실들이 있었다. 그러나 여기 안에는 사랑과 영혼이 있었다. 여기에는 동화와 꿈이 살고 있었다. 하지만 그렇다고 우리가 세상과 단절되어 사는 것은 결코 아니었다. 우리는 생각과 대화로 자주 세상 한가운데에서 살았다. 다만 우리는 다수의 사람과 어떤 경계선에 의하여 갈라져 다른 벌판에 있는 것이 아니라 오로지 다른 시선에 의해 갈라져 있었다. 우리의 과제는 세계 안에서 하나의 섬을 제시하는 것, 어쩌면 하나의 모범일 수도 있는 다른 가능성을 알리는 것이었다. 오랫동안 고립되어 있던 사람인 내가, 완전한 혼자임을 맛본 후 사람들 사이에 존재하는 공동체를 알게 되었다. 다시는 행복한 사람들의 연회를, 즐거운 사람들의 축제를 갈망하지 않을 것이다. 결코 다시는 다른 사람들의 연대를 보고 시샘이나 향수를 떠올리지 않을 것이다. 그리고 천천히 나는 그 표적을 지닌 사람들의 비밀을 전수받았다.

표적을 가진 우리는 세상의 눈으로 보면 이상한 사람들이

나 위험하고 미친 사람들로 보일지 몰랐다. 그것도 틀린 말은 아니지만 우리는 깨어난 사람들, 혹은 깨어나고 있는 사람들이었다. 그리고 우리의 노력은 점점 더 완벽한 깨어 있음을 지향했다. 반면 다른 사람들의 노력과 행복 추구는 그들의 의견과 이상과 의무와 삶과 행복을 점점 더 긴밀하게 집단에 묶는 것이었다. 그곳에도 노력은 있었고 힘과 위대함도 있었다. 그러나 우리 생각으로는 표적을 가진 사람들은 새롭고 개별화되며 미래의 것을 향한 자연의 뜻을 제시하는 반면 다른 사람들은 고집의 의지 속에 살고 있었다. 그들에게 인류란 우리와 마찬가지로 무언가 완성된 것, 보존되고 지켜져야만 하는 것이었다. 반면 우리에게는 인류가 하나의 먼 미래, 우리 모두가 그것을 향해 가는 도중에 있고 그 모습은 아무도 모르는, 그 법칙은 그 어디에도 씌어 있지 않은 그런 아득한 미래였다.

에바 부인과 데미안, 그리고 나 말고도 우리 모임에는 다소 멀든 가깝든 간에 매우 다양한 종류의 탐구자들이 있었다. 그들 중 더러는 특별한 길을 걸어갔다. 뚝 떨어진 목표를 세워놓고 특별한 의견과 의무들에 매달렸는데 그들 가운데는 천문학자와 카발라 연구가들도 있었고 톨스토이 추종자도 한 사람 있었다. 여러 부류의 섬세하고 수줍음 많고 상처 입기 쉬운 사람들, 새로운 소수 종파의 추종자, 요가 장려자, 채식주의자 등이 있었다. 이런 모든 사람과 우리는 다른 사람의 비밀스러운 꿈을 존중한다는 것 외에는 아무런 정신적인 공유가 없었다.

그들 중에서도 우리와 좀 더 가까웠던 사람들은 과거의 신들과 새로운 최고의 이상에 대한 인류의 추구를 추적하고 있는 이들이었다. 그들의 연구는 자주 피스토리우스를 상기시켰는데 그들은 책을 가져왔고 고대어로 쓰인 글을 우리에게 해석해주었으며 옛 상징들과 의식들의 도면을 보여주고 보는 법을 가르쳐주었다. 이상이란 결국 모두가 무의식적인 영혼의 꿈을 더듬어 가면서 그 속에서 자기의 미래 가능성의 예감을 추구하고자 한 꿈으로 이루어져 있음을 가르쳐주었다. 이렇게 해서 우리는 머리가 수천 개인 고대 세계의 신들의 엉킨 덩어리가 기독교에의 귀의라는 방향 전환이 이루어지기까지의 경이로운 과정을 섭렵할 수 있었다.

우리는 고독하고 경건한 사람들의 고백을 통해서 민족에서 민족으로 이어지는 종교의 변천도 알게 되었다. 그리고 우리가 모은 모든 것에서는 우리 시대와 지금의 유럽에 대한 비판이 나왔다. 유럽은 엄청난 노력을 기울여 인류의 막강한 새로운 무기를 만들어냈으나 마침내는 깊은, 결국 통탄할 정신의 황폐화에 빠져 버리고 말았던 것이다. 유럽은 온 세계를 획득했지만 그러느라 자신의 영혼을 잃어버리고 말았던 것이다.

여기에도 물론 특정한 희망과 구원의 교리를 믿는 신도와 신봉자들이 있었다. 유럽을 개종시키려는 불교도들이 있었고 톨스토이 추종자들이 있었으며 다른 신앙도 있었다. 작은 모임 안에서 우리는 귀를 기울여 들었고 이 교리 중의 그 어느 것도 다만 상징으로 받아들였다. 미래에 어떤 모습을 줄 것인가에 대한 근심은 우리 표적을 지닌 사람들의 책임이 아니었다. 우리가 보기에는 어느 종교든지, 어느 구원론이든지 애초부터 죽어 있고 무익했다. 우리가 의무이자 운명이라고 느끼는 것은 오로지 이런 것이었다. 불확실한 미래가 가져올 그 어떤 것에나 우리가 준비되어 있음을 발견할 만큼 우리 누구든 그토록 완전히 자기 자신이 되고, 자기 속에서 작용하는 자연의 싹의 요구에 완전히 따르며 기꺼이 살아가는 것이었다.

왜냐하면 현대의 붕괴가 이미 가까이 와 있었고 그것을 느끼고 있음은 말하지 않아도 우리 마음속에 분명히 존재했기 때문이다. 데미안은 나에게 여러 차례 말했다.

"지금 오고 있는 것은 짐작할 수도 없는 무엇이야. 유럽의 영혼은 무한히 오랫동안 묶여 있던 짐승이야. 그게 자유로워진다면 그의 첫 활동은 그다지 사랑스러운 것은 아닐 거야. 그러나 그렇게 오랫동안 거듭거듭 없는 것처럼 거짓말하고 마비시켜 놓은 영혼의 진정한 곤궁이 드러나기만 하면 어느 길로 가든 그건 아무래도 괜찮아. 그때가 되면 우리의 날이 되는 거야. 그러면 사람들이 우리를 필요로 해. 인도자나 새로운 입법자로서가 아니라 —우리는 새로운 법률 같은 것은 더 이상 경험하지 않겠지만— 오히려 뜻있는 자로 함께 가고, 운명이 부르는 곳에 서 있을 용의가 되어 있는 사람들로 말이야. 봐, 모든 사람은 자신의 이상이 위협당한다면 믿을 수 없는 일도 해낼 용의가 있을 거야. 그러나 새로운 이상, 새로운 움직임, 어쩌면 위험하고 무시무시한 발전의 움직임이 와서 문을 두드릴 때는 아무도 거기 없어. 그때 거기 있다가 함께 갈 얼마 안 되는 사람이 우리일 거야. 그러라고 우리에게는 표적이 찍혀 있어. 무서움과 증오를 일으켜 당시의 인류를 그 옹색한 전원으로부터 끌어내 위험하게 넓은 곳으로 몰아가도록 카인에게 표적이 찍혀 있었던 것처럼 말이야. 인류가 가는 길에 영향력을 발휘했던 사람들은 모두가 하나같이, 그들에게 닥친 운명을 받아들일 자세였기 때문에 오로지 그것 때문에 능력을 발휘하고 영향을 미칠 수 있었어. 그것은 모세와 부처에게 적용되고 나폴레옹과 비스마르크에게도 적용되지. 어느 종류에 봉사하느냐, 어느 다스림을 받느냐, 그것은 자신이 택할 수 있는 문제가 아니야. 만약 비스마르크가 사회민주주의자들을 이해하고 그들에 대비하고 있었더라면 그는 현명한 신사는 될 수 있었을지 몰라도 운명의 인간은 되지 못했을 거야. 나폴레옹이 그랬고 시저가 그랬고 로욜라가 그랬어. 다들 그랬어! 그것을 늘 생물학적으로 발전사적으로 생각해야 돼! 지표 위에서 일어난 지각 변동이 물에 살던 동물을 뭍으로, 뭍에 살던 동물을 물로 던져 넣었을 때, 그때 운명에 준비된 예들이 있었지. 들어보지도 못한 새로운 것을 완수하고 새롭게 적응하며 자신의 종을 구해 낼 수 있었던 예들이 말이야. 누가 전에 그들의 종 안에서 보수주의자, 현상 유지자들이었는지, 혹은 괴짜며 혁명가였는지, 우리는 지금 몰라. 다만 그들은 준비가 되어 있었고 그래서 그 모든 것 너머로 그들의 종을 건져 새로운 발전 속으로 구해낼 수 있었어. 그 사실을 우리는 알고 있어. 그래서 우리는 준비를 해두려는 거야."

에바 부인은 이런 대화들을 나눌 때 자주 함께 있었다. 그러나 그녀는 이런 이야기를 함께 나누지는 않았다. 그녀는 자신의 생각을 말하는 우리 누구에게나 신뢰와 이해심이 보내는 경청자였고 이런저런 생각의 메아리였다. 모두 그녀에게서 나와서 그녀에게로 되돌아가는 것처럼 보였다. 그녀 가까이에 앉아서 이따금 그녀의 목소리를 듣고 그녀를 에워싸고 있는 성숙과 영혼의 분위기에 젖어본다는 것이 나에게는 행복이었다.

나의 내부에서 그 어떤 흐려짐이나 새로워짐이 진행되고 있을 때면 그녀는 즉시 그것을 감지했다. 내가 자면서 꾸었던 꿈들은 마치 그녀가 불어넣어 준 영감처럼 보였다. 나는 그녀에게 자주 꿈 이야기를 들려주었다. 그 꿈들은 그녀에게는 이해되는 것이고 자연스러운 것이었다. 그녀가 그 맑은 느낌으로 쫓아갈 수 없는 특별한 것이라고는 없었다. 한동안 나는, 우리가 낮에 나누었던 대화들을 그대로 옮겨놓은 것 같은 꿈들을 꾸었다. 온 세계가 뒤흔들리는 꿈을 꾸었는데 나 혼자 혹은 데미안과 함께 긴장하여 위대한 운명을 기다리고 있는 꿈이었다. 운명은 여전히 가려진 채였지만 왠지 에바 부인의 표정을 지니고 있었다. 그녀로부터 선택당했든 배척당하든 그것은 운명이었다.

더러 그녀는 나에게 미소를 띠고 말했다.

"당신의 꿈은 완전치 않아요, 싱클레어. 최상의 것을 잊어버렸어요."

그 말을 듣고 나서야 다시 그 생각이 떠오르고 어떻게 그걸 잊어버릴 수 있었는지 이해할 수 없었다.

때때로 나는 불만을 느끼며 욕망에 시달리곤 했다. 그녀를 포용하지 않고 곁에서 바라보는 것을 더 이상 견딜 수 없다는 생각을 했다. 한번은 며칠 그 집엘 가지 않다가 그다음에 마음이 산란해진 채 다시 가니 그녀가 나를 한켠으로 데리고 가서 말했다.

"당신은 당신이 믿지 않는 소망들에 몰두해서는 안 됩니다. 나는 당신이 원하는 것이 무엇인지 알아요. 그런 소망들을 버릴 수 있어야 합니다. 아니면 완전히 올바르게 소망하든지요. 한번 당신 마음속에서 성취를 확신하도록 그렇게 소망할 수 있다면, 그렇다면 성취도가 있는 것입니다. 그러나 당신은 소망하고 다시 후회하면서 두려워하지요. 그 모든 것은 극복되어야만 합니다. 동화 하나를 들려드리지요."

그리고 그녀는 나에게 별과 사랑에 빠진 어떤 청년에 대한 이야기를 들려주었다. 그 청년은 바닷가에 서서 두 손을 뻗고 별에게 기도했고, 별에 대해 꿈꾸고, 그의 생각을 별에게 기울었다. 그러나 그는 알았다. 혹은 안다고 생각했다. 별은 인간의 포용을 받을 수 없다는 것을 말이다. 그는 성취에 대한 희망도 없이 별을 사랑하는 것을 자신의 운명이라고 여겼다. 그리고 그는 체념과 자기 개선과 정화를 시키기 위한 충실한 고민을 이야기하는, 한편의 완전한 생명의 시를 지었다. 그러나 그의 꿈들은 모두 별을 찾아갔다. 한번은 그가 밤에 바닷가 높은 절벽에 서서 별을 쳐다보며 별에 대한 사랑으로 불타고 있었다. 그런데 극도로 커진 그리움으로 한순간 그는 별을 향하여 펄쩍 뛰어 허공으로 몸을 던졌다. 그러나 뛰어드는 순간 번개같이 퍼뜩 그를 스쳐 가는 생각이 있었다. 이건 있을 수 없는 일이야! 결국 그는 으스러진 채 바닷가에 떨어지고 말았다. 사랑한다는 것을 그는 이해하지 못했다. 만약 뛰어드는 순간에 성취를 굳건하게, 그리고 확실하게 하는 영혼의 힘을 가졌더라면, 그는 위로 날아올라 별과 하나가 되었을지도 모른다는 것이었다.

"사랑은 간청해서는 안 돼요."

그녀가 말했다.

"강요해서도 안 됩니다. 사랑은 그 자체 안에서 확신에 이르는 힘을 가져야 합니다. 그러면 사랑은 더 이상 끌림을 당하는 것이 아니라 스스로 끕니다. 싱클레어, 당신의 사랑은 나에게 끌리고 있어요. 언젠가 내가 아니라 당신의 사랑이 나를 끌면, 그러면 내가 갈 겁니다. 나는 선물을 주지는 않겠어요. 쟁취되겠습니다."

다음번에 그녀는 다른 이야기를 들려주었다. 희망 없이 사랑하는 한 남자가 하나 있었다. 그는 그 자신이 완전히 영혼 속으로 되돌아가 사랑에 다 타버리고 있다고 생각했다. 그에게는 세상이 없어져 버렸다. 그는 푸른 하늘도 초록 숲도 더는 보지 않았다. 개울물도 그에게는 소리를 내지 않았고 하프도 그에게는 울리지 않았다. 모든 것이 가라앉았으며 그는 가엾고 비참하게 되었다. 그러나 그의 사랑은 커져 갔다. 그가 사랑하는 아름다운 여인을 소유하지 못하느니 차라리 죽어 썩어버렸으면 했다. 그때 그는 자신의 사랑이 그의 마음속의 다른 모든 것을 불태워 버렸음을 감지했다. 사랑은 힘차게 되어 당기고 당겨졌으며 그 아름다운 여인은 따를 수밖에 없었다. 그녀가 왔다. 그는 두 팔을 활짝 벌리고 서서 그녀를 자기에게로 끌어당겼다. 그런데 그녀가 그 앞에 서자 그녀의 모습은 완전히 달라져 있었다. 자기가 잃어버린 모든 세계를 자기에게로 끌어당겨 놓았음을 그는 전율하며 느꼈고 보았다. 그녀는 그 앞에 서서 그에게 자신을 헌신했다. 하늘과 숲 그리고 개울, 모든 것이 새로운 색깔로 신선하고 찬란하게 그를 마주해 오고 있었다. 그의 것이었고 그의 언어로 말했다. 그리고 그저 여자 하나를 얻는 대신 그는 마음속에 온 세계를 소유했다. 하늘의 별 하나하나가 그의 안에서 불타고 그의 영혼을 통해 기쁨의 빛을 뿜어냈다. 그는 사랑했고 그러면서 자신을 발견한 것이다. 그러나 대부분의 사람은 사랑하면서 자신을 잃어버린다.

에바 부인에 대한 내 사랑이 내 삶의 유일한 내용처럼 보였다. 그리고 그녀는 날마다 다르게 보였다. 더러 나는, 나의 본질이 이끌려 지향해 가는 것이 그녀라는 인물이 아니고 그녀는 다만 내 내면의 한 상징이며 나를 다만 더 깊게 나 자신 속에 인도하려 한다는 것을 확실하게 느낀다고 생각했다. 나는 나를 뒤흔드는 화급한 물음들에 대한 무의식의 대답처럼 들리는 말을 자주 그녀에게서 들었다. 그다음에는 다시, 내가 그녀 곁에서 관능적 욕구로 불타며 그녀가 닿았던 물건들에 입 맞추는 순간들이 있었다. 그리고 점차 관능적이며 비관능적인 사랑이, 현실과 상징이 서로 포개지며 밀려왔다. 그다음에는 내가 내 방에서 고요하지만 열렬하게 그녀를 생각하면, 그럴 때 그녀의 손이 나의 손에, 그녀의 입술이 내 입술 위에 느껴진다고 생각하는 일이 있었다. 혹은 내가 그녀 집에서 그녀 얼굴을 보고 그녀와 말하고 그녀의 목소리를 듣고 있으면서도, 그녀가 정말로 거기 있는지, 꿈은 아닌지 잘 분별할 수 없기도 했다. 어떻게 하나의 사랑을 지속적으로 불멸로 소유할 수 있는지를 나는 예감하기 시작했다. 나는 어느 책을 읽다가 새로운 인식을 갖게 되었는데, 그것은 에바 부인의 입맞춤 같은 느낌이었다. 그녀가 내 머리카락을 쓰다듬고 나에게 그녀의 성숙하고 향내 나는 온기를 미소로 보내주었을 때, 나는 마치 내가 나 자신 안에서 한 걸음 진보를 이루어내었을 때와 똑같은 느낌을 가졌다. 나에게는 운명이자 중요한 모든 것이 그녀의 모습을 가졌다. 그녀의 모습이 내 생각 하나하나 속으로 녹아들고, 내 생각 하나하나가 그녀 속으로 들어갔다.

부모님 댁에서 지낸 성탄절 방학 때, 나는 두려웠다. 두 주일이나 에바 부인과 떨어져 살아야 하는 것은 고통일 게 틀림없다고 생각했기 때문이었다. 그러나 그것은 큰 고통이 아니었다. 집에 있으면서 그녀를 생각하는 것은 근사했다. H시로 되돌아오고 나서도 나는 이틀 동안 그녀의 집에 가지 않았다. 이 안정과 그녀의 감각적 현존으로부터의 독립을 누리기 위해서였다. 또한 나는 그녀와 나의 결합이 새로운, 비유적 방식으로 완수되는 꿈을 꾸었다. 그녀는 바다였고, 그 안으로 나는 흘러들고 있었다. 그녀가 별이었고 나 자신도 하나의 별로 그녀에게 가는 도중에 있었는데, 우리는 서로 만났고 서로를 끌어당겼음을 느꼈다. 우리는 함께 머물렀고 원을 그리며 서로의 주위를 영원히 행복하게 맴돌았다.

다시 찾아갔을 때 이 꿈을 그녀에게 이야기해주었다.

"그 꿈 아름다운데요."

그녀가 조용히 말했다.

"그 꿈을 실현시키세요."

이른 봄날 결코 잊을 수 없는 하루가 있었다. 나는 홀로 들어섰다. 창문이 열려 있었고 미풍의 물결이 히아신스의 짙은 향기를 온 방 안에 퍼뜨리고 있었다. 아무도 보이질 않아 나는 계단을 올라 막스 데미안의 서재로 들어갔다. 늘 익숙했던 대로 대답을 기다리지 않고 가볍게 문을 두드리고 들어섰다.

방은 어두웠고 커튼이 모두 쳐져 있었다. 데미안이 화학 실험실을 설비해 놓은 작은 곁방으로 통하는 문이 열려 있었다. 거기서부터 봄 태양의 환한 흰빛이 비구름을 뚫고 빛났다. 아무도 없다고 생각하고 커튼을 젖혔다.

거기 작은 걸상, 커튼 쳐진 창 가까이에 막스 데미안이 기이하게 변해서 웅크리고 앉아 있었다. 번개처럼 한 가지 생각이 나를 스치고 갔다. 이미 한번 본 모습이다! 그는 두 팔을 꼼짝도 않고 늘어뜨리고 있었다. 손은 무릎에, 약간 앞으로 숙인 채 두 눈을 뜬 얼굴은 시선이 없었고 죽어 있었다.

동공 속에서는 마치 한 조각 유리에서처럼 번들거리는 작은 빛이 반사되어 번쩍였다. 창백한 얼굴은 스스로에 침잠되었는데, 엄청난 응결 말고는 다른 표정이 없었다. 그 얼굴은 마치 사원 현관에 있는 태곳적 동물의 가면처럼 보였다.

기억이 나를 전율케 했다. 저렇게 꼭 저렇게 하고 있는 그의 모습을 여러 해 전, 내가 아직 어린 소년이었을 때 한번 본 적이 있었다. 저렇게 두 눈은 내면을 향하여 응시되어 있었다. 그때도 저렇게 두 손은 생명력 없이 나란히 가지런히 놓여 있었다. 파리 한 마리가 그의 얼굴 위를 기어갔었다. 또 당시에도 어쩌면 여섯 해쯤 전에 바로 저렇게 늙고 저렇게 시간을 초월한 듯 보였었다. 얼굴의 주름 하나도 오늘과 다르지 않았다.

두려움이 엄습해서 나는 가만히 방을 나와 층계를 내려왔다. 거실에서 에바 부인을 만났다. 그녀는 창백했고 지쳐 보였는데 그녀에게서 보지 못했던 모습이었다. 그림자 하나가 창문을 스쳐 갔다. 눈부신 흰 태양이 갑자기 사라졌다.

"저 데미안한테 갔었어요."

내가 얼른 낮은 소리로 말했다.

"무슨 일이 있었나요? 데미안은 자고 있어요. 아니면 무엇에 몰두해 있는지 잘 모르겠어요. 예전에도 한번 저런 모습을 본 적이 있어요."

"그 앨 깨우진 않았죠?"

그녀가 황급히 물었다.

"네. 제 소릴 듣지 못했어요. 저는 얼른 다시 나왔고요.

에바 부인, 말해주세요. 데미안이 왜 그런가요?"

"침착해요, 싱클레어. 그 애한테 아무 일도 일어난 게 아니에요. 돌아가 있는 거랍니다. 오래 걸리지 않을 거예요."

그녀가 일어나 비가 오는데도 정원으로 나갔다. 함께 가서는 안 될 것 같았다. 그래서 나는 거실 안에서 왔다 갔다 하며 히아신스의 마비시키는 듯한 향내를 맡았다. 문 위에 있는 나의 새 그림을 응시했고 마음 졸이며 그날 아침 이 집을 채우고 있던 기묘한 그림자와 호흡했다. 그것은 무엇이었을까? 무슨 일이 일어났을까?

에바 부인은 곧 돌아왔다. 빗방울이 그녀의 짙은색 머리카락에 방울방울 맺혀 있었다. 그녀는 자신의 안락의자에 앉았다. 피로가 그녀의 온몸을 뒤덮고 있었다. 나는 그녀 곁으로 다가가서 그녀 위로 몸을 숙이고 그녀 머리카락에 매달린 물방울들을 입 맞추어 떼어냈다. 그녀의 두 눈은 환하고 고요했다. 그러나 물방울들에게선 눈물 같은 맛이 났다.

"데미안을 살펴보고 올까요?"

낮은 목소리로 물었다. 그녀는 힘없이 미소를 지었다.

"어린아이처럼 굴지 말아요, 싱클레어!"

자신 안에서 어떤 마력을 깨뜨리기 위해서인 듯 그녀가 강하게 경고했다.

"지금은 갔다가 나중에 다시 오세요. 지금은 당신과 이야기를 할 수가 없네요."

나는 그 집에서 나와 도시를 지나 산으로 갔다. 비스듬히 내리는 성긴 비가 나를 향해 떨어졌다. 구름은 낮게 무거운 압력을 받으며 불안에 싸인 듯 흘러 지나갔다. 아래쪽에서는 거의 바람이 불지 않았는데, 높은 곳에서는 폭풍이 부는 것 같았다. 이따금 잠깐씩 금속빛 어두운 구름장에서 햇살이 창백하면서도 눈부시게 비쳐 나왔다.

그때 하늘 너머로 노란빛 엷은 구름 한 조각이 떠왔다. 그 구름은 잿빛 벽에 막혀 더 가지 못하고 멈추어 있더니 몇 분 지나지 않아, 노란빛과 푸른빛에서 형상 하나를 만들었다. 거대한 새의 모습이었다. 그 새는 푸른 혼돈을 찢어 떨치고 큰 날갯짓으로 하늘 속으로 날아서 사라졌다. 그러더니 다시 폭풍우 소리가 들렸고, 비가 우박에 섞여 요란하게 타다닥 소리를 내며 쏟아져 내렸다. 믿을 수 없을 정도로 무서운 소리를 내는 짧은 천둥 번개가 채찍질 당한 풍경 위에서 우지끈 부서졌다. 그 후 곧바로 다시 한줄기 밝은 빛이 뚫고 비쳤고, 갈색 숲 너머 가까운 산들 위에는 창백한 눈이 파리하고 비현실적으로 빛나고 있었다.

몇 시간 후에 비에 젖어 창백해져서 돌아오니 데미안이 직접 현관문을 열어주었다. 그는 나를 자기 방으로 데리고 올라갔다. 실험실에서는 가스 불꽃이 타고 있었고 종이가 여기저기 널려 있었다. 일을 하고 있었던 것 같았다.

"앉아."

그가 권했다.

"피곤하지? 형편없는 날씨군. 바깥에 한참 있었나 본데 곧 차를 가져올 거야."

"오늘 뭔가가 시작되었어."

내가 망설이며 말했다.

"이런 건 단순한 천둥번개일 수 없어."

그가 나를 탐색하듯 바라보았다.

"무얼 보았지?"

"응, 구름 속에서 잠깐이지만 분명 형상 하나를 보았어."

"무슨 형상?"

"새였어."

"매? 그것이었지? 네 꿈의 새였지?"

"맞아, 그건 내 매여. 노란색이고 거대했는데 검푸른 하늘 속으로 날아갔어."

데미안은 깊게 숨을 내쉬었다. 노크 소리가 났다. 늙은 하녀가 차를 가져왔다.

"들어봐, 싱클레어. 네가 그 새를 우연히 본 건이 아니라고 생각하는데?"

"우연히? 그런 것들을 우연히 볼 수도 있어?"

"그렇지. 우연히 볼 수는 없겠지. 무언가 뜻이 있을 거야. 무엇인지 알겠니?"

"아니. 그 뜻이 어떤 충격이라는 것, 운명 속의 한 발자국이라는 것만은 느끼겠어. 그 매가 우리 모두와 관계가 있는 것 같아."

그는 흥분해서 이리저리 오갔다.

"운명 속의 한 발자국이라고!"

그가 크게 외쳤다.

"똑같은 꿈을 나도 지난밤에 꾸었어. 우리 어머니는 어제 예감을 느끼셨고 그것도 같은 의미였어. 내가 꾼 꿈은 나무 등걸이나 탑에 놓인 어떤 사다리를 타고 위에 올라가니 온 나라가 보였어. 그것은 커다란 평지였는데 도시들과 마을들이 있는 온 나라가 불타고 있는 거야. 나는 아직 다 이야기해 주지는 못하겠어. 아직 내게도 분명하지는 않거든."

"그 꿈을 자신과 관련시켜 해석해?"

내가 물었다.

"자신과 관련시키겠느냐고? 물론이지. 아무도 자기하고 관계없는 꿈을 꾸지는 않아. 그러나 나만 관계되는 것도 아냐. 그 점에서 네가 옳아. 난 꽤 정확하게 꿈들을 구분하지. 나 자신의 영혼 속의 움직임을 알려주는 꿈들과 다른 꿈들, 매우 드물지만 온 인류의 운명이 그 가운데서 암시되는 꿈들을 말이야. 나중의 꿈들은 매우 드물게 꾸고, 그건 예언이었으며 성취되었다고 말할 수도 있을 꿈은 한 번도 꾸지 않았어. 풀이는 너무도 불확실하지. 그러나 그걸 분명하게 알고 있어. 나는 나 혼자만 관련된 게 아닌 무엇인가를 꿈꾸었어. 그 꿈은 전에 꾼 꿈의 속편이었는데 예전의 꿈이 계속되는 것이었어. 싱클레어, 거기서 내가 이미 말한 예감을 느꼈던 것은 이 꿈이었어. 우리의 세계는 정말 썩어 있어. 우린 알지. 그렇지만 그건 몰락이나 그 비슷한 것을 예언할 이유는 못될 거야. 그러나 몇 년째 꿈들을 꾸었는데, 거기서 추론하는 혹은 느끼는 것은, 무엇이든 간에 거기서 내가 느끼는 것은 낡은 한 세계의 붕괴가 가까이 다가오고 있다는 것이야. 처음에는 아주 약하고 멀리 떨어진 예감이었어. 그러나 점

216

점 더 분명하고 강해졌어. 아직 내가 아는 건 나 자신에게도 관련된 무엇인가 큰 것, 무서운 것이 저벅저벅 다가오고 있다는 것뿐이야. 싱클레어, 우리는 우리가 이따금 이야기했던 것을 겪게 될 거야! 세계가 새로워지려 하고 있어. 죽음의 냄새가 나. 그 어떤 새로운 것도 죽음 없이 오진 않아. 내가 생각했던 것보다 더 충격적이야."

나는 놀라서 그를 바라보았다.

"그 꿈의 나머지를 이야기해 줄 수 있겠어?"

나는 수줍게 청했다. 그가 고개를 가로저었다.

"못하겠어."

문이 열리고 에바 부인이 들어왔다.

"여기 있구나! 얘들아, 너희 슬퍼하고 있는 건 아니겠지?"

그녀는 산뜻해 보였고 이제는 더 이상 피곤해 보이지 않았다. 데미안이 그녀에게 미소를 지어 보였다. 어머니가 겁먹은 아이들에게로 가듯 그녀는 우리에게로 왔다.

"슬프지는 않은데요, 어머니. 저희는 다만 이 새로운 표적의 수수께끼를 약간 풀어보려 했습니다. 그러나 거긴 아무것도 없네요. 오려고 하는 것은 갑자기 와 있을 겁니다. 그러면 우리가 알 필요가 있는 것을 겪게 되겠지요."

나는 기분이 언짢아졌다. 작별 인사를 하고 혼자 거실을 지나가는데 히아신스 향기가 시들고 맥 빠지고 시체 같은 느낌이 들었다. 그림자 하나가 우리 위에 드리워졌던 것이다.

종말의 시작

여름 학기도 H시에 머물고 싶다는 내 뜻이 관철되었다. 우리는 집에 있는 대신 대부분 강가의 정원에 나와 있었다. 격투에서 보기 좋게 진 일본인은 떠났고 톨스토이 추종자도 없었다. 데미안에겐 말이 한 마리 있었는데 그는 날이면 날마다 끈질기게 말을 타고 돌아다녔고 나는 자주 그의 어머니와 단둘이 있었다.

나는 때때로 내 삶의 평화로움에 놀라곤 했다. 나는 워낙 오랜 시간 혼자 지냈고, 단념하는 것이나 나 자신의 고통에서 힘들게 허우적거리는 데 익숙했던 터라 H시에서의 이 몇 달은 꿈처럼 느껴졌다. 거기서 나는 요술에 걸린 듯 편안하고 오직 아름답게, 유쾌한 일과 생각들 속에서 살 수 있었다. 나는 이것이 우리가 구상하는 보다 높은 새로운 공동체의 전조라는 것을 예감하고 있었다. 나는 넘치는 만족과 쾌적함 속에서 숨 쉬도록 태어난 사람이 아니었다. 고통과 쫓

김이 필요했다. 언젠가 이 아름다운 사랑의 영상 안에서 깨어나 오로지 고독과 싸움뿐인, 아무런 평화나 공존이 없는 타인들의 차가운 세계 속에서 다시금 온전히 홀로 서게 되리라는 것을 사무치게 느끼고 있었다.

그런 생각을 한 뒤부터 나는 내 운명이 아직도 이 아름답고 고요한 얼굴을 지니고 있다는 데 기뻐하며 갑절로 다정하게 에바 부인에게 바짝 다가갔다.

여름 몇 주일은 너무나 황급하고 쉽게 흘러갔다. 여름 학기가 벌써 끝나가고 있었다. 이제 곧 이별이 닥칠 것이다. 나는 그걸 생각해서는 안 되었고 생각하지도 않았다. 나비가 꿀 많은 꽃에 매달려 있듯 나는 아름다운 나날에만 매달려 있었다. 행복한 시절이었다. 내 인생의 첫 성취였으며 동맹에 받아들여진 것이었다. 그다음에는 무엇이 올까? 나는 어쩌면 다시 싸워나갈 것이다. 그리움으로 괴로울 것이다. 꿈을 꿀 것이고 고독해질 것이다.

이러한 나날을 보내던 어느 날, 이런 예감이 너무도 강렬하게 엄습해서 에바 부인에 대한 나의 사랑이 갑자기 고통스럽도록 활활 타올랐다. 맙소사, 이제 곧 나는 그녀를 더는 보지 못할 것이다. 그녀의 안정되고 다정한 발걸음이 집 안을 거니는 소리를 다시는 듣지 못할 것이며 내 책상 위에는 그녀의 꽃이 더 이상 없으리라. 그런데 나는 무엇을 얻었던가? 나는 꿈꾸었고 행복에 잠겨 흔들렸다. 그녀를 획득하는 대신, 그녀를 얻기 위해 싸우는 대신, 그녀를 영원히 내게로 단숨에 끌어오는 대신, 꿈을 꾸었고 안락에 내 몸을 맡기고 있었을 뿐이다! 이제까지 그녀가 진정한 사랑에 대해서 내게 말했던 모든 것이 떠올랐다. 그 많은 다정하면서도 세련된 경고의 말과 그 많은 나직한 유혹과 약속이 불현듯 뇌리에서 되살아났다. 나는 그것들에서 무얼 이루었는가? 아무것도! 아무것도 이룬 것은 없었다!

나는 내 방 한가운데 서서 모든 의식을 모아 에바 부인을 생각했다. 내 영혼의 힘들을 한데 모으려 애썼다. 내 사랑이 느껴지도록, 그녀를 내게로 끌어오도록. 그녀가 와서 나의 포옹을 열망해야 하며 나의 입맞춤이 그녀의 성숙한 사랑의 입술을 끝없이 헤쳐 놓지 않으면 안 되었다.

나는 선 채로 손가락과 발이 싸늘해져 올 때까지 긴장을 늦추지 않았다. 내게서 힘이 빠져나가는 것을 느꼈다. 잠시 내 속의 그 무엇인가가, 밝고도 환한 것이 단단하고도 긴밀하게 한데 모였다. 나는 잠깐 가슴 속에 수정 한 덩이를 지니고 있는 듯한 느낌이었다. 그리고 그것이 나의 자아라는 것을 알았다. 냉기가 가슴까지 차올랐다.

무서운 긴장에서 깨어났을 때 무엇인가가 오는 것 같은 느낌이 들었다. 죽도록 피곤했지만 에바 부인이 방 안으로 들어오는 것을 불타오르듯이 황홀하게 바라볼 준비가 되어 있었다.

그때 긴 길에서 딸가닥딸가닥 말 달리는 소리가 망치 치듯 들려왔고 가깝고 거세게 울리다가 갑자기 멈추었다. 나는 창가로 뛰어갔다. 데미안이 말에서 내리고 있었다. 나는 아래로 달려 내려갔다.

"무슨 일이지, 데미안? 어머니께 무슨 일이 있는 건 아니겠지?"

데미안은 내 말을 귀담아듣지 않았다. 그는 몹시 창백했으며 땀이 이마 양쪽으로 해서 뺨으로 흘러내리고 있었다. 열로 달아오른 말의 고삐를 정원 울타리에다 매고는 내 팔을 끼고 나와 함께 거리를 걸어 내려갔다.

"벌써 소식 들었니?"

나는 아무것도 몰랐다.

데미안은 내 팔을 누르며 어둡고 연민에 찬, 그 특별한 눈길로 나를 바라보았다.

"그래, 이봐, 이제 시작된 거야. 러시아와 긴장이 고조되었다는 것은 알고 있겠지만 말이야."

가까이에 아무도 없었지만 그는 나직한 목소리로 말했다.

"아직 선포되지는 않았어. 그러나 전쟁이 일어날 거야. 내 말을 믿어. 나는 그날 이후로 지금껏 이 일로는 널 번거롭게 하지 않았어. 그러나 그때부터 나는 세 번의 새로운 징후를 보았어. 그러니까 세계의 몰락도 아니고 지진도 아니고 혁명도 아닐 거야. 전쟁일 거야. 그것이 어떻게 닥치는지 나도 보겠지! 기뻐들 하겠지. 벌써 다들 한번 터지기를 바라며 기대하고 있어. 그들에게는 삶이 그토록 맥없어져 버린 거야. 그러나 넌 보게 될 거야, 싱클레어. 이건 다만 시작이고 어쩌면 아주 큰 전쟁이 될 거야. 그런데 이것도 그저 처음에 불과해. 새로운 것이 시작되지. 그 새로운 것 때문에 낡은 것에 매달린 사람들은 충격을 받겠지. 넌 무얼 할 거니?"

나는 당혹감을 느꼈다. 이 모든 것이 나에게는 아직 낯설고 믿기지 않게 들렸던 것이다.

"모르겠는데, 데미안은?"

그가 어깨를 으쓱했다.

"동원령이 내리면 곧바로 난 입대해야 해. 난 대위거든."

"데미안이? 그건 전혀 몰랐는데."

"그래, 그것은 나의 적응의 한 형태였어. 너도 잘 알겠지만 난 사람들 눈에 뜨이는 것을 좋아하지 않아. 그리고 늘 올바르기 위해 좀 과다한 일을 해왔어. 한주일 이내에 나는 전쟁터에 있을 거야."

"맙소사."

"이봐, 일을 감상적으로 생각해서는 안 돼. 살아 있는 사람을 향해서 총을 겨누라고 지휘하는 것은 조금도 내게 즐거울 리 없을 거야. 하지만 그건 부차적인 거야. 이제는 우리 모두가 큰 수레바퀴 안으로 들어와 버렸어. 너도 분명히 징집될 거야."

"그럼 너희 어머니는, 데미안?"

그제야 나는 다시 15분 전에 있었던 일을 생각해 내었다. 세계가 얼마나 변했는가! 가장 감미로운 영상을 불러내기 위하여 모든 힘을 한데 모았었다. 그런데 나는 이제 운명이 갑자기 새롭게 위협적으로 무시무시한 가면을 쓰고 나를 바라보고 있는 것을 보았다.

"우리 어머니? 아, 어머니 걱정은 할 필요가 없어. 어머니는 안전하셔. 지금 세상에 있는 그 누구보다도 더 안전하셔.

어머니를 그렇게 사랑하는 건가?"

"데미안도 알고 있었어?"

그는 활달하게 껄껄 웃었다.

"이 어린 친구야! 물론 알고 있었지. 사랑하지도 않으면서 우리 어머니한테 에바 부인이라고 말한 사람은 아무도 없었어. 아무튼 어땠어? 네가 어머니와 나를 오늘 부른 거지, 안 그래?"

"그래 내가 불렀어. 에바 부인을 불렀어."

"어머니가 들으셨어. 갑자기 나더러 너한테 가봐야 된다고 보내셨거든. 어머니께 방금 러시아에 대한 소식을 들려드리고 난 참이었거든."

우리는 돌아섰다. 이제 할 말이 많이 남지 않았다. 그는 울타리에 매어두었던 말고삐를 풀고 올라탔다.

위층 내 방으로 돌아와 나는 내가 얼마나 지쳐 있는지 비로소 감지했다. 데미안이 전한 소식 때문에, 아니 그보다 더 조금 전의 긴장 때문이었다. 그러나 에바 부인은 내 소리를 들었다. 나의 생각이 나는 마음속에서 그녀에게 가 닿은 것이다. 그녀가 왔더라면 좋았을 텐데. 그렇지 않더라도 이 모든 것은 얼마나 특별한가, 근본에 있어서 얼마나 아름다운가! 이제 전쟁이 일어날 것이다. 우리가 이미 여러 번 이야기했던 것이 이제 일어나기 시작한 것이다. 그리고 데미안은 거기에 대해 그 많은 것을 미리 알고 있었다. 얼마나 기이한가, 지금 세계의 흐름이 더 이상은 그 어딘가에서 우리를 스쳐 가지 않는다는 것이. 그것이 지금 갑자기 우리의 가슴 한가운데를 뚫고 간다는 것이. 모험과 거친 운명들이 우리를 부르며 이제, 아니면 머지않아 세계가 우리를 필요로 하고 스스로를 변모시키려는 순간이 온다는 것이. 데미안이 옳다. 그것은 감상적으로 받아들일 일이 아니었다. 다만 이상한 일은 그토록 외로운 일인 운명을 내가 이제 이렇게 많은 사람과, 온 세계와 공동으로 체험해야 한다는 것이었다. 물론 좋다!

나는 마음의 준비를 끝냈다. 저녁에 시내를 지나갈 때 구석구석이 큰 흥분으로 들끓고 있었다. 어디서나 전쟁이란 말이 들려왔다. 나는 에바 부인의 집으로 갔다. 우리는 정원의 정자에서 함께 저녁을 먹었는데 내가 유일한 손님이었다. 전쟁에 대해서는 아무도 말이 없었다. 다만 늦게, 내가 떠나기 직전에 에바 부인이 말했다.

"사랑하는 싱클레어, 오늘 날 불렀지요. 내가 왜 직접 가지 못했는지는 알겠지요. 그러나 잊지 말아요. 당신은 이제 부를 줄 알아요, 그러니 언제든 표적을 지닌 누군가가 필요하거든 그때 다시 불러요!"

그녀가 일어나 뜰의 어스름을 뚫고 걸어 나갔다. 말 없는 나무들 사이를 그 비밀에 찬 여인은 당당하게 왕녀처럼 걸어 갔다. 그녀의 머리 위에서는 조그맣고 사랑스러운 많은 별들이 빛나고 있었다.

내 이야기는 곧 끝난다. 사태는 급격히 진전되었다. 곧 전쟁이 있었고 데미안은 놀랍게도 제복에 은회색 외투를 입고

224

낯선 모습으로 떠났다. 나는 그의 어머니를 집으로 바래다 주었다. 곧 그녀와도 작별했다. 그녀는 내 입에 키스했고 한순간 나를 가슴에 안았다. 그녀의 큰 눈이 가까이에서 흔들림 없이 내 눈 안으로 타들어오고 있었다. 모든 사람이 형제가 된 것 같았다. 그들은 조국과 명예를 말했다. 그러나 그것은 운명이었다. 그들 모두가 한순간 그 가림 없는 얼굴을 들여다본 운명이었다. 젊은 남자들은 병영에서 나와 기차에 올랐다. 그리고 많은 얼굴에서 나는 표적 하나를 ─우리의 표적이었다─ 아름답고 가치 있는 표적 하나를 보았다. 사랑과 죽음을 의미하는 것이었다. 나 역시 한 번도 본 적 없는 사람들이 포옹을 받았다. 나는 그것을 이해했고 기꺼이 응답했다. 그들이 그렇게 하는 것은 일종의 흥분이었고 운명의 뜻이 아니었다. 그렇지만 그 흥분은 신성했다. 그것은 모두가 운명의 눈에 잠깐 도취된 시선을 던진 데서 기인했다.

내가 전장으로 갔을 때는 이미 겨울이 가까워져 있었다.

처음에 나는 끊임없이 들려오는 충격에도 불구하고 모든 것에 실망했다. 예전에 나는 한 인간이 하나의 이상을 위하여 사는 것이 왜 그렇게 극단적으로 드문지에 대해 많이 생각해 보았었다. 지금 나는 많은 사람, 아니 모든 사람이 이상을 위해 죽는 것이 가능하다는 것을 알게 되었다. 다만 그것은 개인적 이상, 자유로운 이상, 선택한 이상이 아니고 떠맡겨진 공동의 이상이라는 것이었다.

그러나 시간이 지나면서 내가 인간을 과소평가했음을 알았다. 그렇게 봉사와 공동의 위험이 그들을 제아무리 제복을 입혀 획일화해 놓았어도 나는 많은 사람, 살아 있는 사람, 죽어가는 사람이 운명의 의지에 눈부시게 접근하는 것을 보았다. 아주 많은 사람이 공격 때문이 아니라 어느 때나 확고하고 약간 신들린 듯한 눈빛을 지니고 있었다. 그런 시선은 목적 외에는 아무것도 모르며 엄청난 것에 몰두해 있음을 뜻한다. 이런 사람들은 그들이 무얼 원하든 믿고 생각한다. 그리고 자기들이 준비되어 있고 쓸모 있다고 그들에게서 미래가 형성되리라고 믿는다. 그리고 세계가 점점 더 경직되어 세계와 영웅주의에, 명예와 다른 낡은 이상에 맞추어져 있는 듯 보일수록 그만큼 더 요원하게, 그리고 그만큼 더 거짓말처럼 외면적인 인간성의 목소리 하나하나에 울렸다. 전쟁의 외적이고 정치적인 목적들에 대한 물음이 표면에 그치듯이 이 모든 것은 다만 표면이었다. 깊은 곳에서는 새로운 인간성 같은 무엇이 생성 중에 있었다. 왜냐하면 많은 사람을 볼 수 있었으며 그들 중 어떤 사람들은 바로 내 곁에서 죽었다. 그들에게는 미움과 분노, 살육과 말살이 대상에 매여 있지 않다는 통찰이 느껴졌다. 아니다. 대상들은 목표들과 꼭 마찬가지로 완전히 우연이었다. 가장 거친 느낌들도 적에게 향하여 있는 것이 아니었다. 그들의 유혈의 위업은 오로지 내면의, 그 자체 안에서 산산이 파열된 영혼의 발산이었다. 새로 태어날 수 있기 위하여 광분하여 죽이고, 말살하고, 죽으려는 영혼의 발산이었다. 거대한 새가 알에서 나오려고 투쟁하고 있었다. 알은 세계였고 세계는 산산조각 나지 않으면 안 되었던 것이다.

어느 이른 봄밤, 우리가 점령한 농가 앞에서 나는 보초를 서고 있었다. 가끔 미풍이 불고 있었다. 높은 플랑드르의 하늘에 구름 떼가 몰려가고 있었다. 그 구름 뒤 어디쯤엔가 달이 있으리라는 예감이 들었다. 벌써 온종일 나는 불안했었다. 그 어떤 근심이 내 마음을 어수선하게 했다. 지금 어두운, 지정된 내 자리에서 보초를 서며 나는 간절하게 내가 지금껏 살아온 삶의 영상들과 에바 부인과 데미안을 생각했다. 한 그루 포플러나무에 기대어 요동치는 하늘을 응시하고 있었다. 남모르게 움찔거리는 하늘의 밝음이 곧 솟구치는 커다란 형상들의 연속이 되었다. 내 맥박이 기묘하게 엷어지는 데서, 내 살갗이 바람과 비에 둔감해진 데서, 섬광을 내는 내면의 깨어 있음에서, 나는 내 주위에 한 지도자가 있음을 감지했다.

구름 속에 대도시가 하나 보였고 거기서 수백만의 사람이 쏟아져 나와 떼를 지어 넓은 풍경 위로 퍼져갔다. 그들 한가운데서 힘찬 신의 모습 하나가 나왔다. 머리에는 빛을 뿜는 별을 달고 산처럼 크고 에바 부인의 표정을 가졌다. 그 모습 속으로 인간의 대열들이 거대한 동굴 속으로 빨려들듯 사라졌다. 여신은 바닥에 내려앉았다. 그녀 이마에서 표적이 환하게 빛을 내고 있었다. 꿈 하나가 그녀를 지배하는 힘을 가진 듯 보였다. 그녀가 두 눈을 감았다. 그녀의 큰 얼굴이 고통으로 일그러졌다. 갑자기 그녀가 맑고 높은 소리로 외쳤다. 그녀의 이마에서 수천 개의 빛나는 별들이 튀어나왔다. 그 별들은 찬란한 포물선을 그리며 검은 하늘 너머로 휘익 떨어졌다.

별 중의 하나가 날카로운 소리를 내며 똑바로 나를 향해 날아왔다. 나를 찾고 있는 것 같았다. 그러더니 별은 요란한 소리를 내며 수천 개의 불꽃으로 쪼개져서 나를 휙 끌어올렸다가 다시 땅바닥으로 내동댕이쳤다. 천둥 같은 소리를 내며 내 머리 위에서 세계가 무너졌다.

나는 포플러나무 가까이에서 흙과 상처로 뒤덮인 채 발견되었다.

나는 어느 지하실에 누워 있었고 머리 위에서는 포화가 퍼부어지고 있었다. 나는 어느 수레에 누워 덜컹덜컹 빈 벌판을 지나갔다. 대체로 나는 잠을 잤거나 의식이 없었다. 그러나 깊이 자면 잘수록 무엇인가가 나를 끌어당김을, 나를 지배하는 주인인 어떤 힘을 내가 따르고 있음을 그만큼 더 강렬하게 느꼈다.

나는 마구간의 짚더미 위에 누워 있었다. 몹시 어두웠고 누군가가 내 손을 밟고 갔다. 그러나 나의 내면적인 것은 더 나아가려 했다. 더 강하게 그것은 나를 끌고 갔다. 다시 나는 수레 위에 누웠다. 나중에는 들것 혹은 사다리 위에 누웠다. 점점 더 그 어딘가로 가라고 명령받고 있음을 느꼈다. 마침내 거기로 가려는 충동밖에는 아무것도 느끼지 못했다.

그때 나는 목적지에 와 있었다. 밤이었고 의식은 분명했다. 이제 막 내 안의 끌림과 충동이 힘차게 느껴졌던 참이었다. 이제 나는 넓은 거실에, 바닥에 깔린 자리에 누워 있었는데 내가 부름을 받은 곳에 와 있다는 느낌이었다. 주위를 바라보았다. 내 매트리스 바로 곁에 다른 매트리스가 바싹 붙어 놓여 있었고 누군가가 그 위에 있었다. 그 사람이 앞으로 몸을 숙이고 나를 바라보았다. 이마 위에 표적이 있었다. 그것은 막스 데미안이었다.

나는 말을 할 수 없었다. 그도 말할 수 없었거나 말하려고 하지 않았다. 다만 나를 바라볼 뿐이었다. 그의 얼굴에는 그 너머 벽에 달려 있는 신호등 불빛이 드리워져 있었다. 그가 나를 향해 미소를 지었다.

굉장히 긴 시간 동안 그는 내 눈을 들여다보았다. 천천히 그가 얼굴을 우리가 거의 닿을 때까지 가져왔다.

"싱클레어!"

그가 나직이 말했다. 나는 그에게 눈으로 그의 말을 알아듣고 있다는 표시를 했다. 그가 다시 동정하는 표정으로 미소 지었다.

"꼬마!"

그가 미소를 띠며 말했다. 그의 입이 이제 내 입의 아주 가까이에 있었다. 나직이 그가 계속 이야기했다.

"프란츠 크로머 아직도 기억해?"

나는 그에게 눈을 깜박여 보였다. 미소 지을 수도 있었다.

"꼬마 싱클레어, 잘 들어! 나는 떠나게 될 거야. 너는 나를 어쩌면 다시 한번 필요로 할 거야. 크로머에 맞서든 혹은 그 밖의 다른 일이든 뭐든. 그럴 때 네가 나를 부르면 이제 나는 그렇게 거칠게 말을 타고 혹은 기차를 타고 달려오진 못해. 그럴 때 넌 너 자신 안으로 귀를 기울여야 해. 그

러면 알 수 있을 거야. 내가 네 안에 있다는 것을. 알아듣겠
니? 그리고 또 뭔가 있어! 에바 부인이 말했어. 네가 언젠가
잘 지내지 못하면 나더러 네게 당신의 키스를 해달라고. 나
에게 함께 해준 키스를……. 눈을 감아, 싱클레어!"

나는 선선히 눈을 감았다. 내 입술 위에 가벼운 입맞춤이
느껴졌다. 입술에서는 계속해서 조금씩, 그러나 결코 줄어
들지 않고 피가 흘러내리고 있었다. 그리고 잠이 들었다.

아침에 사람들이 깨웠다. 붕대를 감아야 했던 것이다. 마
침내 완전히 잠이 깼을 때, 나는 얼른 옆 매트리스로 몸을 돌
렸다. 한 번도 본 적 없는 낯선 사람이 거기 누워 있었다. 붕
대를 감을 때는 아팠다. 그때부터 내게 일어난 모든 일이 아
팠다. 그러나 이따금 열쇠를 찾아내어 완전히 나 자신 속으
로 내려가면, 거기 어두운 거울 속에서 운명의 영상들이 잠
들어 있는 곳으로 내려가면, 거기서 나는 그 검은 거울 위로
몸을 숙이기만 하면 되었다. 그러면 이젠 완전히 데미안과
같은, 내 친구이자 지도자인 데미안과 같은 나 자신의 모습
을 발견할 수 있었다.

지치지 않도록 조심해.
잘못하면 수레바퀴 아래에 깔리게 될지도 모르니까.

수레바퀴 아래서

Unterm Rad

제1장

요제프 기벤라트 씨는 중개업과 대리업을 했다. 마을의
다른 사람들과 비교해보면 그에게는 장점이나 특성이랄 것
이 없었다. 여느 사람처럼 그는 건장한 체격을 지니고 있었
고 뛰어난 장사 수완을 지녔으며 돈을 귀하게 여기고 솔직하
고 성실하게 살고 있었다. 그에게는 정원이 딸린 아담한 저
택과 선조들이 대대로 묻힌 가족묘가 있었다. 그의 종교의
식은 약간 개방적이기는 했지만 형식적인 면이 있었다. 신
과 관료주의에 대해서는 적절한 존경심을 표했고, 시민 사
회의 예의범절에 대해서는 비굴할 정도로 맹목적인 복종심
을 보였다. 그는 가끔 술을 마시기는 했지만 한 번도 취한 적
이 없었다. 때로는 의혹의 눈초리를 받을 만한 일을 벌이기
도 했지만 결코 상식적으로 허용되는 한계를 넘어서지는 않
았다. 가난한 사람들은 그를 구두쇠라고 욕하고 부유한 사
람들은 졸부하고 욕했다.

그는 시민 단체의 회원으로 매주 금요일마다 '독수리 주점'에서 열리는 볼링 게임에 참석했다. 빵 굽는 날이나 고기나 스튜를 먹는 날에도 빠지지 않았다. 일을 할 때는 값싼 담배를, 식후나 일요일에는 고급 담배를 피워 물었다.

기벤라트 씨의 내면은 속물적이었다. 젊은 시절 지녔던 감상적인 마음은 이미 오래전에 먼지가 되어버렸다. 이제 그에겐 낡고 우악스럽기만 한 가족 의식과 자기 아들에 대한 자부심, 그리고 이따금 가난한 사람들에게 베푸는 값싼 자선이 겨우 마음의 한구석을 메우고 있을 뿐이었다. 또한 그는 매사에 융통성 없이 교활하게 이익부터 따졌다. 그가 읽는 것은 신문뿐이었고 문화적 욕구를 충족시키는 데는 해마다 개최되는 시민 단체의 소인극과 가끔 열리는 서커스 공연이면 충분했다.

그가 이웃의 어느 누구와 이름이나 집을 바꾼다 하더라도 달라지는 건 없을 것이다. 또한 그의 영혼 깊숙이 자리 잡고 있는 우월함과 사람에 대한 끊임없는 불신, 그리고 일상적이지 않거나 자유롭고 세련된 정신세계에 대한 본능적인 적대감은 그 도시의 다른 가장들과 다를 바 없었다. 그의 적대감은 치졸한 질투심에서 싹튼 것이었다.

이 정도면 그에 대한 이야기는 충분하다. 신랄한 풍자가 있다면 이 천박한 생활과 무의식적인 비극의 묘사를 할 수 있을 것이다. 어쨌든 이 남자에게는 외아들이 있었다. 이제 바로 그 아이에 대해 이야기하려고 한다.

한스 기벤라트는 똑똑하고 재능 있는 아이였다. 그가 얼마나 섬세하고 남다른지는 다른 아이들 틈에 끼여 돌아다니는 모습을 보아도 쉽게 알 수 있었다. 슈바르츠발트의 이 자그마한 마을에서는 여태껏 이런 수재가 배출된 적이 없었다. 그리고 이 좁은 동네를 떠나 넓은 세상에 눈을 돌리거나 영향을 끼칠 만한 사람이 여기서는 아직 한 명도 나오지 않았다. 이 소년의 진지한 눈망울과 영리해 보이는 이마, 그리고 단정한 걸음걸이를 도대체 어디서 물려받았을까? 혹시 어머니로부터? 그녀는 벌써 여러 해 전에 세상을 떠났다. 그녀가 살아 있을 때 사람들은 그녀에게서 두드러진 특징을 발견하지 못했다. 그저 언제나 병들고 근심에 싸인 모습만 보았을 뿐이었다. 그렇다면 아버지를 닮았을까? 그건 더더욱 아니다. 지난 800~900년 동안 그토록 많은 건실한 시민들이 나왔으면서도 아직 한 번도 수재나 천재가 탄생하지 못한 바로 이 오래된 작은 마을에 정말이지 하늘로부터 신비한 불꽃이 떨어진 셈이었다.

현대적인 교육을 받은 사람이라면 병약한 어머니와 훌륭한 가문의 이력을 되짚어보며 지성의 이상비대증을 점차 심각해지는 몰락의 증상이라고 이야기할 수 있을 것이다. 하지만 다행스럽게도 이 마을에는 그런 사람들이 살고 있지 않았다. 관료들이나 선생님들 가운데에서 젊고 약삭빠른 사람들만이 신문 사설을 통해 어렴풋하게나마 '현대적인 인간'의 존재에 관해 알고 있을 뿐이었다. 이곳에서는 차라투스트라의 이야기를 모르더라도 교양 있는 척하면서 아무런 어려움 없이 살 수 있었다. 그래도 그들의 결혼 생활은 건실하고 행복했다. 하지만 그들의 삶에는 치유하기 어려운 고루함이 배어 있었다. 만족하며 지내는 돈 많은 사람 가운데에는 지난 20여 년 동안에 수공업자에서 공장주로 탈바꿈한 사람들이 더러 있었다. 이들은 관료들 앞에서는 모자를 벗고 인사하며 친분을 다지려고 노력하면서도 자기네들끼리 어울릴 때는 그들을 인색한 놈, 서기 놈 하면서 불러댔다.

마을 사람들은 관료들에게 굽실거렸으나 돌아서서는 비아냥거리며 흉을 보았다. 그러면서도 자기 아들은 대학 공부를 마치고 관료가 되기를 바랐다. 하지만 안타깝게도 이러한 바람은 도저히 이루어질 수 없는 한낱 아름다운 꿈에 불과했다. 왜냐하면 이들의 아들들은 거의 모두가 라틴어 공부에 쩔쩔매다 학교에서 낙제를 거듭한 끝에 겨우 졸업하는 수준이었기 때문이다. 하지만 한스 기벤라트의 재능은 확실히 남달랐다. 선생님들이나 교장 선생님, 이웃 사람들이나 마을 목사, 학교 친구들 등 모든 사람이 이 아이가 영리한 두뇌를 가진 특별한 존재라는 사실을 인정했다. 그렇다면 그의 장래는 이미 결정된 거나 다름없었다. 왜냐하면 슈바벤 지역에서는 부자 부모를 갖지 못한 재능 있는 아이들 앞엔 단 하나의 좁은 선택의 길만이 놓여 있기 때문이다. 그길은 주 시험에 합격하여 신학교에 입학한 뒤, 거기서 다시 튀빙엔의 수도원에 들어가고 나중에 목사가 되거나 아니면 대학의 강단에 서는 것이었다.

해마다 각 지방에서 약 사오십 명의 소년들이 이처럼 평탄하고 안전한 길을 걸었다. 이 아이들은 나라의 후원 아래

인문 과학의 다양한 영역을 공부하고 8년 내지 9년 뒤에는 그들의 인생 여정에 있어 보다 긴 두 번째 삶을 향해 공부에 지친 모습으로 발걸음을 내딛게 된다. 두 번째 삶이란 자신들이 받은 혜택을 나라에 갚아 나가는 것이다.

몇 주 뒤에는 주 시험이 치러질 예정이었다. 나라에서는 해마다 그 주에서 특별히 뛰어난 젊은이들을 선발한다. 시험 기간 동안 마을에서는 수많은 가족이 시험 장소인 도시를 향해 한숨과 기도를 보냈다.

한스 기벤라트는 이 작은 마을에서 그 힘겨운 경쟁에 참여할 유일한 후보자였다. 그 명예는 대단했는데 그렇다고 거저 얻은 것은 아니었다. 매일 4시까지 계속되는 학교 수업 외에도 교장 선생님이 따로 가르치는 그리스어 수업을 받아야 했다. 그러고 나서 6시에는 마을 목사님이 친절하게도 라틴어와 종교학 복습 강의를 해주었다. 또한 일주일에 두 번씩은 저녁 식사를 마친 뒤에 수학 선생님에게 한 시간에 걸쳐 지도를 받았다. 한편 한스는 지나친 공부와 정신적 부담 때문에 정서가 메마르는 것을 막기 위해 매일 아침 수업 시간 한 시간 전에 종교의식에 참여해야 했다. 그 시간에는 감동적인 질문과 답변을 암송함으로써 종교적인 신선함을 가슴에 채울 수 있었다.

그런데 안타깝게도 한스는 그 시간이 주는 축복을 제대로 받지 못했다. 그는 그리스어와 라틴어 연습 문제를 문답책 사이에 몰래 끼워 놓고는 한 시간 내내 공부에만 몰두했던 것이다. 그러면서도 그는 그 시간 내내 불안하고 초조했다.

담임 목사가 가까이 오거나 그의 이름을 부를 때면 그때마다 수줍어하며 몸을 움츠렸고, 답변을 해야 할 때면 이마에는 땀방울이 맺히고 가슴이 두근댔던 것이다. 하지만 그의 답변은 발음까지도 흠잡을 데 없이 정확했다. 이러한 그의 재능은 담임 목사를 흐뭇하게 했다.

한스는 집에 돌아와 늦은 저녁까지 등잔불 밑에서 학교 수업의 과제물들을 풀어나갔다. 그것들은 쓰기와 외우기, 그리고 복습과 예습의 과제물이었다. 그의 담임 선생님은 가족의 평화에 둘러싸인 조용한 분위기 속에서 공부하면 효과적일 거라고 생각했다. 한스는 화요일과 토요일에는 10시까지, 그밖에 다른 날에는 11시나 12시까지, 때로는 더 늦게까지도 공부를 했다. 아버지는 지나치게 기름을 낭비하는 것에 약간의 볼멘소리를 하긴 했지만 아들이 열심히 공부하는 모습을 만족스러운 표정으로 자랑스럽게 바라보았다. 한스는 가끔 한가한 시간이 생길 때나 일요일이 되면 학교에서 미처 읽어보지 못한 책들을 읽거나 이미 배운 문법을 다시 복습하며 부족한 지식을 메꾸어나가야만 했다. 그럴 때마다 아버지가 말했다.

"무리하지 마라. 지나쳐서 좋을 건 없어. 일주일에 한두 번쯤은 산책을 하도록 해. 산책이란 여러모로 도움이 되거든. 날씨가 좋은 날에는 책을 들고 밖으로 나갈 수도 있지. 신선한 공기를 쐬며 공부한다는 게 얼마나 쉽고 재미있는 일인지 알게 될 거야. 어쨌든 고개를 높이 치켜들고 씩씩하게 걸어라."

한스는 아버지의 말에 따라 될 수 있는 대로 고개를 높이 치켜들고 다녔다. 산책할 때에도 공부를 게을리하지 않았다. 그리고 잠이 모자라 피곤한 기색이 가득한 눈으로 아무 말 없이 주위를 돌아다녔다. 어느 날 담임 선생님이 교장에게 물었다.

"기벤라트 학생에 대해 어떻게 생각하십니까? 시험에 합격할까요?"

"그 아이는 해낼 거예요. 분명히 합격할 겁니다. 그 아이는 아주 영리한 아이예요. 그 아이를 한번 보세요. 정말이지 총명함으로 가득 차 있는걸요."

교장 선생님은 환성을 지르듯이 말했다.

시험 전, 마지막 일주일 사이에 한스의 얼굴은 많이 변했다. 어여쁘고 부드러운 소년의 얼굴은 움푹 패인 눈동자가 음울한 열정을 지닌 채 불안하게 빛나고 있었다. 아름다운 이마에는 그의 정신을 드러내는 듯한 가느다란 주름들이 움직이고 있었다. 또한 가늘고 마른 팔과 손은 축 늘어진 채 보티첼리를 연상시키며 나른한 우아함을 보여주었다.

마침내 시험 날이 다가왔다. 한스는 다음 날 아침 아버지와 함께 슈투트가르트로 떠나기로 되어 있었다. 거기에서 주 시험을 치르고 자신이 신학교의 좁은 수도원 문을 들어설 자격이 있다는 사실을 입증해야 했다. 방금 그는 교장 선생님과 작별의 인사를 나누었다. 두려움의 대상이었던 교장 선생님은 헤어질 때 보통 때와는 다르게 부드러운 표정으로 말했다.

"오늘 저녁에는 공부하지 말고 푹 쉬어라. 약속하렴. 내일 아침에는 아주 맑은 상태로 슈투트가르트에 도착해야 한다. 이제 한 시간 정도 산책을 하고 나서 일찍 잠자리에 들도록 해. 잠을 충분히 자두는 게 좋다."

한스는 교장 선생님으로부터 여러 가지 엄격한 충고를 들으리라고 생각했었다. 하지만 이처럼 다정한 격려를 듣고 나니 그저 얼떨떨하기만 했다. 그는 숨을 크게 내쉬며 교정을 나섰다. 커다란 보리수나무들은 늦은 오후의 뜨거운 햇살을 받으며 흐릿하게 반짝이고 있었다. 시장터에는 두 개의 커다란 분수대가 출렁거리며 깜빡이고 있었다. 그리고 검푸른 전나무로 가득한 주변의 산들이 곧지 않게 늘어선 지붕 너머로 내려다보고 있었다. 소년 한스에게는 이 모든 것들이 오랫동안 보지 못했던 광경처럼 여겨졌다. 한스 자신이 유혹에 빠질 만큼 너무나도 아름답게 보였던 것이다. 한스는 머리가 아팠지만 오늘은 전혀 공부하지 않아도 되었기 때문에 마음이 가벼웠다.

한스는 천천히 시장터를 가로질러 낡은 시청을 지나고 시장 골목을 거쳐 대장간을 지나서 오래된 다리에 이르렀다. 거기에서 한동안 이리저리 돌아다니다가 마침내 넓은 다리 난간에 걸터앉았다. 그는 여러 달에 동안 매일 네 번씩이나 여기를 지나다녔었다. 그런데도 다리 위에 있는 자그마한 고딕식의 예배당을 제대로 쳐다본 적이 없었다. 뿐만 아니라 강물이나 수문, 둑이나 방앗간 등을 전혀 눈여겨보지도 않았다. 수영터인 초원이나 수양버들이 늘어진 강변도 그냥 지나쳤었다. 그 강변에는 가죽 공장이 들어서 있었다. 강물은 호수처럼 깊고 푸르렀고 잔잔하게 흐르고 있었다. 끝이 뾰족한 버드나무 가지들은 휘어진 채 강물에 닿을 정도로 깊이 드리워져 있었다.

한스는 여기서 보냈던 시간을 다시 회상해 보았다. 예전에 그는 반나절 혹은 온종일 수영도 하고 잠수도 하고 노도 젓고 낚시도 했다. 아, 낚시질! 이제 그는 낚시하는 법도 거의 잊어버렸다. 지난해에는 시험 준비 때문에 낚시가 금지되었었다. 그래서 그는 쓰디쓴 눈물을 흘려야 했다. 낚시는 오랜 학창 시절 가운데 가장 아름다운 추억거리였다. 그때 수양버들의 옅은 그늘에 물레방앗간의 둑에서 떨어지는 깊고도 잔잔한 물소리가 들렸다. 물 위에 어른거리는 불빛과 길게 늘어진 낚싯대의 잔잔한 흔들림이 보이고 미끼를 문 고기를 잡아당길 때면 흥분이 느껴졌다. 차갑게 꼬리를 흔들어대는 살이 오른 물고기를 손에 잡아들 때는 형용할 수 없는 기쁨이 느껴졌다. 그는 더러 윤기 나는 잉어를 낚아 올리기도 했다. 그리고 은어와 백어, 조그맣고 예쁜 피라미도 낚았다.

그는 오랫동안 강물 위를 물끄러미 내려다보았다. 푸른 강변을 바라보는 사이에 어느덧 깊은 생각에 사로잡히고 비애에 젖어 들기 시작했다. 어린 소년의 아름답고 자유로운, 거친 즐거움이 아득하게 멀어져 간 것만 같았다. 무심결에 한스는 주머니에서 빵 한 조각을 꺼내 크고 작은 덩어리를 만들었다. 그러고는 그것들을 물속에 던져 넣고 물고기들이 물속에 가라앉은 빵 부스러기를 뜯어먹는 모습을 지켜보았다. 처음에는 아주 자그마한 금붕어들이 달려들었다. 그러고는 작은 덩어리들을 게걸스럽게 먹어치운 뒤 굶주린 듯한 주둥이로 큰 덩어리들을 이리저리 밀쳐댔다. 그러자 덩치가 더 커다란 은빛 잉어가 천천히, 그리고 조심스럽게 다가오기 시작했다. 그 고기의 거무스레하고 편편한 등은 희미하게나마 강바닥과 구별되었다. 은빛 잉어는 빵 덩어리 주위를 조심스럽게 에워싸더니 갑자기 주둥이를 둥글게 벌리고는 재빨리 삼켰다. 천천히 흐르는 강물에서는 후텁지근한 향내가 피어올랐고 여러 조각의 엷은 구름은 푸른 수면 속에서 어렴풋하게 비치고 있었다. 그리고 물방앗간에서는 둥근 톱니바퀴가 신음을 내며 돌았고 강물은 두 군데의 둑에서 시원하면서도 나지막하게 흘러나와 한군데로 모여들었다.

한스는 지난 일요일에 있었던 입교식을 생각했다. 감동을 자아내기에 충분한 엄숙한 예식이 진행되는 동안에도 그는 그리스어의 동사를 외우고 있는 자신을 발견했다. 다른 때에도 종종 그런 일이 있었는데 그럴 때마다 한스의 생각은 복잡해지곤 했다. 학교에서도 그는 눈앞의 놓여 있는 공부 대신에 이미 했거나 아니면 나중에 해야 할 공부를 생각하고 있었다.

'그래, 시험을 잘 치를 수 있을 거야!'

한스는 이런저런 생각을 털어버리고 자리에서 일어났다. 하지만 어디로 가야 할지 마음을 정하지 못했다. 갑자기 힘센 손이 그의 어깨를 붙잡았고 친근한 남자의 목소리가 그에게 말을 걸어와 깜짝 놀랐다.

"한스야, 잘 지냈니? 나랑 잠깐 산책 좀 할까?"

돌아보니 구둣방 아저씨 플라이크였다. 한스는 예전에 가
끔 그의 곁에서 저녁 시간을 보내기도 했지만, 그건 벌써 오
래전의 일이 되고 말았다.

한스는 그와 함께 걷기 시작했다. 하지만 신앙심이 깊은
이 아저씨의 이야기를 별로 주의 깊게 듣지는 않았다. 플라
이크는 시험에 관한 이야기를 꺼내며 한스에게 용기를 북돋
워 주었다. 그는 시험이란 단지 외형적이고 우연한 일에 지
나지 않는다는 사실을 한스에게 알려주려고 노력했다. 아저
씨는 시험에 떨어진다고 부끄러워할 필요는 없다, 그것은
뛰어난 학생에게도 얼마든지 생길 수 있는 일이라고 말해주
었다. 만약 한스에게 그런 일이 벌어진다 하더라도 신은 모
든 영혼을 위한 특별한 계획을 가지고 있으며, 예정된 길로
이끈다는 사실을 생각하기 바란다고 덧붙였다.

한스는 이 남자에게 조금 미안한 마음을 가지고 있었다.
한스는 플라이크 아저씨의 의젓하고 올바른 성품을 존경해
오던 터였다. 하지만 마을 사람들은 플라이크 아저씨의 다
른 종교관에 대해 우스꽝스러운 이야기를 많이 늘어놓곤 했
다. 한스도 어떤 때는 이들의 농담이 옳지 않다는 것을 잘 알
고 있으면서도 함께 웃곤 했다. 그래서 한스는 자신의 비겁
함이 부끄러웠고 어느 때부터인가 이 구둣방 아저씨에게 날
카로운 질문을 받는 것이 두려워 거의 겁에 질린 사람처럼
도망 다녔다.

한스는 선생님들의 자랑거리가 된 뒤로 약간 교만해져 있었다. 그래서 구둣방 아저씨 플라이크는 종종 우습다는 듯이 한스를 쳐다보았고 그의 건방진 마음을 꺾어보려고 애를 쓰기도 했다. 그래서 소년 한스의 영혼은 호의가 넘치는 이 남자의 곁에서 자꾸만 멀어져 갔다. 이미 한스는 반항심이 한창 절정에 달한 나이였기 때문이다. 그는 자신의 자아를 건드리는 별로 달갑지 않은 모든 접촉에 민감하게 촉각을 곤두세우고 있었다.

지금 한스는 이 아저씨 옆에서 나란히 걷고 있으면서도 아저씨가 걱정과 친절이 가득 찬 시선으로 자기를 쳐다보고 있다는 사실을 전혀 알지 못했다.

그들은 크로넨 거리에서 마을 목사와 마주쳤다. 플라이크 아저씨는 쌀쌀맞게 인사를 하고는 서둘러 사라졌다. 왜냐하면 마을 목사가 새로운 유행을 따를 뿐 아니라 부활도 믿지 않는다는 소문이 널리 퍼져 있었기 때문이다. 마을 목사는 한스와 나란히 걷기 시작했다.

"어떻게 지내니? 이제 곧 시험이 있을 텐데 잘 봤으면 좋겠구나."

그가 물었다.

"네, 잘 지내요."

"그래, 정신 바짝 차리도록 하거라! 우리가 너에게 모든 기대를 걸고 있다는 걸 잘 알고 있겠지. 특히 라틴어 시험에서 좋은 성적을 거두기 바란다."

"그런데 만약에라도 제가 시험에서 떨어지게 된다면요?"

한스는 수줍은 듯이 말했다.

"떨어진다고?"

목사는 너무 놀란 나머지 그만 제자리에 멈추어 서고 말았다.

"네가 시험에서 떨어진다는 건 도저히 상상할 수가 없구나. 있을 수 없는 일이야! 어떻게 그런 생각을 할 수 있니?"

"전 그냥, 만약에요."

"그런 일은 없을 거야, 한스! 그럴 리가 없어. 그런 걱정은 안 해도 될 거야. 자, 그럼 너희 아버님께 안부 좀 전해주려무나! 용기를 내!"

한스는 마을 목사와 헤어지고 난 뒤에 구둣방 아저씨가 사라진 쪽을 바라보았다. 그 아저씨가 무슨 말을 했던가? 만약 온전한 마음과 신에 대한 믿음을 가지고 있다면, 라틴어 따위는 그리 중요한 문제가 아니라고 했다. 아저씨처럼 말하는 것은 쉬운 일이 아니다. 혹시라도 시험에서 떨어지게 된다면, 한스는 목사 앞에 얼굴도 내밀지 못할 것이다.

우울한 마음으로 집에 돌아온 한스는 언덕에 비스듬히 자리 잡은 자그마한 정원에 들어섰다. 거기에는 이미 오래전부터 사용하지 않아 거의 허물어져 버린 헛간이 있었다. 예전에 그는 널빤지로 토끼집을 만들어 3년 동안이나 토끼들을 길렀었다. 하지만 지난가을, 시험 공부 때문에 그 토끼들도 모두 빼앗기고 말았다. 그 뒤로 한스는 기분 전환을 위한 시간적인 여유를 좀처럼 갖지 못했다.

한스가 정원에 마지막으로 들어간 일이 벌써 오래전이었

다. 텅 빈 칸막이는 금방이라도 쓰러질 것만 같았다. 벽모
퉁이의 석순들은 다 허물어져 버렸다. 나무로 만든 자그마
한 물레바퀴는 비틀어지고 깨어진 채 수도관 옆에서 나뒹굴
고 있었다. 한스는 즐겁던 어린 시절이 떠올랐다. 그때는 이
모든 물건을 자기 손으로 만들었고 다듬기도 했었다. 벌써 2
년이란 세월이 흘렀다. 아주 오래전의 일이었다. 그는 자그
마한 물레바퀴를 집어 들어 이리저리 구부린 다음 쓰지 못하
게 완전히 부수어버렸다. 그러고는 울타리 너머로 내던져버
렸다. 이런 쓸모없는 물건은 없애야 한다! 정말이지 이 모든
일은 아주 오래전에 다 끝나버린 것이었다.

한스는 학교 친구 아우구스트를 떠올렸다. 예전에 한스는
아우구스트와 함께 물레바퀴도 만들고 토끼집도 고쳤었다.
오후 내내 그들은 여기서 돌팔매질을 하고 고양이를 뒤쫓기
도 하고 천막을 치기도 하며 놀았었다. 그리고 배가 고파지
면 씻지도 않은 노랑무를 간식으로 먹기도 했다. 그러다 한
스는 공부에 전념해야 했고, 1년 전에 학교를 그만둔 아우구
스트는 기계 수습공이 되었다. 그 뒤로 아우구스트는 시간
이 없어 두 번밖에 만나지 못했다.

구름이 골짜기 너머로 흘러가고 해는 이미 산기슭에 거
의 닿아 있었다. 한스는 울부짖고 싶은 충동을 느꼈다. 하지
만 그러는 대신 헛간에서 손도끼를 들고나와서는 가냘픈 팔
로 마구 휘둘러 토끼집을 산산조각 내버렸다. 나무 조각들
은 이리저리 튕겨 올랐고, 철못들은 삐걱하는 소리를 내며
휘어지고 말았다. 지난해 여름에 쓰다 남은 썩은 토끼 먹이

들이 밖으로 나왔다. 한스는 닥치는 대로 손도끼를 휘둘러 댔다. 마치 토끼와 친구 아우구스트, 그리고 어린 시절의 옛 추억들을 모두 지워버릴 수 있기라도 한 것처럼 말이다.

"아니 도대체 이게 무슨 짓이니?"

아버지가 창가에서 밖을 바라보며 소리쳤다.

"너 거기서 뭐 하는 거야?"

"장작 패는 거예요."

한스는 이렇게 대답하고는 손도끼를 내던지고 뜰을 가로 질러 골목길로 나선 다음 강기슭을 따라 상류로 걸어갔다. 양조장 가까이에는 두 개의 뗏목이 묶여 있었다. 예전에 그는 가끔 뗏목을 타고 강물을 따라 몇 시간이고 떠내려갔었다. 따스한 여름날 오후에 나무 사이에서 철썩거리는 강물을 따라가노라면 때로는 흥분되기도 하고, 때로는 나른하게 졸음이 오기도 했다.

한스는 줄에 묶여 강물 위에서 둥실거리는 뗏목에 올라탔다. 그리고 버들가지 덤불 위에 몸을 던지고는 상상의 날개를 펴기 시작했다.

'뗏목이 흘러간다. 때로는 급하게 때로는 천천히 초원과 밭과 마을과 서늘한 숲가를 지나서 위로 들려진 수문과 다리 아래로 떠내려간다. 나는 뗏목 위에 누워 있다.'

마치 모든 일이 다시 예전과 같아진 것 같았다. 카프베르크에서 토끼 먹이를 찾거나, 강가에 있는 가죽 공장의 뜰에 걸터앉아 낚시를 하던 시절, 머리도 아프지 않고 걱정거리도 하나 없던 그 시절로 말이다.

피곤에 지친 한스는 저녁 식사를 하기 위해 집으로 돌아왔다. 슈투트가르트에서의 시험이 바로 코앞에 다가와 있었기 때문에 아버지는 무척이나 들떠 있었다. 그는 한스에게 몇 번이고 필요한 책을 모두 챙겼는지, 검정 옷을 준비해 놓았는지, 가는 도중에 혹시 문법을 공부할 생각은 없는지, 지금 기분은 어떤지를 물었다. 한스는 퉁명스러운 어투로 건성으로 대답하며 저녁을 먹는 둥 마는 둥 하고 곧 저녁 인사를 했다.

"잘 자거라. 한스! 푹 자야 해! 내일 아침 6시에 깨워주마. 참 사전 챙기는 건 잊지 않았겠지?"

"그럼요, 잊지 않았어요. 안녕히 주무세요."

한스는 자그마한 자기 방에서 불도 켜지 않은 채 오래도록 앉아 있었다. 자기만의 자그마한 방은 그가 누구에게도 방해받지 않는 유일한 피난처였다. 여기서 그는 피곤과 졸음과 두통과 싸우며 카이사르와 크세노폰, 문법과 사전, 그리고 수학 숙제와 씨름하며 기나긴 저녁을 보냈다. 때로는 세상에 이름을 떨치고 싶은 욕심 때문에 고집을 부리며 끈덕지게 밀어붙이기도 했고 때로는 절망감에 빠지기도 했다.

그래도 그는 이 방에서 잃어버린 어린 시절의 즐거움보다 더 가치가 있다고 여겨지는 꿈 같은 시간을 보냈다. 그것은 자부심과 승리감에 휩싸인 뭐라고 설명할 수 없는 기묘한 시간이었다. 그때 그는 학교나 시험, 그리고 다른 모든 것들을 뛰어넘어 보다 높은 존재의 영역을 꿈꾸었던 것이다. 정말이지 나는 뺨이 두툼하고 평범한 학교 친구들과는 다른 더 나은 존재라는 예감이 한스를 사로잡았었다. 언젠가는 훌륭한 사람이 되어 우쭐대며 이들을 내려다보게 되리라는 건방지면서도 행복에 겨운 예감이었다.

한스는 지금 이 자그마한 방 안에 자유롭고 상큼한 공기가 들어 있기라도 한 듯이 숨을 크게 들이마셨다. 그러고는 침대 위에 우두커니 앉아 꿈과 바람 속에 어렴풋하게 상상의 날개를 펴며 여러 시간을 보냈다. 그의 밝은 눈꺼풀이 피곤에 지친 커다란 눈동자를 천천히 내리덮었다. 다시 눈이 떠지고 잠시 깜박거리다가 이내 다시 감았다. 소년의 창백한 얼굴이 메마른 어깨 위로 가라앉고 있었다. 그리고 야윈 두 팔은 피곤에 지친 나머지 축 늘어지고 옷을 입은 채로 잠이 들었다. 어머니처럼 다정하고 고요한 졸음의 손이 불안에 떠는 심장을 어루만져주었다. 그리고 귀여운 이마에 난 가느다란 주름살을 펴주었다.

이른 아침임에도 불구하고 교장 선생님이 몸소 기차역까지 나와 주었다. 지금까지는 없었던 일이었다. 검정 프록코트를 몸에 두른 기벤라트 씨는 흥분과 기쁨, 자부심에 겨워 가만히 있지를 못했다. 초조한 듯 안절부절못하며 교장 선생님과 한스 주위를 돌아다녔다. 그러면서 즐거운 여행과 아들의 합격을 비는 역장과 역무원들의 인사를 받았다.

기벤라트 씨는 자그마하고 뻣뻣한 여행 가방을 왼손과 오른손에 번갈아들었다. 그리고 우산을 팔 아래 끼웠다가 다시 무릎 사이에 끼우기도 하며 몇 번이나 우산을 떨어뜨렸다. 그럴 때마다 가방을 내려놓고는 다시 우산을 주워 올렸다. 그의 행동을 지켜본 사람이라면 슈투트가르트로 여행을 떠나는 것이 아니라 멀리 미국이라도 가는 게 아닐까 생각했을지도 모른다. 한스는 겉으로 매우 차분해 보이기는 했지만, 알 수 없는 부담감에 사로잡혀 있었다.

마침내 역에 다다른 기차가 멈추어 섰다. 아버지와 아들은 기차에 올라탔고 교장 선생님은 손을 들어 인사를 보냈다. 아버지는 긴장한 듯 담배에 불을 붙였다. 도시와 강물이 골짜기 아래로 차츰 사라져갔다. 두 사람에게 기차 여행은 즐거움이라기보다 하나의 고통이었다.

아버지는 슈투트가르트에 도착하기가 무섭게 생기를 되찾았다. 쾌활하고 다정다감하며 매사에 자신감 있는 사람처럼 변해 버렸다. 아마도 시골 사람이 어쩌다 도시에 오게 되면 느끼게 되는 설렘 때문인 듯했다. 하지만 한스는 점점 말이 없어지고 불안해졌다. 도시를 바라보는 순간부터 답답하고 불안한 기분에 휩싸이고 말았다. 낯선 얼굴들, 뽐내는 듯이 높게 치솟은 휘황찬란한 건물들, 아무리 걸어도 끝이 보이지 않을 정도로 길게 뻗어 있는 길, 전차, 그리고 길거리의 소음이 한스를 겁에 질리게 했을 뿐 아니라 괴롭게 만들었던 것이다.

두 사람은 숙모 댁에 묵게 되었다. 한스는 익숙하지 않은 공간과 숙모의 수다스러움과 과한 친절, 그리고 용기를 북돋는 이야기를 쉬지 않고 들려주는 아버지의 충고에 지치고 말았다. 한스는 어설프고 당혹스러운 느낌으로 방 안에 우두커니 앉아 있었다. 익숙하지 않은 환경과 숙모가 입은 도시풍의 옷차림새, 벽에 걸려 있는 큰 무늬의 양탄자, 탁상시계와 벽에 그려져 있는 그림들, 그리고 창밖으로 펼쳐진 시끌벅적한 거리의 풍경들을 바라보고 있자니 자신이 초라한 존재처럼 느껴졌다. 또한 벌써 오래전에 집을 떠나온 듯한 느낌이 들기도 했고 힘들게 배운 지식을 한순간에 잃어버린 듯한 허탈감이 들기도 했다.

오후에는 다시 한번 그리스어를 훑어보려고 했지만, 숙모가 그에게 같이 산책을 가자고 제안을 해왔다. 그 순간에 한스는 초원의 푸르름이며 숲의 나뭇잎 소리가 느껴졌다. 그는 기꺼이 숙모의 제안에 따라나섰다. 그러나 이곳 대도시에서의 산책이 고향에서의 그것과는 다른 형태라는 것을 곧 알 수 있었다.

아버지는 시내에서 볼 일이 있었기 때문에 한스는 숙모와 단둘이서 산책에 나갔다. 하지만 벌써 계단에서부터 불행이 시작되고 말았다. 2층에서 그들은 건방져 보이는 어느 뚱뚱한 여인과 마주쳤다. 숙모가 무릎을 굽혀 인사를 건네자 그녀는 매우 능숙한 말솜씨로 떠들어대기 시작했다. 무려 15분 이상이나 그 자리에서 이야기가 계속되었다. 한스는 계단 난간에 몸을 기댄 채 옆에 서 있었다. 그 여인이 끌고 온 강아지는 한스의 냄새를 맡기도 하고 짖어 대기도 했다. 한스는 이들이 자신에 대해 이야기하고 있다는 사실을 어렴풋이 알아차렸다. 왜냐하면 그 낯선 뚱보 아줌마가 안경 너머로 자꾸만 한스를 쳐다보았기 때문이다.

거리에 나서자마자 숙모는 어느 상점 안으로 들어갔다. 숙모가 다시 나올 때까지는 시간이 꽤 걸렸다. 한스는 수줍은 듯이 길거리에 서 있었다. 지나가던 사람들이 그를 옆으로 밀치기도 하고 골목길의 아이들이 놀려대기도 했다. 상점에서 나온 숙모는 한스에게 넓적한 초콜릿을 한 개 주었다. 그는 초콜릿을 좋아하지는 않았지만 고맙다는 인사를 예의 바르게 했다.

두 사람은 다음 모퉁이에서 전차에 올라탔다. 전차는 손님을 가득 태우고 끊임없이 종소리를 울려대며 거리를 달렸다. 넓은 가로수길과 정원이 나타났는데 분수에서는 물이 솟구치고, 울타리를 두른 관상용 꽃밭에는 꽃이 만발해 있었으며 자그마한 인공 연못에서는 금붕어들이 헤엄을 치고 있었다.

한스와 숙모는 산책하는 사람들 사이에 섞여 이리저리 거닐었다. 수많은 얼굴과 가지각색의 우아한 옷차림을 한 사람들, 자전거들, 환자용 휠체어들, 그리고 유모차들이 눈에 띄었고 소란스러운 목소리들도 귀에 들려왔다. 숙모와 한스는 먼지투성이의 후텁지근한 공기를 들이마셨다.

마침내 두 사람은 나란히 벤치에 자리를 잡고 앉았다. 조금 전까지만 해도 숙모는 쉬지 않고 이야기를 늘어놓았었다. 이제 그녀는 신음하듯이 크게 숨을 내쉬고는 사랑스러운 눈빛으로 소년을 바라보았다. 그리고 그에게 초콜릿을 먹으라고 권했다. 하지만 한스는 먹고 싶지 않았다.

"아니, 왜 안 먹으려고 하니? 그러지 말고 어서 먹으렴."

한스는 초콜릿을 끄집어내 잠시 은박지를 만지작거리다가 하는 수 없이 자그맣게 한 조각을 떼어 물었다. 초콜릿을 좋아하지는 않았지만 그렇다고 숙모에게 그대로 이야기할 수도 없는 노릇이었다. 초콜릿 조각을 입에 문 한스는 그것을 어떻게 해서든 삼키려고 애를 썼다. 그 사이에 숙모는 사람들 속에서 낯익은 사람을 발견하고는 서둘러 그리로 달려갔다.

"금방 돌아올 테니 잠시만 기다리렴."

한스는 이때다 싶어 숨을 크게 들이쉬고 나서는 손에 들고 있던 초콜릿을 잔디밭에 던져버렸다. 그러고는 박자를 맞추어 흐느적거리며 걷기 시작했다. 주위의 사람들을 이리저리 쳐다보고 있노라니 문득 자신이 처량하다는 생각이 들었다. 한스는 다시 한번 그리스어의 불규칙동사를 외워보려고 했지만 끔찍하게도 거의 아무것도 기억해 낼 수가 없었다. 그동안 외웠던 모든 지식을 까맣게 잊어버리고 만 것이다. 바로 내일 시험을 봐야 하는데 말이다.

숙모가 한스에게로 돌아왔다. 그리고 올해에는 백열여덟 명이나 되는 수험생이 주 시험에 응시했다고 이야기해주었다. 이들 가운데 서른여섯 명만이 합격의 영광을 누릴 수 있었다. 이 이야기를 들은 소년은 무척이나 풀이 죽어 집으로 돌아오는 길에는 한마디도 하지 않았다. 집에 돌아오니 머리가 아프기 시작했다. 한스가 이번에도 음식을 전혀 먹으려고 하지 않아 아버지께 꾸지람을 들었고 심지어 숙모마저도 그를 못마땅하게 여겼다.

한스는 밤에 자면서 깊이 잠들기는 했지만 힘에 겨울 정도로 무시무시한 꿈에 시달렸다. 그는 백열일곱 명의 다른 동료들과 함께 시험장에 앉아 있었다. 시험관은 고향의 마을 목사나 숙모와 비슷해 보였다. 한스 앞에는 자신이 먹어야 하는 초콜릿이 산더미처럼 쌓여 있었다. 그가 눈물을 머금으며 초콜릿을 먹는 동안 다른 수험생들은 차례로 일어나더니 좁은 문을 통해 나갔다. 모두 주어진 초콜릿을 다 먹어 치웠던 것이다. 하지만 한스의 눈앞에 놓인 초콜릿 더미는 자꾸 커져갔다. 급기야는 책상과 의자 위로 넘친 나머지 당장이라도 그를 덮쳐버릴 것만 같았다.

다음 날 아침, 한스는 시험에 늦지 않기 위해 커피를 마시면서도 시계에서 눈을 떼지 않았다. 그 시각에 고향 마을에서는 많은 사람이 그를 생각하고 있었다. 먼저 구둣방 아저씨 플라이크는 아침 수프를 먹기 전에 기도를 올렸다. 그의 가족과 숙련공들, 그리고 두 명의 수습공이 함께 식탁에 둘러앉았다. 플라이크 아저씨는 여느 때와 같은 조찬 기도에 몇 마디를 덧붙였다.

'주님! 오늘 시험을 치르는 한스 기벤라트를 보살펴주소서. 그를 축복하시고 강하게 하소서. 당신의 신성한 이름을 온 세상에 알리는 올바르고 씩씩한 사람이 되게 하소서!'

마을 목사는 한스를 위해 기도하지는 않았지만 아침 식사를 하며 부인에게 이렇게 말했다.

"이제 기벤라트가 시험장에 들어갈 시간이오. 두고 봐요. 언젠가 그 아이는 훌륭한 인물이 될 테니까. 틀림없이 모두 그 아이를 눈여겨보게 될 것이오. 그렇게 되면 내가 그 아이에게 라틴어를 가르친 게 보람된 일이 될 것이오."

한스의 담임 선생님은 수업을 시작하기 전에 학생들에게 말했다.

"지금쯤 슈투트가르트에서는 주 시험이 시작되고 있을 거다. 우리 모두 기벤라트의 행운을 빌어 주자꾸나. 물론 그에게 행운 따윈 필요하지도 않을 거야. 너희 같은 게으름뱅이들이 열 명쯤 모여도 못 당할 만큼 그는 똑똑하니까."

거의 모든 학생이 자리를 비운 한스를 생각하고 있었다. 그의 합격이나 낙제에 내기를 건 학생들은 특히 더 그랬다. 진심에서 우러나오는 기도와 관심은 먼 거리를 넘어 멀리까지 전해지는 법이다. 한스 또한 자신을 생각해주는 고향 사람들의 마음을 느낄 수 있었다. 그는 두근거리는 마음을 억누르며 사감이 시키는 대로 아버지와 함께 시험장에 들어섰다. 무척이나 부끄럽고 두려웠다. 안색이 창백한 소년들로 가득 찬 커다란 강당에 서 있는 자신의 모습이 마치 취조실에 갇혀 있는 범죄자처럼 여겨졌다.

감독관 교수가 들어오더니 학생들에게 조용하도록 주의를 주었다. 그러고는 라틴어의 문체 연습 텍스트를 받아쓰게 했다. 그때야 비로소 한스는 안도의 한숨을 쉴 수 있었다. 시험 문제는 너무 쉬워서 우습게 여겨졌다. 거의 흥얼거리듯이 재빨리 초안을 작성하고 나서는 깨끗한 필체로 조심스럽게 정서를 해나갔다. 한스는 답안지를 가장 먼저 낼 수 있었다.

시험을 치르고 난 뒤에 그는 숙모 댁으로 가다가 그만 길을 잃고 말았다. 그래서 두 시간이나 무더운 도시의 거리를 헤매야 했지만 기분이 나쁘진 않았다. 심지어 그는 잠시나마 아버지와 숙모의 곁을 떠나 혼자 있을 수 있다는 사실이 기쁘기까지 했다. 소음으로 가득 찬 낯선 도시를 걷고 있노라니 마치 자신이 두려움을 전혀 모르는 모험가처럼 여겨졌다. 한스는 시내를 온통 헤매고 다니며 집으로 돌아가는 길을 수없이 물어보았다. 힘겨운 방황을 거듭한 끝에 마침내 숙모 댁으로 돌아왔다. 겨우 집에 들어선 한스에게 질문들이 이어졌다.

"시험은 어땠니? 잘 본 거니?"

"쉬웠어요."

그는 뿌듯한 마음으로 대답했다.

"그건 제가 오 학년 때 풀 수 있었던 문제였거든요."

한스는 자랑스럽게 대답하고는 몹시 배가 고팠던 터라 음식을 허겁지겁 먹어 치웠다.

한가해진 오후에 아버지는 여러 친지와 친구들을 만나는 자리에 한스를 끌고 다녔다. 거기서 한스는 우연히도 주 시험을 보러 괴팅겐에서 온 소년을 만났다. 검정 옷을 입은 그 아이는 어쩐지 수줍은 표정을 하고 있었다. 두 소년은 주위의 시선에 아랑곳하지 않고 서먹하고도 호기심이 가득한 눈으로 서로 마주 보았다.

"넌 라틴어 시험이 어땠니? 쉬웠지, 안 그래?"

한스가 물었다.

"응, 아주 쉬웠어. 하지만 바로 그게 문제란다. 사람들은 쉬운 문제에서 실수를 많이 하게 되는 법이거든. 주의를 제대로 기울이지 못하면 말이야. 틀림없이 그 안에 함정이 숨겨져 있을 거야."

"정말 그럴까?"

"물론이지. 그분들이 그렇게 멍청하진 않거든."

한스는 약간 놀라 잠시 생각에 잠겼다. 그러다가 머뭇거리며 물어보았다.

"너 아직 시험 문제 가지고 있니?"

괴팅겐의 소년이 자기 노트를 가지고 왔다. 두 소년은 한 단어도 빠뜨리지 않고 차근차근 시험 문제를 살펴나갔다. 괴팅겐 소년은 라틴어에 매우 능숙한 것처럼 보였다. 적어도 그는 두 번씩이나 한스가 이제껏 들어보지 못한 문법 용어를 언급했다.

"그런데 내일은 무슨 시험을 보게 되지?"

"그리스어하고 작문이야."

괴팅겐의 소년은 한스가 다니는 학교에서 얼마나 많은 수험생이 왔는지 물어보았다.

"아무도 안 왔어. 나 혼자뿐이야."

한스가 말했다.

"그래? 우리 괴팅겐에서는 열두 명이나 왔어! 우리 가운데 세 명은 무척 뛰어난 아이들이야. 모두 그 아이들이 가장 좋은 성적을 얻게 될 거라고 잔뜩 기대하고 있어. 지난해에도 괴팅겐에서 온 아이가 수석을 차지했었거든. 넌 시험에 떨어지면 고등학교에 갈 거니?"

지금까지 한스는 이 문제에 대해 전혀 생각해 본 적이 없
었다.

"글쎄, 모르겠어. 아니, 아마 그렇게 하지는 않을 거야."

"그래? 난 시험에 떨어지더라도 계속 공부를 하게 될 거
야. 엄마가 날 울름으로 보내주신다고 했거든."

그 소년의 이야기를 들은 한스는 주눅이 들었다. 세 명의
천재뿐 아니라 열두 명이나 되는 괴팅겐 소년들도 그에게는
두려움의 대상이었다. 한스는 이들 앞에 감히 얼굴을 내밀
엄두조차 나지 않았다.

숙모 집에 돌아온 한스는 곧바로 책상에 앉았다. 그러고
는 mi로 끝나는 동사들을 다시 한번 죽 훑어보았다. 그는 라
틴어에 대해서는 전혀 걱정하지 않았고 오히려 여유를 보이
기까지 했다. 하지만 그리스어는 조금 달랐다. 한스는 그리
스어에 깊이 빠질 만큼 그 언어를 좋아하기는 했지만, 그것
은 단지 그리스어로 된 글을 읽기 위해서였다. 특히 크세노
폰(고대 그리스의 군인이자 작가)의 작품은 너무나도 아름답고 감
동적이며 산뜻했다. 모든 것이 맑고 귀엽고 힘차게 울려 퍼
졌으며 멋들어진 자유정신이 담겨 있었다.

그것을 이해하기가 어렵지는 않았다. 하지만 문법을 공부
하거나 독일어를 그리스어로 옮겨 적어야 할 때면 혼란스러
웠다. 한스는 이 낯선 언어 앞에서 그리스어의 철자도 제대
로 읽지 못하던 첫 수업 시간에 느꼈던 두려움과 소심함을
다시 느끼곤 했다.

다음 날에는 정해진 순서대로 그리스어와 독일어 작문 시험을 치렀다. 그리스어 시험은 매우 길었고 그다지 쉬워 보이지도 않았다. 또 독일어 논술 시험의 주제는 무척이나 까다로워서 자칫하면 문제 자체를 제대로 이해하지 못하는 경우가 생길 수도 있었다.

10시경부터 시험장이 찌는 듯 무더워지기 시작했다. 한스는 별로 좋지도 않은 펜으로 답안을 써야 해서 그리스어 답안을 다시 정서할 때까지 답안지를 두 장이나 망쳐버렸다. 작문 시간에는 옆에 앉은 뻔뻔스러운 수험생 때문에 난처해지기도 했다. 그 소년은 질문을 적은 종이쪽지를 한스에게 들이밀고는 해답을 가르쳐달라고 옆구리를 찔러 댔다. 하지만 옆에 앉은 수험생과의 접촉은 매우 엄격하게 금지되어 있었다. 만약 이 규칙을 어길 때에는 가차 없이 시험장에서 쫓겨나게 되어 있었다. 겁에 질린 한스는 종이쪽지에 '나를 가만히 내버려 둬!'라는 글귀를 적어 그 학생에게 건네주고는 등을 돌려버렸다.

날씨가 점점 더워졌다. 시험장 안에서 잠시도 쉬지 않고 끈질기게 책상 사이를 오가던 감독관 교수도 삼베로 만든 손수건으로 여러 차례 얼굴을 닦았다. 한스는 두꺼운 입교식 가운을 입은 채 땀을 뻘뻘 흘리고 있었다. 머리가 점점 아파오기 시작했다. 결국 그는 마치 자신이 쓴 답안이 전부 틀리기라도 한 듯이 만족스럽지 못한 답안지를 제출하고 말았다. 그리고 이제 시험을 모두 망치기라도 한 것 같은 기분이 들었다.

집으로 돌아온 한스는 식탁에서 한마디도 하지 않고 죄를 지은 사람 같은 표정으로 앉아 있었다. 그리고는 마구 퍼부어지는 질문에 그저 어깨를 으쓱하며 답했다. 숙모가 그를 위로해주기는 했지만, 아버지는 불편한 심기를 감추지 못하고 있었다. 식사를 마친 뒤에 아버지는 한스를 옆방으로 데리고 가서는 꼬치꼬치 캐묻기 시작했다.

"시험을 잘 못 봤어요."

한스가 말했다.

"신중했어야지. 정신을 바짝 차리라고 했잖아. 이런, 한심한 놈!"

아버지가 욕설을 퍼부어대자 잠자코 있던 한스가 얼굴을 붉히며 말했다.

"아버진 그리스어를 하나도 모르시잖아요!"

한스는 오후 2시에 시작되는 구술시험을 보러 가는 게 가장 싫었다. 그가 가장 두려워하는 시험이 바로 구술시험이었다. 뜨겁게 내리쬐는 태양 아래 찌는 듯한 시내를 걷고 있노라니 매우 비참한 기분이 들었다. 한스는 고통과 불안, 그리고 현기증 때문에 제대로 눈을 뜰 수도 없을 지경이었다.

그는 커다란 녹색 탁자에 자리 잡고 있는 세 명의 심사위원들 앞에 앉았다. 그러고는 10분에 걸쳐 몇 개의 라틴어 문장을 해석한 뒤에 이들의 질문에 대해 대답해 나갔다. 그러고 나서 또다시 10분가량 세 명의 다른 심사위원들 앞에 앉았다. 이번에는 그리스어를 해석한 뒤에 다시 한번 질문 공세를 받았다. 마지막으로 한스는 불규칙 형태의 부정과거형에 대한 질문을 받았지만, 전혀 대답하지 못하고 말았다.

"가도 좋아요. 저기 오른쪽 문으로 나가세요."

문을 나서던 한스는 갑자기 그 부정과거형을 생각해 내고는 멈추어 섰다.

"가세요. 가라니까요! 어디가 불편한 데라도 있나요?"

한 심사위원이 그에게 소리쳤다.

"아닙니다. 하지만 부정과거형이 지금 생각났거든요."

한스는 방을 향해 큰 소리로 그 동사의 변화 형태를 외쳤다. 그리고 심사위원들 가운데 한 사람이 웃는 모습을 보고는 뜨겁게 달아오른 머리를 감싼 채 밖으로 뛰쳐나왔다. 지금까지 오갔던 질문과 답변을 생각해 내려고 애써보았지만 모든 것이 뒤죽박죽이었다. 커다란 녹색의 탁자, 프록코트를 입고 진지한 표정을 한 세 명의 나이 든 심사위원들, 책상 위에 펼쳐져 있는 책, 그리고 그 책 위에 올려놓은 자신의 떨리는 손이 자꾸만 눈에 아른거릴 뿐이었다.

'맙소사, 도대체 내가 무슨 대답을 한 거지?'

한스는 거리로 나와 걸었다. 자신이 벌써 몇 주 동안이나 이곳에 머물러 있는 것처럼 생각되었다. 또한 이제 여기서 도망칠 수 없다는 느낌이 들기도 했다. 고향의 정원과 전나무가 우거진 푸른 산, 강가의 낚시터가 너무나도 멀리 떨어져 있고 오랫동안 보지 못한 것 같았다. 한스는 오늘이라도 당장 고향으로 돌아가고 싶었다. 어쨌든 한스는 시험을 망치고 말았다.

한스는 우유빵을 하나 사들고는 오후 내내 시내를 돌아다녔다. 아버지에게 변명을 늘어놓기가 싫었기 때문이었다. 마침내 집에 돌아와 보니 모두 한스를 걱정하고 있었다. 한스는 피곤하고 처량해 보였다. 가족들은 그에게 달걀 수프를 먹이고는 잠자리에 들게 했다. 내일은 수학과 종교 시험을 볼 차례였다. 그 시험만 끝나면 다시 고향으로 돌아갈 수 있다.

다음 날 오전에 치른 시험은 별 탈이 없었다. 어제는 중요한 전공 분야에서 불운을 겪었지만 오늘은 모든 문제가 잘 풀려나갔다. 한스에게는 이것이 의아하게 느껴졌다. 어쨌든 이제 집으로 돌아갈 수 있게 되어 기뻤다.

"시험이 다 끝났어요. 이제 집으로 가도 되나요?"

한스가 숙모에게 물었다. 그런데 아버지는 이곳에서 하루를 더 머물고 싶어 했다. 온 가족이 탄슈타트로 가서 그곳 온천 공원에서 커피를 함께 마시자고 했다. 하지만 한스는 오늘 혼자만이라도 떠나게 해달라고 애원했고 하는 수 없이 아버지가 허락해주었다.

한스는 기차역까지 배웅을 받았다. 차표를 손에 쥔 한스는 숙모로부터 작별의 입맞춤과 간식을 받았다. 기차에 피곤한 몸을 실은 한스는 아무 생각 없이 푸른 구릉지를 지나 고향으로 달려갔다. 드디어 검푸른 전나무 숲이 모습을 드러내기 시작했다. 그때야 비로소 한스에게 환희와 구원의 감정이 찾아왔고 그의 마음이 들뜨기 시작했다. 한스는 늙은 하녀와 자그마한 자기 방, 교장 선생님과 지붕이 낮은 정든 교실, 그리고 다른 모든 것들과의 재회를 기쁜 마음으로 기다렸다.

다행스럽게도 고향 마을의 기차역에는 호기심 어린 낯익은 얼굴들이 전혀 눈에 띄지 않았다. 한스는 자그마한 가방을 손에 든 채 아무도 눈치채지 못하게 서둘러 집으로 돌아갔다.

"슈투트가르트에서 좋은 시간 보냈니?"

집안일을 해주는 안나 아주머니가 물었다.

"좋은 시간이라고요? 아니 어떻게 시험이 좋은 일이 될 수 있지요? 전 그냥 다시 돌아온 게 기쁠 뿐이에요. 아버지는 내일 오실 거예요."

한스는 시원한 우유를 한 컵 마시고 나서 창문 앞에 걸려 있던 수영복을 집어 들고는 밖으로 나섰다. 하지만 마을 사람들이 즐겨 수영하는 풀밭 쪽 강가로는 가지 않았다.

그는 마을에서 훨씬 멀리 떨어진 곳으로 발걸음을 옮겼다. 높이 솟은 덤불 사이로 수심이 깊은 강물이 천천히 흘러가고 있었다. 거기서 한스는 옷을 벗고 조심스럽게 손과 발을 차가운 물 속에 담갔다. 추위에 약간 떨려오기는 했지만 그래도 재빨리 강물 속으로 뛰어들었다. 한스는 약한 물살을 거슬러 천천히 헤엄쳤다. 최근 며칠 사이에 쌓였던 땀과 두려움이 미끄러지듯이 사라지는 것을 느꼈다. 강물이 그의 가냘픈 몸을 식히며 어루만지는 동안 그의 마음속에서는 고향을 되찾은 듯한 기쁨이 솟아났다.

한스는 중간중간 쉬면서 계속 헤엄쳐 나갔다. 그러고는 상큼한 차가움과 피곤함이 그를 에워싸는 듯한 느낌이 받았다. 등을 뒤로하고 누운 채 다시 강물을 따라 내려갔다. 하루살이 떼가 황금빛 원을 그리며 날아갔다. 한스는 그 가느다란 날갯짓 소리에 귀를 기울였다. 그리고 늦은 저녁 하늘을 가로지르며 바삐 날아가는 자그마한 제비 떼들을 바라보았다. 이미 산 너머로 사라진 태양이 하늘을 붉은빛으로 물들이고 있었다.

한스는 물에서 나와 옷을 주워 입고 꿈에 잠긴 듯 집을 향해 걷기 시작했다. 어느덧 골짜기에는 땅거미가 짙게 드리워져 있었다. 한스는 상인 자크만의 정원을 지나쳐 갔다. 거기서 그는 아주 어렸을 때, 몇몇 친구와 함께 아직 여물지도 않은 자두를 몰래 따먹은 적이 있었다. 한스는 키르히너의 목재소도 지나쳐 갔다. 거기에는 흰 전나무에서 잘라낸 목재들이 여기저기 놓여 있었다. 예전에 그는 낚시하러 갈 때면 언제나 이 목재 더미 아래서 지렁이를 찾아내곤 했다.

검사관 게슬러의 집 앞도 지나갔다. 2년 전에 한스는 얼음판 위에서 스케이트를 타던 게슬러의 딸 엠마에게 말을 걸고 싶어 마음을 졸이기도 했다. 한스와 동갑내기인 그녀는 마을 여학생 중에 가장 예쁘고 우아했다. 그 당시에 한스는 그녀와 이야기를 나누거나 손을 잡아보는 것이 소원이었다. 하지만 한스가 너무나도 수줍어했기 때문에 그의 바람은 이루어지지 않았다. 얼마 뒤에 엠마는 기숙사로 보내졌고 이제는 그녀의 얼굴도 가물가물하다.

하지만 이 어릴 적 추억이 한순간 그의 머릿속에 떠올랐다. 그 추억은 나중에 겪은 경험과는 전혀 다른 짙은 색깔을 띠며 강렬하게 가슴을 두근거리게 했다. 그 시절에는 저녁 무렵이면 나쑐트 집안의 리제에게 놀러 갔었다. 그리고 안 채로 이르는 통로에 자리를 잡고 앉아서는 함께 감자 껍질을 벗기며 이런저런 이야기를 듣곤 했다. 일요일에는 이른 새 벽에 일어나 둑 아래로 달음박질을 쳤다. 그러고는 바지를 걷어 올리고 가재나 금붕어를 잡기도 했다. 어떤 때는 나들 이옷을 흠뻑 적신 채 집으로 돌아와 아버지한테 매를 맞기도 했다. 그 시절에는 수수께끼같이 이상야릇한 일들도 사람 들도 무척이나 많았다. 한스는 오랫동안 이 모든 것들을 잊 고 있었던 것이다! 목이 구부러진 구둣방 아저씨 슈트로마이 어는 사람들로부터 자기 부인을 독살했다고 의심을 받았다. 그리고 보따리를 등에 걸머지고 나무 지팡이에 몸을 의지한 채 각지를 떠돌아다니던 모험가 베크 씨에게는 마을 사람들 이 언제나 '씨'를 붙였다. 그가 한때 멋진 마차와 네 마리나 되는 말을 소유했던 부자였기 때문이다.

지금 한스는 이 모든 사람의 단지 이름만을 기억할 뿐이 었다. 그는 이제 이 어둡고 비좁은 골목길의 세계가 그로부 터 사라져 버렸다는 것을 어렴풋하게 느끼고 있었다. 그리 고 그 이후로 그에게는 생동감 넘치는 경험은 더는 없었다.

한스는 다음 날도 쉴 수 있었다. 한스는 아침 늦게까지 잠 자리에 누워 혼자만의 여유를 만끽했다. 낮에는 기차역에서 아버지를 마중했는데 아버지는 슈투트가르트에서의 즐거웠 던 시간 덕분에 행복감에 흠뻑 빠져 있었다.

"시험에 합격하게 되면 원하는 건 뭐든지 들어주마. 원하는 게 있니? 한번 잘 생각해 보려무나!"

아버지는 유쾌한 기분으로 말했다.

"아니에요. 전 분명히 떨어졌을 거예요."

한스가 한숨을 내쉬며 말했다.

"바보 같은 소리! 내 마음이 변하기 전에 어서 원하는 걸 말하는 게 좋을 거야."

"방학 때 낚시하러 가고 싶어요. 그래도 되나요?"

"물론이지. 네가 시험에 합격하기만 한다면 말이다."

일요일인 다음 날 아침에는 바람이 거세게 몰아치고 소낙비가 마구 퍼부었다. 한스는 몇 시간이고 자기 방에 틀어박혀 책을 읽기도 하고 생각에 잠기기도 했다. 슈투트가르트에서 치른 시험 문제를 다시 한번 면밀하게 살펴보았지만 자신이 커다란 실수를 저지르고 말았다는 사실과 더 잘 볼 수 있었을지도 모른다는 생각밖에는 다른 어떤 생각도 하지 못하고 있었다. 이제 합격은 꿈조차 꿀 수 없는 불가능한 일이 되고 말았다. 어지러운 두통과 불안감이 그를 짓누르기 시작했다. 마침내 한스는 불안함과 답답함을 떨쳐 버리지 못하고 아버지에게로 달려갔다.

"아버지!"

"왜 그러니?"

"여쭈어볼 게 있어요. 아까 그 소원에 관한 건데요. 낚시는 그만두는 게 좋겠어요."

"그런데 왜 새삼스럽게 지금 그 얘길 또 하는 거니?"

"왜냐하면 제가, 제가 물어보려고 한 건 다름이 아니라,

"혹시 제가."

"속 시원히 말해 보렴. 그래, 무슨 일이냐?"

"혹시 제가 시험에 떨어지게 되면 고등학교에 다녀도 될까 해서요."

기벤라트 씨는 할 말을 잃고 말았다.

"뭐라고? 고등학교라고?"

그는 분을 이기지 못한 채 소리를 질렀다.

"네가 고등학교에 가겠다고? 도대체 누가 너한테 그따위 말을 해주던?"

"아무도 그런 말은 안 했어요. 그냥 제가 한번 생각해 본 거예요."

소년의 얼굴엔 극도의 두려움이 스며 있었다. 아버지는 이 사실을 눈치채지 못했다.

"그만 가보거라. 어서 가 봐! 아마 네가 긴장해서 그런 걸 거야. 원, 고등학교엘 가겠다니! 넌 내가 뭐 돈 많은 사업가라도 되는 줄 아는 거니?"

그는 억지로 웃으며 매우 단호하게 거절했다. 한스는 체념하고 고개를 떨군 채 밖으로 나왔다.

"저게 사내 녀석이야?"

아버지는 아들의 등을 향해 소리를 질렀다.

"어리석은 놈! 이젠 저 녀석이 고등학교엘 다 가려고 하네! 그래, 네 맘대로 해라. 넌 뭔가 단단히 잘못 생각하고 있는 거야."

한스는 반 시간가량이나 창턱에 걸터앉아 깨끗이 닦여있

는 마룻바닥을 뚫어지게 바라보았다. 그리고 신학교나 고등학교나 대학에 가지 못하게 될 경우에 어떻게 해야 할지 머릿속에 그려보았다. 아마 치즈 가게나 사무실의 수습생으로 일해야 할 것이다. 그리고 지금까지 경멸해왔던 바로 그 가련한 사람들 모습으로 살아가게 될 것이다. 귀엽고 총명한 소년 한스의 얼굴이 분노와 고뇌로 일그러지기 시작했다. 그는 분에 겨워 자리에서 벌떡 일어났다. 침을 뱉은 다음 옆에 놓여 있던 라틴어책을 집어 들고 벽에 힘껏 내동댕이쳤다. 그러고는 비가 쏟아지는 밖으로 뛰쳐나갔다.

월요일 아침에 한스는 일찍 학교에 갔다. 교장 선생님이 한스에게 손을 내밀며 물었다.

"잘 있었니? 어제 나를 찾아올 줄 알았는데…… 그래, 시험은 어땠니?"

한스는 고개를 떨구었다.

"아니, 왜 그러니? 잘 보지 못한 거야?"

"그런 거 같아요."

"자, 그래도 기다려보자꾸나! 아마 오늘 오전 중으로 슈투트가르트에서 소식이 올 거야."

그 늙은 신사는 한스를 위로해주었다.

오전 시간이 끔찍스러울 정도로 길게 느껴졌다. 아무 소식도 오지 않았다. 점심 식사를 하면서도 한스는 속으로 울먹이며 제대로 음식을 삼키지 못했다. 오후 2시에 한스가 교실에 들어섰는데 거기에 이미 담임 선생님이 와 있었다.

"한스 기벤라트!"

그는 큰 소리로 한스를 불렀다. 한스가 앞으로 걸어 나가자 선생님이 그에게 손을 내밀었다.

"축하한다, 기벤라트! 넌 이번 주 시험에서 2등으로 합격했단다."

축제 분위기에 싸인 적막감이 감돌았다. 문이 열리더니 교장 선생님이 들어왔다.

"축하한다. 소감이 어떤지 말해 보렴!"

한스는 기쁘고 놀라워서 몸을 가눌 수가 없었다.

"그래, 아무 말도 하지 않을 거니?"

"제가 그걸 미리 알기만 했다면, 정말이지 1등도 가능했을 거예요."

한스의 입에서 이 말이 자신도 모르게 터져 나왔다.

"자, 어서 집에 가보도록 해라! 아버님께도 이 소식을 알려드려야지. 앞으론 학교에 나오지 않아도 된다. 어차피 일주일 뒤에는 방학이 시작되니까."

교장 선생님이 말했다.

교장 선생님의 말씀을 들은 후 소년은 현기증을 느끼며 길거리로 나섰다. 길가에 늘어선 보리수와 햇살 아래 펼쳐진 시장이 시야에 들어왔다. 모든 것이 예전과 다름없었지만 어쩐지 더 아름답고 의미 있고 즐겁게 보였다. 시험에 합격한 것이다. 그것도 2등으로 말이다! 처음에 느꼈던 기쁨의 소용돌이가 서서히 걷히고 차츰 감사의 메아리가 울려 퍼졌다. 이제 그는 마을 목사를 피하지 않아도 되고 이제 그는 상급 학교에 올라가 공부를 계속할 수 있게 되었다! 이제 치즈

가게나 사무실을 두려워할 필요가 없어진 것이다! 또다시 낚시도 하러 갈 수 있었다. 한스가 집에 돌아왔을 때 아버지는 현관에 서 있었다.

"무슨 소식 들었니?"

아버지가 넌지시 물었다.

"별거 아니에요. 이젠 학교에 오지 않아도 된대요."

"뭐라고? 도대체 그게 무슨 소리냐?"

"전 이제 신학교 학생이니까요."

"아니, 그럼 네가 시험에 합격했단 말이냐?"

한스는 고개를 끄덕였다.

"성적은 어땠니?"

"2등으로 붙었어요."

그것은 아버지도 전혀 예상하지 못했던 결과였다. 그는 할 말을 잊은 채 아들의 어깨를 계속 두드려주었다. 그러고는 웃음을 터뜨리며 고개를 흔들었다. 잠시 뒤에 무슨 말을 하려는 듯이 입을 열기는 했지만 아무 말도 하지 못하고 그저 고개만 저어댔다.

"아니, 이럴 수가."

마침내 아버지의 입이 열렸다.

"세상에, 이럴 수가!"

한스는 안으로 뛰어 들어가서 다락방으로 이어진 계단을 올라가 텅 빈 다락방의 벽장을 열어젖혔다. 그러고는 그 안을 뒤지기 시작했다. 상자와 실뭉치, 코르크 마개를 있는 대로 끄집어냈다. 그것은 한스의 낚시 도구였다. 이제는 칼로 잘 다듬어 멋들어진 낚싯대를 만드는 일만 남았다. 그는 아버지에게로 내려갔다.

"아빠, 주머니칼 좀 빌려주세요!"

"뭐에 쓰려고?"

"나뭇가지를 잘라 낚싯대를 만들려고요. 저 낚시하러 갈래요."

그러자 아버지가 환한 얼굴로 주머니 속으로 손을 넣더니 위엄 있게 말했다.

"자, 2마르크다. 이 돈으로 칼을 사도록 해라. 한프리트 씨에게로 가지 말고 길 건너편에 있는 대장간에 가서 사도록 해라."

한스는 즉시 대장간으로 달려갔다. 대장간 아저씨도 시험에 관해 물어보았다. 오리나무와 개암나무가 강을 따라 브리웰 다리 아래로 무성하게 자라 있었다. 거기서 한스는 꽤 오래 고른 끝에 흠집이 없고 유연한 가지를 잘라내었다. 그러고는 서둘러 집으로 돌아왔다.

한스의 얼굴이 붉게 달아올랐다. 그는 눈망울을 번뜩이며 즐거운 기분으로 낚싯대를 다듬었다. 그 일은 낚시질 못지않게 즐거움을 안겨주었다. 오후 내내, 그리고 밤이 으슥해질 때까지 한스는 그 일에 매달렸다. 헝클어진 회색과 갈색, 녹색의 실을 나누어 꼼꼼하게 살핀 뒤, 끊긴 실을 잇기도 하고 서로 뒤엉켜진 매듭을 풀기도 했다. 그리고 여러 가지 모양과 크기의 코르크 마개와 깃축을 살펴보기도 하고, 새로 깎기도 했다. 그리고 무겁거나 가벼운 자그마한 납덩이들을 망치질해서 틈새를 갖춘 둥근 형태로 만들었다. 그 틈새에 낚싯줄을 끼워 무게를 붙이게 되어 있었다. 다음으로는 낚싯바늘 차례였다. 한스는 서너 개의 낚싯바늘을 보관해 두었었다. 그것들을 네 겹의 검은색 실과 말총 끈으로 단단히 동여매었다.

밤이 늦어서야 작업이 모두 끝났다. 이제 한스는 7주나 되는 기나긴 방학을 지루하지 않게 보낼 수 있게 되었다. 그에게는 낚싯대가 전부와도 같았다. 그것만 들고 있으면 혼자서 강가에 앉아 얼마든지 하루를 보낼 수 있기 때문이었다.

제2장

여름 방학! 산 위에는 너무나 푸른 하늘이 펼쳐지고 무더운 날들이 몇 주일이나 계속되었다. 그러다 가끔 세찬 폭풍우가 몰아쳤다. 강물은 사암 바위들과 전나무 숲의 그늘, 그리고 좁은 골짜기 사이로 흐르고 있었다. 하지만 무척이나 따뜻했던 터라 저녁 늦게라도 물에 들어갈 수가 있었다.

마을 주변에는 건초 냄새가 가득했고 밀밭은 금빛이 도는 갈색으로 변해 있었다. 냇가에는 독미나리처럼 희게 피어난 풀들이 어른의 키만큼이나 높다랗게 우거져 있었다. 우산 모양의 그 꽃들은 언제나 조그마한 딱정벌레들로 뒤덮여 있었는데 사람들은 그 속이 빈 줄기를 잘라내어 크고 작은 피리를 만들기도 했다.

부처꽃과 분홍바늘꽃은 가느다란 줄기 위에서 흔들리며 골짜기를 온통 보랏빛으로 물들이고 있었다. 그 주변에는 빨간 파리잡이버섯과 넓적한 우산버섯, 붉은 가지가 촘촘하

274

게 나 있었고 싸리버섯 등 갖가지 버섯들이 돋아 있었다. 그리고 진노랑색의 금작화와 엷은 자줏빛의 석남화는 무성한 잡초와 어우러져 있었다. 잎이 넓은 활엽 나무숲에서는 방울새들이 쉼 없이 지저귀고 전나무 숲에서는 여우 빛깔을 띤 다람쥐들이 나무 꼭대기에서 뛰놀고 있었다. 둑과 담장, 메마른 풀로 뒤덮인 묘지에는 초록 도마뱀들이 따사로운 햇볕 아래 편히 숨 쉬며 눈을 깜빡이고 있었다. 지칠 줄 모르는 매미의 드높은 울음소리가 풀밭 너머로 멀리 울려 퍼졌다. 마을은 이맘때면 시골 분위기를 물씬 풍겼다. 마른 풀을 실은 마차에서 나는 풀내음과 낫을 가는 소리가 거리와 하늘을 가득 메웠다. 만약 여기에 두 채의 공장 건물이 눈에 보이지 않았더라면 누구나 여기가 시골이라는 착각에 빠질 것이다.

방학 첫날 아침에 한스는 안나 아주머니가 일어나기도 전에 부엌에 나와 조급한 마음으로 커피를 기다렸다. 한스는 불을 지피는 일을 거들고 난 다음에 빵을 가져와서는 신선한 우유를 탄 차가운 커피를 단숨에 들이마셨다. 그러고는 남은 빵을 주머니에 넣고 밖으로 나갔다.

한스는 철둑 옆에서 둥근 양철통을 바지 주머니에서 끄집어내어 메뚜기를 잡기 시작했다. 그때 기차가 지나갔는데 철길이 무척이나 가파르게 뻗어 있었기 때문에 기차는 느긋하게 천천히 움직였다. 열린 창문 너머로 승객은 별로 보이지 않았다. 기차는 흥겹게 나부끼는 깃발처럼 연기와 증기를 길게 내뿜으며 달리고 있었다. 빙빙 돌며 피어오르는 하얀 연기는 어느덧 햇살이 가득한 이른 아침의 맑은 하늘로

275

사라져갔다. 이 모든 풍경이 얼마나 오랜만이던가! 한스는 숨을 크게 들이마셨다. 마치 잃어버린 아름다운 시간을 다시 찾으려는 듯이 말이다. 그리고 전혀 거리낌이나 두려움 없이 다시 한번 어린 시절의 세계로 되돌아가려는 듯이!

한스는 메뚜기를 담은 통과 새로 만든 낚싯대를 손에 들고 다리를 건너 수풀을 지나 말을 씻기는 웅덩이로 갔다. 그곳은 강가에서 가장 깊은 곳이었다. 그쪽으로 걸어가는 동안 한스의 가슴은 남모르는 기쁨과 사냥꾼의 즐거움에 가득 차 두근거리기 시작했다. 그곳에는 그 누구의 방해도 받지 않고 버드나무에 기대어 편안하게 낚시질을 할 수 있는 자리가 있었다. 한스는 실을 풀어 조그마한 납덩이를 달아매고, 낚싯바늘에 살진 메뚜기를 가차 없이 찔러 꽂았다. 그러고는 강의 한가운데로 힘껏 내던졌다.

오래전부터 즐겨오던 유희가 다시 시작되었다. 자그마한 붕어 떼가 먹이를 먹으려고 낚싯바늘 주위로 한꺼번에 몰려드는 바람에 얼마 가지 않아 먹이가 없어졌다. 두 번째 메뚜기가 낚싯바늘에 꽂혔다. 잠시 후에 네 번째 메뚜기와 다섯 번째 메뚜기도 뒤를 이었다. 한스는 더욱더 조심스럽게 먹이를 바늘에 꽂았다. 마침내 그는 낚싯줄을 무겁게 하기 위해 납덩이를 하나 더 매달았다. 이제 처음으로 제법 덩치가 큰 물고기가 낚싯밥을 건드려왔다. 그 물고기는 낚싯밥을 물고는 조금 잡아당기다가 그냥 놓아버리더니 다시 한번 달려들어 먹이를 덥석 물었다. 노련한 낚시꾼은 낚싯대와 줄을 통해 손가락 끝으로 전해지는 미세한 움직임을 느낄 수

276

있다! 한스는 재빠르게 낚싯줄을 낚아챈 다음 무척 조심스럽게 잡아당겼다. 물고기가 바늘에 물려 있었는데 이윽고 모습을 드러낸 걸 보니 황어였다. 한스는 그 사실을 곧 알아차렸다. 담황색으로 빛나는 넓적한 몸뚱이와 세모난 머리, 그리고 매우 아름다운 배지느러미를 갖추고 있었다. 무게는 얼마나 될까? 하지만 제대로 어림잡기도 전에 물고기는 필사적으로 몸뚱이를 뒤틀기 시작했다. 강물 위에서 두려움에 못 이겨 발버둥치던 물고기는 결국 도망치고 말았다. 물고기가 서너 차례 물속에서 선회하다가 은빛 번개처럼 물속 깊이 사라지는 모습을 한스는 그저 물끄러미 바라보았다. 그 물고기가 낚싯바늘을 제대로 물지 않았던 것이다.

한스는 차츰 낚시질의 흥분과 긴장 상태에 사로잡혔다. 그의 두 눈은 수면에 닿아 있는 가느다란 갈색의 낚싯줄을 날카롭게 응시하고 있었다. 그의 뺨은 붉게 상기되어 있었고 몸놀림은 군더더기가 없이 빠르고 정확했다. 두 번째 황어도 먹이를 물더니 다시 빠져나갔고 그다음에는 아쉽게도 자그마한 잉어가 걸렸다. 그리고 세 마리의 망둥이가 연달아 낚였다. 망둥이는 아버지가 좋아하는 생선이었다. 그래서 한스는 무척이나 기뻤다. 그 물고기는 작은 비늘과 우스꽝스럽게 하얀 수염이 달린 두툼한 머리, 조그만 눈과 가늘고 길며 기름진 몸뚱이를 가지고 있었다. 그리고 녹색과 갈색 사이의 색깔을 띠고 있다가도 일단 뭍에 올라오기만 하면 강철 빛깔로 변했다.

해는 점점 높이 솟아올랐다. 강둑 위쪽에서 물거품이 하얀 눈처럼 빛나고 물 위로 따사로운 산들바람이 흔들거렸다. 하늘 위로는 손바닥 크기만 한 눈부신 구름 조각이 여럿 떠 있었다. 날씨는 무더웠다. 푸른 하늘 한가운데 조용히 떠도는 하얀 구름 조각이 한여름 날의 무더위를 잘 말해주고 있었다. 자그마한 구름 조각들은 오래 쳐다보지 못할 정도로 햇볕을 듬뿍 머금고 있었다. 구름이 보이지 않을 때에는 종종 날씨가 얼마나 무더운지 모를 수도 있다. 푸른 하늘이나 반짝이는 수면에서가 아니라 한낮의 범선인 구름 조각들이 뭉게뭉게 피어오를 때, 사람들은 갑자기 찌는 듯한 태양을 느끼게 된다. 그리고 그늘을 찾아 두리번거리다가 땀으로 얼룩진 이마를 손으로 닦아내는 것이다.

한스는 차츰 낚시질에 싫증이 났다. 조금 피곤하기도 했다. 어차피 이때쯤이면 늙고 큰 은빛 황어들은 햇볕을 쬐려고 물 위로 올라오는데 이것들은 거무스레한 빛깔을 띤 채 강을 거슬러 헤엄쳐 간다. 그러다가도 때로는 공연히 화들짝 놀라기도 한다. 어쨌든 이럴 때면 전혀 미끼를 물려고 하지 않는다.

한스는 땅바닥에 주저앉아 낚싯줄을 강물에 드리운 채 푸른 강물을 바라보았다. 물고기들이 거무스레한 등을 보이며 느릿하게 살며시 헤엄치면서 위로 올라왔다. 물고기들은 따뜻한 날씨에 유혹되어 기분 좋은 마술에라도 걸린 듯했다. 한스는 장화를 벗고 물속에 발을 담갔다. 물의 윗부분은 제법 미지근했다. 한스는 자신이 낚은 물고기들을 살펴보았다. 물고기들은 커다란 주전자 안에서 유유히 헤엄치다가 가끔 살며시 파닥거릴 뿐이었는데 무척 아름다웠다. 물고기들이 움직일 때마다 흰색과 갈색, 녹색과 은색, 옅은 황금색과 청색, 그리고 다른 여러 색깔이 비늘과 지느러미에서 반짝거렸다.

주위는 온통 고요했다. 다리 위를 달리는 차 소리나 물레방아의 덜거덕거리는 소리도 여기서는 아주 희미하게 들릴 뿐이었다. 단지 강둑에서 하얀 거품이 이는 부드러운 물소리만이 끊임없이 흘러내리듯 들려왔다. 조용하고 시원했으며 졸음에 잠긴 듯한 소리였다. 그리고 뗏목의 말뚝을 스쳐 도는 물살의 나지막한 소리도 들려왔다.

한스는 지난 1년간 그리스어와 라틴어, 문법과 문체론, 수학과 암기에 시달리며 오랫동안 쉬지도 못한 채 쫓기듯 지내온 것이 떠올랐다. 이 모든 괴로운 방황도 졸음에 잠긴 따스한 한나절 속으로 조용히 잠겨버렸다. 한스는 약간 두통을 느꼈지만 다른 때처럼 그렇게 심하지는 않았다. 이제 다시 예전처럼 강가에 앉은 한스는 강둑에서 흘러내리는 하얀 물거품이 물보라가 되어 흩날리는 광경을 바라보았다. 그리고 눈을 깜박거리며 드리운 낚싯줄을 지켜보았다. 그의 곁에서는 낚아 올린 물고기들이 주전자 안에서 헤엄치고 있었다. 정말이지 기분 좋은 시간이었다.

한 번씩 자신이 주 시험에 합격한 일이 문득 떠올랐다. 더욱이 2등으로 합격한 것이었다. 그럴 때마다 한스는 맨발로 물장구를 치며 두 손을 바지 주머니에 꽂아 넣고는 휘파람을 불어댔다. 사실 한스는 휘파람을 잘 불지 못해서 학교 친구들로부터 무척이나 놀림을 당하기도 했다. 그래서 휘파람은 그의 오래된 고민거리이기도 했다. 어차피 지금은 아무도 그의 휘파람 소리를 듣지 않는다. 고작해야 이빨 사이로 나지막이 불어대는 정도였지만 아무도 없으니 즐겁기만 했다.

지금 다른 친구들은 교실에 앉아 지리 공부를 하고 있을 것이다. 한스 혼자만 자유롭게 수업을 받지 않아도 괜찮았다. 그는 같은 또래의 모든 아이를 뛰어넘었고 이제 그 아이들은 한스의 발아래에 있게 되었다. 예전에는 아이들이 한스를 몹시 놀렸다. 한스는 아우구스트 외에는 친한 친구가 하나도 없었다. 그리고 아이들의 싸움이나 놀이에도 별로 흥미를 느끼지 못했다. 자, 이제 너희들은 내 뒷모습이나 멍하니 쳐다볼 테지! 이 얼간이 같은 놈들아!

한스는 그들을 무척 경멸하듯 입을 삐죽거리기 위해 잠시 휘파람을 멈추었다. 낚싯줄을 걷어 올리던 한스는 그만 웃음을 터뜨리고 말았다. 낚싯바늘에 꿰어놓은 먹이가 다 없어져 버린 것이다. 그는 통 속에 남아있던 메뚜기들을 놓아주었다. 메뚜기들은 취한 듯이 흐느적거리며 마지못해 낮은 잔디 속으로 기어들어 갔다. 옆에 있는 가죽 공장은 이미 점심시간이었고 이제 한스도 식사하러 가야 했다.

식탁에 둘러앉은 가족들은 모두가 말이 없었다.

"고기는 얼마나 잡았니?"

아버지가 물었다.

"다섯 마리요."

"아, 그래? 어미 물고기들은 잡지 않도록 해라. 그렇지 않으면 나중에 어린 물고기들을 한 마리도 보지 못하게 될 테니까."

대화는 이것이 전부였다. 날씨가 무척이나 무더웠는데 식사를 마치고 바로 물에 들어가지 못하는 것이 정말이지 유감스러웠다. 그런데 왜 그러면 안 되는 걸까? 사람들은 건강에 해롭기 때문이라고 하지만 정말로 해로운 것일까? 한스는 어른들의 말을 따르지 않고 종종 수영하러 가곤 했다. 하지만 이제는 두 번 다시 그러진 않을 것이다. 그렇게 버릇없이 굴기에는 한스는 성숙해 있었다. 주 시험을 보던 날 감독 교수들은 이미 한스에게 '씨'라는 호칭을 붙여 불러주었다.

정원의 전나무 아래에서 한 시간 정도 누워 있는 것도 나쁘지 않았다. 쉴 만한 그늘은 충분했으며 책을 읽거나 날아다니는 나비를 바라보기도 했다. 이렇게 그는 거기서 2시까지 누워 있었다. 더 이상 바랄 것이 없었다. 하마터면 한스는 잠이 들어버릴 뻔했다. 그렇지만 이제는 수영하러 갈 시간이었다.

수영터가 있는 풀밭에 어린 꼬마애들이 서너 명가량 나와 있는 것이 보였다. 한스는 큰 아이들은 지금 모두 교실에 앉아 있을 거라 생각하니 너무 기뻤다. 아주 천천히 옷을 벗고 물속으로 들어갔다. 그는 더운물과 찬물을 번갈아 가며 즐기는 법을 알고 있었다. 잠시 헤엄치다가 물속으로 잠수를 하기도 하고 물을 철썩거리며 차기도 했다. 그러고는 강가에 배를 깔고 누워 햇볕을 쬐며 피부를 말렸다. 어린 녀석들은 존경 어린 표정으로 살그머니 한스 옆으로 다가왔다. 이제 한스는 유명 인물이 되어 있었다. 그는 외모부터 여느 아이들과는 전혀 달랐다. 햇볕에 그을린 가느다란 목덜미 위로 고운 머리카락이 자연스러우면서도 우아하게 모습을 드러냈고 영혼이 충만한 듯한 얼굴과 남을 압도하는 듯한 눈망울을 가지고 있었다. 또 가느다란 팔다리가 무척 연약해 보였으며 가슴과 등은 갈빗대를 셀 수 있을 정도였다. 장딴지에도 살이 거의 붙어 있지 않았다.

오후 내내 한스는 햇볕과 물 사이를 오가며 시간을 보냈다. 4시가 지날 즈음에는 학교 친구들이 왁자지껄하게 떠들며 그에게로 달려왔다.

"야, 기벤라트! 넌 참 좋겠다."

한스는 기분 좋게 기지개를 켜며 말했다.

"그래, 나쁘지 않아."

"신학교에는 언제 가는 거니?"

"9월에나 가게 될 거야. 지금은 방학 중이거든."

한스는 학교 친구들이 부러워하는 모습을 은근히 즐기고 있었다. 뒤에서 비아냥거리는 소리가 크게 들리고 누군가가 조롱 섞인 노래를 불렀지만 그래도 한스는 태연스럽게 그대로 누워 있었다.

내가 슐체 리자베트처럼 될 수만 있다면!

얼마나 좋을까.

그는 대낮에도 침대에 누워 있는데.

나는 그럴 수 없는 신세라네.

한스는 그냥 웃어 버렸다. 그 사이에 아이들은 옷을 벗기 시작했고 한 아이가 단숨에 물속으로 뛰어들었다. 다른 아이들은 먼저 조심스럽게 물을 끼얹어 몸을 식혔다. 헤엄치기 전에 잔디밭에 드러눕는 아이도 있었고 멋진 잠수를 보인 아이는 부러움을 사기도 했다. 위에서 물속으로 떠밀린 아이는 겁에 질린 나머지 살려달라고 외쳐대기도 했다. 아이들은 서로 뒤쫓기도 하고 달리기도 하고 헤엄치기도 했다. 그리고 잔디 위에서 일광욕을 즐기는 아이들에게 물을 뿌리기도 했다. 첨벙거리는 소리, 고함치는 소리가 무척이나 시끄러웠다. 강가의 잔디는 물에 젖은 옅은 빛깔의 번지르르한 몸뚱어리들로 온통 빛나고 있었다.

한 시간쯤 지나 한스는 그 자리를 떠났다. 물고기들이 다시 입질을 시작하는 따스한 저녁 시간이 되었다. 저녁 식사를 하러 갈 때까지 그는 다리 위에서 낚시질을 했지만 고기는 한 마리도 잡지 못했다. 물고기들은 물불을 가리지 않고 낚싯바늘에 달려들며 미끼만 먹어치울 뿐이었다. 미끼로 쓴 버찌가 너무 컸거나 물렁했던 모양이었다. 한스는 나중에 다시 한번 시도해 보기로 마음먹었다.

저녁 식탁에 앉은 한스는 많은 친척이 그를 축하하기 위해 다녀갔다는 이야기를 들었다. 그러고는 오늘 발행된 주간지를 보았다. 거기에는 '공지사항'이라는 제목 아래 다음과 같은 기사가 실려 있었다.

'올해 우리 마을에서는 초급 신학교의 입학시험에 단 한 명의 후보자인 한스 기벤라트를 보냈다. 방금 우리는 그 소

년이 2등으로 합격했다는 기쁜 소식을 접하게 되었다.'

한스는 신문을 접어 주머니에 넣었다. 그러고는 아무 말
도 하지 않았다. 하지만 그의 가슴은 자부심과 환호성으로
터질 지경이었다. 잠시 뒤에 그는 또다시 낚시를 하러 나갔
다. 이번에는 두서너 개의 치즈 조각을 미끼로 가지고 갔다.
치즈는 물고기들이 좋아하는 먹이일 뿐 아니라 어두운 날씨
에도 눈에 잘 띄는 훌륭한 것이었다.

한스는 낚싯대를 내버려 둔 채 간단한 손 낚시를 가지고
갔다. 그것은 그가 가장 좋아하는 낚시 방법으로 실을 손에
쥐고 낚싯대나 찌가 전혀 필요하지 않았다. 낚싯줄과 낚싯
바늘만으로도 충분히 가능했다. 약간 힘은 들었지만 그래도
훨씬 재미가 있었다. 하지만 미끼의 미세한 움직임에도 만
반의 준비를 갖추고 있어야 한다. 물고기가 먹이를 건드리
거나 입으로 물 때 그 기미를 알아차려야 하기 때문이다. 낚
싯줄이 움찔할 때는 바로 눈앞에서처럼 물고기들을 살펴야
한다. 또 이런 낚시질에서 낚시꾼의 손가락은 예민해야 하
고 탐정처럼 조심스럽게 주위를 살필 줄 알아야 했다.

강물이 굽이도는 좁은 골짜기에 어둠이 일찍 찾아들었다.
강물은 거무스레한 빛깔을 띠며 다리 아래로 조용히 흐르고
있었다. 아래 동네의 물레방아에는 벌써 불이 켜져 있었다.
떠들고 노래하는 소리가 다리와 골목길 너머로 울려 퍼졌
다. 밤공기는 약간 후텁지근했고 강에서는 검게 보이는 물
고기가 단숨에 물 위로 뛰어올랐다. 이런 밤에는 물고기들
이 놀랄 만큼 흥분해서 이리저리 치닫거나 공중으로 튕겨 오

르고 낚싯줄에 부딪히기도 하며 겁도 없이 그냥 미끼를 향해 달려들기도 한다.

마지막 치즈 조각이 다 떨어질 즈음 자그마한 잉어 네 마리를 낚아 올렸다. 한스는 내일 이 물고기들을 마을 목사에게 가져다주려고 마음먹었다. 따스한 바람이 골짜기 아래로 불어왔다. 벌써 주위는 어두워졌지만 하늘은 아직도 밝은 빛을 머금고 있었다. 저물어가는 마을에서는 교회의 탑과 성의 지붕만이 시커먼 윤곽을 드러내며 밝은 하늘을 향해 뾰족하게 솟아 있었다. 아주 멀리서 폭풍우가 몰려오는지 이따금 천둥소리가 아련하게 들려왔다.

한스는 10시에 잠자리에 들었다. 온몸이 편하면서도 나른하고 피곤했다. 오랜만에 맛보는 느낌이었다. 산책과 수영, 낚시, 그리고 몽상에 가득 찰 아름답고 자유로운 여름날들이 위로와 유혹의 날개를 펴며 한스의 눈 앞에 펼쳐지고 있었다. 단지 1등을 못 한 것이 그를 불쾌하게 했다.

이른 아침, 한스는 강가에서 잡은 물고기를 손에 들고 목사관의 문 앞에 서 있었다. 마을 목사가 서재에서 나왔다.

"오, 한스 기벤라트! 좋은 아침이구나! 축하한다, 진심으로 축하해. 그런데 들고 있는 건 뭐니?"

"물고기인데요. 서너 마리밖에 안 돼요. 어제 낚시로 잡은 거예요."

"원, 이렇게 고마울 때가. 자, 들어오너라."

한스는 서재로 들어갔다. 그런데 그 서재는 여느 목사의 서재와는 달라 보였다. 화초 냄새나 담배 냄새도 전혀 나지 않았고 소장하고 있는 장서는 거의 전부가 말끔하게 겉칠을 하고 금박을 입힌 신간 서적이었다. 여느 교회의 도서관에서 볼 수 있는 색이 바래고 표지가 휘어지고 곰팡이가 슬고 얼룩진 책이 아니었다. 목사의 서재를 본 사람이라면 누구라도 그가 고전적인 정신이 아닌 새로운 정신으로 가득 차 있다는 것을 알 수 있을 것이다. 여느 목사의 서재에 꽂혀 있는 벵엘이나 외팅어, 슈타인호퍼, 또는 뫼리케 등은 여기서는 보이지 않았다. 아니면 현대적인 작품들 속에 파묻혀 사라졌는지도 모른다. 책상 위에 흩어져 있는 잡지 다발과 서류들은 목사의 높은 학식과 품위를 보여주고 있었다.

목사는 이 서재에서 무척 열심히 공부하고 있는 것 같았고 실제로도 그는 열심히 공부했다. 하지만 설교나 성경 공부가 아닌 학술 잡지의 연구서와 논문, 그리고 자신의 책을 쓰는 데 필요한 연구를 했다. 몽상적인 신비주의나 예감에 가득 찬 명상도 이곳에서는 금기 사항이었고 대중의 영혼을 위로하기 위한 순박한 신학도 이곳에서는 설 자리가 없었다. 그 대신에 성경에 대한 날카로운 비판이 가차 없이 행해졌다. 그리고 '역사적인 예수'를 찾으려고 갖은 애를 썼다.

신학도 다른 영역과 마찬가지로 예술이라고 불릴 신학이 있고 학문이라고 불릴 신학이 있다. 아니면 적어도 그렇게 되기 위해 노력하는 신학이 있다. 그것은 예전이나 지금이나 마찬가지다. 과학적인 사고를 지닌 사람들은 오래된 포도주를 언제나 새로운 포대에 담는다. 새로운 포대에 담기 때문에 전통적인 가치를 망치게 되는 것이다. 반면에 예술가들은 얼핏 보기에 그릇된 주장들을 고집하면서도 많은 사람에게 위로와 기쁨을 가져다주었다. 이것은 비평과 창조, 학문과 예술 사이의 불평등한 오랜 투쟁이다. 이 투쟁에서 과학은 별다른 도움 없이 언제나 정당성을 인정받아 왔다. 언제나처럼 예술은 믿음과 사랑, 위로와 아름다움, 그리고 영원에 대한 예감의 씨앗을 뿌려왔다. 풍요로운 토양을 새로이 발견하여 온 것이다. 그것은 삶이 죽음보다 강하고, 믿음이 의심보다 강하기 때문이기도 하다.

한스는 책상과 창문 사이에 놓인 자그마한 가죽 소파에 앉았다. 마을 목사는 굉장히 친절했고 동료를 대하듯 한스에게 신학교에서의 생활과 학업에 대해 이야기해 주었다. 그리고 마지막에 마을 목사가 이렇게 말했다.

"네가 신학교에서 겪게 될 일 중에 가장 중요한 게 신약성서의 그리스어를 배우는 걸 거야. 그걸 배우면 네 앞에 새로운 세계가 열릴 거야. 열심히 공부하는 만큼 기쁨도 커지는 법이란다. 처음엔 언어를 익힌다는 게 여간 어려운 일이 아닐 거야. 그건 세련된 그리스어가 아니라 새로운 정신에 의해 만들어진 특수 어법이기 때문이지."

한스는 주의 깊게 귀를 기울였다. 마치 자신이 진정한 학문에 한 발짝 다가선 듯한 자랑스러운 느낌이 들었다. 마을 목사는 계속 말을 이어갔다.

"틀에 박힌 교육은 새로운 세계에 대한 매력을 잃도록 만들지. 신학교에서 배우는 히브리어도 처음에는 시간을 많이 잡아먹게 될 거야. 그리스어를 미리 배워보고 싶다면 이번

방학에 조금 시작해 보는 게 어떻겠니. 그럼 신학교에 가서
는 다른 걸 할 수 있는 시간이 생기고 의욕도 솟아날 거야.
누가복음 두세 장을 함께 읽어 내려가다 보면 그리스어를 손
쉽게 익힐 수 있을 거다. 사전은 내가 빌려주도록 하지. 하
루에 한 시간에서 많아 봐야 두 시간 정도만 매달려보는 거
야. 그 이상은 하지 않는 게 좋아. 넌 지금 무엇보다도 충분
한 휴식이 필요하니까 말이야. 아무튼 이건 그냥 내가 하는
제안이니 부담은 갖지 말거라. 난 네 방학을 망치고 싶지는
않거든."

한스는 목사의 제안을 받아들였다. 마을 목사가 말하는
누가복음 공부는 마치 상쾌하고 푸른 자유의 하늘에 나타난
조각구름처럼 여겨졌다. 그래서 그 제안을 거절하기가 어쩐
지 부끄러웠다. 더욱이 방학이나 방학 때에 새로운 언어를
틈틈이 배운다는 것은 힘든 일이라기보다는 즐거운 일이었
다. 그리고 한스는 신학교에서 배우게 될 새롭고도 다양한
공부에 대해 은근히 겁을 집어먹고 있던 터였고 특히 히브리
어가 그랬다.

한스는 흡족한 기분으로 목사관을 나선 뒤에 낙엽송이 늘
어선 길을 따라 숲으로 들어갔다. 언짢은 감정은 이미 모두
사라져 버렸다. 마을 목사와의 일을 떠올릴 때마다 자신의
결정이 옳았다는 생각이 더욱더 굳어져 갔다. 신학교에서도
다른 친구들보다 앞서기 위해서는 야망과 인내심으로 무장
해 더 열심히 노력해야 한다는 사실을 잘 알고 있었기 때문
이다. 한스는 남보다 앞서고 싶었다. 하지만 왜 그래야 하는

지는 자신도 알 수 없었다.

지난 3년 동안 마을 사람들은 그를 눈여겨보았다. 그리고 선생님들과 마을 목사, 아버지, 교장 선생님까지 격려의 채찍질을 해가며 한스를 숨 가쁘게 몰아세웠다. 처음부터 지금까지 한스는 의심의 여지가 없는 최우등생이었다. 맨 앞에 우뚝 서 있는 한스는 아무도 자기 곁에 다가서지 못하게 발버둥을 쳤다. 그리고 그런 자신의 모습에 자부심을 느끼기도 했다. 아무튼 주 시험에 대한 어리석은 걱정은 어느덧 깨끗하게 사라져 버렸다.

방학을 즐기는 일은 더할 나위 없이 멋진 일이었다. 산책하는 사람이 아무도 없는 이른 아침에 바라보는 숲은 유난히 아름답게 느껴졌다. 줄지어 늘어선 전나무들이 회랑처럼 끝없이 펼쳐진 숲터를 청록색의 둥근 천장으로 뒤덮고 있었다. 잡초들은 별로 보이지 않았고 여기저기에 산딸기 덤불만 무성할 뿐이었다. 수십 킬로미터에 걸쳐 이끼로 뒤덮인 지대가 있었다. 거기에는 솜털처럼 부드러운 이끼 위로 키 작은 월귤나무와 석남화나무가 우거져 있었다. 이미 이슬은 벌써 말라버렸고 화살처럼 곧게 뻗은 나무줄기 사이로 아침 숲의 색다른 무더위가 감돌고 있었다. 햇살의 따스함과 이슬의 아지랑이, 이끼의 냄새, 그리고 송진과 전나무의 잎, 버섯 등이 서로 어우러져 발산하는 이 향내는 모든 감각을 마비시킬 듯이 살랑거리며 가볍게 흘러 다녔다.

한스는 이끼로 뒤덮인 언덕에 벌렁 드러누워 산딸기를 먹었다. 다닥다닥 엉킨 나무줄기를 쪼아대는 딱따구리 소리와 공연히 시샘하는 듯한 소쩍새의 울음소리가 들려왔다. 검은 빛이 짙게 감도는 전나무 사이로 구름 한 점 없이 검푸른 하늘이 모습을 드러냈다. 곧게 뻗은 수많은 나무줄기가 저 멀리까지 육중한 갈색의 벽을 쌓고 있었다. 노란 햇살이 여기저기 흩어지며 이끼 위에 따스한 빛을 던지고 있었다.

원래 한스는 뤼첼 저택이나 크로쿠스 초원까지 걸어볼 생각이었다. 하지만 지금 그는 이끼 위에 누워 산딸기를 먹으며 멍하니 허공만 바라보고 있었다. 왜 자신이 이처럼 피곤한지 알 수가 없었다. 예전에는 서너 시간을 산책하면서도 전혀 피곤을 느끼지 않았었다. 한스는 다시금 힘을 내어 멀리 걸어보기로 마음먹었다. 하지만 얼마 가지 못하고 그냥 주저앉아 버렸다. 왜 그런지는 알 수가 없었다. 이끼 위에 누운 한스의 시선은 나무줄기에서 나무 꼭대기로, 그리고 또다시 푸른 잔디 위로 헤매고 있었다. 이 숲의 공기는 이상하게도 무거웠다.

한스는 점심 때쯤 집으로 돌아왔다. 또다시 머리가 아프기 시작했고 눈도 아프기는 마찬가지였다. 숲으로 난 언덕 길에서 지나치게 따가운 햇볕을 쬐었기 때문이었다. 한스는 어쩔 수 없이 오후의 반나절을 집에 틀어박혀 있었다. 다시금 강가로 가서 수영할 때에야 비로소 머리가 맑아졌다. 이제 마을 목사에게 갈 시간이 되었다.

구둣방 아저씨 플라이크는 작업장 창가에 놓여 있는 세발 의자에 앉아 일하고 있었다. 한스가 지나가자 그는 한스를 불렀다.

"한스야, 어디에 가는 거니? 요즘엔 도무지 널 볼 수가 없구나."

"마을 목사님 댁에 가는 길이에요."

"아니, 거길 계속 가니? 주 시험도 다 끝났잖아."

"네, 그런데 지금은 신약성서를 배워요. 제가 여태껏 배운 거 하고는 전혀 다른 그리스어로 쓰여 있거든요."

구둣방 아저씨는 차양이 없는 모자를 눌러쓰고 근심에 잠긴 듯한 넓은 이마에 두꺼운 주름을 지었다. 그러고는 깊은 한숨을 내며 나지막하게 말했다.

"한스! 너에게 할 말이 있다. 지금까진 시험 때문에 잠자코 있었다만 이젠 주의를 좀 줘야겠구나. 넌 우리 마을 목사가 믿음이 잘못되었다는 사실을 알아야 해. 그 사람은 성경 말씀을 따르지 않고 거짓을 가르치려 한단다. 그런 목사와 신약성서를 읽다 보면 너도 모르는 사이에 그만 믿음이 흔들리게 된단다."

"하지만 플라이크 아저씨, 전 그냥 그리스어를 배우는 거예요. 어차피 신학교에 가면 배워야 하거든요."

"당연히 넌 그렇게 말하겠지. 하지만 네가 성경을 경건하게 여기고 양심적인 선생님 밑에서 배우는 거하고, 사랑의 하느님을 믿지 않는 사람 밑에서 배우는 건 정말 다른 이야기란다."

"그렇기는 해요. 하지만 그분이 정말 하느님을 믿지 않는지는 아무도 모르잖아요."

"그렇지 않아, 한스! 유감스러운 일이긴 하지만 모두 그 사실을 알고 있단다."

"그러면 전 어떻게 하죠? 배우러 가겠다고 벌써 약속을 해버렸는데요."

"그렇다면 당연히 가야지. 하지만 성경은 인간이 만들었다느니 성경이 사람들을 기만한다느니 아니면 성경이 성령에 의해 쓰인 게 아니라든지 하는 말을 듣는다면 즉시 나한테 오너라. 그 문제에 대해 함께 이야기를 나눠보자. 그렇게 해주겠니?"

"그렇게 할게요, 플라이크 아저씨! 하지만 그렇게 심각하진 않을 거예요."

"이제 곧 알게 될 거다. 어쨌든 내 말 명심하렴!"

마을 목사는 아직 집에 돌아와 있지 않았다. 한스는 서재에서 그를 기다렸다. 금박을 입힌 책의 표지들을 찬찬히 살펴보던 한스는 조금 전에 구둣방 아저씨가 한 이야기 때문에 깊이 생각에 잠겼다. 한스는 지금까지 사람들이 마을 목사나 새로운 생각을 지닌 성직자들에 대해 주고받는 이야기를 숱하게 들어왔다. 하지만 이제 제대로 긴장과 호기심을 자극하는 이런 문제에 휘말려 들게 되었다. 한스에게 있어 이 문제는 구둣방 아저씨가 말한 것처럼 그렇게 심각하거나 끔찍한 일이 아니었다. 오히려 그는 여기서 오래되고 위대한 비밀을 알게 될 것 같았다.

한스는 어린 시절에 신의 존재라든가 영혼, 악마와 지옥 등에 대한 의문으로 가끔 터무니없는 상상의 나래를 펼쳐보곤 했다. 하지만 이러한 의혹들은 지난 몇 년에 동안 모두 잠들어 버리고 말았다. 엄격한 교육 제도 아래서 공부에 전념하다 보니 그렇게 된 것이다. 한스가 학교에서 얻은 기독교적인 신앙은 고작해야 구둣방 아저씨와 이야기를 나눌 때나 겨우 되살아났다.

구둣방 아저씨와 마을 목사를 비교하던 한스는 웃음이 나왔다. 힘든 세월을 거쳐 얻게 된 구둣방 아저씨의 확고한 신앙을 한스는 이해할 수가 없었다. 플라이크는 현명한 사람이었지만 동시에 단순하고 편견이 심하기도 했다. 그는 지나치게 독실한 신앙 때문에 주위의 많은 사람으로부터 놀림을 당하기도 했다. 기도하는 모임에서는 엄격한 재판관이자 권위 있는 성경 해석가로 행세해 왔다. 또한 여러 마을을 돌아다니며 신앙심을 고취시키기도 했다. 그 외에는 여느 사람들과 다름없는 소시민적인 수공업자에 지나지 않았다. 반면에 마을 목사는 풍부한 경험과 뛰어난 언변을 지닌 설교자일 뿐 아니라 부지런하고 학식이 높은 인물이었다. 한스는 존경의 마음을 담아 책장을 올려다보았다.

마침내 마을 목사가 돌아왔다. 그는 프록코트를 벗고 나서 가벼운 차림의 검정색 실내 조끼로 갈아입었다. 그러고는 그리스어로 쓰인 누가복음의 원문을 한스의 손에 쥐여 주었다. 그것은 라틴어를 공부할 때와는 사뭇 달랐다. 몇 안 되는 문장을 읽은 뒤에 하나하나의 단어를 차근차근 해석해 나갔다. 마을 목사는 별로 낯설지 않은 예문을 들어가며 재치 있고 능숙한 어투로 이 언어의 근원적인 정신을 설명해주고 이 책이 생겨난 시대와 내력에 대해서도 이야기를 해주었다. 단 한 시간 만에 그는 학습과 독서의 전혀 새로운 개념을 소년 한스에게 불어넣었다. 한스는 어렴풋하게나마 이 모든 시구와 단어 뒤에 얼마나 많은 의문이 숨어 있는지 깨닫게 되었다. 그리고 예전부터 수많은 학자와 명상가, 그리고 연구가들이 이런 문제와 어떻게 씨름해 왔는지도 알게 되었다. 한스는 공부하면서 마치 자신이 진리 탐구의 세계로 발을 디뎌놓은 듯한 기분이 들었다.

마을 목사는 한스에게 사전과 문법서를 빌려주었고 한스는 집에 돌아와 저녁 내내 공부에 몰두했다. 얼마나 많은 공부와 학식의 산을 넘어야 비로소 참된 연구의 길로 들어서게 되는지를 그는 비로소 느끼게 되었다. 그리고 어떠한 난관이 다가오더라도 포기하지 않으리라고 굳게 다짐했다. 구둣방 아저씨의 일은 한스의 관심 밖으로 사라져 버렸다.

한스는 며칠 동안 이 새로운 학문에 빠져들었다. 그는 매일 밤 마을 목사를 찾아갔다. 그에게는 진정한 학문이 보다 아름답고 어려우면서도 추구할 만한 가치가 있다고 여겨졌다. 한스는 아침에는 일찍 일어나 낚시를 했고 오후에는 수영을 했으며 그 외에는 거의 집에 틀어박힌 채 밖으로 나가지 않았다.

한스는 주 시험에 대한 불안감과 승리감 때문에 사라져 버렸던 야망이 다시금 살아나는 것을 느꼈다. 그는 조금도 쉬지 않았다. 동시에 지난 몇 달 사이에 자주 느껴왔던 형용할 수 없는 야릇한 감정이 그의 머릿속에서 고개를 들기 시작했다. 그것은 두통이 아니었으며 빠른 맥박과 흥분을 동반한 승리에 대한 조급함이었다. 또한 무작정 앞으로 나아가려고 하는 억제되지 못한 욕망이기도 하였다. 나중에는 어김없이 머리가 아파오기 시작했다. 하지만 이 섬세한 고열이 지속되며 독서와 학습의 성취는 폭풍처럼 빠르게 이루어졌다. 그래서 한스는 예전에 15분가량 걸리던 크세노폰의 가장 어려운 문장들을 이제는 손쉽게 읽을 수 있었다. 사전을 거의 들여다보지 않고도 날카로운 이해력을 십분 발휘하여 무척이나 난해한 글들을 가볍게 읽어나갔다.

한스는 학습 의욕과 지식에 대한 욕구가 강해졌으며 여기에 자신감까지 더해 졌다. 그는 학창시절이 이미 오래전에 끝났고 지식과 능력의 세계를 향해 혼자 걸어가는 듯한 기분에 휩싸였다.

한스는 이런 느낌과 동시에 너무나도 강렬한 꿈 때문에 자주 잠에서 깨곤 했다. 밤중에 가벼운 두통을 느끼며 잠에서 깨어나 다시 잠들지 못할 때는 성공에 대한 강박관념이 그를 뒤흔들어 놓았다. 자신이 학교 친구들보다 앞서 있다거나 교장을 포함한 모든 학교 선생님들이 자기에게 던지는 찬사의 눈길을 떠올릴 때마다 한스는 뿌듯한 우월감을 느끼곤 했다. 교장 선생님은 한스의 야망을 일깨워 주었으며, 그 야망이 커지는 것을 보면서 보람도 느끼고 있었다.

학교 선생님들을 냉정하고 고지식하며 영혼조차 없는 속물이라고 욕해서는 안 된다. 그렇지 않다. 그들이 아이들의 잠자고 있는 재능을 끌어내어 공부를 향해 나아가게 하면 아이들은 진지하고 도덕적인 사람이 될 수 있다. 그리고 그 아

295

이가 나무칼이나 돌팔매질이나 활쏘기와 같은 어리석은 놀이를 그만두고 앞을 향해 힘껏 발걸음을 내디딜 때, 멋대로 자라온 통통한 뺨을 지닌 아이가 진지한 학습을 통하여 섬세하고 진지하며 금욕적인 아이로 탈바꿈할 때, 그 아이의 얼굴에는 연륜과 학식이 더해진다. 또한 아이의 눈망울이 목표를 향하여 더욱 깊어지고 아이의 부드러운 손이 점점 더 희어질 때, 선생님의 영혼은 기쁨과 자랑에 겨워 활짝 웃음을 터뜨리게 된다.

학교 선생님의 의무와 직무는 어린 소년의 내부에 자리 잡고 있는 거친 본능과 욕망을 길들임과 동시에 송두리째 뽑아버리는 것이다. 또한 그 아이에게 국가적으로 공인된 절제된 평화로운 이상을 심어주는 것이다. 현재 만족스러운 삶을 영위하고 있는 시민이나 임무에 충실한 관료라 할지라도 학교에서의 이런 교육이 없었다면 마구 날뛰는 난폭한 개혁가나 쓸데없는 상념에 사로잡힌 몽상가가 되었을 것이다.

아이들의 내면에는 거칠고 야만적인 무질서가 숨어 있다. 먼저 그것을 깨뜨려야 한다. 그것은 또한 위험하기 짝이 없는 불꽃이기 때문에 먼저 그것을 밟아 꺼버려야 한다. 자연이 만든 인간은 미지의 산맥에서 흘러내리는 물줄기이며 길도 질서도 없는 원시림과 같다. 원시림을 정비하려면 나무를 베고 깨끗이 치우고 강압적으로 제어해야 하듯이 학교 또한 자연인으로서의 인간을 부수고 굴복시키며 강압적으로 제어해야 한다. 학교의 사명은 정부가 승인한 기본 원칙에 따라 인간을 사회의 유용한 일원으로 만드는 것이며 잠재된 개성들을 일깨우는 것이다. 이와 같은 교육은 군대에서의 주도면밀한 군기를 통하여 극도의 완성을 이루게 된다.

어린 소년 한스 기벤라트는 훌륭하게 성공했다. 길거리를 배회한다거나 장난을 치는 일 따위는 스스로 그만두었다. 그가 학교에서 공부하다가 공연히 웃는 일은 사라진 지 이미 오래다. 정원 가꾸기와 토끼 기르기, 그리고 낚시질 따위의 취미 생활도 벌써 오래전에 그만두었다.

어느 날 저녁, 교장 선생님이 직접 기벤라트의 집으로 찾아왔다. 그는 기뻐서 어쩔 줄 모르는 한스의 아버지와 정중하게 인사를 나누고는 한스의 방으로 들어갔다. 한스는 책상에 앉아 누가복음을 읽고 있었다. 교장 선생님은 매우 다정하게 말을 건넸다.

"열심히 공부하고 있구나, 기벤라트! 기특하기도 하지. 그런데 왜 나를 한 번도 찾아오지 않니? 난 매일 널 기다리고 있었단다."

"가려고 했었어요."

한스는 변명을 늘어놓았다.

"멋진 물고기 한 마리쯤 잡아서 갖다 드리려고 했어요."

"물고기라고? 도대체 무슨 물고기 말이니?"

"잉어나 뭐 그런 거요."

"아, 그래. 그런데 너 다시 낚시하러 다니는 거야?"

"어쩌다 한번씩이요. 아버지가 허락해주셨거든요."

"흠, 그래! 낚시질은 재미있니?"

"네, 그럼요."

"좋은 일이로구나. 어렵게 얻은 방학이니까 놀아도 되겠지. 그래서 요즘 공부에는 흥미를 잃은 거니?"

"천만에요, 교장 선생님. 공부도 하고 싶어요."

"네가 하고 싶지 않다면 억지로 하라고는 않겠다."

"아니에요, 정말 하고 싶어요."

교장 선생님은 두세 번 숨을 깊게 들이쉬고는 가느다란 수염을 매만지며 의자에 앉았다. 그가 말했다.

"얘, 한스! 오래전부터 가끔 있는 일이란다. 시험을 잘 치르고 난 뒤에 입학했는데 별안간 뒤로 처지는 경우가 많이 생겼다. 신학교에선 새로운 과목들을 여러 가지 공부해야 한다. 새 학기가 시작되기도 전에 배울 걸 미리 준비해 두는 학생들이 있지. 그런 학생들이 적지 않단다. 특히 시험 성적이 그다지 좋지 않은 학생들이 많이들 그렇게 하지. 그런 학생들이 합격의 기쁨에 빠져 방학을 편히 보낸 학생들을 누르고는 어느 날 갑자기 정상의 자리를 차지해 버리는 거야."

그는 다시금 한숨을 내쉬었다.

"여기서 넌 언제나 어렵지 않게 일등을 할 수가 있었지. 하지만 신학교에는 모두 실력이 뛰어나고 부지런한 학생들 뿐이란다. 그런 아이들을 앞지른다는 건 결코 쉬운 일은 아닐 거야. 내 말 알아듣겠니?"

"네."

"그래서 너한테 제안을 하나 할까 한다. 이번 방학에 미리 공부를 해두는 게 어떻겠니? 물론 지나쳐서는 안 되겠지! 넌 지금 충분한 휴식을 즐길 권리와 의무를 가지고 있으니까. 내 생각으로 하루에 한두 시간쯤은 그다지 무리가 안 될 거야. 노력을 게을리하면 자칫 공부하는 자리에서 벗어나기 쉬운 법이란다. 더군다나 나중에 다시 제자리를 찾을 때까진 몇 주일씩이나 고생해야 할 것이고 말이다. 넌 어떻게 생각하니?"

"교장 선생님, 저야 물론 그럴 마음의 준비가 되어 있지요. 선생님께서 도와주시기만 한다면요."

"좋아. 신학교에선 히브리어 다음으로 호머가 새로운 세계를 열어줄 거야. 지금 기초를 잘 다져놓기만 하면 나중엔 곱절이나 즐겁고 손쉽게 호머를 읽을 수 있을 거다. 호머의 언어는 고대 이오니아의 방언인데 시의 음률과 더불어 아주 독창적인 거란다. 뭔가 고유한 맛이 그 속에 스며 있어. 정말이지 그의 시를 올바르게 감상하기 위해서는 부지런한 자세로 기초부터 하나하나 공부해야 할 거야."

물론 한스는 이 새로운 세계에도 기꺼이 뛰어들 마음의 준비가 되어 있었다. 그래서 최선을 다하겠노라고 서슴없이 교장 선생님에게 약속했다. 하지만 그다음이 문제였다. 교장 선생님은 헛기침을 하더니 다정하게 말을 이어 갔다.

"솔직히 말해서 난 네가 수학 공부에도 두세 시간 정도는 시간을 내줬으면 좋겠다. 물론 네가 수학이 약하다는 건 아니야. 그렇다고 수학에 자신이 있었던 것도 아니잖니. 신학교에서는 대수와 기하를 배우게 될 거야. 그러니 어느 정도 미리 공부를 해두는 게 어쩌면 당연한 일인지도 모른다."

"물론이죠, 교장 선생님."

"언제라도 날 찾아오너라. 너도 잘 알고 있겠지만 네가 훌륭하게 자라는 모습을 지켜볼 수만 있다면 나로서도 더없는 영광이란다. 아무튼 수학 선생님한테 개인 지도를 받게끔 아버님께 잘 말씀드리도록 해라. 아마 일주일에 서너 시간 정도면 충분할 거야."

"네, 잘 알겠습니다, 교장 선생님."

다시 공부의 열기가 뜨겁게 타오르기 시작했다. 이따금 시간을 내어 낚시를 하거나 산책을 나설 때마다 양심의 가책이 일어 마음이 편하지 않았다. 수학을 가르치는 개인 선생님은 한스의 수영 시간을 과외 시간으로 바꾸어 놓았다. 하지만 대수는 아무리 열심히 공부해도 한스에게 별로 만족을 주지 못했다. 찌는 듯이 무더운 오후 시간에 수영장 대신에 수학 선생님의 후텁지근한 방을 찾아가야 했다. 거기에 틀어박혀 모기가 윙윙거리는 먼지투성이의 공기를 마시며 피곤한 머리를 부둥켜안은 채 텁텁한 목소리로 '에이 플러스 비, 에이 마이너스 비'를 중얼대야 하는 현실이 잔인하게 여겨졌다. 또 기분이 좋지 않은 날에는 무기력하고 갑갑한 분위기가 암울한 절망감으로 바뀌곤 했다.

한스에게는 수학이 묘한 과목이었다. 그렇다고 해서 그가 수학을 전혀 이해하지 못하는 것은 결코 아니었다. 이따금 한스는 수학 문제를 풀며 훌륭한 해답을 찾아냈을 때 기쁨에 젖기도 했다. 수학의 세계에서는 미로를 헤매거나 남을 속이는 일이 벌어지지 않는다는 사실이 마음에 들었다. 주제

영역을 벗어나 주변 영역을 서성거릴 필요도 존재하지 않았다. 같은 이유로 한스는 라틴어를 매우 좋아했다. 왜냐하면 그 언어는 뚜렷하고 확실했으며 좀처럼 의문의 여지를 남기는 법이 없기 때문이었다.

그러나 수학에서 아무리 계산의 모든 결과가 일치한다고 하더라도 그 이상의 어떤 다른 의미는 생겨나지 않았다. 수학적인 학습과 강의는 마치 곧게 뻗어 있는 찻길을 걷는 것과 다름없었다. 언제나 앞으로 나아가고 어제까지도 이해하지 못했던 내용을 하루가 다르게 터득하기는 하지만 일시에 드넓은 세계를 조망해 볼 수 있는 언덕에 오르지는 못한다.

교장 선생님의 수업 시간은 어느 정도 활기가 있었다. 마을 목사는 젊음이 넘치는 호머의 언어에서보다 구약성서의 변질된 그리스어에서 훨씬 더 매력적이고 화사한 감동을 찾아내는 인물이었다. 하지만 호머는 역시 호머였다. 처음에 느꼈던 힘든 굴레를 벗어나기가 무섭게 뜻하지 않던 즐거움이 용솟음치기 시작했다. 그러고는 자꾸만 뿌리칠 수 없는 유혹의 손길을 그에게 내밀었다. 한스는 아름답게 울려 퍼지는 난해하고 비밀스러운 시구 앞에서 초조와 긴장으로 떨리는 마음을 억누르며 앉아 있었다. 그럴 때면 얼른 사전을 뒤적여 맑게 개인 고요한 정원으로 들어가는 열쇠를 찾아내곤 했다.

어느새 한스는 또다시 숙제 더미에 깔려 있었다. 그는 숙제를 하느라 밤늦게까지 책상에 앉아 이를 악물며 과제물을 풀었다. 아버지 기벤라트는 열심히 공부하는 아들을 자랑스럽게 지켜보았다. 자신의 줄기에서 뻗어난 가지가 그동안 막연하게 존경해왔던 높은 영역에까지 치솟기를 바라는 평범한 사람들의 이상이, 아버지의 우둔한 머릿속에서도 어렴풋이 살아 숨 쉬고 있었다.

방학의 마지막 주가 되었다. 교장 선생님과 마을 목사는 갑자기 눈에 띌 정도로 부드럽고 자상해졌다. 한스가 산책을 하도록 배려도 해주고 아예 공부를 하지 말고 쉬라고 권유하기도 했다. 또한 상쾌하고 활기찬 마음으로 다시금 새로운 여정을 시작하는 것이 얼마나 중요한 일인지도 이야기해주었다.

한스는 두세 차례 낚시를 했다. 하지만 머리가 너무 아팠기 때문에 우두커니 강둑에 앉아 있을 뿐이었다. 강물 위에는 엷은 푸른빛을 띤 초가을의 하늘이 비치고 있었다. 예전에는 여름 방학을 무척이나 즐거운 마음으로 기다렸었다. 하지만 왜 그랬었는지조차 지금은 알 길이 없었다. 이제 방학이 끝나고 신학교가 시작된다는 생각에 오히려 기쁘기 짝이 없었다. 거기에는 완전히 새로운 삶과 배움이 한스를 기다리고 있었다. 이제 낚시질 따위는 한스의 관심에서 멀어졌기 때문에 물고기 한 마리 잡기도 쉬운 일이 아니었다. 언젠가는 아버지가 그런 한스를 놀려댔는데 그 뒤로 한스는 아예 낚시질을 그만두고 낚싯줄을 다락방에 있는 상자에 넣어버렸다.

방학이 다 끝나갈 무렵 한스는 몇 주 동안이나 구둣방 아저씨 플라이크에게 가보지 않았다는 사실을 깨달았다. 그래서 이제라도 한 번 아저씨를 찾아가 보리라고 마음먹었다.

저녁이었다. 양쪽 무릎에 어린아이를 한 명씩 올려놓은 아저씨가 거실의 창가에 앉아 있었다. 창문을 열어놓았는데도 집 안에는 온통 가죽과 구두약 냄새가 코를 찔렀다. 한스는 멋쩍은 얼굴로 자신의 손을 아저씨의 거칠고 넓적한 오른손에 얹었다.

"그래, 그동안 도대체 어떻게 지냈니? 목사님한테서 열심히 배웠니?"

아저씨가 물었다.

"네, 날마다 거기 가서 많이 배웠어요."

"뭘 배웠는데?"

"주로 그리스어였어요. 그리고 그밖에 다른 것도 많이 배웠어요."

"그래서 나한테는 통 오지 못했구나?"

"물론 뵙고 싶었어요, 플라이크 아저씨. 하지만 전혀 시간이 나질 않았어요. 마을 목사님한테 매일 한 시간씩, 교장 선생님한테는 매일 두 시간씩, 그리고 수학 선생님한테는 네 시간이나 가야 했거든요."

"아니 방학 중인데도 말이니? 그건 어리석은 짓이야!"

"잘 모르겠어요. 저는 그냥 선생님들께서 시키시는 대로 하는 것뿐이에요. 그리고 공부하는 게 그다지 힘들진 않으니까요."

"그럴 테지. 물론 공부하는 게 나쁘다는 건 아니다. 하지만 도대체 네 팔이 이게 뭐니? 얼굴도 무척 야위었구나. 너 아직도 두통이 있니?"

플라이크는 이렇게 말하며 소년의 팔을 잡았다.

"가끔요."

"정말 어리석구나. 한스! 그건 죄악이란다. 네 나이 때는 바깥 공기도 실컷 마시고 운동도 충분히 하고 편히 쉬어야 한단다. 도대체 뭣 때문에 방학이란 게 있는 줄 아니? 공부만 하라고 있는 게 아니야. 넌 정말 뼈와 가죽만 남은 몰골을 하고 있구나."

한스는 웃음을 지어 보였다.

"그래, 물론 넌 잘해나가겠지. 하지만 지나친 건 좋은 게 아니란다. 그건 그렇고 목사님한테서는 뭘 배웠니? 무슨 말씀을 하시든?"

"말씀을 많이 해주셨는데 나쁜 말씀은 한마디도 하지 않으셨어요. 목사님은 무척 박식한 분이세요."

"성경을 모독하는 말씀은 없으셨니?"

"네, 한 번도 그런 적은 없어요."

"그래, 다행이구나. 그런데 명심하거라. 분명히 말해 두겠는데 영혼을 더럽힐 바에는 차라리 열 번이라도 육신을 버리는 게 낫단다. 넌 나중에 목사님이 될 사람이잖아. 그건 신성하면서도 힘든 자리다. 올바른 일꾼이 되기 위해선 네 또래의 젊은 애들과는 달라야 하는 거야. 너는 틀림없이 영혼을 구원하는 훌륭한 인물이 될 거다. 그 뜻이 이루어지도록 기도해주마."

구둣방 아저씨는 일어서더니 두 손으로 소년의 어깨를 꽉 붙들었다.

"잘 가거라, 한스! 언제나 바른길에 서도록 해라! 주님께서 널 축복하시고 보호해주시길 빈다. 아멘!"

아저씨의 엄숙한 태도와 기도, 그리고 사투리가 섞이지 않은 짤막한 작별 인사가 한스에게는 어쩐지 답답하고 당황스럽게 느껴졌다. 마을 목사는 헤어지면서 아저씨처럼 그런 말은 하지 않았다.

한스는 신학교에 갈 준비를 서둘렀다. 어른들과 작별 인사를 나누다 보니 불안한 며칠이 숨 가쁘게 흘러가 버렸다. 이불이며 옷가지며 책을 담은 상자는 이미 차편을 통해 수도원으로 보낸 뒤였다. 가지고 갈 여행 가방도 챙겨 놓았다.

어느 서늘한 아침, 아버지와 아들은 마울브론 수도원으로 발걸음을 옮겼다. 고향과 부모님의 집을 떠나 낯선 학교에 가는 것은 여간 흥분되고 두려운 일이 아닐 수 없었다.

제3장

　시토 교단의 마울브론 수도원은 주의 북서쪽, 숲이 우거
진 언덕과 적막이 감도는 자그마한 호수 사이에 자리 잡고
있었다. 아름답고 견고하게 지어진 이 커다란 건축물은 오
랫동안 잘 보존되어 왔다. 이 수도원 건물의 내부와 외부는
누구라도 한 번쯤 살고 싶어 할 만큼 웅장함과 화려함이 남
달랐다. 수도원은 수백 년 동안 주변의 푸른 자연환경과 함
께 어우러져 오면서 고상하고 친밀한 분위기를 자아냈고 그
결과 오늘날의 아름다운 수도원을 만들어냈다.

　누구나 마울브론 수도원을 방문하면 높은 담장 사이로 그
림처럼 열려 있는 문을 지나 탁 트인 평온한 뜰로 들어서게
된다. 거기에는 분수대가 물을 뿜어대고 오래된 나무들이
엄숙하게 서 있다. 그리고 앞뜰의 양쪽으로 낡고 단단한 석
조 건물이 나란히 서 있었다. 그 사이로 '파라다이스'라고 불
리는 후기 로마네스크풍의 현관과 더불어 교회의 본당이 모

습을 드러낸다. 이 아름다운 현관은 무엇과도 비교할 수 없을 만큼 우아하고 황홀한 분위기를 풍겼다. 본당의 웅장한 지붕 위에는 바늘처럼 뾰족한 작은 탑이 우스꽝스럽게 세워져 있었다. 어떻게 그토록 작은 탑이 매달려 있는지는 도무지 알 길이 없었다.

잘 보존된 본당의 회랑은 그 자체만으로도 하나의 아름다운 예술 작품이었다. 이 회랑은 분수가 흐르는 멋들어진 예배당을 마치 장식물처럼 옆에 끼고 있었다. 힘차면서도 우아한 십자형의 원형 지붕이 덮인 성직자 식당, 기도실, 담화실, 평신도 식당, 수도원장의 저택 그리고 두 개의 교회당이 당당하게 늘어서 있었다. 그림같이 아름다운 담장, 들창, 문, 정원, 물레방아, 저택들이 이미 낡아버린 건축물을 에워싼 채 환하고 밝게 장식하고 있었다.

드넓은 앞뜰은 텅 비어 있어 조용했다. 그리고 마치 꿈꾸듯이 나무 그늘과 더불어 유회를 즐기는 듯 보였다. 점심 식사 후에 휴식 시간에만 잠시 그곳에 생기가 돌았다. 수도원에서 빠져나온 한 무리의 젊은이들은 여기저기 흩어져 운동을 하거나 소리를 지르기도 하고, 함께 이야기를 나누며 웃음을 터뜨리기도 했다. 그러다가 휴식 시간이 끝나기가 무섭게 발걸음을 재촉해 흔적도 없이 담 너머로 사라졌다.

많은 사람이 이 뜰에 서서 여기가 바로 건실한 삶과 기쁨의 장소이며 생동감이 넘치는 행복의 뿌리가 자랄 수 있다고 생각했을지 모른다. 또한 여기서 성숙한 정신을 가진 선량한 사람들이 즐거운 명상을 거친 후 밝고 아름다운 창작을 했다고 생각했을지 모른다.

이 훌륭한 수도원은 오래전부터 세상과 떨어져 언덕과 숲 뒤에 숨어 있었다. 하지만 프로테스탄트의 신학교 학생들에게는 문을 열어 아름답고 평화로운 환경을 제공했다. 거기서 젊은이들은 마음을 심란하게 만드는 도시나 가정생활의 영향권에서 벗어났고 해로운 자유분방한 인생으로부터 보호를 받았다. 그렇게 함으로써 젊은이들은 여러 해에 걸쳐 히브리어와 그리스어를 포함한 여러 분야의 공부를 할 수 있었다. 또한 진중한 인생의 목표 아래 순수하고 이상적인 학문의 향유를 통해 젊은이들이 성숙하고 아름다운 사상을 만들어 갈 거라고 여겼다.

기숙사 생활은 자아 훈련과 공동체 의식을 키우는 중요한 교육의 원동력이다. 신학교 학생들의 생계와 학업을 뒷받침하는 교회 재단은 이들이 남다른 정신의 소유자가 되도록 특별한 관심을 기울였다. 그래서 이들이 나중에라도 언제든지 서로를 알아볼 수 있게 했다. 그것은 일종의 정교하고 확고한 낙인과도 같았는데 간혹 집단생활을 견디다 못해 수도원을 뛰쳐나가는 사나운 개구쟁이들을 빼고는 신학교 학생들은 평생 그 낙인을 지니고 살았다.

수도원의 신학교 문턱을 어머니와 함께 들어선 학생이라면 누구라도 이날의 흐뭇한 감동을 평생 느끼며 감사하게 된다. 하지만 한스 기벤라트는 그럴 만한 처지가 아니었다. 그래서 이날을 아무런 감동 없이 그냥 대수롭지 않게 넘겨버렸다. 그러면서도 다른 어머니들을 살펴보며 강렬한 인상을 받았다.

침실로 쓰이는 벽장이 붙어 있는 커다란 복도에는 상자와 바구니들이 여기저기 흩어져 있었다. 부모와 함께 온 소년들은 짐을 풀거나 소지품을 정리하기에 바빴다. 번호가 새겨진 옷장과 서재 번호가 새겨진 책꽂이가 모두에게 하나씩 주어졌다. 아이들과 학부모들은 마룻바닥에 무릎을 구부리고 앉아 집에서 가지고 온 물건들을 꺼내고 있었다. 사감은 군주처럼 그 사이를 헤집고 돌아다니며 이따금 친절한 조언을 해주었다. 모두 가방에서 끄집어낸 옷가지를 펴서 속옷을 말끔하게 접고 책들을 차곡차곡 쌓고 장화와 실내화를 가지런히 놓았다. 소년들의 소지품은 비슷했다. 왜냐하면 필요한 속옷의 개수와 그밖에 중요한 소지품 목록이 미리 정해져 있었기 때문이다. 이름을 새겨 넣은 놋쇠로 만든 세숫대야는 세면장으로 가지고 갔다. 해면과 비눗갑, 빗, 칫솔이 그 옆에 나란히 놓여졌다. 뿐만 아니라 소년들은 램프와 석유통, 그리고 한 벌의 식기도 가지고 왔다.

소년들은 모두 너나 할 것 없이 매우 분주하게 움직였다. 아버지들은 미소 띤 얼굴로 곁에서 도와주려 했다. 하지만 간혹 회중시계를 들여다보며 지루한 모습을 감추지 못한 채 몰래 밖으로 나가려고도 했다. 어머니들은 그야말로 온갖 정성을 다하여 도와주었다. 옷가지들을 하나하나 손에 들고는 주름을 펴고 반듯하게 잡아당겼다. 그러고는 이것들을 찬찬히 살펴본 뒤 가능한 쓰임새에 걸맞도록 깔끔하게 옷장에 정리해 넣었다. 그들은 일을 하면서 애정 어린 목소리로 타이르거나 이것저것 가르쳐주었다.

"새로 산 속옷은 특별히 아껴 입어라. 3.50마르크나 주고 샀단다."

"빨랫감은 매달 기차 화물편으로 보내고 급할 때는 우편 으로 보내렴. 검은 모자는 일요일에만 쓰도록 해."

마음씨 좋아 보이는 뚱뚱한 아주머니는 높은 상자 위에 앉아 아들에게 단추 다는 법을 가르쳐주고 있었다. 다른 곳 에서는 이런 이야기가 들려왔다.

"집이 그리우면 언제라도 편지하려무나. 크리스마스도 얼 마 안 남았잖니."

젊고 어여쁜 아주머니는 가득히 채워진 아들의 옷장을 살 펴보더니 애정 어린 손으로 속옷이며 웃옷이며 바지를 만지 작거렸다. 그러고는 뺨이 통통하고 어깨가 딱 벌어진 아들 을 쓰다듬기 시작했다. 그 아이는 부끄러웠는지 멋쩍게 웃 으며 어머니의 손을 뿌리쳤다. 그리고 어린애로 보이지 않 기 위해서 두 손을 바지 주머니에 찔러 넣었다. 이별은 아들 보다 어머니에게 더 힘들어 보였다.

어떤 아이들은 전혀 달랐다. 그들은 짐을 정리하느라 바 쁜 어머니를 도와줄 생각은 하지도 않고 그저 물끄러미 쳐 다만 봤다. 할 수만 있다면 다시 고향으로 돌아가고 싶어 하는 눈치였다. 하지만 이별에 대한 불안, 자꾸만 커지는 고향에 대한 애정과 애착 같은 감정들은 자신을 지켜보는 사람들에 대한 수치심과 그리고 자신에 대한 자긍심과 힘겹게 싸움을 벌이고 있었다. 더러는 울음을 억누르면서 일부러 아무렇지도 않은 표정을 지어 보였다. 마치 슬픔 따위는 전혀 문제가 되지 않는다는 듯이 말이다. 어머니들은 자식들의 이런 모습을 바라보며 미소를 짓고 있었다.

　대부분의 아이는 짐꾸러미에서 생필품 외에도 사과를 담은 자루와 훈제한 소시지, 구운 비스킷이 담긴 광주리 등 값비싼 물건들을 꺼냈다. 스케이트를 가지고 온 학생들도 적지 않았다. 자그마한 덩치에 약삭빠르게 보이는 아이는 햄 덩어리를 통째로 가지고 왔다. 그것만으로도 주위의 시선을 끌기에 충분했다. 그 아이는 자신의 물건을 전혀 감추려고 하지 않았다. 처음 집을 떠나 이곳에 온 학생과 예전부터 기숙사에서 생활한 학생들이 쉽게 구분되었다. 하지만 상급생들 또한 흥분과 긴장을 감추지는 못했다.

　기벤라트 씨는 짐을 푸는 아들을 민첩하고 노련한 솜씨로 도와주었다. 그는 다른 사람들보다 일찍 일을 마치고 나서는 잠시 지루해 보이는 얼굴로 그냥 멍하니 서 있었다. 주위에는 온통 아들에게 충고나 훈계의 말을 건네는 아버지들, 위로하거나 조언을 주는 어머니들, 그리고 불안한 마음으로 귀를 기울이고 있는 아들들뿐이었다. 그의 생각에도 아들 한스의 인생에 도움이 될 만한 덕담을 해주는 것이 옳을 듯싶었다. 그래서 한참 생각에 잠긴 끝에 난처한 표정을 짓고는 말없이 서 있는 한스 곁으로 살그머니 다가갔다. 그리고 갑자기 입을 열더니 엄숙한 말투로 판에 박힌 말들을 늘어놓았다. 한스는 아버지의 느닷없는 충고가 무척 의아하게 여겨지기는 했지만, 그냥 묵묵히 듣고 있었다. 옆에 서 있던 목사가 아버지의 이야기를 들으며 즐거운 듯이 미소를 지었다. 이를 눈치챈 한스는 부끄러운 나머지 아버지를 구석으로 잡아당겼다.

"한스, 우리 집안의 명예를 높여다오. 그리고 선생님 말씀을 잘 듣도록 해라!"

"네, 알겠습니다."

한스가 대답했다. 아버지는 말없이 안도의 한숨을 내쉬었다. 하지만 시간이 흐르면서 점점 따분한 느낌이 들기 시작했다. 한스도 마찬가지였다. 그는 불안한 마음으로 호기심 어린 눈을 깜빡이며 창문 너머로 적막이 감도는 회랑을 내려다보았다. 속세를 벗어난 듯한 회랑에는 고풍스러운 품위와 평온이 감돌고 있었다. 그 분위기는 이곳에서 시끄럽게 떠도는 아이들의 생동감과 묘한 대조를 이루고 있었다. 한스는 자기 일에 바쁜 동료들을 찬찬히 둘러보았지만, 아는 얼굴이 하나도 없었다. 슈투트가르트에서 함께 시험을 본 괴팅겐 출신의 소년은 뛰어난 라틴어 실력에도 불구하고 떨어진 모양이었다. 그 소년은 어디에서도 찾아볼 수가 없었다. 한스는 이 일을 별로 마음에 두지 않았다. 그는 앞으로 함께 공부하게 될 동급생들을 살펴보았다. 아이들이 가지고 온 소지품들은 그 종류와 개수가 모두 엇비슷했다. 그래도 도시에서 온 소년과 시골에서 온 소년, 부유한 집안의 소년과 가난한 집안의 소년을 쉽게 구분할 수가 있었다. 물론 재력가의 자제들이 신학교에 들어오는 일은 드물었다. 그 이유는 부모들의 자부심이나 깊은 식견, 아니면 아이들의 재능 때문이었다. 하지만 자신들이 경험한 수도원 생활을 떠올리며 자식들을 마울브론으로 보내는 교수나 고급관리들도 결코 적지 않았다. 40여 명에 이르는 학생들이 입고 있는 검은 예복은 옷감이나 재단이 제각기 다르게 보였다. 뿐만 아니라 이들의 예의범절이나 사투리 그리고 행동에서도 분명한 차이를 엿볼 수 있었다. 경직된 팔다리와 마른 체격을 지닌 슈바르츠발트 출신, 엷은 금발에 입이 넓적한 고원지대의 윤기 나는 소년들, 활동적인 성격의 자유롭고 명랑한 평야 지방 출신, 뾰족한 장화를 신고 순화된 사투리를 구사하는 슈투트가르트의 세련된 소년들. 이들 꽃다운 나이의 소년들 가운데 대략 5분의 1이나 되는 소년이 안경을 끼고 있었다. 수척하면서도 수려한 슈투트가르트 출신의 어느 마마보이는 빳빳한 털로 짠 멋진 펠트모자를 쓰고 품위 있는 자태를 뽐냈다. 하지만 그 아이는 남다른 차림새 때문에 벌써 짓궂은 몇몇 아이가 자신을 골탕 먹이려고 벼른다는 사실을 전혀 눈치채지 못했다.

누구라도 이들을 자세히 살펴본다면 겁에 질린 듯한 이 어린 젊은이들이 선발된 뛰어난 인재라는 사실을 금방 알아차릴 수 있을 것이다. 암기 위주의 교육을 받은 평범한 소년들도 있었고 똑똑하고 자기주장이 강한 소년들도 있었다. 그리고 이들 모두에게는 매끄러운 이마 뒤에 보다 높은 삶에 대한 바람이 담겨 있었다.

슈바벤의 성실하고 영리한 인재들은 세상 속으로 들어가 그들의 사상을 새롭고 강하게 만들었다. 슈바벤 사람들은 올바르게 교육받은 신학자들을 세상에 내놓았을 뿐 아니라, 철학적인 명상을 가능하게 만들어온 전통을 자랑스럽게 내세웠다. 이곳에서는 이미 여러 차례에 걸쳐 명망 있는 예언자들이나 이단자들이 나오기도 했다. 이 풍요한 땅은 정치적인 전통에 있어서는 다른 주에 비해 훨씬 뒤떨어졌지만, 적어도 신학과 철학의 정신적인 영역에 있어서는 끊임없이 확고한 영향력을 끼쳐왔던 것이다. 또한 예로부터 이 지방의 사람들은 심미적인 형태와 환상적인 시학을 즐겨왔던 터라 때때로 훌륭한 음유 시인들이 나오기도 했다.

마울브론 신학교의 겉모습과 관습은 외형상으로 슈바벤의 전통과는 달랐다. 오히려 수도원 시절부터 남아있던 라틴어 이름 옆에 고전적인 명칭이 새롭게 붙여졌다. 학생들에게 배정된 방들은 '포룸' '헬라스' '아테네' '스파르타' '아크로폴리스'라고 불렸다. 맨 끝에 위치한 가장 협소한 방은 '게르마니아'라고 불렸다. 거기에는 게르만적인 현실로부터 로마나 그리스의 환영을 만들어내려는 의도가 다분히 숨겨져 있는 것 같았다. 하지만 이것 또한 외형적인 관점일 뿐 실제로는 히브리어 이름이 더 잘 어울렸을지도 모른다.

우연의 일치겠지만 아테네라고 불리는 방에는 흥미롭게도 마음이 넓고 언변이 뛰어난 학생들이 아니라, 무척 고지식하고 고리타분한 학생들이 들어갔다. 스파르타 방에는 호전적이고 금욕적인 학생들이 아니라, 쾌활하면서도 거만한 학생들이 들어갔다. 한스 기벤라트는 아홉 명의 친구들과 함께 헬라스 방에서 생활하게 되었다.

그날 밤 새로운 친구들과 함께 처음으로 싸늘한 침실에 들어간 한스는 비좁은 침대에 몸을 눕혔다. 무어라 형용할 수 없는 기분이 가슴을 짓눌렀다. 천장 위에는 커다란 석유 램프가 매달려 있었다. 소년들은 빨간 불빛 아래서 옷을 벗었고 저녁 7시 15분이 되자 사감이 와서 불을 꺼버렸다. 이제 그들은 모두 나란히 누웠다. 두 개의 침대 사이로 옷을 걸쳐 둔 의자가 놓였고 기둥에는 아침 종을 치기 위한 줄이 묶여 있었다.

몇몇 소년은 벌써 사귀었는지 소곤소곤 이야기를 나누었지만 이내 잠잠해졌다. 다른 아이들은 아직 낯설어서 그런지 한마디 말도 없이 그냥 침대에 누워 있었다. 이미 꿈나라로 가버린 아이들은 숨을 깊이 들이쉬고 있었다.

한스는 쉽게 잠을 이루지 못했다. 그는 옆에 누워 있는 친구들의 숨소리에 귀를 기울였다. 잠시 후, 하나 건너 옆의 침대에서 이상하리만치 겁에 질린 소리가 들려왔다. 한 아이가 이불을 머리 위까지 뒤집어쓴 채 울고 있었다. 아주 멀리서 들려오는 듯한 이 나직한 흐느낌이 한스의 마음을 여지없이 흔들어 놓았다. 그다지 고향이 그립진 않았지만 그래도 고향에 두고 온 작고 조용한 방이 떠올랐다. 게다가 새로운 미래에 대한 초조감과 주위의 동료들에 대한 불안감이 그를 무겁게 짓눌렀다.

아직 밤이 깊지 않았지만 벌써 아이들은 모두 꿈나라로 가버렸다. 어린 소년들은 줄무늬가 그려진 베개에 뺨을 푹 파묻은 채 가지런히 누워 있었다. 슬픔에 빠진 아이들이나 반항심이 강한 아이들, 쾌활한 성격을 가진 아이들이나 겁을 집어먹은 아이들, 모두 다 똑같이 달콤하고 깊은 휴식으로 빠져들어 갔다.

뾰족한 지붕과 탑, 들창, 고딕식의 첨탑, 담벼락, 그리고 아치형의 회랑 위로 창백한 반달이 떠올랐다. 달빛은 추녀의 가장자리와 문지방에 머물더니 고딕식의 창과 로마네스크식의 문 위로 흘러갔다. 그러고는 회랑을 낀 분수대의 크고 우아한 수반 위에서 엷은 금빛으로 떨고 있었다.

다음 날 예배당에서 입학식이 엄숙하게 치러졌다. 선생님들은 프록코트를 입고 서 있었고, 교장 선생님은 축하 연설을 하고 있었다. 학생들은 생각에 깊이 빠진 얼굴로 의자에 앉아서 이따금 뒤에 앉아 있는 부모님을 훔쳐보기 위해 눈을 돌리기도 했다. 어머니들은 이런저런 생각에 미소를 지으며 자식들을 바라보았다. 아버지들은 곧은 자세로 교장 선생님의 이야기에 귀를 기울이고 있었는데 그 모습은 진지하고 단호해 보였다. 부모들은 자랑스러움과 아름다운 희망으로 설레고 있었다. 금전적인 이익을 위해 자기 자식을 이곳으로 보낸 부모는 한 명도 없었다. 마지막으로 학생들이 하나씩 앞으로 호명되어 교장 선생님과 악수를 나누며 의무와 책임에 대한 선서를 했다. 이제 이들의 행동이 올바르기만 하면 죽는 날까지 국가로부터 생계를 보장받게 될 것이다. 하지만 모든 사람이 그런 혜택이 공짜로 주어지지 않는다는 사실을 알고 있었다.

소년들은 진한 슬픔을 느끼면서 부모와 이별을 했다. 부모들은 더러는 걸어서, 더러는 우편 마차로, 그리고 더러는 서둘러 잡은 차편으로 뒤에 남겨진 자식들의 시야에서 점차 사라졌다. 이별을 아쉬워하는 손수건들이 부드러운 9월의 공기를 가르며 오래도록 나부끼고 있었다. 마침내 부모들의 모습은 숲속으로 사라져 버렸고 아이들은 아무 말 없이 생각에 잠긴 채 발걸음을 수도원으로 돌렸다.

"자, 이제 부모님들은 가셨습니다."

사감이 말했다.

학생들은 서로 얼굴을 쳐다보며 말을 주고받았다. 같은 방에서 함께 생활하게 된 학생들끼리 친해지기 시작했다. 잉크병에 잉크를 채우고 램프에 기름을 붓고 책과 공책을 정돈하며 새로운 공간에 적응하려고 애를 썼다. 그리고 호기심 어린 눈들이 서로 마주칠 때마다 주저 없이 이야기를 꺼냈다. 두고 온 고향과 학교에 대하여 묻기도 하고 함께 어렵게 치른 주 시험에 대해 이야기하기도 했다. 소년들은 재잘거리며 책상 주위로 몰려들었고 여기저기에서 해맑은 웃음이 터져 나왔다. 저녁 무렵, 같은 방 동료들은 항해를 마친 배의 승객들보다 서로를 더 잘 알게 되었다.

한스와 함께 헬라스 방에 묵게 된 동료들은 총 아홉 명이었는데 그중 네 명이 남달랐다. 나머지 학생들은 그저 평범한 편이었다.

우선 슈투트가르트에서 온 교수의 아들 오토 하르트너는 재능이 뛰어나고 침착했으며 언제나 자신감에 차 있었다. 행동거지에 있어서도 흠잡을 구석이 없었다. 그는 체격이

건장하고 옷도 말끔하게 차려입고 다녔다. 그에게서 풍겨 나오는 당당한 풍채는 같은 방 동료들의 감탄을 자아내기에 충분했다.

산악 지대에서 온 시골 읍장의 아들 카를 하멜은 사귀는 데 시간이 꽤 걸렸다. 왜냐하면 그는 모순투성이였으며 자신을 좀처럼 밖으로 드러내려 하지 않았기 때문이다. 그러다가 때로는 제멋대로 굴기도 하고 종잡을 수 없이 난폭해지기도 했다. 하지만 그것도 그다지 오래가지는 않았다. 또다시 그가 자신의 껍질 속으로 기어들어 갔기 때문이다. 그가 냉정한 관찰자인지 아니면 음흉한 위선자인지는 전혀 알 길이 없었다.

슈바르츠발트에서 온 헤르만 하일러는 성격이 그리 까다롭지 않으면서도 눈에 띄는 인물이었다. 그는 훌륭한 가문에서 자랐는데 첫날부터 그가 문예 애호가이자 시인이라는 추측이 무성했다. 또한 주 시험에서 그가 운율에 맞춰 작문을 했다는 소문이 쫙 퍼져 있었다. 그는 말솜씨가 좋았고 활기가 넘쳤으며 멋진 바이올린을 가지고 있었다. 또한 겉모습을 부각시키기 위해 남다른 노력을 기울이는 것 같았다. 이러한 성향은 아직 미성숙한 젊은이들의 경솔한 느낌들이 불확실하게 섞인 혼합물과도 같았다. 하지만 그의 몸과 마음은 나이에 걸맞지 않게 성장해 있었다. 그는 벌써 나름대로 시행착오를 거치며 자신만의 길을 나아가려는 듯했다.

헬라스 방에서 가장 특이한 학생은 에밀 루치우스였다. 엷은 금발의 이 소년은 엉큼한 구석이 있으면서도 나이 든 시골 노부처럼 끈질기고 부지런하고 무뚝뚝했다. 그리고 작은 덩치와 생김새에도 불구하고 전혀 소년티를 내지 않았다. 또한 더 이상의 성장을 기대할 수 없을 정도로 어른스러움을 지니고 있었다. 신학교에 들어온 바로 그 첫날, 다른 친구들이 지루한 나머지 잡담을 늘어놓거나 새로운 환경에 익숙해지기 위하여 애쓸 때 그는 여유 있는 표정으로 조용히 자리에 앉아 문법책을 펼쳤다. 그리고 엄지손가락으로 양쪽 귀를 틀어막고는 마치 잃어버린 시간을 되찾기라도 하겠다는 듯이 눈을 부릅뜬 채 공부에 몰두했다.

그러나 시간이 지나면서 이 괴팍한 소년이 매우 교활한 구두쇠이며 이기주의자라는 사실이 밝혀지게 되었다. 하지만 그는 이런 악덕조차도 너무 완벽했다. 그래서 친구들은 오히려 그에게 찬사를 보내기도 하고 그냥 눈감아주기도 했다. 돈을 벌거나 아끼는 방식에 있어서도 그는 무척 약삭빠른 면을 보여주었다. 그의 빈틈없는 수완을 볼 때마다 친구들은 너무 놀라 감탄을 하기에 이르렀다.

그런 일은 아침 일찍부터 벌어졌다. 루치우스는 맨 먼저 아니면 맨 나중에 세면장에 나타난다. 그 이유는 다른 친구의 손수건이나 비누를 빌려 쓰고 자기 것은 아끼기 위해서였다. 그래서 그의 손수건은 언제나 두 주일이 넘도록 더럽혀지지 않고 깨끗하게 남아있었다. 하지만 규칙에는 일주일에 한 번씩 손수건을 바꾸게 하였다. 월요일 아침마다 상임 사감의 검사가 있었다. 루치우스도 월요일 아침에는 번호가 달린 걸이에 깨끗한 수건을 걸어 놓았다. 하지만 점심시간이 되기가 무섭게 자기 수건을 다시 걷어서는 반듯이 접은 다음에 다시 상자에 집어넣었다. 그 대신에 아껴두었던 낡은 수건을 걸어놓았다. 그의 비누는 너무 딱딱한 나머지 별로 닳지도 않았고 그래서 몇 달이나 쓸 수 있었다. 그렇다고 에밀 루치우스가 지저분하게 하고 다닌 것은 아니었다. 오히려 언제나 말쑥하게 차려입었고 가느다란 금발 머리는 가르마를 타서 정성껏 빗어 넘겼다. 속옷과 겉옷도 지나치리만큼 깨끗하게 아껴 입었다.

루치우스는 세면장에서 곧바로 식당으로 건너갔다. 아침 식사로는 커피 한 잔과 설탕 한 조각, 빵 한 개가 전부였다. 대부분의 학생에게 이런 식사는 모자랐다. 한창 나이의 젊은이들은 보통 여덟 시간 잠을 자고 나면 몹시 배가 고프기 마련이었다. 하지만 루치우스는 만족했을 뿐 아니라 매일 설탕 한 조각씩을 먹지 않고 모아 두었다. 그러고는 1페니히에 설탕 두 조각, 혹은 공책 한 권에 설탕 스물다섯 조각을 원하는 사람에게 넘겼다. 저녁나절에는 비싼 기름을 아끼기 위하여 다른 친구들의 램프에서 비쳐 나오는 불빛으로 공부를 했는데 구두쇠인 그에게는 어쩌면 당연한 일인지도 모른다. 그렇다고 해서 그가 가난한 집안의 자식이라는 이야기는 아니다. 오히려 그는 부유한 가정에서 자랐다. 원래 몹시 가난한 집안의 아이들은 살림을 꾸리거나 돈을 아끼는 방법을 전혀 알지 못한다. 그들은 가진 것을 다 써버리는 습관을 가지고 있다. 이들에게는 미래를 위해 저축한다는 것이 낯설게 여겨지기 때문이다.

에밀 루치우스는 물질적인 것뿐만 아니라 정신의 영역에 있어서도 최대한 이득을 얻으려고 했다. 이 점에서 그는 매우 현명했다. 정신적인 소유란 모두 상대적인 가치를 가질 뿐이라는 사실을 결코 잊지 않았다. 그는 나중에 치를 시험에서 좋은 성적을 기대할 수 있는 과목만을 집중적으로 공부했다. 다른 과목은 남에게 뒤떨어지지 않을 만큼의 적당한 성적으로 만족했다. 언제나 그는 자신의 학습 결과를 친구들과 비교했는데 곱절로 노력해서 얻은 2등보다는 차라리 반쯤 노력하여 얻은 1등을 원했다. 저녁에 친구들이 지루한 시간을 때우려고 갖가지 놀이나 독서를 즐길 때도 그는 조용히 책상에 앉아 공부하곤 했다. 다른 친구들이 떠들어대는 소음도 그에게는 전혀 방해되지 않았다. 이따금 그는 질투는커녕 오히려 만족스러운 표정으로 그들을 바라보기도 했다. 왜냐하면 다른 사람이 모두 그처럼 열심히 공부한다면, 그가 애쓴 보람이 전혀 없기 때문이다.

이렇듯 부지런한 노력가의 교활한 술수를 누구 하나 나쁘게 받아들이진 않았다. 하지만 탐욕에 눈이 먼 사람들이 늘 그러듯 루치우스도 급기야 어리석은 짓을 하고 말았다. 수도원의 모든 강의는 무료였는데 이를 이용해 그는 바이올린 교습을 받기로 마음먹었다. 그렇다고 해서 그가 예전부터 바이올린을 배웠다거나 음감이 섬세하거나 아니면 재능이 뛰어난 것은 아니었다. 더군다나 음악을 남달리 좋아하지도 않았다. 하지만 그는 라틴어나 수학과 마찬가지로 바이올린 또한 배우면 된다고 믿었다. 음악이란 나이가 들면 점점 더 유익해지는 재산이며 다른 사람들의 관심과 인기를 끌 수 있는 수단이라는 이야기를 들은 적이 있기 때문이었다. 아무튼 바이올린은 모든 신학교 학생들이 사용할 수 있는 악기였고 바이올린을 배우는 데에 전혀 돈이 들지 않았다.

루치우스가 와서 바이올린을 배우고 싶다는 이야기를 하자 음악 선생님은 소름이 끼칠 정도로 화가 났다. 그는 루치우스의 실력을 너무나도 잘 알고 있었다. 루치우스의 형편없는 노래는 친구들을 꽤 즐겁게 했지만, 음악 선생님은 그가 음악적 재능이 형편없다고 생각하고 있었다. 그는 루치우스가 바이올린 배우는 것을 말리려고 무진 애를 써보았지만 막무가내였다. 그는 공손하게 살며시 미소 지으며 자신의 정당한 권리를 주장하고 나섰다. 또한 음악에 대한 흥미를 도저히 억누를 수 없다고 못을 박았다. 이렇게 해서 그는 연습용 바이올린 가운데 가장 나쁜 악기를 건네받았다. 그러고는 일주일에 두 번씩 개인지도를 받고, 매일 30분가량을 혼자서 연습했다. 첫 번째 연습 시간이 끝나기가 무섭게 같은 방의 친구들은 소음을 견디다 못해 그에게 욕설을 퍼부어댔다. 도저히 견딜 수 없는 이 신음을 두 번 다시 듣고 싶지 않다고 윽박지른 것이다.

이때부터 루치우스는 바이올린을 들고 연습하기에 적당한 한적한 곳을 찾아 정신없이 신학교를 헤매고 다녔다. 그의 바이올린에서 나는 긁는 소리, 끙끙거리는 듯한 소리, 그리고 끼익 끼익 문질러대는 이상야릇한 소리는 이웃 주민들을 불안하게 만들었다. 시인 하일러가 평가하기를 그 소리는 마치 고통받는 낡은 바이올린이 벌레 먹은 구멍을 비집고 나와 살려달라고 애원하는 것 같다고 했다.

루치우스의 바이올린 실력은 조금도 나아지지 않았다. 그를 힘겹게 가르쳐왔던 음악 선생님은 신경이 곤두선 나머지 그를 거칠게 대하기 시작했다. 체념에 빠진 루치우스는 근근이 연습을 이어 나갔고 지금껏 자기만족에 빠져 있던 그의 얼굴에도 근심 어린 주름살이 생겨나기 시작했다. 이 사건은 하나의 완전한 비극이었다. 마침내 음악 선생님은 그의 재능에 회의를 품고 교습을 거부해버렸다. 배우기를 즐기는 이 어리석은 소년은 이번에는 피아노를 택하여 여러 달에 걸쳐 헛된 수고를 하다 급기야는 풀이 죽은 표정으로 슬그머니 그만두고 말았다. 하지만 시간이 흘러 음악에 관한 이야기가 오갈 때면, 자기도 예전에 피아노와 바이올린을 배운 적이 있었지만 유감스럽게도 피치 못할 사정으로 인해 이 아름다운 예술로부터 차츰 멀어지게 되었다고 은근히 자랑하곤 했다.

헬라스 방에서는 익살맞은 친구들 덕분에 심심치 않게 웃음이 터져 나왔다. 시인 하일러도 가끔 우스꽝스러운 모습을 보였다. 풍자에 능하고 기지가 넘치는 카를 하멜은 언제나 거리를 두고 주위를 살펴보았다. 다른 친구들보다 한 살 위인 하멜은 친구들로부터 존경을 받진 못했다. 그는 변덕이 심해서 친구들을 시험해보기 위해 일주일에 한 번꼴로 싸움을 벌였다. 그럴 때마다 그는 난폭하다 못해 거의 잔인하기까지 했다.

한스 기벤라트는 놀란 눈으로 하멜의 행동을 지켜보았다. 그러고는 선량하고 온순한 학생의 자세로 자신에게 주어진 길을 조용히 걸어갔다. 한스는 거의 루치우스만큼이나 부지런했다. 그래서 하일러를 제외한 같은 방의 모든 친구의 존경을 한몸에 받았다. 하일러에게는 독창적이면서도 경망스러운 구석이 있었는데 가끔 그는 한스를 공부벌레라고 놀려대곤 했다.

기숙사에서는 저녁 무렵이면 싸움질이 종종 일어났다. 하지만 하루가 다르게 성장해 가는 소년들은 별 무리 없이 서로 잘 어울리게 되었다. 학생들은 이제 성인이 되었다는 뿌듯한 느낌을 갖기 위하여 애를 썼다. 그리고 선생님들이 쓰는 '당신'이라는 낯선 호칭에 걸맞는 학문적인 진지함과 정숙한 행동을 보여주려고도 했다. 그리고 마치 갓 대학에 입학한 학생이 고등학교 시절을 돌아보듯이, 그들은 이제 막 졸업한 라틴어 학교 시절을 건방진 표정과 동정 어린 시선으로 돌아보았다. 하지만 개구쟁이 같은 천연덕스러운 기질이 때때로 터져 나왔다. 그러고는 자신의 정당한 권리를 요구하는 것이었다. 그럴 때면 침실은 쿵쿵거리며 뛰는 소리와 소년들의 거친 욕설로 온통 아수라장이 되고 말았다.

공동생활을 시작한 지 몇 주일이 지나지 않아 이 젊은이들은 마치 화학반응에서의 물질이 변하는 것처럼 변화되어 갔다. 이리저리 떠다니던 탁한 덩어리들과 부스러기들이 모여들어 굳어지기도 하고, 다시 풀어지기도 하며 새로운 형태의 딱딱한 침전물이 만들어졌다. 이러한 현상을 관찰하는 것은 선생님들에게는 매우 유익하고 귀중한 경험이었다.

소년들은 처음에 느꼈던 수줍음을 떨쳐 버리고 이제 서로를 찾기 위한 탐색을 시작했다. 함께 어울리는 동아리들이 만들어졌고 우정과 반감의 표현이 보다 뚜렷해졌다. 같은 고향에서 온 동향인이나 같은 학교에 다니던 동창생들이 어울리는 경우는 드물었다. 대부분의 아이는 새로운 친구를 찾아 나섰다. 도시 아이들은 시골 아이들과 산골에 살던 아이들은 평지에 살던 아이들과 사귀려고 했다. 그것은 다양한 만남을 통해서 자신의 부족함을 메우려는 은밀한 욕구이기도 했다. 서로를 찾아 나선 젊은 생명체들은 희미하게나마 미지의 세계를 더듬기 시작했다. 평등 의식과 더불어 스스로 일어서려고 하는 강한 의지가 불타올랐다. 그리고 어린 시절의 잠에서 깨어나 처음으로 자기만의 개성을 키워나갔다. 형용하기 어려운 애정과 질투가 낳은 사소한 일들도 심심찮게 벌어졌다. 깊은 우정이 생겨나기도 하고, 반항기가 섞인 적대감이 노골적으로 드러나기도 했다. 그래서 급기야는 함께 산책을 즐기는 다정한 사이가 되기도 하고, 아니면 서로 맞붙어 주먹질을 하기도 했다.

그러나 한스는 이러한 일에 전혀 관심이 없었다. 카를 하멜이 자신의 우정을 고백했을 때도 한스는 깜짝 놀라 뒤로 물러서고 말았다. 그 뒤에 하멜은 곧바로 스파르타 방에 있는 친구들과 친해졌다. 그래서 한스는 홀로 남게 되었다. 가슴 벅찬 감격이 그 색깔로 그려진 행복한 우정의 땅을 지평선 위로 떠오르게 했다. 그러고는 한스의 호기심을 슬며시 자극했지만 수줍음 때문에 다시 멈추어 섰다. 어머니 없이 엄격한 소년 시절을 보내야 했던 한스는 누군가를 사랑하는 능력이 별로 없었다. 무엇보다도 겉으로 드러나는 열정에 대해 일종의 두려움을 가지고 있었다. 게다가 그에게는 소년다운 자긍심과 명예욕이 있었다. 그는 루치우스와는 달랐다. 한스는 진정으로 인식의 폭을 넓히려는 순수한 마음을 가지고 있었다. 하지만 그도 루치우스와 마찬가지로 자신의 공부를 가로막는 모든 방해물과 거리를 두려고 했고 그래서 책상에 눌러앉아 공부에 매달렸다. 그러다가도 다른 친구들이 친밀하게 어울리는 모습을 볼 때면 질투심을 억누르지 못한 채 괴로워하곤 했다.

카를 하멜은 한스에게 어울리는 친구가 아니었다. 하지만 만일 그 누군가가 한스를 강하게 끌어당겼다면 그는 기꺼이 응했을 것이다. 그는 수줍음 많은 소녀처럼 가만히 앉아 자신보다 힘세고 용감하며 행복을 안겨줄 누군가를 기다리고 있었던 것이다.

신학교에서는 해야 할 일들이 너무나도 많았다. 특히 히브리어를 배우는 데는 많은 노력이 필요했다. 그러는 사이에 시간을 빠르게 흘러가 버렸다. 마울브론을 둘러싼 자그마한 호수와 연못들은 창백한 늦가을의 하늘을 비추고 있었다. 그리고 시들어가는 물푸레나무, 자작나무, 떡갈나무에는 황혼의 긴 그림자가 드리워졌다. 아름다운 숲을 가로질러 초겨울의 세찬 바람이 울부짖는 듯 또는 기쁜 듯 세차게 몰아쳤다. 숲에서는 무도회처럼 벌써 여러 차례나 가벼운 서리가 내리기도 했다.

풍부한 감정을 지닌 헤르만 하일러는 마음에 맞는 친구를 사귀기 위해 무척 애를 써보았지만 뜻을 이루지 못했다. 그래서 매일 외출 시간에 홀로 숲을 거닐었다. 특히 숲속의 호수가 그의 마음을 사로잡았는데 우울해 보이는 암갈색의 연못은 시들어버린 해묵은 활엽수의 우듬지로 뒤덮여 있었고, 갈대숲으로 둘러싸여 있었다. 몽상가 하일러는 애수에 젖은 아름다운 숲의 한 모퉁이에서 자신을 힘차게 끌어당기는 미지의 힘을 느꼈다. 여기서 그는 꿈에 젖은 듯 나뭇가지를 휘저어 적막한 물 위에 원을 그리거나, 레나우의 〈갈대의 노래〉를 읽었다. 그리고 호숫가 아래 펼쳐진 골풀 위에 누워 가을이면 어김없이 떠오르는 죽음의 소명을 되뇌며 명상에 잠겼다. 낙엽 지는 소리와 함께 앙상한 나뭇가지들이 흔들리는 소리가 어우러져 우울한 화음을 엮어내고 있었다. 그럴 때마다 그는 주머니에서 검은 수첩을 꺼내 들고는 연필로 시구절을 적어 넣었다.

10월 하순의 어느 흐린 날의 점심시간이었다. 혼자 산책길에 나섰던 한스 기벤라트가 이 길을 지나가고 있었다. 그때에도 하일러는 시를 쓰고 있었다. 자그마한 수문의 널빤지 위에 앉아 그 소년 시인은 공책을 무릎 위에 올려놓고, 뾰족한 연필을 입에 문 채 깊이 생각에 빠져 있었다. 책이 그 옆에 펼쳐져 있었다. 한스는 천천히 그에게 다가갔다.

"안녕, 하일러! 여기서 뭐 하고 있니?"

"호머를 읽고 있어, 넌 어쩐 일이야?"

"거짓말하지 마. 난 네가 뭘 하고 있었는지 다 알아."

"그래?"

"물론이지, 넌 시를 쓰고 있었잖아."

"그렇게 생각해?"

"그래."

"거기 앉아봐!"

기벤라트는 하일러 옆에 앉아 두 다리를 호수 위로 내려 뜨렸다. 그러고는 여기저기서 갈색의 나뭇잎이 서늘한 공기를 가르며 하나둘 소리 없이 떨어져 물 위로 내려앉는 모습을 지켜보았다.

"여긴 조금 쓸쓸하구나."

한스가 말했다.

"응, 맞아."

두 소년이 나란히 땅바닥에 등을 대고 길게 누워 있었기 때문에, 가을의 정취가 흠뻑 배어 있는 우듬지도 거의 시야에 들어오지 않았다. 단지 고즈넉하게 떠도는 구름만이 연푸른 하늘에 섬을 이루고 있었다.

"정말 아름다운 구름이야!"

한스는 하늘을 바라보며 즐거운 듯 말했다.

"응, 그래."

하일러가 한숨을 내쉬었다.

"우리도 저런 구름이 될 수만 있다면 얼마나 좋을까!"

"그렇게 된다면?"

"그럼 돛단배처럼 저 하늘 너머로 여행을 떠나겠지. 아름다운 배가 되어서 숲과 마을, 도시와 국경을 넘는 거야. 넌 배를 본 적 있니?"

"없어. 너는?"

"물론 봤지. 참 딱하구나. 그런 것들에 대해 전혀 모르다니. 공부벌레처럼 그렇게 공부만 하니 그럴 수밖에 없지!"

"넌 날 바보라고 생각하는 거니?"

"그렇게 말하진 않았어."

"난 네가 생각하는 것처럼 바보는 아니야. 아무튼 배에 대해서는 계속 이야기해봐."

하일러는 몸을 돌리다가 하마터면 물에 빠질 뻔했다. 그는 배를 땅바닥에 대고 누워 팔꿈치를 괸 다음 두 손으로 턱을 받쳐 들었다.

"라인강이었어."

그가 말을 이어갔다.

"거기서 난 방학 때 배들을 보았어. 어느 일요일이었는데 배에서는 음악이 흘러나왔지. 밤이 되니까 오색의 등불이 환히 비추는 거야. 불빛은 강물에 반사되어 빛나고 우린 음악을 들으며 강물을 따라 올라갔지. 사람들은 포도주를 마시고 있었고 아가씨들은 모두 하얀 옷을 입고 있었어."

한스는 말없이 귀를 기울여 들었다. 그리고 눈을 감고 음악 소리와 붉은 등불, 하얀 옷을 입은 아가씨들을 태운 배가 여름밤을 가르며 항해하는 모습을 그려보았다. 하일러는 이야기를 계속했다.

"지금과는 전혀 달랐지. 여기에 있는 놈들이 그런 일들을

알기나 하겠어? 모두 다 따분한 위선자들뿐이라고! 그저 땀
이나 뻘뻘 흘리며 공부에만 매달리는 가엾은 존재들이라고.
히브리어의 철자보다 더 고상한 걸 전혀 모르고 있어. 너도
마찬가지고 말이야."

한스는 잠자코 있었다. 하일러는 정말이지 독특했다. 그
는 시를 쓰는 공상가였는데 한스가 하일러를 보며 놀란 것은
벌써 한두 번이 아니었다. 누구나 알고 있듯이 하일러는 공
부를 별로 하지 않았다. 그런데도 매우 박식했고 어떤 질문
에도 훌륭하게 대답할 줄 알았다. 그러면서도 그는 이러한
지식을 경멸하고 있었다.

"예를 들어 호머를 읽을 때 말이야. 우린 오디세이를 마치
무슨 요리책처럼 대하고 있어. 한 시간 동안 겨우 두 구절을
읽으면서 단어 하나하나를 낱낱이 되씹어보고 찬찬히 음미
하지. 그런데 그러다 보면 결국에는 구역질이 날 정도로 지
겨워지는 법이야. 그런데도 강의가 끝날 땐 언제나 이렇게
떠들어대지. '여러분은 이 시인이 그걸 얼마나 멋지게 표현
했는지 잘 아셨을 거예요. 여기서 여러분은 시의 비밀을 들
여다본 셈이지요!' 하지만 그건 단지 우리가 질식하지 않게
끔 불변화사나 부정과거형에다 양념을 친 것뿐이라고. 이런
식으로라면 난 호머에 관심 없어. 도대체 이 낡아 빠진 그리
스 잡동사니들이 내게 무슨 소용이 있다는 거야? 우리 가운
데 누구라도 그리스식으로 살아보겠다고 하면 아마 당장이
라도 쫓겨나게 될 거야. 그런데도 우리 방이 헬라스라니! 이
건 정말이지 웃기는 일이라고. 어째서 '쓰레기통'이나 '노예

감옥'이나 '비단 모자' 따위로 부르지 않는 거지? 고전이라고 불리는 건 죄다 쓸모없어."

그는 허공을 향해 침을 내뱉었다.

"너 조금 전에 시를 쓰고 있었지?"

이제 한스가 물었다.

"응."

"무슨 시야?"

"이곳의 호수와 가을에 대한 시야."

"좀 보여줄래?"

"안 돼. 아직 끝내지 않았거든."

"그럼 다 되면 보여줄래?"

"그래, 좋아."

두 소년은 몸을 일으켜 수도원을 향해서 천천히 걸어갔다. '파라다이스'를 지나면서 하일러가 말했다.

"저길 봐! 너는 저 건축물이 얼마나 아름다운지 알겠지? 회당과 아치형의 창문, 행랑과 식당들 말이야. 이게 다 고딕과 로마네스크풍이야. 풍성하면서도 정교한 이 건축물들은 모두 예술가들의 손에 의해 만들어졌지. 하지만 이런 마법의 성이 도대체 무슨 소용이 있는 걸까? 그건 목사가 되려는 불쌍한 소년들을 위한 것뿐이라고. 우리나라엔 돈이 꽤 남아도는 모양이야."

한스는 오후 내내 하일러를 생각하지 않을 수 없었다. 그는 도대체 어떤 사람인 걸까? 한스가 느끼는 고민이나 바람은 그 소년에게 전혀 존재하지 않았다. 하일러는 자기 나름

331

의 사고와 언어를 가지고 있었다. 그리고 남들보다 더 열정적이고 자유로운 생활을 누리고 있었다. 하지만 그는 남다른 고민으로 괴로워하며 자기를 에워싼 주위 환경을 경멸에 찬 눈초리로 쳐다보았다. 그는 낡은 기둥과 담장의 아름다움을 이해하고 있었다. 또한 자신의 영혼을 시구에 반영하고 환상에서 자기만의 허구적인 삶을 만들어내는 기이한 비법을 터득하고 있었다. 그는 감정이 풍부할 뿐 아니라 남에게 구속받기를 꺼렸다. 한스가 1년 동안 할 농담을 하일러는 단 하루 만에 해내었다. 그리고 동시에 그는 우울한 소년이었으며 자기 자신의 슬픔을 낯설고 귀하고 값진 보물처럼 즐기고 있는 것처럼 보였다.

그날 저녁, 하일러는 친구들 앞에서 자신의 엉뚱하고 괴팍한 성격을 드러내고 말았다. 동료 가운데 하나인 오토 뱅어라는 속 좁은 허풍쟁이가 그에게 싸움을 걸어왔다. 잠시 하일러는 익살을 떨기도 하며 침착한 자세로 서 있었다. 그러다가 갑자기 오토 뱅어의 뺨을 때렸다. 그리고 일순간에 두 소년을 서로 뒤엉켜 심하게 몸싸움을 했다. 마치 키를 잃은 배처럼 부딪치기도 하고 반원을 긋기도 하고 잠시 주춤대기도 하며 헬라스 방을 발칵 뒤집어놓았다. 벽으로 밀치기도 하고 의자를 넘어뜨리기도 하고 마룻바닥에 내동댕이치기도 했다. 두 소년 모두 한마디 말도 없었다. 숨을 가쁘게 몰아쉬며 침을 질질 흘리기도 하고 입에서 거품을 내뿜기도 했다.

같은 방 친구들은 냉정한 표정으로 이들을 지켜보고 있었다. 아이들은 싸움에 휘말려 들지 않으려고 이따금 발을 살짝 옆으로 옮겼다. 그리고 책상과 램프가 망가지지 않도록 멀찌감치 옮겨놓았고 재미있다는 듯 긴장된 표정으로 싸움의 결과를 기다리고 있었다. 그렇게 몇 분이 지났다. 하일러가 힘겹게 일어서더니 숨을 헐떡이며 그 자리에 섰다. 그의 몰골은 말이 아니었다. 눈은 충혈되고 셔츠 깃은 찢어졌으며 바지 무릎에는 구멍이 났다. 상대는 다시 덤비려고 했지만 하일러는 팔짱을 낀 채 거만하게 말했다.

"난 인제 그만두겠어. 때리고 싶으면 더 때려봐!"

오토 뱅어는 욕설을 퍼부으며 방을 나갔다. 하일러는 책상에 몸을 기댄 채 스탠드 램프를 돌려놓고 바지 주머니에 두 손을 찔러 넣었다. 그러고는 생각에 잠긴 표정으로 잠시 있었는데 갑자기 그의 눈에서 눈물이 흘러나오더니 계속 울었다. 지금까지 보지도 못한 일이었다. 눈물을 보인다는 것은 신학교 학생에게 있어 가장 치욕적인 일로 여겨졌다. 하일러는 자신의 눈물을 숨기려고 하지 않았다. 방에서 나가지도 않고 창백한 얼굴을 램프 쪽으로 돌린 채 그냥 우두커니 서 있었다. 눈물을 닦기는커녕 주머니에서 손을 빼려고도 하지 않았다. 다른 친구들은 호기심 어린 표정으로 심술궂게 쳐다보며 그에게로 몰려들었다. 마침내 하르트너가 그에게 다가가 비아냥거렸다.

"야, 하일러, 넌 부끄럽지도 않니?"

눈물을 흘리고 있던 하일러는 마치 조금 전에 깊은 잠에서 깨어난 사람처럼 천천히 주위를 둘러보았다.

"부끄럽냐고? 너희들 앞에서? 천만에!"

그는 경멸에 찬 말투로 소리를 질렀다.

하일러는 얼굴을 닦더니 화가 난 듯한 미소를 지어 보였다. 그러고 나서 램프를 끄고는 방에서 나갔다. 한스 기벤라트는 싸움이 벌어지는 동안 내내 자기 자리를 뜨지 않고 놀라움과 두려움이 뒤범벅된 심정으로 하일러를 힐끔 훔쳐보고 있었다. 15분가량이 지난 뒤, 그는 사라진 친구를 찾아나서기로 마음먹었다. 하일러는 차갑고 어두운 침실의 낮은 창턱에 앉아 꼼짝도 하지 않고 회랑을 내려다보고 있었다. 등 너머로 보이는 그의 어깨와 뚜렷이 눈에 띄는 가냘픈 머리는 소년답지 않은 사뭇 진지한 분위기를 풍겼다. 한스가 창가에 가까이 다가갔지만 그는 전혀 몸을 움직이지 않았다. 잠시 뒤에 하일러는 고개를 돌리지도 않고, 쉰 목소리로 그에게 물었다.

"무슨 일이니?"

"나야."

"왜?"

"아니야, 그냥."

"그래? 그럼 가 봐."

한스는 기분이 상해서 정말 돌아가려고 했다. 그때 하일러가 한스를 붙잡으면서 말했다.

"기다려. 그렇게 말하려고 한 게 아니야."

두 소년은 서로의 얼굴을 쳐다보았다. 그들이 처음으로 진지하게 상대의 얼굴을 본 순간이었다. 하일러는 천천히

팔을 뻗어서 한스의 어깨를 잡았다. 그런 다음 서로의 얼굴
이 맞닿을 만큼 한스를 끌어당겨 입을 맞추었다. 한스는 깜
짝 놀랐다. 그의 가슴은 이상한 느낌으로 두근거렸다. 어두
운 곳에서의 입맞춤은 모험적이고 위험한 일이었다. 누군가
에게 들킨다면 끔찍한 상황이 벌어지리라는 생각이 들었다.
두 소년의 입맞춤은 하일러의 눈물보다 훨씬 더 우스꽝스럽
고 수치스러운 것이었기 때문이다. 한스는 아무 말도 할 수
없었다. 피가 거꾸로 솟는 듯했고 당장 그곳에서 도망치고
싶었다.

학생들은 차츰 공동생활에 익숙해졌다. 서로를 이해하면
서 우정을 쌓아갔고 함께 히브리어를 외우거나 산책을 하거
나 그림을 그리곤 했다. 라틴어는 잘하지만 수학이 뒤처진
학생은 그렇지 않은 학생과 서로 돕기도 했다. 그런가 하면
물질의 교류를 하는 아이들도 있었다. 수도원에 온 첫날 다
른 아이들의 부러움을 샀던 햄의 소유자는 슈탐하임에서 과
수원을 하는 집안의 아들과 친해져서 그들은 서로 햄과 사과
를 바꾸어 먹기도 했다. 이런 관계는 취미나 호감으로 맺어
진 우정보다 더 오래 지속되었다. 한편 끝까지 외톨이로 남
는 경우도 있었다. 루치우스가 그중 한 사람이었다. 예술에
대한 그의 탐욕스러운 집착은 그 무렵 절정에 달해 있었다.

서로 어울리지 않는 친구 관계도 있었다. 하일러와 한스
의 경우가 그랬다. 그것은 자유분방한 소년과 고지식한 소
년, 시인과 성실한 소년의 만남이었다. 두 사람 모두 영리하
고 재능이 뛰어나다고 인정받고 있었지만 하일러는 천재라

는 조롱 섞인 평가를 받는 반면, 한스는 모범 소년으로 꼽히고 있었다. 주위에서는 이들에게 별 관심이 없었다. 각자 나름대로의 우정과 해야 할 일에 바빴기 때문이다.

하지만 이런 개인적인 관심과 관계 때문에 공부를 소홀히 하는 학생은 없었다. 신학교는 하나의 커다란 오케스트라처럼 조화를 이루고 있었다. 루치우스의 음악과 하일러의 시, 우정과 다툼은 사소한 것에 지나지 않았다. 학생들을 가장 괴롭힌 것은 다름 아닌 히브리어였다. 이 이상한 언어는 학생들에게 낯선 수수께끼처럼 여겨졌다. 무시무시한 용, 동화 속의 요정, 아름다운 소년과 깊은 눈동자를 가진 소녀, 백발의 노인과 용감한 여인 등의 놀라움으로 다가왔다. 루터의 성서 속에 잠들어 있던 순수하고 거친 언어들이 을씨년스러운 생명력을 가지고 되살아난 것이나. 하일러에게는 특히 그랬다. 그는 구약성서를 매일 매 순간 저주했지만 거기서 다른 학생들보다 더 많은 영혼과 생명을 발견하고 받아들였다.

그에 비해 신약성서는 한결 쉽고 밝았으며 깊이가 있었으며 젊고 열정적이며 환상적인 정신을 가득 담고 있었다. 한편 오디세이는 힘차고 균형 잡힌 시구들로 이루어져 있었으며, 지금은 사라져버린 행복한 삶을 떠오르게 했다.

한스는 모든 것을 다른 관점으로 보는 하일러에게 놀랐다. 하일러에게는 상상의 색깔로 그릴 수 없는 것이 아무것도 없었다. 그리고 그는 내키지 않는 것은 단번에 내팽개쳐버렸다. 한스와 하일러의 우정은 남달랐다. 하일러에게 있어서 우정은 오락이며 변덕스러운 즐거움을 주는 것이었다. 하지만 한스에게 우정은 자랑스러운 보물이면서 감당하기 어려운 짐이기도 했다. 지금까지 한스는 저녁 시간을 공부로 보냈다. 그런데 하일러는 매일 한스에게 와서 책을 빼앗고는 함께 놀기를 원했다. 한스는 하일러를 좋아했지만 이제는 그가 찾아오는 것이 두려워졌다. 하일러 때문에 다른 친구들보다 뒤떨어질까 봐 자습 시간에는 더욱 열심히 공부했다. 그런데 하일러의 다음과 같은 비웃음이 한스를 더 괴롭게 만들었다.

"그것은 날품팔이들이나 하는 짓이야. 네가 하고 싶어서 하는 게 아니잖아. 아버지와 선생님이 두려운 거겠지. 도대체 1등이 무슨 소용이니? 나는 20등이지만 너희들처럼 어리석지는 않아. "

한스는 하일러가 책을 어떻게 대하는지 알게 되었을 때 깜짝 놀랐다. 언젠가 하일러의 지도책을 빌려 보았는데 책에는 온통 연필로 낙서가 되어 있었다. 피레네 반도의 서해안에는 괴상한 얼굴이 그려져 있었고, 군데군데 잉크 자국과 함께 대담하고 익살스러운 시가 적혀 있기도 했다.

한스는 그동안 책을 보물처럼 소중하게 여겨 왔다. 하지만 이제 그는 하일러의 무모하리만치 몰염치한 행위를 신전모독에 비견할 만한, 심지어는 범죄적인 행위로까지 간주하면서도, 동시에 그 안에서 영웅적인 인물의 위대성을 발견하고 있었다.

착하기만 한 한스 기벤라트가 친구 하일러에게는 그저 손

쉬운 장난감이나 집에서 기르는 애완 고양이에 지나지 않는 것처럼 보일지도 모를 일이었다. 가끔 한스도 그렇게 느낄 때가 있었다. 하지만 하일러는 한스를 필요로 했고 그에게 커다란 애정을 가지고 있었다. 하일러는 자신의 속마음을 털어놓을 수 있는, 자신에게 귀를 기울이고 가치를 인정해줄 누군가를 원했던 것이다. 학교와 인생에 대해 가히 혁명적이라고 불릴 만한 파격적인 이야기를 해도 자신의 말에 관심을 가지고 조용히 귀를 기울여줄 누군가가 필요했던 것이다. 또한 왠지 울적해질 때 자신의 머리를 무릎 위에 올려놓고 위로해줄 누군가가 필요했던 것이다.

이러한 성향을 지닌 사람들이 늘 그러하듯이 이 젊은 시인도, 가끔 이해하기 어려운 다소 어리광 섞인 우울증을 보이곤 했다. 그 이유는 어린 영혼으로부터의 조용한 이별, 그리고 목적도 없이 넘쳐흐르는 젊음의 열기와 예감과 욕망 때문이었다. 또 다른 이유는 어른이 되어가면서 나타나는 이해하기 힘든 어두운 충동 때문이었다. 그럴 때면 하일러는 누군가로부터 동정과 귀여움을 받고 싶은 병적인 욕구를 느꼈다. 예전에 그는 어머니의 사랑을 받던 귀여운 아이였다. 하지만 아직 여자들의 사랑을 받을 만큼 성숙하지 않은 지금에는 온순한 친구만이 그를 위로해줄 유일한 가능성이었다.

하일러는 종종 저녁 무렵이면 피곤에 지친 모습으로 한스를 찾아왔다. 그러고는 공부하고 있던 한스를 꾀어 함께 침실로 가자고 졸라댔다. 침실의 차가운 방이나 황혼이 어슴푸레한 높은 기도실에서 두 소년은 나란히 거닐었다. 아니면 추위에 떨며 창가에 앉아 있기도 했다. 그럴 때면 하일러는 하이네를 읽는 서정적인 소년답게 온갖 애처로운 탄식을 내뱉으며, 어린애 같은 슬픔의 구름에 휩싸이는 것이었다.

한스는 그것을 제대로 이해하지 못하면서도 커다란 감동에 젖어 자신도 모르는 사이에 전염되고 말았다. 감수성이 예민한 시인 하일러는 특히 흐린 날에 절정이 되었다. 늦가을의 비구름이 하늘을 어두컴컴하게 뒤덮고, 구름 뒤로 달이 어슴푸레한 엷은 베일의 틈새를 비집고 모습을 드러내며 궤도를 그려갈 때, 비탄에 젖은 그의 신음은 절정에 달하곤 했다. 그럴 때면 그는 몽롱한 우수에 젖어 들었다. 그의 우울한 심정은 한숨이 되기도 하고 이야기가 되기도 하고 시구가 되기도 했다. 그러고는 아무 죄도 없는 한스에게 마구 퍼부어대는 것이었다.

한스는 이런 하일러에게 괴롭힘을 당하면서도 남은 시간을 최대한으로 활용하기 위하여 급한 마음으로 공부에 매달렸다. 하지만 공부는 점점 더 어려워져만 갔다. 예전에 앓던 두통이 다시 재발한 것도 놀라운 일은 아니었다. 하지만 아무런 일도 하지 않으면서 지친 몸으로 시간을 보내고 있는 현실이 몹시 마음에 걸렸다. 마땅히 해야 하는 공부를 하기 위해서도 그는 자신을 채찍질하지 않으면 안 되었다. 하일러와의 기형적인 우정은 한스를 지치게 만들었고, 때 묻지 않은 자아의 순수함을 병들게 했다. 그는 이 사실을 어렴풋하게나마 느끼고 있었다. 하지만 하일러가 울적해하고 슬퍼하면 할수록 더욱더 애처롭게 여겨졌다. 또한 자신이 친구에게 없어서는 안 될 존재라는 생각이 더 강하게 찾아왔다.

더욱이 한스는 이 병적인 우울증이 불건전한 충동의 과도한 분출일 뿐이며, 자신이 감탄해 마지않는 하일러의 천성에 속하지 않는다는 사실을 알고 있었다. 친구가 자작시를 낭송하거나 시인의 이상에 대하여 이야기하거나 실러나 셰익스피어의 독백을 커다란 몸짓과 더불어 열정적으로 늘어놓을 때면, 하일러가 자신에게는 없는 마술의 힘을 받아 초월적인 자유와 불타는 열정을 지닌 채 호머의 천사처럼 날개를 단 발바닥으로 하늘을 두둥실 떠돌아다니는 것 같았다. 이제껏 시인의 세계는 한스에게 잘 알려지지 않았고, 별로 중요하지도 않았다. 지금 그는 난생처음으로 아름답게 흘러나오는 언어와 사람을 홀리게 만드는 영상과 듣기 좋은 음률이 지닌 매혹적인 힘을 아무런 저항 없이 느끼게 되었다. 새롭게 열린 세계에 대한 한스의 숭배는 친구를 향한 경탄과 더불어 하나의 감정으로 자라나고 있었다.

어느덧 거센 바람이 휘몰아치는 11월이 어슴푸레하게 다가왔다. 램프를 켜지 않고 공부할 수 있는 시간이 그리 많지는 않았다. 칠흑같이 어두운 밤에는 폭풍이 산더미 같은 구름을 어둠에 싸인 산정으로 몰아대고 낡은 수도원 건물을 신음하듯이, 혹은 다투듯이 마구 두들겼다. 나무들은 이제 완전히 옷을 벗어 던졌다. 단지 우거진 수풀의 제왕으로 불리는, 마디가 굵고 힘센 떡갈나무만이 시들어가는 우듬지를 흔들어대며 다른 나무들보다 더 요란하게 불평 섞인 소리를 뱉어낼 뿐이었다.

하일러는 더 우울해졌다. 그래서 그는 한스 곁을 떠나 다시금 멀리 떨어진 연습실에서 거친 악기 소리를 내며 홀로 바이올린을 켜거나 동료들에게 싸움을 걸었다.

어느 날 저녁, 하일러는 연습실에 갔다가 악보대 앞에서 연습에 열중하고 있는 루치우스를 발견했다. 하일러는 화가 난 나머지 그냥 밖으로 나왔다. 30분 뒤에 다시 들어가 보았지만 루치우스는 여전히 연습에 빠져 있었다.

"이젠 좀 그만하시지. 다른 사람들도 연습해야 할 거 아냐. 네가 긁어대는 소리 때문에 정말이지 괴로워 죽을 지경이라고."

하일러가 욕설을 퍼부었다.

루치우스도 물러서지 않았다. 그가 전혀 개의치 않고 다시 바이올린을 켜기 시작하자, 하일러는 약이 올라 악보대를 발로 걷어차 버렸다. 악보는 여기저기 흩어졌고 악보대는 루치우스의 얼굴을 후려쳤다. 루치우스는 악보를 줍기 위해 몸을 웅크렸다.

"교장 선생님께 일러바칠 거야."

그가 단호하게 말했다.

"좋아."

하일러는 분에 겨워 소리를 질렀다.

"마음대로 해. 이왕이면 덤으로 내가 궁둥이를 걷어찼다고 말씀드리려무나."

그는 곧바로 루치우스를 걷어차려고 했다. 루치우스는 껑충 뛰어 옆으로 도망쳐서는 문밖으로 달아났다. 하일러가 그의 뒤를 쫓았다. 쫓고 쫓기는 숨 가쁜 추격전이 시끄럽게 벌어졌다. 복도와 강당을 가로질러 계단과 마루 위를 넘나들더니 급기야는 수도원에서 가장 멀리 위치한 측랑까지 이르렀다. 거기에는 적막이 감도는 우아한 교장의 저택이 자리 잡고 있었다. 그 서재의 문 앞에서 하일러는 도망자를 거의 따라잡았다. 루치우스가 문을 두드리고는 열린 문으로 막 들어서려는 순간, 약속처럼 하일러에게 한 방 걸어차이고 말았다. 그러고는 미처 문을 닫을 틈도 없이 신성불가침한 공간으로 총알처럼 뛰어 들어갔다.

이런 일은 수도원이 생긴 이래 전대미문의 사건이었다. 다음 날 아침, 교장 선생님은 청소년의 탈선에 대해 멋들어진 연설을 했다. 루치우스는 속으로 박수갈채를 보내면서도 생각에 잠긴 표정으로 귀를 기울이고 있었다. 하일러에게는 무거운 근신령이 내려졌다. 교장 선생님은 하일러에게 호통을 쳤다.

"우리 학교에선 이런 일이 벌어진 적이 없었다. 난 네가 10년이 지나도 이 일을 결코 잊지 않게끔 해주겠다. 너희들에겐 이 하일러가 무서운 본보기가 될 거다."

학생들은 모두 겁을 집어먹고 하일러를 힐끗 훔쳐보았다. 그의 얼굴이 약간 창백해졌다. 하지만 그는 매우 거만한 자세를 보이며 반항이라도 하듯이 교장 선생님의 시선을 피하려 하지 않았다. 학생들은 내심 하일러의 용기에 찬사를 보냈다. 훈시가 끝난 뒤에 아이들은 떠들썩한 소리를 내며 복도를 가득 메우며 밖으로 나갔다. 하일러는 내버려진 나병 환자처럼 혼자가 되고 말았다. 지금 그의 편에 서기 위해서는 용기가 필요했다.

한스 기벤라트는 하일러의 편을 드는 것이 자신의 의무라고 느끼면서도 차마 용기를 내지 못했다. 그래서 한스는 자신의 비겁한 행동에 죄책감이 들었다. 수치심으로 창가에 몸을 숨기고는 부끄러운 나머지 감히 고개를 들지 못했다. 친구를 찾아가고픈 마음은 간절했지만 남의 눈에 띄지 않고 친구를 만나기 위해서는 꽤 신경을 써야 했다. 수도원에서 무거운 근신령에 처해졌다는 건 오랫동안 낙인이 찍힌 거나 다름없었다. 이제부터 그 학생이 남다른 주의를 받게 된다는 것은 누구나 잘 알고 있는 사실이었다. 그와 어울리는 일이 위험할 뿐 아니라 자칫 잘못하면 자기도 나쁜 평가를 받게 된다는 사실 또한 분명했다. 이곳 젊은이들은 수혜받는, 국가의 자선에 걸맞게 규율에 한 치의 어긋남 없이 생활해야 하는 것이다. 그것은 이미 입학식에서 들은 연설에서도 분명히 드러났다. 한스 또한 이러한 사실을 잘 알고 있었다.

그는 친구로서의 의무감과 학생으로서의 공명심 사이에서 갈등을 겪었다. 그러다가 나중에는 지치고 말았다. 그가 지닌 미래의 이상은 남보다 앞서 나아가는 것, 시험에서 훌륭한 성적을 올리는 것, 그리고 주어진 역할을 잘 감당하는 것이었다. 물론 감상적이거나 위험한 역할은 아니었다. 한스는 두려움에 싸인 채 방구석에 틀어박혀 꼼짝도 하지 않고 있었다. 지금이라도 자리를 박차고 일어나 용기를 내어 친구에게로 달려갈 수도 있었다. 하지만 시간이 지남에 따라 차츰 더 어려워지고 말았다. 급기야 한스는 자기도 모르는 사이에 배신이 이미 굳어져 버린 것이다.

하일러는 한스의 배신을 충분히 짐작하고 있었다. 이 열정적인 소년은 모든 사람이 자신을 멀리한다는 사실을 느꼈고 또 이해했다. 그래도 지금까지 한스만큼은 굳게 믿어왔었다. 지금 느끼고 있는 비애와 분노에 견주어볼 때, 이제까지 느껴왔던 애절한 슬픔은 공허하고 우스꽝스럽게 여겨질 뿐이었다. 잠시 하일러는 기벤라트 곁에 멈추어 섰다. 그러고는 차갑고 경멸에 찬 목소리로 말했다.

"넌 비열한 겁쟁이야, 이 더러운 자식!"

그러고는 바지 주머니에 두 손을 찔러 넣은 채 나지막이 휘파람을 불며 사라져버렸다.

젊은이들에게 생각할 일과 해야 할 일이 있다는 것은 참으로 다행스러운 일이다. 그 사건이 일어난 지 얼마 되지 않아 갑자기 눈이 펑펑 쏟아졌다. 그러더니 맑게 갠 하늘 아래 추운 겨울 날씨가 시작되었다. 아이들은 눈싸움도 하고 스케이트도 탈 수 있었다. 그리고 크리스마스와 겨울 방학이 바로 눈앞에 다가왔다는 사실을 불현듯 알아차리고는 모두 함께 어우러져 이야기꽃을 피웠다. 이제 하일러는 별다른 관심을 끌지 못했다. 그는 건방진 표정에 머리를 곧게 세운 채 빠른 걸음걸이로 조용히 돌아다녔으며 어느 누구와도 이야기를 나누지 않았다. 시간이 날 때마다 그는 자신이 가지고 다니는 수첩에 시를 적어 넣었다. 검은 납포로 된 표지에는 '어느 수도사의 노래'라는 제목이 적혀 있었다.

떡갈나무와 오리나무, 너도밤나무, 버드나무에는 서리와 얼어붙은 눈송이들이 매달려 부드럽고 이상야릇한 형체를 보이고 있었다. 연못에서는 투명한 얼음이 혹한을 이기지 못해 빠드득 소리를 내기도 했다. 회랑의 안뜰은 대리석으로 만들어진 정원처럼 적막했다. 축제 분위기에 휩싸여 방마다 흥분된 목소리들이 흘러나왔다. 크리스마스를 기다리는 기쁨은 심지어 근엄하기 짝이 없는 교수 두 명의 얼굴에서조차 부드럽고 즐겁게 빛나고 있었다. 크리스마스에 무덤덤한 선생님들과 학생들은 하나도 없었다. 하일러의 찌푸린 얼굴도 조금 환하게 빛나고 있었다. 루치우스는 방학 때 어떤 책과 신발을 가지고 가야 할지 곰곰이 생각해 보았다. 집에서 오는 편지에는 가슴을 설레게 만드는 멋진 이야기들이 적혀 있었다. 어떤 선물을 가장 원하는지 묻는 질문, 언제 빵을 굽게 될지 알리는 소식, 머지않아 깜짝 놀라게 될 선물이 있으리라는 암시, 다시 만날 날을 손꼽아 기다린다는 기쁨에 들뜬 심정 같은 것 말이다.

헬라스 방의 소년들을 비롯한 모든 학생은 방학여행을 떠나기 전에 하나의 작은 사건을 체험하게 되었다. 어느 날 저녁, 가장 넓은 헬라스 방에서 열리기로 되어 있는 크리스마스 축제에 선생님들을 모두 초대하기로 의견을 모았다. 축제를 위한 연설을 준비하고 두 편의 시를 암송하며 플루트 독주와 바이올린 이중주가 마련되었다. 이에 곁들여 재미있는 순서 하나를 프로그램에 넣으려고 했다. 제안과 토론을 거듭해 보았지만 좀처럼 좋은 생각이 떠오르지 않았다. 그때 카를 하멜이 에밀 루치우스의 바이올린 독주가 가장 흥미로울 것이라고 무심결에 말했다. 모두 그의 제안이 그럴듯하다고 생각했다. 그래서 루치우스에게 부탁하기도 하고 약속을 늘어놓기도 하고 또 그를 위협하기도 한 끝에 마침내 이 불쌍한 연주자의 허락을 얻어냈다.

정중한 초대의 글과 함께 선생님들에게 보내진 프로그램의 특별 순서 난에는 다음과 같이 적혀 있었다.

'고요한 밤의 바이올린 선율, 음악의 거장 에밀 루치우스의 연주.'

이것은 그가 멀리 떨어진 음악실에서 열심히 연습한 덕분에 붙여진 칭호였다.

교장 선생님과 교수들, 복습 담당 지도 선생님들, 음악 선생님과 상임 사감들이 모두 초대되어 축제에 참석했다. 하르트너로부터 자락이 달린 검은 프록코트를 빌려 입은 루치우스가 다림질한 예복을 입고 머리를 빗질한 다음 온화하고 겸손한 미소를 띠며 무대에 올라섰다. 음악 선생님의 이마에는 땀방울이 맺히기 시작했다. 청중들은 루치우스가 인사하는 모습만 보고도 벌써 웃음을 터뜨렸다. 가곡 '고요한 밤'은 그의 손가락 아래서 애절한 탄식이 되고 신음과 고통에 싸인 고뇌의 노래가 되었다. 그는 두 번씩이나 다시 시작해 보았다. 하지만 다시 해보아도 선율을 찢고 부수어버릴 뿐이었다. 그때마다 다시금 발로 박자를 맞추며 혹한의 날씨에 숲에서 일하는 나무꾼처럼 식은땀을 흘리는 것이었다.

음악 선생님은 화가 머리끝까지 치밀어 오른 나머지 얼굴이 창백해져 버렸다. 교장 선생님은 재미있다는 듯이 그를 향하여 고개를 끄덕여 보였다.

루치우스는 세 번째로 다시 시작해 보았다. 하지만 이번에도 또다시 꼼짝달싹 못 하고 제자리에 멈추어버렸다. 그제야 그는 바이올린을 내려놓고는 청중에게 몸을 돌려 변명을 늘어놓았다.

"잘 안 되네요. 전 지난가을부터 바이올린을 켜기 시작했거든요."

"잘했다, 루치우스."

교장 선생님이 소리쳤다.

"우린 네가 보여준 노력을 고맙게 생각하고 있다. 계속 그렇게 열심히 배우도록 해라. 땀을 많이 흘려야 별에 다다를 수 있는 법이다."

12월 24일은 새벽 3시부터 침실마다 떠들썩하게 활기가 넘쳤다. 유리창에는 고운 나뭇잎 무늬를 한 성에가 두껍게 피어 있었다. 욕실의 물은 꽁꽁 얼어붙었고 수도원의 안뜰에는 살을 에는 듯한 매서운 바람이 불어대고 있었다. 하지만 어느 누구도 이에 아랑곳하지 않았다. 식당에서는 커피를 끓이는 커다란 통이 증기를 내뿜고 있었다. 마침내 외투와 목도리를 휘감은 학생들이 날이 밝기도 전에 무리를 지어 고향길로 떠나기 시작했다. 희미하게 반짝이는 하얀 들판을 넘고, 고요한 숲을 가로질러 멀리 떨어진 기차역을 향하여 발걸음을 옮기기 시작했다.

모두 농담을 하고 큰 소리로 웃기도 했다. 소년들 각자의 마음속에는 숨겨진 바람이나 기쁨, 기대가 가득 담겨 있었다. 널리 주 전체에 걸쳐 도시나 시골이나 한적한 농가에서도 마찬가지였다. 크리스마스 장식을 한 따뜻한 방에서 부모와 형제자매들이 애타게 기다리고 있다는 사실을 모르는 학생은 하나도 없었다. 대다수의 학생에게는 머나먼 낯선 땅에서 고향으로 돌아가는 첫 크리스마스였다. 가족들은 애정과 자부심을 가지고 아이들을 기다렸다.

눈으로 뒤덮인 숲의 한가운데 위치한 자그마한 역에서 학생들은 혹독한 추위와 싸우며 기차를 기다렸다. 모두가 이처럼 한마음으로 어우러져 흥겨워했던 적은 없었다. 기차가 도착했을 때, 하일러만이 입을 꼭 다문 채 멀찌감치 혼자 서 있었다. 그는 동료들이 기차에 오르기를 기다린 뒤에 마지막으로 혼자서 다른 칸에 올라탔다. 다음 역에서 갈아탈 때 한스는 그를 다시 한번 쳐다보았다. 하지만 부끄럽고 아쉬운 감정도 고향에 돌아간다는 흥분과 기쁨으로 이내 덮여버렸다.

한스의 아버지는 만족스러운 미소를 지으며 그를 기다리고 있었다. 또한 선물 꾸러미가 산더미처럼 쌓인 책상이 그를 반겨주었다. 물론 기벤라트의 집에서는 축제다운 크리스마스는 없었다. 노래도 축제 분위기도 어머니도 전나무도 없었다. 아버지 기벤라트는 어떻게 축제를 즐기는지 전혀 알지 못했다. 하지만 그는 자기 아들을 무척이나 자랑스럽게 여겼고, 선물을 장만하기 위하여 돈도 아끼지 않았다. 아무튼 한스는 이런 크리스마스에 익숙해져 있었다. 그래서 그에게는 전혀 부족함이나 불만이 없었다.

마을 사람들은 한스가 좋아 보이지 않는다고 입을 모았
다. 몸이 너무 야위고 얼굴도 창백해 보인다는 것이다. 수도
원의 식사가 그렇게 형편없는지 묻기도 했다. 한스는 아니
라고 딱 잘라 말했다. 잘 지내는데 가끔 머리가 아플 뿐이라
고 했다. 그러자 마을 목사가 자기도 젊었을 때 그랬었다며
한스를 위로해주었다. 이렇게 그 문제는 일단락되었다.

강물이 매끄럽게 얼어붙어 있었다. 크리스마스에는 스케
이트를 타는 사람들로 발 디딜 틈도 없이 붐볐다. 한스는 거
의 온종일을 밖으로 나돌아다녔다. 새 옷을 차려입고 녹색
의 신학교 모자를 쓰고 다녔다. 그는 이제 예전에 함께 학교
에 다녔던 친구들이 부러워하는 아주 높은 세계에 우뚝 서
있었다.

제4장

몇몇 학생은 4년에 걸친 수도원 생활 중 사라지고 만다.
누군가가 죽게 되면 장송곡과 더불어 땅에 묻히거나 친구들
에 의해 고향으로 호송되기도 한다. 때로는 제멋대로 수도
원에서 도망치는 학생이 있는가 하면, 학칙에 어긋나는 엄
청난 죄를 지어 퇴학 처분을 받는 학생도 있다. 매우 드문 경
우이기는 하지만 상급 학년에서는 청춘의 고뇌에 빠진 젊은
이가 헤어날 수 없는 방황 끝에 권총의 방아쇠를 당기거나
물에 뛰어들어 자살을 하기도 한다.

한스 기벤라트의 학년에서도 여러 친구가 사라져 갔다.
그런데 우연치고는 너무 이상하리만치 모두가 헬라스 방의
친구들이었다.

이 방 학생들 가운데 키가 작고 소심한 금발의 소년이 있
었는데 이름은 힌딩어였다. 그리고 힌두라는 별명으로 불
렸다. 그는 알고이 지방의 어느 마을에서 온 양복점 주인의

아들이었는데 워낙 얌전한 소년이라서 그가 사라지고 나서야 비로소 잠시 동안 사람들의 이야깃거리가 되었다. 하지만 그것도 별로 대단한 것은 아니었다. 그는 구두쇠로 소문이 난 실내악의 대가 루치우스와 책상을 나란히 썼었다. 그래서 다른 친구들보다는 루치우스와 어느 정도 더 가깝게 지냈다. 그 외에는 달리 친한 친구가 없었다. 힌딩어가 곁에서 사라진 뒤에야 비로소 헬라스 방의 친구들은 자기들이 그를 좋아했었다는 사실을 새삼 알게 되었다. 그는 다소 부딪히기 쉬운 공동생활에서 한마디의 불평도 하지 않는 선량한 학생이었다.

1월의 어느 날 힌딩어는 연못으로 스케이트를 타려고 친구들과 함께 길을 나섰다. 그에겐 스케이트가 없었기 때문에 그냥 구경만 할 작정이었다. 하지만 이내 견디기 힘든 추위를 느낀 나머지 몸을 녹이려고 발을 동동 구르며 연못 주위를 서성거렸다. 그러다 걷기 시작했는데 그만 길을 잘못 들어 들판 너머에 있는 또 하나의 자그마한 호수에 다다랐다. 그곳에는 따뜻한 물이 제법 세차게 솟아오르고 있었기 때문에 물 위에만 살짝 얼음이 서려 있었다. 그는 갈대를 헤치고 그리로 들어갔다. 그는 몸집이 작고 가벼웠지만 기슭 가까이에서 그만 얼음이 깨지고 말았다. 그는 발버둥을 치며 잠시 소리를 질러보았다. 하지만 남의 눈에 띄지도 않은 채 어둡고 차가운 물 속에 빠지고 말았다.

학생들은 오후 수업이 시작되는 2시에야 그가 없어진 사실을 알아차렸다.

"힌딩어는 어디 있지?"

복습을 담당하는 선생님이 물었다. 아무도 대답을 하지 못했다.

"헬라스 방을 찾아보도록 해라!"

하지만 거기서도 그의 흔적은 발견되지 않았다.

"지각인 게로구나. 그럼 그냥 시작하지, 아무튼 다신 이런 일이 없길 바란다. 시간은 꼭 지키도록 해! 74쪽 7구절을 배울 차례야."

3시를 알리는 종소리가 울려도 여전히 힌딩어는 나타나지 않았다. 불안해진 선생님은 학생을 보내어 교장 선생님에게 이 사실을 알렸다.

교장 선생님은 즉시 교실로 달려왔다. 그리고 위엄 있는 질문을 던지고는 상임 사감과 복습 선생님의 인솔 아래 학생 열 명을 모아 수색에 나서게 했다. 교실에 남아있는 학생들은 받아쓰기 연습을 했다. 4시에 복습 선생님이 노크도 없이 교실로 들어와 교장 선생님에게 귓속말로 보고를 했다. 분위기가 일렁거렸다.

"조용!"

교장 선생님의 불호령이 떨어졌다. 학생들은 숨을 죽인 채 꼼짝도 하지 않고 의자에 앉아 교장 선생님을 빤히 쳐다보았다.

"여러분의 동료 힌딩어는……."

그는 목소리를 약간 낮추어 말을 이어갔다.

"연못에 빠진 것 같다. 이제 여러분은 그를 함께 찾아야

한다. 마이어 교수님께서 여러분을 인솔할 테니 한 치의 어
김 없이 그분 말씀을 따르도록 해라. 제멋대로 행동해선 안
된다!"

학생들은 겁먹은 얼굴로 수군거리며 교수 뒤를 따라나섰
다. 마을에서는 몇몇 어른이 서둘러 밧줄과 널빤지, 막대기
등을 가지고 나와 학생들과 합류했다. 매우 추운 날씨였고
태양은 숲의 가장자리에 기울어져 있었다.

마침내 뻣뻣하게 굳어버린 소년의 자그마한 시체가 발견
되었다. 눈 덮인 갈대숲에서 들것에 실렸을 때는 이미 어둠
이 짙게 깔린 뒤였다. 신학교 학생들은 놀란 새처럼 불안에
떨며 시체의 주위에 몰려들었다. 그리고 두 눈을 크게 뜨고
시체를 쳐다보며 파랗게 곱은 손가락을 문질러댔다.

물에 빠져 죽은 친구의 주검이 앞서 실려 가고 학생들은
그 뒤를 따라 묵묵히 눈 덮인 들판을 걷기 시작했다. 그들의
답답한 가슴은 갑자기 전율에 휩싸였다. 마치 노루가 적의
냄새를 맡듯이 이 소년들도 무서운 죽음의 존재를 어렴풋하
게 느끼게 되었다.

한스 기벤라트는 슬픔과 추위에 떠는 일행 속에서 섞여
걸으며 우연하게도 친구 하일러와 나란히 서게 되었다. 두
소년은 울퉁불퉁한 들판 길을 걷다가 그만 발이 걸려 넘어질
뻔했는데 그제야 서로의 존재를 알아차릴 수 있었다. 죽음
의 광경에 소스라치게 놀란 한스는 잠시만이라도 부질없는
이기심을 떨쳐 버리려고 했을지 모른다. 아무튼 뜻하지 않
게 친구의 창백한 얼굴을 가까이서 대하고 보니 말할 수 없

이 처절한 마음의 고통이 느껴졌다. 그래서 일시에 치솟는 감정을 억누를 길이 없어 자기도 모르게 친구의 손을 잡으려고 했다. 하지만 하일러는 화를 내며 한스의 손을 뿌리치고는 기분이 상한 듯이 시선을 다른 데로 돌려버리고는 이내 대열의 맨 뒤쪽으로 가버렸다.

한스는 가슴이 저리는 듯한 슬픔과 부끄러움을 느꼈다. 얼어붙은 들판을 비틀거리며 걸으며 계속 앞으로 나아갔다. 추위에 새파래진 뺨을 타고 눈물이 하염없이 쏟아져 내리는데 주체할 수가 없었다. 그는 잊을 수도 없고 또 후회해도 돌이킬 수 없는 죄가 있다는 사실을 깨달았다. 재단사의 아들이 아닌, 바로 자신의 친구 하일러가 맨 앞에서 높이 들린 들것 위에 실려 가는 것처럼 여겨졌다. 마치 한스의 배신에 대한 고통과 분노를 한몸에 지고 또 다른 세계로 떠나가는 것 같았다.

일행은 수도원에 도착했다. 거기서 교장 선생님을 앞세우고 모든 선생님이 죽은 힌딩어를 맞이했다. 만일 그가 살아 있었다면 이런 환영은 생각도 못 할 일이었다. 선생님들은 언제나 죽은 학생을 살아 있는 학생과는 전혀 다른 눈으로 바라본다. 잠시나마 돌이킬 수 없는 모든 삶과 젊음에 내재하는 소중한 가치를 가슴 깊이 되새겨보는 것이다. 평소에는 아무렇지도 않게 학생의 가슴에 상처를 입히면서도 말이다. 그날 저녁과 그다음 날도 온종일 눈에 보이지 않는 시체가 곁에 있는 것 같은 마술과 같은 효력을 나타내었다. 학생들의 모든 말과 행동을 부드럽게 하고 어루만져주기도 했으며 또 살며시 에워싸기도 했다. 이 짧은 기간에는 싸움이나 노여움, 야단법석이나 웃음이 모두 자취를 감추어버렸다. 마치 잠시 물 위로 사라진 물의 요정처럼, 생명체도 숨을 죽여 잔잔한 물속으로 사라져 버린 것처럼 말이다.

죽은 친구에 대해 이야기를 나눌 때 학생들은 언제나 그의 본명을 불렀다. 왜냐하면 힌두라는 별명이 아무래도 죽은 사람의 품위를 손상시키는 것처럼 생각되었기 때문이다. 살아 있을 때는 무리에 끼어 눈에 띄지도 않고 아무도 반기지 않던 힌두가 이제는 자신의 이름과 죽음으로 커다란 수도원 전체를 가득 메우고 있었다.

다음 날 힌딩어의 아버지가 도착했다. 그는 자기 아들이 누워 있는 방에서 혼자 두세 시간을 보내고 난 다음 교장 선생님으로부터 차를 대접받고는 별장 '사슴'에서 하룻밤을 묵었다.

장례식을 치르는 날이 되었다. 관은 침실에 안치되어 있었고 알고이에서 온 힌딩어의 아버지는 그 옆에 서서 모든 진행 과정을 물끄러미 쳐다보고 있었다. 몸집으로 보아 그는 정말이지 영락없는 재단사였다. 몹시 마르고 날카로워 보이는 힌딩어의 아버지는 초록빛이 도는 검은 프록코트를 걸치고 통이 좁은 남루한 바지를 입었으며 손에는 다 낡아빠진 예식용 모자를 들고 있었다. 우수에 젖은 그의 작고 수척한 얼굴은 마치 바람에 흔들리는 싸구려 촛불처럼 초라하고 나약해 보였다. 그는 내내 교장 선생님과 다른 선생님들에 대한 당혹감과 존경심을 감추지 못하고 있었다.

이윽고 관이 옮겨지려고 할 때 슬픔에 잠긴 자그마한 덩치의 재단사는 다시 한번 앞으로 걸어 나와 머뭇거리며 애정 어린 몸짓으로 관의 뚜껑을 어루만졌다. 그러고 나서는 어찌할 바를 모르고 그냥 제자리에 선 채 눈물을 보이지 않으려 애를 쓰고 있었다. 적막이 감도는 커다란 공간의 한가운데 겨울날의 고목처럼 서 있었다. 그는 모두에게 버림받은 사람처럼 아무 희망도 없는 듯 보였고 체념한 듯한 모습을 하고 있었다. 그래서 보는 이들의 마음을 너무나도 아프게 했다. 목사는 그의 손을 잡고 곁에 서 있었다. 잠시 뒤에 재단사는 괴상망측하게 휘어진 모자를 머리에 쓰고 맨 앞에 서서 관을 따라나섰다. 계단을 내려와 수도원 뜰과 낡은 문을 지나 눈 덮인 하얀 들판 너머로 묘지의 낮은 담을 향하여 걸어갔다.

학생들은 무덤가에서 음악 선생님의 지휘에 맞추어 합창곡을 부르면서도 지휘자의 손을 보지 않았다. 그 대신에 재단사의 외롭고도 초라한 모습을 보고 있었다. 그래서 음악 선생님은 울컥 화가 치밀어 올랐다. 슬픔에 잠긴 재단사는 추위에 떨며 눈 속에 서 있었다. 그는 고개를 숙인 채 목사와 교장 선생님, 학생 대표의 조사에 귀를 기울였다. 그리고 합창하는 학생들을 향해서 그저 고개를 끄덕이고 있었다. 이따금 왼손으로 저고리 자락에 숨겨놓은 손수건을 만지작거리기는 했지만 그것을 끄집어내지는 않았다.

나중에 오토 하르트너가 그 장례식에 대해서 이런 말을 꺼내었다.

"저분 대신에 우리 아빠가 그 자리에 서 계셨더라면 어땠을까, 하고 생각하게 되더라고."

그러자 모두 입을 모아 맞장구를 쳤다.

"그래, 나도 그런 생각을 했었어."

장례식을 치른 다음 교장 선생님은 힌딩어의 아버지와 함께 헬라스 방으로 들어왔다.

"너희들 가운데 죽은 힌딩어와 특별히 친했던 사람이 누구지?"

교장 선생님은 방에 있는 학생들을 둘러보며 물었다.

처음에는 아무도 대꾸하지 않았다. 힌두의 아버지는 처량한 얼굴로 불안한 듯 어린 학생들의 얼굴을 둘러보았다. 이때 루치우스가 앞으로 나섰다. 힌딩어의 아버지는 그의 손을 잡더니 잠시 꼭 붙들고 있었다. 하지만 무슨 말을 해야 좋을지 몰라 계면쩍게 고개만 끄덕이더니 이내 밖으로 나가버렸다. 그러고 나서 기차에 몸을 싣고 먼 길을 떠났다. 눈으로 뒤덮인 겨울 산천을 하루종일 달려 고향에 이르게 되면, 지금 아들이 어디에 묻혀 있는지 아내에게 이야기해줄 수 있을 것이다.

얼마 지나지 않아 수도원에는 마법의 힘이 풀리기 시작했다. 또다시 선생님들의 야단치는 소리가 들리고 학생들이 꽝 하고 문을 여닫는 소리도 커져 갔다. 이미 사라진 헬라스 방의 옛 친구 힌두도 차츰 기억 속에서 멀어져 갔다. 몇몇 아이는 슬픔에 젖은 그 연못가에서 너무 오래 있었기 때문에 감기에 걸리고 말았다. 그 가운데 더러는 가만히 병실에 누워 있거나, 아니면 털로 짠 슬리퍼를 신고 목에는 붕대를 감은 채 이리저리 돌아다녔다.

한스 기벤라트는 아픈 데가 전혀 없었다. 하지만 그 불행한 날 이후로 더욱 진지하고 성숙해 보였다. 아마도 그의 내면에서 커다란 변화가 일어난 것 같았다. 이제 그는 소년에서 청년으로 변해 있었다. 이렇게 다른 세계로 옮겨진 그의 영혼은 낯선 환경에 제대로 적응하지 못하고, 불안에 휩싸인 채 이리저리 방황하고 있는 것이다. 그것은 단지 죽음에 대한 두려움이나 선량한 힌두를 잃은 슬픔이 아니었다. 갑작스럽게 되살아난 하일러에 대한 죄책감 때문이었다.

하일러는 다른 두 명의 친구들과 함께 병실에 누워 있었다. 거기서 뜨거운 차를 마시며 그는 힌딩어의 죽음으로 얻은 인상을 차분히 적고 뒷날의 시작을 위하여 가다듬는 시간을 가졌다. 하지만 이것도 그에게 그다지 중요해 보이지 않았다. 오히려 그는 처량하고 고통스러운 표정을 짓고 함께 병실에 있는 친구들과 거의 말 한마디 나누지 않았다. 근신령에 처해진 뒤로 그에게 강요된 고독은 늘 누군가에게 말하지 않으면 배겨나지 못하던 그의 예민한 감수성에 쓰라린 상처를 입히고 말았다.

선생님들은 하일러를 불만에 가득 찬 혁명적인 인물로 낙인찍었다. 그리고 엄중한 감시의 눈초리를 늦추지 않았다. 친구들은 그를 슬그머니 피했고, 상임 사감은 그에게 조롱 섞인 친절을 베풀었다. 하일러의 정신적인 친구인 셰익스피어와 실러, 레나우는 자신을 억누르고 있는 굴욕적인 세계와는 또 다른 보다 강력하고 위대한 세계를 그에게 보여주었다. 처음에 하일러의 시 '수도사의 노래'는 그저 은둔자 같은 우울한 음조를 띠고 있었다. 하지만 차츰 수도원과 선생님들, 그리고 친구들에 대한 증오심에 가득 찬 쓰디쓴 시구로 변해 버렸다. 그는 고독 속에서 쓰디쓴 순교자의 향락을 마음껏 누렸다. 그리고 아무에게도 이해받지 못하는 자신의 현실을 오히려 만족스럽게 받아들였다. 가혹하리만치 모멸적인 수도사의 시를 쓰며 그는 마치 자신이 어린 풍자 시인이 되기라도 한 듯이 여기고 있었다.

장례식이 끝난 지 일주일이 지났다. 다른 학생들은 모두 퇴원하고 하일러 혼자 병실에 누워 있었다. 이때 한스가 그에게 병문안을 왔다. 한스는 멋쩍게 인사를 하고는 의자를 침대 가까이 가져갔다. 그리고 거기에 앉은 다음 환자의 손을 잡으려고 했다. 하지만 하일러가 불쾌한 나머지 등을 돌려 벽 쪽으로 누워버렸기 때문에 쉽게 다가갈 수가 없었다. 하지만 한스는 이에 물러서지 않고 무슨 수를 써서라도 옛 친구가 자기를 보게 만들려고 했다. 그래서 힘을 주어 손을 꽉 쥐었지만 친구는 오히려 화를 내며 입술을 삐죽거렸다.

"도대체 왜 이러는 거야?"

한스는 그의 손을 놓아주지 않았다.

"내 말 좀 들어봐."

한스가 말했다.

"그래, 난 비겁했어. 널 그냥 모르는 척했지. 하지만 내가 어떤 사람이란 걸 넌 잘 알고 있잖아. 난 여기 신학교에서 좋은 성적을 유지하고, 할 수 있다면 최우등생이 되려고 노력해 왔어. 넌 그걸 공부벌레나 하는 짓이라고 비웃었지. 그래, 나도 네 말이 옳다고 생각해. 하지만 어차피 그건 내가 품고 있던 이상이었어. 난 이것보다 더 나은 게 있으리라고는 생각해 본 적이 없었단 말이야."

히일러는 지그시 눈을 감았다. 한스는 아주 나지막한 목소리로 말을 이어갔다.

"여길 좀 봐. 정말 미안해. 네가 다시 내 친구가 되어줄지는 모르겠지만 어쨌든 제발 날 용서해줘!"

하일러는 그냥 눈을 감은 채 묵묵히 듣고 있었다. 하지만 그의 마음속에는 기쁨과 친구를 향한 정직한 미소가 넘치고 있었다. 그래도 하일러는 외롭고 무뚝뚝해 보이는 자신의 역할에 익숙해져 있었기 때문에 적어도 지금 이 순간만큼은 속마음을 겉으로 드러내지 않았다.

한스는 물러서지 않았다.

"하일러, 네 주위를 이렇게 계속 맴도느니 차라리 꼴찌를 하는 편이 나을 거야. 너만 좋다면 우린 다시 친구가 될 수 있어. 우리에게 다른 친구는 필요 없다는 걸 보여주자고."

그때야 하일러는 한스의 손을 꼭 쥐며 눈을 떴다. 며칠 뒤에 하일러도 병실을 나섰다. 수도원에서는 새롭게 맺어진 우정에 대해 적지 않은 흥분이 일어났다. 이제 두 소년에게는 놀라운 나날이 계속되었다. 물론 전혀 색다른 경험은 아니었지만 그래도 서로의 존재에 대한 야릇한 행복감과 은밀한 무언의 일체감이 넘치는 그런 나날들이었다. 아무튼 예전과는 달라졌다. 오랫동안 서로 떨어져 있는 사이에 두 소년은 다른 모습으로 변해 있었다. 한스는 한층 부드럽고 온화하고 열정적으로 바뀌었고 하일러는 더욱 강인하고 남성다운 기질을 띠게 되었다. 그동안 두 소년은 서로를 무척 그리워해 왔다. 그래서 이들의 재결합은 하나의 커다란 체험이며 값진 선물과 같았다.

조숙한 두 소년은 우정 속에서 가슴 벅찬 수줍음을 지닌 채 자신들도 모르는 사이에 첫사랑의 달콤한 비밀을 맛본 것이다. 더욱이 이들의 동맹은 성숙해 가는 남성다움의 거친 매력까지 지니고 있었다. 또한 다른 친구들에 대한 반항심도 간직하고 있었다. 사람들은 하일러를 피했고 한스를 이해하지 못했다. 그렇지만 둘의 우정은 아직 소년다운 모습을 지니고 있었다.

하일러와의 우정이 깊어지고 즐거워져 갈수록 한스에게 학교는 점점 더 낯설게 여겨졌다. 새로운 행복감이 싱싱한 포도주처럼 용솟음치며 한스의 피와 사상을 꿰뚫고 퍼져 나갔다. 하일러와의 우정에 비하면 리비우스나 호머는 빛바랜 하찮은 미물에 지나지 않았다. 지금까지 나무랄 데 없던 모범 학생 기벤라트가 하일러의 몹쓸 영향 때문에 문제 학생으로 전락해 버린 사실에 대하여 선생님들은 모두 경악을 금치 못했다.

선생님들이 가장 두려워하는 것은 청년기가 시작될 무렵에 나타나는 조숙한 소년들의 이상한 기질이었다. 선생님들은 처음부터 하일러의 남다른 천재적 기질이 어쩐지 섬뜩하게 여겨졌다. 예전부터 천재와 선생님들 사이에는 깊은 불신이 있기 마련이다. 그리고 천재들은 선생님에게 반항적이기 쉽다. 천재들은 선생님들에게 전혀 존경심을 보이지 않고 열네 살에 담배를 피우기 시작하고, 열다섯 살에 사랑에 빠지고, 열여섯 살에는 술집을 드나들게 된다. 그리고 금지된 책을 읽으며 불량한 작문을 쓸 뿐만 아니라 이따금 선생님들을 조롱어린 눈초리로 뚫어지게 쳐다보기도 한다. 그래서 선생님들의 수첩에 근신령을 받게 될 후보자로 기록되는 것이다.

선생님들은 자기가 맡은 반에 한 명의 천재보다는 차라리 여러 명의 보통 학생이 들어오기를 바란다. 어찌 보면 당연한 일인지도 모른다. 왜냐하면 선생님에게 주어진 과제는 무절제한 인간이 아닌, 라틴어나 수학에 뛰어나고 성실하며 정직한 인간을 키워내는 것이기 때문이다. 그런데 천재가 들어오면 누가 더 감당하기 힘든 고통을 겪게 되는가! 선생님? 아니면 그 반대로 학생이? 그리고 누가 더 상대방을 억누르고 괴롭히는가! 또한 누가 상대방의 인생과 영혼에 상처를 입히고 더럽히는가! 이러한 문제를 곰곰이 생각해 볼 때마다 누구나 분노와 수치를 느끼며 자신의 어린 시절을 돌아보게 될 것이다. 하지만 그것은 여기서 문제로 삼을 만한 일이 아니다.

진정한 천재들은 상처를 치유하고 학교 선생님들에게 보란 듯이 오히려 훌륭한 작품을 만들어내며 그 모습에서 우리는 마음의 위안을 얻는다. 또한 훗날 이들은 죽은 뒤에 저 멀리서 비쳐오는 유쾌한 후광에 둘러싸인다. 그래서 마침내 학교에서 다른 세대의 젊은이들에게 하나의 걸작품 내지 고귀한 모범으로 소개되는 것이다.

학교마다 규칙과 정신의 싸움은 자꾸 되풀이되고 있다. 국가나 학교가 해마다 새롭게 자라나는 보다 귀중하고 심오한 젊은이들을 뿌리째 뽑아버리기 위하여 혈안이 되어 있다는 사실을 우리는 목격하게 된다. 더욱이 선생님들에게 미움이나 벌을 받은 학생들, 학교에서 도망치거나 내쫓긴 학생들, 바로 이들이 후세에 우리 민족의 정신적인 재산을 풍요롭게 만든다는 것도 변함없는 사실이다. 하지만 더러는 무언의 반항심과 더불어 자신을 소모하고, 마침내 파멸하기에 이르기도 한다. 과연 이들의 숫자가 얼마나 되는지 누가 알겠는가!

남과는 다른 두 소년의 행위가 위험하다고 여긴 선생님들은 이들에게 사랑을 베푸는 대신에 오랫동안 유지되어 온 학교 규칙에 따라 몇 배나 엄하게 다스렸다. 히브리어에 가장 열심이었던 한스를 자랑스럽게 여겨온 교장 선생님만이 그를 구제하기 위하여 부질없는 시도를 해보았다. 그는 한스를 자신의 집무실로 불러들였다. 그림처럼 아름다운 그 방은 예전에는 수도원장이 기거하던 저택의 어느 구석방이었다. 전해 내려오는 이야기에 의하면 가까운 이웃 마을 크니틀링엔 태생의 파우스트 박사가 여기 와서 가끔 엘핑어 포도주를 마셨다고 한다.

교장 선생님은 비범한 인물이었고 식견이나 실무 능력에 있어서도 뛰어났다. 그는 자기 학생들에 대해서는 일종의 인간적인 호의를 가지고 있었기 때문에 반말을 하기도 했다. 그에게 치명적인 결점이 있다면 지나친 허영심이었는데 그래서 그는 강단에서 종종 허풍을 떨기도 하고 자신의 권력과 권위가 조금이라도 의심받는 것을 절대 용납하지 않았다. 또한 다른 사람들의 반대 의견을 받아들이거나 자신의 잘못을 솔직하게 털어놓지도 않았다. 하지만 그래서 별생각 없고 성실하지도 못한 학생들은 교장 선생님과 더할 나위 없는 유대 관계를 맺을 수 있었다. 반면에 기백이 넘치고 정직한 학생들에게는 적잖은 어려움이 도사리고 있었다. 누군가가 이의를 제기하려고만 하면 교장 선생님이 즉시 펄쩍 뛰며 흥분했기 때문이다. 어쨌든 그는 이 신학교에서 용기를 북돋아 주는 눈빛과 호소력 있는 목소리로 아버지처럼 자상한 친구의 역할만큼은 노련하게 감당해 왔다. 지금도 교장 선생님은 자신의 역할을 잘 해내고 있었다.

"자리에 앉아라, 기벤라트."

그는 수줍은 듯이 주춤거리며 들어서는 소년의 손을 힘있게 맞잡고는 친근하게 말했다.

"자네와 잠깐 이야기를 좀 하고 싶은데 말을 편하게 해도 괜찮겠지?"

"그럼요, 교장 선생님."

"기벤라트! 자네 스스로도 느끼고 있겠지만 요즘 들어 자네 성적이 조금 떨어졌어. 적어도 히브리어에선 말이야. 아마 지금까진 자네가 우리 학교에서 히브리어에 가장 뛰어난 학생이었을 거야. 그래서 자네 성적이 갑자기 떨어진 게 나로선 무척이나 유감이라네. 자네 혹시 히브리어에 아예 흥미를 잃어버린 건 아닌가?"

"그럴 리가 있나요, 아닙니다. 교장 선생님."

"잘 생각해 보게! 그럴 수도 있으니까. 아니면 혹시 다른 과목을 집중적으로 공부하고 있나?"

"아니에요, 교장 선생님."

"정말인가? 그래, 그렇다면 다른 원인을 찾아보아야겠지. 그걸 찾게끔 날 좀 도와줄 수 있겠나?"

"모르겠어요. 전 항상 숙제를 꼬박꼬박 해왔거든요."

"알고 있어. 하지만 겉으로 보기엔 같아도 차이는 있게 마련이다. 지금까지 자넨 숙제를 잘해 왔어. 그게 또한 자네 의무이기도 하지. 하지만 이 전엔 성적이 더 좋았고 더 노력도 많이 했잖아. 어쨌든 지금보단 더 많은 관심을 보여 왔지. 그런데 왜 갑자기 자네 학구열이 식어버렸는지 궁금하네. 자네 혹시 어디 아픈 데가 있나?"

"아니에요."

"그럼 두통이 있나? 썩 건강해 보이질 않아."

"네, 가끔 머리가 아프긴 해요."

"공부하는 일정이 좀 벅찬가?"

"아닙니다. 전혀 그렇지 않아요."

"자네 혹시 개인적으로 책을 많이 읽는 건 아닌가? 솔직히 말해 보게나!"

"아니에요. 책은 거의 읽질 않아요, 교장 선생님."

"그렇다면 정말이지 짐작할 수가 없네. 어딘가에 문제가 있긴 있을 텐데 말이야. 그렇다면 자네 앞으로 열심히 공부하겠다고 나한테 약속을 해주겠나?"

한스는 교장 선생님이 내민 오른손에 자신의 손을 얹어놓았다. 교장 선생님은 그를 엄숙하면서도 부드러운 눈길로 바라보았다.

"그럼, 그래야지. 아무튼 지치지 않도록 해야 하네. 그렇지 않으면 수레바퀴 아래에 깔리게 될지도 모르니까."

그는 힘주어 한스의 손을 잡았다. 한스가 안도의 한숨을 내쉬며 문 쪽으로 걸어갔다. 그때, 교장 선생님이 한스를 다시 불렀다.

"하나만 더 얘기하지, 기벤라트. 요즘 자네 하일러와 가깝게 지내지, 맞지?"

"네, 맞아요. 하일러는 제 친구거든요."

"어째서 그렇게 된 거지? 둘은 성격도 전혀 다르잖아."

"저도 잘 모르겠어요. 그 애는 그냥 제 친구일 뿐이에요."

"내가 그 친구를 별로 좋아하지 않는다는 건 자네도 잘 알고 있겠지. 그 아이는 불만투성이에다 심리 상태도 불안정해. 재능이 있기야 하지만 전혀 노력하는 기미가 보이질 않아. 그리고 자네한텐 좋지 않은 영향을 끼치지. 그래서 말인데 난 자네가 그 아이를 좀 더 멀리했으면 하고 바라네. 자네 생각은 어떤가?"

"그럴 순 없습니다, 교장 선생님."

"그럴 수 없다고? 아니, 왜?"

"제 친구인걸요. 제 친구를 그냥 내버려 둘 수 없어요."

"음, 하지만 자넨 다른 친구들과 좀 더 가깝게 지낼 수도 있지 않은가. 자네 혼자만 하일러와 지내며 나쁜 영향을 받고 있어. 그리고 우린 벌써 그 결과를 훤히 눈앞에 보고 있다네. 도대체 그 아이가 뭐길래 자네 마음을 끄는 거지?"

"저도 모르겠어요. 하지만 우린 서로 좋아하고 있습니다. 그 친구를 저버리는 건 비겁한 일 같아요."

"그래, 그렇다면 자네에게 강요하진 않겠어. 하지만 차츰 그 아이를 멀리하길 바라네. 그렇게 해준다면 난 더 바랄 게 없겠네."

교장 선생님의 마지막 이야기에는 앞서 보여주었던 부드러움이 전혀 남아있지 않았다. 어쨌든 한스는 교장 선생님의 방에서 나올 수 있었다.

이때부터 한스는 새롭게 공부에 전념하기 시작했다. 물론 예전처럼 그리 쉽게 진도가 나가지는 않았다. 그저 너무 뒤로 처지지 않으려고 힘겹게 따라갈 뿐이었다. 이 모두가 우정 때문이라는 사실을 한스 자신도 잘 알고 있었다. 하지만 이 일로 손해를 보았다거나 방해를 받았다고 생각하지는 않았다. 오히려 지금까지 소홀하게 대한 모든 것을 보상해주는 값진 보물처럼 느껴졌다. 그것은 이전의 무미건조한 의무적인 삶과는 비교할 수조차 없을 만큼 깊은 온정이 깃들인 고귀한 삶이었다. 거기서 한스 자신은 사랑에 빠진 젊은 연인의 기분을 느꼈다.

의미를 잃은 공부는 지겹게 느껴졌다. 그래서 그는 절망 섞인 한숨을 내쉬었다. 하일러에겐 대충 공부를 하고도 필요한 부분을 재빨리 외워 자신의 지식으로 만드는 능력이 있었다. 하지만 한스에게는 그런 능력이 없었다. 친구는 하루가 멀다 하고 틈이 나는 대로 한스를 유혹했다. 한스는 아침에 한 시간씩 일찍 일어나 공부를 하느라 진땀을 흘려야 했다. 마치 적과 싸우기라도 하듯이 히브리어 문법을 집중적으로 공부했다. 한스는 이제 호머와 역사에만 관심을 가졌는데 어둠을 헤쳐나가는 기분으로 호머의 세계를 이해하기 위해서 다가갔다. 역사 속에서 영웅들은 단순한 이름이나 숫자로 남기를 거부하며 타오르는 눈빛으로 바로 앞을 쳐다보고 있었다. 이들은 모두 살아 있는 붉은 입술과 얼굴과 손을 가지고 있었다. 어떤 이는 붉고 두툼하고 거친 손을, 또 어떤 이는 차분하고 차갑고 딱딱한 손을, 다른 이는 가늘고 뜨겁고 핏줄이 선명한 손을 지녔다.

그리스어로 쓰인 복음서를 읽을 때도 한스는 등장인물들의 모습이 너무나 가깝고 분명하게 느껴져 놀라움과 두려움에 떨기까지 했다. 마가복음 6장에서 예수가 제자들과 함께 배에서 내리는 장면이 특히 그랬다. '그들은 예수를 곧 알아보고 그리로 달려가느라.' 이 대목에서 한스도 배에서 내리는 인간의 아들 예수를 보았다. 몸이나 얼굴에서가 아니라 빛이 충만하며 크게 빛나는 사랑의 눈과 가볍게 흔드는 가냘프고 아름다운 갈색 손에서 그를 알아보았다. 그의 손은 섬세하면서도 강렬한 영혼에 의해 만들어진, 영혼이 살아 숨 쉬는 손이었다. 그 손은 그쪽으로 오라고 부르기도 하고, 반갑게 반기는 듯하기도 했다. 파도가 일렁이는 호수의 가장자리와 무거워진 어선의 뱃머리가 잠시 한스의 눈앞에 떠올랐다. 그리고는 겨울철에 연기처럼 내뿜어지는 입김과도 같이 모두 사라져버렸다.

가끔 이러한 일들이 반복되어 나타났다. 책 속에서 동경과 갈망에 사무친 인물이나 역사의 한 부분이 불쑥 튀어나왔다. 그리고는 다시 한번 살아나 한스의 살아 숨 쉬는 눈망울에 맺히기를 간절히 바라는 것이었다. 한스는 놀라워하면서도 있는 그대로의 마음을 쏟았다. 홀연히 나타났다가 순식간에 사라져버리는 현상들을 바라보며 한스는 자신이 심오한 변화를 겪은 듯한 이상야릇한 착각에 빠져들기도 했다. 마치 자신이 검은 대지를 투명한 유리처럼 꿰뚫어 보거나, 혹은 신이 자기를 쳐다보기라도 한 것처럼 느꼈다. 이런 귀중한 순간들은 예기치 않게 다가왔다가 하소연할 틈도 없이 얼른 사라져버렸다. 낯설고 거룩한 그 무엇이 감도는, 순례자나 친근한 스님처럼 순식간에 다가왔는데 이들에게 말을 걸거나 억지로 머물게 할 수도 없는 노릇이었다.

한스는 이러한 체험들을 혼자 간직하기로 마음먹었다. 그래서 하일러에게조차 말하지 않았다. 하일러는 예전에 앓던 우울증이 점점 더 심해져 불안한 심정으로 신경을 곤두세우고 있었다. 그는 수도원이나 선생님들, 그리고 친구들뿐 아니라 날씨나 인간적인 삶, 신의 존재에 대해서도 서슴없이 비판을 해댔다. 때로는 싸움질을 하기도 하고 느닷없이 부질없는 장난을 치기도 했다. 그래서 그는 다른 친구들로부터 고립되었고 그렇게 된 다음부터는 졸렬한 자부심을 내세우기에 급급했다. 그러다가 마침내 반항적이고 적대적인 대립 관계에 빠져버렸다. 한스는 하일러의 행동을 막으려고 하지 않았다. 오히려 자신도 거기에 함께 말려들고 말았다. 그래서 이 두 소년은 질투의 눈으로 바라보는 학우들에게서 멀리 떨어져 외딴 섬처럼 되고 말았다.

한스는 시간이 지나면서 즐겁지 않은 주변에 점점 관심을 잃어갔다. 그리고 교장 선생님이 나타나지 말았으면 하고 은근히 바랐다. 한스는 그 앞에서 막연한 두려움을 느끼고 있었다. 한때는 촉망받는 학생이었던 한스가 이제는 교장 선생님의 냉대와 고의적인 경멸을 감수해야만 했는데 특히 교장 선생님의 전공과목인 히브리어에 차츰 흥미를 잃어가고 있었다.

몇 달이 지났다. 몇몇 학생을 제외하고는 40여 명에 달하는 학생들의 몸과 마음은 부쩍 자라 있었다. 그런 모습을 바라보는 것은 즐거운 일이었다. 학생들 대부분은 몸집에 어울리지 않게 키가 부쩍 자라 팔과 다리가 옷자락을 비집고 길게 뻗어 나왔다. 사라져가는 소년의 모습과 수줍게 가슴을 펴기 시작하는 남성의 모습 사이에서 온갖 명암이 얼굴 위로 나타나고 있었다. 매끄러운 이마에는 성장 시기에 나타나는 굵은 골격이 드러나 있지 않았다. 하지만 의젓한 어른다움이 일시적이나마 새겨져 있었다. 이제는 통통한 뺨을 가진 소년들을 찾아보기가 어렵게 되었다.

한스 또한 변했다. 키나 덩치는 하일러와 비슷했지만 나이는 오히려 더 들어 보였다. 예전에는 투명할 정도로 부드럽게 빛나던 이마의 가장자리가 지금은 뚜렷한 윤곽을 드러냈고 눈이 움푹 들어가고 얼굴에는 병색이 완연했다. 그리고 손발과 어깨는 뼈만 앙상할 정도로 말라 있었다.

한스는 학교 성적에 대한 불만이 쌓일수록 하일러의 영향을 받아 친구들로부터 더욱 멀어져 갔다. 이제 그는 더 이상 모범 학생이나 장래의 최우등생이 아니었기 때문에 다른 친구들을 내려다볼 수도 없었다. 또 자만심이란 단어가 그에게 어울리지도 않았다. 하지만 누군가가 그에게 그런 눈치를 주거나 아니면 자신이 그렇게 느낄 때면 견딜 수 없이 괴로워지곤 했다. 그래서 흠잡을 데 없는 모범생인 하르트너와 참견하기 좋아하는 오토 뱅어와 여러 차례 다툰 일도 있었다.

어느 날 뱅어가 비웃으며 약을 올렸다. 한스는 이를 참지 못하고 그에게 주먹을 휘둘렀다. 그래서 서로 치고받는 싸움이 벌어지고 말았다. 원래 뱅어는 겁쟁이였지만 나약한 상대 하나쯤은 손쉽게 해치울 수 있었기 때문에 한스에게 가차 없이 주먹질을 가했다. 하일러는 그 자리에 없었다. 다른 아이들은 한가로이 싸움판을 바라보며 한스가 '징계당하는' 꼴을 고소하게 여기고 있었다. 한스는 정신을 못 차릴 정도로 실컷 두들겨 맞았다. 코에서는 피가 터져 흘렀고, 갈빗대는 어디 하나 성한 구석이 없었다. 한스는 밤새도록 수치와 고통과 분노가 쌓여 잠을 이루지 못했지만 하일러에게는 이 사건을 비밀에 부치기로 작정했다. 그리고 이때부터 한스는 독한 마음을 먹고 주변과 모든 관계를 끊어버렸다. 같은 방의 동료들과도 거의 말 한마디도 나누지 않게 된 것이다.

봄이 되자 자주 비가 내리고 저녁에는 황혼이 길어졌다. 그 때문인지 수도원에서는 새로운 움직임이 일기 시작했다. 피아노를 잘 치는 학생과 플루트를 잘 부는 학생 두 명이 거처하는 아크로폴리스 방에서 정기석인 음악의 밤이 벌써 두 차례나 열렸다. 또 게르마니아 방에서는 희곡 독서회가 열렸다. 그리고 몇몇의 젊은 경건주의자들은 성경 공부반을 만들어 매일 밤마다 주석을 곁들인 칼빈의 성서를 한 장씩 읽어나갔다.

하일러는 게르마니아 방의 독서회에 가입하려고 시도해 보았지만 거절당했다. 그는 끓어오르는 분노를 도저히 참을 수가 없어 앙갚음을 할 심산으로 성경반에 들어가려고 했다. 하지만 거기서도 그를 반겨 주지 않았다. 그런데도 하일러는 점잖은 기독교 학생들의 소모임에 억지로 밀고 들어가 그들의 경건한 대화 속에 끼어들었다. 그러고는 신성모독의 날카로운 독설로 불화와 논쟁을 야기시켰다. 오래지 않아 이러한 장난에도 싫증이 났다. 하지만 그의 언어 습관에는 진지하면서도 비아냥거리는 말투가 오래도록 배어 있었다.

하지만 하일러의 반항은 거의 주위의 관심을 끌지 못했다. 학생들은 모두 새로운 개척 정신에 흠뻑 빠져 있었던 것이다.

스파르타 방에 기거하는 한 학생이 가장 많이 화제에 오르내렸다. 그는 재능이 뛰어났고 기지가 넘쳤는데 주된 목적은 개인적인 주목을 받는 것이었다. 다음으로는 자신이 거처하는 방에 활기를 불어넣고 온갖 우스꽝스러운 장난으로 단조로운 학교 분위기에 변화를 가져오려고 했다. '둔스탄'이라는 별명으로 불리던 이 학생은 친구들의 관심을 끌고 자신의 이름을 날릴 기발한 방법을 고안해 내었다.

어느 날 아침, 침실에서 나온 학생들은 세면장 입구에 붙어 있는 종이 한 장을 발견했다. 거기에는 '스파르타에서 보낸 여섯 가지의 경구'라는 제목과 더불어 일부러 골라낸 유별난 친구들과 이들의 어리석은 행동과 장난, 우정 등이 이행시로 신랄하게 풍자되어 있었다. 한스와 하일러도 예외 없이 공격당하고 말았다. 이 자그마한 집단에 엄청난 흥분이 일어났다. 마치 세면장이 무슨 극장이라도 된 것처럼 모두 그리로 몰려들었다. 학생들은 마치 한 떼의 꿀벌들처럼 떠들썩하게 서로 뒤엉켜 밀쳐대고 야단을 떨었다. 하지만 그들의 여왕벌은 지금 막 날아오르려고 하는 참이었다.

다음 날 아침에는 방문마다 온통 경구와 풍자시가 나붙었다. 반박하거나 동조하는 시구들과 새롭게 공격을 하는 시구들이었다. 하지만 이 소동의 장본인은 또다시 여기에 끼어들 만큼 어리석지 않았다. 곡물 창고에 부싯깃작을 집어넣으려는 그의 목적은 이루어졌다. 이제 그는 느긋하게 손을 비벼대며 그저 물끄러미 바라볼 뿐이었다. 거의 모든 학생이 며칠 내내 이 풍자시의 소용돌이에 휘말려 들었다. 그들은 이행시를 만들어내려고 애를 쓰며 생각에 깊이 잠긴 채 이리저리 돌아다녔다. 아마 이런 소동에 전혀 구애받지 않고, 이전과 다름없이 지낸 학생은 루치우스 하나뿐이었을 것이다. 급기야 어느 선생님이 그 사실을 알아차리고는 수도원을 난장판으로 만들어버린 이 불장난 같은 소동을 금지시켰다.

약삭빠른 둔스탄은 이번의 성공에 만족하면서 편히 쉬고 있을 인물이 아니었다. 그사이에 벌써 그는 또 다른 결전을 치를 준비를 하고 있었다. 그는 신문의 창간호를 발행했다. 이 신문은 아주 작은 크기의 용지에 복사되었다. 신문 발행을 위해 둔스탄은 몇 주일 전부터 애써 자료를 모았다. '가시다람쥐'라는 이름을 붙인 이 신문은 익살맞은 기사를 주로 다루고 있었다. 여호수아서의 저자와 마울브론 신학교의 어느 학생이 나누는 우스꽝스러운 가상의 대화는 창간호의 특종 감이었다.

이 신문의 인기는 가히 압권이었다. 둔스탄은 시간에 쫓기는 편집인과 발행인다운 표정과 행동거지를 보였다. 그리고 고대 베네치아 공화국의 그 유명한 아레티나와도 흡사한, 비난과 칭송이 어우러진 미묘한 명성을 수도원에서 즐기고 있었다.

헤르만 하일러가 적극적으로 편집에 참여해 둔스탄과 더불어 꽤 날카로운 풍자와 검열을 펼쳤을 때는 모두 놀라워했다. 하일러에게는 그런 일을 해낼 재치나 기질이 충분했다. 거의 한 달이 넘게 이 자그마한 신문은 수도원 전체를 흥분의 도가니로 몰아넣었다.

374

한스는 친구가 하는 일을 그냥 내버려 두었다. 한스에게는 그 일을 하고 싶은 관심이나 할 수 있는 재능이 없었다. 더군다나 부쩍 바빠진 하일러가 거의 저녁마다 스파르타에서 시간을 보내고 있다는 사실조차 미처 알아차리지 못하고 있었다. 그것은 한스가 얼마 전부터 다른 일에 관심을 쏟고 있었기 때문이기도 했다. 한스는 넋이라도 나간 사람처럼 맥없이 어깨를 늘어뜨린 채 돌아다녔다. 별로 내키지 않은 공부는 진척되는 기미가 보이지 않았다. 그러던 어느 날, 리비우스(고대 로마의 역사가로 로마 건국사 142권을 저술함) 시간에 이상한 일이 벌어지고 말았다.

선생님은 해석을 시키기 위하여 한스의 이름을 불렀다. 그런데 한스는 대답도 하지 않고 제자리에 앉아 있었다.

"기벤라트, 어떻게 된 일이야? 왜 일어나지 않는 거지?"

선생님은 화를 내며 버럭 고함을 질렀다. 그런데도 한스는 꼼짝도 하지 않았다. 몸을 곧게 펴고 의자에 앉아 고개를 약간 수그린 채 눈을 반쯤 감고 있었다. 선생님의 고함에 어렴풋이 꿈에서 깨어나기는 했지만 그 소리는 아주 먼 곳에서 들려오는 것만 같았다. 옆자리에 앉은 친구가 한스의 옆구리를 쿡쿡 찌르고 있다는 사실을 느끼기는 했다. 하지만 자기와는 아무런 상관이 없는 것 같았다. 그는 다른 사람들에게 둘러싸여 있었다. 다른 손들이 그를 더듬고 다른 목소리들이 말을 건네었다. 나지막하게 아주 가까이서 들려오는 낮은 목소리였다. 그것은 입에서 내뱉는 단어가 아니라 샘에서 솟아나 깊고 부드럽게 흘러나오는 물소리 같았다. 그

375

리고 수많은 시선이 그를 바라보고 있었다. 이들의 커다란 눈망울이 낯설기는 했지만 예감으로 가득 빛나고 있었다. 그것은 아마 한스가 지금 막 리비우스를 읽으며 찾아낸 로마 군중의 눈인지도 모른다. 아니면 그가 꿈에서 보았거나 언젠가 그림에서 본 적이 있는 낯선 사람들의 눈일 것이다.

"기벤라트!"

선생님이 소리를 질렀다.

"지금 자고 있는 거니?"

천천히 눈을 뜬 한스는 의아하다는 듯이 선생님을 뚫어지게 쳐다보고는 고개를 흔들었다.

"자네 졸고 있었구먼! 그렇지 않다면 지금 우리가 어딜 배우고 있었는지 한번 말해줄 수 있겠나? 응?"

한스는 손가락으로 책의 한 부분을 가리켰다. 그는 어디를 배우고 있었는지 잘 알고 있었다.

"지금이라도 일어서는 게 어떻겠나?"

선생님은 비아냥거리며 물었다. 그제야 한스는 자리에서 일어섰다.

"도대체 뭘 하고 있는 거야? 날 똑바로 보렴!"

한스는 선생님을 쳐다보았다. 하지만 선생님은 한스의 눈빛이 마음에 들지 않았는지 의아한 표정을 지으며 고개를 설레설레 흔들었다.

"어디 아픈가, 기벤라트?"

"아닙니다, 선생님."

"앉거라, 그리고 수업이 끝나면 내 방으로 오도록 해."

한스는 자리에 앉았다. 그제야 그는 잠에서 깨어나 제정신으로 돌아왔다. 그리고 모든 것을 이해할 수 있을지도 모른다고 생각했다. 하지만 이와 동시에 한스의 내면에 자리 잡고 있는 또 다른 눈은 수많은 낯선 인물의 발자취를 좇고 있었다. 이들은 아득히 먼 미지의 세계로 서서히 사라져갔지만, 머나먼 안개 속으로 가라앉아 버릴 때까지도 번뜩이는 시선을 끊임없이 한스에게로 향하고 있었다. 동시에 선생님의 목소리와 해석하는 친구의 목소리, 그리고 강의실 여기저기서 웅성대는 나지막한 목소리들이 점점 가까이 들려왔다. 그러더니 마침내는 다시 여느 때처럼 생생하고 현실감 있게 들리는 것이었다. 의자나 강단, 칠판 역시 예전처럼 그 자리에 서 있었다. 벽에는 나무로 만든 커다란 컴퍼스와 삼각자가 걸려 있었다. 주위에는 동료 학생들이 한스를 둘러싸고 앉아 있었다. 이들 가운데 적지 않은 아이들이 호기심 어린 뻔뻔스러운 눈초리로 한스를 힐끗힐끗 훔쳐보고 있었다. 그제야 한스는 깜짝 놀라 정신을 차렸다.

'수업이 끝나는 대로 내 방으로 오도록 해!'라고 선생님이 그에게 이야기하지 않았던가. 하느님, 맙소사. 도대체 무슨 일이 벌어진 걸까? 수업이 끝난 뒤에 선생님은 눈짓으로 한스를 불렀다. 그러고는 뚫어지게 쳐다보는 친구들 사이로 한스를 데리고 나갔다.

"자, 말해 보렴. 도대체 어떻게 된 일이니? 자고 있었던 건 아니란 거지?"

"네."

"그럼 자네 이름을 불렀을 때 왜 일어나지 않았던 거야?"

"저도 모르겠습니다."

"혹시 내 말을 제대로 듣지 못한 건 아닌가? 자네 귀가 잘 안 들리는 건 아닌가?"

"아니에요. 저도 선생님이 부르시는 소릴 들었어요."

"그런데도 일어나지 않았단 말이지? 나중에는 눈빛도 이상해지더군. 자네 도대체 무슨 생각을 하고 있었나?"

"전 아무 생각도 안 했어요. 정말 일어나려고 했었단 말이에요."

"그런데 왜 일어나지 않은 거야? 역시 몸이 좋지 않은 거로구나."

"그렇진 않아요. 제가 왜 그랬는지 잘 모르겠어요."

"머리가 아픈 건 아니니?"

"아니에요."

"그래, 좋다. 이제 가보도록 해라."

한스는 식사 시간 전에 다시 침실로 불려 갔다. 거기에서 교장 선생님이 의사와 함께 그를 기다리고 있었다. 의사는 한스를 진찰하고 나서 꼬치꼬치 캐물었지만, 확실한 병세를 발견하지는 못했다. 그래서 그는 호의적인 미소를 보이며 한스의 증세가 대수롭지 않다는 결론을 내렸다.

"이건 흔하게 나타날 수 있는 경미한 신경쇠약입니다, 교장 선생님."

의사는 나지막하게 말하며 여유 있게 웃어 보였다.

"일시적인 증세지요. 가벼운 현기증이라고나 할까요. 어쨌든 이 학생은 매일 바깥바람을 쐬면 좋습니다. 두통을 없애 주는 물약을 조금 처방해주겠습니다."

이때부터 한스는 매일 식사를 마친 뒤 한 시간씩 산책을 나가게 되었다. 한스가 그것을 반대할 이유는 없었다. 다만 그 산책길에 하일러가 동행하지 못하게 한 교장 선생님의 단호한 금지령이 마음에 걸릴 뿐이었다. 하일러는 화가 치밀어 욕설을 퍼부어댔지만 어쩔 도리가 없었다. 한스는 언제나 혼자 산책에 나섰다. 거기서 그는 나름대로의 즐거움을 찾을 수 있었다.

봄이 성큼 다가왔다. 둥글게 굽어진 아름다운 언덕 위로 이제 막 싹트기 시작한 푸른 초목들이 맑고 엷은 물결처럼 일렁이고 있었다. 나무들은 윤곽이 뚜렷한 갈색의 그물과도 같은 겨울의 형상을 벗어던졌다. 그리고 어린 잎사귀들과의 유희를 즐기며 함께 어우러졌다. 그래서 살아 숨 쉬는 신록의 파도가 끝없이 넘쳐흐르는 시골의 색깔을 띠었다.

예전에 라틴어 학교에 다닐 때 한스는 지금과는 다른 눈으로 봄을 바라보았다. 그때는 생기발랄한 호기심으로 자연의 세계를 낱낱이 들여다보았다. 철새들이 돌아오는 차례와 나무들이 꽃을 피우는 것을 종류에 따라 관찰하곤 했다. 그리고 5월이 다가오기가 무섭게 낚시를 하러 강으로 가곤 했다. 하지만 이제는 새들의 종류를 구별한다거나 움트는 싹을 통해서 관목의 종류를 식별하려고 애쓰지 않았다. 단지 자연의 커다란 움직임과 여기저기서 싹트는 색깔을 지켜볼 뿐이었다. 한스는 어린 잎사귀들의 향내음을 맡으며 부드럽게 피어오르는 산들바람을 느꼈다. 그리고 자연에 대한 놀라움에 사로잡힌 채 들판을 거닐었다.

한스는 금방 피곤해져서 당장이라도 누워 잠들고 싶었다. 그는 자신을 둘러싸고 있는 현실과는 다른 숱한 형상들을 보고 있었다. 한스 자신은 그것들의 정체를 알지 못했고 생각하려고 하지도 않았다. 그것은 밝고 부드러웠으며 색다른 꿈들이었다. 마치 초상처럼 낯선 나무들이 줄지어 있는 가로수마냥 그를 둘러싸고 있었다. 그렇다고 거기서 무슨 일이 일어나지는 않았다. 단지 바라보기 위하여 존재하는 순수한 그림들이었다. 하지만 이 그림들을 바라보는 것이 곧 한스에게는 하나의 체험이었다.

다른 공간과 다른 인간들에게 내맡겨진 느낌이었다. 낯선 대지, 밟기 편안한 부드러운 땅 위를 걷는 듯한 느낌이었다. 또한 가볍고 잔잔하며 꿈으로 가득 찬 향료가 스며든 낯선 공기를 호흡하는 느낌이기도 했다. 때로는 이런 그림들 대신에 어두우면서도 따뜻한 감정이 북받쳐 올랐다. 마치 가벼운 손길이 그의 몸을 부드럽게 어루만지는 것 같았다.

한스는 책을 읽거나 공부를 할 때 정신을 집중하려고 굉장히 애를 썼다. 그가 전혀 흥미를 느끼지 않는 책들은 그림자처럼 그의 손에서 미끄러져 내렸다. 수업 시간에 히브리어의 단어를 잊어버리지 않기 위해서 30분 전에 예습을 해야 했다. 그에게는 구체적인 관조의 순간들이 자주 나타나기도 했다. 책을 읽고 있노라면 그 안에 서술된 사물들이 갑자기 눈앞에 나타나 움직이는 것이었다. 그들은 바로 옆에 있는 사물보다도 훨씬 더 생동감이 넘치고 현실적으로 느껴졌다. 한스는 자신의 기억력이 전혀 말을 듣지 않을 뿐 아니라, 하루가 다르게 점점 더 느슨해지고 희미해지고 있다는 걸 느꼈고 절망감에 빠지고 말았다. 하지만 이따금 낡은 기억들이 무서우리만치 생생하게 그를 엄습하기도 했다. 그럴 때마다 한스는 놀라움과 두려움에 떨었다.

수업을 받거나 책을 읽다가도 가끔 아버지나 안나 아주머니, 혹은 예전의 학교 선생님이나 학교 친구 가운데 누군가가 떠오르곤 했다. 그 영상들은 바로 한스의 눈앞에서 형체를 드러내고 잠시 동안 한스의 주의력을 송두리째 빼앗아버리기 일쑤였다. 슈투트가르트에 머무를 때의 일이나 주 정부의 시험을 치를 때의 일, 그리고 방학 때의 일들도 되살아났다. 낚싯대를 드리우고 강가에 앉아 햇빛을 머금은 강물의 내음을 맡던 때도 있었다. 동시에 한스가 꿈에 그리던 그 세월이 마치 옛날이야기처럼 아득하기만 했다.

후텁지근하고 을씨년스러운 어느 날 저녁, 한스는 하일러와 함께 침실에서 어슬렁거리고 있었다. 그는 하일러에게 고향과 아버지, 낚시질, 학교에 대한 이야기를 늘어놓았다. 하일러는 눈에 띄게 말이 없었다. 그저 한스가 이야기하는 대로 듣고만 있다가 가끔 고개를 끄덕이는 게 고작이었다. 그러고는 생각에 잠긴 채 하루 종일 장난감처럼 가지고 노는 자그마한 잣대를 몇 번이고 허공을 쳐대는 것이었다. 시간이 지나면서 한스도 할 말이 없어지고 말았다. 어느새 밤이 깊었다. 두 소년은 창가에 걸터앉았다.

"한스!"

마침내 하일러가 입을 열었다. 그의 목소리는 흥분에 가득 차서 떨리고 있었다.

"응?"

"아무것도 아니야."

"뭔데, 말해 봐!"

"그냥 생각해 봤어. 네가 이야길 많이 하니까."

"도대체 무슨 말을 하려고?"

"좋아, 한스. 너 혹시 여자를 쫓아다닌 적 있니?"

잠시 침묵이 흘렀다. 여태껏 이들은 이런 이야기를 나누어 본 적이 한 번도 없었다. 한스는 두려운 생각이 들었다. 하지만 이 수수께끼와도 같은 신비의 세계가 마치 동화에 나오는 정원처럼 그를 끌어당겼다. 한스는 자신의 얼굴이 붉어지는 것과 손가락의 떨림을 느꼈다.

"딱 한 번 있어."

한스는 속삭이듯이 말했다.

"그땐 멍청한 어린아이였지."

다시 침묵이 흘렀다.

"…… 그런데 넌, 하일러?"

하일러는 한숨을 내쉬었다.

"에이, 그만두자! 이런 이야긴 꺼내지 말았어야 하는 건데 말이야. 정말이지 쓸데없는 짓이라고."

"아냐. 그렇지 않아."

"…… 난 좋아하는 여자가 있어."

"네가? 정말이야?"

"고향의 이웃집 아가씨야. 올겨울에는 그녀한테 키스를 해줬어."

"키스라고?"

"응, 키스. 저녁 무렵 얼음판 위에서였어. 그녀가 스케이트 벗는 걸 내가 도와주었지. 그때 입을 맞춘 거야."

"그 여잔 아무 말도 하지 않았니?"

"응, 아무 말도 없이 그냥 도망쳐 버렸어."

"그다음엔?"

"그다음이라니? 그게 전부야."

하일러는 한숨을 내쉬었다. 한스에게는 그가 마치 금단의 정원에서 나타난 영웅처럼 보였다.

그때 마침 종이 울리며 잠자리에 들어야 할 시간을 알렸다. 등불이 꺼지고 주위가 온통 적막에 싸였다. 한스는 침대에 누워서도 한 시간이나 잠을 이루지 못한 채 하일러가 여자 친구에게 한 입맞춤을 상상해 보았다.

다음 날 한스는 조금 더 물어보고 싶었지만 어쩐지 창피한 생각이 들어 그만두었다. 하일러는 한스가 물어오지 않았기 때문에 자기 쪽에서도 이야기를 더는 꺼내지 않았다.

한스의 학교생활은 시간이 흐르면서 점점 더 엉망이 되어갔다. 선생님들은 대놓고 불쾌한 표정을 지었고 이상한 눈초리로 한스를 흘겨보았다. 몹시 기분이 상한 교장 선생님의 얼굴에도 어두운 그림자가 드리워져 있었다. 한스의 동료들은 그가 너무나도 성적이 떨어져서 최우등생이 되려는 목표를 포기했다는 사실을 진작에 알아차리고 있었다. 단지 하일러만이 아무것도 눈치채지 못하고 있었다. 애당초 하일러에게는 학교라는 존재가 그다지 중요하지 않았다. 한스 자신조차도 무슨 일이 일어나든지, 또 어떻게 변해 가든지 별로 신경을 쓰지 않았다. 그저 흘러가는 대로 내버려 둘 뿐이었다.

하일러는 신문을 편집하는 일에도 싫증이 났다. 그래서 다시 친구에게로 완전히 돌아와 버렸다. 교장 선생님의 금지령을 무시한 채 여러 차례에 걸쳐 한스를 따라 산책길에 나섰다. 한스와 함께 양지바른 언덕에 드러누워 몽상에 젖기도 하고 소리 내어 시를 읽기도 했으며 교장 선생님을 놀리는 이야기를 늘어놓기도 했다. 한스는 날마다 하일러가 연애담을 털어놓았으면 하고 은근히 바라고 있었지만, 하일러는 끝내 입을 열지 않았다. 시간이 지날수록 한스 쪽에서 먼저 말을 꺼내기가 점점 더 어려워졌다.

두 소년은 친구들 사이에서 여전히 따돌림을 받고 있었다. 하일러가 신문 〈가시다람쥐〉에서 아이들에게 심술궂은 농담을 했기 때문에 어느 누구도 그와 가깝게 지내려고 하지 않았다.

신문은 그사이에 폐간되어 버렸지만 그래도 무척 오래 버틴 셈이었다. 애당초 이 신문은 겨울과 봄 사이의 지루한 몇 주일 동안 발행될 예정이었다. 이제 바야흐로 아름다운 계절이 시작되었다. 식물을 채집하거나 산책을 하거나 아니면 야외에서 놀이를 하면서 얼마든지 즐거운 시간을 가질 수 있었다. 점심때에는 체조하는 아이들, 씨름하는 아이들, 달리기하는 아이들, 그리고 공놀이를 하는 아이들의 활기찬 고함이 수도원의 안뜰을 가득 메웠다.

그때 다시금 엄청난 소동이 벌어지고 말았다. 그 장본인은 역시 수도원의 골칫덩어리인 헤르만 하일러였다.

교장 선생님은 마치 자기가 내린 금지령을 비웃기라도 하듯 하일러가 거의 매일 한스와 함께 산책하고 있다는 사실을 알게 되었다. 이번에는 한스를 그냥 내버려 두고, 하일러를 집무실로 불러들였다. 교장 선생님은 하일러에게 반말을 하려고 했다. 하지만 하일러는 반말을 쓰지 말라고 단호히 요구했다. 교장 선생님은 그를 엄하게 꾸짖었다. 하일러는 한스가 자신의 친구라는 사실을 새삼스럽게 강조했다. 그리고 어느 누구에게도 자기들의 교제를 금지할 권리는 없다고 대들었다. 심한 논쟁이 벌어졌고 그 결과 하일러는 여러 시간 동안 갇혀 있어야 했다. 이에 덧붙여 당분간은 한스와 함께 외출해서는 안 된다는 엄중한 금지령이 떨어졌다.

다음 날 한스는 혼자만의 산책길에 나서야 했고 2시에 학교로 돌아와 다른 친구들과 함께 강의실에 들어갔다. 수업이 시작될 즈음에 하일러가 없어진 사실이 밝혀졌다. 예전에 힌두가 없어졌을 때와 너무나도 똑같았다. 단지 이번에는 아무도 지각이라고 생각하지 않았다. 3시에 모든 학생이 세 명의 선생님들과 함께 실종된 친구를 찾아 나섰다. 여러 조로 나뉘어 숲속을 뛰어다니며 하일러의 이름을 소리 내어 외쳤다. 적지 않은 학생들과 두 명의 선생님들까지도 어쩌면 하일러가 자살했을지도 모른다는 불길한 예감에 사로잡혔다.

5시에는 이 지방의 모든 파출소에 전보가 들어갔다. 저녁에는 하일러의 아버지에게 속달편지가 배달되었다. 밤이 깊도록 아무런 단서도 발견되지 않았고 밤새 모든 침실에서 속삭이는 소리와 소곤거리는 소리가 들려왔다. 학생들 사이에서는 하일러가 물에 뛰어들었을지도 모른다는 추측이 난무했다. 또 어떤 학생들은 하일러가 그냥 집으로 돌아갔을 뿐이라고 말하기도 했다. 하지만 실종자 하일러는 돈을 한 푼도 지니고 있지 않았다.

모두 한스가 틀림없이 이 일에 대해 알고 있으리라고 여겼다. 하지만 그렇지 않았다. 오히려 이 일로 인하여 가장 많이 놀라고 걱정한 사람이 다름 아닌 한스였다. 한스는 밤에 침실에서 다른 동료들이 서로 나누는 이야기를 엿듣고 있었다. 또한 아이들이 제멋대로 추측하거나 빈정거리는 소리를 모두 귀담아들었다. 그러고는 침대로 기어가 이불을 푹 뒤집어쓴 채 친구를 걱정하면서 괴롭고 힘든 시간을 보내야만 했다. 하일러가 두 번 다시 돌아오지 않을지도 모른다는 불길한 예감이 그의 가슴을 더욱 불안하게 만들었다. 마침내 한스는 슬픔과 두려움에 사로잡혀 기진맥진한 상태로 잠이 들었다.

그때 하일러는 몇 마일 떨어진 숲속에 누워 있었다. 너무 추워 잠을 이룰 수는 없었지만 가슴 깊은 곳에서 우러나오는 자유를 만끽하며 차가운 공기를 마음껏 들이마셨다. 그러고

는 마치 비좁은 새장에서 빠져나온 한 마리 새처럼 팔다리를
쭉 뻗어보았다. 하일러는 점심때부터 지금까지 내내 걸었
다. 크니틀링엔에서 얻은 빵을 이따금 한 입씩 뜯어먹으며
봄날의 맑은 나뭇가지들 사이로 밤의 어둠과 별들과 분주하
게 떠도는 구름을 쳐다보았다. 하일러는 그 지긋지긋한 수
도원에서 도망쳐 나온 자신의 의지가 그 어떤 지시나 금지령
보다 강하다는 사실을 교장 선생님에게 보여준 것이다.

　다음 날도 사람들이 온종일 그를 찾아다녔지만 허탕을 쳤
다. 하일러는 마을 가까이 들녘에 쌓아둔 짚더미 속에서 두
번째 밤을 보냈다. 아침에는 다시 숲속으로 들어갔다. 그런
데 저녁 무렵에 마을로 들어가려다가 순찰 중이던 경찰의 손
에 붙들리고 말았다. 경찰은 다정하게 농담을 해가며 그를
읍사무소로 데리고 갔다. 거기서 하일러는 익살과 애교로
읍장의 환심을 샀다. 읍장은 하일러가 하룻밤을 묵을 수 있
도록 자기 집으로 데리고 갔고 잠자리에 들기 전에 하일러는
푸짐하게 햄과 달걀을 얻어먹었다. 그 이튿날 이미 수도원
에 와 있던 아버지가 그를 데리러 왔다.

　탈주자 하일러가 붙잡혀 왔을 때 수도원에는 엄청난 흥분
이 일었다. 그는 고개를 꼿꼿하게 쳐들고 짧은 여행을 뉘우
치는 기색은 조금도 보이지 않았다. 그는 잘못을 시인하고
용서를 빌라는 요구를 거절했다. 교수회의의 비밀 재판에서
는 전혀 주저하는 기색도 없이 매우 불손하게 행동했다. 선
생님들은 하일러를 붙들고자 했으나 그는 이미 도를 넘어버
렸다. 그는 명예스럽지 못한 퇴교 처분을 받고, 저녁에 아버

지와 함께 두 번 다시 돌아오지 않을 머나먼 길을 떠났다. 친구 한스와는 단지 악수를 나누며 이별의 아쉬움을 나눴을 뿐이었다.

반항과 타락으로 물든 이 극악한 사건에 대해 교장 선생님은 격한 감정을 쏟아가며 멋들어진 연설을 했다. 슈투트가르트의 상급 관청으로 보낸 보고서는 훨씬 억제되고 부드러운 문체로 쓰였다. 학생들에게는 학교에서 쫓겨난 괴짜 하일러와의 편지 왕래가 금지되었다. 한스는 그저 미소를 지어 보였다. 학생들 사이에서는 하일러와 그의 도주를 놓고 몇 주일씩이나 이야기가 끊이지 않았다. 그런데 시간이 점점 흘러가면서 학생들의 판단은 달라지기 시작했다. 그 당시에는 겁에 질려 피해 다니던 도망자 하일러를 이제는 마치 자유를 찾아 날아간 독수리처럼 부러워하는 학생들도 적지 않게 생겨났다.

헬라스 방에는 빈 책상이 두 개나 생겼다. 나중에 없어진 학생은 먼저 없어진 학생처럼 그렇게 빨리 잊히지 않았다. 단지 교장 선생님만이 두 번째 사건도 잘 처리되어 잠잠해지기를 바랄 뿐이었다. 한스는 목이 빠지도록 그의 소식을 기다려보았지만, 하일러에게서는 아무 소식도 오지 않았다. 하일러는 떠났고 또 사라져버렸다. 이 탈주 사건은 차츰 지난날의 이야기가 되어갔고, 급기야는 하나의 전설로 남게 되었다. 아마도 이 열정적인 소년은 천재다운 시도와 방황을 거듭한 끝에 삶의 고뇌를 거쳐 엄격하고 정숙한 규율을 몸에 익혔으리라. 그래서 비록 위대한 인물은 아니라 하더

388

라도 남에게 뒤지지 않을 어엿한 인물이 되었으리라.

혼자 남은 한스에게는 하일러의 사건을 알고 있었으리라는 의혹의 눈초리가 따라다녔다. 이로 인하여 한스에 대한 선생님들의 호의도 이제는 완전히 사라져버렸다. 심지어 수업 시간에 어느 선생님은 한스가 질문에 제대로 대답을 하지 못하자 이렇게 말했다.

"자넨 왜 그 훌륭한 친구 하일러와 함께 가지 않았나?"

교장 선생님은 한스를 그냥 내버려 두었다. 그리고 마치 바리사이가 세리에게 그러했듯이 경멸에 가득 찬 동정심으로 그를 쳐다보았다. 이제 한스는 더 이상 학생들의 무리에 끼어들지 못했다. 그는 문둥병자나 다름없는 존재가 되어버린 것이다.

제5장

한스는 들쥐가 저장해 둔 먹이로 살아가듯이 예전에 익혀둔 지식으로 얼마간 버텨나갔다. 하지만 그것마저 바닥이 난 뒤에는 곧 궁핍의 나날이 시작되었다. 비록 무기력하나마 다시금 새롭게 땀을 흘려 곤경에서 잠시 벗어나 보기도 했지만, 전혀 희망을 잃은 절박한 상황 앞에서는 한스 자신도 허탈한 웃음을 지을 수밖에 없었다.

이제 그는 모든 것을 포기해버렸다. 모세5경을 포기했고 다음에는 호머를, 그다음에는 크세노폰과 대수를 포기해버렸다. 선생님들 사이에서 자신의 평판이 자꾸 떨어지는 것도 별다른 흥분 없이 물끄러미 바라볼 뿐이었다. 그의 성적은 '수'에서 '우'로, '우'에서 '미'로, 급기야는 '가'로 내려가고 말았다. 한스의 두통은 일상이 되어버렸다. 머리가 아프지 않을 때는 헤르만 하일러를 생각하기도 하고 눈을 커다랗게 뜬 채 가벼운 몽상에 잠기기도 했다. 그리고 몇 시간이고 멍하니 허공을 바라보기도 했다.

선생님들의 꾸짖음이 점점 늘어가도 한스는 비굴한 미소만 지을 뿐이었다. 복습 지도를 맡고 있는 자상한 젊은 선생님 비드리히 단 한 사람만이 궁색한 한스의 미소를 바라보며 마음 아파해주었다. 그리고 궤도에서 이탈한 소년 한스를 동정과 관용으로 따뜻하게 대해주었다. 다른 선생님은 모두 한스에게 화가 나 있었다. 수업을 마친 뒤에도 교실에 남아 자습을 하도록 한스에게 벌을 주던가 그의 의지를 북돋기 위해 넌지시 비꼬기도 했다.

"자네 지금 자고 있지 않다면 이 문장을 한번 읽어보지 않겠나?"

교장 선생님은 특히 화를 냈다. 허영심에 사로잡힌 교장 선생님은 그동안 자신의 권위에 커다란 자부심을 느껴왔던 터였다. 그래서 그는 무서우리만치 위협적으로 눈을 부릅뜨고 한스를 쳐다보았지만, 한스는 언제나처럼 비굴한 미소를 지을 뿐이었다. 그럴 때마다 교장 선생님은 벌컥 화가 치밀어 올라 정신을 잃었다. 한스의 미소가 교장 선생님의 신경을 그만 긁어버린 것이다.

"울어도 시원찮을 판에 그런 미련한 얼굴로 멍청하게 웃지 말게."

한스를 더 괴롭게 한 것은 아버지의 편지였다. 교장 선생님이 보낸 편지를 읽고 너무 놀란 한스의 아버지는 아들의 마음을 바로잡기 위하여 한스에게 애걸하는 투의 편지를 썼다. 한스에게 보낸 아버지의 편지에는 건실한 인간이 구사

할 수 있는 모든 격려와 도덕적인 분노를 담은 상투적인 문구들이 빠짐없이 빼곡하게 적혀 있었다. 비록 의도하지는 않았다 하더라도 편지에서는 애절한 호소의 눈물이 구구절절 흘러나와 아들의 마음을 무척 아프게 했다.

결국 교장 선생님과 아버지, 그리고 선생님들과 복습 선생님들에 이르기까지 어린 소년을 키우는 의무에 충실한 지도자들은 자신들의 바람을 가로막은 장애물이 한스의 내면에 자리 잡고 있다는 사실을 알아차렸다. 그래서 이 오기와 타성에 젖은 성향을 억지로라도 다시 올바른 길로 이끌어야 한다고 생각하고 있었다. 아마 그 동정심 많은 복습 선생님을 제외하고는 누구도 야윈 소년의 얼굴에 비치는 당혹스러운 미소 뒤의 불안과 절망에 싸인 영혼을 읽어내지 못했을 것이다.

한편 학교와 아버지, 그리고 몇몇 선생님의 야비한 명예심이 연약한 어린 생명을 무참하게 짓밟았다는 사실을 알아차린 사람은 하나도 없었다. 왜 그는 가장 감수성이 예민하고 상처받기 쉬운 소년 시절에 매일 밤늦게까지 공부를 해야만 했는가? 왜 그는 토끼를 빼앗기고 라틴어 학교에서 같이 공부하던 친구들과 멀어졌는가? 왜 낚시하러 가거나 시내를 구경하는 것조차 금지됐는가? 왜 심신을 피곤하게 만드는 하찮은 명예심을 부추겨 저속하고 공허한 이상을 심어주었는가? 왜 시험이 끝난 뒤에도 당연히 누려야 할 휴식조차 허락하지 않았는가? 이제 지칠 대로 지친 이 노새는 아무 쓸모도 없는 존재가 되어버린 것이다.

여름이 시작될 무렵 마을 의사가 다시 한번 한스를 진찰했고 성장기에 흔히 나타나는 신경쇠약 증세라고 진단을 내렸다. 그리고 방학이 시작되어 충분한 휴식과 식사를 하고 숲속에서 충분한 산책을 하면 그의 병이 점차 나을 거라고 말했다.

하지만 안타깝게도 방학이 되기 전에 좋지 않은 일이 일어났다. 방학이 시작되기 3주 전의 일이었다. 오후 수업 시간에 한스는 선생님으로부터 심한 꾸지람을 들었다. 선생님이 계속 욕설을 퍼부어대자 한스는 그만 의자에 털썩 주저앉아버렸다. 그러고는 겁에 질려 부들부들 떨더니 하염없이 흐느껴 울기 시작했다. 수업은 완전히 중단되었고 한스는 반나절이나 침대에 누워 있었다.

다음 날 수학 선생님은 벽에 걸려 있는 칠판에 기하 도형을 그리고 나서 한스를 불러 이 도형을 증명하라 시켰다. 그런데 한스는 그만 칠판 앞에서 현기증을 일으키고 말았다. 백묵을 들고 아무렇게나 칠판 위에 휘갈겨 쓰다가 필기도구를 떨어뜨렸다. 그것을 주우려고 몸을 굽혀 바닥에 무릎을 꿇고는 다시 일어나지 못했다.

마을 의사는 자신이 돌보는 환자에게 이런 어처구니없는 일이 일어났다는 사실에 몹시 화를 냈다. 그는 한스가 즉시 요양을 위해 휴가를 떠나야 한다고 말했다. 그리고 이제는 신경전문의와의 상담이 필요하다는 의견을 조심스럽게 내놓았다.

"저 아이는 분명 팔다리가 제멋대로 움직이는 무도병에

걸리고 말 거예요."

마을 의사는 교장 선생님에게 귓속말로 이야기를 했다. 고개를 끄덕이던 교장 선생님은 자신의 굳은 표정을 아버지처럼 자상하고 동정 어린 표정으로 바꾸는 것이 좋겠다고 생각했다. 그것은 교장 선생님에게는 그리 어려운 일이 아니었고 오히려 잘 어울렸다.

마을 의사와 교장 선생님은 각자 한스의 아버지에게 편지를 한 통씩 써서 소년의 호주머니 속에 넣고 그를 집으로 돌려보냈다. 그리고 교장 선생님은 근심에 휩싸였다. 바로 얼마 전에 하일러 사건으로 떠들썩해졌는데 교육청에 어떻게 또다시 이 불행한 사건을 보고할 것인지 막막했던 것이다.

하지만 놀랍게도 교장 선생님은 이 사건에 대하여 당연히 해야 할 말을 하지 않았다. 그리고 한스가 고향에 돌아가기 얼마 전부터는 무서울 정도로 그를 다정하게 대해주었다. 교장 선생님은 한스가 요양을 위해 떠나면 다시는 돌아오지 않으리라는 것을 너무나도 잘 알고 있었다. 또 혹시 완쾌된다 하더라도 이미 한참 뒤처진 학생이 공부를 따라잡을 수 없다는 것도 알고 있었다. 물론 교장 선생님은 헤어지면서 한스의 힘을 북돋아 주기 위하여 '또 만나세'라는 말을 덧붙였다. 하지만 헬라스 방에 들어가 텅 빈 세 개의 책상을 볼 때마다 마음이 더욱 무거워졌다. 천부적인 재능을 지녔던 두 소년과의 이별에 대한 책임의 일부가 혹시라도 자신에게 있지나 않은지 사뭇 우울한 생각이 든 것이다. 하지만 교장 선생님은 담력이 세고 도덕적으로 강인한 인물이었다. 그래서 자신에게 전혀 이롭지 않은 암울한 의구심을 마음속으로부터 떨쳐버렸다.

자그마한 여행 가방을 들고 떠나는 한스의 등 뒤로 교회와 문, 박공지붕 그리고 탑들과 더불어 수도원이 모습을 감추어졌고 숲과 언덕도 시야에서 사라졌다. 그 대신에 바덴의 국경 지대에 있는 비옥한 과수원이 모습을 드러내기 시작했다. 그러고 나서 포르츠하임이 나타나고, 곧바로 검푸른 전나무들이 늘어선 슈바르츠발트의 산이 나타났다. 수많은 계곡 사이로 냇물이 흐르고 있었다. 작열하는 여름날의 태양 아래 더욱 푸르러 보이는 숲은 여느 때보다도 시원한 그림자를 드리우고 있었다. 소년은 고향의 정취가 물씬 풍기는 풍경을 바라보며 다시금 즐거운 기분에 젖어 들었다.

하지만 고향 마을이 가까워지면서 아버지의 모습을 떠올리자 당혹감과 두려움이 들었다. 시험을 치르기 위하여 슈투트가르트로 갔던 일, 신학교에 입학하기 위하여 마울브론으로 떠났던 일, 이러한 추억들이 그때의 긴장과 불안스러운 기쁨과 더불어 또다시 살아나기 시작했다. 도대체 나는 무엇 때문에 그 모든 일을 해야만 했는가?

한스도 자신이 두 번 다시 수도원으로 돌아가지 않으리라는 것을 잘 알고 있었다. 신학교니 학문이니 야심에 찬 희망이니 하는 것들도 이제는 전부 다 끝나버리고 말았다. 하지만 한스가 단지 그것 때문에 슬퍼하는 것은 아니었다. 한스의 마음은 아버지의 바람을 저버렸다는 죄책감 때문에 우울하고 어두워졌다. 한스는 그저 쉬고 싶은 생각뿐이었다. 폭자고 마음껏 울고 한없이 꿈에 잠기고 싶었다. 그리고 이 모든 생각과 고통에서 벗어나 혼자 있고 싶었다. 하지만 아버지 집에서는 그럴 수 없을 것이라는 생각을 떨쳐버릴 수가 없었다.

기차가 고향에 다다를 무렵 한스는 머리가 아파오기 시작했다. 어린 시절에 신나게 뛰놀던 언덕과 숲이 있는 정든 땅을 지나오면서도 더 이상 창밖을 내다보지 않았다. 그래서 하마터면 낯익은 고향의 기차역에서 내리지 못할 뻔했다.

한스는 우산과 여행 가방을 들고 고향에 발을 디뎠다. 아버지는 아들을 찬찬히 훑어보았다. 아들의 비행에 대하여 실망과 분노를 느끼던 아버지는 교장 선생님이 보낸 마지막 편지를 읽고 나서 당혹감에 싸였다. 한스는 마르고 쇠약해 보였지만 그래도 혼자 걸을 수 있을 정도로는 건강한 상태라서 아버지는 조금 안심이 되었다.

기벤라트 씨는 무엇보다 교장 선생님과 의사가 보낸 편지를 통해 알게 된 아들의 신경병에 대해 심각하게 불안해했다. 지금까지 그의 가족들 가운데 어느 누구도 신경병으로 고생한 사람은 없었다. 그리고 그런 병자에 대한 이야기가 나올 때면 언제나 조소와 경멸 섞인 동정으로 이야기를 거들곤 했다. 그런데 지금 아들 한스가 이런 끔찍한 질병을 안고 집으로 돌아온 것이다.

한스는 집에서의 첫날, 아버지의 꾸지람을 듣지 않아 무척이나 기뻤다. 하지만 얼마 지나지 않아 한스는 그것이 꾸며진 아버지의 의도라는 사실을 알아차렸다. 아버지는 걱정과 불안을 애써 감추며 한스를 자상하게 대해주었다. 이따금 아버지는 이상하게 기분이 나쁘리만치 호기심 어린 염탐꾼처럼 그를 바라보았다. 그리고 일부러 나지막한 목소리로 이야기를 건네면서 한스의 상태를 살폈다. 한스는 점점 더 움츠러들었고 자신의 처지에 대한 막연한 불안감으로 괴로워하기 시작했다.

한스는 맑은 날에는 밖으로 나가 몇 시간이고 숲속에 누워 있었다. 그럴 때면 그는 어린 시절의 행복했던 순간들이 떠올랐고 그 기억이 한스의 상처 입은 영혼을 부드럽게 만져주었다. 한스는 숲에서 꽃이나 풍뎅이를 들여다보기도 하고 새들이 지저귀는 소리를 듣기도 하고 산짐승들의 발자취를 좇기도 했다. 하지만 그것도 언제나 잠시뿐이었다. 대부분은 나른한 몸으로 이끼 위에 누워 아픈 머리를 감싸 쥐고는 무언가를 생각해 내려고 안간힘을 쓰곤 했다. 하지만 아무런 소용이 없었다. 결국에는 미지의 꿈들이 다시 한스에게 다가왔고 그를 다시 머나먼 다른 공간으로 데려가는 것이었다.

언젠가는 이런 꿈을 꾼 적도 있었다. 한스는 친구 헤르만 하일러가 죽은 채로 들것 위에 누워 있는 모습을 보고 그에게로 다가가려고 했다. 그런데 교장 선생님과 여러 선생님이 황급하게 그를 막아서며 밀쳐냈다. 그리고 한스가 다시 다가서려고 할 때마다 아플 정도로 세게 때리는 것이었다. 신학교의 선생님들뿐 아니라 라틴어 학교의 교장 선생님과 슈투트가르트의 시험관들도 모두 화난 표정으로 거기에 모여 있었다.

또 이런 꿈도 꾸었다. 들것 위에는 물에 빠져 죽은 힌두가 누워 있었다. 그의 아버지는 슬픔에 잠긴 채 통이 높은 비단 모자를 쓰고 구부러진 다리로 그 옆에 서 있었다.

또 다른 꿈을 꾸었다. 한스가 도망친 하일러를 찾아 숲을 뒤지고 있었다. 그런데 멀리 나무들 사이로 하일러가 걸어 가고 있는 모습이 눈에 띄었다. 하지만 한스가 그를 부르려 할 때마다 순식간에 사라지고 마는 것이었다. 마침내 멈추 어 선 하일러는 한스를 가까이 오게 한 다음 이렇게 말했다.

"난 좋아하는 여자가 있어."

그러고 나서는 하일러는 큰 소리로 껄껄 웃더니 숲속으 로 사라져버렸다. 한스는 약간 마른 아름다운 남자가 배에 서 내리는 광경을 보기도 했다. 그 남자는 고요하고 거룩한 눈과 어여쁘고 평화로운 손을 가지고 있었다. 한스가 그에 게로 달려갔을 때, 또다시 모든 것이 사라져버렸다. 한스는 '도대체 이게 무슨 뜻일까' 하고 곰곰이 생각해 보았다. 마침 내 복음서의 한 구절이 갑자기 머릿속에 떠올랐다.

'그들은 예수를 곧 알아보고, 그리로 달려가느라.'

한스는 'περιεδραμον'가 어떤 변화형인지 알아내기 위해 머 리를 쥐어짰다. 또한 이 동사의 현재형과 부정형, 완료형, 미래형, 나아가 단수와 양수, 복수일 때의 변화형을 하나하 나 생각해 내려 애썼다. 이것들이 서로 뒤엉켜 막힐 때마다 조바심이 나고 식은땀이 흘렀다. 얼마 뒤에 다시 정신을 차 려보니 머릿속이 온통 상처로 얼룩진 느낌이었다. 그리고

398

자신도 모르는 사이에 한스의 얼굴은 체념과 죄의식에 사로잡힌 채 졸린 듯한 미소로 일그러져 있었다. 바로 그때 교장 선생님의 목소리가 들려왔다.

"자넨 지금 울어도 시원찮을 텐데 그렇게 멍청하게 웃지 말게!"

한스의 건강은 이따금 호전되는 기미가 보이기도 했지만 나아지진 않았다. 오히려 자꾸 악화되어 갔다. 한스의 가정의는 얼굴을 찌푸린 채 자신의 소견을 하루하루 뒤로 미루고 있었다. 그는 예전에 한스의 어머니를 진찰했고 어머니에게 사망 진단을 내렸었다. 그리고 지금은 가끔 재발하는 관절염으로 고생하는 아버지를 살펴주고 있었다.

요즘에야 한스는 예전에 라틴어 학교에서 2년 동안 친구를 한 명도 제대로 사귀지 못했었다는 사실을 깨달았다. 그 당시의 친구들은 이미 고향을 떠나버렸거나, 아니면 수습공이 되어 분주하게 일하고 있었다. 한스는 이들 가운데 어느 누구와도 우정을 쌓지 못했다. 그래서 그들에게 도움을 청할 수도 없었고 그들 또한 한스에게 전혀 관심이 없었다.

라틴어 학교의 늙은 교장 선생님이 두 번 정도 다정스럽게 몇 마디 말을 건넨 적이 있었다. 라틴어 선생님과 마을 목사도 길거리에서 한스를 만날 때는 다정하게 고개를 끄덕여주었다. 하지만 한스는 그들에게 사실 중요하지 않은 존재에 불과했다. 무언가를 가득 채워 넣을 수 있는 그릇도 아니었고 다양한 종류의 씨앗을 뿌릴 수 있는 밭도 아니었다. 이제 한스를 위해서 시간을 낸다거나 관심을 보이는 것은 부질

없는 일이 되고 말았다.

마을 목사가 조금이라도 애정을 가지고 한스를 보살펴주었다면 나았을 것이다. 하지만 마을 목사가 과연 무엇을 해줄 수 있단 말인가? 그가 줄 수 있는 학문, 혹은 적어도 학문을 추구하는 자세 따위는 벌써 오래전에 한스에게 남김없이 주었다. 그 이상은 마을 목사에게 남아있지도 않았다. 그는 자신의 라틴어 실력에 대해서 어느 누구라도 타당한 근거를 내밀며 반박하는 것을 인정하려고 하지 않았다. 또한 그는 모두가 익히 알고 있는 성경을 설교를 위한 출처로 삼지 않았다. 그는 곤경에 처한 사람들이 기꺼이 찾아갈 수 있는 그런 목사가 결코 아니었다. 왜냐하면 그에게는 온갖 고뇌를 덜어줄 수 있는 선량한 시선과 다정한 언어가 없었기 때문이다. 아버지 기벤라트 씨 역시 한스에게 실망감을 감추기 위하여 나름대로 무진 애를 쓸 뿐, 한스에게 친구가 되어주거나 위로를 건네주지는 못했다.

한스는 모두에게 사랑을 빼앗기고 버림을 받고 나서 자그마한 정원에 앉아 햇볕을 쬐거나 숲속에 누워 몽상을 하곤 했다. 그러다 때로는 괴로운 상념에 쫓겨 다니기도 했다. 독서는 그다지 도움이 되지 않았다. 책을 펴기가 무섭게 머리와 눈이 아파왔기 때문이다. 어느 책에서나 수도원 시절과 그 당시의 두려운 악령이 다시 살아났다. 그리고 숨 막힐 듯 무시무시한 꿈의 한 모퉁이로 한스를 데려가서는 이글거리는 눈빛으로 그를 거기에 꽉 붙들어놓는 것이었다.

이처럼 고통과 고독의 세계에 갇힌 병든 소년 한스에게

위로자의 가면을 쓴 또 다른 유령이 다가왔다. 그리고 점차 그와 친숙하게 되어 급기야는 자신과 떼어 놓을 수 없는 존재가 되어버렸다. 그것은 다름 아닌 죽음에 대한 생각이었다. 권총을 구하거나 숲속 어딘가에 밧줄을 매는 일은 어렵지 않았다. 이런 생각이 거의 매일 같이 한스의 산책길을 따라다녔다. 한스는 조용하고 외딴 장소를 찾아 이리저리 헤매던 끝에 편히 죽음을 맞이할 수 있는 곳을 발견하고는 그곳을 보금자리로 정해 놓았다. 그리고 시간이 있을 때마다 거기에 찾아갔다. 머지않아 사람들이 멀리서 자신의 시체를 발견하게 되리라는 상상을 하며 이상야릇한 쾌감에 사로잡히기도 했다.

한스는 밧줄에 매달 나뭇가지도 마음속으로 정해 놓았다. 그리고 자신의 몸무게를 충분히 지탱할 수 있는지도 시험해 보았다. 이제는 한스가 죽음에 이르는 길에 아무런 장애물도 놓여 있지 않았다. 시간을 두고 아버지에게 보내는 짧은 편지와 헤르만 하일러에게 보내는 무척 긴 편지를 썼다. 나중에 이 편지들은 한스의 주검 옆에서 발견될 것이다.

이제 모든 준비가 확실하게 갖추어졌기 때문에 한스에게는 여느 때와는 다른 평안이 깃들기 시작했다. 그 운명적인 나무 아래 앉아 있노라면 여태껏 그를 짓누르던 압박감은 어느새 자취도 없이 사라져버리고 기쁨에 넘치는 환희가 찾아들었다.

왜 나는 진작에 저 나뭇가지에 목을 매달지 않았던가! 그의 생각은 돌처럼 굳어졌고 이미 죽음의 주사위는 던져졌다. 한스는 얼마 동안이나마 마음의 평화를 누릴 수 있었다. 그리고 누구라도 먼 여행길을 떠나기 전에 그러하듯이, 이 마지막 날들의 아름다운 햇볕과 고독한 몽상을 마음껏 맛보려고 했다. 언제라도 떠날 수 있도록 모든 것이 완벽하게 갖추어져 있었다. 예전부터 낯익은 주위 환경에 여전히 머무르면서 자신의 위험천만한 결심을 전혀 눈치채지 못하고 있는 사람들의 얼굴을 바라보는 일은 남다른 쓰라린 쾌감을 주었다. 의사를 만날 때마다 한스는 마음속으로 이렇게 생각했다.

'두고 보시지.'

운명의 여신은 한스가 자신의 암울한 계획을 마음껏 즐기도록 내버려 두었다. 그리고 한스가 날마다 죽음의 잔을 들이키며 몇 방울의 환희와 생의 의욕을 마시는 모습을 지켜보았다. 상처 입은 젊은 영혼 하나쯤이야 그다지 대수로운 문제가 아니겠지만, 그래도 어쨌거나 그 영혼은 자신의 원을 끝까지 그려야만 하는 것이다. 그리고 삶의 쓰디쓴 맛을 느끼기 전까지는 자신이 세운 계획을 포기해서는 안 되었다.

한스의 벗어날 수 없는 고통스러운 상념이 점차 사라지더니 나른하면서도 편안한 체념이 찾아들었다. 한스는 하루하루 흘러가는 세월을 그저 멍하니 바라보기도 하고, 애착이나 관심도 없이 푸른 하늘을 쳐다보기도 했다. 때로는 몽유병자나 어린아이처럼 보이기도 했다.

어느 날 한스는 나른하고 우울한 마음으로 정원에 있는 전나무 아래에 앉아 있었다. 그러자 머릿속에 시구 하나가 떠올랐다. 그는 라틴어 학교 시절에 배운 오래된 시구를 제대로 알지도 못하면서 자꾸 흥얼거렸다.

아, 나는 너무 피곤합니다.
아, 나는 너무 지쳤습니다.
지갑에는 돈 한 푼 없고,
주머니에는 동전 하나 없습니다.

그는 기억 속에 남아있는 선율에 맞춰 아무 생각 없이 스무 번씩이나 이 시구를 주절거렸다. 때마침 창가에 서 있던 아버지는 이 노래를 듣고는 소스라치게 놀라고 말았다. 단조로운 가락에 무의미해 보이는 이런 노래가 감정이 메마른 아버지에게 전혀 이해되지 않는 것은 어쩌면 당연한 일인지도 몰랐다. 아버지는 한숨을 내쉬며 아들의 증세를 정신박약의 불치병으로 받아들이게 되었다. 이때부터 아버지는 점점 더 불안한 심정으로 아들을 관찰하기 시작했다. 물론 이 사실을 알아차린 한스는 무척 괴로웠다. 하지만 아직 저 튼튼한 나뭇가지에 밧줄을 매달 때는 아니었다.

그 사이에 세월은 흘렀고 무더운 여름이 다가왔다. 주 시험과 여름방학 이래로 벌써 한 해가 지나가 버렸다. 한스는 가끔 지난날들의 추억을 더듬어보았다. 하지만 이미 그의 감수성은 무뎌질 대로 무뎌져 버렸기 때문에 별다른 감흥이 일어나지 않았다. 다시 낚시를 하고 싶었지만 감히 아버지

에게 이야기를 꺼낼 엄두를 내지 못했다. 물가에 서 있을 때
마다 괴로운 생각들이 한스를 괴롭혔다. 이따금 그는 어느
누구의 눈길도 닿지 않는 강기슭에 한참 동안 머물러 있었
다. 그러고는 희미하게 모습을 드러내며 무리 지어 헤엄치
는 물고기들을 하염없이 바라보았다.

매일 저녁이면 한스는 수영을 하기 위하여 강을 거슬러
상류로 걸어갔다. 그때마다 언제나처럼 검사관 게슬러의 자
그마한 집을 지나지 않으면 안 되었다. 한스는 우연히 자신
이 3년 전에 무척 좋아하던 엠마 게슬러가 집에 돌아와 있다
는 사실을 알게 되었다. 그래서 호기심 어린 눈으로 두세 차
례 그녀를 쳐다보았는데 그녀는 예전과 같지 않았다. 예전
에 그녀는 나긋나긋한 몸매를 지닌 매우 아리따운 아가씨였
다. 하지만 지금은 다 큰 처녀가 되어 있었다. 투박해 보이
는 걸음걸이와 아이답지 않게 유행을 따른 머리 스타일은 그
녀의 분위기를 완전히 망쳐놓았다. 길게 늘어뜨린 의상도
그녀에게는 어울리지 않았다. 그리고 여성스럽게 보이려고
애쓰는 그녀의 태도 또한 꼴불견이었다. 한스에게는 그녀의
이런 모습들이 우스꽝스럽게 여겨졌지만 그녀를 볼 때마다
말로 표현할 수 없는 감미로움과 따스함이 느껴졌던 그 시절
의 추억이 떠올라 슬퍼지기도 했다.

그때는 지금과 모든 것들이 달랐다. 훨씬 더 아름답고 즐
거웠으며 활기가 넘쳐흘렀다. 벌써 오래전부터 한스는 라틴
어와 역사, 그리스어와 시험, 신학교, 그리고 두통 외에는
아무것도 인식하지 못했다. 하지만 그 시절에는 동화책도

있었고 도둑 이야기가 적힌 책도 있었다. 자그마한 정원에
는 한스가 손수 매달아 놓은 절구 물레방아가 돌고 있었다.
그리고 저녁 무렵이면 나숄트 집안의 현관 앞에 모여 리제의
모험담을 듣기도 했다. 그때는 가리발디라고 불리던 이웃집
의 늙은 할아버지 그로스 요한을 오랫동안 강도 살인범이라
고 생각하며 꿈을 꾸기도 했다.

또 일 년 내내 기다려지던 일들도 있었다. 풀을 말리는
일, 토끼풀을 베는 일, 첫 낚시질에 나서는 일, 가재를 잡는
일, 보리를 수확하는 일, 나무를 흔들어 자두를 따는 일, 불
을 지펴 감자를 굽는 일, 그리고 곡식 타작을 시작하는 일 등
이었다. 그리고 그사이에도 틈틈이 즐거운 일요일과 축제일
이 있었다.

게다가 그 시절에는 신비스러운 마법의 힘으로 한스를 끌
어당기는 것들이 헤아릴 수 없을 만큼 많았다. 집이나 골목
길, 계단, 곡물 창고의 바닥, 울타리 그리고 사람들이나 갖
가지 동물들이 그에게는 모두 사랑스럽고 친숙한 것들이었
다. 이것들은 한스를 수수께끼에 둘러싸인 비밀의 세계로
유혹했다. 보리를 딸 때는 같이 거들어주었다. 그리고 다 큰
처녀들이 부르는 노랫소리에 귀를 기울이며 그 노랫말들을
외우려고 애썼다. 대부분의 가사는 지나치게 익살스러운 나
머지 웃음이 나올 지경이었지만, 더러는 몹시 애절한 내용
을 담고 있기도 했다. 그런 노래를 듣고 있자면 저절로 목이
메었다.

이 모든 일이 어느 틈엔가 한스도 모르는 사이에 하나둘

씩 사라져버렸다. 처음에는 저녁 무렵 리제 곁에 앉아 이야기를 듣는 일이 없어졌고 일요일 아침에 고기 잡는 일이 없어지더니 그다음에는 동화책을 읽는 일도 없어지고 말았다. 그러다가 마침내는 보리 따는 일과 정원에서 절구가 달린 물레방아를 지켜보는 일도 그만두게 되었다. 아, 이 모든 추억이 어디로 사라져버렸단 말인가?

부쩍 자란 한스는 이제 병든 나날 속에서 현실과는 동떨어진 또 한 번의 유년기를 체험하게 되었다. 잃어버린 어린 시절을 아쉬워하는 그의 동심은 갑자기 끓어오르는 동경과 더불어 저 꿈같이 아름다운 시절을 향해 다시 줄달음쳤다. 그리고 마치 마법에라도 걸린 듯이 추억의 숲을 헤매고 다녔다. 그 추억은 지나치리만치 강하고 뚜렷해서 병적이기까지 했다. 한스는 자신이 직접 몸으로 체험했던 과거에 못지않은 애정과 열정으로 이 모든 것들은 다시금 받아들였다. 기만과 억압에 짓눌린 한스의 소년 시절은 마치 오랫동안 막혀 있던 샘물이 한꺼번에 터져 나오듯이 그의 마음속에서 솟구쳐 올랐다.

줄기가 잘린 나무는 뿌리 근처에서 다시 새로운 싹이 움터 나온다. 이처럼 왕성한 시기에 병들어 상처 입은 영혼 또한 꿈으로 가득 찬 봄날 같은 어린 시절로 되돌아가기도 한다. 마치 거기서 새로운 희망을 찾아내어 끊어진 생명의 끈을 다시금 이을 수 있기라도 한 듯이 말이다. 뿌리에서 움튼 새싹은 하루가 다르게 무럭무럭 자라나지만 그것은 단지 겉으로 보이는 생명에 불과할 뿐, 결코 다시 나무가 되지는 못한다.

한스 기벤라트도 그랬다. 여기서 그가 어린 시절에 꿈꾸어온 발자취를 한번 더듬어 볼 필요가 있다.

한스의 집은 오래된 돌다리 근처, 두 개의 길이 만나는 모퉁이에 있었다. 한스의 집이 속해 있는 거리는 마을에서 가장 길고 넓고 멋지게 뻗어 있었다. 이 거리는 '게르버 거리'라고 불렸다. 언덕을 따라 급경사를 이루고 있는 또 다른 거리는 짧고 좁을 뿐 아니라 무척이나 초라했다. 이 거리는 '매의 거리'라고 불렸다. 그것은 이미 오래전에 문을 닫은 어느 음식점의 간판에 그려진 송골매에서 따온 이름이었다.

게르버 거리에는 집집마다 선량하고 건실한 토박이 시민들이 살고 있었다. 이들은 자신의 집과 묘터, 그리고 정원을 가지고 있었다. 정원은 집 뒤의 언덕을 타고 가파른 경사를 이루며 길게 늘어져 있었고 그 울타리는 1870년에 지어진, 노란 금작화로 뒤덮여 있는 철길 둑과 맞닿아 있었다. 게르버 거리와 품위를 견줄 만한 곳은 마을 광장 하나뿐이었다. 거기에는 교회당과 지방청, 법원, 시청, 그리고 교구청이 들어서 있어 도회지 풍의 깔끔한 분위기를 물씬 풍기고 있었다. 게르버 거리에는 공공건물은 하나도 없었지만 어엿한 현관문이 달린 주택들과 고풍스러운 목조 건물, 그리고 산뜻하고 밝은 색깔의 지붕들이 줄지어 있었다. 한쪽으로만 늘어선 집들은 친근하고 편안하며 밝은 느낌을 주었다. 그것은 길 건너편 난간이 달린 성벽 아래로 강이 흐르고 있기 때문이기도 했다.

널찍하게 죽 뻗은 게르버 거리는 산뜻하며 고상한 분위기를 풍기고 있었다. 하지만 '매의 거리'는 그 반대였다. 이곳에는 쓰러져가는 어두침침한 가옥들이 빽빽하게 들어서 있었다. 담벼락에는 얼룩진 회칠이 부서져 떨어지고 지붕은 앞으로 삐죽 튀어나오고, 여러 군데 균열이 생긴 현관문과 창문은 덧대어 붙여놓았다. 또 굴뚝은 기울어지고 홈통은 파손되어 있었다. 집들은 앞을 다투어 공간과 햇볕을 더 많이 차지하려고 했다. 골목길은 좁은 데다가 요상하게 굽어져 있어 하루 종일 어두컴컴했다. 비가 올 때나 해가 진 뒤에는 물안개가 낀 암흑의 세계로 바뀌었다.

어느 창문 할 것 없이 장대와 줄에는 하루도 빠짐없이 빨래가 잔뜩 널려 있었다. 협소하고 누추한 골목길에는 수많은 식구가 옹기종기 모여 살고 있었다. 세 들어 사는 사람이나 하룻밤을 묵고 가는 사람을 제외하더라도 말이다. 허물어져 가는 집마다 발 디딜 틈도 없이 사람들로 가득 차 있었다. 그렇게 사람이 많은 곳에서는 언제나 가난과 범죄, 질병이 들끓게 마련이었다. 티푸스가 발병하거나 살인이 벌어져도 항상 그곳이 문젯거리였다. 이들 가운데에는 우스꽝스러운 마분장수 호테 호테와 가위를 가는 아담 히텔도 있었다. 마을 사람들은 아담 히텔이 온갖 범죄를 저지르고 다닌다고 수군거렸다.

학교에 들어가고 처음 한두 해 동안 한스는 '매의 거리'에 자주 놀러 갔다. 누더기를 걸친 옅은 금발의 아이들은 함께 어울리며 미심쩍어 보이는 집단을 이루고 있었다. 한스도 이 무리 틈에 끼어 악명 높은 로테 프로뮐러가 들려주는 살인 이야기를 즐겨 들었다. 한때는 소문난 미인이었던 이 여자는 공장 노동자들 가운데 적지 않은 애인을 두고 있었다. 그래서 가끔 추문이 일어나기도 하고 때로는 칼부림이 벌어지기도 했다. 지금 혼자 살고 있는 그녀는 저녁 무렵 공장이 문을 닫은 뒤, 커피를 끓이며 이야기보따리를 풀어놓았다. 그녀의 집 문은 언제나 활짝 열려 있었다. 아낙네들과 젊은 노동자들뿐 아니라, 이웃에 사는 아이들도 문지방에 둘러앉아 놀라움과 두려움에 떨며 그녀의 이야기에 귀를 기울였다. 검게 그을린 돌화로 위에는 주전자의 물이 끓고 있었다. 그 옆에는 기름 촛대가 푸른빛이 감도는 석탄불과 더불어 이상스럽게 깜빡거리며 구경꾼들로 붐비는 을씨년스러운 방 안을 비추고 있었다. 그리고 벽과 천장 위로 마치 귀신의 움직임 같은 구경꾼들의 그림자를 커다랗게 드리우고 있었다.

한스는 여섯 살 때 매의 거리에서 핑켄바인 형제를 사귀었다. 그는 아버지의 엄격한 금지령에도 불구하고 이들과 1년 정도를 가깝게 지냈다. 마을에서도 가장 약삭빠른 부랑아인 이들 형제의 이름은 돌프와 에밀이었다. 이들은 과일을 훔치거나 작은 산짐승을 밀렵하는 것으로 악명이 자자한 말썽꾸러기들이었다. 잔재주나 장난에 있어서는 이 아이들을 따를 사람이 하나도 없을 정도였다. 이들은 틈틈이 새알이나 연탄, 어린 까마귀 새끼, 찌르레기와 토끼들을 몰래 내다 팔기도 했다. 더욱이 밤낚시가 금지된 줄 알면서도 거침없이 낚싯대를 드리우곤 했다. 마을 정원은 어디나 할 것 없이 자기 집 드나들듯이 들락거렸다. 울타리가 아무리 뾰족하고 담장에 유리 조각이 촘촘히 박혀 있다 하더라도 전혀 힘들이지 않고 뛰어넘는 것이었다.

하지만 한스가 누구보다도 가깝게 지낸 친구는 '매의 거리'에 사는 헤르만 레히텐하일이었다. 고아인 레히텐하일은 병약한 몸에 어딘지 남다른 데가 있는 조숙한 아이였다. 그는 한쪽 다리가 너무 짧아 언제나 목발을 짚고 다녀야 했기 때문에 골목길에서 벌어지는 아이들의 놀이에는 끼지 못했다. 그리고 그의 마르고 창백한 얼굴에는 고뇌의 흔적이 역력했으며 나이에 걸맞지 않게 굳어져 버린 입과 지나치게 뾰족한 턱이 눈에 띄었다. 레히텐하일은 매우 뛰어난 손재주를 가지고 있었다. 특히 낚시에 대한 뜨거운 열정은 한스에게도 전해졌다.

그 당시에 레히텐하일은 낚시 허가증을 가지고 있지 않았다. 그래도 이 두 소년은 남의 눈에 잘 띄지 않는 곳에서 몰래 낚시질을 하곤 했다. 낚시질이 하나의 즐거움이라면 남들의 눈을 피해 숨어서 하는 낚시질은 보다 커다란 즐거움이었다.

레히텐하일은 낚싯대를 알맞게 자르는 일, 말총을 꼬는 일, 낚싯줄을 물들이는 일, 실을 올가미처럼 매는 일, 그리고 낚싯바늘을 뾰족하게 가는 일 등을 한스에게 가르쳐주었다. 또한 날씨와 강물을 보는 법, 쌀겨를 풀어 물을 흐리게 하는 법, 알맞은 미끼를 고르는 법과 그 미끼를 바늘에 다는 법도 가르쳐주었다. 레히텐하일은 물고기의 종류를 구별하는 법이나 미끼에 달려드는 물고기들의 헤엄치는 소리를 듣는 법, 낚싯줄을 적당한 깊이에 늘어뜨리는 법도 알려주었다. 그는 아무 말도 하지 않았다. 한스 앞에서 몸동작과 손동작을 실제로 보여주면서 낚싯줄을 당기거나 늦추거나 할 때의 호흡하는 요령과 섬세한 느낌을 전해줄 뿐이었다. 레히텐하일은 낚시 가게에서 살 수 있는 멋들어진 낚싯대나 코르크, 유리줄 같은 인위적인 낚시 도구들을 매우 우습게 생각했다. 또한 손수 만든 낚시 도구를 쓰지 않고서는 고기를 낚을 수 없다고 한스가 믿게 만들었다.

한스는 핑켄바인 형제와는 절교를 하고 말았다. 하지만 말이 없는 절름발이 레히텐하일과는 싸우지도 않았는데 그가 떠나버렸다. 2월의 어느 날, 그는 옷을 벗어둔 의자 위에 목발을 올려놓고는 초라한 침대에 드러누웠다. 그런데 갑자기 열이 나기 시작하더니 잠시 뒤에 숨을 거두고 말았다. 그가 조용히 저 머나먼 나라로 떠나가 버린 것이다. '매의 거리'는 레히텐하일을 이내 잊어버렸다. 하지만 한스만은 그를 아름다운 추억으로 오래도록 간직하고 있었다.

'매의 거리'에는 레히텐하일 말고도 독특한 주민들이 많았다. 음주벽이 너무 심한 나머지 결국 해고를 당한 뢰텔러는 유명인사였다. 그는 2주일에 한 번꼴로 술에 만취가 되어 길거리에 쓰러져 있거나 한밤중에 소동을 일으켰다. 하지만 보통 때에는 어린아이와도 같이 순박한 사람이었다. 얼굴에는 언제나 다정한 미소를 띠고 있었다. 그는 한스에게 타원

411

형의 담배통에서 나는 냄새를 맡게 하기도 하고, 때로는 한 스가 가져다주는 물고기를 버터에 구워 함께 먹기도 했다. 그리고 유리 눈알이 박힌 박제된 말똥가리 새와 가냘프고 고 운 음색으로 고풍스러운 춤곡을 들려주는 아주 오래된 시계 를 가지고 있었다.

또 발은 맨발일지언정 커프스 단추는 꼭 달아야 하는 늙 은 기계공 포르슈도 유명했다. 그의 아버지는 오래된 초등 학교에서 학생들을 가르치는 엄격한 선생님이었다. 포르슈 는 성경을 절반이나 외우고 격언이나 도덕적인 금언도 매우 많이 외우고 있었다. 하지만 이런 지식이나 노령의 나이에 도 불구하고 아무 여자나 쫓아다니며 술을 마구 퍼마셨다. 조금 취기가 돈다 싶으면 기벤라트 집의 모퉁이에 걸터앉아 서는 지나가는 사람들의 이름을 불러대며 장황하게 격언을 늘어놓기도 했다.

"한스 기벤라트, 사랑하는 아들아. 내 말 좀 들어봐라! 지 라흐가 말했지. 남에게 그릇된 충고를 하지도 않고 또한 이 로 인해 나쁜 마음을 품지도 않는 사람은 복이 있다고 말이 야. 그것은 마치 아름다운 나무에 달린 푸른 잎사귀와 같으 니라. 어떤 잎은 떨어지고 어떤 잎은 다시 자라나느니 사람 들의 인생도 이와 같으니라. 어떤 이는 죽고 어떤 이는 태어 나는구나. 자, 이젠 집에 가도 좋다. 이 살쾡이 같은 놈아."

포르슈 노인은 경건한 격언 이외에도 유령 이야기나 무시 무시한 전설들을 잔뜩 알고 있었다. 그는 유령이 떠돌아다 니는 장소를 알고 있으면서도 자기 자신이 하는 이야기를 믿지는 못했다. 대개는 자신이 하는 이야기나 자신의 이야기를 듣는 사람들을 비웃기라도 하듯이 회의와 과장이 섞인 내뱉는 듯한 어투로 말을 했다. 그러다가 겁에 질린 사람처럼 점점 목을 움츠려가며 목소리를 낮추다가 급기야는 소름이 끼치는 나지막한 목소리로 이야기하곤 했다.

이 초라하고 비좁은 골목길에 끔찍한 일들은 어찌 그리 많았던가! 자물쇠 장수 브렌들레도 여기에 살고 있었다. 그의 일터는 문을 닫은 뒤에 아무렇게나 방치되어 황폐하게 변해 버렸다. 그는 반나절이나 창가에 앉아서 활기가 넘쳐흐르는 골목길을 우울하게 바라보곤 했다. 그러다가 가끔 세수도 하지 않은 채 누더기를 걸치고 돌아다니던 동네 아이를 하나 잡아 무척 고소한 표정으로 귀와 머리를 잡아채고는 온몸이 퍼렇게 멍들 정도로 마구 꼬집어댔다.

어느 날 그는 아연 줄로 층계에 목을 매달았다. 그 모습이 너무나도 끔찍했기 때문에 어느 누구도 그에게 다가가지 못했다. 한참 뒤에야 늙은 기계공 포르슈가 뒤로 다가가 생철을 자르는 가위로 목이 매달려 있는 철삿줄을 끊어버렸다. 그러자 혀를 내민 시체는 계단을 굴러 두려움에 떠는 구경꾼들 한가운데로 떨어지고 말았다.

밝고 넓은 게르버 거리를 나와 음침하고 습기에 찬 '매의 거리'에 발을 들여놓을 때마다 이상하리만치 숨 막히는 공기와 더불어 즐겁고도 무시무시한 압박감이 한스를 내리눌렀다. 그것은 호기심과 두려움, 양심의 가책과 모험에 대한 행복한 기대감이 뒤섞인 복합감정과도 같았다. '매의 거리'는

413

지금이라도 동화나 기적, 전대미문의 도깨비 이야기가 실제로 일어날 수 있는 유일한 곳이었다. 또한 마술이나 유령의 존재가 그럴듯하게 여겨지는 장소이기도 했다. 이곳에서 사람들은 전설이나 추잡한 통속 문학을 읽을 때처럼 달콤한 고뇌의 전율을 느꼈다. 그런데 이 책은 선생님들에게 강제로 빼앗기게 마련이었다. 거기에는 암흑가의 영웅들, 중범죄자들, 모험가들의 행각과 형벌이 적나라하게 적혀 있었기 때문이다.

'매의 거리' 외에도 특이한 장소가 하나 더 있었다. 눈으로 보거나 귀로 들을 수 있는 어두컴컴한 다락이나 이상스러운 방 안에서 자신을 잊어버릴 수 있는 그런 특별한 공간이었다. 그곳은 근처에 있는 커다란 가죽 공장의 낡고 거대한 건물이었다. 어두침침한 다락에는 커다란 가죽들이 걸려 있었고 지하실에는 은폐된 굴과 금지된 통로가 있었다. 저녁이면 리제가 아이들에게 아름다운 동화를 들려준 곳도 바로 여기였다.

여기는 건너편에 있는 '매의 거리'보다 더 조용하고 친밀감과 인간미가 넘쳐흘렀다. 하지만 '매의 거리' 못지않은 수수께끼가 가득 숨겨져 있었다. 굴이나 지하실, 무두질하는 뜰이나 시멘트가 깔린 바닥에서 일하는 가죽 수습공들의 모습은 어딘가 모르게 기묘하고 독특해 보였다. 하품이라도 하듯이 크게 입을 벌리고 있는 무척 커다란 방들은 공포와 매력을 간직한 채 적막에 싸여 있었다. 사람을 잡아먹는 식인종처럼 거칠고 무뚝뚝해 보이는 집주인은 모두가 싫어했

414

다. 리제는 이 괴상망측한 집에서 요정처럼 이리저리 돌아다녔다. 정감이 넘쳐흐르는 그녀는 모든 아이와 새들, 고양이들과 강아지들의 보호자이자 어머니였으며 동화나 노래 가사도 많이 외우고 있었다.

벌써 오래전에 낯설게 되어버린 이 세계에서 지금 한스의 생각과 꿈들이 움직이고 있었다. 심한 환멸과 절망으로부터 도망쳐 이미 흘러가 버린 아름다운 시절로 되돌아온 것이다. 그때는 희망에 가득 차 있었고 자기 앞에 놓인 세계를 매우 거대한 마법의 숲으로 보았었다. 그 숲은 소름 끼치는 위험과 마법에 걸린 보물, 그리고 에메랄드의 성들을 아무도 볼 수 없게 깊숙이 숨겨놓았었다. 한스는 이 야생의 숲으로 발을 들여놓기는 했지만 기적이 나타나기도 전에 금세 지쳐버렸다. 지금 그는 수수께끼에 둘러싸인 어두컴컴한 입구에 서 있었다. 하지만 이번에는 어느 정도의 호기심을 채우려는 이방인일 뿐이었다.

한스는 두세 차례 '매의 거리'를 다시 찾아갔다. 그곳에는 예전과 다름없는 희뿌연 어둠과 역겨운 냄새, 구석진 모퉁이와 햇볕이 들지 않는 계단이 그대로 남아있었다. 예전과 마찬가지로 늙은 남자와 여자들이 문 앞에 앉아 있었고, 몸을 씻지도 않은 옅은 금발의 아이들이 소리를 질러대며 뛰놀고 있었다. 기계공 포르슈는 이제 너무 나이가 들어 한스를 알아보지 못했다. 한스가 수줍은 듯이 인사를 보냈지만 그는 그저 비아냥거리며 불평을 늘어놓을 뿐이었다. 가리발디라고 불리던 그로스 요한은 이미 세상을 떠난 뒤였다. 로테

415

프로밀러도 마찬가지였다. 우편 배달부 뢰텔러는 아직도 거기에 살고 있었다. 그는 아이들이 음악 소리가 나는 시계를 망가뜨렸다고 투덜거리더니 한스에게 냄새 맡는 담배를 권하고 나서는 구걸을 해왔다. 마지막으로 뢰텔러는 핑켄바인 형제에 대한 이야기를 들려주었다. 담배 공장에 다니는 녀석은 벌써 어른처럼 술을 퍼마신다고 했다. 또 다른 녀석은 교회 축성식에서 칼부림을 벌인 뒤로 도망간 지 벌써 1년이 넘었다고 했다. 이 모든 일이 한스에게 참담하고 우울한 인상을 풍겼다.

어느 날 저녁, 한스는 안채로 이르는 길을 따라 걸었다. 그리고 습기에 찬 뜰을 지나 가죽 공장으로 가보았다. 마치 이 커다란 낡은 집에 이미 사라져버린 수많은 즐거운 추억과 더불어 자신의 어린 시절이 숨겨져 있는 것 같았다.

굽어진 층계와 돌을 깐 문 어귀를 지나 계단으로 내려갔다. 그리고 가죽이 널려 있는 다듬이터를 손으로 더듬어보았다. 거기서 그는 코를 찌르는 가죽 냄새와 더불어 갑자기 솟구치는 추억의 뭉게구름을 들이마셨다. 다시 계단을 내려와 뒤뜰로 가보았다. 거기에는 무두질을 하는 굴과 가죽의 찌꺼기를 말리는 건조대가 있었다. 높이 세워진 그 건조대 위에는 좁은 지붕이 덮여 있었다. 그런데 벽 앞의 의자에 리제가 앉아 있었다. 그녀는 감자 바구니를 앞에 놓고는 껍질을 벗기고 있었다. 그녀의 주위에는 여러 명의 아이가 귀를 기울이며 둘러앉아 있었다.

한스는 어두컴컴한 문턱에 서서 그쪽으로 귀를 기울였다.

아늑한 평화가 저물어가는 가죽 공장의 뜰에 가득 차 있었다. 뜰의 담장 너머로 흐르는 강물의 가냘픈 속삭임 외에 감자 껍질을 벗기는 그녀의 칼 소리와 아이들에게 들려주는 이야기 소리가 들려왔다. 아이들은 거의 꼼짝도 하지 않고 얌전하게 웅크리고 앉아 있었다. 그녀는 한밤중에 어린아이의 음성이 강 건너편에서 들려왔다고 전해지는 성 크리스토포루스의 이야기를 하고 있었다.

한스는 잠시 귀를 기울이고 있다가 어두컴컴한 현관을 살그머니 빠져나와 집으로 돌아갔다. 다시는 어린아이가 될 수 없다는 것, 그리고 이제는 저녁 무렵 가죽 공장의 뜰에서 리제 곁에 앉아 있을 수 없다는 것을 깨달았다. 그 후로 그는 두 번 다시 가죽 공장이나 '매의 거리'에 가지 않기로 마음먹었다.

제6장

가을이 깊어 가고 있었다. 검푸른 전나무 숲에 드문드문
있는 활엽수들이 횃불처럼 노랗고 빨갛게 불타고 있었다.
골짜기에는 벌써 짙은 안개가 자욱하게 드리워졌고 아침에
는 차가운 강물에서 아지랑이가 피어올랐다.

한때 신학교 학생이었던 한스는 여전히 창백한 얼굴로 날
마다 밖을 돌아다녔다. 그는 마음만 먹으면 언제라도 이웃
과 어울릴 수 있었지만 내키지도 않았고 몸도 무척이나 피곤
했기 때문에 일부러 교제를 피했다. 의사는 그의 건강을 위
해 물약과 간유, 달걀을 먹으라고 했으며 냉수욕을 권했다.

그러나 어느 것도 한스에게 도움이 되지 못했다. 그것은
그리 놀라운 일이 아니었다. 건강한 삶에는 나름대로의 내
용과 목적이 있어야 하는데 젊은 기벤라트의 삶에서는 이미
그 목적과 내용이 사라져버렸기 때문이다. 아버지는 한스를
서기나 기능공으로 만들려고 마음을 먹었다. 하지만 한스가

418

아직 몸이 약했기 때문에 우선 조금이라도 기력을 회복시켜야 했다. 그리고 이제 진지하게 그의 앞날을 생각해 볼 때가 온 것이다.

한스는 혼란스러운 상념들도 차분하게 가라앉혔고 더 이상 자살을 꿈꾸지 않게 되었다. 그리고 변덕스러운 흥분과 불안 상태로부터 잔잔한 우울증에 빠져들기 시작했다. 마치 부드러운 늪 속으로 가라앉기라도 하듯이 아무런 저항도 하지 않은 채 서서히 그 속으로 가라앉아버렸다.

한스는 가을의 들판을 돌아다니며 계절의 거대한 힘을 느끼고 있었다. 저물어가는 가을, 고요히 떨어지는 낙엽, 갈색으로 물든 초원, 새벽의 짙은 안개, 그리고 너무 익은 나머지 이제 지쳐버린 식물들의 말라가는 모습, 이런 것들이 한스를 여느 환자처럼 절망에 싸인 무거운 기분으로 몰아갔다. 그는 이것들과 함께 소멸하고 잠들고 또한 죽음에 이르고 싶었다. 하지만 자신의 젊음이 이런 의식에 반기를 들고 생에 집착하고 있다는 사실을 깨달았고 그를 괴롭게 했다.

한스는 나무들을 바라보았다. 나무들은 노랗게 물들고 갈색을 띠고 그러다가 마침내 벌거숭이가 되었다. 또한 숲속에서 피어오르는 우윳빛의 안개와 마지막 과일 수확이 끝난 뒤 생명을 잃어버린 채 이제는 아무도 쳐다보지 않는, 시들어가는 과꽃이 있는 정원을 바라보았다. 그리고 수영과 낚시철이 지난 뒤 마른 잎새에 뒤덮인 강가를 바라보았다. 그 싸늘한 강가에는 가죽 공장의 억센 직공들이 자리를 차지하고 있었다. 며칠 전부터는 헤아릴 수 없이 많은 과즙 찌꺼기들이 강물에 떠내려가고 있었다. 압착장이나 물레방앗간에서 모두 과즙을 짜냈기 때문이다. 시내 어느 거리에서나 천천히 발효하기 시작한 과즙의 향내가 그윽하게 풍기었다.

플라이크 씨도 아랫마을 물레방앗간에서 자그마한 압착기를 빌려와 한스를 과즙 짜기에 초대했다. 방앗간의 앞뜰에는 크고 작은 압착기, 달구지, 과일을 가득 담은 바구니와 자루, 손잡이가 달린 통, 등에 지는 통, 대야, 나무로 만든 통, 산더미같이 쌓인 과일 찌꺼기, 나무로 만든 지렛대, 손수레, 빈 운반 도구 등이 널려 있었다. 압축기가 움직이면서 삐걱거리기도 하고 찍찍하는 소리와 신음하는 듯한 소리, 그리고 떨리는 소리를 내고 있었다. 대부분의 물건은 녹색으로 칠해져 있었다. 이 녹색은 과일 찌꺼기의 황갈색과 사과 바구니의 색깔, 푸른 강물과 맨발로 뛰노는 어린이들, 그리고 맑은 가을 하늘의 햇빛과 어우러져 보는 이들에게 기쁨과 삶의 즐거움, 풍요로움을 상징하는 매혹적인 인상을 풍겼다.

사과가 으깨어지면서 내는 소리는 떫게 느껴지면서도 식욕을 돋구었다. 그곳에 와서 그 소리를 듣는 사람이라면, 얼른 사과 하나를 집어 들고 덥석 물지 않을 수 없을 것이다. 대롱 속에는 갓 짜낸 달콤한 과즙이 적황색을 띤 채 햇살 아래로 미소 지으며 흘러나왔다. 그곳에 와서 그 광경을 보는 사람이라면 한 잔을 청해 재빨리 들이키지 않을 수 없을 것이다. 그러고는 그 자리에 멈춰 서서 촉촉이 젖은 눈망울을 글썽이며 달콤한 행복감의 물결이 자신의 몸속을 흘러내리

는 것을 느낄 것이다. 이 감미로운 과즙은 즐겁고 상큼한 향
내를 저 멀리까지 가득히 채웠다.

이 향기야말로 한 해를 통틀어 가장 멋들어진 성장과 결
실이었다. 다가오는 겨울에 앞서 이런 향기를 들이마실 수
있다는 것은 행운에 가까웠다. 그럼으로써 사람들은 감사하
는 마음으로 헤아릴 수 없이 많은 기쁘고 멋진 일들을 기억
하게 되기 때문이다. 5월의 따뜻한 비, 쏴 하는 소리를 내며
쏟아지는 여름비, 신선한 가을의 아침 이슬, 부드러운 봄날
의 햇살, 따갑게 내리쬐는 여름의 뙤약볕, 하얗게 또는 새빨
갛게 빛나는 꽃망울, 수확하기 전의 잘 익은 과일나무가 보
여주는 적갈색의 윤기, 계절과 함께 찾아오는 모든 아름다
운 것과 즐거운 것들. 그것은 누구에게나 빛나는 나날이었
다. 부유하고 거만한 사람들도 체면치레하지 않고 손수 나
와서 살진 사과를 손에 들고 무게를 가늠해 보기도 하고 열
개가 넘는 사과 포대를 세어보기도 하고, 은으로 만든 휴대
용 잔으로 맛을 보기도 했다. 그리고 자신들의 과즙에는 한
방울의 물도 들어가지 않았다고 주위를 둘러보며 말했다.
가난한 사람들은 단 한 자루의 사과 포대밖에 없었지만 유리
잔이나 질그릇으로 맛을 보기도 하고 과즙을 짜 넣은 통속에
물을 타기도 했다. 그렇다고 해서 이들의 자긍심이나 행복
감이 다른 사람들보다 모자라지 않았다. 어떤 이유로든 과
즙을 짜지 못하게 된 사람들은 친지나 이웃들의 압착기를 찾
아다니며 한 잔씩 얻어 마시기도 하고, 과일을 한 개씩 주머
니에 집어넣기도 했다. 이들은 전문가처럼 말하면서 자기들

도 이 분야에 남 못지않은 지식이 있다는 것을 증명하려고
애썼다.

그리고 가난한 집 아이들이나 부잣집 아이들이나 할 것
없이 모두 자그마한 잔을 들고 이리저리 돌아다녔다. 아이
들의 손에는 베어 먹은 사과와 빵 한 조각이 들려 있었다. 과
즙을 마실 때 빵을 실컷 먹어두면 나중에 배가 전혀 아프지
않다는 근거 없는 속설이 전해져 내려오기 때문이었다.

아이들의 떠들어대는 소리는 그렇다 치더라도 어른들의
고함이 서로 뒤섞여 정신을 못 차릴 지경이었다. 무척 분주
하게 오가는 이 목소리들은 흥분과 기쁨으로 들떠 있었다.

"한스야, 이리 오너라! 여기 이쪽으로 와서 딱 한 잔만 마
셔보렴!"

"정말 고맙습니다. 하지만 전 벌써 배가 부른걸요."

"사과 50킬로그램에 얼마나 주었나?"

"4마르크 주었네. 그렇지만 최고급품이라고. 한번 맛 좀
보게나."

이따금 예기치 않은 소동이 벌어지기도 했다. 사과를 담
은 포대 한 자루가 너무 일찍 터져서 사과들이 그만 땅바닥
에 나뒹군 것이다.

"이런, 제기랄. 내 사과! 여러분, 좀 도와주세요!"

곁에 있던 사람들이 모두 나서서 사과를 주웠다. 몇몇의
개구쟁이 녀석은 그사이에 슬쩍 사과를 주머니에 집어넣으
려고 했다.

"야, 이놈들아, 주머니에는 넣지 마! 네놈들이 먹고 싶은

대로 먹는 건 좋지만 훔치는 건 안 돼. 잠깐, 거기 놔두지 못하겠니!"

"이봐, 이웃 양반! 내 것도 한 번 드셔 보시게!"

"꿀맛이구먼! 정말 꿀맛이야. 대체 얼마나 만들었소?"

"두 통밖에 안 되지만 짭짤하게 재미를 봤지."

"한창 무더울 때 짜지 않은 게 천만다행이구먼. 그랬더라면 그냥 다 마셔버렸을 거라고."

올해에도 어김없이 서너 명의 깐깐한 늙은이들이 모습을 드러냈다. 비록 과즙 짜기를 그만둔 지 오래되었지만 과일에 대해서 모르는 게 없을 정도로 경험과 지식이 풍부했다. 이들은 과일을 거저 얻다시피 했던 시절의 이야기를 늘어놓곤 했다. 그때는 모든 것이 지금보다 훨씬 값싸고 품질도 좋았으며 더군다나 설탕을 과즙에 넣는 것 따위는 생각조차 하지 못했다는 것이다. 그리고 그 당시에는 나무에 열매가 달리는 것부터가 지금과는 달랐다는 등 자랑을 늘어놓았다.

"그땐 그래도 수확이라고 할 만했지. 나도 사과나무를 한 그루 가지고 있었는데 거기서만 사과를 250킬로그램이나 땄으니까 말이야."

하지만 옛날보다 형편없다고 투덜거리면서도 이 까다로운 늙은이들은 실컷 과즙을 맛보면서 압착기 주위를 돌아다녔다. 아직도 이가 남아있는 늙은이들은 손에 든 사과를 열심히 씹어 먹었다. 더욱이 이들 가운데 한 늙은이는 커다란 사과를 몇 개씩이나 억지로 입에 집어넣더니 결국에는 심한 배앓이를 하게 되었다.

"정말이지 예전에는 이런 거 열 개쯤은 거뜬하게 먹어치웠는데 말이야."

그가 탄식을 늘어놓았다.

커다란 사과를 열 개나 먹어도 배가 아프지 않던 시절을 회상하면서 거침없이 한숨을 내쉬는 것이었다.

플라이크 씨는 북적거리는 사람들 한가운데 압착기를 세워놓고 나이가 들어 보이는 수습공의 도움을 받고 있었다. 그는 바덴에서 사과를 가져왔는데 바덴 사과 과즙은 언제나 최고급품이었다. 그는 내심 만족스러워하며 '맛 좀 보려는' 사람들을 누구도 물리치지 않았다. 야단법석을 떠는 무리 틈에 끼여 즐겁게 이리저리 뛰어다니는 그의 아이들은 한층 더 신바람이 나 있었다. 겉으로 드러내지는 않았지만 누구보다도 가장 행복한 사람은 그의 어린 수습공이었다. 두메 산골의 가난한 농가에서 태어난 수습공은 다시 야외로 나와 힘이 닿는 대로 열심히 일하고, 또 과즙을 마음껏 마실 수 있다는 사실이 마냥 행복하기만 했다. 더군다나 품질이 뛰어난 달콤한 과즙을 그는 무척 좋아했다. 건강미가 넘치는 시골 청년다운 그의 얼굴에서 웃음이 흘렀다. 그의 손은 여느 일요일보다 더 깨끗하게 보였는데 제혁공의 손답지 않게 너무나도 깨끗한 것이었다.

과즙을 짜는 일터에 온 한스 기벤라트는 불안한 듯이 아무 말도 하지 않았다. 하기야 그는 자신이 원해서 온 것도 아니었다. 맨 처음 짠 과즙을 담은 잔이 나숄트 집안의 리제에게서 건네졌다. 한스는 과즙의 맛을 보았다. 잔을 들고 마시는 동안에 달콤하고 강렬한 과즙의 맛과 더불어 어린 시절에 경험했던 가을의 즐거운 추억들이 미소를 지으며 다시 살아났다. 동시에 다시 한번 어우러져 함께 즐기고 싶은 욕망이 살그머니 일어났다. 낯이 익은 사람들이 말을 걸어오고, 과즙을 담은 잔이 한스에게 여러 차례 건네졌다. 플라이크의 압착기에 다다랐을 때에는 벌써 주위의 흥겨운 분위기와 여러 잔의 과즙이 그를 사로잡은 뒤였다. 한스는 기분이 전혀 달라져 있었다. 그는 매우 유쾌한 기분으로 구둣방 아저씨에게 인사를 건네고, 과즙에 얽힌 틀에 박힌 농담을 몇 마디 늘어놓기도 했다. 플라이크 아저씨는 놀라움을 감추며 그를 반갑게 맞이해주었다.

30분쯤 지났을 무렵 파란 치마를 입은 아가씨가 그리로 다가와서는 플라이크 아저씨와 어린 수습공들에게 미소를 지으며 인사를 보냈다. 그러고는 과즙 짜는 일을 거들기 시작했다.

"아, 참!"

아저씨가 말했다.

"여긴 하일브론에서 온 내 조카딸 엠마란다. 이 아이의 고향에서는 다른 수확제를 벌이지. 거기에서는 포도가 무척 많이 나거든."

그녀는 열여덟이나 열아홉 살쯤 되어 보였다. 다른 저지대 출신처럼 몸놀림이 가볍고 성격도 쾌활해 보였다. 키는 그다지 크지 않았지만 몸매가 풍만하고 균형이 잡혀 있었다. 동그란 얼굴에 검고 따뜻한 눈빛과 입 맞추고 싶어지는 아리따운 입은 활달하고 영리한 분위기를 자아내었다. 아무튼 그녀는 건강하고 명랑한 하일브론 아가씨처럼 보였지만 아무리 봐도 경건한 구둣방 아저씨의 친척으로 여겨지지는 않았다. 어디까지나 그녀는 속세에 속한 존재였다. 그녀의 눈은 밤마다 버릇처럼 성경을 읽는 사람의 눈이 아니었다.

한스는 걱정에 찬 표정을 지으며 엠마가 빨리 돌아가기를 진심으로 바라고 있었다. 하지만 그녀는 자리를 뜰 생각은 하지도 않은 채 웃기도 하고 재잘거리기도 하고 어떤 농담이라도 재치 있게 슬쩍 받아넘겼다. 한스는 부끄러운 나머지 그만 입을 꼭 다물고 말았다. '당신'이라는 존칭을 해야 하는 젊은 아가씨들과 어울리는 것이 그에게는 어쩐지 끔찍하게 여겨졌다. 더군다나 이 아가씨는 지나치게 활달한 수다쟁이라서 그가 수줍어한다고 해도 전혀 개의치 않을 사람이었다. 그래서 한스는 마음의 상처를 입고 당황한 나머지 수레바퀴에 치인 달팽이처럼 촉수를 움츠리고 껍질 속으로 기어들어가 버렸다. 그는 아무 말도 하지 않은 채 짐짓 싫증 난 사람처럼 보이려고 애를 써보았지만, 마음대로 되지 않았다. 방금 누군가가 죽기라도 한 듯한 표정을 지을 뿐이었다.

하지만 어느 누구도 그런 한스에게 신경을 쓸 여유가 없었다. 물론 엠마는 말할 나위도 없었다. 한스가 듣기로 그녀는 2주일 전부터 플라이크 아저씨 집에 놀러와 있다고 했다. 하지만 그녀는 벌써 온 마을 사람들을 다 알고 있었다. 엠마는 누구에게나 달려가 새로 짠 과즙을 맛보고 잠시 익살을 부리며 웃다가 다시 돌아와서는 부지런히 일을 거들었으며 아이들을 안고 사과를 주기도 했다. 그녀는 자기 주위에 흥겨운 웃음을 온통 퍼뜨리고 다녔고 가끔 지나가는 개구쟁이 아이들을 불러 세우기도 했다.

"너 사과 먹을래?"

그러고는 잘 익은 빨간 사과를 집어 들고 두 손을 등 뒤에 감춘 다음에 알아맞히게 했다.

"오른손일까, 왼손일까?"

그러나 사과는 한 번도 아이들이 맞춘 손에 들려 있지 않았다. 그래서 화가 난 아이들이 투덜거리기 시작하면 그제야 그녀는 사과 하나를 내주었다. 하지만 그것도 아주 자그마하고 덜 익은 풋사과였다. 그녀는 이미 한스에 대해 들어서 알고 있는 것 같았다. 그녀는 한스에게 언제나 두통을 앓는 바로 그 사람이냐고 물어보았다. 하지만 한스가 대답을 하기도 전에 벌써 옆에 있는 사람들과 다른 이야기를 주고받기 시작했다. 한스가 살그머니 집으로 가려고 하자 플라이크 아저씨가 그의 손에 지렛대를 쥐어 주었다.

"한스야, 좀 도와주렴. 엠마가 거들어줄 거야. 나는 그만 일하러 가봐야 하거든."

플라이크 아저씨는 가버렸고 수습공이 플라이크 씨의 부인과 함께 과즙을 날라야 했다. 그래서 한스는 엠마와 단둘이서 압착기 옆에 남게 되었다. 그는 이를 악물고 미친 사람처럼 열심히 일하기 시작했다. 그런데 어느 순간에 지렛대가 무척 무겁게 느껴졌다. 그래서 의아하게 생각하며 고개를 들어보니 엠마가 큰 소리로 웃고 있었다. 그녀가 장난삼아 지렛대를 가로막고 있었던 것이다. 화가 난 한스가 다시 한번 잡아당겼지만, 여전히 그녀는 비켜서지 않았다.

한스는 아무 말도 하지 않았다. 하지만 그녀의 몸이 버티고 있는 지렛대를 돌리는 동안에 갑자기 부끄럽고 답답한 느낌이 들었다. 그래서 지렛대를 돌리는 일을 천천히 멈췄다. 그는 달콤한 불안에 사로잡혔다. 젊은 아가씨가 뻔뻔스러울 정도로 그의 얼굴을 들여다보자, 갑자기 그녀가 다른 사람으로 변해 버린 것만 같았다. 더욱 다정하게 느껴지면서도 동시에 낯선 느낌을 지울 수가 없었다. 한스도 약간 어색하게 친근한 미소를 지어 보였다. 그러고 나서 지렛대는 완전히 멈추어 섰다.

엠마가 말했다.

"쉬면서 해요."

엠마는 한스에게 방금 마시고 남은, 과즙이 반쯤 담긴 잔을 건네주었다. 이 한 모금이 그에게는 앞서 마셨던 과즙보다 더 진하면서도 달콤하게 느껴졌다. 한스는 잔에 든 과즙을 다 마시고 나서도 더 마시고 싶다는 듯이 빈 잔을 들여다보았다. 왜 심장의 고동이 심해지고 호흡이 가빠지는지 알 길이 없었다.

두 사람은 다시 일하기 시작했다. 그녀의 스커트가 자신의 몸에 스치고 그녀의 손이 자신의 손에 닿게 하기 위해 가까이 접근하려고 애쓰면서도 한스는 지금 자기가 도대체 무슨 짓을 하고 있는지조차 몰랐다. 하지만 그녀와 스칠 때마다 그의 심장은 두려움에 가득 찬 기쁨으로 인해 멎어버릴 것만 같았다. 그리고 달콤한 행복감에 온몸이 나른해졌다. 그의 무릎이 약간 떨리고, 그의 머릿속에서는 뭔가 윙윙 소리를 내며 도는 것 같은 현기증이 났다.

한스는 자신이 무슨 말을 하는지도 몰랐다. 그녀와 이야기를 주고받던 한스는 그녀가 웃을 때 같이 웃고, 그녀가 엉뚱한 소리를 할 때 손가락을 내뻗으며 짐짓 겁을 주기도 했다. 그리고 두 번씩이나 그녀가 건네준 잔을 받아 과즙을 다 마셔버렸다. 이와 동시에 수많은 기억이 그를 스치고 지나갔다. 저녁 무렵에 사내들과 현관 앞에 서 있던 하녀들, 이야기책에 나오는 두세 개의 문장, 수도원 시절에 헤르만 하일러에게서 받은 입맞춤, 그리고 '아가씨들'이나 '애인이 생기면 어떨까' 등에 대해 학생들 사이에서 오가는 수많은 밀어. 한스는 산에 오르는 노새처럼 가쁘게 숨을 내쉬었다.

모든 것이 달라 보였다. 이리저리 분주하게 뛰어다니는 주위 사람들이 고운 빛깔을 띠고 미소 짓는 구름 속으로 녹아들었다. 말하는 소리, 욕하는 소리, 웃는 소리 하나하나가 한데 어우러져 암울하게 울려 퍼지며 사라져갔다. 강물과 낡은 다리는 한 폭의 그림처럼 아련하게 느껴졌다.

엠마의 모습도 달라져 있었다. 한스는 더 이상 그녀의 얼굴을 보지 못했다. 단지 검고 쾌활한 눈과 불그스레한 입술과 그 안으로 뾰족하게 드러난 하얀 이만 보일 뿐이었다. 그녀의 형체는 녹아 없어지고 말았다. 한스는 그저 하나하나의 부분을 보고 있었다. 검은 양말을 신은 단화며 목덜미에 늘어뜨린 흐트러진 곱슬머리, 푸른 목도리 속에 감추어진 햇볕에 그을린 둥근 목덜미, 팽팽하게 당겨진 어깨의 옷매무새, 그 아래로 파도치는 숨결, 붉은빛으로 투명하게 내비치는 귀가 보였다.

갑자기 엠마가 손잡이가 달린 통 속으로 잔을 떨어뜨리고 말았다. 그 잔을 집어 올리려고 몸을 굽히다가 그녀의 무릎이 통의 모서리에 눌려 한스의 손목에 닿았다. 한스도 천천히 몸을 굽혀 얼굴이 거의 그녀의 머리카락에 닿을 뻔했다. 그녀의 머리에서는 은은한 향내가 풍겼다. 그 아래로 흐트러진 곱슬머리의 그림자 속에 갈색의 고운 목덜미가 따스한 온기를 내며 푸른 코르셋 속으로 스며들었다. 그녀의 목덜미는 단단하게 채워진 고리의 틈새로 살짝 드러나 있었다.

엠마가 다시 몸을 일으켰을 때, 그녀의 무릎이 한스의 팔을 따라 미끄러져 내리고, 그녀의 머리가 그의 뺨을 스쳤다. 그녀는 몸을 굽히고 있었기 때문에 얼굴이 빨갛게 달아올라 있었다. 한스는 온몸에 강한 전율을 느꼈다. 그의 얼굴은 창백해지고 갑자기 깊숙하게 밀려드는 피로감 때문에 압착기의 조이개를 꽉 잡지 않으면 안 되었다. 그의 심장은 경련을 일으키듯 뛰었다. 팔에는 힘이 빠지면서 어깨가 아파왔다.

한스는 그때부터 한마디도 하지 않고 그녀의 눈길도 피해버렸다. 그 대신에 그녀가 다른 곳을 바라볼 때면 아직 맛보지 못한 쾌감과 꺼림칙한 양심의 가책이 뒤섞인 마음을 억누르며 그녀를 뚫어지라 쳐다보았다. 이 순간에 그의 내면에서는 무엇인가가 끊어져 버리는 것만 같았다. 그리고 저 멀리 푸른 행인을 따라 자신을 유혹하는 새롭고 낯선 땅이 그의 영혼 앞에 펼쳐지는 것 같았다. 그는 아직 알지 못했다. 그의 가슴속에 타오르는 불안과 달콤한 고통이 무엇을 의미하는지, 고뇌와 환희 가운데 어느 것이 더 비중을 차지하는지를 말이다. 기껏해야 그저 어렴풋이 예감만 할 뿐이었다.

한스의 기쁨은 참신한 사랑의 힘, 그리고 생동감이 넘치는 생명에 대한 최초의 예감을 의미했다. 그의 고통은 아침의 평화가 깨어지고, 자신의 영혼이 두 번 다시 찾지 못할 어린 시절의 세계를 이미 떠나버렸다는 것을 의미했다. 한스의 가벼운 조각배는 난파를 간신히 벗어나 이제 새로운 폭풍과 입을 벌린 채 기다리고 있는 심연과 암초에 점점 가까이 빠져들고 있었다. 지금까지 올바른 지도를 받아온 젊은이라 할지라도 이제는 안내자의 도움 없이 자기 자신의 힘으로 여기서 벗어날 수 있는 구원의 길을 찾아야만 했다.

때마침 구둣방의 수습공이 다시 돌아와 압착기의 일을 교대해주었다. 한스는 엠마의 손이 닿거나 그녀가 다정하게 말 한마디라도 건네주기를 기다리며 잠시 더 거기에 머물렀다. 하지만 그녀는 다른 압착기마다 찾아다니며 열심히 재잘거리고 있었다. 한스는 수습공 앞에서 공연히 부끄러운 생각이 든 나머지 작별 인사도 하지 않은 채 슬그머니 집으로 돌아왔다.

모든 것이 이상하게도 다르게 변해서 아름다운 설렘을 자아내고 있었다. 과즙 찌꺼기를 먹어 통통하게 살이 오른 참

새들은 요란하게 지저귀며 쏜살같이 하늘을 날고 있었다. 하늘이 이처럼 높고 아름답고 그리움으로 푸르게 물들었던 적은 한 번도 없었다. 강물이 이다지도 맑고 청록색의 거울처럼 미소 짓던 적도 없었다. 둑이 이리도 눈이 부시리만치 하얀 거품을 내뿜은 적이 없었다. 모든 것이 장식을 두른 그림처럼 새롭게 그려져 투명하고 산뜻한 유리판 뒤에 세워진 것 같았다. 또 모든 것이 한바탕 축제가 벌어지기를 기다리고 있는 것처럼 느껴졌다.

한스는 가슴속에서도 이상하리만치 굳건한 감정과 처음 느껴보는 눈부신 희망의 파도가 세차게, 불안하게, 그리고 달콤하게 굽이쳤다. 하지만 동시에 이것이 단지 하나의 꿈에 지나지 않으며 결코 실현될 수 없다는, 겁에 질린 절망적인 불안감이 그의 마음을 흔들어 놓았다. 몹시도 강렬한 그 무엇이 한스의 가슴 깊숙이 묶인 사슬을 끊고, 자유를 만끽하려는 듯했다. 그것은 아마도 흐느낌이거나 노래거나 부르짖음이거나, 아니면 떠들썩한 웃음이었을 것이다. 이 흥분된 감정은 집에 돌아와서야 겨우 조금 가라앉았다. 집에서는 모든 것이 평소와 같았다.

"어딜 다녀오는 거니?"

기벤라트 씨가 물었다.

"플라이크 아저씨네 과즙 짜는 곳에 다녀왔어요."

"그래, 그 아저씬 과즙을 얼마나 짰더냐?"

"두 통쯤이요."

한스는 과즙 짜기를 하게 되면 플라이크 아저씨의 아이들을 부르게 해달라고 아버지에게 부탁했다.

"물론이지."

아버지는 중얼거리듯이 말했다.

"다음 주에 딸 거니까 그 아이들을 모두 데려오도록 해!"

저녁 식사 시간까지는 아직 한 시간이나 남아있었다. 한스는 뜰로 나갔다. 두 그루의 전나무 외에는 푸른 것이라고는 거의 찾아볼 수가 없었다. 한스는 개암나무 가지를 하나 꺾어 허공에 휘둘러대며 시들어버린 잎사귀들을 마구 쳐서 흩날리게 했다. 해는 벌써 산자락 뒤로 숨어버렸다. 머리카락처럼 가느다란 전나무의 우듬지가 솟아 있는 검푸른 산세는 촉촉하게 스며드는 초록빛의 맑은 저녁 하늘을 갈라놓았다. 길게 뻗은 잿빛의 구름은 황갈색으로 달아오른 채 마치 고향으로 돌아가는 배처럼 한가롭고 즐거운 모습으로 금빛의 엷은 허공을 가르며 골짜기 아래로 떠내려가고 있었다.

아름다운 색깔로 무르익은 저녁노을에 취한 한스는 하릴없이 뜰을 거닐고 있었다. 이따금 멈춰 서서는 눈을 감고 엠마의 모습을 떠올려보려고 애썼다. 압착기 옆에서 마주 서 있던 모습, 그녀의 잔에 든 과즙을 마시게 해주던 모습, 커다란 통 위로 몸을 굽혔다가 일어설 때 얼굴이 빨갛게 달아오른 모습. 그녀의 머리카락이며 꽉 달라붙는 푸른 옷 속에 내비친 몸매와 목, 검은 머리에 덮여 갈색으로 그늘진 그녀의 목덜미, 이 모든 것들이 그를 황홀한 전율에 몸부림치게 했다. 하지만 아쉽게도 그녀의 얼굴만은 생각나지 않았다.

이미 해가 저문 뒤에도 한스는 서늘한 냉기를 느끼지 않앗다. 깊어 가는 황혼은 이름조차 모르는 베일에 가린 은밀한 비밀처럼 여겨졌다. 한스는 자신이 하일브론의 아가씨를 사랑하게 되었다는 사실을 깨닫고 있었다. 하지만 그에게는 이제 막 눈뜨기 시작한 남성다운 혈기가 그저 낯설고 초조하고 피곤하기만 한 것으로 이해됐다.

한스는 저녁 식탁에서 자신이 완전히 변해버렸음을 깨달았다. 그리고 예전부터 익숙해져 있는 환경 한가운데 자신이 앉아 있다는 사실이 너무나도 이질적으로 여겨졌다. 아버지와 늙은 하녀, 식탁, 그리고 방 안에 있는 모든 세간살이가 갑자기 낡아빠진 것처럼 생각되었다. 마치 긴 여행에서 방금 집에 돌아온 사람처럼 놀랍고 서먹하면서도 다정스러운 느낌으로 이 모든 것들을 바라보았다. 자신의 죽음을 부르는 나뭇가지에 추파를 던질 때만 해도 한스는 작별을 고하는 자의 애절한 우월감을 가지고 지금과 다름없이 사람들과 사물들을 바라보았다. 하지만 이제는 다시금 과거로 되돌아와 놀라움에 미소 지으며 잃었던 현실을 되찾은 기분이 들었다.

식사를 마친 다음 한스가 일어서려고 할 때 아버지가 여느 때와 다름없이 무뚝뚝하게 말을 꺼냈다.

"한스야, 너는 기계공이 되고 싶니, 아니면 서기가 되고 싶니?"

"왜요?"

한스는 깜짝 놀라 되물었다.

"다음 주말에 기계공 슐러 씨에게 가보든지, 아니면 그다음 주에 관청에 들어가 수습을 하든지 할 수 있을 거야. 한번 잘 생각해 보려무나! 내일 다시 이야기하자."

한스는 밖으로 나왔다. 아버지의 갑작스러운 질문이 그를 당혹스럽고 어리둥절하게 만들었다. 생기에 넘치고 활동적인 일상적 삶이 전혀 예기치 않게 그의 앞에 모습을 드러냈다. 이미 여러 달 전부터 낯설게 되어버린 일상적인 삶은 유혹하는 듯한 얼굴과 위협하는 듯한 얼굴로 약속하기도 하고 강요하기도 했다. 애당초 한스는 기계공이나 서기에 전혀 관심이 없었다. 그는 손으로 하는 힘든 육체노동을 약간 두려워하고 있었다. 그때 지금은 기계공이 된 학교 친구 아우구스트가 불현듯 머릿속에 떠올랐다. 한스는 그에게 이 일에 대해 물어봐야겠다고 마음먹었다.

한스는 그 일을 곰곰이 생각해 보는 동안 침울해지고 점점 우울해졌다. 하지만 그다지 급하거나 중요하게 여겨지지는 않았다. 대신에 무언가 다른 일이 그를 바쁘게 몰아댔다. 한스는 불안한 마음으로 현관 복도를 이리저리 오갔다. 그러다가 갑자기 모자를 집어 들더니 집을 나와 천천히 골목길로 접어들었다. 오늘이 가기 전에 한 번 더 엠마를 만나야만 할 것 같은 생각이 들어서였다.

거리는 이미 어두워져 있었다. 가까운 주점에서 고함과 목쉰 노랫소리가 들려왔다. 여러 창문에는 등불이 켜져 있었다. 여기저기에 하나씩 불이 켜지며 희미한 붉은 빛을 어두운 밤공기에 내비치고 있었다. 젊은 아가씨들이 손에 손을 잡고 떼를 지어 큰 소리로 떠들거나 웃으며 골목길을 따라 내려가고 있었다. 이들은 희미한 불빛에 흔들거리며 거리를 젊음과 기쁨이 넘쳐흐르는 따사로운 물결처럼 걸어갔다. 한스는 눈을 돌리지 않고 이들을 쳐다보고 있었다. 심장의 고동이 목구멍까지 치밀어 올라왔다. 커튼이 드리워진 창문 뒤에서 누군가가 바이올린을 연주하고 있었고 우물가에는 어느 여인이 상추를 씻고 있었다.

다리 위에서는 여자 친구와 함께 산책을 하고 있는 두 사내의 모습이 눈에 띄었다. 한 사내는 자기 여자 친구의 손을 살며시 잡아 흔들며 담배를 피우고 있었다. 다른 젊은 연인은 서로 바짝 달라붙은 채 천천히 걷고 있었다. 남자는 여자의 허리를 감싸고 여자는 자신의 어깨와 머리를 그의 가슴에 푹 파묻고 있었다. 지금까지 한스는 이러한 광경을 수없이 보아왔지만 전혀 관심을 갖지 않았었다. 그런데 이제 막 그것이 은밀한 의미를 갖기 시작한 것이다. 그것에는 어렴풋하게나마 욕정을 자극하는 달콤한 의미를 품고 있었다. 한스의 시선이 이들에게 머물렀고 그는 상상의 날개를 폈다. 그의 가슴이 답답해지고 크게 흔들리고 있었다. 그는 자신이 어떤 커다란 비밀에 가까이 다가서고 있다는 사실을 깨달았다. 그것이 감미로운 것인지 아니면 두려운 것인지는 알 수 없었지만 이들 가운데 무언가를 떨리는 가슴으로 예감하고 있는 것은 확실했다.

한스는 플라이크 아저씨 집 앞에서 섰다. 하지만 안으로 들어갈 용기는 나지 않았다. 설령 들어간다 하더라도 거기서 무슨 말을 해야 한단 말인가! 한스는 열한두 살의 어린 소년 시절에 종종 여기에 놀러 왔던 기억을 떠올렸다. 그때마다 플라이크 아저씨는 그에게 성경 이야기를 들려주었다. 그리고 한스가 지옥이나 악마나 성령에 대해 호기심 어린 질문을 끊임없이 퍼부을 때도 아저씨는 귀찮아하지 않았다. 이러한 기억들이 한스에게 마냥 편한 것은 아니었다. 심지어 그는 양심의 가책을 느끼기조차 했다. 그는 자신이 무엇을 하고 싶어 하는지, 도대체 무엇을 원하는지 알 수가 없었다. 하지만 출입이 금지된 비밀스러운 세계 앞에 자신이 서 있다는 것은 느끼고 있었다. 한스는 안으로 들어가지도 않고 어둠에 싸인 문 앞에 우두커니 서 있는 자신이 구둣방 아저씨를 모욕하고 있다는 생각이 들었다. 만일 아저씨가 여기 서 있는 한스의 모습을 본다든지, 지금이라도 문밖으로 나온다든지 한다면, 그저 비웃을 것만 같았다. 사실 그것이 한스에게는 가장 두려운 일이기도 했다.

살금살금 집 뒤로 돌아간 한스는 뜰 울타리 너머로 불이 켜져 있는 거실 안을 들여다볼 수 있었다. 구둣방 아저씨의 모습은 보이지 않았다. 아저씨의 부인은 바느질이나 뜨개질을 하는 것 같았다. 큰아들은 아직 잠자리에 들지 않고 책상에 앉아 책을 읽고 있었다. 엠마는 집 안을 이리저리 돌아다니고 있었다. 아마도 방을 청소하느라 분주한 모양이었다. 그래서 잠시 눈에 비칠 뿐이었다. 주변이 너무 조용한 나머지 멀리 떨어진 골목길의 발걸음 소리와 정원 저편에서 잔잔히 흐르는 냇물 소리까지 똑똑하게 들려왔다. 날은 점점 더 어두워지고, 밤공기는 더욱 서늘해졌다.

거실 창문 옆에는 복도에 딸린 자그마한 창문이 나 있었다. 한참 뒤에 이 창문으로 희미한 물체가 나타나더니 고개를 밖으로 내밀고 어둠 속을 바라보았다. 한스는 그 형체가 엠마라는 사실을 알아차렸다. 그는 심장의 고동이 멈출 것만 같았다. 그녀는 창가에 서서 한참이나 한스가 있는 곳을 지켜보고 있었다. 한스는 그녀가 자신을 보았거나 알아차렸을지도 모른다는 생각조차 할 수 없었다. 그는 꼼짝도 하지 않고 그녀 쪽을 뚫어지라 쳐다보았다. 혹시라도 그녀가 자기를 알아볼지 모른다는 기대와 불안에 떨면서 말이다.

잠시 후 희미한 형체가 다시 창가에서 사라지더니 정원으로 난 작은 문을 여는 소리가 들리고 엠마가 집 밖으로 나왔다. 처음에 한스는 당황한 나머지 도망치려고도 생각을 해보았지만, 꾸물대다가 그냥 울타리에 기대어 서 있었다. 그러고는 그녀가 어두운 뜰을 가로질러 자기에게로 천천히 다가오는 모습을 지켜보았다. 그녀가 자기에게로 한 발짝씩 내디딜 때마다 한스는 도망치고 싶은 충동에 사로잡혔지만 더욱더 강한 어떤 힘이 그를 붙잡았다.

엠마는 바로 그의 앞에 서 있었다. 두 사람 사이에는 단지 나지막한 울타리가 가로막고 있을 뿐이었다. 그녀는 이상하다는 듯이 한스를 주의 깊게 살펴보았다. 두 사람 모두 한참이나 아무 말도 하지 않았다. 이윽고 그녀가 나지막하게 물었다.

"너, 무슨 일이야?"

"아무것도 아니야."

엠마가 한스에게 '너'라고 불렀을 때, 그는 마치 그녀의 손이 자신을 어루만지는 듯한 느낌을 받았다. 엠마는 울타리 너머로 한스에게 손을 내밀었다. 그는 수줍어하면서도 부드럽게 그녀의 손을 잡고는 약간 힘을 주었다. 그녀가 전혀 손을 빼려는 기색을 보이지 않자, 용기를 내어 그녀의 따뜻한 손을 부드럽고 조심스럽게 어루만지기 시작했다. 그래도 그녀가 여전히 그가 하는 대로 내버려 두자, 그녀의 손을 자신의 뺨에 갖다 대보았다. 가슴을 파고드는 흥분과 야릇한 체온, 그리고 행복한 나른함이 밀어닥쳤다. 그를 에워싼 공기는 어쩐지 미지근하기도 하고 끈적거리는 것 같기도 했다. 그에게는 더 이상 골목길도 정원도 보이지 않았다. 단지 바로 앞에 있는 그녀의 밝은 얼굴과 헝클어진 검은 머리카락이 보일 뿐이었다. 그녀의 나지막한 목소리는 마치 머나먼 밤하늘의 저편에서 들려오는 것만 같았다.

"내게 키스해주겠니?"

엠마의 밝은 얼굴이 가까이 다가왔다. 그녀가 몸으로 내리누르고 있었기 때문에 울타리를 두른 나뭇가지들이 약간 밖으로 불거져 나왔다. 은은한 향내를 풍기는 흐트러진 머리카락이 한스의 이마를 스쳤다. 넓게 퍼진 하얀 눈꺼풀과 까만 속눈썹으로 덮인 그녀의 눈은 살며시 감긴 채 바로 한스의 눈앞까지 다가와 있었다. 수줍은 듯 내민 한스의 입술이 그 소녀의 입에 닿았을 때, 강렬한 전율이 그의 몸을 휘감고 지나갔다. 이 순간 그는 부르르 떨며 뒤로 주춤거리며 물러섰다. 하지만 그녀는 한스의 머리를 두 손으로 붙잡고,

그녀의 얼굴을 그의 얼굴에 들이밀며 입술을 놓아주지 않았
다. 한스는 그녀의 입술이 타오르는 것을 느꼈다. 그리고 마
치 한스의 생명을 삼켜버리기라도 하듯 그녀의 입이 자신의
입을 내리누르며 탐욕스럽게 빨았다. 한스는 나락에 빠져드
는 듯한 나른한 느낌이 들었다. 낯선 입술이 자신의 입술에
서 떨어지기도 전에 그처럼 전율에 휩싸인 환희는 견디기 힘
든 피곤과 고통으로 변해 버렸다. 엠마가 그의 입술을 놓아
주었을 때 한스는 비틀거리며 울타리를 붙들었다.

"내일 밤에 또 와!"

엠마가 말했다.

그러고는 엠마는 집 안으로 재빨리 들어가 버렸다. 그녀
가 들어간 지 5분이 지나지 않았는데도 한스는 무척 오랜 시
간이 흐른 것처럼 여겨졌다. 그는 여전히 울타리를 붙들고
그녀가 사라진 뒤안길을 멍하니 바라보았다. 한 발짝도 내
딛지 못할 정도로 지쳐 있었다. 꿈을 꾸는 듯한 기분으로 그
는 피가 머릿속에서 쿵쾅거리며 맥박치는 소리를 들었다.
심장은 고통스러워하며 고르지 않게 쿵쾅거렸고 금방이라도
숨이 멎을 것만 같았다.

그때 구둣방 아저씨가 거실로 들어서는 모습이 보였다.
아저씨는 늦게까지 작업장에 있었던 모양이다. 혹시라도 사
람들이 자기를 볼지도 모른다는 두려움에 사로잡힌 한스는
바로 도망쳐 버렸다. 그는 비틀거리며 내키지도 않는 걸음
을 느릿느릿 옮기고 있었다. 한 발짝을 내디딜 때마다 술에
취한 사람처럼 쓰러질 것만 같았다. 졸린 듯한 지붕과 붉은

색의 음침한 창문이 있는 어두침침한 골목길은 마치 색이 바
랜 무대의 배경처럼 느껴졌다. 게르버 거리의 분수는 이상
하리만치 커다란 음색으로 울리면서 물을 뿜어내고 있었다.

한스는 꿈을 꾸듯 자기도 모르게 문을 열고 칠흑처럼 어
두운 복도를 지나 계단을 올라갔다. 그리고 다른 문을 지나
또 다른 문을 여닫고 책상에 걸터앉았다. 한참 후에야 그는
자기 집에 돌아와 자신의 방에 앉아 있다는 사실을 깨달았
다. 그리고 옷을 벗으려고 마음먹기까지는 또 오랜 시간이
흘렀다. 한스는 옷을 벗은 채 멍하니 창가에 앉아 있었다.
그러다가 불현듯 가을밤의 차가운 공기에 몸을 떨며 이불 속
으로 들어갔다.

한스는 금방 잠들 수 있을 거라 생각했다. 하지만 잠자리
에 누운 다음 몸이 조금 따뜻해지자 심장이 뛰기 시작했고
피가 불규칙한 간격으로 거칠게 끓어올랐다. 눈을 감으니
그 소녀의 입이 아직도 자신의 입에 달라붙어 있는 것 같았
다. 마치 자신의 영혼을 송두리째 빨아내고는 그 속에 고통
스러운 열정을 불어넣으려는 것 같았다.

한스는 밤늦게서야 겨우 잠이 들었다. 그는 누군가에게
쫓기듯이 꿈에서 꿈으로 돌아다녔다. 그리고 소름이 끼칠
정도로 깊은 어둠 속에 서 있었다. 그는 주위를 더듬어 엠마
의 팔을 잡았다. 그녀가 그를 껴안자 두 사람은 포근하고 깊
은 물결을 타고 천천히 가라앉았다. 갑자기 구둣방 아저씨
가 나타나서 한스에게 왜 찾아오지 않느냐고 물었다. 한스
는 그만 웃음을 터뜨리고 말았다. 그것은 플라이크 아저씨

가 아니라, 마울브론의 기도실 창가에 걸터앉아 너스레를 떨던 헤르만 하일러라는 사실을 알아차렸기 때문이다. 하지만 이 모습도 금방 사라져버렸다.

다시 한스는 과즙을 짜는 압착기 옆에 서 있었다. 엠마는 지렛대가 움직이지 못하게 버티고 있었고 한스는 지렛대를 돌리려고 온 힘을 다해 발버둥치고 있었다. 그녀는 한스에게 몸을 굽힌 채 그의 입술을 찾았다. 주위는 온통 적막과 어둠에 휩싸여 버렸고 한스는 또다시 따뜻하고 어두운 심연으로 가라앉기 시작했다. 너무나도 머리가 어지러워 정신을 잃을 지경이었다. 그리고 동시에 교장 선생님의 연설이 들려왔다. 하지만 그 연설이 한스의 이야기를 하는 것인지 알수는 없었다.

한스는 늦잠을 잤다. 무척이나 화창한 날씨였다. 그는 오랫동안 뜰을 거닐며 잠에서 깨고 머리를 맑게 해보려고 애를 썼지만 졸음은 좀처럼 사라지지 않았다. 아직도 정원에 홀로 피어 있는 보라색의 과꽃이 햇볕을 받으며 아름답게 미소 짓고 있었다. 따스하고 포근한 햇살이 이미 시들어버린 가지들과 잎이 진 덩굴 주위를 다정하게 응석을 부리듯 흘러내렸다. 하지만 한스는 아무런 감상을 느끼지 못하고 그저 바라만 볼 뿐이었다. 아무것도 그의 관심을 끌지 못했고 또 이모든 것이 그와는 아무 상관이 없는 것처럼 느껴졌다.

그러다 문득 여기 이 정원에서 자신이 키우던 토끼가 뛰놀고 물레방아가 돌아가고 절구가 움직이던 그 시절 기억이 떠올랐다. 그리고 그때의 추억이 뚜렷하면서도 강렬하게 한스의 마음을 사로잡았다.

한스는 3년 전 9월의 어느 날을 떠올렸다. 그날은 세당 축제일의 하루 전날이었는데 아우구스트가 담쟁이덩굴을 가지고 한스에게로 왔다. 이들은 윤이 날 정도로 황금빛 깃대를 깨끗이 닦은 다음 그 꼭대기에 담쟁이를 달았다. 그러고는 축제에 대해 이야기를 나누며 손꼽아 기다렸다. 그 외에는 아무 일도 없었고 또 아무 일도 일어나지 않았다. 하지만 두 소년 모두 축제에 대한 기대와 기쁨에 가득 차 있었다. 깃발은 햇볕을 받아 빛나고 있었고 안나 아주머니는 자두를 넣은 과자를 굽고 있었다. 밤에는 높은 바위 위에서 세당의 불이 타오를 것이다.

왜 하필 그날의 기억이 떠올랐을까. 왜 그 추억이 이처럼 아름답고 강렬할까? 왜 그 추억이 자신을 이다지도 비참하고 슬프게 만드는 걸까? 한스는 알 수가 없었다. 이미 흘러가서 다시는 돌아오지 않을 그 어린 시절의 추억이 행복의 흔적을 남기고 이별을 고하기 위해 그의 앞에 나타난 것일까! 그는 이 추억이 어젯밤에 있었던 엠마와의 일과 조화를 이루지 못하고 있다는 것, 그리고 그 옛날의 행복과 일치하지 않는 무엇인가가 자신의 내면에서 꿈틀거리고 있다는 것을 느낄 뿐이었다. 다시 깃대가 황금빛으로 반짝이는 모습이 보이고 친구 아우구스트가 웃는 소리가 들리고 갓 구운 과자의 냄새가 나는 것만 같았다. 이 모든 것이 너무나도 즐겁고 행복했지만 이제는 그로부터 멀리 떨어져 전혀 낯선 과거가 되어버렸다. 그래서 한스는 껍질이 거친 아름드리 전나무에 기대어 절망에 싸인 채 흐느껴 울기 시작했다. 하지만 이 슬픈 눈물도 그에게 순간적인 위로를 줄 뿐이었다.

점심 때쯤 한스는 아우구스트에게 달려갔다. 이미 일급 수습공이 되어 있는 친구는 예전보다 살도 찌고 키도 자라 있었다. 한스는 그에게 수습 생활에 대해 물어보았다.

"쉬운 일이 아니야."

그는 세상 물정을 잘 아는 표정을 지으며 말했다.

"그리고 넌 몸이 약하잖아. 우선 처음 1년간은 쇠를 단련하면서 지겹도록 망치질을 해야 해. 망치는 수프를 떠먹는 숟가락이 아니란 말이야. 그리고 쇠를 이리저리 날라야 하고 저녁엔 일이 끝나는 대로 뒷정리도 해야 하지. 줄질을 하는 것도 정말 힘이 많이 필요해. 게다가 처음엔 웬만큼 익숙하게 될 때까지 잘 들지도 않는 낡은 줄밖에 주지 않는다고. 그건 원숭이의 엉덩이처럼 매끄러워."

한스는 금방 주눅이 들고 말았다.

"그래, 그럼 난 포기하는 게 좋겠지?"

그는 머뭇거리며 입을 열었다.

"아니, 그런 뜻으로 말한 건 아니야! 벌써 겁을 먹으면 어떡하니! 난 그저 우리 일터가 춤이나 추는 무도장과는 다르다는 이야기를 했을 뿐이야. 그것 말고는 뭐, 기계공이란 정말 멋진 직업이야. 머리도 좋아야 하거든. 그렇지 않으면 그저 형편없는 대장장이에 그치고 말지. 여길 한번 봐!"

아우구스트는 반질반질한 쇠로 정교하게 구워 만든 자그마한 기계 부품들을 두세 개 가져와 한스에게 보여주었다.

"이건 0.5밀리미터도 어긋나면 안 되는 거야. 모든 게 손으로 만든 건데 나사까지도 손으로 만든 거야. 눈을 크게 뜨고 정신을 바짝 차려서 만들어야 해."

"그래, 정말 멋지구나. 내가 알고 싶은 건……."

아우구스트는 웃음을 터뜨렸다.

"너 겁나니? 그래, 물론 수습 시절은 괴로운 법이지. 어쩔 수 없어. 하지만 내가 옆에 있으니까 걱정하지 마, 도와줄 테니까. 네가 다음 주 금요일에 일을 시작하면, 난 마침 2년의 수습 생활을 마치고 토요일에 처음으로 주급을 받게 되거든. 그럼 일요일엔 축하 모임을 가질 생각이야. 맥주랑 과자도 있고 사람들도 모두 올 거야. 너도 와야 해! 그래야지 우리 일이 어떻게 돌아가는지 알 수 있을 테니까. 어쨌든 우린 예전에 아주 좋은 친구였잖아."

한스는 점심을 먹으며 아버지에게 기계공이 되고 싶다고 말했다. 그리고 일주일 뒤에 시작해도 좋은지 물어보았다.

"그래, 좋다."

아버지가 대답했다. 그리고 오후에는 한스를 데리고 슐러 씨의 작업장으로 가서 수습을 위한 신청을 마쳤다.

그런데 땅거미가 드리워지기 시작하자 한스는 이 모든 것들을 거의 잊어버리고 말았다. 오늘 밤에 엠마가 자기를 기다리고 있다는 사실만을 기억할 뿐이었다. 벌써 숨이 가빠오기 시작했고 시간이 너무 길게 때로는 너무 짧게 느껴졌다. 한스는 마치 강으로 배를 몰아가는 사공처럼 엠마와의 만남을 향하여 달려가고 있었다. 오늘 밤에는 식사 따위가 전혀 문제 되지 않았다. 그는 우유 한 잔을 마시기가 무섭게 밖으로 나갔다.

모든 것이 어제와 똑같았다. 졸음에 잠긴 어두운 골목길, 불 꺼진 창문, 가로등의 희미한 불빛, 한가로이 거니는 연인들이 어제와 같은 모습을 연출하고 있었다.

그런데 막상 구둣방 아저씨의 정원 울타리에 다다른 한스는 커다란 불안감에 휩싸이기 시작했다. 부스럭거리는 소리가 날 때마다 깜짝 놀라 움찔거렸다. 어둠 속에 서서 남몰래 주위를 살피는 자신의 모습은 영락없이 도둑이었다. 1분도 채 기다리지 않았는데 엠마가 한스 앞에 나타났다. 그녀는 두 손으로 그의 머리카락을 쓰다듬고는 정원 문을 열어주었다. 한스는 조심스럽게 발을 들여놓았다. 그녀는 덤불로 둘러싸인 길을 지나 뒷문을 통하여 어두컴컴한 복도를 따라 한스를 데리고 갔다.

거기서 그들은 지하실의 맨 위에 있는 층계에 나란히 걸터앉았다. 어둠 속에서 서로의 얼굴을 알아볼 때까지는 꽤 오랜 시간이 걸렸다. 엠마는 기분이 좋았는지 속삭이는 듯한 목소리로 끊임없이 재잘거렸다. 이미 그녀는 여러 차례나 키스한 경험이 있었을 뿐 아니라 연애에 대해서도 훤히 꿰뚫고 있었다. 수줍고 연약한 소년 한스가 그녀에게는 안성맞춤이었다. 그녀는 한스의 가느다란 얼굴을 두 손으로 감싸고는 이마와 눈, 그리고 뺨에 입을 맞추었다. 그녀의 입이 그의 입술에 닿고 그녀가 빨아들이는 듯한 키스를 한참이나 해대자, 한스는 현기증을 느낀 나머지 축 늘어진 채 맥없이 그녀에게 기대고 말았다. 그녀는 웃으며 그의 귀를 잡아당겼다.

엠마는 끊임없이 재잘거렸다. 한스는 귀 기울여 들어보려 했지만 자신이 무슨 말을 듣고 있는지 알 수가 없었다. 그녀는 한스의 팔과 머리카락, 목과 두 손을 가볍게 어루만지고는 자기 뺨을 그의 뺨에, 자기 머리를 그의 어깨에 기댔다. 그는 아무 말도 하지 않고 가만히 앉아 그녀가 하는 대로 자신을 내맡겼다. 달콤한 전율과 행복한 불안이 그를 휘감았다. 이따금 열병 환자처럼 가냘프게 몸을 떨기도 했다.

"넌 정말이지 알다가도 모를 애인이야!"

그녀는 웃으며 말했다.

"왜 가만히 있기만 하니?"

그녀는 자기 목덜미와 머리카락으로 한스의 손을 가져갔다. 그러고는 자기 가슴 위에 가볍게 내리눌렀다. 그는 부드러운 곡선이 달콤하면서도 낯설게 물결치는 것을 느꼈다. 두 눈을 감은 채 끝없는 나락으로 빠져들었다.

"그만! 이제 그만해!"

엠마가 또다시 키스하려고 하자 한스는 뿌리치듯이 말했다. 하지만 그녀는 웃으며 그를 두 팔로 껴안아 자기 옆으로 바짝 끌어당겼다. 한스는 그녀의 몸이 닿자마자 정신을 차리지 못하고 더 이상 아무 말도 하지 못했다.

"나를 좋아하니?"

그녀가 물었다. 그는 그렇다는 대답을 하려고 했지만 말이 나오지 않아 그저 고개만 끄덕였다. 그녀는 다시 한번 그의 손을 잡고는 장난치듯이 자기 코르셋 아래로 그의 손을 밀어 넣었다. 한스는 아주 가까이서 낯선 생명의 맥박과 호흡을 뜨겁게 느꼈다. 심장의 고동이 멎었고 숨을 쉬기조차 힘들어졌다. 한스는 손을 뿌리치며 신음하듯이 말했다.

"이제 집에 가봐야겠어."

한스는 비틀거리며 일어서려다가 하마터면 지하실의 계단 아래로 굴러떨어질 뻔했다.

"왜 그래?"

엠마가 놀라서 물었다.

"나도 모르겠어. 너무 피곤해."

한스는 엠마가 정원 울타리까지 자기를 꼭 껴안고 부축해 주었다는 사실도 전혀 느끼지 못했다. 그녀가 작별 인사를 하는 소리도 그의 뒤에서 문이 닫히는 소리도 그의 귀에는 들리지 않았다. 그는 골목길을 지나 집으로 돌아왔지만 어떻게 왔는지는 전혀 알지 못했다. 마치 커다란 폭풍우가 자신을 휩쓸고 가는 것 같기도 하고, 거센 물결이 흔들거리며 자신을 데려가는 것 같기도 했다.

한스는 희미한 등불이 가물거리는 집들을 보았다. 그 위로는 산등성이와 전나무의 우듬지, 검게 물든 밤의 어둠, 그리고 조용히 흐르는 커다란 별들이 보였다. 그는 스치는 바람을 느끼며 강물이 다리 기둥에 부딪히는 소리를 들었다. 또한 물 위로 정원과 희미한 집들, 밤의 어둠, 가로등과 별들이 비치는 모습을 보았다.

다리 위에서 한스는 그만 주저앉고 말았다. 너무나도 피곤한 나머지 어쩌면 집으로 돌아갈 수 없을지도 모른다는 생각이 들었다. 그는 난간에 걸터앉아 강물이 다리 기둥에 부딪히는 소리와 둑에서 거품이 이는 소리, 그리고 물레방아가 도는 소리에 귀를 기울였다. 그의 손은 싸늘하게 식어 있었다. 가슴과 목구멍에서는 피가 막혀 있다가 갑자기 터져 나왔고 눈앞이 캄캄해지기도 했다. 피가 다시 심장을 향해 갈 때는 어지럽기까지 했다.

한스는 집에 돌아와 자기 방으로 들어갔다. 그리고 침대에 눕자마자 곧 잠이 들었다. 꿈속에서 그는 어마어마한 공간을 넘나들며 심연에서 심연으로 빠져들었다. 한밤중에는 괴로움에 지친 나머지 눈을 떴다. 그러고는 아침까지 꿈도 아니고 현실도 아닌 곳을 오가며 몽롱한 상태로 누워 있었다. 이른 새벽이 되자 그에게서 고통과 번민이 끝없는 흐느낌으로 터져 나왔다. 그리고 그는 눈물로 흠뻑 젖은 이불 위에서 다시 잠이 들었다.

제7장

기벤라트 씨는 과즙을 짜는 압착기 옆에서 의기양양하게
야단법석을 떨며 바쁘게 움직였다. 한스도 일을 도왔다. 구
둣방 아저씨의 아이들 가운데 두 아이만 와서 분주하게 과일
을 나르고 있었다. 이들은 시음을 위한 자그마한 유리잔과
더불어 큼지막한 검은 빵을 손에 들고 다녔다. 하지만 엠마
는 보이지 않았다. 아버지가 술통을 들고 나가 반 시간이나
자리를 비웠다. 한스는 그제야 용기를 내어 그녀에 대해 물
어보았다.

"엠마는 어디에 있어? 여기 온다고 하지 않았어?"

아이들은 먹거리를 입안에 잔뜩 집어넣고 있었다. 그래서
그걸 삼키느라 한참이 지나서야 대답을 했다.

"누난 벌써 가버렸는걸."

"갔다고? 어디로?"

"자기 집으로 갔어."

"아주 떠나버린 거니? 기차를 타고?"

아이들은 열심히 고개를 끄덕여댔다.

"언제 갔는데?"

"오늘 아침에."

아이들은 사과를 달라고 손을 내밀었다. 한스는 압착기를 돌리며 과즙이 담긴 통을 멍하니 들여다보았다. 이제야 모든 일이 어렴풋하게나마 이해되기 시작했다.

아버지가 다시 돌아왔고 모두 즐거운 기분으로 일에 매달렸다. 아이들은 고맙다는 인사를 하고는 돌아갔다. 저녁이 되자 모두 다 집으로 향했다.

한스는 저녁 식사를 끝내고 자기 방에 혼자 앉아 있었다. 10시가 되고 11시가 되었지만 불은 켜지 않았다. 그러다가 자기도 모르게 길고 깊은 잠에 빠져들었다. 어느 때보다 늦게 눈을 떴을 때 그는 자신이 무엇인가를 잃어버렸고 불행에 빠지고 말았다는 막연한 느낌에 사로잡혔다. 엠마의 일이 다시 머릿속에 떠올랐다. 그녀는 한마디 작별 인사도 없이 떠나버렸다. 한스가 어젯밤에 그녀를 만났을 때 그녀는 벌써 언제 떠날지 분명히 알고 있었다. 그는 그녀의 미소와 입맞춤과 능숙한 몸놀림을 떠올려보았다. 그녀는 한스를 전혀 진심으로 대하지 않았다.

고통과 분노, 가라앉지 않는 사랑은 흥분과 불안에 싸인 채 번민으로 바뀌었다. 한스는 집에서 정원으로 정원에서 거리로 거리에서 숲으로 그리고 다시 숲에서 집으로 헤매고 다녔다.

한스는 사랑의 비밀을 너무나도 빨리 알고 말았다. 그것은 달콤하다기보다는 쓰디썼다. 때늦은 슬픔과 그리운 추억, 그리고 우울한 사색으로 잠을 이루지 못하는 밤이 계속되었다. 한스는 꿈속에서 끔찍한 괴물이 되기도 하고 죽일 듯 목을 조르는 손이 되기도 했으며 이글이글 불타는 눈을 가진 짐승이 되기도 했다. 한스는 잠에서 깨어 홀로 싸늘한 가을밤의 고독에 사로잡힌 자신의 모습을 발견했다. 그는 엠마에 대한 그리움으로 몸부림치다가 눈물로 뒤범벅이 된 베개를 부둥켜안았다.

이제 한스가 기계 수습공을 시작할 금요일이 다가왔다. 아버지는 한스에게 아마포로 만든 푸른 작업복과 반모직의 푸른 모자를 사주었다. 한스는 한번 입어보았지만 대장장이의 작업복을 입은 자신의 모습이 무척이나 우스꽝스럽게 보였다. 학교며 교장 선생님이나 수학 선생님의 사택, 플라이크 아저씨의 일터, 혹은 목사관을 지날 때 무척이나 비참한 기분이 들 것만 같았다. 공부에 흘린 숱한 땀과 눈물, 그리고 꿈을 위해 억눌러야 했던 자그마한 기쁨들, 자부심과 명예욕이 이제는 모두 헛된 것이 되고 말았다. 이것이 전부 다른 친구들보다 뒤늦게 하찮은 수습공이 되어 주위 사람들의 놀림을 받기 위해서였던가!

만일 이 일을 하일러가 알게 된다면 무슨 말을 할까?

한스는 차츰 시간이 지나면서 대장장이의 푸른 작업복에 익숙해지기 시작했다. 그리고 이 옷을 처음으로 입어보게 될 금요일이 기다려지기까지 했다. 아마 그곳에서는 적어도

452

새로운 체험이 그를 기다리고 있을 것이다!

하지만 이런 생각들도 검은 구름 속에서 잠시 빛나는 섬광처럼 곧 사라져버렸다. 한스는 엠마가 떠나버렸다는 사실을 끝내 잊어버리지 못했다. 그의 피는 소녀와 나눈 흥분의 시간을 잊지 못했고 이겨낼 수도 없었다. 그의 피는 점점 더 많은 것을 얻기 위해 다시금 눈을 떴고 그리움을 채우기 위해서 아우성을 쳐댔다. 시간은 그렇게 고통에 싸여 느리게 흘러가고 있었다.

유난히 아름다운 가을이었다. 부드러운 햇살과 은빛 새벽, 한낮의 화창한 미소, 맑은 저녁 하늘이 보였다. 멀리 보이는 산은 짙은 푸른색이었다. 밤나무들은 황금빛으로 빛났고 담과 울타리 위에는 야생포도의 잎사귀들이 보랏빛을 드리우고 있었다.

한스는 자기 안의 불안으로부터 도망치려고 발버둥을 쳤다. 하루 종일 시내와 들판을 돌아다니면서 자신의 상사병을 사람들이 눈치챌까 조심했다. 하지만 저녁에는 골목길로 나가 하녀들을 쳐다보기도 하고 양심의 가책을 받으며 젊은 연인들의 뒤꽁무니를 살금살금 쫓아다니기도 했다. 인생의 모든 매혹적인 욕망이 엠마와 함께 왔다가 심술궂게도 그녀와 함께 사라져버렸다.

한스는 그녀의 곁에서 느껴야 했던 고통과 불안을 이제 더는 생각하지 않기로 했다. 만약 다시 한번 그녀를 만날 수만 있다면 아무런 거리낌 없이 그녀의 숨겨진 모든 비밀을 밝히고 마법에 걸려 있는 사랑의 정원에 들어가고 싶었다.

하지만 그 동산의 문은 지금 한스 앞에서 굳게 닫히고 말았다. 그의 환상은 위험하기 짝이 없는 후텁지근한 숲속으로 얽혀들었고 그곳에서 절망에 싸인 채 이리저리 방황하고 있었다. 자학에 빠져든 한스는 이 좁은 마술 세계의 바깥에 아름답고 널따란 세계가 환하고 다정하게 놓여 있다는 사실을 애써 모른 척했다.

처음에는 불안한 마음으로 기다리던 금요일이 마침내 다가왔다. 지금 한스는 오히려 설레며 아침 일찍 일어나 푸른 작업복을 입고 모자를 쓰고 게르버 거리를 따라 일터로 향했다. 한스를 아는 사람들은 더러 호기심 어린 눈으로 그를 쳐다보았다. 심지어 어떤 사람은 이렇게 묻기까지 했다.

"어떻게 된 일이야? 대장장이가 된 거니?"

공장에서는 벌써 일이 한창이었다. 주인은 마침 쇠를 단련하고 있었는데 그가 빨갛게 달군 쇠를 모루 위에 얹자, 옆에 있는 숙련공이 묵직한 망치로 두들기기 시작했다. 주인은 틀을 제대로 짜맞추기 위해 가볍게 두들겼다. 그는 집게를 자유자재로 놀리며 손에 맞는 망치를 들고는 사이사이에 모루를 치며 박자를 맞추었다. 그 소리는 활짝 열어젖힌 문을 통하여 아침거리로 경쾌하게 울려 퍼졌다.

기름과 쇠 찌꺼기로 새까매진 긴 작업대에는 조금 나이가 들어 보이는 숙련공과 아우구스트가 나란히 서 있었다. 이들은 자기 몫의 나선대에서 일에 열중하고 있었다. 천장에는 선반과 숫돌, 풀무와 천공기를 움직이는 가죽 벨트가 윙윙하는 소리를 내며 빠르게 돌고 있었다. 그것은 수력을 이

454

용한 작업이었다.

아우구스트는 작업장에 들어선 친구를 향하여 고개를 끄덕여 보이고는 슐러 씨가 시간이 날 때까지 문에서 기다리라고 눈짓을 보냈다.

한스는 줄과 멈춰 있는 선반, 돌고 있는 가죽 벨트, 공전반 등을 어색하게 쳐다보았다. 슐러 씨는 하던 일을 마치고 한스에게 다가와 쇠를 달구느라 딱딱해진 커다란 손을 내밀었다.

"모자는 저기에 걸어두도록 해라."

슐러 씨는 벽에 박힌 빈 못을 가리키며 말했다.

"자, 이리 와봐. 여기가 네 자리고 이게 네 나선대란다."

그는 한스를 맨 뒤에 있는 나선대로 데리고 있다. 그리고 나선대를 다루는 법과 작업 도구와 작업대를 정돈하는 법을 가르쳐주었다.

"네가 힘이 세지 않다는 건 벌써 네 아버님께서 말씀해주셔서 알고 있다. 내가 보기에도 그렇구나. 그래서 말인데 힘이 세어질 때까지는 당분간 망치질을 하지 않아도 좋다."

슐러 씨는 작업대 밑으로 손을 넣고 주철로 만든 톱니바퀴를 끄집어냈다.

"먼저 이 일부터 하는 게 좋겠다. 이제 막 주조한 거라 바퀴가 아직 제대로 다듬어지지 않았단다. 여기저기 울퉁불퉁하고 모가 나 있는데 그걸 갈아내야 하는 거야. 그렇게 하지 않으면 나중에 정밀한 기계 부품이 다 망가지고 말거든."

슐러 씨는 톱니바퀴를 나선대에 끼우고 다 낡아빠진 줄을 손에 들고는 어떻게 하는지 시범을 보여주었다.

"자, 이젠 네가 하도록 해라. 절대 다른 줄을 써서는 안
돼! 점심때까진 충분한 일거리가 될 거야. 끝나거든 나한테
보여주렴. 시키는 일 외엔 다른 거엔 신경을 안 써도 된다.
수습공은 딴생각을 해선 안 되는 거야."

한스는 줄질을 시작했다.

"잠깐!"

슐러 씨가 버럭 소리를 질렀다.

"그렇게 하는 게 아니야. 왼손은 이렇게 줄 위에다 올려놓
는 거다. 너 혹시 왼손잡이니?"

"아니에요."

"그럼, 좋다. 이제 될 거야."

슐러 씨는 문가에서 가장 가깝게 놓여 있는 나선대로 돌
아갔다. 한스는 자신이 과연 이 일을 잘할 수 있을지 한번 시
도해 보기로 했다. 처음에 문질러보니 놀랍게도 톱니바퀴가
생각보다 부드럽고 무척 수월하게 벗겨졌다. 하지만 느슨하
게 벗겨지는 것은 단지 주철의 맨 바깥에 있는 부서지기 쉬
운 표피일 뿐이었다. 매끄럽게 밀어야 할 단단한 쇠는 그 밑
에 있다는 사실을 곧 알게 되었다. 한스는 정신을 가다듬고
열심히 일을 해나갔다. 소년 시절의 장난기 어린 놀이를 그
만둔 뒤로 이제껏 무엇인가 눈에 드러나는 물건을 자신의 손
으로 만들어 본 적이 없었다.

"천천히 해라!"

슐러 씨가 한스를 향해 소리를 질렀다.

"줄질을 할 땐 박자를 맞춰서 해야 해. 하나, 둘, 하나, 둘. 그리고 거길 잘 눌러야 돼. 그렇지 않으면 줄을 못 쓰게 되거든."

조금 나이가 들어 보이는 숙련공이 선반에서 일을 하고 있었다. 한스는 궁금한 나머지 살짝 곁눈질을 해보았다. 그 숙련공은 강철로 만든 굴대를 원반에 끼우고 벨트를 걸었다. 굴대는 요란한 소리와 불꽃을 튀기며 빠르게 돌았다. 그 사이에 숙련공은 털같이 얇고 번쩍거리는 쇠 부스러기를 털어내었다.

사방에는 작업 도구며 쇳덩어리, 강철과 놋쇠, 하다 만 일거리, 번들거리는 작은 바퀴, 끌과 천공기, 회전 철구 등이 흩어져 있었다. 화로 옆에는 망치와 다듬는 망치, 모루 덮개, 집게와 납땜인두가 걸려 있었다. 줄과 프레이즈반은 벽을 따라 늘어져 있었다. 또 선반 위에는 기름걸레와 자그마한 빗자루, 사포줄, 쇠톱 등이 놓여 있었다. 그리고 기름통과 산소통, 못 상자, 나사 상자들이 여기저기 널려 있었다.

한스는 기름때가 묻어 제법 새까매진 자신의 손을 만족스럽게 바라보았다. 하지만 그가 입은 옷은 다른 동료들이 기워 입은 시꺼먼 작업복에 비하면 아직 우스울 정도로 새파랗게 보였다. 한스는 자기 옷도 곧 저렇게 낡은 옷이 되기를 내심 바라고 있었다.

아침 시간이 지나면서 작업장 안은 손님들로 차츰 활기를 띠기 시작했다. 근처에 있는 편물 공장에서는 자그마한 기계 부품을 갈거나 고쳐 가기 위하여 직공들이 찾아왔다. 어느 시골 농부는 수리를 위하여 맡겨두었던 세탁기의 압착 롤러가 다 되었는지 물어보았다. 하지만 아직 완성되지 않았다는 대답을 듣고는 한바탕 욕설을 퍼부어댔다. 그 뒤로 점잖아 보이는 공장 주인이 찾아와 슐러 씨와 옆방에서 대화를 했다.

그러는 중에도 사람들은 일을 계속했다. 바퀴나 벨트도 규칙적으로 계속 돌아가고 있었다. 한스는 태어나서 처음으로 노동의 찬가를 들었고 또 이해했다. 그 노래는 초보자에게 커다란 감동을 주었고 산뜻한 매력도 뿜었다. 한스는 보잘것없는 자신의 존재와 인생이 커다란 선율에 어우러지고 있다는 느낌을 받았다.

9시에는 15분의 휴식이 주어졌다. 모두 빵 한 조각과 과즙 한 잔을 받아들었다. 그제야 아우구스트는 새로 온 수습공 한스에게 인사를 건네며 격려를 해주려고 했다. 그리고는 다가오는 일요일에 대해 정신없이 떠들어대기 시작했다. 그날 아우구스트는 자신이 처음 받게 되는 주급을 동료들과 함께 마음껏 써보려고 작정하고 있었다.

한스는 지금 자신이 줄로 갈고 있는 바퀴가 무엇에 쓰이는 부품인지 물어보았다. 아우구스트는 그것이 탑시계에 들어갈 톱니바퀴라고 말해주었다. 그리고 그것이 나중에 어떻게 돌아가고 작동되는지 보여주려고 했다. 하지만 때마침 수석 숙련공이 다시 줄질을 시작했기 때문에 모두 재빨리 제자리로 되돌아갔다.

10시가 지나면서 한스는 지치기 시작했다. 무릎과 오른팔이 약간 아파왔다. 다리를 바꾸어 딛고 살그머니 팔다리를 뻗어보았지만 도움이 되지 못했다. 그래서 줄을 잠시 내려 놓고는 나선대에 몸을 기대어보았다. 아무도 한스에게 관심을 갖지 않았다. 그렇게 서서 자기 머리 위로 벨트가 돌아가는 소리를 듣고 있자니 가볍게 현기증이 일었다. 그래서 1분 정도 지그시 눈을 감고 있었다. 마침 슐러 씨가 한스 뒤에 서 있었다.

"아니, 왜 그러니? 벌써 지쳤니?"

"네, 조금 피곤하네요."

한스는 솔직하게 말했다. 옆에 있던 직공들이 웃음을 터 뜨렸다.

"곧 괜찮아질 거야."

슐러 씨가 느긋하게 말했다.

"이번엔 납땜하는 걸 가르쳐주마. 이리 오렴."

한스는 납땜질을 신기한 듯이 바라보았다. 먼저 인두를 불에 달구고 땜질할 부위에 납땜 액을 발랐다. 그다음에는 뜨겁게 달구어진 인두에서 하얀 금속이 흘러 떨어지며 부드럽게 치익하는 소리를 냈다.

"걸레로 잘 닦아내도록 해라. 납땜 액은 금속을 부식시키니까 절대로 그냥 내버려 둬선 안 되는 거야."

한스는 다시 자신의 나선대 앞에 서서 줄로 자그마한 톱니바퀴를 문질러대기 시작했다. 팔이 쑤시고 줄을 누르고 있는 왼손이 벌겋게 달아오르며 아파오기 시작했다. 정오가 되자 선배 직공이 줄을 내려놓고 손을 씻으러 갔다. 그 사이

459

에 한스는 자기가 줄질한 일거리를 슐러 씨에게 가지고 갔다. 슐러 씨는 그것을 대충 살펴보았다.

"좋다. 이만하면 됐어. 네 자리 밑에 있는 상자 안에 똑같은 톱니바퀴가 하나 더 있으니까 오후엔 그걸 갈도록 해라."

한스도 손을 씻고 밖으로 나섰다. 식사 시간은 한 시간 정도였다. 그런데 옛날 학교 친구였던 두 명의 상점 수습 점원이 길거리에서 한스의 뒤를 쫓아오며 놀렸다.

"주 시험에 합격한 대장장이다!"

한 녀석이 소리쳤다.

한스는 서둘러 발걸음을 옮겼다. 자신이 정말 이 일에 만족하는지 알 수 없었다. 작업장이 마음에 들기는 했지만 힘이 들어서 그저 쉬고 싶은 생각뿐이었다.

한스가 집에 돌아와 이제 식탁에 편안하게 앉아 식사할수 있다는 생각에 기뻐하는 순간, 엠마가 떠올랐다. 오전 내내 한스는 그녀를 완전히 잊고 있었다. 그는 살며시 자기 방으로 올라가 침대에 몸을 내던진 다음 고통에 빠져 몸부림을 쳤다. 그리고 울려고도 해보았지만 눈물이 말라 있었다. 그는 다시금 절망에 싸인 채 영혼을 갉아먹는 그리움에 내던져진 자신의 모습을 발견했다. 머리가 쑤시고 아파왔고 흐느낌을 참으려니 목구멍도 아파왔다.

점심 식사는 한스에게 곤혹스러운 시간이었다. 아버지가 묻는 말에 대답도 해야 하고 작업장에서의 일에 대해서도 말을 해야 했다. 또 그러면서 아버지의 온갖 농담을 받아넘겨야만 했다. 아버지는 기분이 무척 좋았던지 좀처럼 한스를 놓아주려고 하지 않았다. 한스는 식사를 마치기가 무섭게 곧 뜰로 나갔다. 햇볕 아래에서 꿈에 취한 채 15분가량을 보내고 나니 이제 다시 일터로 갈 시간이 되었다.

오전이 다 가기도 전에 벌써 한스의 두 손에는 벌건 물집이 생겼고 제법 아파오기 시작했다. 저녁에는 너무나 부풀어 오른 나머지 아무것도 손에 쥘 수 없을 정도였다. 일이 다 끝난 다음에는 아우구스트를 따라 작업장을 말끔히 정리해놓아야 했다.

토요일에는 상태가 더욱 심해졌다. 두 손은 타는 듯 아팠고 물집은 더 커져 버렸다. 슐러 씨는 기분이 안 좋았는지 사소한 일에도 툭하면 욕설을 퍼부어댔다. 아우구스트는 며칠만 지나면 물집이 없어진다고 한스를 위로해주었다. 게다가 그 뒤에는 손이 굳어져서 통증을 전혀 느끼지 못할 것이라고 했다. 하지만 한스는 죽고 싶으리만치 비통하고 불행한 심정으로 하루 종일 시계만 훔쳐보며 모든 희망을 잃어버린 채 톱니바퀴를 다듬었다.

저녁에 뒷정리를 하던 아우구스트는 한스에게 귓속말로 이야기를 건네왔다. 내일 두세 명의 동료와 함께 비라흐에 가서 멋들어지게 놀아볼 생각이라고 했다. 한스도 그 무리에 끼어야 했다. 아우구스트는 2시에 자기가 한스를 데리러 가겠노라고 덧붙였다. 한스는 너무나도 피곤하고 지쳐 있었기 때문에 일요일에는 집에서 침대에 누워 쉬고 싶었다. 하지만 어쩔 수 없이 그의 초대에 응하고 말았다. 집에 돌아오니 안나 아주머니가 상처 난 손에 바르도록 연고를 꺼내주었다. 8시에 잠자리에 든 한스는 아침 늦게까지 잠을 잤다. 그리고 아버지와 함께 교회에 가기 위하여 서둘러 움직였다.

점심 식사 때 한스는 아우구스트의 이야기를 꺼냈다. 그와 함께 들판으로 놀러 가고 싶다고 말했다. 아버지는 별다른 말 없이 용돈으로 50페니히나 주었다. 하지만 저녁 식사 전까지는 꼭 들어와야 한다고 단단히 일렀다.

한스는 따사로운 햇살을 받으며 골목길을 거닐었다. 몇 달 만에 처음으로 일요일의 기쁨을 실컷 맛보았다. 평일에 팔다리가 피곤해지도록 일을 하고 난 뒤에 일요일의 거리가 축제처럼 느껴지고 태양은 더욱 밝게 빛나고 모든 것이 보다 화려하고 아름답게 보이는 법이었다. 햇볕이 드는 집 앞 벤치에 앉아 마치 제왕처럼 환한 얼굴을 하고 있는 정육점 주인이나 피혁공, 빵집 주인이나 대장간 주인을 한스는 이제 이해할 것만 같았다. 그리고 더 이상 그들을 속물 같은 인간이라고 경멸하지 않게 되었다. 한스는 약간 비뚤게 쓴 모자에 흰 깃이 달린 셔츠, 정성 들여 손질한 나들이옷을 입은 노동자와 숙련공, 수습공들이 무리 지어 산책을 하거나 거리를 거닐거나 음식점에 드나드는 모습을 바라보았다.

항상 그런 건 아니지만 수공업자들은 자기네들끼리 어울렸다. 목수는 목수끼리, 미장이는 미장이끼리 어울려 자신이 속한 직업의 명예를 지켜나갔다. 이들 가운데에서도 대장장이의 조합은 가장 고상한 노동조합이었다. 특히 기계공이 가장 높은 위상을 차지하고 있었다. 이 모든 것들이 한스에게 정다운 느낌을 주었다. 그 가운데 더러는 약간 단순하고 우스꽝스러웠지만 믿음직스러운 기본 수공업의 아름다움과 자랑스러움이 감추어져 있었다. 그리고 가장 대접을 못 받는 양복점의 수습공도 이러한 아름다운 자긍심을 한 가닥 지니고 있었다.

슐러 씨의 집 앞에는 젊은 기계공들이 거만한 자세로 서 있었다. 이들은 지나가는 사람들에게 고개를 끄덕이며 인사를 하기도 하고 서로 이야기를 주고받기도 했다. 이들이 믿음직스러운 집단을 형성하리라는 사실은 충분히 짐작할 수 있었다. 물론 일요일의 여흥에도 예외가 아니었다.

한스는 자신이 이들 무리에 속해 있다는 사실이 무척 기뻤다. 하지만 일요일의 여흥에 대해서는 약간 두려운 생각이 들었다. 한스가 듣기로 기계공들은 화끈하고 거칠게 노는 사람들이었다. 어쩌면 춤을 추게 될지도 모를 일이었는데 한스는 춤을 전혀 출 줄 몰랐다. 아무튼 그는 힘닿는 데까지 어른스럽게 즐겨보려고 마음먹었다. 어쩔 수 없이 술에 취해야 한다고 해도 참아내기로 마음먹었다. 원래 한스는 맥주를 많이 마시지 못했다. 또 담배는 창피를 당하지 않기 위해서 기껏해야 한 대를 힘겹게 피워대는 정도였다.

아우구스트는 한스를 반갑게 맞이했다. 나이가 든 숙련공이 오지 않는 대신에 다른 작업장에서 일하는 동료 한 명이 함께하기로 했다고 이야기해주었다. 일행이 적어도 네 사람은 되기 때문에 그만하면 마을 전체를 뒤집어 놓기에 충분하다고도 말했다. 뿐만 아니라 술값은 자신이 알아서 할 테니 오늘은 누구라도 원하는 만큼 맥주를 마셔도 좋다고 덧붙였다. 그는 한스에게 담배를 권하기도 했다. 그러고 나서 네 사람은 비라흐로 재빨리 걸어갔다.

푸르른 강의 수면은 투명한 거울처럼 빛났고 길가에 늘어선 가로수 잎사귀들은 거의 떨어져 버렸다. 그 사이로 부드러운 10월의 햇볕이 따사롭게 내리쬐고 있었다. 드높은 하늘은 구름 한 점 없이 담청색으로 물들고 있었다. 고요하고 맑고 정감이 넘치는 가을날의 하루였다. 이런 날에는 지난여름의 아름다운 일들이 고통을 모르는 즐거운 추억이 되어 부드러운 공기를 가득 채운다. 또한 아이들은 계절을 잊은 채 꽃을 찾으러 다닌다. 이런 날에 할아버지나 할머니들은 생각에 깊이 잠긴 듯한 눈으로 창가나 혹은 집 앞의 벤치에 앉아 먼 하늘을 올려다본다. 왜냐하면 이들에게는 한 해뿐 아니라, 전 생애의 그리운 추억들이 밝고 푸른 가을의 하늘 너머로 흘러가기 때문이다.

반면에 젊은이들은 흥겨운 기분으로 아름다운 날을 찬미한다. 그리고 제각기 타고난 재능이나 기질에 따라 배불리 먹거나 취하도록 마시고 노래를 부르거나 춤을 춘다. 아니면 술판을 벌이거나 난폭한 싸움판을 벌인다. 왜냐하면 어디를 가더라도 과일을 넣은 과자가 구워지고 지하실에는 갓 담근 과즙과 포도주가 익어가기 때문이다. 또한 모든 음식점 앞과 보리수 광장에서 바이올린이나 하모니카 연주가 울려 퍼지며 춤과 노래와 사랑으로 유혹하기 때문이다.

한스 일행은 빠르게 앞으로 나아갔다. 한스는 일부러 아무렇지도 않은 듯이 담배를 피워 물었다. 담배를 피우니 오히려 몸이 상쾌해지는 것 같아 이상했다. 숙련공은 자신이 걸어온 인생에 대하여 이야기를 끄집어냈다. 그가 실컷 떠벌려대도 어느 누구도 개의치 않았다. 그런 이야기에는 으레 허풍이 따르기 마련이었다. 먹고 살 확실한 직장을 가지고만 있다면, 그리고 예전에 자신을 본 사람이 지금 주위에 없다면, 아무리 얌전한 수공업 직공이라 해도 자신의 이야기를 영웅담처럼 재미있게 늘어놓기 마련이다. 왜냐하면 젊은 수공업자의 인생에 담겨있는 멋들어진 시는 민중의 공유재산이기 때문이다. 모든 개인의 체험으로부터 오랜 전통을 자랑하는 모험담이 새로운 아라베스크의 무늬를 입고 다시금 새로이 태어난다. 유랑을 떠도는 뜨내기 직공은 누구나 일단 이야기를 시작하면, 불멸의 익살꾼 못지않았다.

"그래, 프랑크푸르트에서의 일이었지. 원, 제기랄. 인생이란 그런 거야! 아직 아무한테도 이야기하지 않았는데 말이야. 그 멍청이 같은 돈 많은 상인이 우리 주인 딸과 결혼하려고 안달이 났지 뭐야. 그런데 아가씬 그놈을 보기 좋게 퇴짜를 놓아버렸지. 아마 내가 더 좋았던 모양이야. 그녀는 넉달 동안이나 내 애인이었어. 내가 주인 영감하고 다투지만 않았더라면 아마 지금쯤 거기에 눌러앉아 그 영감의 사위가 되었을지도 몰라."

그러고는 계속해서 이야기를 늘어놓았다. 더러운 인신매매범이나 다름없는 놈팽이 같은 주인이 자기를 때리려고 겁도 없이 손을 뻗쳤다고 했다. 그래서 그는 아무 말도 하지 않고 쇠를 단련하는 망치를 휘두르며 그 늙은이를 노려보았더니 겁을 집어먹은 채 슬그머니 도망쳐 버렸다는 것이다. 아마 머리통이 깨질까 두려운 모양이었다. 그리고 그 비겁한 얼간이는 직접 이야기를 하지 못하고 나중에 서면으로 해고를 통보해주었다고 했다.

오펜부르크에서 한바탕 싸움을 벌였던 일도 이야기해주었다. 자신을 포함한 세 명의 대장장이가 일곱 명이나 되는 공장 노동자들을 반쯤 죽여 놓았다는 이야기였다. 지금도 오펜부르크에 가서 키다리 쇼르슈에게 물어보기만 하면 알수 있다고 했다. 그는 아직 거기서 살고 있으며 한때는 그도 같이 어울렸다는 것이다.

이 모든 이야기는 대담하고 거칠었으며 열정이 넘쳐흐르는 진실한 어투로 이어졌다. 모두 만족을 느끼며 귀 기울여 듣고 있었다. 그리고 자신들도 언젠가는 다른 마을의 다른 동료들 앞에서 이 이야기를 써먹으리라고 남몰래 다짐했다. 왜냐하면 대장장이라면 누구나 한 번쯤은 자기 주인의 딸과 사랑에 빠진 적이 있고, 한 번쯤은 망치를 들고 성질이 고약한 주인에게 덤벼든 적이 있으며, 또한 한 번쯤은 일곱 명이나 되는 공장 노동자들을 혼쭐나게 두들겨 팬 적도 있기 때문이다. 이야기는 때로는 바덴에서, 때로는 헤센에서, 혹은 스위스에서 벌어지기도 했다. 그리고 망치 대신에 줄이 쓰이기도 하고 뜨겁게 달군 쇠가 쓰이기도 했다. 그리고 싸움 대상이 공장 노동자 대신에 제과점이나 양복점에서 일하는 점원이 되기도 했다.

이런 이야기는 언제 어디서나 들을 수 있는 진부한 소재이지만 사람들은 몇 번이고 반복해서 듣기를 즐긴다. 왜냐하면 이런 이야기들은 오랜 전통을 자랑하는 훌륭한 패거리의 명예를 길이 빛내기 때문이다. 그렇다고 해서 직공들 가운데 실제로 경험을 한 인물이 없다는 뜻은 아니다.

누구보다도 이야기에 사로잡혀 흥겨워한 사람은 아우구스트였다. 그는 끊임없이 웃어대며 고개를 끄덕이고 맞장구를 쳤다. 벌써 숙련공이 다 되기라도 한 듯이 시건방진 표정을 짓고, 해맑은 하늘 위로 담배 연기를 내뿜었다. 그 이야기꾼은 자신의 역할을 충실히 해내고 있었다. 그는 자신이 여기서 수습공들과 함께 어울린다는 것 자체가 벌써 자존심을 버린 것이라는 사실을 보여주려고 했다. 그리고 겸손한 본보기로 자신을 과시하려고 했다. 아무튼 숙련공이 일요일에 수습공들과 돌아다닌다는 것은 그다지 자랑할 만한 일이 아닌 건 사실이었다. 더군다나 풋내기의 돈으로 술을 얻어마신다는 것은 부끄러운 일이기도 했다.

한스 일행은 찻길을 따라 강 아래로 한참을 걸어갔다. 이제 곡선을 그리며 완만하게 언덕으로 오르는 차도와 그 구간의 반쯤밖에 되지 않는 가파른 오솔길 사이에서 하나를 택해야 했다. 거리가 멀고 먼지도 많이 나기는 하지만 모두 차도를 택하기로 의견을 모았다. 오솔길은 일하는 평소에 가는 길이었다. 혹은 산책하는 신사 양반들을 위한 길이기도 했다. 하지만 민중들은 일요일의 찻길을 사랑한다.

가파른 오솔길은 시골 농부들이나 도시에서 온 자연 애호가들에게 어울렸다. 그 길은 노동이나 운동에 적합할 뿐, 결코 민중들에게 즐거움을 선사하진 못한다. 찻길에서는 한가롭게 거닐며 이야기도 주고받을 수 있고, 신발이나 나들이옷도 더럽히지 않을 수 있다. 그리고 지나가는 마차나 말을 볼 수도 있고 산책에 나선 다른 사람들을 만나거나 앞지를 수도 있다. 때로는 멋지게 차려입은 아가씨들과 노래하는 젊은 사내들을 만날 수도 있다. 이들이 농담을 걸어오면 웃으며 받아넘기기도 하고, 가다가 잠시 멈춰 서서는 함께 수다를 떨 수도 한다. 결혼하지 않은 외로운 총각이라면 아가씨들의 뒤를 쫓아갈 수도 있다.

그래서 그들은 찻길로 들어섰다. 그 길은 커다란 곡선을 그리며 언덕 위로 뻗어 있었다. 아까 그 숙련공은 마치 여유를 부리며 땀을 흘리려고 하지 않는 사람처럼 웃옷을 벗어 지팡이에 걸치고는 어깨 위에 올려놓았다. 이제는 이야기 대신에 흥겨운 휘파람을 거침없이 불기 시작하더니 한 시간 거리의 비라흐에 도착할 때까지 쉬지 않고 불어댔다. 한스에게는 빈정거리는 농담을 몇 마디 건넸지만 그다지 마음에 걸리는 것은 아니었다. 열심히 농담을 받아넘긴 사람은 한스가 아니라 오히려 아우구스트였다. 그러는 사이에 일행은 드디어 비라흐에 다다랐다.

비라흐는 붉은 기와지붕과 은빛의 초가지붕으로 뒤덮여 있었다. 그리고 가을의 색깔을 드리운 과일나무에 둘러싸여 있었고 뒤로는 검은 숲이 펼쳐져 있었다.

젊은이들은 어느 주점으로 들어가야 좋을지 결정을 못 내

468

렸다. 주점 '닻'에는 가장 좋은 맥주가 있었고, '백조'에는 가장 좋은 과자가 있었다. 그리고 '날카로운 모퉁이'에는 아리따운 주인집 딸이 있었다. 마침내 아우구스트는 동료들을 설득해 '닻'에 가기로 했다. 그는 자신들이 두세 잔 마신다고 해서 '날카로운 모퉁이'가 어디로 사라지는 것도 아니고, 나중에라도 얼마든지 찾아갈 수 있을 것이라고 눈짓으로 알려주었다. 모두 흡족한 얼굴로 마을에 들어섰다. 화분을 올려놓은 낮은 농가의 창턱과 마구간을 지나 '닻'을 향하여 발걸음을 옮겼다. 황금빛의 간판은 싱싱하게 자란 두 그루의 어린 밤나무 너머로 햇살을 받아 반짝거리며 유혹의 손길을 뻗치고 있었다. 숙련공은 어떻게든 주점 안에 들어가 앉으려고 했지만 벌써 거기는 손님들로 꽉 차 있었다. 그래서 하는 수 없이 뜰로 나가 자리를 잡아야만 했다.

'닻'은 품격이 있는 주점으로 유명했다. 농부들이 드나드는 오래된 주점이 아니라 네모난 벽돌로 지어진 현대풍의 주점이었다. 창문이 많이 나 있었고 벤치 대신에 의자가 놓였으며 양철로 만들어진 화려한 색깔의 광고도 걸려 있었다. 뿐만 아니라 도회지 풍으로 차려입은 여종업원이 시중을 들고 있었다. 주인은 어느 경우에라도 소매를 걷어붙이는 법이 없이 유행에 맞춘 멋진 갈색 양복을 차려입고 있었다. 원래 그는 파산을 당했었는데 커다란 맥주 공장을 경영하는 채권자로부터 이 집을 임대받은 뒤로 형편이 나아지게 되었다. 뜰은 아까시나무와 커다란 철망 울타리로 둘러싸여 있었고 울타리는 야생의 포도나무로 반쯤 뒤덮여 있었다.

"건강을 위하여!"

숙련공은 소리치며 다른 세 명의 동료와 함께 건배했다.
그러고는 자신의 실력을 과시하기 위하여 단숨에 잔을 비워
버렸다.

"여기, 예쁜 아가씨! 잔이 비었잖아. 빨리 한 잔 더 가져
오라고!"

그는 여종업원을 향하여 소리를 질러대며 식탁 너머로 술
잔을 내밀었다.

맥주 맛은 일품이었다. 상큼하고 그리 쓰지도 않았다. 한
스도 즐겁게 자기 술잔을 비웠다. 아우구스트는 마치 미주
가라도 된 듯한 표정을 지으며 입맛을 다셨다. 이따금 제대
로 뚫리지 않은 연통처럼 담배를 피워대기도 했다. 그 광경
이 한스에게는 그저 놀랍게 다가왔다.

인생을 알고 즐길 줄 아는 사람들과 함께 주점에 앉아 유
쾌한 일요일을 보낸다는 것은 즐거운 일이었다. 함께 웃기
도 하고 간혹 용기를 내어 농담을 던져보는 것도 신나는 일
이었다. 술을 다 들이켜고 나서 잔을 식탁 위에 힘껏 내리치
며 거리낌 없이 소리를 질러대는 것도 신나는 일이었다.

"이봐, 아가씨! 한 잔 더!"

그리고 옆에 앉아 있는 낯익은 사람에게 건배를 청한다거
나 꺼진 담배꽁초를 왼손에 끼운 채 다른 사람들처럼 모자를
꺾어 뒤로 젖히는 것도 신났다. 다른 작업장에서 함께 온 숙
련공도 흥에 겨워 이야기를 늘어놓기 시작했다. 그가 알고
있는 울름의 어느 대장장이는 스무 잔이나 되는 맥주를 마셨

다고 했다. 그리고 그 울름산 고급 맥주를 다 마시고 나서는 입을 닦으며 이렇게 말했다고 했다.

"자, 이제 고급 포도주로 한 병 더 가져와!"

그 숙련공은 칸슈타트의 어느 화부를 알고 있다고도 말했다. 그는 한꺼번에 단단한 소시지를 열두 개나 먹어치웠기 때문에 어느 내기에서 이길 수 있었지만 두 번째 내기에서는 지고 말았다. 그 화부는 주제넘게도 어느 자그마한 주점의 식단표에 들어 있는 음식을 다 먹어치울 작정이었는데, 전혀 예기치 않게 식단표의 맨 마지막에 네 가지의 치즈가 적혀 있었던 것이다. 그는 세 번째 치즈를 먹다가 그만 이렇게 말하고 말았다.

"더 이상 먹느니 차라리 죽는 게 낫겠어!"

이 이야기는 커다란 박수갈채를 받았다. 이 세상에는 어딜 가나 끈질기게 먹고 마셔대는 사람들이 있다는 것이 여실히 드러났다. 누구나 나름대로 그런 영웅에 대한 이야깃거리를 가지고 있었다. 어느 사람에게서는 '슈투트가르트에 사는 어느 사나이'이고, 다른 사람에게서는 '루드비히스부르크의 용기 있는 사나이'였다. 어느 사람의 이야기에서는 열일곱 개의 감자이고, 다른 사람의 이야기에서는 샐러드를 곁들인 열한 개의 구운 과자였다. 사람들은 이런 이야기들을 매우 진지한 자세로 꽤 현실감 있게 늘어놓았다. 그리고 이세상에는 훌륭한 재능을 가진 유별난 사람들이 숱하게 많다는 사실을 뿌듯하게 받아들이곤 했다. 물론 이들 가운데에는 진짜 기인도 있게 마련이었다. 현실에 부합되는 이런 산뜻한 느낌은 술집을 찾는 평범한 단골손님들의 존경할 만한 유산이다. 술을 마시거나 시국을 이야기하거나 담배를 피우거나 결혼을 하거나 인생을 마감하는 일들과 마찬가지로 이것 역시 젊은 사람들에 의하여 오늘까지 내려왔다.

석 잔째 들이켜고 있을 때 일행 가운데 누군가가 여종업원을 불러 과자가 있는지 물어보았다. 그녀가 없다고 대답하자 모두 흥분한 나머지 펄쩍 뛰었다. 아우구스트는 일어서더니 여기 과자가 없으면 다른 집으로 가봐야겠다고 말했다. 다른 작업장에서 온 숙련공도 형편없는 주점이라고 투덜거렸다. 단지 프랑크푸르트에서 온 직공만이 계속 머물기를 원했다. 그는 여종업원과 농도 짙은 대화를 주고받았을 뿐 아니라, 벌써 여러 차례나 그녀의 몸을 어루만지기도 했던 것이다. 맥주를 마셔서 그런지 그 광경을 바라보던 한스는 이상하리만치 흥분하고 말았다. 모두 술집 밖으로 나왔는데 그것이 한스에게는 차라리 다행스럽게 여겨졌다.

술값을 지불하고 모두 길거리로 나왔다. 한스는 아까 마신 석 잔의 술기운이 도는 것을 느꼈다. 반쯤은 피곤하고, 반쯤은 무언가 해보고 싶은 편안한 느낌이었다. 꿈속에서처럼 얇은 베일이 눈앞에 드리워져 있는 것만 같았다. 모든 것이 거의 현실과 동떨어진 채 저 멀리 아련히 보일 뿐이었다. 한스는 끊임없이 터져 나오는 웃음을 참을 수가 없었다. 술에 취한 김에 용기를 내어 모자를 약간 삐딱하게 쓰고 나니 정말이지 건달이 된 것 같은 기분이었다. 프랑크푸르트에서 온 직공은 다시금 용감무쌍하게 휘파람을 불어대기 시작했고 한스는 그 휘파람 박자에 걸음을 맞추려고 했다.

주점 '날카로운 모퉁이'는 아주 조용했다. 두세 명의 농부가 새로 짠 포도주를 마시고 있었다. 그곳에는 생맥주는 없고 병맥주뿐이었다. 자리에 앉은 젊은이들 앞에 곧 맥주가 한 병씩 놓여졌다. 다른 작업장에서 온 숙련공은 자신이 인색하지 않다는 것을 과시하려는 듯이 함께 온 젊은 동료들을 위해 사과가 든 커다란 과자를 주문했다. 한스는 배가 무척이나 고팠기 때문에 단번에 과자를 여러 조각이나 먹어치웠다. 낡은 갈색의 술집에서 벽에 붙은 견고하고 넓은 벤치에 앉아 있노라니 어스레한 불빛이 아늑하고 편안하게 느껴졌다. 고풍스러운 선술대와 커다란 난로는 희미한 어둠 속으로 사라져버렸다. 커다란 새장 속에서는 두 마리의 곤줄박이가 퍼덕거리고 있었다. 그 창살 사이로 새의 먹이인 빨간 열매가 가득 매달려 있는 나뭇가지가 꽂혀 있었다.

술집 주인이 잠시 식탁으로 와서는 손님들에게 반가운 얼굴로 인사를 건넸다. 얼마 지난 뒤에 젊은 무리는 다시 이야기의 실마리를 풀 수 있었다. 독한 병맥주를 두세 모금 마신 한스는 자신이 과연 한 병을 다 마실 수 있을지 궁금해졌다.

프랑크푸르트에서 온 직공이 다시금 허풍을 떨기 시작했다. 라인 지방의 포도 축제며 객지를 떠돌아다니던 방랑 생활, 값싼 여인숙에서 묵던 일들을 늘어놓았다. 모두 즐거운 기분이 되어 귀를 기울였고, 한스도 다른 동료들과 마찬가지로 웃으며 즐거워했다.

그러다 한스는 갑자기 몸이 이상해지는 것을 느꼈다. 방이며 식탁, 술병이며 술잔, 그리고 동료들이 부드러운 갈색의 구름 속으로 자꾸만 녹아들고 있었다. 한스가 정신을 바짝 차릴 때마다 순간적으로 희미하게 윤곽이 드러날 뿐이었다. 이따금 이야기나 웃음이 터질 때면 한스도 큰 소리로 함께 웃거나 자신도 알지 못하는 이야기를 주절거렸다. 또한 건배를 하려고 함께 술잔을 부딪치기도 했다. 한 시간가량이 지난 다음에는 놀랍게도 그의 술병이 다 비어 있었다.

"제법 마시는데."

아우구스트가 말했다.

"한 잔 더 할래?"

한스는 웃으며 고개를 끄덕였다. 그는 이처럼 술을 마시는 게 위험한 일이라고 생각했던 사람이었다. 프랑크푸르트에서 온 직공이 노래를 부르기 시작하자 모두 함께 노래를 불렀다. 한스도 목이 터져라 노래를 불러댔다.

그 사이에 술집 안은 온통 손님들로 가득 찼다. 여종업원을 거들기 위하여 주인 딸이 모습을 드러냈다. 그녀는 키가 크고 몸매도 아름다웠으며 건강하고 힘이 넘쳐흐르는 얼굴과 평온한 갈색의 눈을 가지고 있었다.

그녀가 새 술병을 한스 앞에 갖다 놓을 때 숙련공이 아주 능숙하고 멋들어진 말투로 수작을 걸었지만, 그녀는 전혀 관심을 보이지 않았다. 그 숙련공에게 관심이 없다는 것을 나타내기 위해서였는지, 아니면 곱상하게 생긴 한스가 맘에 들어서였는지, 아무튼 그녀는 한스에게로 몸을 돌리고 나서 재빨리 손으로 그의 머리를 쓰다듬고는 돌아갔다.

벌써 세 병째 술을 마시고 있던 숙련공이 그녀를 뒤쫓아가서 어떻게든 이야기를 해보려고 무진장 애를 썼지만 아무 소용이 없었다. 키가 큰 소녀는 냉담하게 그를 쳐다보더니 아무 말도 하지 않은 채 그냥 등을 돌려버렸다. 그러자 그 숙련공은 하는 수 없이 다시 식탁으로 돌아와서는 빈 병을 두드리며 소리를 질러댔다.

"애들아, 신나게 놀아보자꾸나. 자, 건배하자!"

그리고 숙련공은 여자에 관한 음탕한 이야기를 늘어놓기 시작했다.

하지만 한스에게는 주위의 말소리가 가물거리게 들릴 뿐이었다. 술을 거의 두 병째 비울 즈음에는 말하는 것뿐만 아니라 웃는 것조차 힘들었다. 그는 새장으로 가서 곤줄박이 새를 보려고 마음먹었다. 하지만 두 발짝을 채 디디기도 전에 어지러워서 하마터면 쓰러질 뻔했다. 그래서 조심스럽게 다시 제자리로 돌아왔다.

그때부터 한없이 들떠 있던 기분도 차츰 가라앉기 시작했다. 한스는 자신이 형편없이 취하고 말았다는 사실을 깨달았다. 술을 마시는 것도 더는 즐겁지가 않았다. 저 멀리서 온갖 불행이 한스를 기다리고 있었다. 집으로 돌아가는 길, 아버지와 벌어질 말다툼, 내일 아침 일찍 일어나 작업장에 출근해야 하는 일들을 생각하자 머리가 아파오기 시작했다.

다른 동료들도 모두 얼큰하게 취해 있었다. 잠시 머리가 맑아졌을 때 아우구스트가 술값을 지불하겠다고 나섰다. 모두 무척이나 많이 마셨기 때문에 술값이 꽤 나왔다. 젊은 무리는 떠들썩하게 웃으며 길거리로 나왔다. 저녁노을이 눈이 부시리만치 밝게 빛나고 있었다. 한스는 혼자 몸을 가눌 수 없어 아우구스트에게 기댄 채 흐느적거리며 걸었다.

다른 작업장에서 온 숙련공은 취기와 감상에 젖은 나머지 '내일 난 여기서 떠나야 해'라는 노래를 부르기 시작했다. 그의 두 눈에는 눈물이 흥건히 고여 있었다. 애당초 집으로 돌아갈 생각이었다. 하지만 '백조' 앞에 이르러서는 그 숙련공이 한번 더 들어가자고 고집을 부렸다. 술집 입구에서 한스는 동료들의 손을 뿌리쳤다.

"난 집에 가야 돼."

"혼자 걷지도 못하는 주제에."

숙련공이 웃으며 말했다.

"아냐, 걸을 수 있어. 난 집에 가야 돼."

"그럼 브랜디나 한잔해. 꼬마 양반아! 그걸 한잔 걸치면 다리에 힘도 생기고 속도 편해질 거야. 한번 마셔보라니까."

어느새 한스의 손 안에 자그마한 술잔이 쥐어졌다. 잔에 담겨 있던 술은 이미 거의 다 엎질러진 뒤였다. 한스는 남아 있던 나머지 술을 들이켰다. 목구멍에서는 타는 듯한 느낌이 올라오고 갑자기 속이 메스꺼워지면서 구역질이 났다. 그는 혼자서 비틀거리며 계단을 내려와서는 정신을 차릴 틈도 없이 마을로 나왔다. 집이며 울타리, 뜰이 모두 기울어진 채 그의 곁을 빙빙 돌았다.

한스는 사과나무 아래에 있는 이슬에 젖은 풀밭에 드러누웠다. 온갖 불쾌한 감정과 고통스러운 불안감, 혼돈에 싸인 상념이 치밀어 올라왔다. 자신이 더럽혀지고 모욕을 당한 듯한 느낌이 들었다. 어떻게 집으로 돌아가야 하나? 아버지에게 무슨 말을 해야 하나? 내일 나는 어찌 될 것인가? 그는 자신이 처참하다는 생각이 들었다. 이제는 영원히 쉬어야 할 것 같았다. 영원히 잠들어야 할 것 같았다. 또 부끄러워해야 할 것만 같았다. 머리와 눈이 아파왔고 한스는 더 이상 걸을 힘조차 없었다.

앞서 느꼈던 희열의 흔적이 다시금 갑작스럽게 파도처럼 밀려왔다. 한스는 얼굴을 찡그리더니 흥얼거리기 시작했다.

아, 내 사랑 아우구스틴,
아우구스틴, 아우구스틴.
아, 내 사랑 아우구스틴.
모든 게 끝나버렸네.

노래가 채 끝나기도 전에 가슴이 저리도록 아파왔다. 어렴풋한 상념과 추억들, 수치심과 자책감이 물결을 치며 한스를 뒤덮었다.

한스는 큰 소리로 울먹이며 풀밭에 쓰러졌다.

한 시간 뒤에는 이미 날이 어두워져 있었다. 한스는 몸을 일으켜 불안한 걸음걸이로 힘겹게 언덕을 내려갔다.

기벤라트 씨는 저녁 식사 때가 되었는데도 아들이 돌아오지 않자 혼자서 욕설을 퍼부었다. 9시가 되어도 한스는 여전히 돌아오지 않았다. 아버지는 오랫동안 사용하지 않았던

등나무로 만든 회초리를 꺼냈다.

"그놈이 이젠 매를 안 맞아도 될 만큼 컸다고 생각하는 모양이지! 집에 돌아오기만 해봐라. 아주 단단히 혼쭐을 내줄 테니까!"

아버지는 10시쯤 현관문을 잠가버렸다.

"한밤중에 쏘다니겠다면 얼마든지 해보라지. 어디 잘 곳이라도 있는 모양이군."

하지만 아버지는 잠을 이룰 수가 없었다. 화가 나면서도 아들의 손잡이를 돌려보고는 살그머니 초인종 줄을 잡아당기기만을 기다렸다. 아버지는 그 광경을 상상해 보았다.

"쓸데없이 돌아다니는 놈은 한번 따끔한 맛을 봐야 돼! 그 뻔뻔스런 녀석은 술에 취한 게 틀림없어. 당장에 술이 깨게끔 해줘야겠어. 이 한심한 놈! 뼈마디가 으스러지도록 혼쭐을 내줘야지."

하지만 아버지도 그의 분노도 잠에 굴복하고 말았다.

그 시각, 아버지가 마음으로 그토록 꾸짖던 한스는 이미 싸늘한 시체가 되어 검푸른 강물을 따라 골짜기 아래로 조용히 떠내려가고 있었다. 구역질이나 부끄러움이나 괴로움도 모두 그에게서 떠나버렸다. 어둠 속에서 흘러내려 가는 한스의 메마른 몸뚱이 위로 푸른빛을 띤 차가운 가을밤의 달빛이 비치고 있었다. 시꺼먼 강물은 그의 손과 머리, 그리고 창백한 입술을 어루만지고 있었다. 날이 밝기 전에 먹이를 구하려고 나선 겁 많은 수달이 교활한 눈초리를 번뜩이며 그의 곁을 소리 없이 지나갔을 뿐, 누구도 그를 보지 못했다.

그가 어떻게 물에 빠졌는지는 알 수 없는 일이었다. 길을 잃고 가파른 언덕에서 발을 헛디뎠는지, 아니면 목이 말라 물을 마시려다 중심을 잃었는지도 모른다. 그것도 아니라면 아름다운 강물에 이끌려 그 위로 몸을 굽혔는지도 모른다. 평화와 깊은 안식이 가득한 밤, 그리고 창백한 달빛이 그를 향해 비추었기 때문에 피곤함과 두려움에 지친 나머지 어찌할 수 없이 죽음의 그림자가 휘말려 들었는지도 모른다.

한스의 시체는 한낮이 되어서야 사람들이 찾아내 집으로 데리고 왔다. 소스라치게 놀란 아버지는 몽둥이를 옆으로 치우고 분노를 내려놓았다. 그는 눈물을 보이지 않았고 얼굴에는 아무 표정도 없었다. 하지만 그날 밤 아버지는 잠자리에 들지도 않고 가끔 문틈 사이로 말없이 누워 있는 아들을 건너다보았다. 깨끗한 침대 위에 누워 있는 아들은 변함없이 고운 이마와 창백하고 영리해 보이는 얼굴을 하고 있었다. 마치 여느 사람들과 다른 운명을 가지고 있는 것이 자신의 천부적인 권리라도 되는 듯 보였다. 이마와 두 손의 살갗은 약간 푸르스름하고 불그레하게 긁혀져 있었다. 예쁘장한 얼굴은 곱게 잠들어 있었다. 두 눈은 하얀 눈꺼풀로 덮여 있었고, 꼭 다물어지지 않은 입은 만족스러운 미소를 머금은 채 즐겁게 보이기까지 했다. 이 소년은 한창 피어오르는 꽃다운 나이에 갑자기 꺾여 즐거운 인생의 행로에서 억지로 벗어났다. 피곤과 외로운 슬픔에 지친 한스의 아버지도 아들을 보며 슬픈 미소를 지었다.

장례식에는 조합원이며 호기심에 가득 찬 구경꾼들이 구

름처럼 몰려들었다. 한스 기벤라트는 또다시 유명인사가 되어 모두의 관심거리로 떠올랐다. 선생님들과 교장 선생님, 마을 목사도 장례식에 와주었다. 그들 모두는 프록코트를 입고, 장중한 비단 모자를 쓴 채 장례 행렬을 따라나섰다. 그리고 서로 이야기를 나누며 잠시 무덤가에 서 있었다. 이들 가운데 특히 라틴어 선생님이 더 우울해 보였다.

교장 선생님은 낮은 목소리로 그에게 말했다.

"선생님, 저 아이는 정말 훌륭한 인물이 될 수 있었어요. 뛰어난 아이들이 불운을 맞게 된다는 건 정말이지 슬픈 일이에요!"

구둣방 아저씨 플라이크는 한스의 아버지와 쉬지 않고 흐느껴 우는 안나 아주머니와 함께 무덤가에 남아있었다.

"참으로 가혹한 일입니다. 기벤라트 씨!"

그는 동정 어린 얼굴로 말했다.

"저는 저 아이를 무척 좋아했답니다."

"도무지 이해할 수가 없습니다."

아버지는 길게 한숨을 내쉬었다.

"저 아이는 무척 재능이 뛰어난 아이였어요. 그리고 일도 모두 잘 풀려나갔지요. 학교며 시험이며……. 그러다 갑자기 한꺼번에 불행이 닥쳐왔습니다."

구둣방 아저씨는 묘지 문을 나서는 프록코트의 신사들을 손으로 가리켰다.

"저기 걸어가는 신사 양반들 말입니다."

그는 나지막한 목소리로 말했다.

"저 사람들이 한스의 불행을 거든 셈이지요."

"뭐라고요?"

기벤라트 씨는 너무 놀란 나머지 펄쩍 뛰었다. 그리고 말도 안 된다는 듯한 표정을 지으며 그를 빤히 쳐다보았다.

"도대체 그게 무슨 말씀입니까? 어째서? 도대체 왜 그렇단 말입니까?"

"아닙니다. 더 이상은 말하고 싶지 않습니다. 당신이나 우리 모두 저 아이에게 소홀했어요. 그렇게 생각하진 않으세요?"

마을 위로 드넓은 푸른 하늘이 한가로이 펼쳐져 있었다. 골짜기에는 강물이 반짝이며 흐르고 있었다. 전나무가 우거진 산들은 그리움에 가득 찬 듯이 부드럽고 짙푸른 분위기를 자아내며 늘어서 있었다. 플라이크 아저씨는 처량한 미소를 지으며 기벤라트 씨의 팔을 잡았다. 기벤라트 씨는 이 한때의 고요와 이상하리만치 고통스러운 숱한 상념을 떨쳐버렸다. 그리고 여느 때와 다름없는 익숙한 삶의 터전을 향해 천천히 발걸음을 옮기고 있었다.

《데미안》과 《수레바퀴 아래서》는 독일의 대문호 헤르만 헤세의 대표적인 성장소설이다. 헤세는 이 작품들을 통해 한 인간이 성장하면서 느낄 수 있는 고뇌와 진통을 세밀하게 그렸고 이 두 소설은 시대를 뛰어넘어 독자들에게 사랑받고 있다. 《데미안》과 《수레바퀴 아래서》는 청소년들이 자신의 자아와 대면했을 때, 그리고 자신의 의지와 상관없이 주변 상황에 의해 흔들리고 있을 때 자신의 내면과 보다 쉽게 마주할 방법을 제시하고 있다.

데미안

헤르만 헤세는 《데미안》을 제1차 세계대전 직후인 1919년에 에밀 싱클레어라는 가명으로 출판했다. 당시 헤세는 이미 문단에서 대문호라 불리며 인정을 받고 있었는데 작품성

만으로 평가를 받아 보고 싶어 가명을 사용했다. 그리고 《데미안》은 출간되자마자 뜨거운 반응을 일으켰고 독일의 권위 있는 문학상인 폰타네상의 수상작으로까지 지명되었다. 하지만 헤세는 이 상을 사양했다.

《데미안》이 세상에 나오자 출판계에서는 에밀 싱클레어라는 작가의 존재에 주목했다. 소설가 토마스 만은 작가의 실체를 알기 위해 출판사에 그를 알려 달라 청했고 평론가 코로디가 결국 문체 분석을 통해 이 작품이 헤세의 것이라는 걸 밝혔다. 그 후 《데미안》은 헤세의 이름으로 다시 발간되었다.

《데미안》은 세계대전 이후 황폐해진 땅에서 청년들이 아무 이유도 없이 자신을 희생하고 파괴해야 했던 현실과 자아의 관계를 그려냈다. '내 속에서 솟아 나오려는 것, 바로 그것을 살아보려고 했다. 그런데 왜 그것이 그토록 어려웠을까'라는 주제를 내세운 《데미안》은 사람에게 있어 삶이란 결국엔 자기 자신에게로 이르는 길이란 것을 상기시킨다. 그리고 누구나 나름대로의 목표를 향하여 노력하는 소중한 존재라는 것을 일깨운다. 《데미안》의 이러한 메시지는 1차 세계대전이란 전쟁의 충격 속에서 쓴 것이어서 더 절실하게 느껴진다.

헤세는 《데미안》을 집필할 당시 중년의 나이었는데 당시 전쟁을 지켜보며 인간의 잔인함과 본능 그리고 질서와 혼란 속에 있는 자기 내면을 그대로 받아들이기로 다짐했다. 그러면서 탄생된 제2차적인 자아의 변화를 소설로 담아낸 것이 바로 이《데미안》이다.

두 세계

소설의 화자는 '에밀 싱클레어'이다. 싱클레어는 헤르만 헤세의 분신과도 같은 인물로 헤세는 싱클레어와 같이 유복한 환경에서 자랐으며 일반 학교가 아닌 라틴어 학교에 다녔다.

밝은 세계에서 부모의 보호를 받으며 자란 영리한 싱클레어는 프란츠 크로머란 어두운 세계의 친구를 만나며 자아의 첫 균열을 맛보게 된다. 아주 작은 거짓말에서 시작된 괴로움은 바로 잡을 수 없이 커져가고 결국 싱클레어는 정돈되고 안정된 평화 한가운데서 누구의 도움도 받지 못하고 인생이 지배당하는 것을 경험하게 된다. 온전한 자기 자신만의 문제에 맞닥뜨리게 된 것이다.

카인

싱클레어는 데미안이란 새로운 친구를 만난다. 데미안은 영리하고 독특한 소년이었다. 그리고 그는 독심술과 혜안을 바탕으로 한 신비로운 힘으로 악마 같이 괴롭히는 크로머를 싱클레어에게서부터 쫓아주었다.

하지만 싱클레어는 데미안을 온전히 친구로 받아들일 수 없었다. 데미안은 성서에 나오는 카인과 아벨의 이야기에 새로운 해석을 내놓으며 주입된 모든 규범에 대한 비판적이고도 남다른 시각을 보여주었다. 이런 데미안의 견해가 싱클레어에게는 받아들이기 어려웠던 것이었다.

아름답고 평화로운 세계에 안주하고 싶었던 싱클레어는 데미안을 피한다. 데미안을 크로머와는 다르지만 비슷한, 또 다른 나쁜 세계라 여긴 것이다. 그러면서 싱클레어는 자기 자신에게 다가오는 어려운 길은 거부하는 갈등과 마주하게 된다.

예수 옆에 매달린 도둑

데미안은 말로만 하는 자아의 성장은 인정하지 않았다. 직접 부딪히고 느끼는 내면의 성장을 중요시했다. 싱클레어는 데미안을 멀리했지만 그는 서서히 데미안에게 다가섰고 다시 영향력을 발휘했다.

데미안은 독심술과 주의력 집중의 비결을 알려주며, 골고다 언덕에서 예수 옆에 매달렸던 도둑들의 이야기를 통해 싱클레어의 의식을 새롭게 열어주었다. 데미안의 말에 의하면 마지막 순간에 회개한 도둑보다 자신의 길을 끝까지 간 도둑이 뛰어난 카인의 후예일 수도 있다는 것이었다. 마지막에 회개한 도둑은 비겁하고 기회주의적인 인간이며 오히려 자신의 삶에 책임을 지고 벌을 받은 도둑이 더 나은 사람이고 개성을 지닌 존재라고 말했다.

그러면서 기독교의 천편일률적인 교리에 대안이 되는 포괄적인 신앙을 알려주는데 싱클레어는 데미안의 이런 가르침 덕분에 절망에 빠지고 만다. 그리고 부모님의 그늘에서 행복하려 했던 마지막 시도가 실패하고 견진성사 이후, 싱클레어는 공허와 고립감, 쓸쓸함 속에 홀로 빠지고 만다.

베아트리체

유년기의 싱클레어는 고독과 방황 속에서 자신을 통제하지 못했다. 그리고 학교생활도 잘 적응하지 못하고 어느 날 우연히 본 소녀 '베아트리체'에게 아름다움과 정신성, 정결함을 느끼게 된다. 베아트리체는 싱클레어가 절망 속에서 스스로 빠져나오는 방법이기도 했다.

베아트리체는 싱클레어가 추구하는 이성적이고 친밀하면서도 밝은 세계와 어두운 세계를 동시에 아우르는 첫 번째 이미지이자 표징이었다. 그는 베아트리체의 모습을 그림으로 그리며 절망 속에서 빠져나오려 노력하는데 베아트리체를 그리다 발전해서 새의 모습을 하나 그리게 된다. 그런데 이 새 그림이 자기 집 현관문에 있던 새의 모습과 결합이 되고 만다(그 새는 데미안이 그에게 가끔 말하던 문장이었다). 그리고 '몸 절반은 어두운 지구 땅덩이 속에 박혀 있는데, 커다란 알에서부터인 듯 땅덩이에서 나오려고 푸른 하늘 바탕 위에서 애쓰고 있는 날카롭고 대담한 매'의 머리를 가진 노란빛 맹금의 그림을 완성한다. 이 그림에는 껍질을 깨고 나오려는 사람의 방황과 고투가 하나의 상징처럼 농축되어 있었다.

새는 알에서 나오려고 투쟁한다

새의 그림을 데미안에게 보내고 뜻밖의 답장을 받는 것으로 시작된다. 데미안의 답장은 다음과 같았다.

'새는 알에서 나오려고 투쟁한다. 알은 세계이다. 태어나려는 자는 하나의 세계를 깨뜨려야 한다. 새는 신에게로 날아간다. 신의 이름은 아브락사스다.'

싱클레어는 아브락사스라는 낯선 신을 찾아 도서관을 뒤지고, 자신의 내면의 목소리와 꿈의 영상에 집착한다. 그러다 오르간 연주자 피스토리우스와 만나게 되고, 자신의 어두운 영혼에 대한 절실한 대화를 나눈다. 데미안 이후로 또 하나의 스승을 만난 것이다.

야곱의 싸움

새로운 스승을 만난 싱클레어는 본격적으로 아브락사스에 대해 탐색하기 시작한다. 그리고 자기 자신과 자신이 진정으로 원하는 것, 나를 만드는 외부적인 것과 내부적인 것은 무엇인지를 고민한다.

선과 악을 모두 담은 아브락사스의 존재를 탐구하며 싱클레어는 자신의 내면에서 데미안을 발견한다. 그리고 새로운 친구이자 스승인 피스토리우스와 헤어지며 싱클레어의 내면은 다시금 한 발짝 앞으로 나아간다. 싱클레어는 알게 된다. 자신이 곧 아브락사스이며 아브락사스가 싱클레어라는 사실을 말이다. 이때 싱클레어는 자신의 세계를 어느 정도 완전하게 인식하기 시작한다.

에바 부인

싱클레어는 자아를 어느 정도 완전한 단계로 다듬은 후 데미안을 다시 만난다. 그리고 그동안 자신이 그린 꿈의 영상도 현실에서 찾아낸다. 그는 바로 데미안의 어머니인 에바 부인이었다. 싱클레어는 에바 부인과 그 주변 사람들을 만나며 공동체를 이루지만 행복은 오래가지 않았다.

이 공동체의 사람들도 대부분 허약한 사람들이었고 어떤 공동체든지 패거리 짓기에 불과했다. 그리고 그 안은 부패되어 있고 곧 무너질 것 같았다. 데미안은 사람들은 서로에게로 도피하고 있을 뿐이라고 말한다. 그리고 지금의 공동체들이 와해되고 나면 새로운 공간이 생길 것이라고 말한다. 그러기 위해서 가장 필요한 것은 자기의 내면에 귀를 기울이며 집중해야 하는 것이었다.

종말의 시작

싱클레어는 훌륭하게 자아를 성장시키는 듯했다. 하지만 싱클레어의 외부세계는 그렇게 호락호락하지 않았다.

싱클레어의 이상향이자 마음속 연인 에바 부인은 '언젠가 내가 아니라 당신의 사랑이 나를 부르면 그러면 내가 갈 겁니다. 나는 선물을 주지 않겠어요. 쟁취되겠습니다'라고 말한다. 그래서 싱클레어는 자기 자신에게 집중해 에바 부인을 부르지만 그녀 대신 데미안이 달려와 전쟁이 터진 것을 알려준다.

사태는 급변해서 데미안과 싱클레어는 전장으로 나가고 부상당한 싱클레어는 다시 한번 데미안과 재회한다. 그리고 그와의 키스를 통해 에바 부인의 키스를 받지만 다음 날 자리에서 일어나 보니 데미안은 사라지고 없었다.

그리고 그는 그제야 데미안과 닮은 자신의 모습을 발견하게 된다. 이제 '자신 속에 있는 뛰어난 존재'와 한몸이 된 것이다.

수레바퀴 아래서

두 번째 소설 《수레바퀴 아래서》는 19세기 말경 독일의 교육 체제를 비판한 소설로 헤세의 자전적인 이야기를 담은 것이다.

헤세는 신교 목사의 가정에서 태어나 자라며 서양 기독교의 경건주의를 교육받았다. 그리고 《수레바퀴 아래서》의 한스처럼 열두 살에 주 정부 시험을 준비해서 우수한 성적으로 합격한다. 하지만 헤세는 규칙과 인습에 얽매인 기숙사 생활을 견뎌내지 못했다. 그래서 그는 학교에서 무단이탈을 하기도 하고, 신경쇠약에 걸려 휴학을 하기도 하다가 마침

내 쫓겨나고 만다. 문학성 감수성이 풍부했던, 자유로운 영혼이었던 헤세에게 틀에 박힌 교육과 억압은 감당하기 어려웠던 것이다.

당시 독일에서는 군사학교나 기숙학교 학생이 스트레스를 이기지 못하고 자살하는 일이 많아 심각한 사회 문제로 대두되었다. 그래서 교육 제도를 개선해야 한다는 비판의 목소리가 높아졌고 엄격한 규율과 통제를 수정해야 한다는 의견이 제시되었다. 그리고 이런 목소리와 사회적 분위기, 작가의 개인적인 체험이 버무려져 《수레바퀴 아래서》란 작품이 탄생했다.

《수레바퀴 아래서》는 자신을 짓누르는 가정과 학교의 종교적 전통, 고루하고 위선적인 권위에 맞서 싸우는 소년 한스를 주인공으로 내세우고 있다.

한스는 모든 사람의 촉망을 받는 영리한 소년이다. 어릴 때부터 학업에 뛰어났던 한스는 주변의 기대를 받으며 자신이 진정 원하는 것이 무엇인지 제대로 판단하지도 못한 채 공부를 통한 성공을 강요받는다. 그래서 신학교에 입학을 앞두고서도 편히 쉬지 못하고 선생님과 목사에게 끌려다니며 예습을 하게 된다. 건강도 해쳐가면서 미리 선행학습을 하는 것이다. 지금 이런 이야기는 우리나라 청소년들에게는 익숙할지 모르겠지만 당시 독일에서는 상상조차 할 수 없는 일이었다.

한스는 자신의 목소리에 귀 기울일 틈도 없이 공부에만 몰입하다 신학교에 입학한다. 하지만 그가 얻은 명예와 자리는 결코 한스의 마음을 채워주지 못한다. 한스는 공부에 대한 압박감으로 자주 두통에 시달렸고 강렬한 꿈 때문에 숙면을 이루지 못했다. 그리고 자유로운 영혼인 친구 하일러와 어울리며 숨통을 트이기도 했지만 하일러와 어울린다는 이유로 선생님들에게 배척을 받는다. 그러면서 한스의 성적은 점점 떨어지고 하일러조차 학교에서 쫓겨나면서 그는 마음 붙일 곳을 잃고 만다.

원래 한스가 원했던 것은 자유롭고 소박했던 어린 시절의 추억을 되살리는 것이었다. 낚시를 하고 산책을 하고 토끼를 기르는 것이었다. 하지만 한스는 유년기에 이 모든 것을 빼앗기고 친구조차 사귀지 못했다. 인성 교육은 깡그리 무시당한 채 공부만 강요받다 신학교에 입학한 한스는 자신이 어떤 사람인지 알지 못했다. 그리고 유일한 친구를 잃어버리고 학업에도 실패한 후 그만 신경쇠약에 걸린 채 학교를 그만두고 만다.

결국 학교에서 쫓겨나게 된 한스는 아무도 반기지 않는 고향으로 돌아온다. 그리고 공장에서 일하며 새로운 삶을 열어보려고 하지만, 힘든 노동을 경험하면서 차츰 삶의 의욕을 상실하고 만다. 그래서 최후의 도피처로 자살을 생각하고 인적인 드문 숲에서 나무에 목을 매려고 하지만 시도는 하지 않는다. 그는 또 고향에서 엠마라는 소녀를 만나 이성에 눈을 뜨게 되지만 그녀와의 관계도 허무하게 끝나버리고 깊은 방황에 빠진다.

그러다 한스는 어느 날 동료들과 함께 술을 마시고 돌아오다가 강물에 빠져 죽는다. 그의 죽음이 자살인지 사고인지는 분명치 않다. 자신의 소망대로는 단 한 순간도 살아보지 못한 청년이 맞이한 비참한 죽음이었다.

실제로 헤르만 헤세도 소설 속 한스처럼 학교에 적응하지 못하고 신경 쇠약에 걸려 그만두고 말았다. 그래서 헤세의 정신 상태를 검진하기 위해 헤세의 부모는 그를 목사에게 데려갔지만 별다른 효과를 보지 못했고 지속적으로 두통을 호소했다고 한다.

잘 알려졌다시피 헤세는 훗날 융에게서 정신 분석을 받았으며 헤세의 가족들에게도 정신 병력이 있었다. 하지만 헤세와 《수레바퀴 아래서》의 한스가 단순히 정신질환이 있어서 학교에 적응하지 못했던 것은 아니다.

《수레바퀴 아래서》의 한스나 헤세는 모두 경건주의적인 생활을 강요받고 금욕적인 교육을 받았다. 그리고 헤세의 아버지는 무척이나 엄격했으며 이런 강압적인 교육이 어린 헤세에게 부정적인 영향을 끼쳤다. 또한 신학교의 숨 막히는 교육과 성공에의 압박감은 어린 소년에게 이루 말할 수 없는 부담으로 작용해 건강한 아이의 근본을 흔들어버린 결과를 낳은 것이다.

《수레바퀴 아래서》는 비록 19세기 말의 독일에서 쓰였지만 과열된 입시 경쟁으로 인해 병들어가는 청소년들에게 깊은 공감을 살 수 있는 소설이다. 어느 세대에나 어느 나라에서나 한스 같은 소년은 존재하기 마련이며 소년이 한 인간으로 제대로 성장하기 위해 진정 필요한 것은 무엇인지 진지하게 생각해보게 하는 단초를 제공한다.

그것이 이 소설이 오랜 시간 세계적으로 사랑받는 이유일 것이다.

《데미안》과 《수레바퀴 아래서》, 이 두 소설은 모두 국가나 종교, 타인 같은 외부세계들은 모두 배제한 채 오로지 자신에게 이르는 길의 중요성을 강조하고 있다. 《데미안》의 싱클레어가 자기 안의 껍질을 깨고 아브락사스를 만나는 것에서, 《수레바퀴 아래서》의 한스처럼 주변에 휘둘린다면 불행에 이르고 만다는 반증적 교훈을 제시하는 것에서 말이다.

이 두 소설은 혼돈과 방황에 있는 청소년들에게 진정한 자신과 대면하는 행복과 그 방법에 대한 훌륭한 길잡이가 되어줄 것이다.

작가연보

1877년   7월 독일 남부에서 선교사의 아들로 태어났다.

1881년   부모와 함께 스위스 바젤로 이주했다.

1883년   스위스 국적을 취득한다. 그전까지는 러시아 국적이었다.

1886년   칼브로 이주하며 1889년까지 실업학교에 다녔다.

1890년   괴핑엔에 있는 라틴어 학교에 다니면서 뷔르템베르크 국적을 취득
했다.

1891년   명문 개신교 신학교 수도원인 마울브론 기숙학교에 입학했다.

1892년   시인이 되려고 기숙학교에서 도망친다. 그리고 자살을 시도하고
정신요양원 생활을 했다. 11월엔 김나지움에 입학했다.

1893년   학업을 중단한다.

1894년   칼브의 시계공장에 수습공으로 들어갔다.

1895년   튀빙엔 헤켄하우어 서점에서 점원으로 일하며 집필을 시작했다.

1899년   《낭만적인 노래들》《한밤중 이후의 한시간》을 출간했다.

1902년   어머니가 사망했다.

1904년   《페터 카멘친트》를 출간하고 마리아 베르누이와 결혼을 했다.

1905년   첫 아들 브루노가 태어났다.

1906년	《수레바퀴 아래서》를 출간하고 잡지 〈삼월Marz〉을 창간했다.
1907년	중단편집 《이 세상에》를 출간했다.
1908년	중단편집 《이웃들》을 출간했다.
1909년	둘째 아들 하이너가 태어났다.
1910년	장편 《게르트루트》를 출간했다.
1911년	시집 《도중에》를 출간하고 셋째 아들 마르틴이 태어났다.
1912년	단편집 《우회로들》을 출간하고 스위스 베른으로 이주했다.
1913년	《인도에서. 인도 여행의 기록》을 출간했다.
1914년	장편 《로스할데》를 출간했다. 전쟁이 발발하자 군 입대를 자원했지만 부적격 판정을 받아 베른에서 전쟁포로들과 억류자들을 위한 잡지를 발간했다.
1915년	《크눌프. 크눌프 삶의 세 가지 이야기》, 단편집 《길가》, 신작시집 《고독한 사람의 음악》, 단편집 《청춘은 아름다워라》를 출간했다.
1916년	부친이 사망했고 아내와 막내 아들의 병으로 신경쇠약이 발병해 첫 심리치료를 받았다.
1919년	스위스 몬타뇰라로 이주했다. 《데미안. 한 젊음의 이야기》를 에밀 싱클레어라는 가명으로 출간했다. 《동화》와 잡지 〈새로운 독일적인 것을 위하여〉의 창간호를 발행했다.
1920년	《화가의 시들》《방랑》《클링조어의 마지막 여름》《혼돈을 들여다보기》를 출간했다.
1921년	융에게 정신분석을 받았다.
1922년	《싯다르타》를 출간했다.
1923년	《싱클레어의 수첩》을 출간하고 마리아 베르누이와 이혼했다.
1924년	스위스 국적을 다시 취득하고 루트 뱅어와 재혼했다.

1925년	《요양객》을 출간했다.
1926년	《그림책》을 출간했다. 프로이센 예술원 문학 분과의 국제위원으로 선출되었다.
1927년	《뉘른베르크 여행》《황야의 이리》를 출간하고 루트 뱅어와 이혼했다.
1928년	《관찰》《위기. 일기 한토막》을 출간했다.
1930년	《나르치스와 골트문트》를 출간했다.
1931년	니논 돌빈과 재혼했다. 《내면으로의 길》을 출간했다.
1932년	《동방순례》를 출간했다.
1933년	《작은 세계》를 출간했다.
1934년	시선집 《생명의 나무에서》를 출간했다.
1935년	《우화집》을 출간했다.
1936년	《정원에서 보낸 시간》을 출간했다.
1937년	《기념첩》《신 시집》《마비된 소년》을 출간했다.
1939년	헤세의 작품이 불온하다고 간주되어 1945년까지 독일에서 작품에 출판금지령이 내렸다.
1943년	《유리알 유희》를 출간했다.
1946년	《전쟁과 평화》를 출간했다. 헤세의 작품이 다시 독일에서 출판되기 시작했고 프랑크푸르트시의 괴테상을 수상했다. 《유리알 유희》로 노벨상을 수상했다.
1951년	《후기 산문》《서간집》을 출간했다.
1955년	《마법》을 출간했고 독일 서적상의 평화상을 수상했다.
1956년	헤르만 헤세상 재단을 설립했다.
1962년	몬타뇰라에서 뇌출혈로 사망했다. 아본디오 묘지에 안치되었다.